D1691744

Heinz Dieckmann
Narrenschaukel

SAMMLUNG
BÜCHER
TURM

BAND 11

»Sammlung Bücherturm« wird herausgegeben von Prof. Dr. Günter Scholdt und Hermann Gätje als Repräsentanten des Literaturarchivs Saar-Lor-Lux-Elsass an der Saarländischen Universitäts- und Landesbibliothek.

Die Reihe will bedeutende literarische Werke aus dem deutsch-französisch-luxemburgischen Dreiländereck einem breiten Publikum in lesefreundlichen Ausgaben wieder zugänglich machen.

Heinz Dieckmann

Narrenschaukel

Mit einem Nachwort von Hermann Gätje

Röhrig Universitätsverlag
St. Ingbert 2011

Bibliografische Information der Deutschen Nationalbibliothek
Die Deutsche Nationalbibliothek verzeichnet diese Publikation in der
Deutschen Nationalbibliografie; detaillierte bibliografische Daten
sind im Internet über http://dnb.d-nb.de abrufbar.

Gedruckt mit freundlicher Unterstützung:
Saarländische Universitäts- und Landesbibliothek
MELUSINE. Literarische Gesellschaft Saar-Lor-Lux-Elsass e.V.

© 2011 by Röhrig Universitätsverlag GmbH
Postfach 1806, D-66368 St. Ingbert
www.roehrig-verlag.de

Alle Urheber- und Verlagsrechte vorbehalten!
Dies gilt insbesondere für Vervielfältigung, Mikroverfilmung,
Einspeicherung in und Verarbeitung durch elektronische Systeme.

Umschlag: Jürgen Kreher
Satz: Hermann Gätje
Druck: Strauss GmbH, Mörlenbach
Printed in Germany 2011

ISBN 978-3-86110-486-5

INHALT

NARRENSCHAUKEL 7

UNVERÖFFENTLICHTE PASSAGEN 391

Hermann Gätje NACHWORT 449

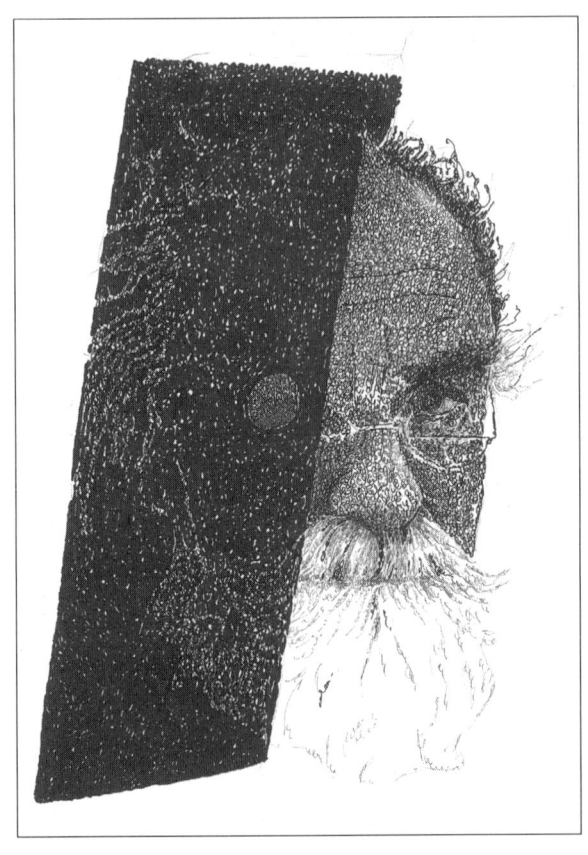

Heinz Dieckmann
Autorenporträt von Georg Cadora

Narrenschaukel

*»Passiert oder nicht passiert,
Hauptsache, daß die Geschichte wahr ist.«*
ERICH KÄSTNER

EINS

Sechs Uhr. Trocken. Leichter Dunst. Der Himmel hat einen Schnurrbart. Sonst ist er blau. Nicht auszudenken, wenn es geregnet hätte. Ich habe bis jetzt 10 000 Mäuse in diese Sache gesteckt und will wenigstens 2000 Meter belichten. Ektachrom, geklautes Material, 16 mm leider, 35 wären mir lieber gewesen. Der See hat eine Gänsehaut. Die bayrische Trachtenkapelle übt. 12 Mann. Unter ihren gräßlichen Wadenwickeln zucken sie marschrhythmisch mit ihren gräßlich maskulinen Wadenmuskeln. Wenn man sie so in ihrem urweltlichen Kahn sitzen sieht, wird einem klar, daß diese aus Hartholz geschnitzten Burschen randvoll reaktionärer Gedanken stecken. Ich kann mir gut vorstellen, wie sich ihre übergroßen Gemächte hinter den mit Hirschen und Eichenlaub bestickten Hosenlätzen weißblau karieren.

Ich gehe zu ihnen hinüber und sage kameradschaftlich: »Also Jungens, laßt es mich noch einmal sagen: Ihr fahrt in strammer soldatischer Haltung und mit entsprechenden Ruderschlägen direkt auf Ludwigs Kreuz zu und spielt dabei den Bayrischen Defiliermarsch. Ihr spielt ihn wie die Posaunenengel des Jüngsten Gerichtes. Es gilt, diese Schlappschwänze dahinten einfach ins Wasser zu blasen.«

Die Trachtenkapelle, linke Hand auf linkem Oberschenkel, blickt zu meinen Popfritzen hinüber und leckt sich unter den angeklebten Wildschützenschnurrbärten jede Sentimentalität weg. Das wird also klappen.

Und ich: »Ich meine natürlich symbolisch. Ihr müßt sie ja nicht unbedingt wirklich ins Wasser blasen. Ihr sollt diese Schlacht allein mit Musik gewinnen. Eben mit Marschmusik. Das ist das ganze Problem.« Sie zwinkern mir zu. Wir verstehen uns. Es wird eine Gaudi.

Ich gehe zu meinen Popfritzen, vier Jungens und zwei Gogogirls. Das Beste, das ich kenne. Alle im Affenlook, unheimlich sympathisch anzusehen.

Ich, mit Verschwörerstimme: »Seht sie euch gut an, diese

Neandertaler. Sie halten euch für arschlöchige Gammler. Sie werden versuchen, euch mit ihrer blöden Marschmusik wirklich fertigzumachen. Ihr müßt so tun, als ...«

»Bei uns brauchst du doch nicht den Verschwörer zu mimen«, sagt der Chef, »wir haben doch von Anfang an gewußt, um was es geht. Sind ja nicht dämlich; hast uns ja oft genug erklärt.«

»Ist schon gut«, sage ich und gehe zu Winfried. Der lehnt mit Taucheranzug und James-Bond-Visage an einem der beiden Karussellschwäne, die wir vor unser Popfloß genagelt haben. »Denk dran«, sage ich, »der erste Pfiff bedeutet Kreisen ums Ludwigskreuz, der zweite ...«

»Mensch, du löcherst mich«, sagt er, »wie oft willst du mir's denn noch erklären?«

»Wenn's beim ersten Mal nicht klappt«, sage ich, »bin ich erledigt. Ich habe bis jetzt zehntausend Mäuse in diese Sache gesteckt und ...«

»Ich weiß«, sagt er und richtet den Blick auf Orplid, die Märcheninsel, die vage leuchtet, »auch das hast du mir schon ein dutzendmal gesagt.«

Die können gut nach Orplid blicken, die Armleuchter. Ist ja nicht ihr Geld. Ich habe ein Jahr lang mein Gehalt halbiert und einen Hunderter an den andern geklebt ... Aber lassen wir das.

Wir haben meine Starnbergerseegeschichte drei Tage lang geprobt. Auf dem Trockenen. In einem Schiffsschuppen. Wir mußten die Requisiten schonen. An dem Floß haben drei Handwerker und ich seit 14 Tagen gebastelt. Es ist meschugge, wie ein barocker Altaraufsatz, mit Blechpalmen an den vier Ecken, den Schwänen vorn, einem Thronhimmel über dem Podest für die Gogogirls, das Ganze garniert mit Straußenfedern und Spiegeln, die wir von der Fassade einer Geisterbahn stemmten, und mit Jugendstilmädchen aus Gips, deren langes Wasserlilienhaar wir mit Werg rings um unser Floß fortführten, knapp über der Wasserlinie entlang. Sieht aus wie eine Schwimmschule für Ophelia.

Unter der Bühne für die Musiker ist ein winziger Raum, in

dem Fritz, die Tonmaus, liegt, ein angenehmer dicker Bursche und sanfter Trinker, der für den Freundschaftspreis von 50 Mark am Tag mitmacht. Obwohl er ein Supertonmann ist, hat er seinen Job vor fünf Jahren verloren, als er stockbesoffen von einer Empore in der Berliner Synagoge fiel. Er hatte sich zu weit vorgebeugt, um die würdigen, in bestickte Schals gehüllten Männer zu sehen, die grade einen Umzug machten, die Thorarollen zärtlich an die Brust gedrückt. Die Tonmaus schlug auf wie eine flache Hand. Mitten unter die Thorarollenträger. Die Szene, zu der ein berühmter Chor sang, war natürlich geschmissen. Ein schöner Film übrigens. Hieß »Das Jüdische Jahr in der Musik«.

Wie alle Tonmäuse hat auch diese hier einen schweren Tick. Denn die Tonmäuse denken immer, sie seien ein Dreck gegen die Kameramänner, und möchten, koste es, was es wolle, diese Scharte auswetzen. So knien sie sich mächtig ins Zeug, versauen uns mit ihren Angeln und Gestellen das Bild, sind dauernd beleidigt und kloppen faule Sprüche wie: »Ist ja schon gut, ich kann ja auch ganz verschwinden. Der Ton interessiert euch ja sowieso nicht. Da gibt man sich die größte Mühe ...« und so weiter. Und sie veranlassen uns, ihnen immer wieder zu versichern, daß sie die Größten seien, denn was sei schon das beste Bild ohne Ton, und was man so sagt, um diese Pfeifen bei der Stange zu halten. Immerhin kosten uns die Tonmäuse auf diese Weise eine Menge Zeit und mich eine Menge Geld, von den Nerven ganz zu schweigen.

»Also, auf geht's!« rufe ich mit aufgesetzter Fröhlichkeit und überschlage noch einmal meine eventuellen Verluste. Ich bin Kameraassistent beim Fernsehen, 31 Jahre alt. Das heißt, ich bin einer der letzten Wichser überhaupt in so einem verdammten Betrieb. Ich drehe hier auf eigene Kosten die erste Nummer meiner »music-box«, ohne die geringste Hoffnung, sie auch loszuwerden. Ich tue es, weil ich es einfach tun muß. Weil ich sonst in meinem Job verrückt werde. Ich bin es mir schuldig.

Meine Trachtenheinis dampfen los. Die Ruderknechte legen sich wie Haflinger in die Riemen. Die synthetischen Adlerfläume an den Trachtenhüten wehen im Wind. Ich klettere mit Winfried ins Schlauchboot und bringe die Kamera in Anschlag. Winfried vergleicht die drei Belichtungsmesser, ohne die ich es nicht mache, dann fummelt er am Motor rum. Der hustet eine Weile, und als Winfried zum hundertsten Mal »Scheiße« sagt, springt er an. Aus dem Schilf kommen die Teichhühner und spucken dünnwandige kleine Glaskugeln aus, die sogleich an der Luft zerspringen.

»Spielt euch ein!« rufe ich, und wenig später donnert der Bayrische Defiliermarsch über den See. Die Trachtenheinis sitzen kerzengerade, mit granitenen Knien und ehernen Kinnen. Der Kapellmeister trifft mit seinem Stöckchen immer genau die gleiche Stelle. Präzisionsarbeit für 1000 Mark Gage für einen Starnberger Trachtenmusiktag. Die unermüdliche Tonmaus hat das Richtmikrophon ausgefahren, dreht an irgendwelchen Knöpfen und nickt mir beifällig und mit übermäßig lange gesenkten Lidern zu. Der Sender vom Trachtenkahn sendet. Na also.

Ich rufe: »Du mußt die Bässe nachher extra aufnehmen. Ich zeige ihre Schnuten ganz groß!«

Fritz zieht die Kopfhörer ab, läßt mich das mit den Schnuten nochmals wiederholen und grölt: »Meinst du wirklich, ich wüßte das nicht?« Aber dann grinst er und grölt verstärkt: »Weißt du noch, wie der Bischof damals furzte, als er seinen Knicks machte? In Trier? Im Dom? Weißt du noch?«

»Auch die katholische Kirche hat ihre Stalinisten«, schreie ich zurück.

Wie zur Bekräftigung der zynischen Tonmauserinnerung gibt die Kapelle eine Baßtubeneinlage, und die Teichhühner setzen, immer noch Glaskugeln spuckend, zu wahnwitzigen, flügelschlagenden Läufen über das Wasser an, schwarzbefiederte, grünfüßige, weißnasige Heilige, die den Ichkannnichtversinkentrick probieren. Ein Dutzend Enten steigt zum Formationsflug auf. Ein gigantischer blauweißer Löwe entfaltet seinen doppelknospigen Schwanz: die Fahne der Trachtenkapelle. Nach zehn Minuten haben sie die Stelle erreicht, wo sie später kreisen sollen,

100 Meter vom Ludwigskreuz entfernt. Dort, wo Ludwig in der Umarmung seines Leibarztes versank. Und während ich das alles drehe, denke ich daran, wer ihn wohl wirklich versenkte. Wird wohl seine Mischpoke gewesen sein. Denn immer steckt die Mischpoke hinter solchen Sachen, und ich bin sicher, daß big old Papa Hemingway gar nicht so tief in die Flinte blicken wollte, die Mary in der Hand hielt, wobei sie zufällig den Ringfinger am Abzug hatte. Aber bei Ludwig kam noch eine Menge dazu.

Ich schicke das Popfloß los. Es hat einen versteckten Außenbordmotor. Die hölzernen Schwäne bügeln mit ihren Lohengrinbrüsten das Wasser. Die Popjungens spielen »All you need is love«, aber nicht in der honigsüßen Schlabberei der Beatles, bei der sich die »bobbysoxer« in die Hosen pißten, sondern à la Marseillaise, die ja ohnehin vor diesem Song wie die Morgenröte aufgeht. Die Mädchen legen sich mit der Anmut der Puppe Olympia ins Zeug. Ein gutes Gogogirl verbindet in seinen Bewegungen die exakten Gesetze der Mechanik mit der ausgelassensten Phantasie, zu der ein menschlicher Körper fähig ist, die Physik mit dem Geist. Unten das kaum merkbare Heben und Senken der Sohlen, oben die Statuen – Ruhe des Kopfes – und dazwischen das zentrifugale Kreisen der Hüften um einen Schwerpunkt, der leicht unter dem Nabel steckt. Dazu dieses Schütteln der Brüste und vor allem das Fallen und Steigen der Hände, die einen endlosen Makkaroni vom Himmel spulen, mit den immer gleich bleibenden, emsig zum Maul strebenden Taschenkrebsbewegungen, mit denen sich Herbert von Karajan das Zwischenspiel aus »Cavalleria rusticana« ebenso schamlos einverleibt wie die Air aus der d-Dur-Suite. Das alles macht mich buchstäblich verrückt, und ich bin sicher, daß es auch Kleist verrückt gemacht hätte, der ja ganz versessen auf den Schwerpunkt von Marionetten war.

Ich filme en gros und en detail, mit Superweitwinkel und langen Tüten und lasse x-mal anhalten und wiederholen und finde eine Menge aufregender Dinge: einen Jugendstilschuh, um dessen eingedrückte Wasserlilien das Wasser spielt, ein Bündel

Straußenfedern, das sich im Gegenlicht skelettiert, die Brustspitzen der Mädchen, nach denen zwei zu allem entschlossene Schwanenschnäbel schnappen, das Opheliahaar der Gipsmädchen, das wie eine Rotte Wasserratten nebenher schwimmt, und immer wieder die Hände, diese langfingrigen, goldnagelleuchtenden Bodhisattwa-Hände, die nach oben fliegen, als würden sie von einem zweiten Paar Hände in die Luft geworfen und wieder aufgefangen.

Wir pirschen uns näher an unsere Vehikel heran, dirigieren sie zum Ludwigskreuz und lassen sie dort gegeneinander kreisen. Folklore und Pop liegen sich erbittert in den Haaren, knallen sich ihre musikalischen Breitseiten in die Fressen, und da die Popfritzen ihren Verstärker ganz aufdrehen, geraten die Trachtenheinis ins Hintertreffen. Sie haben keinen Verstärker und ersetzen ihn, indem sie das Letzte aus ihren Blasebälgen ins Blech pumpen. Dabei färben sie sich vor Anstrengung ochsenblutrot über den grasgrünen Kragen. Sie sollen die Popfritzen daran hindern, Kränze aus Papierrosen über das Ludwigskreuz zu werfen. Aber das Popfloß durchbricht alle Schranken, und die Gogogirls werfen ihre Kränze. Damit reklamieren sie den Märchenkönig für sich, das heißt für das Popzeitalter, und entziehen ihn den bajuwarischen Chauvis.

Als das Trachtenboot merkt, daß sich mit Marschmusik allein kein Blumentopf gewinnen läßt, feuert es erst eine Salve schauerlicher Flüche, dann unzählige Bierflaschen, Brotzeitreste und Steine ab, schlägt mit den Ruderblättern das Wasser, peitscht die Lüfte, brüllt, spuckt und eifert und rudert endlich zum tätlichen Angriff an. Wolpertingers Wachtparade.

Für einen Sekundenbruchteil bildet mein Popfloß die Silhouette vom »Floß der Medusa«. Sein oder Nichtsein? Aber Winfried ist längst unter Wasser, und als die Trachtenkapelle die physische Vernichtung der Konkurrenz in Szene setzen will, wobei sie ans Entern denkt, pfeife ich zweimal, und Winfried zieht die sechs Holzpfropfen aus den Löchern im Boden des Trachtenbootes, die wir insgeheim dort hineingesägt haben.

Sogleich beginnt es zu versinken. Die Besatzung kann grade noch das seit der »Titanic« obligate »Nearer my God to You« intonieren, dann wird sie von der Vorsehung endgültig aus dem Verkehr gezogen. Der Angriff ist abgeschlagen, die Poesie noch einmal davongekommen.

Unter Wasser filmt Winfried die Trachtenheinis, die wie Engel steigen und fallen, dumpfe Unterwasserjodler gurgeln und dabei eine Menge Blasen werfen, die Haare wehen lassen und die Instrumente schwenken und verlieren. Ich filme die einsam auf den Wellen schwimmenden Trachtenhüte und Waldhörner, die gurgelnden Unterwasserjodler, die wie Teleskope nach oben stoßenden Klarinetten, die zweckentbundenen Ruderblätter, die Hand des Kapellmeisters, die die Wasseroberfläche durchbohrt, um nach dem Taktstöckchen zu angeln, die gewichtigen, von ihren Füßen verlassenen Schuhe und so weiter und so weiter, kurz alles, was der Starnberger See langsam wieder herausrückt.

Dann werfe ich mich herum und folge, vom auftauchenden Winfried gesteuert, meinem Popfloß, das mit dem klassischen Hit »Let it be« dem Ufer zusteuert. Ich drehe diese angenehme Darbietung und pfeife viermal, und aus dem Uferdickicht treten 30 grünberockte Förster, die zu einer Hälfte einem breitärschigen, kurzen, bartlosen, zur anderen Hälfte einem hageren, langbärtigen Typ gleichen, sowie 30 bebrillte mausgesichtige Büchsenspanner, wie wir sie alle aus der bayrischen und Bonner Lokalposse allzugut kennen. Die heben sogleich ihre lausigen Flinten und knallen meine immer noch spielende und sich verrenkende Truppe im Affenlook zusammen. Ich springe auf das Floß und filme, wie sich alle auf den Planken wälzen, die Schwäne und den Perserteppich mit ihrem Blut bespritzen, die Spiegel erblinden lassen.

»Fall auf den einen Schwan!« rufe ich dem einen Gogogirl zu, und sogleich bricht es zwischen den Schwanenflügeln zusammen, plinzert mit den schönen taubenblauen Lidern. »Die Hände!« rufe ich, »du mußt die Hände ansehen«, und sie betrachtet ihre Hände mit einem jener vorletzten Blicke, und das

Blut läuft aus den langen Fransenärmeln ihrer Jugendstilbluse. »Die Brüste!« rufe ich, und sie zerdrückt eine Ampulle zwischen ihren halbnackten, kleinen feinen Lucas-Cranach-Brüsten, und das Blut rinnt endgültig und schwer, und ich springe zwischen meinen glorreichen Helden umher und filme drauflos wie dieser Heini aus »Blow up«.

1200 Meter sind durch, ich habe eine Romanze in Moll im Kasten und atme freier. Wir bringen die Trachtenheinis zum Trocknen ans Ufer.

»Wie konnte denn das passieren?« frage ich. »Wieso seid ihr denn abgesoffen?«

»Keine Ahnung«, sagt der Kapellmeister, »auf einmal waren wir weg.«

Die Ruderknechte schütteln die Köpfe. Sie können es auch nicht verstehen. Ich klebe der Kapelle noch einen einkalkulierten Fünfhunderter auf die Lederärsche, als Trostpflaster gewissermaßen, und lasse sie noch eine Runde drehen und dabei die Bayernhymne spielen. Und während »Gott mit dir, du Land der Bayern« über den See dröhnt, drehe ich mit nassen Augen und beschlagenem Sucher die großen Sachen, die Mundstücke und wie sich der Kahn im Messing spiegelt, die Schnuten, die an den Instrumenten nuppeln, das vibrierende Kalbfell, die Dreifaltigkeitstriangel. Wagnersieghaft rudern sie davon.

Ich wende mich den pfiffigen Mausgesichtern und den mageren Schwurhänden der Büchsenspanner sowie den verruchten Visagen der Schützen zu, lasse sie die Augen zukneifen, wieder öffnen, zukneifen, zielen, lasse die einen die Bärte teilen, unter deren Filz die Pulverflasche neben dem Rosenkranz hängt, lasse die Bartlosen die Backen aufblasen, die Wurstfinger mit den Siegelringen am Abzugshahn krümmen, die Patronen rauswerfen, also alle jene obszönen Handlungen ausführen, die Schützen eigentümlich sind. Dann honoriere ich sie mit je 50 Mark. Endlich ziehen sie ihre Masken ab, und siehe da: Darunter haben sie die gleichen Gesichter. Und auch das filme ich natürlich.

»Henri! Sieh mal!« ruft Winfried und zeigt auf etwas, das wie ein fliegender Mensch aussieht, der am Himmel seine Kreise zieht. »Ikarus!« rufe ich, und da fallen auch schon die Schüsse meiner Schützen, und Ikarus dreht sich um sich selbst, verliert eine Menge Federn und stürzt in den See. Winfried guckt durchs Fernglas und sagt: »Das war nicht Ikarus. Das war Snoopy, der Richthofenfan.« Symbolik ist alles.

Später steigt Winfried mit einem großen Drahtkorb ins Wasser. In dem Korb liegt dreißigmal der Bayernkönig: mittelgroß, klein und ganz klein, aus Gußeisen und Aluminiumgespritztem, aus Gips, Meerschaum und Porzellan, aus Elfenbein, Samt und Kernholz, aus Linoleum, Papiermaché und Cellophan, aus Wachs, Terrakotta und Schaumgebäck, aus Japanlack (rar, weil kaum erhältlich) und Lebkuchen, aus Kaukasischnußbaum, Perlenstickerei und Margarine (noch rarer, weil leicht vergänglich), als Pfeifenkopf, Kerze und Schirmkrücke, als Sülzkotelett, Kerzenleuchter und Kaffeetasse, als Bücherstütze, Bettflasche und Tintenlöscher, als Schuhschnalle, Hosenträgerschmuck und Suspensorium, als Fußwärmer, Telefon und Kaminstütze. Auf Pfiff läßt Winfried jeweils einen oder zwei Ludwigs aus dem Wasser steigen und wieder versinken. Ein Ludwig als Bierseidel klappt seinen Deckel auf, und daraus werde ich später in einem hübschen, überzeugenden Trick Max Ernst klettern lassen, gefolgt von seinen Vögeln, Rinden- und Moosmännern und den melodramatischen Helden seiner Collagen. Nein, Ludwig ist nicht tot, dank Max spitzt er wieder die Ohren.

»Du sagst, Bismarck habe ihn geschmiert?« fragt Winfried am Ende seiner Vorstellung. »Um Himmels willen, warum denn?«

»Damit Ludwig Bayern ins Reich einbrächte, an dem der gußeiserne Kanzler grade schmiedete.«

»Das war doch rausgeschmissenes Geld, oder?«

»Würde ich so nicht sagen.«

Dann setzen wir einem großen Bernhardiner einen bayrischen Raupenhelm mit dem Emaillebild des Königs auf und lassen ihn hinter unserem Boot herschwimmen. Winfried hält ihm eine Nebelpatrone vor den Bug und eine Portion ff Gehacktes vor das Maul, und er öffnet und schließt das Maul, und während ich die kostbar gezackten Orchideenlefzen drehe, sehe ich mit den Augen des Geistes bereits, wie unser Bernhardiner im fertigen Film aus dem Nebel kommt, deutlich wird und wieder verweht und dabei das Maul öffnet und schließt, um den Song von den Winterstürmen loszuwerden, die dem Wonnemond wichen.

Wir fahren ans Ufer zurück, bedanken uns bei dem Bernhardiner, und ich zahle seinem Herrn 50 Mark in die blanke feuchte Hand.

Der Bernhardiner schluckt sein Kilo Gehacktes wie eine Pille. Daneben macht eine Bachstelze tausend Anschläge in einer Minute.

Der Trachtenkapellmeister kommt noch einmal zurück, schüttelt mir die Hand und fragt: »Was wird denn das Ganze eigentlich?«, und er fragt es leise und süß, als würde Udo, der finstere Reaktionär mit der Süßholzrasplermaske, eine seiner Pianopianissimopassagen riskieren.

Und ich sage: »Eine ungewöhnliche Ehrung für euren König.«

»Und warum haben die geschossen?« fragt er hartnäckig und deutet mit dem Kopf zum Ufer.

»Die haben diese Pilzköpfe endgültig fertiggemacht«, sage ich und zeige in Richtung Pop, »diese langhaarigen Affen, die auf bayrischen Seen nichts zu suchen haben.«

»Verstehe«, sagt der Kapellmeister. »Übrigens, dieser eine Schützentyp, ich meine den dickärschigen, der kommt mir so bekannt vor.«

»Ach wissen sie«, sage ich.

»Nein wirklich, hat der nicht mal gesagt, wer noch einmal ein Gewehr anfaßt, dem soll die Hand verdorren oder so?«

»Schon möglich, aber er wird wohl nicht seine eigene Hand gemeint haben.«

»Ist das nicht ein bekannter Politiker oder Komiker oder so was?«

»Ist doch ohnehin dasselbe.«

»Der Zwerg kommt«, fährt Winfried dazwischen, und ich gehe zur Maskenbildnerin in meinen VW-Bus und sage ihr: »Du, der Kleine sieht genau aus wie Richard Wagner, aber mach ihn noch ähnlicher. Übrigens, was du den Förstern unter die Gummimasken gezaubert hast, das macht dir keiner nach.«

Sie lächelt dankbar. Sie arbeitet am Schauspielhaus und ist nicht gewohnt, daß man sie lobt. Dann begrüße ich den Zwerg mit herzlichen Wangenküssen. Ich habe ihn in München erwischt, in der Schauspielerbörse, einem der Horrorplätze unserer Republik, ein Riesensaal, in dem das Strandgut von Bühne und Film an den Tischen herumgammelt und auf diese Luder von Aufnahmeleiter wartet, die sie selektieren. Die Luder, sonst die letzten Heuler im Atelier, spielen hier den Boß, gehen betont lässig durch die Reihen, gucken wie Sklavenhändler, klopfen den abgehalfterten Alten jovial auf die Schultern, lassen sich von den jungen Miezen die Oberschenkel zeigen, sind laut und vulgär zu den Spättwens, die sich schnell eine Schmachtlocke hinfummeln, und spielen ihre Macht so ungeniert aus, daß einem das große Kotzen mitsamt der Frage kommt, warum noch niemand diese Saubären erschlagen, geviertelt oder verbrannt hat.

Ich unterhalte mich mit dem Kleinen darüber, und er sagt, man gewöhne sich daran, wie man sich ja auch an das Kleinsein gewöhnen müsse. Man habe eben wenig Wahl im Leben. Rollen gäbe es genug, aber wer wolle schon immer nur so komische kleine Tiere in der Kinderstunde im Fernsehen spielen? »Die meisten von uns landen im Zirkus oder im Spiritus«, fügt er mit überirdischem Lächeln hinzu.

»Sehr zu Unrecht.« Ich zitiere Musäus, der in »Libussa« sagt, daß die Zwerge »luftig und unkörperlich, feiner genaturiert als die aus fettem Ton geformte Menschheit seien und darum unempfindbar unserem gröberen Gefühlssinn«.

»Oh«, sagt der Kleine, »da ist viel Wahres dran, wir raffinieren mit Fleiß splendide Ausfälle …«

Ich bin »entzückt« und gehe schnell zum Mittagessen ins nahe Gasthaus, Leberknödelsuppe, Knödel mit Schweinernem und hinterher ein Bier, obwohl ich Bier nicht ausstehen kann, da es plattfüßige Gedanken macht, aber ich muß heute morgen eine Menge Wasser auf dem See verloren haben.

Als ich zurückkomme, finde ich meinen Liliput als den perfektesten Wagner, den es je gab.

Ich sage ihm: »Sie sind einander ähnlicher als ähnlich.«

»Sie brauchen mich nicht zu siezen, nur weil ich klein bin. Ich habe kaum Komplexe, also müssen Sie auch keine beseitigen, obwohl ich Ihre Höflichkeit natürlich zu schätzen weiß. Komplexe hatte ich eigentlich nur auf der letzten Kunstausstellung. Makart. Das waren Formate, sage ich Ihnen. Bilder für Riesen. Die haben mich richtig aufs Kreuz gelegt.«

»Aber der Makart selbst war klein, eher zierlich wie ein Rehpinscher.«

»Was Sie nicht sagen«, lächelt der Kleine höflich, aber zweifelnd.

»Und überhaupt«, fahre ich fort, »waren die meisten Riesen der Malerei physisch eher Zwerge, wohlgestaltet zwar, aber eben klein. Füssli war einsfünfzig und ein Gigant. Menzel unter einsfünfzig. Toulouse-Lautrec noch kleiner, aber beide ›pyramidal‹. Picasso, das göttliche alte Chamäleon, ein Zwerg ...«

»Picasso ein Zwerg!« ruft der Kleine. »Ein Zwerg, und hat doch so ein Riesenweib wie die Malerei vergewaltigt, die dann abertausend Mißgeburten warf, eine schöner als die andere ... Picasso ein Zwerg!«

»... ebenso winzig wie Miró, der Sardinenbaum. Beide gehen mir nicht mal bis zum Gürtel, und doch hat jeder ein paar tausend Bilder gemalt, von denen viele so groß wie ein Fußballfeld sind ... ich meine, was ihre Bedeutung betrifft.«

»Das genügt«, sagt der Kleine, »Sie haben mein Verhältnis zur Malerei korrigiert. Sie haben mich, was das betrifft, aufgerichtet.«

Dann verpassen wir ihm Wagnerbarett und Wagnerschleife und wickeln ihn in den prunkvollsten von Wagners 350 Schlafröcken, und ich lasse ihn ein paar Takte aus Wotans Abschied dirigieren, draußen am Seeufer, für den Abspann. Bei einer besonders heftigen Bewegung fliegt der Dirigentenstab weg. Schnitt. Aus dem Schilf tritt im gleichen Augenblick Wotan in einem weitwehenden Batmanmantel, mit ungeheuerlichen Hörnern und Adlerschwingen am Helm, und der Dirigentenstab trifft ihn mitten zwischen die Augen. Er hebt wut- und schmerzverzerrt seinen Speer und schleudert ihn in die Kamera. Schnitt. Von einem perfekten Cocteautrick unterstützt, durchbohrt der Speer den kleinen Wahnfritz. Er dreht sein schmerzerstarrtes Gesicht mitten hinein ins Fisheye und bricht zusammen, wobei er auf sächsisch sagt: »Ei, so leck mich doch einer an diesem und jenem!« Der Künstler – ein Opfer seiner Geschöpfe. Welch Tiefsinn.

Als wir fertig sind, fragt mich der Kleine: »Haben Sie keine Frau für mich? Sie kommen doch so viel rum und lernen so viele Leute kennen.«

»Versuchen Sie es doch mal auf dem Oktoberfest.«

»Habe ich schon so oft versucht«, sagt er und blickt langsam von links nach rechts, als schaue ein Hund einem Gedanken nach oder einem Geist oder was auch immer an Unsichtbarem durch ein Zimmer schwebt, »aber die Kleinen dort sind alle in festen, meist kleinen Händen.«

Er ist mir sehr sympathisch geworden, und ich beschließe, ihm die Hauptrolle in meinem nächsten Film zu geben, der wohl nie gedreht werden wird.

Am Abend fahren wir nach München zurück, und ich bringe das Zeug ins Kopierwerk, wo ein Freund von mir Nachtdienst hat und es so nebenbei in die Brühe hängt, und ich pumpe Winfried um 100 Mark an, um mit den Gogogirls essen zu gehen. Sie springen schnell zu ihrer Bude hoch und ziehen sich progressiv an, Stil Oma 1890, mit viel Blumen, Rüschen und Spitzen. Dann fahren wir zum Chinesen. Noch ehe die Frühlingsrolle kommt, fragen sie mich, warum Leute wie zum Beispiel ich, ein so quicker Bursche, der das doch gar nicht nötig habe, immer und immer wieder die Bayern auf die Schippe nähmen. Und ich sage ihnen, daß eben jeder seine Exoten habe und daß für mich, einen eingefleischten Preußen, die Bayern etwas durchaus Extraordinäres und Flamboyantes seien, so wie die Leute aus New Orleans für die Leute aus Chicago oder die Leute aus Neapel für die Leute aus Mailand, gemessen am Norden eben etwas Unerwartetes und Rätselhaftes, und eigentlich käme das Ganze auf etwas heraus, das man den »Nord-Süd-Konflikt« nenne.

Die beiden nicken klug. Sie sind Schwestern. Vater Deutscher, Mutter Brasilianerin mit einem kräftigen Schuß Negerblut. Nach einer Schnapsidee der ebenso schönen wie katholischen Mutter heißen sie Maria und Magdalena.

Nach der Wan-Tan-Suppe fragen sie, warum ich denn soviel Blut vergossen hätte, und ich sage: »Blut ist für einen Filmemacher etwas, auf das er nie verzichten sollte, weil es ohne Worte auskommt. Ich zeige es, und jeder weiß, was gemeint ist, ich meine ein Symbol für irgend etwas, das leichten Herzens von denen vergossen wird, die ihr eigenes Blut nie vergießen. In Soho war mal eine Ausstellung, in der ein paar tausend Liter Blut das einzige Ausstellungsobjekt waren. Es floß und quirlte und blubberte und spritzte und kochte und tropfte und strömte in allen möglichen und unmöglichen Maschinen und Apparaten, in Wasch- und Kaffeemaschinen, in Entsaftern und Zentrifugen, in Obstpressen und in jenen Röhrensystemen, wie sie in der Chemie benutzt werden, und auf großen Tafeln stand, wieviel unschuldiges Blut tagtäglich und jährlich vergossen wird, in Vietnam, im Sudan, in Chile und anderswo, auf den guten abendländischen Straßen und bei Big Brother Amin, bei Papa Dock und den verrückten Iren, und wieviel Menschen ihr Blut hergeben müßten, um diese Ausstellungsräume randvoll zu füllen. Damals kam mir der Gedanke, mal einen Film darüber zu machen: Jemand schießt mit einer Maschinenpistole auf ein Denkmal, und es blutet aus den Einschußlöchern, Bäume bluten an den Stellen, wo sie gesägt werden, Blumen an den Schnittstellen …«

»Na gräßlich«, sagen die beiden.

»Eine Frau schält Spargel, und sie tut es so behutsam, als würde sie einen Heiligen schälen, aber das Blut tritt trotzdem heraus, in ganz feinen Tropfen. Überhaupt die Heiligen: Ich würde diese schrecklichen alten Bilder mit den Martyrien der Heiligen an den richtigen Stellen bluten lassen, ich meine dort, wo die Maler die abgeschnittenen Brüste gemalt haben, die rausgerissenen Zungen und rausgeschälten Augäpfel, die aufgeleierten Därme und abgelederten Muskeln – kurz, alles, was die damals so den Gläubigen vorhielten, zur Erbauung und Einkehr, alles, was unsere Museen zur Hälfte in wahre Abdeckereien verwandelt, durch die ich vor Entsetzen und Abscheu geschüttelt taumele. Und weil sonst niemand taumelt, möchte ich die Bilder bluten lassen, damit alle taumeln. Wenigstens für die kurze Dauer meines Films.«

»Und warum mußte es ausgerechnet Ludwig sein?« fragen sie. »In dem machen doch jetzt alle.«

»Das ist mir schnuppe«, sage ich, »ich will da bestimmt nicht mitmischen, beileibe nicht, aber für mich ist er nun mal der Heldenvater des Surrealismus, ich meine, so das Überwirkliche als das Selbstverständliche, seine Grotten und Schwäne, sein Riecher für Wahnfritz Wagner und seine Absicht, in einem mit Pfauen bespannten Wagen wirklich und leibhaftig durch die Lüfte zu fliegen, wenn ihr versteht, was ich meine.«

»Wir sind ja nicht von gestern«, sagen die beiden.

»Und weil er seine Leibförster lieber in den Hintern kniff als die Sissy, weil er seiner Mutter die Brüste zerstampfen und König Max aus seiner Gruft in der Theatinerkirche reißen wollte, um ihn zu ohrfeigen, wurde er von seiner Sippe fertiggemacht. Ludwig ist mir unter die Finger gekommen, weil er von den gleichen Burschen fertiggemacht wurde, die auch heute wieder fertigmachen, ich meine, die Kurzhaarigen die Langhaarigen, die Normalen die Schwulen, die Hellangels die Blumenkinder. Immer wollen sie zur Strecke bringen, was anders ist. Ich wollte einfach zeigen, wie das Ausgefallene und Schöne, das Freie und das Schweifende fertiggemacht werden von solchen Typen wie diesen Förstern heute morgen, deren Argumente ihre gottverdammten Gewehre sind und ihre gottverdammte Ballerei auf alles, was ihnen nicht in den Kram paßt.«

»Ach so«, sagen die beiden, »das ist politisch. Und wir dachten schon, das Ganze sei komisch.«

»Ist es ja auch«, sage ich, »aber wie lange noch?«

Ich bringe die Mädchen nach Hause, und sie sagen, ich könne bei ihnen schlafen, aber ich sage, daß ich am andern Tag pünktlich in meinem Laden zu sein habe, und der sei immerhin 500 Kilometer weit weg, aber sie meinen, es sei doch erst knapp vor neun und für einen Digestiv grade die richtige Stunde, und so klettere ich denn bis unters Dach in ihre Bude, die sie mit Andy Warhols Marilyn-Monroe-Postern auf den vorletzten Stand gebracht haben, und es kommt, wie es immer kommt, weil es so kommen muß, und wir machen eine Menge Bohei, und die beiden nackten Schwestern sehen aus wie eine doppelte Venus von Lucas Cranach mit kleinen Lucas-Cranach-Brüsten aus halbierten Äpfeln und kleinen Lucas-Cranach-Spalten zwischen den mageren Schenkeln, und ich gucke Marilyn an und sage: »Den Warhol haben wir mal in New York gedreht, wo er inmitten seiner Tunten residierte, ein schweigender, violett gedunsener Voyeur, der auf merkwürdige Weise tot war, und auch sein Händedruck war tot wie der Händedruck Francos, dem wir mal in Sevilla ausgesetzt waren, oder der Händedruck Haile Selassies, der uns in Addis Abeba beehrte, eine zierliche Mumie, deren Pulverisiertes nur von den Schnüren der Uniform zusammengehalten wurde. Alle drei legten uns etwas Abgestorbenes in die Hand, etwas, das gar nicht mehr zu ihnen gehörte, und Andy Warhol zeigte auf mich und sagte zur Tonmaus: ›Los, blas ihm doch einen. Bist doch sonst nicht so schüchtern.‹«

»Der Liliputaner heute morgen war süß«, sagen die beiden, »richtig süß.«

Ich nicke und sage: »Ich hatte immer mal vor, Liliputaner mit geströmten deutschen Doggen zu kreuzen, in der Hoffnung, kleine und handliche Zentauren zu gewinnen. Dann wäre ich aus dem Schneider. Das gäbe die Nummern in allen Zirkussen dieser Welt.«

»Du bist zynisch«, sagen die beiden.

»Aber keineswegs«, sage ich, »für die alten Griechen wäre das das selbstverständlichste Ding der Welt gewesen. Wir sind ganz einfach verkorkst, verdorben für das Mythologische.«

Ich gucke aus dem Fenster. Auf den Wiesen im Englischen Garten liegen hier und da flockige Nebel. Aus einem dieser Nebel trabt eine komische Figur, etwas zugleich Massiges und Elegantes, und winkt mir zu. Als sie in die Nähe einer Laterne kommt, erkenne ich Minotaurus. Minotaurus kenne ich schon seit einer Ewigkeit, seit ich ein halbes Jahr auf Kreta lebte. Er gab sich mir damals als so eine Art »bessere Hälfte« von mir zu erkennen, ließ durchblicken, daß er eine Menge von mir wisse, was ich selber nicht wisse, und begleitete mich, als ich auf einem Maultier über die Hänge des Ida-Gebirges ritt, um die Höhle zu finden, in der die Ziege Amalthea den kleinen Zeus gesäugt hatte.

Viele Jahre später traf ich ihn in Paris wieder, an einem kalten nebligen Herbstabend, inmitten einer Rinderherde, die zum Schlachthof getrieben wurde, er, der Halbgöttliche, mitten unter ihnen, den riesigen Stierschädel gesenkt, fröstelnd, mit hängenden Armen, und aus dem Getrapper der Rinderhufe hörte ich ganz deutlich das Klappklapp seiner großen nackten Menschenfüße heraus. Ich ging durch die Rinder, nahm ihn bei der Hand und führte ihn ins nächste Bistro.

»Die hätten mich glatt als Rindvieh geschlachtet«, sagte er, »irgend jemand hat mich auf einem Viehmarkt einfach verkauft.«

Ich werde diesen Abend nie vergessen, denn am gleichen Tag hatte Zimtflöte mit einer Pistole auf mich geschossen, durch eine Tür zwar, aber immerhin. Zimtflöte war damals meine Verlobte. Vater Franzose und Mutter eine vietnamesische Prinzessin mit chinesischem Vater; das ergibt eine unberechenbare Größe. Wir hatten eine schöne Zeit. Die Eltern führten ein Spezialitätenrestaurant, das mich ein Jahr lang ernährte. Das Beste war eine Frühlingsrolle aus rohen Krabben, Gewürzen, Sojasprossen und Gurken, alles eingewickelt in ein grünes Salatblatt, das zwischen den Zähnen knackte. Wir hatten eines unserer täglichen Palaver, Zimtflöte und ich. Drehte sich immer um Eifersüchtiges, meist um ihre zwölfjährige Schwester. Ich floh ins Bad und begann, mich aus lauter Verlegenheit zu rasieren. Da schoß sie durch die Tür. Dreimal. Wer hätte das gedacht! Man kann eben auch wie Walpoles Katze in einem Goldfischglas ertrinken. Ich rettete meine Haut durch einen Sprung aus dem Fenster – und am gleichen Abend Minotaurus vor dem Bolzen.

Er winkt mir noch einmal zu und verschwindet für heute in einem andern Nebel.

Ariel und von Korf, die luftigsten der Luftgeister, klopfen unterdes an die Scheiben. Die Brüste von Maria und Magdalena sind zart und feucht wie Zwiebelschalen. Neben dem Marilyn-Monroe-Poster hängt ein eigenartiges Bild: Ein fröhlicher Mann streckt seine Hand nach einer ebenso fröhlichen Frau mit nackten kleinen Brüsten aus, während über beiden ein Wickelkind einer Maria entgegenschwebt, die auf den Wolken segelt.

»Ist aus Einsiedeln«, sagen die beiden, »das Votivbild eines unbekannten Alimentenzahlers.«

Gegen zwei klettere ich völlig abgeschlafft und todmüde in meinen alten VW-Bus, fahre beim Kopierwerk vorbei und hole meine Filme ab.

»Sieht gut aus, was ich sehen konnte«, sagt mein Freund.

Ich fahre zur Autobahn, wo ein paar Anhalter in meine Kiste wie in den Zylinder des Zauberers gucken. Tut mir wirklich leid, Jungens, kann euch heute beim besten Willen nicht mitnehmen. Bin viel zu müde. Fahre nicht weit.

Die Autobahn, dieser gottverdammte Garten der Lüste, ist um diese Stunde leer, aber als ich ein paar Laster überholen will, kommt so ein Verrückter und kann es nicht abwarten und blinkt mit allem, was er hat, und als er mich endlich überholen kann, schneidet er haarscharf meinen Bug und verlangsamt radikal sein Tempo. Will mir doch wahrhaftig eine Lehre erteilen, das Arschloch. Mercedesfahrer.

Der Mond kommt ein bißchen heraus, gerade so, daß man überhaupt nichts mehr sehen kann, und auf der anderen Straßenseite denken die Halogenfritzen nicht im Traum daran, ihre Superlichter abzuschalten. Ich drücke mächtig auf die Tube, komme aber nicht über 100. Der Wind drückt meine Kiste, wohin er will. Ich habe eine Menge damit zu tun, auf Kurs zu bleiben, und denke an Cocteau und wie er seine avantgardistischen Großväterfilme drehte, Cocteau, der ein Leben lang mit dem Blut kokettierte. Er nahm nur echtes Blut, wenn er welches brauchte. Seine Komparsen mußten es bis zur Aufnahme im Mund behalten, damit das Hämoglobin nicht gerinne. Dann dirigierte Cocteau mit seinen langen Leichenbestatterhänden die Komparsen mit ihren warm gefüllten Mundhöhlen zu den Tatorten, und sie spritzten ihr Blut in die Wunden des Orpheus, wo es sogleich gerann.

Ich gurke rechts ran auf einen Parkplatz, dessen Büsche randvoll geschissen sind, und da ich keinen deutschen Parkplatz an einer Autobahn kenne, der nicht randvoll geschissen wäre, rege ich mich zum x-ten Male groß auf über dieses Volk, das sich über alles und jedes im Ausland das Maul zerreißt, über den Dreck in Frankreich und daß die da Stehlokusse haben, auf denen man nicht mal in Ruhe seine Zeitung lesen kann, über den Dreck in Italien (»Na ja, bis Rom geht's ja noch, aber fahren Sie mal ein bißchen weiter, da lehren einen die Itaker schon das Fürchten«). Über den Dreck in Spanien und daß die Knoblauch in die Suppe tun und die dann auch noch kalt servieren. Über den Dreck in Griechenland (»Und der Wein von denen, ich sage Ihnen, das reinste Terpentin«). Über den Dreck in der Türkei, wo sie einfach hinter die Hecken scheißen und die Gören die Autos mit Steinen beschmeißen, einfach so. Über den portugiesischen Dreck, den marokkanischen, den österreichischen, den polnischen, zu schweigen von dem Dreck, den die Schwarzen in Afrika machen, die gelben Knülche in Shanghai und alle roten Brüder zwischen Elbe und Wolga, und natürlich die Engländer, Schotten und Iren, alle so richtige ungewaschene Ferkel in ungewaschenen Klamotten. Und erst die Hippies und Gammler, all diese verhaschten Indianer mit den langen Haaren und Bärten, die müßte man doch erst mal abschrubben und rasieren, ehe man ...

Ehe man was?

Und alle, die so daherreden, alle diese 08/15 Wohlstandsbürger, fahren in ihren breitärschigen Wohlstandskutschen vor, steigen aus und lassen die Hosen runter.

Ich wälze mich im Wagen auf meiner Matratze hin und her und denke mit Sehnsucht an das bunte Starnbergerseebett, in dem ich die letzten Nächte verbrachte. Es hatte vier gedrechselte Säulen und einen Betthimmel aus Holz. Darauf stand »Anno 1831« und »An deinen letzten Schlaf denk alle Zeit«. Darunter war ein fetter kleiner Christusknabe gemalt, der sich auf einen Totenkopf stützte und ein kleines Kreuz betrachtete, das er in der Hand hielt. Die fromme Idylle vor Augen, werde ich noch müder. Die Lider taten mir sinken, und ich träume, ich sei Surga, der indische Sonnengott.

Im Morgengrauen werde ich wach. Am Himmel ein paar Kondensstreifen wie abgelegte Schlangenhäute. Der Wald steht schwarz und schweiget. Dann die genagelten Hopfenlandschaften Niederbayerns; Günther Uecker was here. Der Hopfen wird zwanzigmal gespritzt und kommt ungewaschen in den Kessel.

Auf den sanften Hügeln liegen unter sanften Wolken die alten Bauernhöfe wie Schiffe auf einem sanften Meer. In den Ställen vergiften sie das Vieh mit Chemie bis an den Rand des Möglichen, ehe sie ihm den Bolzen ins weich gemachte Hirn schießen. Dann knallen sie uns die vergifteten Lebern, Nieren und sonstigen Eingeweide auf den Teller, auf daß wir übersatt daran krepieren mögen. Früher oder später tun wir's ja ohnehin. Die Kassen der Bauern klingeln, während die verklebten Schnauzen der Kälber aus den unsäglichen Kälberboxen ihr Leid zum Himmel blöken, die bis zum Wahnsinn getriebenen Hühner ihre nackte Haut an den Käfiggittern blutig scheuern, die zu weichen Fleischschwämmen geschundenen Schweine sich gegenseitig die Schwänze abbeißen, weil sie vor lauter Verzweiflung nicht mehr wissen, was sie tun sollen, während sie alle zum Himmel schreien, wo es Gottes unempfindliche Fußsohlen nicht einmal zu kitzeln vermag ... »Ein halber Satz über den Tierschutz kann auch nichts schaden«, hat Willy Brandt, der Nebelsprüher, zu einer Regierungserklärung gesagt, die ihm ein anderer Nebelsprüher schreiben sollte, und hat dann diesen halben Satz auch noch weggelassen. Er wollte dem Ernährungsminister nicht die Geschäfte vermasseln.

In einer Raststätte liefere ich mich einer deutschen Tasse Kaffee aus. Direkt neben mir riecht ein älterer Brummi wie ein Goldhamster. »Trimm dich, bums mal wieder.«

Eine schöne Morgenblondine betrachtet mich aus kleinen, blau in die Augenhöhlen getuschten Teichen.

»Können Sie mir die Uhrzeit sagen?« fragt sie mit einer Stimme wie ein Gummiband.

»Neunuhrvierundzwanzig, mein Mystagog«, sage ich, die Zähne höflich entblößend.

Sie betrachtet mich mit einem Blick, der mir unreinliche Gedanken unterstellt. Dann wendet sie sich ihrer Limonade Marke »Dürer-Perle« zu.

Als ich mich anschicke, den fürchterlichen Ort zu verlassen, fragt sie: »Was meinten Sie vorhin?«

»Ein Mystagog ist ein Kosegarten. Ich glaube, das ist griechisch«, sage ich, »es war als Kompliment gedacht.« Und ich zünde meine pflaumenblauen Funzeln an, um ihr meine illuminierten Gefühle zu zeigen. Das macht immer eine große Wirkung.

Dann Wiesen und Felder und Karpfenteiche, so weit das Auge reicht. Gegen Mittag endlich daheim.

ZWEI

Ich wohne in der Vorstadt, in einem Haus von 1890, über dessen Jugendstilgiebel die Ornamente wie Hosenträger runterhängen. Ich habe das Dachgeschoß billig bekommen und selbst ausgebaut. Kleine Küche, kleiner Lokus, kleine Brauseecke. Aber das Zimmer, in dem ich hause, ist zehn mal zwölf Meter. Es hat schräge Wände, die ich so tapeziert habe, daß es wie ein Zelt aussieht. Vier riesige ovale Fenster, drei Terrassen, denen ich verlockende Namen gegeben habe, und auf dem Dach ein Ausguck, den ich über eine Wendeltreppe erreichen und in dem ich wie Kapitän Nemo sitzen und den Horizont beobachten kann.

Man erreicht meine Bude über die Hintertreppe. Auf ihr lauern im Parterre die Frau des Hausmeisters, im ersten Stock Fräulein Mai, die verkrüppelt ist und einen fast hundertjährigen und halbgelähmten Vater hat, im zweiten Stock die Frau des Hausbesitzers, die eine Schwäche für Stereophonie hat. Ich kann eigentlich nie in meine Bude, ohne an diesen drei Typen zu scheitern. Ich habe jede Menge Tricks versucht, auf Strümpfen gehen, laut und fremdartig pfeifen, so tun, als hätte ich einen Haufen Kumpels oder wenigstens eine Mieze dabei – alles hat nichts genützt. Immer, wenn ich die Haustür öffne, öffnen sich drei Türen übereinander, und die Frau vom Hausmeister (38) sagt: »Na, wieder zurück? Wohl eine Menge erlebt in fremden Ländern? Mit schönen Mädchen und so? Wie wär's erst mal mit einem kleinen Kaffee?« – »Aber gern«, sage ich und habe es gar nicht gern. Doch sie kümmert sich um meine Bude, wenn ich unterwegs bin. Oben gehen die beiden Türen zu, und ich hebe die Kaffeetasse mit gefälliger Gebärde und gewinnendem Lächeln an den Mund.

Dann steige ich die Treppe hinauf, und die Tür von Fräulein Mai öffnet sich, und Fräulein Mai (60) sagt: »Na, wieder zurück? Stellen Sie sich vor, Vater hat doch wieder seinen Katheter rausgerissen. Es sei ihm zu unbequem, sagt er. Stellen Sie sich vor: zu unbequem! Und ich? Ist es für mich nicht auch sehr unbequem, wenn ich dauernd sein Laken waschen muß? Er ist zu ungezogen.« In diesem Augenblick hört man jedesmal von weit hinten eine Stentorstimme: »Hella! Verdammtes Weib! Wo bleibst du?« Und Fräulein Mai sagt – und sie sagt es wie ein Flötenvogel: »Sie sehen, er kann ohne mich nicht auskommen.« Und sie verschwindet.

Ich steige weiter, und die letzte, die entscheidende Tür öffnet sich, und »Schön, daß Sie wieder da sind« sagt meine Wirtin (42) mit warmem Tremolo, »ich habe Sie und Ihre Musik sehr vermißt.« Und ich sage zum ichweißnichtwievielten Male: »Aber ich habe Ihnen doch den Schlüssel vor allem deswegen dagelassen, damit Sie oben spielen können, was immer Sie wollen.« Und sie erwidert zum ichweißnichtwievielten Male: »Aber Sie wissen doch: Ohne Sie ist es nur ein halber Genuß.«

So ist das in meinem Haus. Und so wird es wohl auch heute sein.

Ich schließe also sachte die Tür auf, und sogleich geben drei Türklinken ein leises, aber verräterisches Geräusch von sich. Die Frau des Hausmeisters steckt den Kopf durch die Tür und sagt: »Na, wieder zurück?« und so weiter ... Fräulein Mai hält eine Variante bereit. Sie sagt: »Grade habe ich Vater waschen müssen. Zum Glück bin ich ja nicht prüde. Ich weiß schließlich, wie ein Mann aussieht. Da unten. Das ist mir nichts Fremdes. Mir sind ein paar hundert durch die Hände gegangen. Damals, als ich im Säuglingsheim arbeitete. Das sind nun auch schon vierzig Jahre. Schwester ehrenhalber. Aber seit damals weiß ich, wie ein Mann aussieht. Wollen Sie nicht Vater begrüßen?«

Ich will keineswegs, aber ich schiebe meine Hand unter Fräulein Mais Achsel, und sie humpelt mit ihren armen, bis zu den Knien gelähmten Beinen zur Bettstatt des Alten, und beide warten darauf, daß ich Lobendes über ihre Wohnung sage, und ich sage: »Es ist immer wieder ein Erlebnis, in Ihre Wohnung zu kommen. So viel Kultur. Und dieses Bild, diese Fjordlandschaft, wie lebendig.« Und sie sagt: »Man wohnt ja nicht zufällig in der Belle Etage. Da hat man natürlich Verpflichtungen.« Und der

Alte sagt: »Auch ich, Herr Henri, auch ich kenne die Welt. Auch ich war in Arkadien.«

Sie bringt auf einem silbernen Tablettchen, auf dem ein durchbrochenes Deckchen liegt, auf dem eine geschliffene Karaffe und drei geschliffene Likörgläschen stehen, den Willkommenstrunk. Wir kippen das abscheuliche Likörchen, und ich wende mich aufatmend der Treppe zu, auf deren letzter Station meine Wirtin verheißungsvoll aus dem Türspalt lächelt. Dann sagt sie mit warmem Tremolo und so weiter und so weiter.

Endlich erreiche ich meine Tür, öffne sie mit bebenden Fingern und schlüpfe in mein Zelt, als schlüpfte ich in Mutters Bauch. Zuerst mache ich mir einen Tee. Ich bin ein Teefan und habe immer zwanzig Sorten zu Hause. Tee macht den Gedanken flinke Beine.

Ich schalte den Fernseher an und sehe Rainer Maria H., der sich mit gebrechlicher Grazie über einen kolossalen Goethekopf lehnt, so als stütze er sich auf die Lehne eines Biedermeiersofas. Hat er doch im Sinn, uns über die letzte Inszenierung der »Iphigenie« in Krefeld zu unterrichten. Als er die Jacke zurückschlägt, sehe ich, daß er wieder links trägt. Wird ihn noch Kopf und Kragen kosten. Haben ihn ohnehin auf dem Kieker. Hat den versoffenen Stadträten zu oft auf die Finger gesehen, wenn sie ihre Altstädte demolierten, um sich dabei selbst eine goldene Nase zu verdienen. Rainer Maria H. wechselt Spiel- und Standbein, und ich schalte aufs Erste um und werde sogleich von einer Greisin elektrisiert, derer meine Eltern stets mit Ehrfurcht und Rührung gedachten. Sie singt, fingerdick gepudert, mit einer ungeheuer schnurrbärtigen Baßstimme »Kann denn Liebe Sünde sein?« und zeigt dabei eine Menge Gefühl. Ich meine, für eine Frau in diesem Alter. Die Kamera fährt schamlos auf sie zu. Sie wogt mit den Hüften, schlägt die blauen Augendeckel hoch und lächelt, wobei die Stirn kraküliert, das Kinn zerplatzt, Bruchstellen von den Ohren zu den Mundwinkeln laufen und die Partien unter den Augen wie Sümpfe austrocknen. Mit Entsetzen wird mir bewußt, daß hier eine schon Gestorbene agiert.

Und diese Hände in der Großaufnahme: uralte, geborstene, von dicken Schlangenadern durchzogene Hände, wahre Wurzeln, die sogleich in die Erde eindringen würden, böte man ihnen Erde an.

Es klopft an der Tür zur »Terrasse der rosenfingrigen Aurora«. Hab das von Homer, »die rosenfingrige«. War zwar total blind, der Homer, aber sah die allerfeinsten Details. Es klopft also, und ich öffne, und der Kater »Terribile« kommt herein, richtet den Schwanz wie eine Kerze auf und streicht sein Haar an meinen Hosenbeinen glatt. Er tut, als sei ich nie weg gewesen, und streckt sich erst hinten, dann vorn, ehe er sich auf meinem Bett einrollt. Ich habe ihn – oder besser: er hat mich – seit vier Jahren. Ich sehe ihn an, wie er da friedlich wie ein Pazifist vor sich hin pennt, und die Heiterkeit eines blühenden Apfelbaumes senkt sich auf mein Gemüt. Ich habe ihn übrigens nie gesucht, er war einfach da, saß eines Tages vor der Haustür und hatte den Schwanz wie ein Strumpfband um den Schenkel gelegt. Er war höchstens sechs Wochen alt und fest entschlossen, bei mir zu bleiben, den er nicht kannte, von dem er aber Großes erwartete. Ich habe ihn nicht enttäuscht.

Er verbringt die Nacht wie üblich auf der Bettdecke, wacht manchmal auf und macht Faxen, als habe er zu lange unter der Couch des Dr. Freud gelegen. Am Morgen stelle ich diesem Ideal des Zwecklosen seine Milch hin, bereite meinen Tee vor und verschwinde unter der Brause. Ich ziehe mich provisorisch an und lese zehn Gramm Ovid. Die Story vom Aktaion. Bin ein gebildeter Mann.

Später wechsele ich von einer Cordhose in die andere. Ich habe nur zwei. Und zehn Hemden, die ich nicht zu bügeln brauche und selbst wasche. Ich habe eine englische Tweedjacke, eine peruanische Strickjacke aus Lamawolle, zwei Paar Clarks und zwei Paar indische Sandalen (unverwüstlich), einen Parka mit zwei verschiedenen Innenfuttern, einmal Wolle, einmal Pelz (russischer Zobel, auf dem Moskowiter Schwarzmarkt am gleichen Tag gegen zwei Jeans getauscht, an dem ich für sieben Ikonen drei Jeans gab.) Dazu mein alter VW, den ich fahren werde, bis er auseinanderfällt. Es versteht sich, daß ich in der Stadt das Fahrrad benutze, diese kleine Stahlfee, und dabei gleichsam nebenbei außer Herz und Hirn auch die Bauchmuskeln stähle. Unter der Woche ernähre ich mich von Quark, Zwiebeln, Brot und Rotwein. Aber an den Wochenenden geht's in meiner Küche zu, als wollte ich Paul Haeberlin entthronen.

In meiner Bude gibt es so gut wie keine Möbel. Aber die Stereoanlage hat soviel gekostet wie ein gebrauchter Rolls Royce mit vergoldeter Stoßstange. Ein paar Matratzen, auf denen indische Teppiche, afrikanische Decken und Indianerkleider herumliegen. Und jede Menge Bücherbretter. Ich habe (potztausend) 4000 Bücher, zwei Drittel davon geerbt. 2000 Platten, keine geerbt. Habe von Kindesbeinen an einen Musiktick. Mit vierzehn kriegte ich bei der Waldsteinsonate stets Nasenbluten. Drei Dutzend Bilder, von denen ich zwei Dutzend bei Malern ergattert habe, bei denen wir mal drehten. Große Namen darunter. Aber ich sammele keine großen Namen, sondern Bilder, die mir einfach Spaß machen.

Meine Dienstreisen übertreffen an Ausdehnung und Abwechslungsreichtum die Reisen Marco Polos, Humboldts und Sven Hedins. Mein Beruf deckt sich mit meiner Neigung, die Welt zu betrachten. Ich bin ein Augenmensch. Folgerichtiges Denken ist mir ebenso fremd wie die sorgfältige Wahl der Begriffe. Meine linke Hirnhälfte, wo alles Analytische sitzt, ist zu kurz gekommen. Nichts mit Mathematik, Logik, Philosophie und all diesem Zeug. Nichts. Werfe nur selten ein Auge auf die Vernunft. Die Todsünde unserer Zeit, die Domestikation des homo ludens, versuch ich mit einem ungebremsten Spieltrieb zu kontern. Ich vermute, daß ich dazu bestimmt bin, die Kunst des originellen Sehens zu verbreiten. Die Umstände hindern mich daran. Mein Beitrag zur Aufklärung des Menschen durch das Auge erschöpft sich in Hilfsdiensten. Ich tue nichts, ich funktioniere. Man bedarf meiner Talente nicht, wie mir mal irgendeiner von diesen Zombies in den oberen Etagen meiner

Anstalt sagte. Man schiebt sie auf die lange Bank, wo sie getrost verrotten können. Man pfeift auf die Anstrengungen, die ich anbiete. Nimmt sie nicht wahr. Weniger geschraubt heißt das: In diesem verdammten Laden wirst du erst Kameramann, wenn der Dampf raus ist, wenn dein Pulver verschossen ist, deine … nun sagen wir ruhig: künstlerische und jede andere erotische Potenz im Arsch sind, völlig zu schweigen von deinem Idealismus, deinem Tempo, deiner Besessenheit und deiner guten Laune.

Aber wenn ich meine Bude betrete, dann ist das alles vergessen, da grinse ich meinen Kater an. Da blüht mein Knochengerüst. Da dehnt sich mein Ego zwischen den vier Wänden bis ins Unendliche aus, da versinke ich mit irrem Ausdruck bei Toni Scotts »Musik für Zen-Meditation« in dieselbe. Wie Ludwig XIV. schreite ich zu den Klängen der Lullyschen Fanfaren zum Lokus, wie Nelson hole ich mir meinen sonntäglichen Braten zu der unsterblichen Melodie »Roastbeef of Old England« aus dem Ofen, und wie irgendein erzherzoglicher Potentat lasse ich vor dem Einschlafen Beethoven mit seiner »Appassionata« kommen. Ich vergrabe mich in die sanften Räusche Kerouacs, freue mich an der hysterischen Intelligenz von Hunter S. Thompson, dem Witz Tom Wolfes und den Exzessen Burroughs', dieser Nachtigall des Haschs usw. Wie irgendeiner dieser gichtgebeugten Herrscher zwischen Karl V. und dem ollen Fritz ziehe ich mich gegen zwanzig Uhr in mein Privattheater zurück. Und wenn es auch nur das Pantoffelkino ist, so erlaubt es mir doch Erstaunliches wahrzunehmen. Castellani oder Cassavetes im Dritten, die Muppets mit der wunderschönen Raquel Welch im Zweiten, das Liebesleben der Tiefseeschwämme oder »African Queen« im Ersten … Mit anderen Worten, ich habe Ursache, glücklich zu sein. Daß ich es nicht immer bin, liegt an meiner vertrackten Art, wie ich die Dinge, die Welt und mich selbst sehe.

Ich glaube nur, was ich mit eigenen Augen sehe und mit eigenen Ohren höre. Das hat folgende Ursache. Seit meinem vierten Jahr hatte ich mit den Mandeln zu tun. Viele Jahre lang sagten mir meine Eltern: »Wenn du schön lieb bist, Henri, dann kriegst du eines Tages auch die Mandeln herausgenommen. Wenn du nicht lieb bist, mußt du sie behalten.« Sie bauten das richtig auf, das Ding mit den Mandeln. Der Arzt hatte ihnen aus diesen oder jenen Gründen gesagt, die Zeit sei noch nicht reif für eine Operation. Raus müßten die Dinger, aber erst, wenn ich kräftiger sei. Und so hörte ich bei jeder Mandelentzündung: »Wir lassen sie dir bestimmt rausnehmen. Warte nur noch ein Weilchen und sei schön lieb bis dahin.« Ich gab mir viel Mühe, schön lieb zu sein. Vor allem, wenn ich Mandelentzündung hatte. Meine Alten schilderten mir die Operation in immer glühenderen Farben, wieviel Spaß sie machen würde, wie lieb die Schwestern und der Doktor und wie angenehm die Empfindungen hinterher und so weiter, so daß ich schließlich die Mandeloperation gar nicht mehr erwarten konnte. Und dann war es schließlich soweit. Ich war grade neun geworden. Ich wurde operiert.

Und es wurde eine ganz üble Viecherei, mit wahnsinnigen Blutungen, Erstickungsängsten und Brechanfällen, und es dauerte endlos. Ich dachte, ich ginge hops. Wochenlang konnte ich nicht schlucken. Die Schmerzen ließen nur langsam nach. Als ich nach vierzehn Tagen nach Hause kam und meine Alten – die mich im Krankenhaus wohlweislich nur kurz besucht hatten – wiedersah, hatte ich nicht übel Lust, sie in kleine Stücke zu schneiden und durch den Wolf zu drehen. Aber mach das mal einer mit neun. Fortan jedoch glaubte ich kein einziges Wort mehr.

Gegen Mittag mache ich mich auf die Socken, um in meinem Schuppen aufzukreuzen, Männchen zu machen, den Papierkram zu erledigen und der Dinge zu harren, die kommen werden. Ich erwarte sie in der Kantine, diesem Laichplatz für Gerüchte, höre aber nichts, was ich nicht schon weiß, und beobachte die Redakteure in mittleren Jahren, die in den Startlöchern scharren. Alle sehen bedeutungsvoll aus, durchaus bereit, einen Furz so zu kommentieren, als sei er der Urknall des Weltgeistes. Daneben stellen ein paar Mädchen unter dreißig die »unproduktive

Oberflächenschönheit der Jugend« (FAZ) zur Schau, die über dreißig und in »verantwortungsvollen Positionen« zeigen ihr Schwerwiegendes vor und lassen keinen Zweifel aufkommen, daß sie es sind, die die Fäden in der Hand halten.

Ich gehöre seit sechs Jahren zu einem Kameramann, der seit sechs Wochen fest auf seinen Eiern liegt, die er beschädigte, als er sich mit Lassoband auf den Kühler seines Dienstwagens kleben ließ, um ein paar »besonders attraktive« Fahraufnahmen von einem Traber zu machen, der mit bandagierten Beinen und viel Plüsch auf der Trabernase neben ihm hertrabte. Das Lassoband ging ab, und mein Held fiel dem Gaul unter die harten Hufe. Und deswegen gammele ich seit drei Wochen mal in diesem, mal in jenem Team rum und mache eine Menge Mist, den ich sonst nicht zu machen brauche, weil mein Kameramann zur »Zehner«-Elite gehört (das ist die Gehaltsgruppe »zehn«, und wer da einmal drin ist, darf Filme machen, die länger als eine Viertelstunde sind, und kann sich seine Filme aussuchen und macht nur noch »elitären« Kram; und wer da nicht drin ist, womöglich nur eine »achter« oder »siebener« hat, der karrt halt ein Leben lang Mist, macht die idiotischsten Statements und den ganzen Kleckerkram und geht langsam, aber stetig vor die Hunde).

Mein Kameramann heißt Eduard Hirte, und ich darf ihn »Ede« und »du« nennen. Das bedeutet viel bei so einem spröden Typ. Hat auch sechs Jahre gedauert, bis er sich dazu aufraffen konnte. Hier, in unserem Haus, hat er den Ruf, etwas Besonderes zu sein, eine Art Sonderklasse. Als er noch »Freier« war, hat er eine Menge Industriefilme gemacht und dafür ebensoviele Preise eingeheimst. Aber als ihn hin und wieder jenes ungute Gefühl packte, das man Existenzangst nennt, da ging er zum Fernsehen und hat's, glaube ich, nie bereut. Denn als »Freier« turnt man immer auf einem Drahtseil durchs Leben. Eine Baisse, und schon liegt man auf der Neese. Und, wie gesagt, als Zehnermann kann er sich die besten Happen herausfischen, und das sind für ihn Filme über Künstler, und so kommt es, daß von Künstlern hier ziemlich oft die Rede sein wird. Mir ist das recht. Ich kann mir nichts Besseres wünschen, denn eine Menge von ihnen sind die phantasievollsten, verschrobensten, witzigsten, verrücktesten, spontansten, kaputtesten, gescheitesten und was weiß ich – jedenfalls die abwechslungsreichsten Typen, die ich mir denken kann, wahre Goldkörner auf den bleigrauen Abraumhalden, auf denen Wirtschaftsbosse, Sportskanonen, Playboys, Filmstars, Schlagersänger und -sängerinnen, Bankiers und Parteivorsitzende zuhauf herumliegen, all diese Burschen, die mich tagtäglich nervten, als ich noch nicht in Edes Beutel hockte.

Ede ist im Grunde ein solider Handwerker, der immer das richtige Bild baut, auch da, wo er überhaupt nicht kapiert, um was es bei dieser oder jener Sache geht. Eine Menge seiner Gedanken sind reinstes Gelsenkirchner Barock. Er trägt jahraus, jahrein die gleiche braune Glanzlederjacke, Manchesterhosen mit eingewebten Gummifäden, »pig trotters« und seine berühmte Schottenmütze mit Bommel. An der Arbeiterklasse tadelt er, daß sie keine mehr sein will, und an den Außerparlamentarischen ihren Mangel an Einheit. Er möchte frei von allen Zwängen sein, stößt aber überall an die Grenzen der Gewöhnung, Grenzen, die er oft genug selbst gezogen hat. Er möchte aus seinem Schatten springen und landet immer wieder darin. Er ist fünfzig, stark wie ein Bulle, mit gewaltigen Tatzen, die aber auch durchaus geeignet sind, die feinsten Mikrometerschrauben zu bewegen. Er hat's seit langem schon im Kreuz, in den Schultern und in den Knien, und wenn er in die Hocke geht, um das Babystativ zu schonen, hat er manchmal Mühe, wieder hochzukommen. Ich bin höflich genug, ihm dabei nicht zu helfen, ihm eine überflüssige Demütigung zu ersparen. Aber sonst ist er ok. Großvater alter Sozi, ein ehrenhafter Mann. Vater alter Sozi, aber kein ehrenhafter Mann. Mutter eine Heilige. Alle männlichen Mitglieder der Familie sind im Pütt mehr oder weniger vor die Hunde gegangen: Onkel, Schwager, Brüder. Meist Staublunge. Am Kohlenpott gemessen, ist Ede einer, der es zu was gebracht hat.

Ich schiebe an die Theke und hole mir einen Kaffee, der einen Vorgeschmack von dem gibt, was mich hier mittags erwarten wird, und fange ein Gespräch mit der Bedienerin an der Kaffeemaschine an, wobei ich ihr die Vorzüge einer guten Tasse Kaffee beschreibe. Aber sie hört mir gar nicht zu, sondern verschlingt mit illuminierten Blicken einen Schlagerstar, männlich, dem die Herren von der für Schlagerstars zuständigen Abteilung den Hof machen, wobei sie ihre Gesichtshaut hinter den Ohren glattziehen. Sie sind schon älter und möchten jünger aussehen. Es schmeichelt ihnen, mit diesem Schlagerstar gesehen zu werden, obwohl dazu kein Grund besteht.

Dann ist es Zeit fürs Mittagessen, und ich stelle mich schnell an den Tresen, ehe die anderen alle kommen und eine Schlange bilden, die durch drei Etagen gehen wird. Es gibt eine chemische Tomatensuppe, Fischstäbchen, die in keiner Weise an Fisch erinnern, und chemischen Pudding. Ich bin am Boden zerstört und gehe in den Keller, um meine Kamera zu betrachten, die dort in einem eigenen Schrank aufbewahrt wird. Sie ist in Ordnung.

Drudel, ein Achter-Kameramann, kommt vorbei und sagt: »Was macht denn Ede?«

»Immer noch down«, sage ich, »und du?«

»Wir haben gerade Grabsteine mit Bienengesumm gedreht. Tod in Hollywood. Die Schauplätze von Evelyn Waughs Buch. Leider hatte der Becker keine Ahnung. Versteht überhaupt nichts davon.«

»Noch lange kein Grund, keinen Film darüber zu machen.«

»Haste auch wieder recht. Du, die haben sogar einen Hundepuff in Hollywood. Einen richtigen Puff. Wie is'n das passiert mit Ede?«

»Er hat sich mit Lassoband auf 'n Kühler geklebt, so quer durch die Schnute. Das hat sich gelöst.«

»Shut up«, sagt Drudel und grinst dämlich, »willst mich auf den Arm nehmen. Aber das gelingt dir nicht. Mußte schon einen andern aussuchen.«

Drudel ist fast zwei Meter groß. Deswegen wird er immer

da eingesetzt, wo man über andere weggucken muß. Meist in Bonn, wo sein langer Schatten gefürchtet ist. Er versaut damit das Licht. Aber sein Blick ist nie verstellt, und das Bild so rein wie der Arsch eines Engels, wenn man von dem Schatten einmal absieht, den er manchmal auf einen Prominenten wirft, der da vorne mit seiner Spucke das Mikrophon firnißt.

Am Nachmittag finde ich in meinem Fach einen Zettel, auf dem steht, daß ich für zwei Tage zu dem kleinsten Kameramann muß, den wir in unserem Raritätenkabinett haben. Das kann mir gar nicht gefallen. Er ist überhaupt nicht mein Typ. Er ist von Ehrgeiz ausgelaugt, was man freilich seiner rosigen Ferkelleibigkeit nicht ansieht. Er verströmt Jovialität, ohne sie zu haben, Großzügigkeit bei maximalem Geiz, Vielseitigkeit bei borniertester Engstirnigkeit, Behendigkeit bei größtmöglicher Immobilität. Seine Leidenschaft sind Prozesse, die er gegen jeden anstrengt, mit dem er ein privates Hühnchen rupfen möchte, meist gegen Kameraassistenten, die ihm ein Mädchen weggeschnappt haben. Einfach weil die Kameraassistenten größer sind als er. Seine ewige Froschperspektive treibt ihn zwangsläufig zu immer neuen, meist völlig sinnlosen Aktionen. So ließ er sich einmal unter den Bauch eines Hubschraubers schnallen, um den Montanara-Chor unter den Dreizinnen zu überraschen. Als sie wieder landeten, war der Unglückliche so steif gefroren wie der transsilvanische Kutscher in Polanskis »Tanz der Vampire«. In der Sahara ließ er sich in eine Wanderdüne eingraben, um das Wandern aus nächster Nähe zu filmen, und der Sand ging über ihn hinweg, und als man ihn endlich fand, war er ausgetrocknet wie die Mumie Ramses' des soundsovielten. Er ließ sich ins Meer versenken, in einen Gletscher einfrieren, durch eine Turbine gleiten und aus einer Kanone abschießen. Einmal verbrachte er Wochen in einem Vogelnest, um das Aufplatzen der Eier authentisch zu haben. Er heißt Donald, und wir nennen ihn Donny.

Wir haben irgendein Thema aus der Wirtschaftswundertüte am Wickel und fahren nach Frankfurt. Da soll in einer Festhalle ein Baby-Cola-Festival stattfinden, eins von diesen Gladiatorenspielen mit Siegerehrung, wie sie unsere von den Reklame- und Wirtschaftsbossen bis auf die Knochen abgenagte Gesellschaft schätzt, ohne zu ahnen, daß sie hier einem ihrer eigenen Leichenbegängnisse beiwohnt. Hier kann sie in feierlichem Rahmen miterleben, wie ihre Verführer allein an ihren Profiten gewogen und befunden werden.

Die verantwortliche Redakteurin leitet die Abteilung »Frau und Gesellschaft«. Sie tut es mit einem fanatischen Ehrgeiz, einmal um es den männlichen Kollegen zu zeigen, ein andermal um »in« zu sein, einer Gesellschaft anzugehören, die sich ihrer bedient und sie fallen lassen wird wie die berühmte heiße Kartoffel, wenn sie diesen Posten einmal nicht mehr mit ihrem stattlichen Hintern ausfüllt. Da ihre Fähigkeiten in der Kunst, Filme zu machen, beschränkt sind, überläßt sie »das Manuelle« entweder ihren Regisseuren oder den freien Produzenten. Die geben vor, sie zu verehren, möchten sie aber am liebsten auf ganz kleiner Flamme rösten, denn sie behandelt sie wie einst eine großmächtige Äbtissin ihre Leibeigenen: vierteilen, an den Ohren aufhängen, den Schwanz abschneiden, auspeitschen. Und sie behandelt sie so, weil die armen Hunde von ihr abhängen. Also bleibt ihnen nichts, als mit den Zähnen zu knirschen und ihren Vorstellungen vom kleinen Feuer nachzuhängen. Da sie von all den fernsehgeilen Potentaten des öffentlichen Lebens hofiert wird, den »großen alten Männern« von Politik und Wirtschaft und all den Firstladies, die jene ruinieren, fühlt sie sich gesellschaftlich erstklassig. Und weil wir, ihr Team, gesellschaftlich zweitklassig sind, läßt sie uns das fühlen, und es gibt wirklich Teams, die darunter leiden, wenn sie am Katzentisch tafeln müssen, während die Dame an der feudalen Krippe speist. Uns, das heißt Donny, mir und der abgebrühten Tonmaus, ist sie eine willkommene Beute für unseren Heißhunger auf mürbe Sprüche und mürbe Nabelschau, und wir verzehren sie gelegentlich mit Haut und Haaren und werfen ihre Knochen rückwärts über die Schulter. Sie hört übrigens auf den Namen Tarnowa.

Als wir in die runde Riesenhalle kommen, ist der Rummel schon in vollem Gang. Ein paar hundert Typen: Nadelstreifen, Krawatte mit winzigem Knoten, Hornbrille, Messerhaarschnitt, Wangen frisch rasiert, aber mit Blaustich, Zigarre. Sie stehen herum und halten Cocktailgläser in den Unternehmerfingern. Die ganz Feinen sind die Lizenzträger, die irgendwo im Lande ihr Baby Cola brauen, die immer noch feinen anderen sind ihre Angestellten, Direktoren, Verkaufsleiter und was es so alles gibt. Riesengroß wie die Freiheitsstatue im New Yorker Hafen steht auf einem Sockel eine Baby-Cola-Flasche.

Ein Dutzend Stufen, die mit babycolafarbenem Samt überzogen sind, führt zu ihr empor. Auf ein Lichtsignal hin marschiert eine Hundertschaft der Anwesenden zum Fuß der Flaschentreppe. Wir drehen diesen Aufmarsch, dessen Rhythmus von dezenter Marschmusik bestimmt wird.

Die Tarnowa kommt herüber und sagt: »Ihr müßt die Plaketten auf den Jacketts aufnehmen.«

Also geht Donny ganz nahe an die Jacketts heran, und da er den Colafürsten nur bis zum Kavalierstüchlein reicht, erklettert er behende die untersten Stufen der Treppe und dreht die Plaketten und schwenkt hinauf zu den großen, jetzt von Zigarren entblößten Mündern. Er läßt die Kamera fast in diesen mit Jacket- und Goldkronen möblierten Räumen verschwinden, und einer davon öffnet sich handbreit und sagt: »Du bist aber mal ein nettes kleines Kerlchen« – mitten in Donnys Weitwinkel hinein.

Donny senkt die Kamera wie ein zwiehändiges Schwert und erwidert: »Ich hätte nicht übel Lust, dir die Fresse zu polieren.«

Alle haben das gehört, zehn Sekunden lang die Stille im Zentrum eines Hurrikans. 200 Augenpaare versuchen Donny an die Treppe zu nageln. Aber Donny lacht nur und dreht weiter.

Die Tarnowa schleicht, wie ein Kamel über die ganze Sohle abrollend, heran und sagt mit leiser, scharfer Stimme: »Sie haben Herrn Schliefel beleidigt, der den meisten Umsatz macht. Er ist mindestens dreißigfacher Millionär. Das kann uns die Plätze an der Festtafel kosten.«

»Na und?« sagt Donny und dreht weiter, und in diesem Augenblick erklingt aus 100 Lautsprechern die Baby-Cola-Hymne, und alle diese gestriegelten und gebügelten, üppigsten Wohlstand verströmenden harten Männer singen mit, und Donny nimmt die Tränen auf, die ihnen hemmungslos über die Wangen fließen. Da der Chor im reinsten Mickymausenglisch singt, verstehe ich nur so viel, daß Gott die Colanuß geschaffen habe, damit die Baby Cola Company in fast allen UNO-Ländern Milliarden umsetzen kann, zum Wohl der Menschheit, und daß alle Menschen Brüder seien.

Dann hebt der Präsident seine mit Blattgold belegte Stimme und meint, was er an den Versammelten hier bewundere, sei weniger ihre Kunst, Umsatz zu machen, als ihre Fähigkeit, sich mit Baby Cola zu identifizieren. Sie seien nicht mehr Herr Schliefel, Herr Schmittchen oder Herr Kreisling, sie seien Baby Cola und bereit, wenn der Konzern es verlange, sich auf Flaschen ziehen zu lassen. Und wieder weinen alle vor Ergriffenheit und dieses Mal reines, unverfälschtes Baby Cola. Und was ich hier erzähle, ist nicht etwa eine Parodie, sondern die reine Wahrheit und nichts als diese.

Nun erklingt die Stimme des Präsidenten hundertfach aus den Lautsprechern, und sie klingt wie die Stimme Gottes, welche die Meere erschüttert und die Zedern des Libanon knickt, und sie zählt auf, wer im letzten Jahr wieviel Umsatz machte. Und er bittet die Umsatzträger, sich auf den mit Zahlen versehenen Stufen unter der Baby-Cola-Flasche so aufzustellen, daß die, die zehn Millionen machten, auf Stufe zehn zu stehen kommen, die Neuner auf Stufe neun und so hinunter bis Stufe eins. »Die Herren aber, die mehr als zehn gemacht haben, finden sich neben der Flasche ein.«

Und so geschieht es unter dem ohrenbetäubenden Applaus aller Versammelten. Der Präsident steigt die Stufen hinauf und verteilt goldene, mit Diamanten besetzte Baby-Cola-Broschen, goldene ohne Diamanten, silberne, bronzene, und die Herren, die nun schon wieder in Tränen gebadet sind, heften sie sich an. Dann erklingt die dritte Strophe der Baby-Cola-Hymne, danach die des Deutschlandliedes. Unsere Tonmaus fuchtelt mit diversen Mikros in der Luft herum und fängt auch den verhaltensten Schluchzer ein, selbst das leiseste Klirren der soeben verliehenen Broschen.

Plötzlich rufen alle »Oh!« und »Ah!«, und die riesengroße Baby-Cola-Flasche erstrahlt von innen, zahllose Blasen steigen auf, die Beleuchtung wechselt von Rubinrot zu Flamingorosa, der Deckel hebt sich, und ein wunderschönes, langbeiniges und langhaariges Mädchen in weißem Trikot und mit leuchtender Baby-Cola-Schleife steigt aus der Flasche. Endloser Applaus.

Trotz Donnys Kühnheit, oder besser: Selbstbehauptung – »Ein Mann kann sein Leben verlieren, aber nicht seine Ehre« –, dürfen wir an der feierlichen Abendtafel teilnehmen, Aperitifs literweise hinunterkippen, Kaviar mit dem Löffel fressen, kalte, mit Morcheln gefüllte Rebhühner abnagen und die Backen mit kandierten Früchten füllen.

»Also, wie Sie das vorhin gemacht haben, Herr Kameramann«, sagt der Präsident mit halbfetter Stimme und legt Donny eine riesige, diamantengeschmückte Tatze auf die Schulter, »alle Achtung.« Und man merkt, wie dahinter die Hoffnung mitschwingt, wir vom Baby Cola Establishment geschmeichelten Televisionsfritzen würden von nun an bis in alle Ewigkeit dieses gottverdammte, maulverklebende Gesöff nur von seiner Schokoladenseite zeigen.

Der Präsident dreht sich um, und ich sehe im Spiegel, wie er sich die Mandeln parfümiert.

Dann hakt er die Tarnowa ein und wendet sich den anderen zu. Die signalisieren ihm ihre Rangordnung in der Art eines Wolfsrudels durch unterschiedliches Anlegen der Ohren, Krümmen des Rückens, auch wenn es die ramponierten Wirbelsäulen kaum erlauben, Einziehen oder Senken der Schwänze, Speichelfluß der Lefzen – jeder Zoll ihres Fells verrät ihren sozialen Status.

Die Schöne, die im weißen Trikot der Flasche entstieg, wird

nun, in eine lange Brokatfahne mit quer darüber gesticktem »Baby Cola« gehüllt, von Hand zu Hand gereicht. Dabei werden die Manager zu Stammtischbrüdern. Gemeinsam ziehen sie mit ihren Blicken die Schöne aus der Flasche aus, die ihnen ihr routiniertes Mannequin-Lächeln entgegensetzt, ehe sie sich mit einem kumpelhaften Lächeln uns Fernsehfritzen zuwendet, woraufhin Donny seine winzigen Zähne entblößt und sie als Beute akzeptiert. Obwohl noch keine 35, hängt er einer patriarchalischen Gesellschaftsordnung an, das heißt: Für ihn gibt es keinen Zweifel, daß ihm, dem Ranghöchsten in diesem Team, der fetteste Happen zusteht. Die Schöne kommt herüber, und man sieht ihrem geschürzten Mund die Erleichterung an, den Zotenreißern entgangen zu sein. Sie geht an Donny vorbei, den sie nicht wahrnimmt, streckt die Hand nach meinem Sektglas aus und leert es mit einem göttlichen Zug in ihren Antilopenhals. Dann sagt sie: »Ich habe noch nie soviel Kotzbrocken auf einem Haufen gesehen.« Sie nimmt meinen Arm, und während sich Donny violett bis in den Hemdkragen in die große Welt zurückzieht, treten wir in den Schatten einer Palme und fühlen uns wohl. Als einer der Livrierten vorüberkommt und uns ein Glas Champus anbietet, nehmen wir ihm das ganze Tablett ab. Er ist überrascht, zieht die Schöne mit seinen plissierten Domestikenblicken ... aber das hatten wir ja schon ... und kommt nach ein paar Minuten mit einem neuen Tablett zurück. Wir leeren es zu dritt.

Als wir am frühen Morgen in eine von feinen Nebeln entmaterialisierte Welt treten, haben sich die Flüssigkeitsmanager in ihre Produkte verwandelt, ganz wie es ihr Präsident gesagt hatte. Langsam wandeln ein paar hundert Baby-Cola-Flaschen durch den kleinen Park in die Vorstadtstraße, wo sie von stämmigen Packern in Baby-Cola-Kästen abgezählt und auf einen Baby-Cola-Spezialtransporter verladen werden, der langsam unseren Blicken entschwindet. Die Schöne aus der Flasche hat jetzt einen gelborangenen Maximantel an, der hier und da mit feinem Pelz besetzt ist. Bei jedem ihrer weiten Schritte öffnet sich der Mantel und gibt ein Midikleid frei, das oben in zartestem Hellgrün beginnt, um unten im dunkelsten Urwaldgrün zu enden. Darunter werden hohe pflaumenblaue Stiefel sichtbar. Ich weide meine Blicke wie Lämmer auf dieser Regenbogenschönheit, leitartikle progressive Sprüche à la »Twen« und ziehe ein Vokabular an den Haaren herbei, in dem es von tangerinrot gespritzten Stromlinienbabys nur so wimmelt, bin mir aber gar nicht im klaren, ob ich mit alledem hier richtig liege. Jedenfalls schenkt sie mir ein milch- und honigfarbenes Lächeln und läßt ihren Arm fest unter meinem. So gehen wir noch eine Stunde auf und ab, und ich genieße den Neid und die Bewunderung der ersten noch bettwarmen Passanten, die die solide Formlosigkeit der deutschen Arbeiterklasse vorzeigen. Im Osten entrollt der Himmel das Rot der Revolution, das schnell zum allmorgendlichen Grau erbleicht.

Wir trinken dann noch in irgendeinem feudalen Hotelschuppen Kaffee und entwickeln dabei eine Menge gegenseitiger Wärme, und sie telefoniert, und nach einer weiteren halben Stunde kommt ein leuchtend roter Porsche mit so einem Typ »für 'ne Camel laufe ich meilenweit«. Er winkt ihr zu, und sie winkt zurück und sagt: »Na ja, nun ...« und zuckt die Schultern, und ich denke: »Schade um so 'n feines Etwas, wirklich schade« und hole unseren Wagen aus dem Parkhochhaus und parke ihn vor der Baby-Cola-Halle. Als erste erscheint die Tarnowa, die morgengerötete Wange an die wattierte Schulter – »Ein Gentleman wattiert wieder« – des Präsidenten gepreßt. Der gibt sich nicht ohne Zartgefühl, siegreich, wangenmuskelspielend und pferdezähnig lächelnd.

Sie sagt gerade: »Ach wissen Sie, was das für ein Gefühl ist, wenn man wie die Göttin Fortuna mit ihrem Füllhorn die Gangway herabsteigt und die freien Produzenten stehen dort unten, die Arme voller Blumen und voller Erwartung, was ich ihnen diesmal mitbringe. Und dann brechen sie über meiner Hand zusammen, begraben sie förmlich unter Küssen und Blumen, Rosen vor allem.«

»Auch ich würde sie gern unter Rosen begraben«, sagt der pferdezähnige Idiot und blickt auf seine Patek Philippe in achtzehnkarätigem Weißgold.

Sie hängt sich ihr idiotisches kleines Nerzcape um, und Pferdezahn sagt: »Frauen haben für Tiere ein Herz, am wärmsten schlägt es unter Nerz ... ha ha ha.«

Dann kommen Donny und die Tonmaus, beide mit blauumringten Augen und den übervorsichtig gesetzten Schritten der an Migräne Erkrankten. Während die Tonmaus verschwindet, um den zweiten Wagen zu holen, bläst Donny seinen Brunftsack auf und sagt zu mir: »Sie sind mitten in den Dreharbeiten weggelaufen. Waldeck, mit diesem Flittchen. Das gibt erst mal 'ne Beschwerde, vielleicht 'nen Prozeß.«

Aber ich, meilenweit von allem entfernt, was mit dem Austeilen von Ergebenheitsadressen zu tun haben könnte, lache ihn nur an, streiche ihm übers Haar und sage mit niederdrückender Fröhlichkeit: »Ich mäste doch keine Kolibris, mein Hausengel.« Er wird wieder violett, sagt aber nichts. Was sollte er auch sagen?

Die Tarnowa nimmt Aug in Aug und Hand in Hand Abschied von ihrem eroberten Flüssigkeitsbehälter. Sekundenlang betrachten sie sich ergriffen, dann überwältigt sie das Wunder der Liebe. Sie wirft ihre Arme um seinen Nacken und lötet ihn mit ihren Küssen zu. Wir ziehen uns eine Gänsehaut über, klettern in unsere Vehikel und brausen heimwärts.

Natürlich hat die Baby-Cola-Story ein Nachspiel: Die Tarnowa beschwert sich über Donny, der sich wie ein in die Enge getriebenes Wildschwein wehrt, aber, wie üblich, vom Chef der Kamerafritzen wie eine heiße Kartoffel ... na ja, Sie wissen ja, der will nicht anecken, sondern vorwärtskommen, und überhaupt: Redakteure haben immer recht. Und so muß Donny klein beigeben und schleicht tagelang als Jago verkleidet umher. Es ist immer das alte Lied: Wie es zwischen den Ton- und den Kameramännern ein Statusgefälle gibt, so auch zwischen den Kameramännern und den Redakteuren. Die Arroganz der »gesellschaftlich« und »geistig« höher stehenden Redakteure, die Abitur und ein paar Semester von irgend etwas hinter sich gebracht haben, wird von den sich gleichberechtigt fühlenden Kameramännern schmerzlich wahrgenommen und mit Renitenz bekämpft. Immerhin ist man ja manchmal in der gleichen Gehaltsgruppe. In den Augen der meisten Kameramänner sind die meisten Mitglieder der Redakteurskaste deswegen die reinsten Nieten, Wichtigtuer, Hansdampfinallengassen, Abschreiber, Faulpelze und noch eine Menge mehr. Das alles sind sie in den Augen der meisten Kameramänner, die ihrerseits – und das muß hier natürlich auch mal festgestellt werden – in den Augen der meisten Redakteure auch nicht besser wegkommen. Denn diese halten sie für Schaumschläger, Kleinkrämer, Korinthenkacker, Lahmärsche und fickrige Hunde, von denen sie vor allem erwarten, daß sie die Schnauze halten, aufnehmen, was man ihnen sagt, ihre lausige Pflicht tun und den Redakteuren nicht mit eigenen Gedanken ins Gehege kommen, die womöglich dem Bild einen Vorsprung vor dem Text verschaffen wollen. Nein, so nicht. Für die meisten Redakteure ist der beste Fernsehbeitrag ein leidlich bebilderter Rundfunkvortrag. Ihnen kommt es auf ihren Text an, von dem sie annehmen, er würde die Fernsehnation erleuchten. Über das, was ein Film ist – nämlich ein Mirakel aus Bild und Schnitt, das notfalls ohne Text jede Menge Information durch das Auge (und nicht das Ohr) in den Verstand strudelt –, darüber zerbrechen sie sich nicht ihre Eierschalen …

DREI

Als ich am Montag in unserm Laden aufkreuze – einen Sack mit Filmrollen dabei, aus denen ein Streifen über Orgeln werden soll –, sagt mir das Girl von der »Dispo«, es gebe im Augenblick nichts zu tun für mich, Sauregurkenzeit und so, und wenn ich wolle, könne ich mir zwei freie Tage nehmen und »Tschüüüß denn«, und bei diesem gottverdammten »Tschüüüß denn« zieht sie ihr Allerwelts- und jedenbeglückendes und Siehmalwiegut-ichdirbin-Lächeln wie einen jener bunt bedruckten Pariser über, die in den Schaufenstern von St. Pauli herumliegen. Die haben ein todernstes Gesicht auf der Spitze, und wenn man sie überzieht, lacht dieses Gesicht, und der Abend ist geschmissen.

»Ja, tschüüüß denn«, sage ich und gehe ins Kopierwerk, wo ich einer gewissen Person zuzwinkere, die zurückzwinkert und den himmlischen Satz sagt: »Kannst es morgen abholen. Ich stecke es über Nacht hinein.«

Also hole ich es morgen ab und trabe auf der Suche nach einem leeren Schneidetisch über die Flure. Endlich finde ich einen und beginne meinen Orgelfilm anzusehen. Erst gefällt es mir, dann finde ich es beschissen. Die alte, ewig geschlagene Leier. Achteinhalb. Das ewige Mißverhältnis zwischen dem, was man will und was dabei rauskommt. Während ich Meter um Meter betrachte, setzt sich eine Hand wie eine Krähe auf meine Schulter, und die Meyerbeer sagt mit ihrer verrotzten Säuferstimme: »Hübsch, was du da hast. Aber jetzt mußte abhauen. Tigerberg kommt, um eins seiner doofen Pamphlete zu kürzen.«

Die Meyerbeer, fünfunddreißig, schwarzhaarig und ein wenig gedunsen, ist eine der wenigen Cutterinnen mit Eingebungen. Wenn sie genug hinter die Binde gekippt hat, überkommt es sie, und sie riskiert verwegene Schnitte. Die meisten Cutterinnen kleben brav an der Routine und an den Drehbüchern oder auch nur an den Lippen ihrer Redakteure, und sie kleben da wie Fliegen am Leim. Sie kommen von alledem einfach nicht weg. Und dabei sind sie tief in ihren kleinen düsteren Cutterinnenseelen davon überzeugt, daß sie alles besser machen würden, wenn man sie nur ließe. Die Meyerbeer ist da anders. Sie spuckt auf die Drehbücher, füllt sich mit reinem Schnaps und überläßt sich ihren reinen und unschuldigen Einfällen und nur diesen, denn wenn sie es mit Grips versuchte, wäre es gleich aus; so macht sie noch aus den langweiligsten Geschichten etwas, das sich zumindest ansehen läßt, aber wenn sie an etwas gerät, das ihr Spaß macht, dann macht sie schöne, wahnwitzige und gänzlich unerwartete Dinge, die im Infratest oder was sie jetzt dafür haben, so zwischen minus zwei und minus sieben liegen, den Abscheu des mündigen Bürgers provozieren und ein paar von uns veranlassen, die Flinte doch noch nicht ins Korn zu werfen.

Ich gehe also eine Weile in die Kantine, und nach einer Stunde kommt die Meyerbeer und sagt, Tigerberg, der Heini, sei fertig, und ich könne zurück. Sie käme auch noch ein bißchen herüber, müsse aber vorher ein paar Klare kippen, um den Tigerberg zu verdauen. Also gehe ich zurück, spule meine Orgel weiter ab und habe schöne Gedanken. Die Meyerbeer tritt wie ein Phantom durch die Tür. Sie ist stockvoll und gerade in der richtigen Stimmung, und so nehmen wir die Orgel auseinander, hängen drei Galgen voll und kriegen uns in die Haare, und endlich sagt sie, ich solle mich zum Teufel scheren, sie mache jetzt allein weiter, was ich denn auch tue, wobei ich ununterbrochen Stoßgebete murmele, damit mir dieses Weib ja nicht mein Material versaue.

Als ich um Mitternacht noch einmal an unserem Schuppen vorfahre, brennt bei der Meyerbeer noch immer Licht. Ich steige hinauf und finde sie mit einem Dutzend fertiger Takes, und sie zeigt mir den ersten.

»Spitze«, sage ich, »das ist Spitze, was du da gemacht hast.«

Sie nickt mit glasigen Blicken, steht auf, steht für zehn Sekunden wie eine Kerze, gerade, zufrieden, mit einem schönen irren Lächeln. Dann fällt sie, eine Tanne unter der Motorsäge, so schnell um, daß ihr nicht mal ein Känguruh beispringen könnte, geschweige denn ich. Ich räume meine Rollen und Reste zusammen, lade mir die Meyerbeer auf die Schultern – mein Gott, ist dieses Weib schwer – und trage sie in meinen Bus. Ich lege sie auf den Boden und kutschiere sie nach Hause. Dann schleppe ich sie vor ihre Haustür, klingle, und als ihr Typ öffnet, drücke ich sie ihm in die Arme.

Zu Hause lege ich ein Band auf, das ich in Hongkong gekauft habe. Es enthält ein Potpourri aus einer chinesischen Revolutionsoper, die »Mit Geschick den Tigerberg erobern« heißt. Das hätte geklappt. Kater Terribile kommt hinzu und deutet Mißvergnügen an. Bemüht seinen Tiger-von-Eschnapur-Blick, das ausgekochte Schlitzohr. Als ich keine Neigung zeige zu reagieren, beginnt er einen Schuh zu verspeisen.

»Ist ja schon gut, Père la joie«, sage ich, »ist ja schon gut, und du kriegst ja schon deine Platte«, und lege ihm die »Katzenwiegenlieder« von Strawinsky auf.

In den nächsten acht Wochen drehe ich mit allen möglichen und unmöglichen Kameramännern unzählige »Ottos« in dieser Reihenfolge: Zwei Publizistenhähne, die Walden und Augstein heißen, denen der Moderator, damit sie in Fahrt kommen, vorher in die Ohren bläst, genauso wie sie es auch auf Bali mit den Hähnen tun –

Den amerikanischen Autor Charles Bukowski bei der Entgegennahme eines Preises. Er nennt sich in seiner Ansprache eine talentierte Wildsau, die sich selbst in den Schwanz beißen könne. Er könne auf dem Schwanz laufen, ruft er, und seine Mieze bis zum Zahnfleisch vögeln. Er könne sich einen Knoten reinmachen ... Als er das auch noch vorführen will, brechen wir die Dreharbeiten ab. Aber wenn das Genie ist, dann ist er eins –

Einen Verteidigungsminister, der uns versichert, ein guter Marsch sei 100 Kanonen wert. Er wolle statt Waffen Märsche einführen. Das käme viel billiger –

Eine Dame namens Emma, eine Vestalin der Emanzipation, die sich die rechte Brust abgeschnitten hat, um beim Schreiben nicht behindert zu sein –

Eine Reportage über Oscar Wildes reichlich kessen Satz: »Die Arbeit ist der wunde Punkt der trinkenden Klasse.« Wir drehen das in Moskau, wo wir einmal auf einem Vorortbahnhof auf den Lokus müssen, und die Lokusse sind vorn und hinten offen, vierzig nebeneinander, und hinter einem geht eine gewaltige weibliche Person auf und ab und spritzt uns aus einer Flitspritze Wohlgerüche hinten rein. Dann gibt sie von vorn jedem von uns ein Blatt Papier. Meinem russischen Nachbarn aber zwei. »Warum?« will ich wissen. »Er ist ein General«, sagt die Gewaltige –

Über Heino – den Tod von Ülpenüch –

Über Arnoldo di Lapo – welch ein schöner Name! Aber ich habe mittlerweile vergessen, wer er war und warum wir ihn gedreht haben.

Ist natürlich alles Blödsinn. Wäre schön gewesen, wenn wir das wirklich alles gedreht hätten, aber unser Job ist ernster, und die Themen sind ernster, und so drehen wir in Wirklichkeit dieses:

Eine Spitzenfunktionärsversammlung der CDU, auf der die Lebenden neben den Toten sitzen, denn wie Johanna die Wahnsinnige den Leichnam ihres Gatten Philipps des Schönen mit sich herumschleppte, so schleppen die Spitzenfunktionäre der CDU die ehrwürdigen Leichname ihrer Alt- und Exkanzler mit sich herum und stellen sie an ihren Tafeln aus –

Einen Maßschneider in Kulmbach, der uns unter Tränen versichert, es sei die Hölle, Maßschneider in Kulmbach zu sein –

Einen alten Mann im Rollstuhl, der einmal Diener bei Diaghilew war und sich erinnert, ihn auf einer stürmischen Seereise begleitet zu haben. Da Diaghilew selbst nicht beten wollte, ließ er seinen Diener beten, »um die Elemente zu beruhigen«, wie uns der alte Mann im Rollstuhl sagt –

Dann drehen wir ein halbes Dutzend Statements zum Thema »Raucherkrebs«, Untertitel: »Warum ist der Raucherkrebs grade bei Rauchern nicht zu vermeiden«, und in Heidelberg öffnet ein Professor ein schwarzes Kästchen, und darin liegt ein schwarzes Läppchen, das der Professor mit spitzen Fingern hochhebt und zu einer ganz gewöhnlichen Raucherlunge erklärt. Und in Berlin sagt ein anderer Professor zornrot, daß der Staat, dieser Stinkstiefel, ja ein doppeltes Interesse daran habe, einmal, weil er sich dick und dämlich an der Rauchersteuer verdiene, ein andermal, weil die vom Raucherkrebs Befallenen die Auszahlung ihrer Pensionen überflüssig machten –

Dann drehen wir für irgendwelche Vorprogramme ein halbes Dutzend Schlagerstars, jeden mit einem Dreiminutenhit, der einem das Wasser in die Augen treibt, wobei sie ihre drittklassigen Schlagerstarpantomimenschritte nebst Tanzlehrerpirouette und Lassowurf mit dem Mikrophonkabel anbieten und den ganzen dürftigen Tinnef –

Viermal drehen wir das »Wort zum Sonntag«, das so hohl wie eine Nuß klingt, wenn man es auf den harten Boden fallen läßt, auf dem wir alle ja nun mal stehen –

Einen Schneckenzüchter, der eine besondere Schneckendiät erfunden hat, und am gleichen Tag einen Apotheker, der Pariser mit Geschmack auf den Markt werfen will, von Pfefferminz über Erdbeere bis zu Gänseschmalz –

Eine Katzenausstellung, bei der unser Redakteur von »Mensch und Tier« aus lauter Schikane darauf besteht, daß die Tonmaus das tausendfache Miauen lippensynchron aufnimmt, woraufhin die Tonmaus folgerichtig durchdreht und tagelang miaut. Und das ist nicht etwa ein Witz –

Einen Pianisten, dessen Schlager einmal um die Welt gingen, wie uns ein geölter Conférencier versichert, und der Pianist knetet auf den Tasten herum wie ein Masseur, der eine weiße und eine schwarze Dame knetet, und er legt sich muskulös darüber und wiegt den Oberkörper und schwitzt. Mein Gott, schwitzt dieser runde kleine Kerl, dessen Lieder einmal um die Welt gingen –

Einen antiautoritären Kindergarten, wo die Kamera, zwei Mikros, ein Schienbein der Tonmaus und der Optimismus der linken Reporterin zu Bruch gehen, bis sich herausstellt, daß wir im falschen Kindergarten sind, in einem autoritären nämlich, und so drehen wir den andern, und der ist voll mit den freundlichsten und natürlichsten Kindern dieser Welt –

Dann drehen wir eine Versammlung der Spitzenfunktionäre der Feuerwehrgewerkschaft, die eine Garantie für Brände verlangen, und zwar unter Androhung eines Streiks, woraufhin die Antipyromanen von den Versicherungen mit Aussperrung drohen –

Wir drehen einen berühmten Soldatenkoch, dessen Spezialität die Profile großer Soldaten sind, die er in magerem Schweinegehacktem ausführt, die Lippen aus Sülze, die Augen echt. De Gaulle und Eisenhower sind seine Spezialität. Die macht er im Schlaf –

Den letzten »echten« Germanen im Wienerwald, der für uns extra seine Frau mit einem Eselskinnbacken verhaut. Und auch das ist kein Witz –

Die Heilsarmee in Basel, die ihr Süppchen an die Armen verteilt, und die Armen ringen die Hände und wollen das Süppchen nicht essen und weinen vor der Kamera. Aber eine Heilsarmeedame, so eine resolute mit einem Kneifer, redet ihnen so lange mit dem Schöpflöffel zu, bis alle Armen essen –

Eine sogenannte »Leasingfirma«, die gegen ein relativ bescheidenes Honorar Schriftsteller, Studenten, Börsenmakler, Witzerzähler, Maler und ein sich ohrfeigendes Paar an Partys liefert, um dort ein bißchen Leben in die Bude zu bringen –

Die Überlebenden des Kyffhäuserbunds, deren Bärte durch einen runden King-Artus-Tisch wachsen, und unter dem Tisch sitzt ein Friseur und kämmt die Bärte und flicht schwarz-weißrote Schleifen hinein –

Einmal drehen wir die Europameisterschaften im Gehen, wobei sich eine pralle Hundertschaft dieser Hohlkreuzler im Balzschritt durch die Felder bewegt –

Ein andermal einen Lokomotivführer, der am Heiligen Abend auf die Lokomotive muß und schon ein halbes Jahr vorher seinen optimistischen Sermon aus der Kanzel spuckt –

Wir drehen vier Schock politischer Statements, in denen rein nichts gesagt wird, die aber unseren Volksvertretern Gelegenheit geben, ihre von den Jahren abgewrackten Physiognomien über den deutschen Abendbrottischen aufgehen zu lassen –

Ein Dutzend exotischer Potentaten, die in Bonn die Gangways herunterschliddern, und obwohl sie alle seit langem auf den schwarzen Listen von »amnesty international« stehen, empfängt sie keineswegs der Staatsanwalt, sondern der Bundeskanzler oder sein Stellvertreter oder was weiß ich wer, und sie schreiten mit ernsten Mienen die Front ab, ehe sie ihr Unsägliches ins Mikro husten –

Einmal drehen wir den Speaker des englischen Unterhauses, der uns erzählt, wie sich Grand Guignol auf einem Englandbesuch geweigert habe, im Festsaal des Parlaments zu sprechen, weil dort ein riesengroßes Bild mit der Schlacht von Waterloo herumhängt –

Dann die Bayrischen Weltmeisterschaften im Fingerhakeln, die in einem symbolisch-scherzhaften Kampf gipfeln, den die blauweiße apokalyptische Bulldogge mit dem dicken Ertl austrägt, wobei der letztere den rechten Mittelfinger verliert und nicht wiederfindet –

Dann drehen wir einen »der führenden Komponisten unserer Zeit«, der uns sagt, er sei gekommen, musikalische Traditionen zu zerstören, zu zerstören, zu zerstören ... (immer leiser werdend mit gottverdammtem Elektronikgewimmer). Dann wickelt er sich in einen superteuren Zottelpelz und sagt zum Portier: »Und geben Sie den Herren ein Foto von mir«, worauf wir natürlich pfeifen. Pfeifen wie jene berühmte römische Elster, die den ersten Satz der letzten Beethovensonate auswendig pfeifen kann, weil sie dem Benedetto Michelangeli so lange beim Üben zuhörte. Von wegen Traditionen zerstören! –

Einmal nehmen wir in Frankfurt einen Zaunkönig auf, der aus einer Maschine der königlich jordanischen Fluggesellschaft flattert: Es ist wirklich der König.

Und alles, was wir so drehen, kratzen wir eigentlich nur an. Wir kommen irgendwo an, betrachten unser Objekt, bauen das Licht oder wenigstens die Kamera auf, während der Redakteur in eindringlich leisen Dia- oder Monologen den Dingen auf den Grund zu kommen hofft, und spulen ab. Wenn wir anfangen zu begreifen, haben wir schon wieder eingepackt und hauen ab. Und das Resultat verkaufen wir dann als Früchte der Erkenntnis, und da die Leute glauben, was sie sehen, verkaufen wir sie gut, ich meine, dieses kleine, oberflächlich betrachtete Obst kommt prima an, findet eine Menge Käufer, die es ohne zu zerkauen verschlucken.

Und die ganze Zeit schleppe ich das Stativ mit dem Kreiselkopf und die Kamera obendrauf, packe alles unzählige Male aus und ein, baue auf, baue ab, fahre den Wagen, schneide die Filter, messe das Licht und muß dabei höllisch aufpassen, denn schon der kleinste Fehler, eine Viertelblende oder ein falsches Filter können mich Kopf und Kragen kosten, fülle unzählige Formulare aus, führe das Fahrtenbuch, mache den Zoll, putze die Optiken, wische das Gehäuse aus, hänge ewig im Dunkelsack herum, um die Filme ein- und auszulegen, werde dauernd angeschissen und verdiene eigentlich einen Dreck. Nur eins darf ich nie: selber drehen. Es sei denn, der Kameramann bekäme den flotten Otto, fiele besoffen aus dem Auto oder erblinde vorübergehend. Sie können sich denken, wie alle Kameraassistenten die Daumen drücken, damit wenigstens eins von diesen Übeln eintritt.

Ein Kameraassistent ist der Schlattenschammes für seinen Kameramann und, wie gesagt, der letzte Wichser. Mit Ede ist das natürlich genauso. Er ist – zumindest in dieser Beziehung – eins von diesen alten Arschlöchern über fünfzig, die überhaupt nichts zu verlieren haben, die unkündbar sind, aber alles und jedes selber machen müssen, auch wenn es noch so mies ist. Er war lange Jahre Assistent in der guten alten UFA-Zeit, die eine Scheißzeit gewesen sein muß. Damals war Assistent noch ein richtiger eigener Beruf, in dem man in Ehren ergraute. Man muß sich das mal vorstellen: Die schleppten bis zu ihrem Fünfundsechzigsten das Stativ, das damals so schwer wie der Eiffelturm war, und die Kamera, die die Ausmaße und das Gewicht einer Lokomotive hatte, schleppten das alles und starben in den Sielen. Und nun hätten sie es wohl gern, daß es uns Jungen genauso erginge. Aber wir werden ihnen was blasen.

Um noch mal auf Ede zurückzukommen. Eine Menge von dem, was er macht, ist richtige Kunst, aber wenn man ihm das sagt, wird er sauer und meint, man solle ihn doch mit solchem Quatsch verschonen, wenn er das schon höre: »Kunst«, »Kunst« und so, dann werde ihm richtig übel. In Wirklichkeit ist er ganz schön stolz, wenn in einer dieser lausigen Kritiken auch mal seine Kamera gelobt wird. Ede ist versessen auf Details, auf die er sich wie ein brünstiger Tiger wirft, er liebt Wischer und Schärfeverlagerungen und diesen ganzen artifiziellen Kram, den er für das Salz der Filmerei hält. Er ist ein großer Beleuchter vor dem Herrn, egal, ob es sich um den Kölner Dom handelt, eine Kaschemme auf der Reeperbahn oder das Léger-Museum in Biot, immer setzt er ein gradezu überirdisches Licht. Was das betrifft, kann man eine Menge von ihm lernen. Aber oft macht er jede Menge Kiki, nimmt er einen Maler durch das Loch seiner Palette auf, durch dieses Loch, in das jener seinen Daumen, höchstens mal aus Daffke seinen Pimmel steckt, den Erzbischof von Canterbury durch das Höllenfeuer seines Kamins, Mosche Dajan durch das Zielfernrohr Arafats oder den Scheel durch die Augen seines Friseurs – alles Einstellungen, die den beteiligten Redakteuren den Angstschweiß auf die Stirn treiben. Aber im Schneideraum, aus dem Ede verbannt ist, fliegt das Zeug in den Papierkorb. Aber das hat Ede noch nie gestört.

An einem freien Nachmittag besuche ich meine Mutter, die aussieht wie der alte Chagall in einem Zerrspiegel, der breit und kurz macht und einen fast ohne Beine läßt. Aber sie hat vom alten Chagall das schöne alte Wolfsgesicht mit seiner Gloriole aus weißem Löckchenhaar. Sie hat mich spät bekommen. Sie war schon über vierzig. Wir trinken Kaffee und essen Bienenstich, den sie immer macht, wenn ich komme. Sie weiß, daß ich Bienenstich seit dreißig Jahren liebe. Ich erzähle ihr, was wir in der letzten Zeit gedreht haben und was ich selber so nebenbei mache, und sie sagt: »Das schöne Geld. Mußt du denn immer so etwas machen. Schau, es gibt doch so viel Schönes auf der Welt. Ich schaue mir die Sendung ›Der Fenstergucker‹ besonders gern an. Solche Sendungen müßtest auch du machen. Das wollen die Leute sehen. Ich meine die gebildeten. Das wäre eine Aufgabe: den Leuten das Schöne auf ruhige, intelligente Weise zu zeigen.«

Meine Mutter war immer nur Hausfrau. Mein Vater hatte sich dagegen mächtig ins Zeug gekniet. Karriere gemacht oder was er und Mutter dafür hielten, Oberstudienrat und -direktor, endlich Professor für Pädagogik, der sich von seinen geistigen Anstrengungen in Bergschuhen und Wickelgamaschen erholte. Mich betrachtete er eigentlich immer, als sei ich einem Basiliskenei entkrochen und nicht Mutters Schoß. Mein Freiheitsbegriff schien ihm, der in großen gesellschaftlichen Zusammenhängen dachte, absurd. Meine langen Haare bereiteten ihm physisches Unbehagen, meine politischen Aktivitäten empfand er als direkte Bedrohung seiner Existenz.

Meine Fragen nach beider Leben und Gedanken während der Nazizeit nervten ihn, meine Deutung dieser Zeit als kollektiven Amoklauf, wie wir ihn von den Lemmingen her so gut kennen, brachten ihn an den Rand des Schlagfluß. Bis zu meinem Dreizehnten verprügelte er mich so alle zwei Monate einmal, immer wegen Lappalien, schlechter Noten, schlechten Benehmens den Nachbarn gegenüber, falscher Freunde. Er tat das auf altmodische Weise, überlegt und mit einem präparierten Rohrstöckchen. Als er einmal meine Hand traf, die ich schützend über meine Arschbacken gelegt hatte, schoß mir mein verhängnisvoller Jähzorn ins Blut, und ich legte mit einem einzigen Tritt meiner genagelten Schuhe seinen Schienbeinknochen bloß. Er sank ohnmächtig in Mutters Arme. Seitdem wagte er es nie wieder, die Hand gegen mich zu erheben, er wußte, daß ich es ihm auf der Stelle zurückzahlen würde. Er hielt viel von Autorität, ich gar nichts. Aber sonst war er ein guter Kerl, gab sich Mühe, mit der Jugend Schritt zu halten und humpelte ihr kilometerweit hinterher. Tagaus, tagein schnüffelte er im Strandgut unserer Kultur herum und legte die besten Stücke seinen Studenten vor, die davon gar nichts wissen wollten.

Mein Vater wurde 1968 bei seinen Vorlesungen ausgepfiffen und verwand das nie. Er überlebte den Autoritätsverfall nicht und starb bald darauf, noch keine sechzig. Das ist nun schon eine Ewigkeit her, über zehn Jahre. Mutter wäre ihm gern nachgestorben, wie sie sagte, aber die drei Fernsehprogramme lehrten sie die Schönheit und den Abwechslungsreichtum dieser Welt. Ihre Pension ist beträchtlich. Ihre Sympathie mir gegenüber eher zurückhaltend. Wir sind uns nie richtig nähergekommen und werden es wohl auch nicht. Ich sehe sie gern, aber die Wärme, die meine Herzkammern heizt, wenn der Kater Terribile, aus grauer Vorzeit kommend, an die »Terrasse der rosenfingrigen Aurora« klopft, die habe ich bei Muttern nie empfunden.

Ede ist wieder in Ordnung, kommt bei mir vorbei und zeigt sein unzerstörtes Lächeln. »Wir fahren in drei Tagen nach Wiesbaden«, sagt er, »mit Max Gallrein, der mal wieder hinter irgendwas Kulturzerstörerischem her ist, wie er sagt. Er will mit zwei Kameras drehen. Da mußte also mit ran.«

Gallrein ist dreißig. Er hat Literatur studiert und war so lange Lektor, bis er es nicht mehr aushielt. »Damit veränderst du überhaupt nichts«, hat er mal gesagt, »Literatur ist passé. Wenn du was erreichen willst, dann nur im Fernsehen. Ich meine, wenn man überhaupt was erreichen will.« Unter »erreichen« versteht er so was wie Aufklärung, Spiegel vorhalten, Welt verbessern, Kaputtes retten und Ganzes nicht kaputtmachen lassen. Wie bei den meisten Kulturfritzen schlägt sein Herz auf der »frohen Linken«. Das hat ihm viel Ärger, wenig Erfolg im Haus, aber einige Resonanz draußen eingebracht, Widerspruch und Beifall im Verhältnis neun zu eins. Das reicht ihm.

Wiesbaden sieht aus wie ein Regal voll zu groß geratener Aschenbecher aus der Gründerzeit, die Niederwalddenkmäler darstellen, Bismarckköpfe, Kaiserärsche, Kaiseradler, Goethen als Zeus, Schillern als Dichter und Denker und Freiligrath als Gartenzwerg. Eine Menge von dem Zeug steht zwischen Bäumen herum. Der Rest ist über die abenteuerlichen Fassaden verteilt. Es gefällt mir sehr. Auf der Hauptstraße – links versnobte Geschäfte, rechts Park – lustwandelt das Volk, das hier mehr aus betagten, piekfein angezogenen und mit den üblichen deutschen Wohlstandsköpfen versehenen Wohlhabenden besteht, mit violetten Wangen, an denen sich die Höhe des Blutdrucks ablesen läßt, mit fetten Hüften, Wurstelfingern, wohlondulierten Perücken, Mordsfüßen in engen Schuhen. Die nicht lustwandeln, sitzen auf kleinen weißen Stühlen hinter den Scheiben der Kaffeehäuser und mustern neugierig und blasiert die Vorübergehenden, also auch uns, die das gar nicht mögen und sogleich auf Rache sinnen.

Am nächsten Morgen interviewt Gallrein irgendeinen der für die kulturellen Belange Zuständigen. Der schiebt die harten, unverweslichen Teile seines Schädelgebeins vor und sagt mit der bewunderungswürdigen professionellen Routine des Parteibonzen (CDU): »Wissen Sie, Wiesbaden könnte eine der schönsten Städte Europas sein. Ein Schmuckstück. Wenn die Sozis nicht wären, die hier das Sagen haben. Die wollen doch wahrhaftig das schönste Stadtviertel am Kurpark abreißen. Eine Kulturschande ist das.«

Wir fahren zum nächsten (SPD). Der stellt sich vor die Kamera, schiebt die harten unverweslichen und so weiter und sagt: »Wir hätten aus Wiesbaden längst und so weiter, aber die Opposition hat uns immer daran gehindert. Sie kennen sie ja, diese Herren von der CDU. Die haben ein ganzes Viertel am Kurpark gekauft, nicht die Partei, versteht sich, aber ihre Herren Unternehmer. Die wollen die alten Villen abreißen lassen, um dort möglichst viele Neubauten hochzuziehen. Eine Kulturschande, sage ich Ihnen, eine Kulturschande.«

Bis zum Nachmittag kassieren wir zwei Dutzend Statements ähnlicher Art, und am Abend fahren wir an dem Park entlang, an dem die Villen stehen, denen es, wenn die Zeichen nicht trügen, an den Kragen gehen wird. Alle Villen sind leer. Die Fensterhöhlen schwarz. Die Mauern schmutzig und die Scheiben zerbrochen. Kaum wird so ein Haus verlassen, wird es von irgendwelchen Leuten ruiniert, ausgeweidet, zerschlagen, werden ihm die Knochen gebrochen und alle Zimmer vollgeschissen. Hinter den Villen stehen riesige Maschinen, wahre Ungetüme mit einer Schaufel vorne dran.

Ein junger Mann kommt auf uns zu. »Seid ihr die Heinis vom Fernsehen?« fragt er. »Dann macht euch mal auf was gefaßt. Die haben Wind von einer Bürgerinitiative gekriegt und wollen der zuvorkommen. Die wollen tabula rasa machen. Aber die werden sich wundern.«

Langsam wird es dunkel. Eine Nachtigall beginnt zu singen. Nach und nach versammeln sich viele junge und alte Leute um unseren Wagen. Es sind die ehemaligen Bewohner der Villen.

»Die haben viel Geld geboten«, sagte eine feine alte Dame, »da konnten die Hausbesitzer nicht nein sagen. Mir hätten sie erst in zwei Jahren kündigen können. Laut Vertrag. Da haben sie über mir einfach ein Tanzlokal eingerichtet. Die machten Musik, ach, was sage ich Musik, die machten Lärm bis morgens um fünf. Nach vier Wochen gab ich auf. Ich zog aus. Am nächsten Tag flog auch das Tanzlokal raus.«

»Bei mir haben sie einfach Nutten in die Nachbarwohnung gelegt. Das war ein Betrieb, sage ich Ihnen«, sagt ein feiner älterer Herr.

»Wir haben das mal ausgerechnet«, sagt ein junger Mann, »die verdienen, wenn sie hier Eigentumswohnungen hochziehen, über dreißig Millionen.«

»Und ich konnte mein Haus nicht mehr halten«, sagt ein anderer feiner alter Herr, »was sollte ich denn tun? Niemand gab mir Geld.«

»Da sind sie«, sagt der junge Mann und zeigt auf einen Konvoi aus schwarzen Mercedeslimousinen. In jedem sitzen vier Typen mit Arbeitgeberhüten, Zigarren zwischen den abgebrühten Schweinsbacken ... Warum sehen diese Kerle immer aus, als kämen sie aus einem antikapitalistischen Plakat, das George Grosz gezeichnet hat? Hinter ihnen fahren drei Polizeiwagen mit aufgesessener Mannschaft.

Wieder fallen Enten in einen fernen Teich. Eine Eule schreit. Noch immer singt die Nachtigall. Immer mehr Leute kommen zu uns. Wir hantieren an unseren Kameras wie an Maschinenpistolen herum. Gallrein instruiert Herbert, den Tonmann. Ede sagt mir, ich solle versuchen, ganz nahe an die Maschinen heranzukommen und überhaupt viele Großaufnahmen machen, die Schaufeln und »die Fressen der Kapitalisten«.

»Und das Licht?« frage ich.

»Die arbeiten doch mit Scheinwerfern«, sagt ein Sohn des Volkes, der das natürlich genau weiß.

Ich gehe langsam um das Villenviertel herum, die Kamera im Anschlag. Die alten Häuser werden spärlich von den Straßenlaternen beleuchtet. Sie stehen in der Nacht wie eine Herde neubarocker Kriegselefanten, mit Türmen, Balkonen, Balustraden, gebuckelten, kupferblechbeschlagenen Stirnen, Säulenbeinen, Veranden, Erkern, Karyatiden, all dem Firlefanz, der ein Haus zu einer unverwechselbaren Persönlichkeit macht. Ich gehe zwischen den Elefanten auf und ab. Ein Haus hat es mir besonders angetan, ein fein gegliedertes, großes Haus mit einer Säulenfront und hohen schmalen Fenstern. Da die Tür zertrümmert ist, kann ich ungehindert hineingehen. Das Licht reicht aus, das Innere zu beleuchten. Ich komme in eine kleine, durch zwei Etagen gehende Halle. Sie ist mit Bücherbrettern getäfelt, und ich stelle mir vor, wer hier was gelesen hat, welche Gespräche sie hier führten. Daneben ist ein ovaler Raum, so eine Art Speisesaal wie in Sanssouci, mit vier Doppelsäulen und einer flachen Kuppel als Decke. Er geht in ein Gewächshaus über, dessen Eisenverstrebungen erstklassiger handgeschmiedeter Jugendstil sind. Ein paar kleine, elegante Räume schließen sich an, alle mit hohen schmalen Fenstern, heute unbezahlbaren Parkettböden und halbhohen Säulen, auf denen einmal Büsten standen. In einer Fensternische sind marmorne Sitzbänke. Der Blick geht in den Park. In der ersten Etage halten zwei dicke Karyatiden eine Glaskuppel über einen runden Raum. Was für eine geistreiche Bude, denke ich, wieviel Menschlichkeit, wieviel Nischen und Ecken. Ich steige in den Keller. Da gibt es eine Küche mit einem riesigen Kamin, eine Spüle aus rotem Granit und einen Messingtank für heißes Wasser.

Plötzlich wird es hell im Haus. Ich laufe ins Freie. Die Bulldozer heulen auf und beginnen, im Licht aller ihrer Scheinwerfer stöhnend und ächzend um die zusammengedrängten Häuser zu kurven und nach ihren schwachen Stellen zu suchen. Dann nehmen sie Anlauf und schmettern ihre Schaufeln in die Mauern. Es gibt entsetzliche Schreie, wenn der Stahl gegen die Steine kracht, sie verschiebt, zerreißt, zerdrückt, zermürbt. Die ehemaligen Bewohner haben sich auf der nahen Parkwiese zusammengedrängt. Die schwarzen Mercedeslimousinen kreisen um das Schlachtfeld. Ein paar junge Leute werfen die ersten Steine gegen sie. Die Polizei stellt die Sirenen an ihren Wagen an. Dann holen die Bulldozer wieder aus und rennen an. Die Häuser sterben wirklich wie Elefanten, stöhnend unter den entsetzlichen Verwundungen und Verstümmelungen, dann ein letztes dumpfes Trompeten, ein letzter zerreißender Schrei, ein donnerndes Krachen des zitternden Bodens, wenn sie sich in gigantischen Wolken von Staub endgültig niederlegen. Die gewaltigen Rippen aus Holz und Eisen durchstoßen die steinernen Außenhäute, die patinierten Kupferdächer, die sich wie dünne Tücher falten, und die ovalen Treppenhäuser. Ich drehe eine riesenbrüstige Karyatide, die einen Arm verliert und mit dem andern noch eine Weile einen Balkon hält, dann bricht der zweite Arm mit dem Balkon ab, und in einer pompösen und pathetischen Staubwolke begräbt sie ihre Riesenbrüste. Im grellen Licht eines Scheinwerfers drehe ich, wie die größte der Villen ihren Leib öffnet und sekundenlang ihre schillernden Innereien zeigt, Deckengemälde in einer ovalen Kuppel, die kreischend auseinanderbersten, als würde Packpapier durchgerissen, und plötzlich ist Ede neben mir und sagt: »Ich habe eine Menge in Zeitlupe gemacht. Es muß phantastisch sein.«

Wir laufen zu der Nachbarvilla, einem weißen und blauen Bau mit Tempelfront, und drehen, wie sich die Riesenschaufel eines Bulldozers in die Rückseite bohrt, die ungeschützt ist, und wie die Bleirohre wie Adern aus der Wand springen und die Abflußrohre zersplittern, wie die strohdurchzogenen Gipsdecken wie Bauchfelle hängen und wie endlich die Säulen wie Röhrenknochen zerschmettert werden. Die Keller mit ihren dicken Gewölben wehren sich bis zuletzt, aber dann heben ihnen die Schaufeln die Decken ab, und sie liegen da wie offene Schädel. Ich springe auf den Bulldozer und filme den Fahrer. Er lacht und sagt: »Das sind Maschinen, sage ich dir, damit können wir in einer einzigen Nacht die ganze Stadt abräumen.«

Eine kleine Villa im Pagodenstil schließt unter den Schaufelhieben alle Augen zugleich. Ihre von vielen Türmchen überragten, ineinandergeschachtelten Dächer rutschen ihr ins Gesicht. Der gesamte Außenputz aus dickem Stuck fällt plötzlich ab, und das Braunrot der Backsteine tritt hervor, und Maria Stuart fällt mir ein, die ihre Perücke verlor, als ihr der Henker mit dem zweiten Hieb den Kopf vom Leib trennte, und alle sahen plötzlich, wie alt und hinfällig die soeben noch leidlich jung und schön scheinende Königin gewesen war. In diesem Augenblick hören wir Gallreins Trillerpfeife und laufen zu unserem Wagen und stürzen uns sogleich in die Schlacht, die dort entbrennt.

Die ehemaligen Bewohner der Villen und eine Menge junger Leute haben die Wagen der Spekulanten angegriffen und alle Scheiben zerschmissen, eine Mordsarbeit bei diesem Panzerglas. Die Spekulanten laufen nach allen Seiten davon. Wir laufen mit, und ich kann mit der Fünfziger einen Stein erwischen, der einem Spekulanten flach auf den Kopf schlägt, und die Kopfschwarte springt auf wie vorhin die ovale Kuppel mit den Deckengemälden. Ein anderer Spekulant flieht in einen kleinen, tief eingeschnittenen Bach in der Nähe, wo ihn die Meute verbellt. Dann gehen sie ihm ans Leder, wobei er seines Arbeitgeberhuts beraubt wird: Mit düsterer Würde schwimmt er bachab.

Den dicksten Spekulanten haben sie unter einer Robin-Hood-Eiche erwischt, wo er schreit: »Aber das war doch eure Scheißstadtverwaltung, die uns aufgefordert hat, den ganzen Rotz abzureißen und alles neu zu bebauen. Wir haben doch nur deswegen unser ganzes Geld da reingesteckt!«

Aber die Jäger hören gar nicht hin und hängen ihn an seinen dünnen, kurioserweise mit Alpenrosen bestickten Hosenträgern an einem Ast auf, nicht am Hals etwa, nur so zum Spaß, aber er zappelt in Todesängsten.

»Welch ein Gemetzel!« ruft der Generaldenkmalspfleger, »welch prachtvolles Gemetzel!«, während die Polizisten mit Kunststoffvisieren über den ehernen Gesichtern an uns vorüberlaufen. Dann gehen die schwarzen Mercedesse in Flammen auf, während im Background die Bulldozer ungerührt das Grab der Elefanten weiterschaufeln. Wir wechseln mit flatternden Händen die Kassetten und stürzen zurück in die Schlacht. Sie endet mit der Beschädigung von 24 Spekulanten, der Verbrennung von 12 Mercedessen, davon neun vom Typ 350, und der Liquidierung von 36 Häusern und einem Dokumentarfilm, der aufregend wie die »Ilias« ist, ein wahres Fressen für … na, eben für Kenner, verflucht noch mal. Aber das ist ja schließlich nicht unsere Schuld. Wir hätten auch gern ein anderes Publikum.

Als wir gegen Mitternacht durch Wiesbadens Haupt- und Renommierstraße marschieren, sitzen die Blasierten noch immer hinter den Scheiben und spielen Basilisk.

Ich sage zu Herbert: »Wenn du es fertigbringst, gegen die Scheiben zu pinkeln, gebe ich dir einen Hunderter.«

Herbert sieht mich an, als sähe er den »Flying Dutchman«. »Du spinnst wohl«, sagt er. Nach einer Weile: »Hast du das ernst gemeint mit dem Hunderter?«

»Sicher«, sage ich.

Ich muß hier anmerken, daß wir ungefähr vier Bier und vier

Klare im Bauch haben. Herbert, ein hübscher junger Kerl, tritt an eine der Kaffeehausscheiben, öffnet das Hosentürl und pißt genau an die eine der Scheiben, hinter der, nur einen Zentimeter von diesem artesischen Brunnen entfernt, zwei üppige Wohlstandsvetteln mit ihren Rohrlegern sitzen. Das gemischte Doppel kriegt anfangs gar nicht mit, was hier gespielt wird, dann hält die eine die »juwelengeschmückte« Hand vor das Gesicht, während die andere hysterisch zu schreien beginnt. Aber beide lassen jenes Detail nicht aus den Augen, das ihnen so angenehme Aufregung verschafft. Das nun bringt die beiden Rohrleger auf die Palme, und sie schreien nach dem Geschäftsführer, dem Manager und dem Direktor, die alle aus dem Hintergrund nach vorn stürzen und durch die Scheibe lamentieren. Da Herbert nicht abstellen kann, wird es brenzlig, und ich sause zu dem Wilhelmischen Theater gegenüber, wo wir unseren Wagen geparkt haben, kriege ihn auch vom Parkplatz und fahre auf die Hauptstraße, wo Herbert mit behenden Sprüngen das Weite sucht und rechtzeitig die Tür erwischt, die ich von innen aufhalte. Hoffentlich hat keiner unsere Nummer mitgekriegt. Das war eine schöne Scheiße.

VIER

Ich nehme meine freien Tage und mache mir ein schönes Leben in meinen vier Wänden, koche dem Kater Terribile Erlesenes, lese und höre tagtäglich drei Dutzend Platten. Lebe ja nicht umsonst in einer Schallplattenkultur.

Gerade als ich mir überlege, wen ich zum Wochenende in meine Bude einladen soll, ruft Ede an und sagt mir mit Trauerflorstimme, daß wir am Freitag nach Italien müßten, eine mondäne Geschichte, und ich sollte man anfangen, mich um alles zu kümmern.

Also verbringe ich die nächsten Tage damit, höre, daß das Team so groß wie eine ganze Fußballmannschaft ist, mit Beleuchtern und Bühne und allem Drum und Dran, und daß wir in Rom drehen.

Auf dem Flugplatz erledige ich die Zollgeschichten und den ganzen Kram, während Ede auf seinem dicken Hintern schläft. Ich wechsele unser Geld. Zu allem Überfluß muß ich noch eine »Handkasse« von 10 000 Mark verwalten. Ede kümmert sich nicht um so Banales. Als es Zeit zum Abflug ist, sagt eine verrauchte Stimme aus den Lautsprechern, wir hätten eine Stunde Verspätung. Ich wecke den unwilligen Ede, und er tut, als habe man ihm Schlimmes angetan, und ringt die Hände.

Endlich geht es los, und wie üblich ist der Flug stinklangweilig. Von Frankfurt bis Rom der übliche Wolkensumpf. Ich habe es längst aufgegeben, mich darüber zu ärgern. Erst als wir uns über Rom durch die Wolken bohren, sehen wir wieder etwas. Es ist das Kolosseum, genau unter uns.

»Da unten werden wir also drehen«, sage ich, »in dieser angeschnittenen Pastete.«

Ede seufzt: »Mit diesem unerfreulichen Typ, dem Wiesel. Immer derselbe Kram.«

»Ich habe da unten schon ein dutzendmal und mehr mit diesem Heini Mode gemacht«, sagt Dieter. »Dem fällt in Rom nie etwas anderes ein als das Kolosseum. Und immer läßt er seine

Mannequins ein paar Schritte machen und ein Bein heben, seine Tänzerinnen um eine Ecke und direkt auf uns zukommen, und immer kriegt er bei der dritten Einstellung Krach mit Thusnelda. Auf dem Höhepunkt ihrer Meinungsverschiedenheiten wird er irgend etwas auf den Boden werfen und darauf herumtreten. Na, du weißt ja.«

Thusnelda ist unsere Modetante, eine vorwiegend in modische Fußsäcke gehüllte, einstmals wohl »blühende«, üppige Schönheit. Mittvierzig. Mit schweren, schleppenden Schritten und ähnlichen Blicken. Ihre Molligkeit signalisiert die träge ausschweifende Sinnlichkeit einer Termitenkönigin. Vater Ami, Mutter Spanierin. Geld wie Heu. Wohnsitz New York, Rom und London. Arbeitet für sechs Fernsehanstalten in aller Welt. Sie gehört zu jener internationalen Gruppe furchterregender schreibender Matronen, die ihr Gedankenmus mit Sacharin aufkochen. Sie alle haben einmal eine Masche gefunden, an der sie unermüdlich, zwei rechts, zwei links, weiterstricken: ein bißchen progressive Kultur, Marino Marini und ein bißchen Klassik, Kolosseum und so, ein bißchen Chanson, ein paar Interviews, in denen sie die echten und vermeintlichen Großen dieser Welt mit Fragen anöden, die denen längst so weit zum Hals raushängen, daß sie mit ihren berühmten Füßen drauftreten, eine Balletttruppe, die stets die Köpfe rollt, die Hüften schwenkt und die Hände neckisch zum Kinn führt und eben jede Menge Mode, möglichst verrücktes Zeug. Und das alles übergossen mit einem gescheit klingenden Kommentar, der das Gegenteil davon ist, und in Szene gesetzt von solchen Typen wie Wiesel, dem wir gern alle mal die Zigarette anzünden würden, wenn er in einem Anzug aus Schießbaumwolle steckte. Alles zusammen – Thusnelda, Wiesel und ihr Zirkus – reicht für einen Dauerbrenner, der seit zehn Jahren alle Programme erleuchtet, zu einer Sehbeteiligung von 80 Prozent und zu einer verhätschelten Starrolle für Thusnelda, um die wir sie alle beneiden.

Das Hotel in der Via Sistina ist ein Monstrum aus der Gründerzeit mit einem Foyer, in dem man Versailles nebst Park unterstellen könnte, mit turmhohen, muskelbepackten Herkuleskaryatiden, mit Kronleuchtern, in denen eine ganze Ballgesellschaft tanzen könnte, mit abgeschabten Teppichen, schön erblindeten Spiegeln in goldenen Gipsrahmen, mit Vasen wie Badewannen und echten Porphyrsäulen im Berninidrall. Das zahlreiche Personal zeigt sich auf aggressive Weise devot und ist mit Mann und Maus und allem, was dazu gehört, käuflich. Wir packen unsere Koffer aus, laden den Fernsehkram in einen Fernsehwagen um, der unserm Studio hier gehört, und sind zwei Stunden später im Kolosseum.

Wiesel, Japanischtanzmausgesicht, Bay-City-Rollers-Frisur, ganz enge, die Arschbacken wie ein Büstenhalter modellierende hellgraue Hose mit breiten Umschlägen, dünner weißer Rollkragenpullover, violetter Blazer mit Diamantknöpfen und über dem Arm eine dreiviertellange Ziegenlederjacke, so ein Furzabschneider als Frühlingsmantel, den er so trägt, daß man das Schild »Hermes« an der Krageninnenseite lesen kann, dieser Wiesel also sagt: »Ich lasse morgen die Mädchen die Treppe da herunterkommen. Alle vier Schritte bleiben sie stehen und heben abwechselnd das linke und das rechte Bein und strecken es nach hinten aus. Sehen Sie, so. Klar?«

»Klar«, sagt Ede.

»Licht und Schienenwagen kriegen wir von der RAI, den Fritzen vom italienischen Fernsehen. Klar?«

»Klar«, sagt Ede.

»Das Ballett lasse ich um die Ecke und direkt auf uns zukommen. Klar? Na, dann bis morgen. Punkt zehn. Klar?«

»Klar«, sagt Ede, »aber ich bitte Sie, nicht noch einmal ›klar‹ zu sagen. Ich hab was dagegen. Klar?«

»Klar«, sagt Wiesel, eine Schattierung bleicher.

Am anderen Morgen sind wir um acht Uhr im Kolosseum. Eine Menge überflüssiger Bühnenarbeiter lungert rum, viel zu viele Beleuchter, der Manager der Mannequins und der Manager des Balletts, ein halbes Dutzend in den Zähnen und sonstwo stochernder Polizisten, die während der Aufnahmen das Kolosseum abdichten sollen, die Maskenbildnerin, zwei Mädchen für die Kostüme und was weiß ich noch alles.

Ede leuchtet die Treppe aus, auf der die Mannequins herunterkommen sollen. Es ist kühl. Um neun Uhr dreißig kommen die Mannequins, windhundbeinige dünne Mädchen mit riesigen popfarbenen Nylonperücken über ihren mageren Windhundgesichtern. Sie frieren in ihren bildschönen dünnen Maxis, und da sie keine Büstenhalter tragen, gucken alle die überflüssigen Bühnenarbeiter, Beleuchter, Manager und Polizisten auf die kleinen, von der Kühle modellierten Mannequinbrustwarzen. Die Mannequins ihrerseits gucken dauernd auf ihre kleinen diamantenbesetzten Uhren, mit denen die Liebhaber von Mannequins deren extreme Dünnheit honorieren. Sie haben nur bis elf Zeit und sind sauer. Wir stehen uns die Beine in den Bauch und geben den Mannequins unsere warmen Parkas. Sogleich kommt ein bißchen Wärme in ihre schönen Augen, die inmitten schön getuschter blauer Lachen liegen, von denen wiederum haarpinselfeine dunkelblaue Strahlen nach allen Seiten ausgehen. Da sie nun nichts mehr sehen können, was ihnen Freude bereitet, sind die überflüssigen Bühnenarbeiter, Beleuchter, Manager und Polizisten auf uns und unsere Parkas sauer.

Um elf Uhr dreißig tauchen Wiesel, Thusnelda, Scriptgirl, Assistent und Dolmetscher auf. Wiesel zieht sogleich eine wilde Schau ab.

»Aber doch nicht diese Treppe, Herr Hirte«, sagt er zu Ede, »ich habe doch die gemeint«, und er zeigt auf die andere.

»Sie haben aber gestern auf die gezeigt, Wiesel«, sagt Ede unhöflich, »aber bitte, bauen wir um.«

Er hat in seiner Antwort das »Herr« weggelassen, um Wiesel von vornherein die Flausen auszutreiben. Um ihm zu zeigen, daß er es hier nicht mit einem dummen Jungen zu tun hat, nicht mit einem von diesen jungen Springern, die sich danach zerreißen, einmal in Rom sein zu dürfen. O nein, hier ist Ede, ein Zehnermann, Endstufe. Paß nur auf, alter Junge. Mit mir nicht.

Ich gieße ein bißchen Öl ins Feuer nach und sage: »Du weißt doch, Ede, wo wir sind, klappt nichts, aber wir können nicht überall sein ...«

Wiesel wendet sich mit seinem sattsam bekannten Hallobabyichmagdich-Lächeln den Mannequins zu und erklärt ihnen über den Dolmetscher, was sie so alles zu tun haben. Inzwischen ist es zwölf geworden, und der Manager der Mannequins schlägt aus dieser Verspätung mit unglaublicher Beredsamkeit die Verdoppelung des vereinbarten Honorars heraus. Sogleich zieht der Abgesandte der RAI nach, und statt 6000 Mark kostet uns der Vormittag deren 12. Wiesel übt mit den Mannequins die berühmten Mannequinschritte, und nach jeweils vier Schritten müssen sie ein Bein heben und nach hinten strecken. Diese Hundanderlaternestellung ist Wiesels ureigene Erfindung, und er ist wahnsinnig stolz darauf. Die Mannequins deuten mörderischen Hunger an, und ihr Manager lotst Lire aus der Handkasse und zieht ab, um Spaghetti aufzutreiben. Die Arbeiter packen irgendwelche undefinierbaren Mahlzeiten aus und spülen sie mit Chianti runter.

Alle zusammen bilden die Ansicht einer Idylle, unter der ein Vulkan brodelt.

Gegen vierzehn Uhr soll die erste Klappe fallen. Ede sitzt auf dem Schienenwagen. Ich halte die Klappe und blicke noch einmal zu den Mannequins, die preziös die Hüften spielen lassen, nur so zum Einüben der berühmten Mannequinschritte. Da passiert das Unerwartete: Ein Mann von dreißig Jahren, Typ schöner Bühnenarbeiter, der zwischen den Kulissen zur Entspannung der weiblichen Stars beiträgt, Rollkragenpullover, ganz enge Hosen, gegen die er gekonnt von innen drückt, dieser Typ kommt aus einem der Kolosseumsbogen und stellt sich direkt vor die Mündung unserer Kamera. Ich sehe zu den Polizisten hinüber, aber die schauen mit übertriebenem Interesse auf die Antike ringsum.

Wiesel, der sogleich durchdreht, schreit mit purpurnem Kopf: »Schafft mir den Kerl weg!«

Aber jetzt kommt ein ganzes Dutzend Kerle und verteilt sich zwischen den Mannequins.

Ede, dessen Zornader seit acht Uhr dreißig am Schwellen ist, merkt erst jetzt, was los ist. Er hatte die ganze Zeit sein Auge am Sucher. »Was soll denn das bedeuten?« fragt er laut und blickt Wiesel an. »Nun schick doch schon den Dolmetscher hin, du Arschloch!«

In diesem Augenblick kommt Thusnelda aus einem der Löcher des Kolosseums und fragt mit hysterisch angespitztem Kastratensopran: »Ja aber, ja aber wieso denn gleich Arschloch?«

»Drum«, sagt Ede. »Wieso drum?« fragt Thusnelda. »Ja, wieso drum?« fragt Wiesel.

»Hätten wir pünktlich angefangen«, sagt Ede mit schwerer Betonung des »pünktlich«, »dann wären wir längst fertig mit dem ganzen Scheiß.«

»Sagten Sie Scheiß?« fragt Thusnelda und schraubt mit jedem Wort ihre Stimme höher.

»Gewiß«, sagt Ede, »gewiß, meine Dame.« Der Dolmetscher ist inzwischen zu den Kerlen hinübergegangen, und wir alle sehen interessiert der Schmierenkomödie zu, die sie uns vorspielen: Gliederwerfen, Fußstampfen, rituelle Tänze, rollende Augen, beschwörend erhobene Hände, obszöne Pantomime, die den Dolmetscher einen Schwanzlutscher nennt. Der kommt zurück und sagt: »Die Gewerkschaft für Bühne und Film hat sie geschickt. Da kann man nichts machen. Sie haben keine Arbeit. Die Ateliers sind leer. Die Unterstützung ist beschissen. Wir müssen sie auszahlen. Da führt kein Weg dran vorbei. Jeder muß einen Fünftausender bekommen. Sonst gehen uns die nie aus dem Bild.«

Während sich Dieter nach allen Seiten umsieht, inszeniert Wiesel einen seiner schönsten Anfälle. »Wofür denn auszahlen?« schreit er mit heiserer Wolfsstimme. »Fürs Rumstehen?!«

Er rast zu einem der Polizisten und läßt ihm durch den Dolmetscher sagen, das deutsche Fernsehen habe hier teuer genug bezahlt, und in Germany, »Du verstehen, ›Germany‹, ›Germania«, da gäbe es so was nicht, und die Polizisten hätten einzugreifen, es sei denn, sie würden mit diesen Briganten unter einer Decke stecken, und so weiter.

Während seiner Suada haben sich alle Polizisten um Wiesel geschart, und ihr Chef, ein Capitano, zuckt mit den Schnurrbartspitzen und sagt so etwas wie, was wollen Sie denn gegen die Gewerkschaften machen, und er sagt das mit leiser Stimme und dann plötzlich laut, und überhaupt Germania und so, Deutschland pfui Deibel, und filmen Sie doch gefälligst da, wenn es Ihnen hier nicht paßt. »Und merken Sie sich eins: Hier ist Italien, und Italien ist nicht Deutschland! Gott sei Dank!« Und er wischt sich über die Schnurrbartspitzen und wird ganz blaß vor Wut. Er muß was am Kreislauf haben.

Wiesel, der ausgewrungene Dandy, kommt zurück und spricht leise mit dem Dolmetscher, und der geht zu dem Capitano und drückt ihm ein Bündel Lirescheine in die weißbehandschuhte Hand. Dann geht er zu den gewerkschaftlich Organisierten und spricht mit ihnen, aber sie schütteln den Kopf, und er kommt zurück und sagt: »Weil der Herr Regisseur die Gewerkschaften beleidigt hat, verlangen sie zehntausend pro Nase.«

Jetzt mischt sich in einem Anfall von Unvorsichtigkeit Thusnelda ein und sagt: »Zahlen wir doch die kleinen Schurken aus. Wir können doch deswegen nicht meinen ganzen Film platzen lassen.«

Wiesel sieht sie an, wie man eine Tarantel ansieht, schluckt und schreit: »Wer ist denn hier der Regisseur? Na, wer wohl?« Und er nimmt das Erstbeste und wirft es auf den Boden und tritt darauf herum, aber dieses Erstbeste ist ausgerechnet Edes schottische Reisemütze, ein diskret kariertes Stück, das er mehr liebt als seine Familie, und so packt er Wiesel an der Krawatte und flüstert atemlos: »Wenn du das noch einmal tust ...«, und dabei nimmt seine Birne jenes Purpurschneckenrot an, das im alten Rom den Senatoren vorbehalten war, und er läßt offen, was »dann«, und die Thusnelda schreit: »Er faßt ihn an! Gleich wird er ihn schlagen!« Und wann hätte man es denn schon einmal erlebt, daß ein Kameramann einen Regisseur schlage, und das heiße doch, die Welt auf den Kopf stellen, und ob denn niemand dem Bedrohten zu Hilfe eilen wolle, aber sie habe einen heißen Draht zum Intendanten, und Ede fliege noch heute, darauf könne er Gift nehmen.

Und da Ede, der ihr mit offenem Mund zugehört hat, Wiesel noch immer an der Krawatte hält, macht sie doch wahrhaftig Anstalten, tätlich zu werden. In diesem Augenblick kommt ein weiteres Dutzend Kerle und beginnt, sich über unsere Spielwiese zu verteilen. Gar nicht wie gewerkschaftlich Organisierte, sondern nach durchaus künstlerischen Gesetzen. Die Neuen sind vom Opernchor, »Nabucco« und so weiter. Auch die Oper steckt in einer Krise. Die Verhandlungen beginnen von neuem.

Zur Erleichterung unserer Mannschaft erscheint das Ballett, und Wiesel eilt aufatmend hinüber, Thusnelda im Schlepptau. Er setzt sein abgewirtschaftetes Lächeln auf und beginnt den Mädchen zu erklären, wie sie um die Ecke direkt auf die Kamera und ihn zuzukommen hätten, und er breitet die Arme aus und macht ein paar vogelflugähnliche Bewegungen, und die Mädchen tun es ihm mit professionellem Lächeln nach. Durch diesen Erfolg angeheizt, geht Wiesel in die Hocke, und die Mädchen gehen in die Hocke, und Wiesel singt *You say yes, I say no, You say stop, I say go, go, go, o no,* und die Mädchen singen es ihm fröhlich nach, aber der Schatten der Beatles zersplittert jäh unter dem Geschrei der gewerkschaftlich Organisierten, die gerade den Dolmetscher zum Teufel jagen.

In diesem Augenblick »kömmt Thusnelda starr wie die Antike« daher, legt die schwere, pompöse Hand auf Wiesels Knabenschulter und zeigt auf die andere Ecke, so als sollten die Mädchen wohl besser aus dieser kommen.

Wiesel, außer sich ob dieser unstatthaften Einmischung, quittiert sie, indem er irgendwas auf den Boden wirft und zertritt. Es ist seine unschätzbare Taschenuhr. Er hat das mal von Toscanini gehört, der das immer machte, wenn eine Probe schieflief. Unter Tränen schmollend, zieht sich Thusnelda mit gerafften Röcken in ihre Kolosseumshöhle zurück, der Szene vieler Martyrien. Auch der antike Chor tritt in Erscheinung und erinnert an das unabwendbare Schicksal: die gewerkschaftlich Organisierten fordern ihre 10 000 jetzt im Sprechchor.

Inzwischen ist es vier Uhr geworden und zu spät zum Drehen. Das Licht wird schon rot. Wiesel bläst zum Rückzug. »Also bis morgen, meine Herren, um zehn, pünktlich, wenn ich bitten darf. Kla…«, und er verschluckt mit einem schnellen Wischer auf Ede das »r«, woraufhin jener mit triumphalen Blicken zu mir sagt: »Los, Henri, pack das Zeug ein. Pack alles ein. Klar?«

»Klar«, sage ich und stelle damit endgültig das Gleichgewicht der Kräfte zwischen Bild und Regie wieder her.

Also ich sage »klar« und füge hinzu: »Hätten wir den ganzen Mist auf der Via Appia gedreht, da hinten, wo die Nutten sind, dann hätten wir auch schon alles hinter uns. Dahin kommen die Gewerkschaftsfritzen nie. Das ist viel zu weit draußen. Ich sage dir, wir hätten den ganzen Mist schon vergessen.«

»Klar«, sagt Ede, während uns Wiesel mit seinen Blicken pfählt, »klar, den ganzen Mist.«

Wiesel haut ab und verwickelt den Dolmetscher in ein heftiges Gespräch, in dem die Via Appia ein paarmal vorkommt, dann leert sich die Szene endgültig.

Als ich mit Dieter einpacke, kommt ein verwegener Typ, Marke Selfmademan, aus einem Busch und zieht stumm eine schwere goldene Armbanduhr aus dem Hosenstall. Er wedelt mit ihr hin und her und läßt uns ihren Wert aus seiner Mimik erraten. Muß ein sündhaft teures Stück sein. Ohne mit der Wimper zu zucken, öffnet Dieter seinen Hosenstall, zieht seinen Pimmel raus und wedelt mit ihm dem Überraschten zu. Der macht eine obszöne Geste und haut ab. Wir auch.

Als ich am späten Nachmittag meinen Kaffee im »Greco« trinke, wo ich tags zuvor die erhabene Mumie Chiricos nebst schöner Begleitperson bewunderte, höre ich im Radio, daß der Vatikan (wer immer das sein mag, »der« Vatikan …) 37 Heilige aus dem

Verkehr gezogen habe, darunter meine Lieblinge Barbara und Christophorus. Ein Tiefschlag für alle Hagiographen. Um mich zu beruhigen, widme ich mich den deutschen Romantikern an den Wänden – ein Teufelskerl, dieser Pforr, der mit seiner Riesendogge zu Fuß über die Alpen kam und im Tiber ersoff – und dem klapprigen Keller, von dem die Fama erzählt, er habe die Hälfte aller römischen Damen von Stand mit einer anatomischen Eigenart beglückt.

So gegen sechs schlendere ich durch die Via Mario de' Fiori, die Straße der Antiquare, Penner und Gammler, und finde schon im dritten Laden eine Rarität der allerersten Ordnung: ein Orchester aus ausgestopften Eichhörnchen in einem gläsernen Kasten, so einem richtigen Schneewittchensarg, der wiederum auf einem großen Kasten voll kleiner Orgelpfeifen steht. Es sind 12 Eichhörnchen, die von einer posthumen Räude enthaart wurden. Ihre Häute sind nun wie fein gegerbtes Pergament. Sie haben schwarze Perlaugen, Rasierpinselohren und lustige Schwanzstummel. In ihren langen Fingern mit den Mae-West-Nägeln halten sie feine kleine Instrumente. Der Antiquar, Typ Abruzzenräuber mit Walroßschnauzer, hat an meinen nur für einen Sekundenbruchteil aufblitzenden Blicken erkannt, daß ich diesem Orchester verfallen bin, und er preist es sogleich als »absolut einmaliges Ding« an, das es ja leider auch ist.

»Es funktioniert wie am ersten Tag«, sagt er und steckt unten eine Kurbel in den Kasten. Er dreht und drückt auf einen kleinen Messinghebel, und ein Papierstreifen setzt sich in Bewegung, und die kleinen Holzpfeifen machen ein höllisches vielstimmiges Konzert. In atemberaubendem Tempo ziehen die Gäste in die Wartburg ein: Wagner, von einem Eichhörnchenorchester in diesem Tempo gespielt, das ist mir jede Summe wert, und wir einigen uns gegen elf Uhr nachts auf 50 000 Lire, und der Abruzzenräuber zeigt und erklärt mir den Mechanismus, und er legt mir die »Barcarole« aus »Hoffmanns Erzählungen« ein, und die haarlose Schar, die vorhin in übertriebenem Eifer Tannhäuser hetzte, wiegt sich nun mit langen gelben Zähnen im Takt der »Barcarole«, schlägt sanft die Harfe und streicht die Geigen und Celli in Zeitlupe. Der Kapellmeister schwankt mit dem perfiden Lächeln eines Advokaten hin und her und scheint sich immer wieder die Frage zu stellen: Wer sind wir? Sind wir das Problem oder die Lösung? Was ist ein Eichhorn? Sind wir der Weg oder das Ziel? Wer kann es sagen? Wir können nur mit Vibrationen darauf antworten, wir, die Eichhörnchen in diesem verdammten, musikalisch aufgeladenen Aquarium ...

Ich beklebe die Haarlosen in meiner Vorstellung mit kleinen Hirschgeweihen und lasse sie die Sommernachtstraum-Ouvertüre spielen, und das Lachen lacht, der Alb pennt, und Titania liebkost den Eselskopf Zettels. Ich ziehe meinen Eichhörnchen Wetterkleidung und Seestiefel an und setze ihnen Südwester auf, und schon prallen ungeheure Wogen gegen den »Fliegenden Holländer«. Ich ziehe ihnen Brokatjäckchen über die nackten Brüste und setze ihnen winzige Perücken auf, und schon deuten diese auf fürchterliche Weise die monotonen und kommerziell vergammelten Rolling Stones an.

Dann hole ich ein Taxi, und wir verpacken das alles auf dem Dach und gondeln zart und sachte ins Hotel. Als ich das Ding auf meiner Bude habe, setze ich mich stundenlang davor und betrachte es wie Parsifal den Gral.

Am andern Morgen sind die Kerle schon wieder vor uns im Kolosseum. Wir fürchten das Schlimmste, aber überraschenderweise haben sie sich selbst zu unserer Leibgarde ernannt und halten das runde Gemäuer frei von parasitären Konkurrenten. Der Dolmetscher hat sie königlich ausgezahlt.

Die Mannequins lüpfen die Beine, das Ballett läuft mit geölten Plattfüßen, wir drehen mit gelassener Akkuratesse und machen das Beste daraus. Hinterher schlägt Wiesel Ede auf die Schulter und sagt jovial: »Das hat ja prima geklappt, Herr Schäfer, bis morgen dann. Wir treffen uns gegen vierzehn Uhr in der Via Appia. Ich möchte da noch etwas unter den Zypressen machen.«

»Hirte«, sagt Ede mit gefährlich leiser Stimme, »ich heiße Hirte, Herr Frettchen.«

»Oh, bitte um Verzeihung. Habe auch ein zu schlechtes Namensgedächtnis. Verzeihung, Herr Hirte.«

»Bitte, Herr Wiesel.«

»Es sind Pinien«, sage ich, »diese Via-Appia-Bäume.«

»Na, dann eben Pinien«, sagt Wiesel. »Es soll da einen Tempel geben. Mit Säulenstümpfen und so. Darauf möchte ich die Girls stellen. So wie Statuen. Ich meine, in antiken Posen.«

»Ist gut«, sagt Ede, »in antiken Posen.«

Dann leert sich das Kolosseum wie ein Karpfenteich, der trockengelegt wird, und auf dem leeren Grund stehen Ede und ich, und Ede fragt: »Was machen wir mit dem angebrochenen Tag?«, und ich sage: »Erst mal abhauen.« Und: »Nichts wie weg«, sagt Ede.

Später rufe ich Clerici an, den ich von einem Film her kenne, den wir mit H. D. über ihn gedreht haben. Das war vor zwei Jahren. H. D. schätzt Clerici sehr und hat sechs Monatsgehälter für zwei seiner Bilder ausgegeben. Ich frage ihn, ob ich am Abend vorbeikommen könne, und er sagt, natürlich sei es ihm recht, und er wolle auch Stefane noch anrufen, damit er dazu käme.

Clerici ist ein waschechter Manierist, der in unsere bunte Popwelt verschlagen wurde wie ein Totenkopffalter in eine Wolke aus DDT. Aber vom Totenkopffalter hat er nur die Augen, sonst gleicht er mit seiner messerscharfen, gewaltig gebogenen Nase sehr genau dem ägyptischen Horusfalken. Stefano ist einer der Maskenbildner Fellinis, einer von der Sorte, die eine braun verdorrte Greisin in einen noch knospenden, mehlweißen Hermaphroditen verwandeln und die nicht zögern, einen verdienten älteren Patrioten seiner Arm- und Beinprothesen zu berauben, wenn es Fellini nach einem gliederlosen patriotischen Rumpf gelüstet. Ich habe ihn damals bei Clerici kennengelernt und ihn gebeten, mir ein Faunskostüm zu machen, so eine Art elastischer Hose aus Ziegenfell mit violettem Penis und Bockshufen und dem üblichen Klimbim. Ich brauche das Kostüm für eine Nummer meiner »music box«, von der ich nur weiß, daß ich sie in Bomarzo drehen werde. Bomarzo ist ein in ein feuchtes Etruskertal gerutschter Traum, den Vicione Orsini vor vierhundert Jahren träumte, eine Schar kolossaler Skulpturen, Ungeheuer, Riesen, Schildkröten, Kriegselefanten, Sphinxe, Vasen und Tempel. All das steht in einem nassen, schütteren Wald in der Nähe von Viterbo herum. Der Wald heißt »Sacro Bosco«. Im Winter ist er voller Nebel, in dem die Schnurrbärte der Besucher vereisen. Die dudelsackblasenden Hirten treiben ihre Herden durch diesen Nebel in das riesenhafte Maul eines im Boden versunkenen Giganten, wo sie dann alle auf Nimmerwiedersehen verschwinden. Ich will da irgendeine Sache mit Minotaurus drehen.

Clerici bewohnt in einem großen Barockpalast eine Eigentumswohnung im vierten Stock, eine Schatzkammer, in der er seinen allerfeinsten Geschmack zur Schau stellt, was ihn aber beschämt. Denn sein Geschmack ist so allerfeinst, daß er alle Besucher zwangsweise in einen Zustand der Bestürzung versetzen muß, in Hilflosigkeit und Mißtrauen sich selbst gegenüber, in einen Zustand also, der es Clerici erlaubt, beschämt zwar, aber ohne zu erröten die über alle Zweifel erhabenen Preise seiner Bilder zu nennen.

Ich steige an den haushohen Wohnungstüren vorbei, hinter denen die Erzpriester von Santa Agnese, Il Gesù, San Clemente, San Pietro Vincoli, Santa Maria Maggiore und nicht zuletzt von St. Peter die Kabinette für ihre Mätressen warmhalten. Als Clerici öffnet, strömt aus der Tür, zugleich mit Palestrinas »Missa papae mercelli« in Stereo, der Geruch jener 10 000 magischen Kräuter, die er innen in Schüsseln aus der Mingzeit aufbewahrt. Clerici ist ziemlich wild auf morbide Wohlgerüche, die er durch seine imperiale Nase filtert, um seiner Seele Ausdehnung und Nahrung zu geben. Wie andere auf den Flügeln des Gesanges den fernen Ganges erreichen, so Clerici auf den Hügeln der Wohlgerüche.

»An den Wasserbüffeln in den Pontinischen Sümpfen interessierten den Grafen Primoli nur die Silhouetten«, sagt Clerici, während ich mich so auf das Sofa von Pauline Beauharnais setze, daß ich Clericis »Römischen Schlaf« im Auge behalte, ein Jahrhundertbild, auf dem alle schlafenden Figuren Roms noch einmal schlafen, vom Hermaphroditen über die heilige Theresa bis zum Barberinischen Faun.

»Ich freue mich, Sie zu sehen«, sagt Clerici. »Aus den Filmresten, die Sie mir damals schickten, habe ich einen ganzen abendfüllenden Film zusammenschneiden lassen.«

»Kunststück«, sage ich, »wir haben nicht umsonst eins zu zwanzig gedreht.«

Er lächelt und geht zu seinem Schreibtisch, wo er sich hinter seine vielen gläsernen Obelisken setzt. Sie zerbrechen sein riesenschnäbliges Horusprofil in tausend Stücke. Erst als er sich erhebt, setzt es sich wieder zusammen, und unbeschädigt kommt er zurück und gibt mir ein Dutzend großformatiger Dias.

»Sie können sie alle für Ihre Filme verwenden«, sagt er, »ich hoffe. Sie können damit etwas anfangen.«

Ich sehe mir die Dias an, auf denen ägyptische Sarkophage neben Bauernstühlen stehen, die Figuren Serpottas in dem Gerippe des Kolosseums, Berninis Papst im Innern eines Wals, Minotaurus auf einer barocken Opernbühne: er klagt grade seine Mutter an. Ich sehe all die Überblendungen und Bezüge, die ich mit diesem mystischen Puzzle machen und herstellen kann und sage: »Das ist, als wenn ich durch eine Galerie mit Bildern deutscher Romantiker ginge.«

»Oh«, sagt Clerici, »ich bete ihre Bilder an. Caspar David Friedrich, welche Tiefe, welcher Geist. Und Goethe, ein Gott. Und Schinkel! Welch ein Künstler, dieser Schinkel. Ich bin auf ihn gestoßen, als ich seine Bühnenbilder zur ›Zauberflöte‹ studierte. Ich machte damals grade für das ›Teatro Olimpico‹ in Vicenza meine eigenen Bühnenbilder zu Monteverdis ›Krönung der Poppea‹ – Sie kennen das ›Teatro Olimpico‹?«

»Ich habe mal einen ganzen Tag darin gesessen«, sage ich, »ich kenne keinen schöneren Raum.«

»Ja, Palladio«, sagt Clerici, »aber bei Schinkel fand ich eine Antike voller Humanität. Ich verdanke ihnen viel, den Deutschen. Na und dann Karl Kunz! Er ist einer der größten überhaupt. Kennen Sie ihn?«

»Nein«, sage ich, »keine Ahnung.«

»Mein Gott«, sagt er, »da lebt einer der einfallsreichsten Maler unserer Zeit mitten unter ihnen, ohne daß er von Ihnen wahrgenommen wird. Seit der Schule von Fontainebleau hat es keinen bedeutenderen Manieristen gegeben. Er wohnt in Frankfurt.«

Clerici richtet seine schwarzen Totenkopffalteraugen nachdenklich auf seine Hände. Er pudert sie, um die braunen Einsprengsel des Alters nicht sehen zu müssen. Clericis blauer Perserkater geht durch das Zimmer. Er ist groß wie ein Panther. Er kann auf einen Tisch voller venezianischer Flügelgläser, das Stück zu 3000 Dollar, springen, ohne ein einziges Glas zu berühren. Clerici bewundert seinen Kater, ohne ihn zu lieben. Ich habe ihn einmal beobachtet, wie er sich im Schlafzimmer ekelgeschüttelt die Katzenhaare abbürstete, richtig geschüttelt vor Ekel, zitternd und den Tränen nahe. Er hatte ihn vorher für eine Fernsehaufnahme auf den Schoß nehmen müssen (eine Szene, die H. D. sogleich rausschnitt, als ich ihm von Clericis Abscheu erzählte). Als er mich bemerkte, damals, war er sehr verlegen, und auch ich war es, und er sagte: »Ich bin so empfindlich, daß ich nicht einmal das Haar einer Katze aushalte. Es ist mir einfach zu schwer. Es bedrückt mich.«

Ich sehe zu Clerici hinüber. Er betrachtet die Knopflöcher an seinen Ärmeln und beginnt, sie auf- und zuzuknöpfen. Er ist wahnsinnig elegant und erinnert an Cocteau, als dieser mit der barbarischen Schamlosigkeit des Exhibitionisten die Admiralstracht der Académie Française anlegte. Clerici legt die Hände wie ein Barpianist auf den Tisch, der in winzigen Mosaiken die antiken Sehenswürdigkeiten Roms zeigt. Für einen Augenblick trifft ein reflektierter Lichtstrahl seinen Augapfel und gibt ihm eine mineralische Starrheit. Jetzt gleicht Clerici einem Reptil, das sich unbeschädigt durch einige Millionen Jahre erhielt, ein Relikt aus dem Carbon – kurzum ein Künstler, der sich auf eine Vision stützt. Wenn man sie ihm wegzöge wie eine Krücke, bräche er in einer Wolke aus Staub zusammen, und nichts bliebe als das Grinsen des Archäopteryx, das für eine kleine Weile in der Luft stehen würde, ehe es sich als mineralisierter Aussatz an einer der Mauern der Piazza Navona niederschlüge.

Eine Stunde später tauche ich ein in die kohlschwarze Mitternacht der Piazza Navona, die sich ins Endlose ausdehnt, ein schwarzes Tablett, um das Chirico seine faschistischen Architekturen stellte, seine baseballköpfigen Antiken, die unsere Träume terrorisieren, seine albernen Spielzeugzüge mit ihren leblosen Rauchfahnen und im Hintergrund seine Backsteinfabriken mit ihren ägyptischen Kaminen. Dann mache ich einen Kopfsprung in die kohlschwarze Mitternacht der Via de Anima mit ihren angeschwärzten Häusern, angeschwärzten Kneipen und angeschwärzten Gammlern, die in den Hauseingängen schlafen. Da die Müllmänner seit Wochen streiken, gleichen die Straßen Roms einem gigantischen, in einem Labyrinth zusammengekarrten Müllhaufen. In den kleinen Gassen liegt der Schmutz bis zum ersten Stockwerk, rattendurchhuscht, in allen Phasen der Verfäulnis stinkend, zu schwarzen Pfützen zerfließend, eine endlose Aneinanderreihung von katzengekrönten Gebirgen aus nassem Papier, verfaultem Gemüse, zermatschten Kanincheneingeweiden, Hühnerpfoten und Hahnenkämmen, Konservendosen, Parisern, Damenbinden, Schimmelbroten und verschimmelten Kleidern, berstenden Schuhen, trippelnden Mäusen, gegorener Milch, madendurchzogenem Käse, Brei, Ziegenpfoten, Rinderhufen, Lämmerohren nebst Hunde-, Katzen- und sonstiger Scheiße.

Rom by night.

Als wir am nächsten Tag gegen vierzehn Uhr auf der Via Appia eintrudeln, ist die Liebe schon im vollen Gange. Seitdem eine dieser unglaublich verheuchelten, miesen italienischen Regierungen die Nutten aus Rom schmiß, haben sich diese hier auf dem alten Römerstrich zur Autovögelei eingefunden. Überall neben den Grabdenkmälern, den abgebrochenen Statuen und nasenlosen Porträts, unter den Pinien Respighis, zwischen den Wildrosen und den von Blitzen gespaltenen Türmen, den eingesunkenen Hügeln und Brombeerranken und hoch oben auf dem gloriosen Rundbau der Cäcilia Martelli, den Goethe beleckte, überall hüpfen winzige Fiats im Rhythmus kurzer, heftiger Leidenschaften. Es ist schon eine Menge Arbeit, eins dieser gutherzigen, dickärschigen Weiber so in einen Fiat zu verfrachten, daß der wichtigste Teil von der Straße entfernt ist. Gewöhnlich sieht man nur zwei Paar entgegengesetzter Fußsohlen aus den kleinen Autos ragen, einen haarigen Männerarsch über einer heruntergelassenen Männerhose und eine weiße fette Frauenhand, die sich an einem winzigen Lenkrad festhält. Das alles wippt immer schneller werdend und endet jäh. Nie sind die kleinen, bunt lackierten Autos weiter als zwei Meter vom Straßenrand entfernt. Man fickt so ungeniert, als äße man nur gerade ein mit Spanferkelscheiben und Thymian belegtes Weißbrot von der nächsten Landstraßenecke.

»Früher hatten es die römischen Nutten gut. Da krochen sie, wenn ihnen die Morgenkälte zusetzte, in die noch heißen Backöfen und schliefen dort. Fornicatrix nannte man sie deshalb«, sage ich, der Konsument aller nur möglichen und unmöglichen Kulturgeschichten, meiner staunenden Mannschaft.

Wiesel, Thusnelda und der ganze Stab empfangen uns mit angewiderten Gesichtern. Sie sind eine Stunde früher angekommen, um Motive zu suchen, und sind dabei in diese Massenvögelei geraten. Mit gerafften Röcken schreitet Thusnelda über den Tempelboden, der besät ist mit gebrauchten Parisern und gebrauchten Papiertaschentüchern. Von weitem könnte man das Ganze für einen kleinen See mit Wasserrosenblüten halten, aber der spermatische Duft, der über dieser gummierten Landschaft liegt, läßt die amerikanischen Uralttouristinnen, die in diesem Augenblick aus einem vollklimatisierten Bus quellen, zuerst an blühende Kastanienbäume (eßbar) denken. Aber dann ruft eine dieser wie ein Totem behangenen Greisinnen: »Oh, seht doch nur. Oh!« Und sie ruft das »Oh« mit einem ganz nach innen gezogenen, kleingefältelten und zwiefarben geschminkten Mund. Und alle schlagen die Hände vor ihre Todinhollywoodmasken und ziehen sich rückwärts in ihren Bus zurück.

Unsere Mannequins stelzen durch den nuttigen Hausrat und klettern auf die Säulentrommeln, wobei ihnen die Bühnenarbeiter mit Gedanken, Blicken und Händen helfen. Und während wir bis zu den Knöcheln in den Parisern stehen und die Mannequins einmal das linke, einmal das rechte Bein heben, kommt so ein singender Popstar mit klitzekleinem Menjoubart unter der Hakennase ins Bild und verströmt unter Thusneldas entzückten Blicken sein Herzblut in einem Schmachtfetzen ohnegleichen. Ein paar Ratten, die aufeinander scharf sind, huschen umher. Ein riesiger weißer Wolfshund, der wiederum scharf auf die Ratten ist, streckt den Kopf durch ein Liebesnest aus Brombeerranken, aus dem ein hosenloser Alter taumelt, und das Playback jault: »Maaamaamaaa, als ich noch an deinen Händen durch das liebe Mondlicht ging, Maaamaaamaaa …« Das war's.

Am nächsten Vormittag schleppen wir Unmengen von Scheinwerfern und kilometerlange Kabel über rote Marmortreppen und bunte Perserläufer in die Marmorhallen einer über achtzigjährigen Modekönigin.

Als junges Mädchen verkleidet, erwartet sie uns auf einer von Giganten getragenen Plattform in der ersten Etage. Wir bewundern Thusneldas Hofknicks, der von der erhabenen Greisin aufgefangen und in einen doppelten Wangenkuß verwandelt wird. (So wie Papst Gregor Kaiser Heinrich IV. in Canossa aufhob und mit Wangenküssen traktierte, deren Speichel er vergiftet hatte; aber Heinrich hatte den Braten gerochen und seine Wangen mit einem Gegengift präpariert, das den Papst lähmte, so daß er an diesem Tag nicht mehr die Gräfin Mathilde besteigen konnte, wie er es vorgehabt. Nur in Italien findet man noch so prunkvolle Gesten.)

Wir bauen stundenlang auf. Wiesel wieselt durch das Kabelgeschlinge. Er hat eine großkarierte Jacke mit kleinen Aufschlägen an, eine riesengroße Popkrawatte, schwarze, unten sehr weite Lederhosen und weiß abgesteppte violette Wildlederschuhe: ein exotischer Vogel im Dschungel des Zöllners Rousseau. Er redet auf Ede ein, der beiläufig nickt und sich hinter sein kleines dunkles Planglas zurückzieht, um die phantastischen Kronleuchter zu betrachten. Auftritt der Lemuren von links: Das Publikum strömt herein, eine Schar abenteuerlich geschminkter, diamantenbestäubter, unschätzbarer Damen in fortgeschrittenen bis sehr weit fortgeschrittenen Jahren. Sie haben den ganzen ihnen noch verbliebenen Eros in die irrsinnig teuren Futterale gesteckt, in denen sie, gravitätisch mit den Gliedern knackend, einherwandeln, makabre Puppen an den Armen ihrer Gatten und Liebhaber, deren Gesichter wiederum wie abgeledert sind von der Boshaftigkeit, Leidenschaft und Besitzgier ihrer Unschätzbaren.

Die Königin erklimmt, auf Gesellschafterin und Sekretär gestützt, eine Art Bühne, von der ein Laufsteg ausgeht. Applaus. Sie verbeugt sich gichtbrüchig und mit charmantem Lächeln, das ihr Make-up zersplittert. Während sich bei gewöhnlichen Sterblichen der Mund beim Lächeln nach allen Seiten hin ausbreitet, zieht sich der Mund der Königin zu einem winzigen runden Fleck zusammen, so, als habe ihn Miró mit einem ganz spitzen Pinsel aus sibirischem Eichhörnchenhaar in verdünnte Lithotinte gestochen. Tausend rote Kapillarien ziehen sich von diesem Mündchen in die soeben krakülierte Maske. Dann entfaltet die Königin wieder das Mündchen und redet jugendlich übermütig vom Übermut der Jugend, der sich auch ihrer neuen Kollektion mitgeteilt habe. Applaus. Sie klatscht in die kleinen gelben, braungepardelten Hände. Der Vorhang teilt sich, und Elvira, das Starmannequin, schreitet wie eine Nike siegreich über die Lemuren dahin. Applaus der Lemuren. Ein magerer kleiner Alter mit einem Sokrateskopf klebt seine Blicke an Elviras große schöne Füße mit dem hohen Spann.

»Ich könnte nie 'n Mannequin bürsten«, sagt Ede leise, »vorne nix, hinten nix und nix im Kopf.«

»Die haben mehr im Kopf und sonstwo, als du denkst!« sage ich leise und mit gedehntem »du«, das ihm seine intellektuellen Grenzen zeigen soll.

Zwei Stunden lang nehmen wir Kleider auf, denen man nur hier und in einigen irrsinnig exklusiven Modejournalen und eben in unserer idiotischen Sendung wiederbegegnen wird. Kaum jemand wird sie tragen, aber alle Modetanten der Welt werden sich mit ihren Hofberichten darüber goldene Nasen verdienen. Thusnelda tritt vor Edes Weitwinkel und haspelt virtuos ihren Text ab. Dann muß Ede noch aufnehmen, wie sich Thusnelda und Sybille, die Illustriertentante, auf die Wangen küssen, wobei sich jede die Stelle vorstellt, in die sie den Dolch am günstigsten in die andere stoßen könnte. Einmal beobachte ich hinter der Bühne, wie die erhabene Greisin dem Starmannequin, das sich in einem Supermini neben ihr bückt, um einen Schuh zu schließen, mit der Greisinnenhand in den Slip fährt und sie dort wie eine Maus bewegt. Das Starmannequin richtet sich auf, streift mich mit einem Blick, der vorgibt, mich nicht bemerkt zu haben, und geht, auf ernsthafte Weise entrückt, hinaus.

»Ich hab 'ne Menge hübscher Sachen gemacht«, sagt Ede später, »mit der langen Tüte und so. Und einmal habe ich die Königin erwischt, in Großaufnahme und Gegenlicht, wie sie rülpst und ihr dabei der Puder von den Backen stäubt. Aber das wird der Pinsel ja doch wieder über Bord gehen lassen.«

Es wurmt ihn mächtig, daß er keinen Einfluß auf die Bildauswahl hat. Sicher, er hängt bei der Mustervorführung lange rum, aber die Auswahl trifft der Regisseur oder der Redakteur. Wie sollte Ede auch wissen, ob das, was er gut findet, auch gut für den Film ist. Aber das macht ihn fertig, höhlt ihn aus wie einen Kürbis.

Ich sage: »Fliegt alles in den Zerreißwolf. Wie die meisten deiner Genieblitze. Spätestens nach vier Jahren!«

Er sieht mich an, als sei ich höchstpersönlich der Zerreißwolf.

»Es ist das System, Ede«, sage ich, »nicht ich.«
Nachdem der ganze makabre Zirkus vorüber ist, kommt Wiesel herüber und sagt: »Habt ihr prima gemacht, Jungens. Ich habe euch nicht aus den Augen gelassen. Wirklich erstklassige Arbeit.«
Ich habe Edes Bemerkung von der rülpsenden Königin noch im Ohr und meine darangehängten Überlegungen zum Zerreißwolf im Herzen und Wiesels Popkrawatte zehn Zentimeter vor Augen und sage zu Ede: »Was bei dem Mandrill die rotblauen, auf sinnliche Begierden deutenden Arschbacken sind, das scheint mir eine Popkrawatte für den homo sapiens zu sein, der bekanntlich unter allen Primaten das längste Glied hat.«
»Wahrscheinlich«, sagt Ede.
Wiesel sieht mich schweigend an. Der Ekel sitzt fest und mit übereinandergeschlagenen Beinen in seinem Gesicht.

In den nächsten römischen Tagen drehen wir eine Menge Statements und Interviews mit diesen Typen, die ebenso das Entzücken unseres Gartenlaubenpublikums wie den Abscheu unserer jungen Linken bilden, aber auch wahre Dankbarkeitsorgien bei unseren Programmdirektoren auslösen, die den Blick fest auf diese idiotischen Einschaltquoten gerichtet halten: ich meine Operndiven, die ihr leicht Angewelktes in einer gläsernen Badewanne versenken. Erfolgsliteraten, deren Brokatwesten ihren Stil andeuten, Playboys, die nicht zögern, ihre Unterhosen und was darin steckt vor uns auszubreiten, Politiker, die Unverdauliches wiederkäuen, Schlagerstars ... ach ja ...

Unterm Titusbogen interviewt Thusnelda den Schlagerstar von vorgestern.
Thusnelda: »Sie sind erfolgreich, schön und jung. Wie wird man mit alledem fertig, Fernando?«
Schlagerstar: »Als Mann, Thusnelda, muß man mit allem fertig werden.« (Lacht.) »Um alles andere kümmert sich Mamatschi.«
T. (zeigt mütterliche Rührung, Anteilnahme und Wärme):

»Worauf führen Sie Ihren Erfolg zurück?« (Mein lieber großer Junge)

S.: »Auf meine persönliche Ausstrahlung. Und weil ich mich immer so gebe, wie es mein Publikum erwartet. Ich enttäusche es nie – hoffe ich. Und wenn ich nicht gut war, sagt es mir Mamatschi.«

T.: »In den Schoß ist Ihnen das alles nicht gefallen, Fernando.«

S.: »Vor den Erfolg, liebe Thusnelda, haben die Götter bekanntlich den Schweiß gesetzt. Ich arbeite sehr hart an mir und meiner Kunst. Ich schenke mir nichts.«

T.: »Welches sind Ihre Hobbys?«

S.: »Antiquitäten und schöne Frauen.«

T.: »Frauen spielen eine große Rolle in Ihrem Leben. Welche hat Ihnen am meisten bedeutet?«

S.: »Mamatschi natürlich. Aber auch sonst spielt das schöne Geschlecht eine große Rolle in meinem Leben. Ich glaube, ich könnte ohne Liebe nie singen. Hugh Hefner hat mich mal in einem Playboy-Interview gefragt, welches wohl die Quelle meiner Inspiration sei, und ich erwiderte: Hugh, das sind die Frauen.«

T.: »Man braucht Ihnen ja nur in die Augen zu schauen, Fernando, um zu sehen, daß Sie es auch so meinen, wie Sie es sagen. Schönen Dank, Fernando Miranda.«

Unterm Konstantinsbogen interviewt Thusnelda einen älteren englischen Filmstar, graumeliert, graublauäugig, groß und schlaksig.

Thusnelda: »Sie sind nun schon seit vielen Jahren einer der erfolgreichsten Filmschauspieler Ihres Landes (jener hebt eine Augenbraue) und der Welt (jener senkt sie wieder). Wie wird man damit fertig, Tom Jones?«

T. J.: »Ach wissen Sie, als Mann muß man mit dem Leben auf seine Weise fertig werden. Jeder steht letzten Endes ja nur für sich.«

T. (indem sie eine gewisse mütterliche Besorgtheit zeigt): »Worauf, Tom Jones, führen Sie Ihren Erfolg zurück?«

T. J.: »Auf meinen Einsatz. Wenn ein Mann eine Sache ganz tut, soll er sie ganz tun.«

T.: »Leicht haben Sie es anfangs ja nicht gehabt.«

T. J.: »Nein, sicher nicht. Aber wenn man etwas ganz will, dann erreicht man es auch. Egal, ob es den Beruf oder das Leben betrifft.«

T.: »Und damit wären wir bei einer Frage, die unser Publikum sicher ganz besonders interessiert: Was halten Sie von den Frauen?«

T. J.: »Sie sind wie schöne Pferde. Man muß sie streicheln und zähmen. Dann sind sie ganz wundervoll. Ich würde mir gern einen ganzen Stall davon halten (lacht; auch Thusnelda lacht). Aber im Ernst: Sie bedeuten mir alles. Ohne sie wäre ich nicht geworden, was ich bin.«

T.: »Und was sind Ihre Hobbys?«

T. J.: »Na, ich sagte es ja soeben, schöne Frauen und schöne Pferde. Und schöne Antiquitäten.«

T.: »Tom Jones, ich danke Ihnen, auch im Namen unseres Publikums, dessen Liebling Sie ja seit langem sind, ich danke Ihnen, daß Sie uns ein bißchen von ihrer kostbaren Zeit geschenkt haben.«

»Arschlöcher«, sagt Ede, und er sagt es gerade so laut, daß sich Thusnelda in der Hoffnung wiegen kann, falsch gehört zu haben.

Dann schenkt der Filmstar uns allen sein fröhliches Jungenlächeln, ein Lächeln, das diesen Uralttwens immer gelingt und das sie nach Gebrauch wie eine Flasche Dünnbier in den Eisschrank zurückstellen.

Das gleiche Interview findet dann noch mit dem bereits angedeuteten Politiker, einem gerade in Blüte stehenden Playboy und jener Operndiva statt, die die Kameliendame nackt in einer gläsernen Badewanne sang. Endlich, als wir schon gar nicht mehr dran glauben, fällt die letzte Klappe. Der Playboy, der zuletzt dran war, schiebt seinen Rex-Harrison-Hut in die Stirn und verduftet in Richtung Trajanssäule, wo er seinen Miezen den soeben erhaltenen Scheck zeigt, und die Miezen kichern in ihre phantastischen Sommerpelze und klirren mit ihrem phantastischen Goldschmuck und trippeln mit ihren phantastischen, mit echten Steinen besetzten Sandalen.

»Scheißmiezen«, sagt Ede, der Neidvolle.

Dann packen wir unseren Kram zusammen, wobei wir uns gegenseitig versichern, die Schnauzen so voll wie noch nie zu haben. Es ist unser letzter Drehtag in Rom. In drei Tagen soll es nach Capri gehen. Thusnelda hat da noch einen besonderen Pfeil im Köcher.

Am Abend sitzen wir alle in der Halle unseres Hotels. Wir sind ziemlich blau und ziemlich zufrieden, daß alles geklappt hat, und Wiesel bietet Ede das Du an, und Ede grunzt Zustimmendes. Da kommt plötzlich eine ziemlich heiße Type durch die Halle, Stretchhose, dreiviertellanger Silberpanther, Affenlook, Steinbergschuhe, also offensichtlich »Amerikanisches«, und beginnt, unter Ausnutzung aller Möglichkeiten der Stretchhose, die Treppe hinaufzusteigen. Das Spiel ihrer prächtigen Hinterhand erzeugt in Edes umnebeltem Hirn verwegene Gedanken, und er sagt: »Hat einer von euch 'ne Karte mit Namen oder so was zum Draufschreiben?«

Wir kramen alle in den Taschen, aber nur Wiesel hat eine Karte mit Namen und Firma drauf, und er gibt sie Ede. Der kritzelt etwas auf diese Karte, ruft den Piccolo und flüstert mit ihm und zeigt auf die Treppe und steckt ihm 500 Lire nebst Karte in die Hand. Der Piccolo verschwindet treppauf in den Spuren der heißen Type. Wir stecken die Nasen wieder in die Gläser. Dieter sieht sich um, beobachtet alles, läßt niemanden aus den Augen.

Fünf Minuten später kommt ein Mann mit den schwerwiegend gespornten Schritten eines Hahnreis die Treppe herunter. Er trägt einen Regenmantel über einem gestreiften Pyjama und einen Revolver sowie Wiesels Karte in der Hand. Er liest angestrengt auf der Karte herum und fragt leise im hundsordinären Power-English der Amis: »Wer von euch Hurensöhnen heißt Wiesel?«

Während sich Ede langsam rückwärts aus der Szene tastet, sagt Wiesel, der in seinem Suff die Zusammenhänge nicht mitgekriegt hat: »Ich bin Wiesel.« Und er sagt es leise und geschmeichelt, worauf der geheimnisvoll Gehörnte fünf Schüsse rings um Wiesels Schuhe jagt. Der sechste trifft. Wir alle starren ungläubig auf Wiesels Schuh, der plötzlich ein Loch hat, aus dem langsam und schwer ein Blutstropfen quillt.

Ede wird ganz blaß. Dann ruft er dem Schützen zu: »Aber ich bin es doch, der die Karte geschickt hat. Es ist meine Schrift. Er hat doch nur die Karte gegeben. Er ist unschuldig.«

Der Schütze hebt noch einmal seinen Revolver, zielt auf Ede und drückt ab. Aber der Revolver ist leer. Der Schütze wendet sich achselzuckend ab und beginnt, die Treppe wieder hinaufzusteigen. Da stößt Thusnelda einen markerschütternden Schrei aus und wirft sich über Wiesels Schuh. Pietà.

Thusnelda, der einzige Mann unter uns, läuft dem Ami nach, erreicht ihn und beginnt mit beiden Fäusten auf seinen Rücken zu hämmern. Aber der steigt unaufhaltsam wie ein erhabener Gedanke den Rest der Treppe hinauf und verschwindet. Der Portier telefoniert mit den übertriebenen Gesten des geborenen Neapolitaners nach einem Arzt. Das übrige Personal bildet eine schöne Gruppe um uns. Sirene und Blaulicht. Der letzte Akt.

Der so unvermutet Getroffene wird von Sanitätern auf eine Bahre gelegt und von der Szene geräumt. Schneeweiß wie ein Gletscher verschwindet er durch den gründerjährlich-gewaltigen Hoteleingang.

Ede winkt den Piccolo heran und sagt: »Na dann gib mir mal die fünfhundert wieder.«

Und der Piccolo tut es.

Die Fahrt nach Neapel am nächsten Vormittag verläuft ohne besondere Ereignisse, wenn wir von den Witzen einmal absehen wollen, die wie die »Protokolle der Weisen von Zion« immer wieder auftauchen.

»Ich höre hier hinten nichts«, sagt Dieter und löst seinen Blick von den Glanzpapiernackedeis des »lui«.

»Sei froh«, sage ich, stelle das Radio ein und angele nach der trostlosesten aller Wellen, der »deutschen«. Ein gut geölter Sprecher erklärt gerade die Stellungnahme des Vatikans zum Paragraphen 218, den die in Bonn eben mal wieder hochhalten, nur so zum Vorzeigen. Ist ja gar nicht ernst gemeint. Da ist der Vatikan schon herber. Der spuckt Gift und Galle oder säuselt wie ein holländischer Bischof, der gerade sagt: »... und wenn ein dreizehnjähriges Mädchen von einem Schwachsinnigen vergewaltigt wurde und nun ein Kind erwartet, dann darf sie das nicht abtreiben, sondern es muß sich sagen: ›Ich werde auch dieses Kreuz des Herrn tragen.‹«

Ede setzt sich bolzengerade auf. Er atmet schwer. Er ist ins Herz getroffen und flüstert: »Wenn alles schiefgeht, ich meine, wenn alles so weiterläuft wie bisher, dann werden wir im Jahre zweitausendsiebzig auf dieser verlausten Erde fünfundzwanzig Milliarden Menschen haben. Davon kann sie vielleicht zehn ernähren. Eine Vision, die die gespenstischen Leichname im Vatikan besser heimsuchen sollte als die von Schwester Pasquilina in die Welt gesetzten Marienvisionen ... Der Beebe, der amerikanische Naturforscher, erzählt in einem seiner Bücher von einer Insel im Pazifik, auf der es ein paar tausend Ziegen gab. Die alten Walfänger hatten ein paar davon ausgesetzt und vergessen. Sie hatten sich so ungehemmt vermehrt, daß sie die ganze Insel wie ein Pelz bedeckten. Die Insel war klein und die Vegetation völlig verschwunden. Die Ziegen warteten auf die Ebbe, stiegen in die Felsen und fraßen den Tang. Aber auch der ging zu Ende. Als Beebe ein paar Jahre darauf wieder vorbeikam, lebte nicht eine einzige mehr. Das ist auch unsere Situation. So wird's auch uns gehen.«

Draußen ziehen hohe Bäume vorbei, zwischen die der Wein in Girlanden gespannt ist. Der unerhörte Ede fängt an, vor sich hin zu dösen. Dann schläft er ein. Sieht aus wie ein Chinchilla in der Bisamratte. Nur die Vorderzähne verraten seine Sensibilität. Eine Schar Krähen fällt in die Saaten wie die Lektoren des ...-Verlags in mein Manuskript.

Schalte das Radio ein. Erwische Radio Eriwan: »Im Kapitalismus wird der Mensch vom Menschen ausgebeutet, im Sozialismus ist es umgekehrt.« Uah, Uah, Uah ... Ein paar Agaven stecken in einer Mauer wie in Knopflöchern. Ich setze meine Sonnenbrille auf und ziehe damit einen Firnis über die Landschaft. Sieht sofort aus wie ein alter Meister. Plötzlich vorn der Vesuv. Sieht aus wie ... na ja ... eben doch wie ein aufgeblähter Maulwurfshügel, der das Rauchen aufgegeben hat.

Der See von Averno. War mal der Eingang zum Totenreich. Sein Spiegel wird von einem Motorboot nebst angehängtem Wasserskiläufer zersplittert.

Dann die Stadt, ein Inferno zur Linken, aus dessen Straßenschläuchen die abertausend Höllenhunde der kleinen Fiats sausen und mich anblaffen. Fahre eine halbe Stunde Amok. Nur nicht seitwärts gucken. Nicht links, nicht rechts. Immer feste druff. Gewinne aufatmend die Garage. Langwieriges Umschaufeln unserer Klamotten in ein Taxi. Rasende Fahrt eines irren Taxifahrers zum Dampfer. Wir alle quatschnaß und mit zitternden Knochen. Raus mit dem Gepäck. Uff. Warten. Ruhe, aber keine Stille. Ein permanentes Gewitter aus hunderttausend Motoren.

»Laßt das Gepäck nicht aus den Augen«, sagt Ede, »alles Strolche.« Worauf sich Dieter nach allen Seiten umsieht.

Endlich löst sich das Schiff und fährt hinein in den Golf, der seine perlmutten Schleimhäute um die Felsen von Sorrent legt.

Ede, der vorhin seine Witze ohne Publikum erzählen mußte, knüpft ein Gespräch mit einer molligen kleinen deutschen Touristin an, die in einer Art Nylontüte steckt: Schneewittchen in Frischhaltepackung.

»Wegen der Spritzer«, sagt sie.
»Es ist immer gut, vorzubeugen«, sagt Ede.

Später gammele ich mit Ede in Capri herum. Wir hängen unseren Gedanken nach, er seiner vakuumverpackten Molligen, ich der Kennedy-Witwe, die in den Fenstern der Fotografen pferdezähnig mal von einem Hummer, mal von einer Eisbombe herunterlacht, gleich neben diesem hübschen Knaben, der, in goldene Kettchen gehüllt, dem Blitzlicht mit jenem Charme trotzt, der einem seiner Altvordern hier auf Capri Kopf und Kragen gekostet hat. Dieser Kanonen-Tiberius exportierte nämlich seine capresischen Knaben in ein feudales Berliner Hotel, wo sie als Liftboys und Etagenkellner in kleidsame Trachten gesteckt wurden. Einen Tortendeckel auf den dunklen Locken und die kleinen strammen Ärsche in enganliegenden Hosen, hatte er sie immer gleich bei der Hand, wenn er – die schnurrbärtige Sonne kaiserlicher Gnaden im Nacken und die Tasche voller Rüstungsaufträge – in jenem Hotel abstieg. Auf diesen kettchentragenden Knaben ist Thusnelda scharf. Sie möchte ihn – koste es, was es wolle – in ihrer Sendung als Kernstück verbraten. Er hat vage angedeutet, daß sie ihn hier irgendwann einmal finden könne, aber Genaues wisse er auch nicht, und so werden wir wohl – »in froher Erwartung« – hier eine Weile tagtäglich ein paar Tausender verplempern.

Als wir auf dem winzigen Hauptplatz unseren fünften Espresso trinken, bemerken wir eine berühmte, schöne und relativ junge Filmschauspielerin, die mit einem berühmten, häßlichen und relativ alten Produzenten verheiratet ist.

»Der ist Abermillionen schwer«, sagt achtungsvoll der Barkeeper.

»Geld macht sinnlich«, sagt Ede und guckt demonstrativ in die andere Richtung.

Zu meinem größten Vergnügen begegne ich Bruno Caruso, dem sizilianischen Maler, mit dem wir vor einem Jahr einen Film über »Kunst und Revolution« gemacht haben. Zusammen mit

Flavio Costantini, dem unerreichten Meister in der Illustration der »Geschichte des Anarchismus«. Das waren Linke, von denen man träumt. Bruno erzählt mir sogleich, daß er hier sei, um seine Liebes-Kunst aufzufrischen, und wenn ich Lust dazu hätte, könne ich ihm ja morgen dabei zusehen. Ede, der damals nicht dabei war, klappt den Unterkiefer runter, ein deutliches Zeichen, daß er die Welt nicht mehr versteht.

Und so steige ich denn am andern Morgen die kleine Treppe zur Punta di Tragara hinunter. Bruno steht in seinem schwarzen Gummianzug wie ein Mannequin aus einem Amsterdamer Sex Shop neben seinem Boot. Er lächelt sein feines Lächeln und zeigt auf einen zweiten Anzug und sagt: »Wenn du es richtig sehen willst, mußt du schon mit runterkommen.«

»Ich kann nicht tiefer als vier, fünf Meter«, sage ich.

»Das reicht«, sagt er und wirft den Motor an. Wir gondeln um die steilen Wände bis zur Punta del Capo, machen in einer handtuchgroßen Bucht fest und steigen ins Wasser. Wir schwimmen 100 Meter nach Westen, und dann winkt Bruno, fummelt an seinem Sauerstoffgerät und zeigt nach unten. Ich schiebe mir das Mundstück zwischen die Zähne, werfe einen letzten Blick in Richtung Kaiser Tiberius, der damals seine Lustknaben nach Gebrauch über diese himmelhohe Senkrechte purzeln ließ, und folge Bruno nach, der kopfüber verschwindet.

Die Felsen sind kahl, nur von langstacheligen Seeigeln besetzt. Nicht ein Knöchelchen der römischen Knaben. Wird wohl Verleumdung gewesen sein. Bruno geht fast senkrecht hinab, ein fallender Engel, aus dem die kleinen Lichtpunkte einen Panther machen. Ich verharre über ihm mit ausgebreiteten Armen, dem Adler gleich ... Bruno verhält vor einem dunklen Loch. Er paradiert, schwimmt Ballett, spreizt sich und macht einen Salto rückwärts, winkt und läßt Unmengen Blasen steigen. Er bewegt sich zwischen Halbdunkel und Dunkel, als sei er dort zu Hause.

Nach einer Weile kommt aus der Höhle der Arm des Octopus. Es ist ein kräftiger Arm, so wie mein Handgelenk, und einen halben Meter lang. Er winkt wie aus einem Zugfenster. Bruno winkt zurück und schwimmt näher. Der Arm zieht sich zurück, aber nur, um sogleich mit einem zweiten Arm herauszukommen. Nun winken beide. Ein dritter Arm. Dann schiebt sich Octopus vulgaris halb heraus, und während ich langsam weiter niedersinke, erkenne ich sein wundervolles Katzenauge, mit dem er abwechselnd zu mir und zu Bruno schielt. Jetzt winkt er mit allen acht Armen. Eine Kokospalme im Wind. Bruno schwimmt nahe heran, faßt in einen umgehängten Beutel und reicht ihm Muschelfleisch. Der Krake öffnet sich plötzlich vor der Höhle zu einem leuchtenden Stern. Seine Arme sind gar nicht so lang, wie ich dachte. Sie sind mit einer festen Haut verbunden, mit der er wie mit einem Rock kokettiert. Dieser Stern läßt sich auf Brunos Hand nieder, und aus den Zeichen, die mir Bruno gibt, ersehe ich, daß jener vespert. Dann schwebt der Stern auf und ab und läßt sich vor seiner Höhle nieder. Bruno streckt die Hand aus und berührt den Körper des Kraken, der sogleich einige Farbschauer anbietet, ein Sack wie aus Tausendundeiner Nacht, irisierend, changierend, medusierend. Er drückt Wasser heraus, aus irgendwelchen verborgenen Feuerwehrschläuchen, Bruno macht ein paar Purzelbäume und schwimmt einen gelungenen Kreis, der Krake, wieder zum Stern entfaltet, folgt ihm, beide wiegen sich in einem sakralen Ballett. Dann setzt sich der Krake auf Brunos Rücken, umarmt ihn und nun kabolzen beide und breiten die Arme und schweben auf und nieder und lösen sich, und der Krake gibt sechs kleine schwarze Wolken heraus, durch die Bruno als submariner Batman in schöner Haltung hindurchstößt, eine Haltung, die der Krake zu schätzen weiß, er faltet sich vom Stern zu einem Regenschirm zusammen und schießt auf Bruno zu. Beide stoßen mit den Köpfen zusammen, zwei Böcke, die es aufeinander abgesehen haben, kurven umeinander, stoßen, lösen sich und schwimmen zur Höhle, wo sich der Krake wie eine Glockenblume niedersinken läßt. Über seinen Leib rasen die Farben wie Wolken im Sturm. Violett, orange, siena, gelb, grün und alles wieder von vorn. Bruno läßt sich neben ihm an der Senkrechten nieder und beginnt, einen Arm zu streicheln.

Es ist der Liebesarm. Der Krake windet sich vor Wonne, er wird weiß wie eine Braut, dann schillernd wie ein Harlekin, dann rostfarben wie das Argonautenvlies. Er schauert, glättet sich, stößt dicke Wasserstrahlen heraus und hüllt endlich sich und seinen Geliebten in eine dunkle, undurchdringliche Wolke. So kam Zeus zu Jo. Dann taucht Bruno aus der Wolke, gefolgt von dem Kraken, der sich wie eine wunderbare Krone auf sein Haupt setzt, über seinen Rücken herab spaziert, ihn umkreist und sich fallen läßt. Langsam dreht er sich um sich selbst, entfaltet und schließt seinen gefleckten Fallschirm und schwebt seiner Höhle entgegen. Er legt die Arme an und alle Seele in seine Katzenaugen und verschwindet, kommt aber sogleich wieder halb heraus, winkt mit den Augen, schwebt wieder hinein, läßt die Arme davor wehen, zieht sich zurück, winkt mit zwei Armen, mit einem. Als wir uns später auf einem kleinen Steinstrand sonnen, sagt Bruno: »Ich kenne ihn seit zehn Jahren. Ich kam anfangs nur, um ihn zu füttern. Nach einem Jahr wurden wir vertrauter, und eines Tages bot er mir seinen Liebesarm an.«

Am nächsten Tag fahre ich mit dem schnellen Kahn, dem Tragflächenboot, nach Neapel hinüber. Wie immer genieße ich diesen Ritt über eine Bucht, die einmal das Staunen meines Großvaters gewesen war. Er war um 1910 in einem kleinen Boot hier herumgekurvt. Das hatte eine Glasscheibe im Boden, und die Passagiere lagen auf dem Bauch und schauten hindurch. »Wir genossen das Schauspiel«, sagte mein Großvater, »das sich unseren entzückten Blicken bot. Es war wie im Aquarium. Du warst über den Fischen und den Algen und den Seegurken. Aus den Felsen wehten die Muränen wie die Schlangen auf dem Haupt der Medusa.« Mein Großvater war ein gebildeter Mann.

In Neapel mache ich meinen üblichen Bummel durch die Altstadt, wimmle einen Haufen Schwuler ab, die mir unbedingt ihre Hände in meine Hosentaschen stecken wollen, und esse irgendwo ein paar Muscheln. Die schmecken nach gar nichts, verdammt noch mal. Und das hier in Neapel, wo sie bisher immer noch nach irgendwas geschmeckt haben, nach Knoblauch zumindest oder doch wenigstens nach Zwiebeln und stets nach Muscheln.

Aber zwei Espressos in der »Galleria«, der Passage vis-à-vis von San Carlo, richten mich wieder auf. Diese Passage ist wahrhaftig eine Wucht, dreimal so groß wie der Petersdom und viel schöner. Ich gehe gern in ihr auf und ab und komme immer auf meine Kosten. Heute streiten sich ein paar ältere Burschen zwischen den Kaffeehausstühlen, reden wie besessen mit Armen und Beinen, rollen die Augen, fallen in Fechterstellung und ziehen vor einer Gruppe ebenfalls älterer Burschen eine ganz wilde Schau ab, die damit endet, daß einer ein Klappmesser aufspringen läßt und seinem Nachbarn an den Hals setzt. Ich verstehe viel zu wenig Italienisch, aber der Ober radebrecht mir, daß hier die Mitglieder des Opernchors darüber streiten, ob man vor der Aufführung seine Stimme probieren dürfe oder nicht. Der Messerheld habe es gestern versucht, sei aber vom ganzen Opernchor mit einem Furzkonzert zum Schweigen gebracht worden. Und nun diskutiere man noch mal darüber. Das ist alles. Keine Affäre.

Ich nehme einen dritten Espresso.

»Es war vor dem zweiten Akt der ›Lombarden‹«, sagt der Ober, »eine mittelmäßige Aufführung. Kann man vergessen.«

Als ich später meine Abschlußrunde durch die Altstadt drehe, die nur wenig Wäsche geflaggt hat, stoße ich plötzlich auf Antikes: Auf einer spärlich beleuchteten Straßenkreuzung steht unbeweglich eine prachtvolle junge Nutte, angemalt und mit Schmuck behängt wie ein babylonisches Götzenbild. Auf den Bordsteinen ringsum sitzen rund 20 Kerle und starren sie an. Einer hat eine Gitarre dabei und klimpert darauf herum wie in alten Zeiten. Ich meine wie damals, als Neapel noch Neapel war und viel mehr Wäsche geflaggt hatte. Der klimpert also herum, und einer beginnt zu singen, und nach und nach klatschen die andern mehr oder weniger rhythmisch und singen ein bißchen mit. Das unbewegte Götzenbild schlägt die dunkelblau gefärbten, diamantstaubbestäubten Augendeckel auf und zeigt unwahrscheinlich leuchtende schwarze Augen. Dieser Augenaufschlag löst eine lange träge Bewegung aus, die wellenförmig von oben nach unten durch den schweren, prachtvollen Nuttenkörper läuft. Dann beginnt sie mit den Hüften ein langsames Hin- und Herschwenken, wie ein Maultier, das durch den Hohlweg schaukelt. Schwermütig setzt sich der Bauch in Trab und kreist um den Nabel. Dann konzentriert sich alles auf den Schoß, den sie, wie unter einem Liebhaber, vor- und zurückstößt. Den Kerlen ringsum quellen die Augen aus den Köpfen. Ein kleiner Strichjunge hält mir einen Teller unter die Nase. Ich lege, ohne den Blick auch nur für einen Sekundenbruchteil von diesem phantastischen Reptil abzuziehen, ein paar Scheine hinein.

Die Nutte arbeitet jetzt, als würde sie von einem Dampfhammer gevögelt. Dabei bleiben Kopf und Füße immer an der gleichen Stelle. Nur was dazwischen liegt, arbeitet wie verrückt. Auf dem Höhepunkt ihrer Ekstase öffnet sie den Mund, stöhnt, fährt mit der Hand zwischen ihre Schenkel und mit der Zunge immer wieder über die Lippen. Die Männer sind ganz aus dem Häuschen, rollen mit den Augen, schlucken, daß die Kehlköpfe tanzen, und rufen ihr Ermunterungen zu. Aber da stößt die kleine Hure einen erstickten Schrei aus, öffnet halb den Mund und zeigt ihre Zähne wie ein Diadem vor.

Die Männer sind nicht weniger erschöpft und ordnen ihre Glieder. Da kommt aus dem nächtlichen Schatten einer Seitenstraße ein kleiner Karren. Er ist über und über mit künstlichem Weinlaub behängt, das von kleinen, bunten elektrischen Birnen beleuchtet wird. Zwischen dem Weinlaub hängen abgebrühte halbierte Schweinsköpfe, Schweinspfoten und -schwänze. Sie haben eine kostbare eigene Farbe, die von hellblau nach hellviolett changiert, mit einem Stich ins Perlmutt. Der Mann, der den Karren schiebt, ist fett wie ein Walroß, und der Rand seiner fettigen Mütze hat sich ganz tief in seine fette, dunkle und warme Walroßstirn gefressen. Er macht eine elegante Handbewegung, so als begrüße ein Mitglied der Italienischen Komödie ein anderes Mitglied, verneigt sich übertrieben und überreicht der Nutte ein Schweinsohr. Sie nimmt es graziös entgegen, verbeugt sich ihrerseits und beginnt, das Ohr abzuknabbern. Der Dicke nimmt eine Art Wedel aus einem Eimer, der unter dem Karren baumelt, und besprengt mit frommen Bewegungen und Sprüchen sein Schweinernes. Der Gitarrenspieler holt sich ein Füßchen und lutscht obszön an den Zehenspitzen, die ihrer kleinen Schuhe aus Horn beraubt wurden. Nach und nach versorgen sich auch die anderen.

Der kleine Strichjunge kommt noch mal zu mir und sagt mit einer überraschenden Altmännerstimme auf altenglisch: »Marietta hat getanzt für Männer, die sich nicht richtigen Fick leisten können. Wenn Marietta tanzt, ist das wie Fick für alle.«

Ich gehe zum Hafen, um das Schnellboot zurück zu nehmen. An der Kasse stehen ein paar Engländerinnen herum. Als ich mich an ihnen vorbeidrängen will, klappen sie ihre Ellbogen ab, und eine dürre Blonde mit Goldhamsterzähnen und frisch gestärkten Schweißblättern unter der durchsichtigen Bluse haspelt eine ganze Litanei von Disziplin und Höflichkeit und Schlangestehen und den ganzen Mist ab, der ihnen noch vom letzten Krieg und Winston selig in den dürren Knochen steckt. Ich lächele höflich auf den Stockzähnen, zeige zum Vesuv und sage im reinsten Oxfordenglisch: »Benzino Nappolini, Mylady, der es sonst nur mit Ziegen trieb, hatte seinen stärksten Orgasmus beim Ausbruch des Vesuvs.«

Sie sind so perplex, daß sie mich bis Capri anstarren, als sähen sie den legendären Rattenkönig mit seinen vierundzwanzig Schwänzen. Ich mag Engländer. Aber nach der mystischen Tanzszene mit einem Götzenbild, das seine Metamorphose zu einem Götterbild bereits in mir vollzieht, bin ich nicht bereit, meine Toleranz zu bemühen. Diese Dame da hat mich bereits allein durch ihre Schweißblätter tödlich beleidigt.

Als nach sieben Tagen noch immer keine Nachricht von dem kettchentragenden Knaben eintrudelt, bricht Thusnelda das Unternehmen ab, und wir kehren alle nach Rom zurück. Thusnelda schmerzumflort, wir heiter wie die Sirenen.

In Rom nehmen wir die Allitalia-Maschine um achtzehn Uhr. In der Senator Lounge sitzen die üblichen Frankfurter Geschäftsleute, ein wunderschönes Mannequin, dessen dünne Oberschenkel in kunstvoll zerrissenen, wildledernen Hotpants stecken, vier Nonnen ohne weitere Kennzeichen und ein schlanker überlebensgroßer Negergott in einem Anzug für 2000 Dollar.

Im gewöhnlichen Warteraum sitzen ein ganzes Dutzend studienrätlich aufgemachte Familien, eine Reisegruppe mit mexikanischen Hüten und eine mit Kopftüchern aus der amerikanischen Flagge. Die erste Gruppe ist ein deutscher Fußballverein, die zweite besteht aus jüdisch-amerikanischen Frontkämpferwitwen. Die Studienrätlichen verraten lauthals, daß sie von einer Bildungsreise heimfinden. Die Männer haben noch immer dorische Säulen quer im Blick, und sie tragen die Stirn wie weiland Stefan George. Aber auch ihre in grobem Tweed und Loden steckenden Weiber blicken wie Stefan George (was bei einem so delikaten Dichter nun wahrlich ungewöhnlich ist). Mit den Augen des Geistes sehen sie noch immer den ausruhenden Herkules im Neapler Museum und sein viel zu kleines, marmorweißes Glied, das sie in der ihnen eigentümlichen Lüsternheit mit dem viel zu großen Glied des flötespielenden Pan im gleichen Raum vergleichen, um an diesen beiden Extremen wiederum die wachsgelben Glieder ihrer Gatten zu messen. Die wagen diese schwerlich wieder hervorzuziehen, denn sie haben die Blicke ihrer Weiber genau studiert. Sie sind ohne Hoffnung.

Die DC 9 schießt über Ostia aufs Meer hinaus, dann steigt sie in den bleichen Himmel. Das Meer parodiert mit kleinen Schaumkronen die Schrecken des Odysseus. Skylla oder Charybdis, der Nebel nebelt das alles sehr schnell ein. Unter seinem feinen Voile liegen ein paar Inseln wie die Eier des Horusfalken, die sogleich bersten werden, um die Brut zu zeigen, die der horusköpfige, riesenschnäblige Clerici im fernen Rom malerisch ausgebrütet hat. Plötzlich steigt der schneeweiße Hahnenkamm von Korsika über den Dunst und zeigt ein paar Minuten lang seine verjüngende Kraft. »Es gibt nichts Besseres für einen Mann als eine Suppe aus Hahnenkämmen«, hatte mir mal ein Bauer in Etrurien gesagt. Mit einem geradezu hörbaren Seufzer sinkt Korsika in den Dunst zurück und bettet sich auf die napoleonischen Reliquien, von denen die erhabenste, der winzige Schwanz des Kaisers, erst kürzlich bei Sotheby versteigert wurde. Brachte nicht viel.

Über der Po-Ebene ist der Dunst so dicht, daß die Kabine nachtschwarz wird. Aber dann zieht der Pilot die Maschine auf 11 000 Meter, und plötzlich sehe ich ein Panorama, das meinen Herzschlag anhält: Über den von Blumenkohlwolken verdunkelten Alpen steht ein gutes Dutzend dunkelblauer Wolkensäulen, 20 Kilometer hoch, stark und rund in den Schäften und zerfleddert in den Kapitellen, die den Himmel tragen. Zwischen dem Blumenkohl und den Säulenkapitellen zucken ununterbrochen die Blitze und erleuchten die Säulen mal von innen, mal von außen. Der Pilot weicht den Säulen aus und umfliegt sie in weiten Schleifen. Die Maschine liegt wie ein Brett, und wenn sie von einem Sturmstoß getroffen wird, senkt sie nur ein wenig die Nase. Ich hebe mich von meinem Sitz und schaue durch das Flugzeug. Niemand sieht aus dem Fenster das Wunderbare. Die Fettnacken sind in ihre Börsenzeitungen vertieft. Die Nonnen haben sich wie Lesezeichen in ihre Breviere gelegt. Das Mannequin hat den Vorhang heruntergezogen und liest hingerissen in einer Modezeitung. Der Negergott rollt seine Rinderaugen zu ihr hin. Aber die schöne abstrakte Puppe hebt ihre in einem See aus blauer Tusche versenkten Augen keinen Millimeter. Weiter hinten haben die Stefan Georges die erhabenen Stirnen in die Hände gelegt und tun einen langen Schlaf. Weiter vorn machen sich die Stewardessen an ihren unsäglichen Nescafétanks zu schaffen.

Unterdessen umfliegen wir einen schwarzblauen Turm, der

in einem makellos weißen Blumenkohl steht, der wiederum auf einem taubenblauen Wolkenteller liegt. Der öffnet sich plötzlich, und ich sehe schräg unter mir das einsame Licht in der Eigernordwand. Die Sonne erleuchtet den Rand des schwarzblauen Turms, dessen Ränder die Farbe von Honig annehmen. Dann wird der Turm rot wie die Handschuhe von Pater Pio. Die Sonne explodiert. Genau unter mir beleuchten neonblaue Blitze in einem unten offenen Wolkenkrater den Vierwaldstätter See. Er liegt wie ein gigantisches obszönes anatomisches Präparat zwischen gefalteten Felsentüchern. Sekundenlang umschließt ein Gletscher ein purpurrotes Licht. Wir fliegen in ein wolkenloses Azur hinein. Ich sehe nach hinten in den polierten Tempel der Wolkensäulen. Die Blumenkohlwolken zu ihren Füßen färben sich violett wie der Blumenkohl, den es nur auf sizilianischen Märkten gibt. Mit einem gleißenden weißen Licht liegt weit hinter uns die Sphinx auf dem Jungfraujoch. Auf einem weit entfernten Schwarzwaldberg leckt eine lachsrote Feuerzunge ein Loch in einen schwarzen Waldberg.

Ich mache mich noch einmal lang und schaue in die Kabine. Die Nackenwülste spielen Skat. Das Mannequin hebt die Augen aus dem See aus blauer Tusche und erwidert den porösen Blick des Negergottes, der darob blank wie ein Lackschuh wird. Die Nonnen liegen immer noch in ihren Brevieren. Ich lasse mir eine Flasche Champagner kommen. Den letzten Schluck nehme ich über einem plötzlich ganz nah an meine Fußsohlen gerückten schwarzen Katerpelz. Der Odenwald. Siegfried-Idyll.

Als ich wenig später in Frankfurt das Flugzeug verlasse, merke ich, daß ich keineswegs mehr derselbe bin, der es in Rom bestieg.

FÜNF

Als ich die Haustür öffne, geht auch zugleich die Hausmeistertür auf. Sie steckt den Kopf heraus und sagt, na, was soll sie schon sagen: »Na, wieder zurück, Herr Henri? Sicher haben Sie eine Menge erlebt. Mit schönen Mädchen und so. Mein Mann schläft die ganze Zeit. Seitdem Sie weg sind, schläft er. Das macht einem ganz schön zu schaffen.«

»Können Sie ihn denn nicht mal wecken?«

»Den und wecken? Soll ich ihn vielleicht zwingen? Sie wissen doch: Gezwungenheit ist Gottes Leid.«

»Aber Sie müssen doch mit ihm reden können. Ich meine, über das alles.«

»Kneif doch mal einen Ochsen ins Horn, hat mein Vater immer gesagt.«

»Es muß ja nicht immer das Horn sein. Ich komme gerade aus Italien zurück, die können reden, die Italiener. Wenn die Probleme in der Familie haben ...«

»Die Italiener«, unterbricht sie mich unwirsch, »die sollte man alle kastrieren. Die Frau von meinem Bruder, die treibt's gerade mit so einem Spaghetti. Die beiden Schwiegerväter sind sich deswegen in die Haare geraten. Hure hat der Schwiegervater zu ihr gesagt, Hure. Ihr Vater war bei ihr gewesen. Als der Hure sagte, haute ihm der andere eine runter, die war nicht von schlechten Eltern. Beide sind über siebzig. Oder besser gesagt, waren. Denn als der ihm eine knallte, fiel der andere um. Herzschlag vor Aufregung.« Und nach einer Weile: »In meinem Dorf, wo ich manchmal meine Eltern besuche, sonntags, da gehen wir immer tanzen. Mein Alter kommt da ja nie mit. Der hat samstags seinen Stammtisch. In meinem Dorf, da ist ein Musiker, der könnte mir schon gefallen. Am letzten Sonntag haben wir zusammen getanzt. Der muß so was geahnt haben, wo mich der Schuh drückt. Als er mich hinterher zum Bahnhof brachte, hat er mich dauernd angefaßt. Sie wissen schon, wie. Ich hab einen Schirm in der Hand gehabt und gesagt: ›Ein verkehrter Griff und deine

Hand ist ab.‹ Da hat er es gelassen. Ich hätte es ihm vielleicht nicht sagen sollen. Jedenfalls nicht so.«

»Denken Sie mal drüber nach«, sage ich, weil mir nichts Besseres einfällt.

Ich steige die Treppe hoch, und die Tür von Fräulein Mai öffnet sich. Sie steckt den Kopf durch die Spalte, mit einem Gesichtsausdruck, als solle sie geboren werden und fürchte sich davor. Sie sagt: »Vater kann allein nicht mehr hoch. Ich muß ihn stützen, wenn er das Bett verlassen will. Und wissen Sie, wie ich ihn stütze? Ich packe ihn von hinten zwischen die Beine und hebe ihn kräftig hoch. Früher hätte er sich ja nicht von mir anfassen lassen. Da unten. Aber jetzt muß er sich anfassen lassen ... Kaum sieht er meine Hand, ist er auch schon aus dem Bett.«

»Wie sollten Sie ihn denn auch sonst rauskriegen«, sage ich, weil mir nichts Besseres einfällt.

»Hella, verdammtes Weibsbild«, ruft von drinnen die Stentorstimme, »mit wem redest du denn da?«

»Mit Herrn Henri!«

»Soll reinkommen.«

»Ich habe aber gar keine Zeit, Fräulein Mai.«

»Das können Sie doch Vater nicht abschlagen.«

Also ich rein, und der Uralte sagt: »Na, waren Sie wieder auf der Rigi? Hella, hol doch mal den Likör. Du weißt, wie sehr Henri Likör liebt.«

Ich hasse Likör.

Kaum ist sie raus, flüstert er heiser: »Dieses verfluchte Weibsbild faßt doch dauernd meine Eier an. Unangenehm, sage ich Ihnen.«

Hella kommt zurück, und ich trinke den Likör und steige weiter meinem Traumziel, meiner Bude, entgegen. Und die Tür meiner Wirtin öffnet sich, und sie sagt: »Kommen Sie doch einen Augenblick herein, nur einen Augenblick, auf ein Schnäpschen.«

Drinnen sagt sie mit leiser Stimme, so, als könne jemand mithören: »Die Mai ist ganz verrückt darauf, an ihrem Alten rumzufingern. Ein Mann von bald hundert. Und dabei kann sie selbst kaum krauchen. Haben Sie gewußt, daß sie nur lahm ist, weil ihre Alten zu geizig waren, sie rechtzeitig operieren zu lassen? Und dabei hatten sie immer Geld wie Heu. Aber davon wollten sie sich nie trennen. Vom Geld nie. Dann schon lieber von ihrer Gesundheit. So ist das.« Ich trinke mein Schnäpschen.

Als ich meine Bude erreiche, habe ich auf der Treppe eine Stunde verloren. Es klopft an der Terrassentür, in der sich die untergehende Sonne spiegelt. Terribile, der träge Sybarit, kommt herein, mit einem literarischen Gesicht, als habe er gerade den wunderbarsten aller Kammergerichtsräte verlassen. Hinter ihm sitzen auf der Balustrade zwei Tauben in Norwegerpullovern. Ich schnipsele dem Kater eine Hammelniere. Mache den Fernseher an, Teufel noch mal, der Außenminister sagt, er wisse auch nicht, wo er seinen Verstand geparkt habe, und stellt seine Butterstullenohren im Winkel von 60 Grad ab. Nach ihm macht die »Tagesschau« in Kultur und zeigt ein paar Sachen von Beuys vor, die aussehen, als habe er sie grade aus meiner russischen Kotztüte gezogen. Ich angele mir ein Buch, atme tief auf und rutsche auf dem silbernen Schleim einer literarischen Nacktschnecke aus, die linkshändig ist.

»Los, komm ins Bett«, sage ich zu Terribile.

»Zu dir? Dem Unpaarsten aller Unpaaren?« fragt er mißmutig und verschwindet durch die Terrassentür. Aber nur symbolisch, denn er will natürlich ins Bett, mag das nur nicht so schnell zugeben.

Ich habe ihm ein Geschenk mitgebracht. Ein schwarzes Fellobjekt, das ich in einer progressiven Galerie auf Capri gekauft habe, so 'n Ding wie von Madame Oppenheim. Es ist schwarz, atmet und öffnet sich wie eine Tasche, zeigt innen Zähne und knurrt furchterregend.

Ich stecke den Stecker in die Dose und rufe Terribile, der es argwöhnisch betrachtet. Als es zu atmen beginnt und sich öffnet, geht er fauchend zurück, als es knurrt, sieht er mich so verzweifelt an, daß ich den Stecker wieder rausziehe. Es schließt sich, und der Kater bricht erschöpft zusammen.

Ich hebe ihn ins Bett, und wir pennen lange und tief und traumlos. Das Scheppern der Müllmänner ermuntert uns zum Austausch diverser Zärtlichkeiten. Dann das Morgengebimmel vom Rathaus und von St. Stefan. Wir gehen auf die Terrasse und recken und strecken die meisten Glieder. Unten, vor unserer Haustür, scheißt ein schwarzer Hund weiße Kugeln, als würde er Perlen zählen. Dann geht über den Bäumen des Parks die Sonne auf, »als wie ein Held«, und erhellt die ganze Szene.

Ich habe zehn freie Tage und nutze sie, um mein Eichhörnchenorchester auf Vordermann zu bringen. Ich nehme den komplizierten Mechanismus auseinander, entroste das Gestänge, putze die Zahnräder, ziehe alle Schrauben nach, öle die Gewinde und schmiere die winzigen Lager. Dann flicke ich die Eichhörnchen, beledere sie teilweise neu, behaare die Schwänze hier und dort, stärke die Ohren und pomadisiere ihre Pinsel, befestige ein paar Zähnchen und poliere die Krallen, aber alles so, daß der antike Touch nicht angerührt wird. Zusätzlich zum Federtriebwerk baue ich einen kleinen Regelmotor ein, der es mir erlaubt, sie in den verschiedensten Tempi spielen zu lassen. Dann höre ich mir den »Liebestod« aus dem »Tristan« so lange an, bis ich alles genau weiß, und ziehe mich an den Schneidetisch zurück.

Ich habe einen französischen Freund, Jan Paul, der arbeitet als Kameramann bei einem Verhaltensforscher, der es wiederum nur mit Insekten treibt. In einem Dorf am Fuße des Mont Ventoux. Unten in der Provence. Jan Paul dreht dort die aufregendsten Dinge, die ich je gesehen habe, und von diesen aufregenden Dingen habe ich eine Menge kopieren lassen, um sie auf das Tristanvorspiel zu montieren. Sie werden gemerkt haben, daß ich mich anschicke, vom Liebesleben der Mantis zu sprechen.

Als ich zwanzig war, fand ich in den Regalen eines Antiquars in Troyes zehn mit »Souvenirs entomologiques« überschriebene Bände eines mir bis dahin unbekannten Autors namens J. H. Fabre. Sie waren hübsch eingebunden, hatten schön marmorierte Vorsatzpapiere und einen vergilbten, zu Herzen gehenden

Charme. Ich blätterte herum und las hier und da ein wenig, und plötzlich spürte ich mit dem unbeschreiblichen Glücksgefühl, das man nur mit zwanzig hat, den »Flügelschlag des Geistes« – und das wörtlich, ich meine »den« Flügelschlag. Denn es waren die Flügel des Kiefernprozessionsspanners, des Mond- und Mistkäfers, des Nashornkäfers, der Sand-, Grab-, Papier- und Schlupfwespe, der Wander-, Heu- und Schnabelschrecke und vor allem die Flügel, die breiten, grünberänderten, durchsichtigen, von zahlreichen Nervenschnüren durchzogenen Flügel der »Mantis religiosa«, der Gottesanbeterin. Mit anderen Worten: Ich war auf das Heldenlied der Insekten gestoßen, angestimmt von einem Dichter, der den analytischen Verstand des großen Naturforschers hatte, ein Mann vom Kaliber des Homer, des Cervantes und Shakespeare plus Buffon, Darwin und Alexander von Humboldt. Der Kauf der zehn Bände kostete mich 14 Tage Frankreich. Aber für Cluny und Autun, für Auxerre und Vezelay, die ich mir damals hinter den Spiegel stecken mußte, erhielt ich den Exodus der Spinnen als Chronik der Konquistadoren, die Pille des Skarabäus als Mythos von Sisyphos und das Liebesleben der Gottesanbeterin als Tristansage. Es war ein phantastischer Tausch.

Die Gottesanbeterin, »eine Wahrsagerin, im Begriff, das Orakel zu verkünden«, hat eine überaus leidenschaftliche Manier, den Liebesakt zu beenden. Als gelehrige Schülerin eines himmlischen Marquis de Sade, verspeist sie nämlich dabei das Männchen. Sie zieht damit die letzte Konsequenz aus ihrer Liebesraserei und läßt das meist leichtfertig bemühte Wort »Ich habe dich zum Fressen lieb« Fleisch werden. Und zu diesem ausgekochten Raffinement die Tristanmusik: Markes Baßklarinette, Isoldes Geige, die Hirtenschalmei am leeren Ufer, das weiche As-Dur der Liebesnacht.

Also montiere ich drei Tage und drei Nächte lang den Liebestod der Gottesanbeterin ohne jede Ironie auf das Tristanvorspiel. Takt für Takt. Ich widme sie Jean-Henri Fabre und beginne mit der Habachtstellung der Mantis, dieser mystisch verzückten Anbetungsgeste einer sechsfüßigen Katharina von Siena. Es ist ein Akt gelungener Scheinheiligkeit, der der Mantis bei den provençalischen Bauern den Namen »Lou Prégo-Dieu« verschaffte, »das Tier, das zu Gott betet«. Aber eine der genialen Schärfeverlagerungen von Jan Paul entlarvt das alles, und wir erkennen (wobei wir erschauern) hinter dem schlanken Nofretetenhals, hinter dem feinen Windhundskopf mit der witternden Prophetennase, die zerreißende, zerfetzende, zerstückelnde Gefährlichkeit der betend erhobenen Arme. Denn diese Arme sind surreale Sägen, dicht mit Zähnen, Dornen und Stacheln besetzt, und sie werden auch wie surreale Sägen gebraucht, das heißt, mit der unglaublichen Wucht einer stählernen Falle aus den Oberarmscharnieren in das Opfer geschnellt.

Wir sehen, wie sich die Mantis in appetitlichem Grün bewegt, und sie tut es mit Grazie, Geschmack und Geist. Jan Paul zeigt in Aufnahmen, die ihm den Nobelpreis für Schönheit einbringen müßten, das Spiel der vollkommenen Jugendstilgelenke der Mantis, das bei Insekten einzigartige Hinundher der Augen, die schnüffelnde Sensibilität der spitzen Nase. Er zeigt, wie sie ihre Nonnenschleierflügel vor der Sonne ausbreitet, und die Sonne verzehrt diese feinen Hügel bis auf das haarfeine Geäst der Nervenstränge. Und er zeigt, wie die feinen Zehen unter der gekrümmten Ferse die Äste des Thymians umfassen. Durch die Großaufnahme und den geringen Schärfebereich gleichen die Mantis nie gesehenen, erstaunlichen Kunstwerken. In der nächsten Einstellung schwillt der hellgrüne Leib der Mantis an, und wir sehen im Elektronenmikroskop, wie die Eier in den Eierstöcken wachsen. Die Mantis blickt voller Unruhe mit ihren beweglichen Augen hierhin und dorthin. Sie sucht das Männchen, das ihre Eier befruchten soll. Und dann, während die Musik das Wunder der ewig unerfüllten Septime, die Wellenlinie des Liebestods zelebriert, schreitet das Männchen aus der Unschärfe in die Schärfe. Es ist klein, zierlich und voller Begierde. In einer schnellen Folge nehmen wir die Stationen dieser Begierde wahr: die aufflammenden Blicke, die fragend erhobene Stirn, die

Vibrationen der Fangarme, das Beben des Hinterleibes. Dann, in Zeitlupe, dem langsamen Rausch der Musik angepaßt, das Ausbreiten der Flügel, die wellenförmigen Bewegungen ihrer grünen Ränder, die langen Präludien der Zärtlichkeit, die Betastungen, das langsame Besteigen des Weibchens, die begehrlichen Vibrationen, das allmähliche Eindringen, die langen Befruchtungsakte. Und plötzlich, während die Musik die Brunst entmaterialisiert, wendet das Weibchen den Dreieckskopf und durchtrennt mit vielen kosenden, schmatzenden, zärtlichen, intimen Bissen den Nacken des Männchens. Mit unerbittlicher Präzision auf die Musik geschnitten, bestätigt dieser verliebte Kannibalismus den unentrinnbaren Zwang der Leidenschaften. Zehnmal hintereinander frißt das Weibchen ein Männchen nach dem Akt und erhärtet durch den »tragischen Verschleiß dieser Zwerge« das Wort: »Die Liebe ist stärker als der Tod.« Das zehnte Männchen besteigt das Weibchen. Das erhabene Zeremoniell beginnt. Die Vereinigung geschieht. Das Weibchen wendet den Kopf und durchtrennt dem heftig in ungezählten Orgasmen zuckenden Männchen das Genick. Das Weibchen verzehrt den Kopf. Aber das Männchen zuckt weiter und befruchtet Ei um Ei. Das Weibchen verzehrt den Vorderleib und die Vorderkeulen. Aber ungerührt zuckt der Restrumpf in seiner Brunst und gibt diese Besessenheit erst auf, als auch er der Völlerei der Berittenen zum Opfer fällt.

Das gerührte Eichhörnchenorchester hält seine Instrumente an und verharrt in tiefem Schweigen.

Als ich mit meinem Liebesspiel fertig bin, fahre ich zu Mar und erzähle ihm von Clericis Bewunderung für einen Maler namens Karl Kunz, und über Mars Gesicht geht so ein pathetisches Buntdrucklächeln, und er sagt: »Den kannte ich zwanzig Jahre lang. Er war wohl der längste Geheimtip der deutschen Nachkriegskunst. Niemand machte jemals Gebrauch davon. Er ist noch immer so unbekannt wie Yeti. Als ich ihn kennenlernte, war er Lehrer an der Saarbrücker Schule für Kunst und Handwerk, die eine sehr komische Schule war, weil ihre Lehrer entweder nie da oder wenn, dann hinter den Mädchen her waren. Karl Kunz war da die Ausnahme von der Regel. Er war ein zuverlässiger Lehrer, der auf so klassische Gegenstände wie den Akt zurückgriff, und das in einer Zeit, in der Aktzeichnen als reaktionär und albern galt. Und da kam nun dieser Karl Kunz daher mit seinen genialischen Akten – er war einer der besten Zeichner des Jahrhunderts – und mit seinen großartig manierierten symbolträchtigen und leidenschaftlichen Bildern, auf denen schwarze Messen gefeiert wurden, Christus vor einer spanischen Kathedrale saß und die nackte tote Maria auf seinem Schoß hielt, auf denen sich Ölbäume in aufgehängte Ochsen und aufgehängte Ochsen in Gekreuzigte verwandelten, wo riesige Bühnenarchitekturen die Erinnerung an alle jemals gespielten Komödien und Tragödien aufbewahrten, Zypressen aus schwarzen Mäulern schrien, Huren, zu Kronleuchtern gebündelt, durch venezianische Veduten stürzten. Und alle Bilder in Riesenformaten, und obwohl sie so riesig waren, wurden sie, wie gesagt, nie bemerkt. Ich habe dir ja schon öfter gesagt, daß die Geschichte der modernen Malerei wieder mal neu geschrieben werden muß. Kunz, der geborene europäische Freskenmaler, das Gegenstück zu den großen Mexikanern, erhielt (wie ja auch der große Léger) niemals einen Auftrag. Eine Schande. Ich habe ihn oft besucht in seinem von allem Notwendigen entblößten Atelier in der Merianstraße in Frankfurt. Er wohnte dort, nachdem man ihn in Saarbrücken ausgetrickst hatte. Niemand verstand ihn. Niemand kam, um seine Bilder anzusehen. Er lebte ganz allein in einem großen, kahlen und kalten Atelier und malte Bild auf Bild, ein Besessener ohne Hoffnung auf den geringsten Erfolg. Er hatte einen Mäzen, der ihm eine bescheidene Rente bezahlte und dafür die besten Bilder kassierte. Davon lebte er, das heißt: morgens von einer abscheulichen Tasse Nescafé, mittags von zwei abscheulichen Tassen Nescafé und einer elenden Suppe in einer nahen Kneipe. Er war nie ohne Leiden. Der Eiter floß ihm aus allen Öffnungen. Sein Herz war schwach. Dabei war er äußerlich ein kräftiger Kerl, eine Holzfällernatur. Immerhin erreichte er die Mitte sechzig. Dann starb er so einsam, wie er gelebt hatte, und hinterließ ein paar hundert Aktzeichnungen und ein halbes Tausend großformatiger Ölbilder. Ich glaube, der Sohn wohnt noch immer in dem Atelier. Wenn du mal nach Frankfurt kommst, guck doch mal rein.«

Ich rufe in Frankfurt den Sohn von Karl Kunz an, erzähle ihm von Clerici und seiner Bewunderung für seinen Vater und frage ihn, ob ich nicht mal vorbeikommen könne. Aber gern, sagt der Sohn, und schon fädele ich mich vierundzwanzig Stunden später in den Schluck- und Verdauungstrakt dieses scheußlichsten aller scheußlichen Stadtdrachen ein, strudele durch die Bockenheimer Landstraße, die Hoch- und Bleichstraße und lande in der Merianstraße. Das Atelier ist im Hinterhaus, einem alten Werkstatthaus von drei Etagen.

Die beiden oberen Etagen sind voll mit Bildern, und wir brauchen fünf Stunden, um 500 von ihnen anzusehen. Sie sind ziemlich groß, so einsachtzig mal einsvierzig, und enthalten für mich alle Tragödien, von denen ich mal gehört habe oder die ich ahne, von den Schicksalsschlägen, mit denen die alten Götter ihre Lieblinge heimsuchten, bis zum Untergang der Juden in Auschwitz und anderswo, von Golgatha bis zur Pariser Kommune, vom verlorenen Sohn bis Godot. Manierismus hin, Manierismus her – das hier ist kein lendenlahmer, in sich selbst verknallter Ästhet, das ist ein bärenstarker, erfindungs- und listenreicher und oft genug von allen guten Geistern verlassener und von bösen Geistern heimgesuchter, in 1000 schwarze Messen verstrickter ... ja, und da fehlt mir das Wort. Was ist er? Was?

Am Abend verlasse ich völlig zerschmettert von dieser Begegnung die Frankfurter Merianstraße, und während ich von einem aberwitzigen Verkehr in die Zange genommen werde, finde ich viel Zeit, mir immer wieder die wahrscheinlich einfältige Frage zu stellen, wie es möglich sei, daß ein so genialischer Arrangeur Jahrzehnte unter uns lebte, ohne daß ihn einer dieser lausigen Kritiker mit einem einzigen Augenaufschlag bedachte, ohne daß einer dieser lausigen, ganz auf Profit bedachten Kunsthändler ihn unter seine goldenen Fittiche nahm, ohne daß sich eins dieser lausigen Museen auch nur ein einziges Bild von ihm an die Wand hängte. Ich schlage daheim alle »einschlägigen« Bücher auf – aber von wegen »Einschlag« – weder im neuen »Großen Brockhaus« noch im »Großen Meyer«, die ja sonst kein Arschloch übersehen, noch in sonstwas steht der Name Karl Kunz, weder bei Haftmann, der doch sonst um alles und jeden seine Laokoonsätze windet, noch bei dem Sprechblasenkönig Jedlicka, weder bei Schmidt noch bei Grohmann, die uns ihre hageren Sätze mit einer Menge Wissen herüberschieben – überall Fehlanzeige. Nicht mal bei dem manierierten Propheten des Manierismus, dem Hocke, finde ich einen diskreten Hinweis. Latschen alle mit geschlossenen Augen durch die Weltgeschichte.

Mar ist einer der Burschen, die hier im Haus auf ziemlich verlorenem Posten kämpfen. Er arbeitet in der »Kultur«, gilt seit einem legendären Kölner Bahnhofsbuchhandlungsgespräch als idealistischer Spinner und hat jede nur mögliche Narrenfreiheit. Der verlorene Posten betrifft auch nicht seine Arbeit oder sein Ansehen, sondern seinen Erfolg, der für Kulturfritzen im Fernsehen gleich null ist. Während in der »Unterhaltung« nach irgendeinem Schmarren die Zuschauerpost in Waschkörben hereingetragen wird, gehen die Kulturfritzen – ohnehin mit ihren Sendeterminen ins Abseits gestellt – nach ihren Bemühungen stets leer aus. Oder sagen wir: so gut wie leer. Immerhin fällt auch der »Kultur« hin und wieder ein Preis in den Schoß, den sie sich kokett als Federbusch an den Hut steckt, damit ihn die Mächtigen auch ja sehen, wenn er über den breiten Nilpferdsärschen des TV, so da sind: Politik und Sport und Unterhaltung, wippt.

Mar dreht am liebsten Filme über Leute, die eine Menge Unheil oder Trubel in die Welt gesetzt haben, Alexander etwa, der Persien in Schutt und Asche legte, Barbarossa ... nein, nicht den Bartmann aus dem Kyffhäuser, sondern den wilden Türken, der im 16. Jahrhundert das christliche Mittelmeer zur Schnekke machte, Pizarro, der den Inkas das Leben zugleich mit dem Gold entzog, die alte Maria von Medici, die die Blüte des französischen Adels kunstreich vergiftete und den Hugenotten auf feurige Weise ins Jenseits verhalf ... und so weiter.

Mar bedient sich bei seinen Filmen des simplen Tricks, das Leben und die Taten von ihren damaligen Zeitgenossen an Ort und Stelle erzählen zu lassen. Er unterschneidet das Ganze mit Spielszenen, zu denen er immer ganz billig kommt, indem er mit den Armeen der betreffenden Länder konspiriert. Sie schlagen ihm die Schlachten, die er manchmal braucht, veranstalten die Autodafés, die notwendigen Massaker und was sonst noch die Weltgeschichte ausmacht, die, weiß Gott, das Weltgericht ist. Er plündert das ganze Arsenal an Laien und unbekannten Schauspielern, steckt sie in die richtigen Masken und Kostüme, bis sie sich in Indios, Türken, Franzosen oder Perser verwandeln, in Seeräuber, Könige, Priester, Landser, Bauern, Marketenderinnen, Henker und was weiß ich nicht alles. Er holt aus der Trickkiste raus, was drin ist, den Brand von Persepolis oder die Schlacht von Lepanto oder auch nur den Staub über Issus 333, plündert längst vergessene Spielfilme oder solche der Inder, Chinesen und Russen und fügt das Ganze zu einer Sammlung von authentischen Augenzeugenberichten zusammen, bei denen es die Betrachter nur so schüttelt. Er bietet Geschichte als Gegenwart an.

Mar ist um fünfzig herum, gedrungen und weißbärtig: ein Kopf für Salome. Er spricht seine altmodische Prosa stets sende- und druckreif in die Kamera.

Um noch mal auf dieses Bahnhofsgespräch zurückzukommen: Mar sagte damals in einer Diskussion über den Sinn des Rundfunks, daß es ihm ziemlich gleich sei, ob seine Sendungen auch gehört würden, wichtig sei, daß sie ausgestrahlt würden. Nur so könne das Gleichgewicht in der Welt wiederhergestellt werden, er meine zwischen Macht und Geist und so. Er erinnerte an das Staffelgebet der mittelalterlichen Mönche, an die Gebetsmühlen der Tibetaner – und gilt seitdem, wie gesagt, als Spinner, als »interessanter« Spinner, um die Meinung »des Fernsehens« genauer wiederzugeben.

Mar hat vor zehn Jahren das Haus, das er von seinen Vätern geerbt hatte, verkauft, sich an den zehn Plätzen der Welt, die er für die schönsten hält, zehn Stück Land gekauft, je zwei mal vier Meter davon asphaltiert, um seinen Wohnbus daraufzustellen und daneben je eine winzige Kabine für Lokus und Brause errichten lassen. Auf irgendeinem dieser Eilande verbringt er seine Zeit, wobei die Wahl des Platzes allein von seinen Launen abhängt.

»Mobil sein ist alles«, sagt er gern und oft.

Ich habe ihn mal gefragt, ob er eigentlich immer auf der Flucht vor irgend etwas sei, aber er sagte mir, im Gegenteil, er sei immer auf der Suche nach irgend etwas. Er wisse auch nicht, wonach er suche, aber das sei ja auch nicht wichtig. Worauf es ankäme, sei nun mal das Suchen. Ich wisse ja, was er von Picasso halte, diesem apokalyptischen Pinsel, aber dessen Wort: »Ich suche nicht, ich finde« sei für ihn, Mar, nur eine lose Lautmalerei. Er jedenfalls sei ständig am Suchen.

Die meiste Zeit verbringt Mar bei irgendwelchen Dreharbeiten irgendwo in der Weltgeschichte oder bei Recherchen, die er besonders gern in großen Bibliotheken betreibt. Die vom Britischen Museum ist sein zweites Zuhause. Er ist verrückt auf Bücher und möchte, daß alle anderen es auch sind.

Mar hat mir mal einen großen, flachen Leinenkoffer geschenkt, der außen genau wie ein Buch aussieht. Er hatte ihn von Gustav R., dieser ihn wiederum von seinem Vater geerbt. Dieser Koffer ist eine Bibliothek. Auf vier schmalen Stegen stehen »die 400 Bücher der Weltliteratur, die man gelesen haben muß«, 400 Reclam-Bücher zwischen Homer und Thomas Mann, die Gustav R. bis zu Benn und Brecht, Mar bis zu Kerouac und Beckett, und ich bis zu Burroughs und Bukowski ergänzten. Mar ist wie dieser Koffer. Man braucht ihn nur aufzuklappen, um eine ganze Menge zu erfahren.

Manches erfahre ich auch, wenn ich ihm dann und wann einmal in seiner Bude auf den Leib rücken darf. Er hat hier ein kleines Penthouse auf einem Hochhaus. Er hat es ganz japanisch eingerichtet, eine flache Matratze, ein niedriger Tisch, ein halbes Dutzend Kissen und ein Rollbild, auf dem zwei Geishas durch einen Schneefall gehen. Mar ist ein Japanfan. Er hat mal einen Film über die berühmteste aller Geishas gedreht, die Tsoumakichi hieß und keine Arme hatte. Ihr Lehrer hatte alle anderen Geishas enthauptet, als sie nach einer Theatervorstellung eingeschlafen waren, eine Tat, die den auf ausgefallene Taten und Personen scharfen Mar so in Fahrt brachte, daß er sie zu seinem Meisterwerk stilisierte. Es war einfach atemberaubend, was er daraus machte. Sah aus wie eine Bilderrolle aus der Tosa-Schule. Flog aber später aus dem Film. Machten plötzlich die sanfte Tour bei uns. Seit damals jedenfalls ist Mar ein Japanfan, der sich nichts anderes wünscht, als eines Tages auf den Wiesen irgendeines Tempels in Kyoto als Asche ausgestreut zu werden. Es muß gleich neben diesem berühmten Garten für Zen-Buddhisten sein, der nur aus Kies und ein paar Steinen besteht.

Neben seiner Japanbude hat er noch ein paar Zimmer, die vollgestopft sind mit Büchern und dem ganzen Kokolores, den er von seinen Reisen mitgebracht hat. Der Blick aus allen Fenstern geht über die Stadt und endet am fernen Gebirge.

Übrigens: Der Clou seiner Japanbude ist eine Stereoanlage, die mich, den alten Stereofan, immer wieder zu neuen Hymnen hinreißt. Ein englischer Plattenspieler, ein Wunder aus Plexi und Messing, ein Tonarm so schön wie ein venezianisches Flügelglas, die Lautsprecher schwarze, mannshohe Pyramiden, die Verstärker in Plexi, auch der Tuner, so daß man ihre kostbaren Eingeweide betrachten kann – und das alles abends mit Punktlichtern aus dem Dunkel geholt, nein wirklich, außer der nächtlichen Skyline von New York kenne ich nichts Schöneres.

Mar nennt sich übrigens nach dem Kosenamen, mit dem ihn seine Mutter rief und nervte: »Wo ist denn mein kleines Murmeltier, wo ist denn mein Mar Mota? Wo?«

Mar hat eine der merkwürdigsten und kompliziertesten Biographien, die ein Deutscher in diesem Jahrhundert, das an merkwürdigen und komplizierten Biographien ja gewiß nicht arm ist, nur haben kann, und ich frage mich oft, warum er nicht mehr daraus macht. Sie ist dramatisch so überhochmetzt, daß sie eigentlich gar nicht echt, sondern nur ein Stück jener qualvollen und konstruierten Literatur sein kann, die man uns als »Roman zur Zeitgeschichte« in verquatschten Klappentexten anbietet.

Mar spricht selten, eigentlich nie, über sich selbst, und die Bruchstücke seiner Biographie habe ich auch nur erfahren, weil ihn eine ganz besondere Situation einmal zu reden veranlaßte. Wir drehten damals in Saarbrücken eine Reportage über den Neonazismus, bei der Mar plötzlich seine Nerven verlor und bei einer Massenveranstaltung einem der wüstesten Schreier in dem Augenblick das Mikro (so ein Spezialding für 3000 Mark) in die Fresse schlug, als der zum zwanzigstenmal sein »Brandt an die Wand!« brüllte, und man habe überhaupt viel zuwenig Juden vergast … ja und das Übliche, was sie so brüllen, wenn sie vom Bier und Teutonismus besoffen sind. Mar schlug jenem also das Mikro in die Fresse, und sogleich begann die ganze Bande – alles für den Wahlkampf reorganisierte alte Saalschützer aus der scheißbraunen Zeit –, ihn zusammenzuschlagen. Wir zogen die Schwenkarme heraus und griffen in das Gefecht ein, das von vornherein zu unseren Ungunsten angelegt war. Vier gegen ein paar hundert. Scheiße. Wir boxten ein paar Augen blau und eine Menge falscher und echter Zähne ein, wurden dann aber ziemlich schlimm zugerichtet, bis uns die Polizei herausholte.

Als wir an jenem Abend unsere Wunden mit Bier kühlten, sagte Mar, wir müßten seinen Temperamentsausbruch schon entschuldigen, aber er könne wenig dafür, er sei einfach allergisch gegen diese braunen Scheißer und so weiter, und so kam es, daß er an diesem merkwürdigen Abend von sich erzählte.

Mars Mutter war Halbjüdin. Ihr Vater hatte die sehr schöne (Mandelaugen, schwarze Zöpfe, zauberhafte Nüstern) Tochter eines jüdischen Bankiers geheiratet, was in seiner streng deutschnationalen Familie mit dem vielen Geld entschuldigt wurde, das die schöne Exotin mit in die Ehe gebracht hatte. Als sich das viele schöne Geld 1923 in nichts auflöste, so wie es Kaiser und Reich schon fünf Jahre vorher getan hatten, war Mars Großvater sehr betroffen, als er den Nutzeffekt seiner Ehe überdachte. Nicht, daß er seine Frau nicht geliebt hätte, aber er war der Weltkriegsoffizier geblieben, der im Versailler Vertrag nur ein häßliches Denkmal des internationalen Judentums erkannte.

Mars Mutter war damals hübsch und mollig, zwanzigjährig und mit einem guten Herzen, das zur Hingabe neigte. Sie war mit einem, wie Mar sagte, stubenreinen preußischen Beamten verlobt und lernte eines Tages einen jungen, verführerischen jüdischen Ingenieur kennen, der ihr nicht nur sogleich mit orientalischem Charme ein Kind machte, sondern sie auch bald wieder verließ, nachdem er ihr die Ehe versprochen hatte. Mars Mutter wurde von ihrer aufgebrachten Familie aufs Land exiliert, bekam das Kind termingerecht und durfte auch dann nicht wieder nach Hause. Kurioserweise wurde sie am heftigsten von ihrer jüdischen Mutter beschimpft, die sie unter anderem »ein schamloses Judenflittchen« nannte und den kleinen Mar »einen Judenbankert«. Sie wollte halt ihrem Mann gefallen und redete mit seiner Zunge. Mars Mutter nannte ihren Kleinen nur »mein Murmeltier«, und da ein solches auf Latein Mar Mota heißt, nannte sich Mar später danach. Mars Mutter hing noch eine Weile mit zutraulicher Naivität an dem schönen Verführer, der aber nie wieder auftauchte, weil er inzwischen den Kommunismus zu seiner Geliebten gemacht hatte, eine verhängnisvolle Leidenschaft, von der ihn erst ein stalinistischer Genickschuß heilen sollte.

Aber zurück zu Mars Mutter, die immer noch das Dorf verschönte, bis sich ihr, an Mars viertem Geburtstag, der Exverlobte näherte, auf einem Fahrrad übrigens, um sie zu fragen, ob sie ihn nicht trotz allem noch heiraten wolle. Nur allzugern setzte sie seine Worte in die Tat um, und er, überglücklich, alles verstehend und alles verzeihend, adoptierte Mar als seinen eigenen

Sohn, wobei er ihm zugleich eine ganze Sammlung gerichtlich beglaubigter, semmelblonder und blauäugiger Ahnen schenkte, was allen später einmal zu vorübergehendem Nutzen gereichen sollte. Denn der Ziehvater avancierte zum Parteigenossen, der es im Kriege bis zum Bürgermeister einer rein polnischen Stadt bringen sollte.

Mar war inzwischen zu einem Kindernazi herangereift. »Damals das Übliche«, sagte er dazu, und als er irgendwo und irgendwann einen Stammbaum brauchte, präsentierte er, der Dreivierteljude, eine blanke nordische Weste. Denn auch die Großmutter mütterlicherseits hatte der agile Ziehvater inzwischen längst eingenordet. So etwas war durchaus möglich. Man mußte nur wissen, wie. Mar wußte von alledem nichts. Er hielt sich für den natürlichen Sohn seines Ziehvaters und war mit dem guten Gewissen eines Jungnazis dabei, für Führer, Volk und Vaterland sein Herzblut hinzugeben. Denn inzwischen war der Krieg ausgebrochen, und Mar wurde bald Offizier. Zuerst spielte er den Helden, aber dann, eines furchtbaren Tages, sah er von einem Transportflugzeug aus, das langsam und tief über Litauen flog, die erste Massenerschießung. Durch sein Fernglas konnte er erkennen, wie Kinder, Frauen und alte Männer in einen Panzergraben getrieben und dort erschossen wurden. Er wollte nicht glauben, was er gesehen hatte, und bemühte sogar das tief in sein Hirn gestanzte Brandzeichen von den »asozialen Elementen, von denen sich ein gesunder Volkskörper zu befreien habe« – aber wie konnten Kinder »asoziale Elemente« sein?

Am gleichen Abend erzählte ihm in Riga ein Judenjunge vom Tod seiner Eltern, vom Tod aller Juden in Litauen, Estland und Lettland, von den Mordkommandos der Deutschen und den eingeborenen Henkern. Es war in einer Wehrmachtsbaracke, in der die Offiziere schliefen, und der Judenjunge hatte ihm die Schlafdecke gegeben. »Wenn Sie auch nur ein Wort von dem sagen, was ich Ihnen erzählt habe«, sagte der Junge, »bringt man mich um. Ich lebe hier nur auf Abruf.«

»Es war wie der Blitz, der Saulus zu Paulus machte«, sagte Mar.

Noch in der gleichen Nacht wurde er sehend. Erst jetzt erkannte er den Unterschied zwischen gut und böse, eine Fähigkeit, wegen der Gottvater bekanntlich das erste Menschenpaar aus dem Paradies gefeuert hatte.

»Ich hatte bis dahin wohl gesehen«, sagte Mar, »aber nicht wahrgenommen. Ich hatte in Bergen-Belsen das KZ gesehen. Der Weg zu den Schießständen führte ja unmittelbar daran vorbei, und wir konnten alle hineinsehen. Ein paar tausend Soldaten hatten tagtäglich diese ausgemergelten armen Menschen hinter dem Stacheldraht gesehen, diese hin- und herschwankenden Skelette, die nur noch von ihren gestreiften Lumpen aufrecht gehalten wurden. Und sie hatten den Rauch aus dem Krematorium gesehen, und man hatte ihnen auch irgendwie gesagt, daß dieser Rauch aus einem Krematorium komme, aber sie hatten nicht wahrgenommen, was sie sahen, das heißt, sie hatten sich beharrlich geweigert, aus dem Gesehenen Erkenntnis zu ziehen. Und wie diese Soldaten, so hatte es die sonst gar nicht so schweigende Mehrheit dieses Volkes gesehen, aber nicht wahrgenommen, dieses Volkes, an dessen ›Wesen einmal die Welt genesen sollte‹«.

Damals, in jener Nacht, nahm Mar wahr, und er ging konsequent, mit fast kindlicher Wildheit zur Wahrheit entschlossen, zum Widerstand, wo er, ein kleiner Verschwörerfisch, als Kurier zwischen den großen Verschwörerhechten herumschwamm, immer die Wahrheit auf den Lippen, aufgerichtet wie eine Kerze. Er spielte gern, auch mit seinem Leben. Er spielte Verschwörung in Rußland, in Nordafrika, Italien und wieder in Rußland, wo ihn am rechten Oberschenkel ein Explosivgeschoß erwischte, das ihm nicht nur Muskelfleisch und Knochen zermatschte, sondern auch die Vorhaut abschnitt. Mar betrachtete den Matsch mit Gleichmut, den Vorhautschnitt mit Faszination. Er dachte an das Volk, das man überall ausrottete, und an einen Fingerzeig des alttestamentarischen Gottes, der ihm sonst wegen seines unersättlichen Rachedursts völlig fremd war, und fühlte sich in seiner Verschwörerrolle gewissermaßen von oben bestätigt.

Er machte die Invasion mit, das heißt, er erlebte leibhaftig die Apokalypse und wußte, wohin die Pferde fortan liefen. Als die Verschwörung gegen Hitler konkret wurde, war er grade in Paris. Er und seine Mitverschworenen verhafteten dort die SS, aber dann flog das ganze Spiel (denn eigentlich hatten sie nur gespielt) auf.

Mar konnte noch mit einem mitverschworenen Pilotenfreund in dessen Flugzeug, das sie eigentlich nach Schweden bringen sollte, bis Polen fliehen. Dort wurden sie in der Nähe von Anklam geschnappt und in Berlin von Freisler und seinen hundsföttischen Beisitzern zum Tode verurteilt. Er saß in Berlin Moabit ein paar Wochen in der T-Zelle herum, wartete auf die Bestätigung seines Urteils, kam in ein paar andere Gefängnisse, mußte jeden Morgen mit den anderen in den Hof, um die Erschießungen mit anzusehen, und wartete. Er hatte Visionen, Christus erschien ihm vor dem Fenster, und sie sprachen sich aus. Schopenhauer kam dazu und sagte ihm, daß er nach dem Tode in einem Licht stehen werde, gegen welches das Sonnenlicht ein Schatten sei. Na ja.

Irgendwie hatte es auf den sonst so geraden Wegen der damaligen Justiz eine Krümmung, eine Verzögerung gegeben. Eines Tages, als Mar mit den anderen nackt im Waschhaus stand, fiel der Blick eines Gefängniswärters auf Mars Glied, diesen Zeugen einer mystischen Beschneidung. Er holte ein paar andere Beobachter dazu, die verstohlene Blicke warfen, und als Mar sich wieder angezogen hatte, brachten sie ihn zum Gefängnisarzt, der Mars fehlende oder zumindest sehr verkürzte Vorhaut genau unter die Lupe nahm, das Soldbuch überprüfte, in dem nur der Oberschenkelschußbruch verzeichnet war, und den Kopf schüttelte. Dann traten wieder die Richter, die Zuhälter des Regimes, auf und ließen Mars Papiere, Stammbäume und den ganzen Krempel kommen, und das Ende vom Lied war, daß er als der Jude erkannt wurde, der er ja zu Dreiviertel war und den man sogleich in ein polnisches KZ schickte. Er erreichte es stehend in einem Waggon voll holländischer Juden, von denen die Hälfte bereits tot war. Man hatte sie so eng zusammengepfercht, daß sich die Toten nicht hinlegen konnten.

Bis zu dem Augenblick, als Mar vom Gefängnisarzt inspiziert wurde, hatte er nichts von seinem jüdischen Blut gewußt. Jetzt spürte er es, und es kochte ihn zu einem Märtyrer, und er war überglücklich, dieses Martyrium nicht nur zu erleiden, sondern auch zu verstehen, was ja keineswegs miteinander zu tun haben muß. Er beschloß, es heldenhaft zu erleiden. Aber inzwischen hatte die Welt begonnen, endlich von diesem deutschen Wesen zu genesen. Die Russen kamen dem Ende von Mars Martyrium zuvor, überrollten den Todesmarsch, in dem Mar inmitten Tausender Leidensgefährten, die zu je fünf aneinandergekettet waren, westwärts torkelte, und übergaben ihn bei Schwerin den Amerikanern.

Der Ziehvater war in den Kriegswirren noch einmal davongekommen. Man hätte ihm seine Manipulationen mit nordischen Stammbäumen sicherlich angekreidet. Er war in seiner Art ein stiller Held gewesen, der mit einer Bombe in der Tasche gelebt hatte. Sein Regiment als Bürgermeister einer rein polnischen Stadt war mild gewesen. Doch als ihn die Polen erwischten, hängten sie ihn auf.

Als Mar wieder zu Hause war und ein paar Mädchen hatte, bekam er eines Tages Krach mit seiner bis zur Raserei eifersüchtigen Mutter, die ihn mit den Worten zum Teufel schickte: »Was soll man denn schon von einem Kerl erwarten, der im KZ war.« Da er zudem sah, wie sich die braunen Ratten schon wieder unverfroren aus ihren Löchern wagten, um sich in beiden deutschen Staaten zu etablieren, da kotzte ihn das so an, daß er nach Paris ins Getto ging, das irgendwo im Maraisviertel lag. Aber er zog bald wieder aus. »Man kann mit diesen Juden einfach nicht zusammenleben«, sagte er, »die sind ja genauso wie wir.«

Unabhängig von dieser Erkenntnis, vollzog Mar seine Metamorphose zum Judentum. Sein Gesicht wurde immer orientalischer, sein Verstand bekam flinke Füße, sein Denken verlor den letzten Rest an deutschem Fett. Die hohe Wölbung seiner Füße senkte sich zum Plattfuß, die Nasenflügel rollten sich leicht ein, sein Mund wurde voller.

Ich kenne Mar seit zehn Jahren. Da er meist mit Ede dreht, hatte ich mit vielen seiner Filme zu tun. Dabei kamen wir uns »menschlich« nahe. Inzwischen habe ich den Narren an ihm gefressen. Ich rufe ihn an und frage nach jenem rätselhaften R. hinter dem einfachen Gustav, und er sagt, das sei ein Freund von ihm gewesen, ein deutscher Schriftsteller, den er vor dem Vergessenwerden bewahren möchte, der eine exemplarische Biographie habe – erst überzeugter Kommunist, dann Zweifel, dann Erkenntnis und Umkehr, dann voltairianisch erleuchteter Liberaler, dem die Parzen in dem Moment den Lebensfaden kappten, als er, Gustav R., sich zum Höhenflug der Altersweisheit anschicken wollte. »Na ja, du wirst es selbst lesen müssen, was ich da über ihn habe. Hol dir's ab. Nein, geht nicht. Ich fahre ja schon heute abend nach Paris. Hätte ich doch fast vergessen. Bis in drei Tagen also. Du auch. Leb wohl.«

Mar ist von systematischer Zerstreutheit. Er setzt nachts die Brille auf, um im Stockdunkeln beim Schreiben besser sehen zu können. Er findet nie den Lichtschalter.

SECHS

Wir sind auf dem Weg nach Wien.

Auf den grauen Feldern laufen die Hühner zwischen den ersten gelben Blumen herum. Für einen Augenblick kommt ein Sonnenstrahl durch einen Wolkenspalt und trifft die Brust des Hahns, die aufleuchtet wie die Brust Montezumas in ihrem Feder- und Goldschmuck. Die Alpen wie vom »Meister der Bandschleifen« durch die Obstbäume gezogen. Die Bauernhäuser wie viereckige Festungen. Dann und wann ein Raubvogel auf einem Pfahl, ein paar Tannen oder Lärchen oder die grüne Zwiebel eines Kirchturms. Eine Landschaft, die man sich ans Herz nimmt.

Über den Alpen ein paar Kumuluswolken. Plötzlich beginnt es zu schneien. Sogleich sehen die umgepflügten Felder wie Streuselkuchen aus. Wir peilen die nächste Autobahnraststätte an und trinken einen Kaffee.

Wieder im Auto, eine Rede von Strauß im Radio. Ein tätlicher Angriff.

In Linz fahren wir raus. Ich möchte den Kumpeln ein Bild zeigen. Es hängt in einer Blutbank und ist von Fritz Aigner. Die Blutbank ist in der Altstadt, irgendwas Josefinisches in Kaisergelb. Eine Schwester macht uns die Tür auf. Überall hängen Besoffene herum, die ihr Blut loswerden wollen. Eine regelmäßige Einkommensquelle. Dann führt uns die Schwester in das Zimmer des Chefs. Das Bild ist sehr groß, so zweifünfzig auf einsfünfzig. Es zeigt vor einem dunkelblauen Abendhimmel, in den die Sonne ein Loch brennt, einen Harlekin, der sich zum Sterben ausgestreckt hat. Er liegt da in seinem Harlekinkostüm mit dem breiten weißen Radkragen, und aus seiner rechten Armvene kommt ein Schlauch und scheint sie mit einer Blutkonserve zu verbinden, die ihn retten soll. In Wirklichkeit zapfen sie ihm das Blut ab, das durch einen zweiten Schlauch in einen durchsichtigen Ballon geleitet wird. Das Blut schwebt darin in großen roten Kugeln. Den Ballon hält ein kleiner schwarzer

Gnom mit vier Augen und einer Gurkennase. Der Kopf des Gnoms steckt im Maul eines größeren Kopfes, hinter dem eine Art goldköpfiger Papst steht. Der hält den Blutschlauch in seiner riesigen Pranke. Hinter dem sterbenden alten Harlekin sitzt eine nackte junge Frau. Sie hat die Hände verschränkt und weint zwei dicke Tränen. Um ihr rotes Haar flattern als Rest eines Faschingskostüms ein paar blaue Bänder.

»Ich wollte zeigen, wie man mit Blut Geld machen kann«, hatte Fritz Aigner gesagt und auf den Goldköpfigen gezeigt, »und wie die Großen die Kleinen fressen. Der kleine schwarze Mann hier vorn, das ist der Auftraggeber, der Mann dahinter hat ihn vertrieben, der Goldköpfige hat beide geschluckt. Der Kleine hatte Probleme mit seiner Frau. Sie ist die Nackte. Aber es ist auch meine Frau. Es sind viele Frauen.«

Ich sage den Kumpeln, daß wir uns später treffen sollten, ich würde noch ein bißchen durch Linz laufen, sentimentale Erinnerungen und so. Sie verschwinden in Richtung Kaffeehaus, und ich gehe zu Fritzens Stammkneipe, einem finsteren Loch in einem alten Haus, und gucke durch die Scheiben. Fritz sitzt in der Ecke hinter seiner Pulle Bier und starrt vor sich hin. Immer, wenn er ohne Publikum ist, starrt er so vor sich hin. Hat er Publikum, spielt er den Harlekin. Er sieht genauso aus wie der blasse Spitzbärtige auf einem Holzschnitt von Munch, der, glaube ich, »Eifersucht« heißt. Er ist blau. Er braucht das Blausein, um diese gräßliche Stadt Linz zu ertragen, aber auch um sich selber zu ertragen, um klarer zu sehen, um die wahnsinnigen Spannungen abzubauen, in die ihn seine Bilder versetzen, Bilder, die hier kein Mensch wahrnimmt. Sein Gesicht hat einen nackten, wachen Ausdruck. Er kann noch so besoffen sein, er nimmt alles wahr. Manchmal geht er dann in sein Atelier und malt das Wahrgenommene, aber meist säuft er bis in den Morgen. Er hat Grund dazu. Er ist der größte lebende Maler und weiß das. Aber hier weiß das niemand. Überhaupt weiß das niemand. Hier und da und überall.

Ich sehe ihn mir noch einmal an. Er kippt ein Bier.

Im Kaffeehaus treffe ich die andern, und wir fahren zurück zur Autobahn. In einem zugeschneiten Feld drängt sich eine Horde Rebhühner zusammen. Flügel an Flügel stehen sie und lassen sich einschneien.
»Waterloo«, sage ich.
»Das war nicht im Winter«, sagt Ede, der das seit einem Napoleonfilm genau weiß.
»Dann eben 1812«, sage ich.
Der Wiener Wald ist tief verschneit. Der Wind bläst heftig aus den Tälern und treibt den Schnee waagerecht über die Autobahn. Doch als wir nach Wien hinunterfahren, verwandelt sich der Schnee in dichten Regen. Wien ist abweisend und schwarz. Der Himmel ist schwarz, die Gesichter der wenigen Menschen, die durch den Regen laufen, sind schwarz, die Häuserfronten aus der Gründerzeit, sogar die Barockfassaden, die Straßenbahnen und Autos, die kahlen Bäume, die großen Wiesen zwischen dem schwarzen Rathaus und der schwarzen Hofburg und auf den Wiesen die riesengroßen schwarzen Raben. Die Oper mit ihren Löchern, ein schwarzer Schädel, der achtlos neben die Ringstraße gelegt wurde. Daneben schwarze Fiaker mit schwarzen traurigen Pferden, die mit ihren Mäulern den schwarzen Asphalt berühren. Die Denkmäler sind schwarz bis zur Unkenntlichkeit. Selbst die Pestsäule am Graben ist schwarz, und der kolossale Unterkiefer des Kaisers Leopold, der in der »belle étage« dieser Säule kniet, füllt sich wie der Brunftsack eines Orang-Utans mit aller Schwärze des Hauses Habsburg. Da es von allen Wiener Dachtraufen in schwarzen Bächen heruntergeschüttet, gehen wir, nahe an die Häuser gedrängt, durch die Straßen. Wenn wir mit unseren Parkas die Mauern streifen, sind sie an dieser Stelle ganz schwarz. Der Straßenbelag ist eine edle Mischung aus Öl, Schmutz, Schleim, Ruß, Hundescheiße und Rotz.
Das Fernsehen, das uns mit selbstzerstörerischer Wut pausenlos diese gräßlichen alten UFA-Filme zu Gemüte führt, zeigt uns dabei auch manchmal das Wienbild unserer Väter. Alles singt à la Schubert, der sich im Grabe umdrehen würde, könnte er es

hören, alles tanzt à la Kongreß, alles lächelt à la »süßes Mädel«. Da sieht man einen in Schmalz gebackenen Fiakerkutscher, der sich Paul Hörbiger nennt, wie er mit viel Herz seine in Schmalz gebackenen Lieder stanzelt, einen vertrottelten Hans Moser, der viel Herz unter einer rauhen Domestikenschale versteckt, während ein Typ, den man halbgar aus dem Ofen gezogen hat und der Willy Forst gerufen wird, sein »viel Herz« mit jener entsetzlichen Jungenhaftigkeit herzeigt, die Damen um die fünfzig immer noch nasse Augen und Hosen macht. In diesem Wien gingen also unsere Väter auf und ab, aber dann kam dieses gewaltige Urvieh, der Qualtinger, und zeigte seinen »Herrn Karl« her, und der Kreisler ging Tauben vergiften im Park, und in den Zeitungen konnte man lesen, daß dieser Fiakerkutscher, der Paul, seine Stanzeln auch kleinen Mädchen unter vierzehn vorgetragen hatte, obwohl er doch die Sechzig schon hinter sich hatte, was man ihm nicht weiter übelnahm, aber doch seine Fiakerkutschervisage schwärzte (jedenfalls in den Augen unserer Väter), und auch den »Dritten Mann« hatte man wieder im Ohr und den Ballettrattenmörder aus der Oper – und plötzlich sah Wien so aus, wie wir es unter den triefenden Dächern gerade erleben.

»Damals, ich meine zu Qualtingers Zeiten, hatte auch Wolfgang Herzig begonnen, das neue Wienbild abzumalen, einfach, indem er genau hinschaute«, sagt Gallrein, der uns im »Sacher« erwartet hat, »ich kam auf ihn, als ich eins seiner Bilder im ›Museum des Zwanzigsten Jahrhunderts‹ sah. Die Besucher wanden sich in richtigen Krämpfen davor. Es zeigt eine ›Böhmische Köchin‹, ein barbarisches Weib, das mit barbarisch eckigen Bewegungen einen barbarischen Hahn ausnimmt, eine Riesin mit Riesentitten und einem Bündel Stroh unter der Achsel, mit herabgelassenen Strümpfen und so langen Armen, daß sie die Handrücken auf den gekachelten Fußboden legen könnte: ein Bild wie ein Brunftschrei.«

Herzig wohnt draußen am Prater, neben dem Riesenrad, über der Venediger Au, wo einst die Zuhälter in erbarmungslosen

Konkurrenzkämpfen das Wiener Blut vergossen, indem sie sich gegenseitig die After mit langen Messern schlitzten. Die Messer waren auf beiden Seiten haarscharf geschliffen, was schaurige Verstümmelungen ergab. Die brauchten mindestens ein Jahr zum Verheilen, aber auch dann schloß nichts mehr, und das Sitzen war alles andere als sitzen.

Wir klettern in unser Auto, das wir unterm Stefansdom abgestellt haben, und fahren hinaus zum Prater. Unterwegs sagt Gallrein: »Herzig ist die Faust, die auf das Auge der ›Wiener Schule‹ gehauen wurde, ein Stachel in ihrem Fleisch, ein Tritt in ihren Arsch. Da uns allen die ›Wiener Schule‹ inzwischen meterlang aus dem Hals heraushängt, verschlingen wir Herzigs Bilder wie die entsetzlichen, mit Blutwurst belegten Semmeln, die er seinen älteren Partygirls in die Hände drückt. Er spielt wundersam Ziehharmonika. Er wird für uns spielen, und ich könnte mir vorstellen, daß Ede eine besonders eindrucksvolle Fahrt auf den Balg dieser Ziehharmonika macht.«

»So«, sagt Ede, »könntest du?«

Wir klettern fünf Stockwerke hoch, begrüßen einander. Gallrein stellt vor, und wir beginnen zu drehen, Ede die Details und ich doch tatsächlich die Totale, und Herzig trinkt viel zuviel Rotwein, um sein Lampenfieber zu vergessen, und wird schnell high, weil er Rotwein nicht gewohnt ist und einen kranken Magen hat. Er sagt: »Es gibt drei Arten, ich meine, vor allem drei Arten, künstliche Deppen zu erzeugen oder Trudel, wie man bei uns in der Oststeiermark sagt. Die erste Art ist die klassische: Man steckt dem Säugling einfach einen Lappen in den Mund, und dieser Lappen ist mit Schnaps getränkt. Das tut man morgens, mittags und abends. Die zweite Art ist harmloser: Man füllt eine Art porösen Fingerling mit einer Mischung aus Mohn, Schnaps und Honig. Die dritte Art ist die wirksamste: Man taucht den Säugling dreimal täglich kopfüber in einen Zuber mit eiskaltem Wasser. Allein die so gewonnenen Trudel garantieren den Fortbestand unserer Landwirtschaft, denn nur Trudel, also die Deppen, arbeiten noch auf den Bauernhöfen. Die Nichttrudel wandern ab, in die Städte, die Industrie, dorthin, wo es mehr zu verdienen gibt.«

Dann langt Herzig zu seiner Ziehharmonika, setzt sich vor ein Bild von drei auf vier Meter, auf dem eine Cocktailparty beim Bundespräsidenten dargestellt ist, und singt:

> In der Steiermark,
> da hat ein Knecht im Fernsehglas
> den Teufel gesehen,
> der ihm gesagt hat,
> er soll sich die Hand abhacken,
> weil er sonst nicht in den Himmel kommt.
> Gerettet ist er worden,
> weil ihn einer gesehen hat
> mit der abgehackten Hand
> und die Rettung geholt hat
> und der Rettungswagen kommen ist.

Während Herzig singt, sieht er manchmal seine Frau an, die aussieht wie die russische Puppe in der Puppe, schön gedrechselt, mit einem Kopf, der ein vollkommenes Ei, und einem Gesicht, das ein vollkommenes Oval, und einer Nase, die eine vollkommene Gerade bildet. Ihre wunderschönen großen Puppenaugen sind so, wie sich der kleine Moritz die Augen einer Bajadere vorstellt.

Plötzlich kommt eine Katze durch den Türspalt. Herzig wirft sich, ungeachtet der Tatsache, daß Kamera und Ton seinen exzentrischen Sprung kassieren, mit einem markerschütternden Schrei auf die Katze, packt sie und trägt sie behutsam hinaus. Er hat eine Heidenangst, die Katze könne eins seiner Bilder mit ihren Haaren beschädigen. Er ist einfach allergisch gegen Katzen, die er für Bilderstürmer hält, und bildet damit, ohne es zu wissen, das harmonische österreichische Gegenstück zu dem Erzrömer Clerici. Ich habe mit einem Seitenblick gesehen, daß auch Ede den Katzensprung mitgedreht hat und daß wir eine Sternstunde des Fernsehens erwischt haben.

Dann wenden wir unsere Aufmerksamkeit den Bildern zu, die auf den ersten Blick aussehen, als habe sie der »Meister der Hintergründe des Praterkarussells« gemalt oder der »Designer der Geisterbahn«. Aber wenn man dann genauer hinsieht, merkt man, daß es einfach gute Malerei ist, die sich ordinär und laut gibt, einfach, weil alles ordinär und laut ist. Da malt er zum Beispiel einen fetten Mittfünfziger, an dem alles schwabbelt, wie er mit einer Zwanzigjährigen, an der nichts schwabbelt, in der Badewanne sitzt. Das alte Lied, das die Cranache schon gesungen haben, der Alte mit Zaster und die Junge mit strammen Titten. Oder er malt einen Hochwildjäger in Steirer Tracht. Der hat nur einen Arm und ist in Wirklichkeit Bankdirektor, der sein Mütchen kühlt. Oder Salome mit ungeheuren Brüsten, zwischen die sie das Haupt des Täufers geklemmt hat. Und hier: ein österreichischer Schienenwärter auf einer Draisine, die gerade über irgend etwas Menschliches gefahren ist, und das Menschliche liegt blutig und knochig und elend hinter ihm auf der Schiene, aber der Draisinenmensch läßt sich davon gar nicht stören, denn daheim wartet der Tafelspitz.

So ist Herzig.

Ede läßt den Fußboden pudern. Er will eine Bauchfahrt machen. Wir haben keinen Schienenwagen bekommen, und Ede liebt solche simplen Tricks, die ihm größtmögliche Bildwirkung versprechen. Zugegeben, die Perspektive ist Frosch, aber die Bewegung ist nicht ohne. »Ihr könnt mir mit eurem Schienenwagen gestohlen bleiben«, wird er daheim sagen, »wenn ihr schon keinen herausrückt, dann machen wir es eben selbst.« Edes Bauchfahrten sind übrigens von einer echten Schienenwagenfahrt nicht zu unterscheiden. Also pudern wir alle Mann den Boden, und Ede legt sich auf einen Lappen, während ich Schuhe und Strümpfe ausziehe, um nicht zu rutschen. Ede klappt die Beine in den Knien nach oben und ich schiebe ihn an den Waden vor mir her. Wir fahren bäuchlings geradewegs auf Herzig zu, der auf seiner Ziehharmonika präludiert, und Ede sagt, daß es gut sei.

»Du bist so richtig sensibel geschlittert«, sage ich, »wie ein richtiger Hörnerschlitten aus tausendjährigem Zirbelholz.«

»Danke«, sagt Ede, »auch du warst perfekt. So 'n richtiger Trudel, für den das Herz unseres Freundes so warm schlägt.« Und er zeigt auf Herzig und seine entsetzlichen Deppenbilder.

Wir fahren zurück.

In einer der kleinen Kneipen in der Margarethenstraße lassen wir uns häuslich nieder. Sie ist randvoll wie ein Karpfenbassin mit lauter echten Herrn Karls und ihren Damen, die richtige Boas tragen und abgeschabte Pelzmäntel und Knöpfelschuhe. Alle sitzen an kleinen schmutzigen Tischen, essen Undefinierbares und trinken Bier aus kleinen Gläsern, die sie, wie die Ärzte auf alten holländischen Bildern, gegen das Licht halten. Damals hielt man die Pisse der Damen ins Licht, um die Bewegungen des Gemüts festzustellen. Die Luft ist als Mief- und Dunstglocke über das ganze Etablissement gestülpt.

Wir finden Platz an einem Tisch, an dem ein älteres Ehepaar sitzt. Der Mann sieht aus wie ein Wachsabguß von Trotzki, den man im Regen vergaß; sie ist lieb, kuschelig, heißblickig und mindestens sechzig. Der Mann lächelt und zeigt dabei eins jener billigen Gebisse, die aus einem Stück gegossen sind. Er zeigt auf seine Frau und sagt: »Sie sehen, die Frau ist ganz ruhig.«

Warum sollte sie nicht? Sie lächelt uns ebenfalls zu. Dann rückt sie Jean Claude auf den Pelz und legt ihm die Hand auf den Schenkel.

»Keine Angst«, sagt Trotzki, »sie ist nicht bösartig. Sie sucht nur Wärme.«

»Sie soll sie haben«, sagt Jean Claude und öffnet mit einem warmen Gegenlächeln die gute Kammer seines Herzens.

»Sie sind nicht von hier«, sagt der Mann, »ich kann das sehen. Raten Sie mal, wie alt ich bin.«

»Fünfzig? Sechzig? Fünfundsechzig?«

Er schüttelt jedesmal den Kopf.

»Fünfundachtzig«, sagt er, »aber die Stimme ist noch da.«

Er räuspert sich und schließt die Augen. Er dirigiert, gibt sich den Einsatz und singt mit der allerschwärzesten Stimme den Anfang des Nabucco-Chors: »Flieg, Gedanke flieg«. In der Kneipe wird es für einen Augenblick ganz still. All die Herrn Karls und ihre Bienen blicken herüber, lächeln anerkennend und zeigen uns durch Tippen an die Schläfen, daß der Bassist einen Hau hat. Nicht nur die Frau.

»Ich war Sänger«, sagt der Sänger, »hier an der Staatsoper. Sie sehen, die Frau ist immer noch ganz ruhig.«

Jean Claude hebt ein wenig geniert die Augen. Die Frau hat seinen Hosenstall erreicht.

»Ich habe den ›Fliegenden Holländer‹ gesungen, den Don Basilio und den Falstaff. Auch den Zaren – ›Einst spielt ich mit Zepter und Krone und Schwert‹. Später habe ich dann im Chor gesungen. Bis zu meinem Fünfundsiebzigsten. Die Pension ist klein. Aber wir haben nie gespart. Immer in Saus und Braus gelebt. Seitdem ich nicht mehr singe, ist die Frau krank.«

Die hat inzwischen die ersten Knöpfe an Jean Claudes Hosenstall geöffnet, behutsam, als pflücke sie Gänseblümchen.

Der Mann wetterleuchtet mit dem ganzen Gesicht, holt seine große Baskenmütze unter dem Arsch hervor und sagt: »Der größte Maler Österreichs war ein Freund von mir. Ein guter. Er hat vor siebzig Jahren die Uniformen unserer Armee entworfen. Und beim letzten Kaisertreffen hat er den Festzug entworfen. Mit alten Trachten und Wappen und Fahnen. Und der hat auch diese Baskenmütze entworfen. Er hieß Carl Leopold Hollitzer. So große Baskenmützen gibt es schon lange nicht mehr.«

Trotzki blickt lange nachdenklich auf ein großes Brot mit Tatar, das der Kellner, ein phantastisches Requisit unserer Umweltverschmutzung, vorüberträgt. Er stößt seine Frau an, die nun ebenfalls das Brot fixiert.

»Darf ich Sie einladen?« frage ich ein wenig beklommen.

Beide kriegen leuchtende Augen. »Aber gern, aber gern. Die Kannibalen haben es gut. Sie haben immer frisches Fleisch. Neulich las ich, daß sie Menschen essen, um deren Eigenschaften in sich aufzunehmen. Nicht nur aus Eiweißmangel. Nein, sie wollen Stärke und Mut und Klugheit davon kriegen. Auch Potenz. Sie essen besonders gern die Hoden. Stellen Sie sich vor, man hätte das hier in Wien genauso gemacht. Vor einhundertfünfzig Jahren. Beethoven sei gerade tot, und die Nachfolger hätten sich zum Festmahl versammelt, und jeder möchte ein Stückchen vom Beethoven verzehren, um sich seine Kraft und sein Genie einzuverleiben. Und seine Musik, versteht sich. Da sitzen sie alle. Ich sehe sie förmlich. Hummel und Schindler, Schubert und Kreutzer, Weigl und Seyfried, Schuppanzigh, Lachner, Grillparzer und Anschütz, Lenau und Raimund. Alle essen ein Stückchen. Nur die Ohren lassen sie übrig. Die waren nicht mehr gut zuletzt.«

Die Frau hat inzwischen das Ziel ihrer Wünsche erreicht, und Jean Claude ist ganz nahe an den Tisch gerückt, um uns das nicht zu zeigen.

»Mein Urgroßvater war Gehilfe bei Danhauser, der dem Beethoven die Totenmaske abnahm«, sagte der Mann, »Sie kennen sie: Sie hängt über allen Klavieren. Aber vorher – es war der Abend des siebenundzwanzigsten März Anno siebenundzwanzig – hatte Dr. Wagner dem größten aller Musiker den Schädel gespalten, um an das Gehirn ranzukommen. Damals war man ganz versessen darauf, die Hirne großer Männer zu betrachten, zu wiegen, wohl auch Messerschnitte hindurchzuführen, zu konservieren. Und so kommt es, daß Beethovens Totenmaske nicht die geringste Ähnlichkeit mit Beethoven hat.«

Wir trinken ein letztes Bier. Dann gehen wir.

»Ich hab nur aus Mitleid mit der Frau stillgehalten«, sagt draußen Jean Claude, »ich mochte sie nicht kränken.«

Dann zerstreuen wir uns. Jean Claude möchte noch irgendwo ein Bier auftreiben, um es in Ruhe zu trinken.

Ede blickt ihm nach und sagt: »Man lernt doch nie aus. Der Junge hat wirklich Herzenstakt. Ich bin ganz geplättet. Da sollte man sich 'ne Scheibe von abschneiden.«

»Na, denn schneid mal«, sage ich.

»Wenn das so einfach wäre«, sagt Ede.

»Komm«, sage ich, »es ist die Ranzzeit der Schwulen am Naschmarkt. Laß uns ein bißchen zugucken.«

Und so gehen wir zum Naschmarkt und beobachten die Jungens, die an den Pissoirs herumgammeln und auf die älteren seidenhaarigen Herren warten, die sich ihnen zielbewußt oder verlegen nähern, und wir gehen in die Pissoirs hinein und sehen uns die zahllosen Grafitti an, die ihre Wände bedecken. Kleine Chiffren für Liebe und Tod, von denen mir eins besonders auffällt. Zwei ineinandergreifende Herzen bilden eine kleine Fotze, in die ein Pimmel wie ein Pfeil zielt. Ich habe das schon mal in Paris auf dem Schenkel einer Bardame in der »Sphinx« gesehen, einer kleinen Bruchbude nahe Pigalle. Da war es eintätowiert, und sie zeigte es zu vorgerückter Stunde erlesenen Gästen. Aber was auf dem Montmartre wohlüberlegt war, ist hier spontane Kalligraphie.

Wir entziffern weitere Herzkombinationen, aber auch eine Menge anderes, kleine Gerippe, Amors Bogen, das übliche haarige Dreieck, jede Menge Titten und Ärsche – kurz, das reiche Bilderbuch der Einsamen. Man sollte diese ganze in den Kalk geritzte Zeichenwelt, die von dem gelben Sinter der Pisse für die Ewigkeit konserviert wurde, abnehmen und konservieren wie die prähistorischen Höhlenmalereien oder die romanischen Fresken in den Pyrenäen. Sie sind nicht weniger aufregend.

Später gehen wir im Tangoschritt in unser Hotel, das ein riesengroßer Kasten am Petersplatz ist. Der Innenhof ist mit so einer Art Gewächshausdach nach oben verschlossen, und da unsere Zimmer auf diesen Innenhof gehen, liegen wir wie in hermetisch von der Außenluft abgeschlossenen Grabkammern. Kaum betreten wir diese Bude, umgibt uns eine total abgestorbene Atmosphäre, die uns sogleich schwitzen läßt. Das perlt richtig unter den Achseln hervor. Der Frühstückssaal ist luftlos, und die Gäste sehen grau aus wie die Frühstückseier, die sie gerade pellen. Es ist merkwürdig, wie in diesem Frühstückssaal jedes Leben abstirbt, wie die Eintretenden immer langsamer in ihren Bewegungen werden, ehe sie auf ihren Stühlen und hinter ihren grauen Eiern ganz erlöschen. Der Kaffee ist grau und leblos. Alle sprechen, wenn überhaupt, mit leisen, erloschenen Stimmen, mit welken Bewegungen und freudlosen Blicken. Herzig hat uns gesagt, dieser obskure Hotelkasten habe zwei geheimnisvolle Flügel, einer sei der österreichischen Geistlichkeit vorbehalten, wenn sie in Wien weile, der andere den Nutten, die diese Geistlichkeit mit dem klassischen Satz: »Hochwürden, ich habe sehr viel Zeit für dich« zu ködern trachten.

Ede und ich haben Angst, unsere luftleeren Buden aufzusuchen, und treiben uns noch für eine Weile in der kleinen Bar herum. An einem der runden Marmortische sitzen zwei Amerikanerinnen so um die vierzig und machen schöne Augen. Ede fixiert sie unruhig. Er ist scharf auf üppige Ärsche und möchte gerne wissen, ob die beiden damit dienen können, aber die sitzen ja darauf. Trotzdem beginnt er, mit der jüngeren, einem bunten Rita-Hayworth-Verschnitt, zu flirten, und er tut es auf seine matte Weise, die noch nie und nirgendwo Ekstasen auf der anderen Seite auslöste. Trotzdem lächelt sie zurück.

»Mein Englisch«, sagt Ede laut und so, als sähe er mich dabei an, »ist nicht perfekt.«

Dann rollt er sein Auge auf ziemlich alberne Weise zum Nachbartisch, während ich sage: »Meins auch, aber dazu müßte es reichen.«

»Wozu?«

»Na eben dazu.«

Er spielt jetzt den Linkischen, den alle gern haben, weil er so linkisch ist.

Rita Hayworth wendet ihm die volle Breitseite zu und sagt: »Darf ich Ihnen ein Monchérie anbieten?«

Der voll getroffene Ede betrachtet sie strahlend und dankbar und nimmt mit zarten Lefzen sein Monchérie entgegen. Sie erwidert plötzlich seinen Blick mit einer solchen Überfülle an Gefühl, daß sich seine Pumpe in Bewegung setzt und sein Blut überall hinpumpt, wo es bei so einem Anlaß hingehört.

Wäre er in der Liebe doch nur nicht so ein Papiertiger.

Wien, das gestern das schwärzeste Schwarz hatte, hat heute morgen das weißeste Weiß. Es hat über Nacht geschneit. Die Sonne plustert sich weiß in einem weißen Himmel und frißt alles auf, was sie erwischen kann, die Bäume und die Denkmäler, und alle Passanten und alle Hunde und Katzen. Nur die großen schwarzen Krähen aus dem Osten, die schafft sie nicht. Aber sonst: Selbst von den Fassaden frißt sie die Karyatiden und die Gebälke und Säulen und den ganzen Plunder. Auf dieses Weiß bin ich nicht vorbereitet. Ich fahre an dem ohnehin weißen Parlament vorbei zum Kunsthistorischen Museum, auf dessen Treppenhaus ich ganz verrückt bin, auf diesen phantastischen, uferlosen, gigantischen, verschrobenen Überrumpelungstrick, mit dem die hier auf Ameisengröße zusammenschrumpfenden Besucher in das Innere gestrudelt werden. So auch ich, der sich sogleich mit Wonne in die elfenbeingeschnitzten Habsburgkaiser versenkt, deren Gäule wie Wolkentürme steigen, mit pathetisch gerollten Mähnen und Schwänzen, und auch die Perücken über den sagenhaft häßlichen Kaiserhäuptern strudeln ihre Locken wie von Stürmen gepeitschte Schäferwolken. Es waren schon irre Burschen, diese Habsburger. Rudolf II. und so.

Ich stelle mit Verwunderung die Hemmungslosigkeit fest, mit der die Wiener jedweden Geschlechts und Alters ihrem Pelzmützentick nachgeben. Dieser Tick geht so weit, daß sich einige (es sind die Unansehnlichsten) gewaltige Atompilze aus rotem Fuchsfell über die Köpfe stülpen, andere wahre Pagoden aus Karakul balancieren oder sich Mützen in die Stirn drücken, die meterlange Gretchenzöpfe aus Wäschbärenschwänzen haben. Es gibt Partnerlookmützen aus Fischotter, aus Nerz mit Diamantenagraffe und aus Gepardenfüßen. Es gibt aber auch den einfacheren, wiewohl forscheren Haiasafarihut mit breiter Krempe und einem schmalen Band aus Gepardenrücken. Es gibt Biberpelzmützen mit ausklappbaren Ohrmuscheln, und es gibt schlichte Mützen aus Kaninchenschwänzen, die wie eine gigantische Schneeflocke auf massigen Hausfrauenköpfen ruhen, aber auch Hüte aus Elefantenleder, die ihre Träger wie Granitplatten zusammendrücken.

Diese Mützen jagen mich wie die Erinnyen den Orest aus der Stadt hinaus, und ich richte die stumpfe Idiotenschnauze meines Autos nach Nordwesten, nehme die Straße nach Horn und bin eine Stunde später am »Heldenberg« und damit in jener Kammer der K. u. K.-Geschichte, die am schwärzesten ist. Als ich den Heldenberg vor zehn Jahren ein erstes Mal suchte, konnte mir nicht ein einziger Wiener sagen, wo ich ihn finden könne. So weit hatten sie sich damals schon von ihrer ruhmreichen Geschichte entfernt. Den Heldenberg ließ um die Mitte des letzten Jahrhunderts ein Heereslieferant namens Pargfrieder erbauen, der eine Schwäche für den Marschall Radetzky hatte. Radetzky, der ein ebenso reaktionärer Militär wie ein hemmungsloser Spieler war, hatte schließlich so viele Spielschulden angesammelt, daß sich sein sonst so konziliantes Haus Österreich weigerte, sie zu bezahlen. Da sprang der Pargfrieder ein und beglich dem Radetzky die Schulden unter der Bedingung, den Hochverehrten nach eigenem Gusto begraben zu dürfen. Dem ohnehin gichtbrüchigen Militär war es schnuppe, wo er liegen würde, er willigte ein, und Pargfrieder baute seinen Heldenberg und legte den Marschall gut einbalsamiert in eine tiefe, tiefe Gruft. Er selbst, Pargfrieder, ließ sich, als er tot war, daneben setzen. Er hielt sich für unwürdig, neben Radetzky zu liegen. Er wollte sitzen und ließ sich einen aufrechten Sarg machen, mehr einen Cellokasten, in dem er auch wirklich wie ein Cello saß, ebenfalls gut einbalsamiert. Eine Sache auf Dauer.

Statt eines Leichenhemds trug er eine Rüstung: ein treuer Paladin, der den Schlaf des Großen bewachte. So fanden ihn 1945 die Russen, die den Sarg geöffnet hatten und den Sitzenden fassungslos bewunderten, obwohl sie doch dank Lenins Konserve an ähnlich schaurige Anblicke gewöhnt waren. Plötzlich zerfiel der Pargfrieder vor ihren Augen zu Staub, der langsam wie der Sand in einer Eieruhr in der Rüstung des treuen Paladins verrann. Ich weiß das von einer Tankwärterin ein paar Dörfer weiter. Die war als Kind dabeigewesen. Oben, über der Gruft, stehen ein paar hundert gußeiserner Büsten in schönen Kreisen angeordnet herum, alles österreichische Marschälle. Offiziere und Soldaten, die sich um das Haus Österreich verdient gemacht haben. Früher, als es noch gemütlich in Österreich war, gammelten all diese Kommißköppe still vor sich hin, rosteten hier und da und waren schön. Jetzt haben diese Idioten vom Denkmalsamt sie soldatengrau gespritzt. Unter dem winterlichen Nachmittagshimmel liegt der Heldenberg wie eine fein bemooste Schildkröte. Daneben ein barockähnliches Schloß in einem Park mit Brunnen und Allegorien und dem ganzen Nippes, der das Herz und das Auge eines Heereslieferanten entzückt. All das wenigstens noch in angenehmer Verwahrlosung.

Ich fahre durch den schütteren Wald, in dem gußeiserne, buntbemalte und lebensgroße Grenadiere stehen, auf den Rücken der Schildkröte und klingele an einem römischen Tempel, und sogleich schlägt innen ein Hund mit der Stimme der seligen Sandrock an. Die Tür öffnet sich, und es erscheint ein älterer Mann, ein Invalide, der lautlos auf mich einspricht, sich seiner Lautlosigkeit bewußt wird, ein Mikrophon aus der Tasche zieht, irgendwo ein paar Knöpfe und Tasten drückt und das Mikro an den Kehlkopf hält. Jetzt hat er eine Stimme, die aber aus einem kleinen Lautsprecher kommt, den er am Gürtel befestigt hat. Die ganze Technik hat jedoch einen Knacks, und die Stimme aus der Hose wird von einem Krächzen begleitet, das an das »never more« des Poeschen Raben erinnert. Und schon erhebt sich in den Bäumen des Heldenberges ein Rabenchor und singt: Gott erhalte Franz, den Alten ...

Maria Theresia, eine Tonne schwer, hängt an einem riesigen Kran und wird langsam in die Kapuzinergruft hinuntergelassen, wo sie ihren Franzel besuchen will. Reigen seliger Geister.

Ein tiefer Sonnenstrahl trifft die leblose Pupille des Invaliden, das silbern schimmernde Mikro und einen nackten gußeisernen Genius auf dem Obelisken über Radetzkys Gruft.

Ich frage den Invaliden nach der körperlichen Größe des Feldmarschalls Radetzky, und er sagt, die habe genau einssechzig betragen, er sei also genau zehn Zentimeter länger als der Prinz

Eugen gewesen. Dann frage ich, ob ich hier filmen und dabei die vielen kleinen gußeisernen Kanonen abfeuern dürfe, die überall herumstehen, und er verweist mich an das Denkmalsamt, das Innen- und das Außenministerium und den Kriegsminister. Erst wenn ich von allen die gestempelten, unterschriebenen und siebenfach ausgestellten Papiere vorzeige, dürfe ich.

Ich fahre ins nächste Dorf, nehme in einer verkommenen Kneipe einen tadellosen Weißen zur Brust und stelle mir dabei die Versammlung professioneller Totschläger dort oben auf dem Heldenberg vor und den Pargfrieder, wie er sich selbst – wie Zigarettenasche in einen exklusiven Aschenbecher – in seine Rüstung streift.

Dann kehre ich nach Wien zurück. Dort treffe ich Ede, der ins »Raucherkino« will, und so landen wir in der dazu gehörenden Bar, in der zwei Toplessgirls einen leidlichen Kaffee anbieten. Die beiden haben hübsche Gesichter und beklagenswerte Brüste. Wegen der letzteren spendieren wir ihnen zwei Cognacs und gehen ins Kino, das wie ein Kellnerhemd voll kalten Rauchs und kalten Schweißes ist. Wir sitzen an einem der kleinen, klebrigen, schmutzigen Tische und drücken eine kleine schmutzige Klingel, worauf eine große schmutzige Schlampe auftaucht und Bier bringt. Mit uns sind es sechs Typen in diesem Kintopp. Ein Conférencier tritt auf, zeigt außer seiner schäbigen Eleganz ein unverbrauchtes Gebiß und macht ein paar jammervolle Witze. Dann kommt ein Mädchen, das der Strizzi eine »Marianne aus dem Süden Frankreichs« nennt, und Marianne entledigt sich ihrer Bluse, ihres Rockes und ihres südfranzösischen Schlüpfers. Sie tut das wie ein Holzpferd und haut ab, ohne unseren Applaus abzuwarten. Ein zweites Mädchen stolpert über einen Charleston, den sie nach dem Willen des Strizzi eigentlich »elegant hinlegen« sollte, und ein drittes endlich läßt sich einen Keuschheitsgürtel von dem Mann anlegen, der in der ersten Reihe sitzt. Dann beginnt der Film, in dem ein paar Autos erzählen, wer, wann und wie in ihnen fickte, und es ist so stumpfsinnig und niederschmetternd, daß wir schon nach zehn Minuten durch die Rauchwolken ins Freie stoßen, wo wir sogleich tiefer als gewöhnlich einatmen.

Eine Stunde später sitzen wir an der »Landstraße« in einem Riesenschuppen von Restaurant und Weinkneipe, so eine Art Wartesaal vierter Klasse. Es riecht streng nach Tabakrauch und sauer nach vergossenem Wein. Die Luft könnte man in Bouillonwürfel schneiden. In diesem Vierterklassesaal sitzen ein paar hundert Menschen an kleinen und großen Brettertischen. Sie sind so klein in dieser Piranesi-Architektur aus den Gründerjahren, daß sie eigentlich mehr wie ein Flor den Boden bedecken. Wir setzen uns an einen der Tische, tränen die lokale Beize aus den Augen und blicken uns um. Die meisten der an die Brettertische mehr genagelten als gesetzten Trinker sind alt bis uralt. Alle haben die entgleisten Züge, die eine bestimmte Anzahl von Vierteln oder Achteln bewirkt, schwere lallende Zungen, gebrochene Blicke, und wenn sie zum Pissoir gehen, tun sie das unter Verachtung jeglicher Schwerkraft. An unserem Tisch sitzt ein halbes Dutzend von ihnen.

Einer, eine zahnlose mürbe Kartoffel, rückt ganz nahe an mich heran und sagt: »Ich habe sieben Kinder mit meiner Alten gemacht und nie ihren Nabel gesehen. Das war nichts Halbes und nichts Ganzes.« Dabei bemerkt er eine Uralte, die ihm von der anderen Saalseite her obszöne Zeichen macht. Er erhebt sich, taumelt in seinem Suff, läßt sich auf alle viere nieder und kriecht mit den entsetzlichen Bewegungen einer dieser gottverdammten kriechenden Schildkrötenpuppen quer durch den Saal. Die Uralte kreischt vor Entzücken. Sie schnäbeln eine Weile, dann kommt er zurück, legt seine Hand auf meinen Unterarm und sagt: »Nein wirklich, vor jeder Fickerei hat sie sich bekreuzigt, und jedesmal wenn sie dabei schrie, weil es ihr keinen Spaß machte, schrie sie Jesus Christus!«

In der Nacht beobachte ich von der Hotelhalle aus den Portier, dessen Loge ununterbrochen von der Neonreklame vis-à-vis in Rot und Grün getaucht wird. Auch als um Mitternacht die Reklame abgestellt wird, sehe ich ihn noch lange abwechselnd grün und rot. Ich sage es ihm, und er antwortet: »Auch ich sehe mich abwechselnd grün und rot, Herr Baron, sogar tagsüber.«

Am anderen Morgen lasse ich mich nicht von dem üblichen Frühstück demoralisieren, sondern hole gleich unseren Wagen aus der Tiefgarage, fahre ihn vors Hotel und beginne zu packen. Dann gondeln wir unter einem Himmel voller Nebelkrähen westwärts und nehmen erst in Salzburg einen Kaffee und bestellen uns Maultaschen, die aussehen wie die Nachgeburt eines Albinos, und Ede zeigt auf die Mozartkugeln, die wie Reliquien in einem Glasschränkchen liegen, und sagt lauthals den banalen Satz: »Wußte gar nicht, daß er schwarze Brunftkugeln hatte«, woraufhin ihn alle Anwesenden mit ihren Blicken einäschern.

Ich gebe – nur um diesen Saubären zu entlasten – noch eins drauf und murmele mit Verschwörerstimme: »Erst als der Salieri den Wolfgang vergiftet hatte, waren sie schwarz. Vorher waren sie rosa wie bei einem Marzipanferkel.«

»Erschießen müßte man so was«, sagt ein Herr in Salzburger Tracht und läßt offen wen, den Salieri oder uns.

Bis vor München hören wir Beethovens »Pastorale«, und Ede nimmt im Halbschlaf richtige Schäferzüge an, fährt beim Gewitter furchtbar zusammen und hat frohe und dankbare Gefühle nach dem Sturm. Als alles vorüber ist, spielt er den Behaglichen, streckt sich und sagt: »Das war aber mal ein langes Musikstück. Hat ja – laß mal sehen –, hat ja über hundert Kilometer gedauert.«

Zwischen München und Frankfurter Kreuz lesen wir dann noch an den plattgewalzten oder zerschmetterten Leichnamen das reichliche Vorkommen des deutschen Igels in deutschen Landen ab. Am Abend trudeln wir im Heimathafen ein. Ich bringe Ede nach Hause und stelle den Wagen vor meine Tür, was verboten ist. Aber heute bringen mich keine zehn Pferde mehr ins Funkhaus.

Ich schließe leise die Tür auf. Würde gern meine Bude unbelästigt erreichen. Unten geht's auch gut, aber als ich die Treppe hinaufsteige, öffnet Fräulein Mai die Tür, kommt heraus und beginnt auf dem Flur zu tanzen, was bei ihren armen Beinen in einer verunglückten Pirouette endet. Dabei lacht sie und ruft: »Vater ist tot! Ich habe alle seine guten Anzüge mit der Pistole durchschossen!«

Ich sage: »Daran haben Sie gut getan« und drücke ihre kleine, zu großen Taten mächtige Hand.

Sie lächelt und sagt: »Es war eine Erlösung für uns beide. Er war ja alt genug. Er ist jetzt glücklich, und ich bin es auch. Vater ist tot!«

Und sie tanzt zurück in ihre Wohnung, stolpernd, keuchend und vergnügt. Es war der unvergeßliche Auftritt eines Gnoms, Pucks, des leibhaftigen Glücks, der Duse, die ihre Armstummel im Kleid versteckt.

Ich habe ein paar Tage frei, ein Dutzend Dreißigmeterrollen und ebenso viele Hummeln im Arsch, und so fahre ich nach Trier und gehe über den gigantischen Lokomotivenfriedhof, den es da in der Nähe gibt, und betrachte eingehend meine Möglichkeiten. Auf den toten Gleisen stehen unzählige alte Dampflokomotiven in allen Stadien der Verwesung, der Verrottung und des Verrostens. Zwischen ihnen hat sich überall die Vegetation festgesetzt. Aus den Schornsteinen wachsen kleine hellgrüne Birken und persiflieren die erhabenen Rauchfahnen von einst. Auf den runden Eisenrücken wächst das Moos wie ein Fell. In den blinden oder ausgebrochenen Lampenlöchern sitzt büschelweise das Gras. In einer Lampe finde ich ein Amselnest, in dem die Jungen zirpen. Im Fahrgestänge einer 2 Ci, Baureihe 001, nisten Rotkehlchen. Im Führerhaus einer uralten fünfachsigen, viergekuppelten Güterzug-Compoundlokomotive haben sich Turmfalken häuslich niedergelassen. Über alle Trittbretter ist die Flora Eurasiens verteilt. Auf einem Dampfdom faltet eine trikolorfarbene Katze ihre Ohren wie eine Zeitung zusammen. Eine kaisergelbe Königskerze steigt kerzengerade aus einem leprösen Sandkasten. Um die schweren Speichen der Räder wickeln sich die Winden. Die Vegetation betont die Ritterlichkeit der alten Dampflokomotiven, der Rost ihren brüchigen Charme und das Amselnest ihre selbstbewußte Demut.

Honeggers »Pacific 231« ist ein Stück prachtvoller Programmusik. Es schildert die Fahrt einer jener gewaltigen Lokomotiven, die die USA nonstop von einer Seite zur andern durchjagen. Die Musik beginnt ganz langsam. Die Räder setzen sich in Bewegung, gleichmäßig, ruhig, unaufhaltsam. Dann drehen sie sich immer schneller. Die Kolben arbeiten glatt und genau. Die gewaltige Masse reißt den Zug voran, und die Musik drückt das alles aus, Kraft, Pathos und Geschwindigkeit, das rasende Einsaugen der Schienen, das Klirren der Weichen, das Schlagzeug der Schwellen, das Dröhnen der Brücken, diese ganze Symphonie aus Stahl und Tempo, aus Vibration und Vorwärtsreißen.

Ich werde die Bewegungen der Lokomotive allein durch den Schnitt ausdrücken. Ich werde alle Details und Totalen drehen, die dieser Friedhof hergibt, der genauso aufregend und großartig ist wie die Akropolis. Ich werde die Amseln in den Lampenhöhlen, die Birken, Turmfalken und Königskerzen zwischen die Sicherheitsventile, Probierhähne, Kurbelzapfen und Wasserstandsgläser schneiden, die Ohren der Katze mit den Ohren der Lokomotiven verbinden und die ganze eurasische Vegetation mit den erhabenen Intelligenzen Cugnots, Saverys und Robinsons, die in den komplizierten Gestängen, Zylindern und Pleuelstangen aufgehoben ist. Ich werde mit einer ganz langsamen Schnittfolge beginnen und sie dann bis zu jenem lyrischen Zustand steigern, mit dem eine Eisenbahnlokomotive von 300 Tonnen Gewicht und mit 120 Stundenkilometern dahinrast. Ich werde aus Unbeweglichem den Eindruck höchster Beweglichkeit, aus Statischem die Illusion höchster Geschwindigkeit allein durch den Schnitt machen. Und so beginne ich denn mit meiner Filmerei.

Meine nach Westen gehende Terrasse heißt nach einem berühmten Vorbild »Terrasse der nie errichteten Poetendenkmäler«. Auf sechs Sockel kann ich die Statuen stellen, nach denen mir jeweils der Sinn steht, Radiguet und Apollinaire, Djuna Barnes und Nabokov oder wer auch immer. Ich sitze zwischen Céline und Queneau und kraule den Kater Terribile zwischen seinen Tütenohren. Er schnurrt mit der eisgrauen Stimme eines alten Kameraden. Die Sonne verwittert eine Handbreit über dem Horizont zu jener Theaterdonnerruine, die alsbald in der Versenkung verschwinden wird. Kronos is here. Eine Türkentaube steigt senkrecht von der Fernsehantenne auf und läßt sich abwärts in eine Kastanie gleiten. Der Vogel als Prophet. Unten fährt ein alter Citroën vorbei. Autotypen sterben wie Saurier. Nichts ist seltener als ein alter Citroën.

Im Zimmer der Fernseher ohne Ton. Telejesus rollt mit der Ortszeit herein. Johanna geht, und Johnny Walker kommt. Ein entspannter Abend. Die Mauersegler, meine Favoriten, flitzen wie Eisensicheln um die Ecke. Terribile sieht ihnen erregt nach. Er tut sich schwer, die herkömmlichen Moralbegriffe nicht mit seiner Mordlust in Konflikt geraten zu lassen. Die Mauersegler nisten in ein paar tiefen Mauerlöchern, gleich neben meinem Westfenster. Sie verschwinden darin wie Geschosse. Eine Hummel setzt sich an die noch warme Mauer. Ein Segler bleibt in der Luft stehen und pflückt sie ab. Einmal lag ein toter, noch ziemlich junger Mauersegler auf der Poetenterrasse. Terribile hatte ihn mit einem Lächeln, das wie eine Räude war, weggetragen. Nicht mal den Versuch gemacht, sich zu tarnen. Ob ein Herzschrittmacher bei Gefühlen schneller läuft? Im nahen Auwäldchen singt die Nachtigall wie der Koloraturautomat aus der Zauberflöte.

Im Fernseher singt stumm die Gréco. Sie benutzt ihre Hände als Hauptdarsteller in einer Tragödie, an der sie keinen Zweifel läßt. Ihre kleinen Nasenlöcher sind wie die Öffnungen einer Steckdose. Und was hat sie mal für eine phantastische Nase gehabt, damals, ehe sie sich operieren ließ. Auf einem alten Plattencover hat sie noch diesen barocken Zinken. Jetzt hält sie das Mikro wie eine kleine Flamme, die es zu beschützen gilt. Jetzt muß die Arie mit den Händen kommen. Da ist sie schon. Enttäuschen einen nie, diese alten Profis. Licht aus. Nur noch die Hände. Ja, die Liebe tut weh, auch der Gréco. Licht an. Applaus. Sie entschreitet wie Teiresias, der blinde Sänger. Und das jeden Abend. Die Patronin des Fernsehens ist die heilige Clara, die schon mit 17 bettlägerig war.

Dann die Nachrichten. Strauß taucht auf. Ich bekreuzige mich und schalte aus.

Terribile, der zusammengerollt schlummert, erwacht, streckt sich, gähnt, schlägt mit dem Schweif einen furchtbaren Reif. Wie der weise Charles Morgan sagt, vollführt er keine Tricks. Alles, was ein Kater tut, entspricht seiner natürlichen Begabung. Man kann einen Kater bewundern, aber ihn nicht nachahmen.

Als ich am nächsten Morgen in meinem Schuppen auftauche, bedroht mich eine unserer Sekretärinnen mit einem Band Handke. Ist verschossen in diese Schönschreibe. Kaut aber auch vergnügt das altbackene Brot des Botho. Tunkt es morgens schon in den Milchkaffee.

»Lies es doch mal«, sagt sie und streckt mir 'n Taschenbuch entgegen.

»Du weißt doch genau, daß ich nicht lese«, sage ich, »nur die Drehbücher, an denen wir arbeiten.«

»Da bist du aber der erste«, sagt sie, »und außerdem wärst du nicht der alte, wenn du mich nicht wieder auf den Arm nehmen würdest.«

»Nein wirklich«, sage ich und sperre das Maul auf, »guck mal hier rein. Da stecken sie quer drin.«

Sie guckt rein und sagt: »Schöne Mandeln hast du.«

»Mein Bestes«, sage ich, »mit dem Rest ist's nicht weit her. Übrigens: als Literaturanbieterin entfällst du für mich. Aber sonst.«

»Sonst ist nichts«, sagt sie.

»Ich weiß, ich weiß, du hast deine Talente in der Ehe begraben.«

»Mein Gott, Henri«, sagt sie, »wie bist du heute so platt.«

»Kein Land des Lächelns, dieses Deutschland«, sage ich und mache mich dünne, nicht ohne mich an der Tür noch einmal umzudrehen und mit leiser, eindringlicher Stimme zu sagen: »Alle schlechte Kunst, Baby, kommt aus echten Empfindungen, hat Oscar Wilde gesagt.«

»Was du nicht sagst«, sie lächelt jetzt unter ihrer eisernen Perücke.

Ich erzähle das alles später dem Ede, und der sagt: »Hast du bemerkt, seitdem sie diese Perücke trägt, hat sie 'nen ganz anderen Gang.«

»Terpsichore in Adidasschuhen. Hat einen intelligenten Hintern.«

»Du merkst aber auch alles«, sagt Ede, »auch das, was gar nicht da ist.«

Dann gehen wir in die Kantine und kippen uns ein kühles Helles »zwischen die Ohren«, wie Ede sagt.

SIEBEN

Ich schaue ins Sekretariat, und da liegt in meinem Fach ein Zettel, und darauf steht, daß wir, Ede und ich und Willy vom Ton, in vier Tagen nach Paris fahren. Mar ist der Regisseur und Redakteur. Der Arbeitstitel klingt wie eine Anfrage in einem dieser entsetzlich fröhlichen Ratespiele: »Wer war Gustav R.?«

Also erledige ich den Papierkram, putze die Ausrüstung und packe den Wagen. Dann mache ich mich auf die Socken, um in der Verwaltung die Reisespesen abzuholen, und da sitzt so ein hämorrhoidaler Typ, Jahrgang 20, Gehaltsstufe neun, und sagt doch wahrhaftig: »So 'n Job möchte ich auch mal haben. Immer Ferien. Immer reisen. Immer unterwegs und jede Menge Spesen. Ein richtiger Peter-Stuyvesant-Beruf.«

Ich denke kurz an diese zehn Jahre Aufderautobahnherumliegen oder Imflugzeugdieknochenverrenken, an all die miesen Hotels, die oft erzwungene Enthaltsamkeit, den Saufraß à la carte, die Situationen, wo es um Kopf und Kragen ging, den ganzen Mist mit der ewigen Stativschlepperei und Lichtmesserei, merke, wie mir die Galle durchs Gedärm nach oben steigt, schlucke sie wieder runter und sage mit kühlem Snobismus: »Ihr habt 'ne Ahnung, Jungens, Peter Stuyvesant und so. Wenn uns auf irgend so einer lausigen Piste im Sudan bei sechzig Grad die Eier eintrocknen, krabbelt ihr frisch und munter auf euren Weibern herum, wenn wir uns in irgend so einem lausigen Tropenfluß die Hakenwürmer aufgabeln und wochenlang Blut scheißen, macht ihr euren Osterspaziergang, und wenn wir uns in der Arktis oder meinetwegen auch Antarktis den Schwanz erfrieren, kloppt ihr am Stammtisch euren lausigen Skat. Und wenn uns zu guter Letzt wieder einmal ein nordirisches Hotel unterm Arsch explodiert, weil es 'ne Menge Leute gibt, die es ganz gern sehen, wenn ein Hotel mit 'nem Fernsehteam durch die Luft fliegt, dann guckt ihr euch das in eurer Fernsehröhre an. Ihr seht zuviel gottverdammte Reklame. Peter Stuyvesant und so. Wenn ich das bloß schon höre.«

»Ich hab's ja nicht böse gemeint«, sagt der hämorrhoidale Typ ganz betroffen, »tut mir leid.«

»Ich ja auch nicht«, sage ich und kassiere die Papiere für den Reisespesenvorschuß, der für mich gerade für ein Hotel dritter Klasse und zwei Mahlzeiten vierter Klasse reicht. Haben die eine Ahnung, was das heute in Paris so kostet. Ede, der Zehnermann Endstufe, kriegt runde zehn Mark mehr als ich, und der pfeift finanziell sowieso schon auf dem vorletzten Loch. Wir sind ja ein sozialer Verein.

Um elf Uhr stehe ich Gewehr bei Fuß, und um elf Uhr zehn taucht Ede auf und setzt sich mit einem Seufzer neben mich, und ich sehe an den Säcken unter seinen waschblauen Blicken, daß es daheim mal wieder nicht gestimmt hat. Es wird ihr nicht gepaßt haben, daß er wieder auf Reisen geht. Ein verheirateter Kameramann ist ebenso ein Unding wie ein Papst, der auf dem Petersplatz Rollschuh läuft.

»Na Ede«, sage ich naßforsch, »wie geht's?«

»Wie's so geht«, sagt Ede, »ist halt immer das gleiche. Wenn's nach ihr ginge, dann sollte ich mich jetzt schon aufs Altenteil setzen. Tagaus, tagein zu Hause rumgammeln. Garten harken, Händchen halten und Kaffee zusammen trinken, das Wochenende bei den Kindern verbringen, aber wenn ich dauernd zu Hause glucken müßte, würde ich durchdrehen. Doch das sag mal 'ner Frau.«

Die Kiefern im Pfälzer Wald machen im Nebel auf japanisch. Die Hügel sind transparent wie Schildpatt. Eine einsame Eiche hält sich einen Nebelfetzen wie ein Rotztuch vor. Auf der langweiligen Autobahn überhole ich einen Opa, der in einem elfenbeinfarbenen Mercedes 350 vor sich hintrottelt. Aber als er mich bemerkt, drückt er auf die Tube und will mich nicht vorbeilassen. Ich habe seinen Stolz herausgefordert. Ede fährt aus seinem Dämmerzustand hoch, den er stets auf der Autobahn favorisiert, macht dem Opa bedrohliche Zeichen und sagt: »Da liegt der ganze senile Trotz von der infantilen Pflaume drin!« Und dieser zornbebend herausgestoßene Satz erheitert mein

Gemüt derart, daß ich bis zur Grenze ein feines Lächeln zeige, so wie der junge Mond seine feine Sichel.

Am Zoll guckt mich der deutsche Zöllner lange und ernst an, vergleicht mit dem Paßfoto und nimmt den Paß mit rein, um in Wiesbaden elektronisch anzufragen. Ich bin im besten Alter und habe einen Bart. Das genügt. Er kommt zurück und gibt mir den Paß mit dem gebührenden Ernst zurück. Sein Mißtrauen ist keinesfalls ausgeräumt. Bei den Franzosen versenkt sich niemand in meine Physiognomie, dafür zählen sie alle Objektive und lassen sich die Nummer der Arri zeigen. Dann taucht ein Douanier seine Pfoten in meinen großen Metallkoffer und wühlt darin wie ein Psi-Doktor in den Eingeweiden einer philippinischen Hausfrau.

Er ist fett und schwitzt und keucht wie Hamlet. Ich weiß, daß ich diesem Saubären hier freundlich zuzulächeln habe, auch als er grinsend ein Pornoheft aus meinen Klamotten angelt, sich besabbert und es hochhält. Das gibt's also auch noch, einen Kerl, der sich bei einem Pornoheft besabbert. »Kannst es behalten«, sage ich auf deutsch, und er rudert mit einer Pfote, um anzudeuten, daß wir fahren können.

»Chauvis«, sagt Ede und legt sich faul zurück. Er hat vor, sich bis zum Nachmittagskaffee nicht mehr zu rühren.

Wir fahren durch Lothringen, das Land der Elstern und der Misteln. In den trostlosen, endlosen Straßendörfern liegen die Misthaufen vor den Türen und die Hunde wie verwitterte Sphinxe vor ihren Hütten. Als ich am ersten Kriegerdenkmal halte, um es zu fotografieren, fährt Ede hoch und sagt: »Die haben damals auch noch das letzte Aufgebot in den Krieg geschickt, nur um noch ein paar Namen mehr auf ihren Denkmälern zu haben. Nach achtzehn sind die dann mit richtigen Musterbüchern durch alle Kaffs gefahren, um ihnen ihre gußeisernen Kriegerdenkmäler anzudrehen: locker Fallender, einfach und mit Drehung, erstarrter Fallender, Fallender mit einer Siegesgöttin oder mit zwei, diese wiederum mit oder ohne Palme, Obelisken mit geilem gallischen Hahn oder mit Stahlhelm und an den Brennpunkten der Geschichte je einen bronzenen General. Und alle Generäle zeigten mit einer Hand in eine Richtung, und die hieß Tod.«

»Mein Großvater hat mir mal erzählt, wie er als junger Mann über Douaumont flog«, sage ich, als wir dicht an Douaumont vorbeifahren. »Es war Sonntag morgen, und er sah, wie hier in den deutschen Gräben der Feldgottesdienst abgehalten wurde, und dort, einen Flintenschuß weiter, in den französischen Gräben das gleiche ...«

»Ich weiß«, grunzt Ede, »du hast es mir schon ein paarmal erzählt. Auch die Sache mit Gott und so ...«

Er – ausgerechnet er –, der mir seine Kriegerdenkmäler gerade zum hundertstenmal untergejubelt hat, bezichtigt mich der Wiederholung. Der hat's nötig.

Am Abend sind wir in Reims. Ein Himmel wie ein Perlhuhn. Ein Blinder auf einem weißen Fahrrad. Wir essen in einer Kneipe in der Rue des Thillois, erst Austern, dann Karnickel mit Knoblauch, und beim Kaffee versucht Ede ein paar ältere US-Puppen mit dämonischen Conrad-Veidt-Blicken zu fesseln. Aber die älteren Puppen haben noch die Kathedrale mit ihren Rittern und Königen und Engeln und deren geschürzte Lippen vor sich und nehmen Ede gar nicht wahr. Erst beim Pistazieneis werden sie aufmerksam und breiten ein nettes Smiling aus, auf das Ede aber nicht mehr richtig reagieren kann, da er inzwischen vier Calvados kippte, und die Puppen halten ihr Smiling tapfer hoch wie Schiffbrüchige eine Fahne. Und die eine sagt »Hello« zu Ede, und obwohl sie nur »Hello« sagt, sehen wir, daß sie auch auf dem Zäpfchen Zähne hat, und wir türmen und machen uns einen schönen Spätabend und halten uns an weiteren Calvas fest, und Ede kriegt seinen Einsamkeitsstick und wird sentimental und sagt: »Weißt du, Henri, manchmal fühle ich mich wie jener Mann, den wir damals in der Antarktis getroffen haben, als wir bei den Amis rumgekrochen sind. Ich meine, als wir mit dem Hubschrauber in irgend so ein Trockental geflogen waren. Ein paar hundert Kilometer weit.«

»Das war der Tag, an dem William, der Neger, an einer Pulle Whisky erfror. Er hatte sie zwei Tage vorher ins Freie gestellt, zum Kühlen, und der Whisky hatte minus fünfzig Grad. Er soff die Pulle in einem Zug aus und fiel tot um.«

»Genau an dem Tag und in dem Tal, da gab es nur tote Steine und tote Felsen und toten Schutt, und wir machten unsere Stimmungsbilder, und da kam vom alleräußersten Talende dieser Mann daher. Erst war er nur ein Punkt, dann ein Strich, dann ein Mensch. Er hatte einen Hammer in der Hand und einen Rucksack auf dem Buckel. Er kam, sagte ›hei‹ und ging an uns vorbei. Erst war er noch ein Mensch, dann wurde er ein Strich, dann ein Punkt. Und das Tal wurde noch länger und toter und tauber, richtig unendlich wurde es, und wir hatten plötzlich richtig Schiß und machten, daß wir zum Hubschrauber kamen. Übrigens hatte keiner von den Hubschrauberfritzen den Mann gesehen, obwohl er ganz nahe bei ihnen vorbeigegangen sein mußte.«

»Weil die damit nicht gerechnet hatten. Mach hier bloß nicht auf Metaphysik.«

Gerührt von unseren Erinnerungen sehen wir uns freundlich an, und Ede sagt: »Der Mann da in der Antarktis, der ist so ein bißchen wie wir. Wir kommen von irgendwo her und gehen irgendwo hin. Und immer sind wir allein. Das ist eigentlich alles, was wir wissen.«

»Mein Alter«, fährt Ede nach einer Weile des Stillvorsichhinbrütens fort, »der hat nie mehr als einen halben Tag in der Woche gearbeitet. Als Monteur bei Krupp. Er durfte singen. Im Werkchor. Er hatte eine bemerkenswerte Baßstimme. Und wurde zu Hochzeiten und Beerdigungen abgestellt, zu Kindstaufen und Hausordensverleihungen. Und überall gab's Freibier und Freischnaps, denen er stets reichlich zusprach, und überall klopfte man ihm auf die Schulter und lobte seinen Baß. Er fand daran soviel Gefallen, daß er auch den halben, ihm noch verbliebenen Arbeitstag aus seinem Repertoire strich. Wenn man ihn auf diesen halben Tag von oben her hinwies, täuschte er mit Geschick eine Herzattacke vor und verschwand für ein paar Tage im Krankenhaus. Er entwickelte eine virtuose Technik, vor den Visiten neue Attacken vorzubereiten. Er nahm Tabletten und ein Wasserglas voll Schnaps und fiel dem Arzt buchstäblich in die Arme, von Krämpfen geschüttelt, die Baßstimme gebrochen und natürlich der Blick.

Mit vierzig hat er sich dann endgültig zur Ruhe gesetzt, tausend Tricks erfunden, um richtig und rund und offiziell invalid geschrieben zu werden. Und seine zahllosen Krankheiten, die spielte er dann zu Haus weiter. Er hatte sich daran gewöhnt. Er spekulierte auf unser Mitleid, dabei wußte er ganz genau, daß wir ihm kein Wort glaubten, seine Tricks durchschaut hatten, einfach alles wußten. Als meine Mutter im Sterben lag, hockte er neben ihrem Bett und mimte den Todkranken. Während sie dalag und genau wußte, daß es mit ihr zu Ende ging, mußte sie zusehen, wie dieser alte Esel sich neben ihr unter nicht vorhandenen Schmerzen wie ein Wurm wand. Ich hätte ihn damals gerne umgebracht. Als Mutter tot war, stand er auf, hielt sich die Hand auf irgendein x-beliebiges Organ und behauptete, nun auch sterben zu müssen. Er troff vor Selbstmitleid. Hatte aber kein bißchen Mitleid mit ihr gehabt. In Wirklichkeit war er heilfroh, nun allein zu sein und seine Rente versaufen zu können, wo und wann es ihm behagte. Schon am Tage der Beerdigung verschwand er in der Kneipe, wo er sogar noch am Tresen den Todgeweihten mimte. Und so hat er's gehalten bis auf den heutigen Tag. Seine Rente reicht genau bis zum Zwanzigsten. Dann klappert er seine vier Kinder ab, spielt den Schwerkranken und läßt sich ein bißchen Geld geben, das er sofort in die nächste Kaschemme trägt. Wenn mein ältester Bruder aus dem Fenster guckt und den Alten sieht, sagt er, na also, haben wir schon wieder den Zwanzigsten. Wie die Zeit vergeht. Dann geht er zur Tür und stellt die Klingel ab.«

»Schöne Scheiße ist das mit deinem Alten«, sage ich, weil mir dazu nichts anderes einfällt.

»Ich werde es nie vergessen können«, sagt Ede, »meine Mutter auf dem Sterbebett, den Krebs seit Jahren im Gedärm, unbeweglich unter dem Morphium und mit immer kleiner werdendem Gesicht, die Letzte Ölung hinter sich und den Tod ganz nah vor sich, so nah, daß sie ihn schon ganz genau sehen konnte. Und daneben die alte Drecksau, die sich die Hand in die Seite stemmt und ›Ach, was habe ich nur für Schmerzen‹ lallt. Und meine Mutter lächelte ihr wissendes, nachsichtiges Lächeln.«

Wir sagen lange nichts. Dann lege ich Ede die Hand auf den Arm.

»Ich bleibe noch ein bißchen«, sagt er.

Ich überlasse ihn seinen ödipalen Gedanken und Erinnerungen, ziehe mich auf meine Bude zurück und klemme mich hinter Gustav R.s Lebensbeichte, die mir Mar gegeben hatte.

Am andern Morgen habe ich sie durch.

Gustavs Biographie beginnt mit dem ziemlich erschreckenden, aber der Menschheit seitdem sehr geläufigen Satz: »Am Anfang war die Angst und die Angst war bei mir und ich war in ihr …« Diese Angst entstand, als in Gustavs saarländischem Geburtsort der Ortspolizist den Schneider an seinem Ohr zum strengen preußischen Bürgermeister zog. Der Schneider war Sozialdemokrat, ein unsicherer Kantonist. Er quiekte wie ein Schwein. Das war im guten alten wilhelminischen Kaiserreich, in dem Gustav seine Jugend verbrachte. Ich lese von Gustavs Soldatenzeit in einem Schlachthaus, das als Erster Weltkrieg einer breiteren Öffentlichkeit bekannt wurde, wobei Gustav in die Klapsmühle geriet. Ich lese von den anhaltenden Verwirrungen des rötlichen Zöglings Gustav in Spartakus und Räterepublik, wobei er mehr beiläufig einen unterirdischen Gang entdeckte, der den Reichstag mit irgendeinem Palais verband und später eine Rolle in der deutschen Geschichte spielen sollte. Ich lese von den wundersamen Zufällen, die eine Biographie des 20. Jahrhunderts genauso absurd machen wie die des Simplizius oder Candide, ich lese von Gustavs Bekanntschaft mit einem lauteren Spinner namens Toller, von seinem Liebäugeln mit den Sozis, die eine gerade stattfindende linke Revolution von den alten rechten Generälen liquidieren ließen, die ihrerseits gerade die Dolchstoßlegende erfanden, um ihre kugelsicheren Westen reinzuwaschen. Ich lese, daß die rechten Mörder der Linken milde bestraft wurden, die linken Mörder der Rechten dagegen sehr hart. Wenn es gar nicht anders ging, liquidierte man sie auch ohne Urteil im Gefängnis. Alles wie gehabt. Immer dasselbe. Die Geschichte ändert sich nicht in Deutschland. Irgendein Schweinehund hatte 23 rote Matrosen umgelegt und kassierte dafür drei Monate Festungshaft. Ich lese, daß Gustav in buchstäblich letzter Sekunde einem Peloton entwischen konnte, das ihn allein deswegen im Visier hatte, weil er keine Krawatte, aber schulterlange Haare trug, und wie man den Schriftführer eines revolutionären Studentenverbands erschoß, weil er die Hörsäle auch für Arbeitersöhne öffnen lassen wollte.

Gustav hörte von einem »Schlawiner namens Hitler«, der sich mit Ludendorff eingelassen habe, auch so einem eingebildeten Generalsaffen. Gustav heiratete die Tochter eines reichen Kaufmanns, wurde zum waschechten Kapitalisten, der seine Bude mit Slevogts und Kubins tapezierte und in Goldmark dachte, aber von seiner Frau betrogen wurde, was ihn zur Aufgabe dieser Gemeinschaft bewog.

Er haute ab, nach Nürnberg, wo er sich sogleich vor dem schmuddeligen Geseire eines Kerls namens Streicher ekelte, der es auf die Juden abgesehen hatte. Gustav wurde – 1926 – Redakteur an einer jüdischen Zeitung, schrieb das Blaue vom Himmel runter, warnte vor den Nazis, lobte den Einfluß des jüdischen Geistes auf den deutschen und versuchte auf diese Weise, die Lokomotive aufzuhalten, die sich in Richtung Berlin in Bewegung setzte, das Hakenkreuz auf der eisernen Brust. Streicher heizte sie mit den Riesensummen, die ihm die fränkischen Industriellen in seinen Tender schaufelten.

Als man erwog, Gustav den Posten eines Sekretärs irgendeiner »Demokratischen Partei« in Hessen zu geben, floh er einfach vor Büro und Wahlreden, vor Kompromissen und Wählerfang, wie er sagte, nach Paris. Aber in Wirklichkeit war er vor der Verantwortung geflohen. Angeödet vom Murmeln der Gewohnheit, das selbst das Vaterunser zu einem Gespräch über gefüllten Suppentellern zerrieb, wollte er eine Story aus dem Alten Testament neu erzählen und so mit Leben füllen. Er schrieb sein Buch über den Auszug der Kinder Israel aus Ägypten, sein erstes Buch. Und er hatte Erfolg.

Bei einem Ausflug nach Worpswede fand er in der Tochter eines berühmten Malers das Mädchen, an das er nicht glauben wollte. Aber es gab sie wirklich. Sie hieß Marieluise, war blauäugig und blondhaarig und in einem Maße von gesundem Menschenverstand, wie ihn Gustav nie besitzen sollte. Gemeinsam fuhren sie nach Paris, um den Louvre auszusaugen, nach Berlin, um es mit dem Theater zu tun. Sie waren närrisch auf Europas Kultur, auf Bistros und Kaffeehäuser, auf Dichter und Denker in beiderlei Zungen. Trotzdem beschloß Gustav, wieder in die Politik zu gehen, gegen den Willen Marieluises, und zwar genau an jenem denkwürdigen 1. Mai 1929, als ein Mensch namens Zörgiebel die Arbeiter niederknüppeln ließ, die von »ihrem« Tag Gebrauch machen wollten und ihr verbrieftes Recht mit 25 Toten zu bezahlen hatten. »Die Rebellion gegen die Gewalt ist von Gott«, sagte Gustav und verlobte sich dem Kommunismus. Als Einstand schrieb er einen Roman über politische Gefangene und ihre Mißhandlungen in einem Gefängnis der Republik Deutschland, linke Gefangene, versteht sich. Er reichte es einem liberalen Verlag ein, der ein paar Streichungen vorschlug, wegen der Zensur. Gustav lehnte ab und gab sein Buch einem kommunistischen Verlag. Als der die gleichen Streichungen verlangte, ja noch mehr, sagte Gustav sogleich zu. »Der politische Jesuitismus hatte mich zum ersten Sacrificio des Intellectus getrieben!« schrieb er.

Über seiner neuen Geliebten, dem Kommunismus, vernachlässigte er seine alte, Marieluise. Er wurde Organisationsleiter einer roten Berliner »Künstlerzelle«, der seinen Helfern immer wieder die Pistolen abnehmen mußte, mit denen sie sich gegen die braunen Mordbanden wehren wollten, denn die Partei hatte die Losung ausgegeben, es dürfe kein individueller Terror geübt werden – für Gustav war das ein Selbstverrat. Er sagte: »Man entmannt mit Ideologie.« Aber die Partei beharrte darauf, daß nicht der einzelne, sondern die Masse die Revolution machen müsse, was diese ja dann auch tat, nur mit einem anderen Verein.

Als Hitler die moderne Kunst zum Inhalt von Mülleimern erklärte und die moderne Literatur als Geschreibsel von Halbirren, wußte Gustav, daß er mit Literatur keinen Blumentopf mehr gewinnen konnte. Er klebte Plakate, arrangierte Parteiversammlungen, hielt auch sonst überall Reden, prügelte sich mit kackbraunen Burschen von der SA herum – gegen den Befehl seiner Partei – und verzettelte wie alle Roten damals seine Energien in Bagatellen. Sie starrten auf den vertrottelten alten Hindenburg und fragten, ob der nun wohl oder ob der nicht, und als der nun und die braunen Fackelzüge unterm Brandenburger Tor durchschlängelten, da befühlte Gustav seine kleine Pistole und schlich zur Reichskanzlei, und als Adolf am Fenster erschien und die Hunderttausenden ihre Stimmbänder ruinierten, sagte er sich: »Jetzt könnte ich mit dieser kleinen Pistole Geschichte machen«, aber er unterließ es. Er sah sich noch den brennenden Reichstag an, mit dem die Nazis die Roten zu Asche verbrannten, indem sie ihnen die Schuld am Feuer zuschoben.

Er begann, für sein Leben zu fürchten, weil einer seiner alten Freunde nach dem anderen verschwanden, und haute wieder mal ab, zuerst nach Worpswede. Marieluise war schon vorausgefahren. Aber aus der Maleridylle und dem »Sichverlieren im Teufelsmoor« wurde nichts. Die Pfarrersfrau denunzierte ihn, und gerade noch im letzten Augenblick konnte er seine Haut in sein Heimatland an der Saar retten. Das gehörte damals mehr oder weniger zu Frankreich, und es war leicht, von dort aus Paris zu erreichen. Kaum kam er in Paris an, fragte ihn ein kommunistischer Zerberus, warum er ohne Befehl der Partei Deutschland verlassen habe. »Hitlers wegen«, war Gustavs naive Antwort. Es fiel ihm schwer zu glauben, daß er so etwas wie Fahnenflucht begangen habe und daß sich ihm der Schoß der Partei nur zögernd öffnete. Aber er tat es doch, und Gustav gehörte zu den Männern der zweiten Stunde, die nun von Paris aus die Nazis bekämpfen wollten.

Eins hatte er gelernt: Die Kommunistische Partei war ein Orden, der Gehorsam verlangte und keine eigenen Gedanken, Ernst und keinen Humor, Anpassung und keine Linie, Pragmatismus und keinen Idealismus. Eigentlich war Gustav durch seine katholische Erziehung auf so was vorbereitet, aber doch mit Einschränkungen: Gehorsam ja, aber doch auch eigene Gedanken, Ernst durchaus, wenn es um die Sache ging, aber doch auch Humor, um besser damit fertig zu werden, Pragmatismus, aber klar, doch ohne Idealismus ging doch überhaupt nichts. Er war kein Berufsrevolutionär, er war ein europäischer Intellektueller mit sozialem Touch, der die Welt zum Wohl der Armen verändern wollte, und zwar mit humanen Mitteln. Und deswegen schlich sich leise leise etwas in sein Gemüt, das nach Ansicht der Partei konterrevolutionär war: Zweifel. Und der sollte ihn nie wieder ungeschoren lassen. Fürs erste zweifelte er – und das bei aller Bewunderung für die strenge Mutter Rußland – an der Unfehlbarkeit der Partei, die natürlich die Moskauer Zentrale war. Er hatte für die Unfehlbarkeit des Papstes nur Spott gehabt, wie sollte er es nun anders halten? Und er zweifelte an den Fähigkeiten ihrer Funktionäre. Aber er war und blieb ein strammer Kommunist und fuhr mit Marieluise nach Leningrad, wo sie sich nicht der Realität auslieferten, sondern den Mitgliedern des dortigen Schriftstellerverbandes, also der Poesie, der Schwärmerei, auch gewissen tieferen Einsichten, der Ironie und der Skepsis, solange sie nicht weh taten. Aber sie lieferten sich nicht dem Leben aus, wie es nun mal war.

Sie fuhren nach Moskau weiter, und Gustav redigierte mit Dimitroff, der damals die Komintern leitete, mit Ulbricht und Pieck einen Aufruf an die Saarbevölkerung für den baldigen Wahlkampf. Er drehte einen Film über das süße Leben in Sowjetrußland, um ihn an der Saar vorzuführen, und wurde zu jenem berühmten Schriftstellerkongreß von 1934 eingeladen, dem der alte Gorki als ehrwürdige Mumie präsidierte. Hier traten noch einmal all die schreibenden und denkenden Revoluzzer der ersten Stunde auf, die bald darauf in Stalins Prozessen um den Genickschuß nachsuchten. Im nachhinein betrachtete Gustav diesen Kongreß und seine Teilnehmer mit wohlwollender Skepsis, damals wird er es wohl anders gesehen haben. Da saß ihm der Respekt vor der Partei noch in allen Knochen. Oskar Maria Graf, der auf diesem Kongreß in krachledernen Hosen erschienen war, erzählt, Gustav sei von gradezu erschreckender Tüchtigkeit gewesen, ein Katechet von grotesker Beflissenheit, ein »Sekretär« und alles in allem so etwas wie ein kommunistischer Musterschüler. Gustav selbst beschloß sein Moskau-Kapitel mit der Frage: »War ich wirklich das Opfer meiner Wünsche?«

Wenn wir weiterlesen, haben wir das schnell heraus: Er war es. Er ging mit seinem Aufruf, seinem Film und seiner geschulten Rhetorik an die Saar. Er hielt x-mal die gleiche Rede, in der er »die Arme seiner Saarländer in alle Richtungen Gottes heben wollte«, aber die wollten davon nichts wissen, sondern mit 85 Prozent heim ins Reich, gleich, wie das aussah, ganz abgesehen davon, daß es ihnen gefiel, wie es aussah. Und so haute Gustav wieder einmal ab, nach Paris, versteht sich, das er in jenem denkwürdigen Augenblick betrat, als sich Gide zum Kommunismus bekannte, irrtümlich, wie sich bald herausstellen sollte. Gustav hielt dabei eine Rede, die das Publikum animierte, die Internationale anzustimmen. Ein Sieg seiner Rhetorik, den ihm die Partei vorwarf, denn niemand in Deutschland sollte wissen, wo die deutschen Kommunisten sangen und was sie trieben. Aber die drüben wußten natürlich alles und hörten jeden Furz. Von Moskau erhielt Gustav den Auftrag, eine Biographie über Ignatius von Loyola im marxistisch-leninistisch-stalinistischen Sinn zu schreiben.

Er fuhr wieder nach Rußland, fand in Leningrad keinen der alten Schriftstellerkollegen, hörte vage von ihren Deportationen, fuhr nach Moskau, das ihm feindlich und gefährlich erschien, und entdeckte nach und nach, warum. Er erfuhr von 2500 Bischöfen, die man seit 1922 erschossen hatte, er erlebte, wie ein Arbeiter, der versehentlich ein Messer an seiner Maschine zerbrochen hatte, von einem Uniformierten abgeführt wurde, wie die Partei alles und jedes zu Sabotage erklärte, jede Abweichung von der offiziellen Lesart der kommunistischen Lehre zur (selbstmörderischen) Konterrevolution; er las an ihren zahllosen Massengräbern ab, wie man mit den Bauern verfahren war, die sich der Zwangskollektivierung widersetzt hatten, er merkte tagtäglich, wie niemand dem anderen traute, überall ein Spitzel saß und wie ein ganzes riesengroßes Land von einem einzigen Gefühl beherrscht wurde: Angst. Aber ungebrochen verteidigte er die Maßnahmen der Partei, bis es Marieluise zuviel wurde und sie ihm sagte, wie sie es sehe. Sie war Sancho Pansa, das Prinzip des gesunden bäuerischen Menschenverstandes, er Don Quichotte, der eine Schafherde für ein Ritterheer ansah. Gustav war – und das zeigt sich immer wieder in seinem Buch – wie alle intellektuellen Kommunisten schizophren: Auch wenn sie sehen, was ist, nehmen sie es nicht wahr. Sie sind so von ihrer Ideologie verdooft, daß sie darüber hinaus auch nicht sehen, geschweige denn wahrnehmen wollen. Sie projizieren einfach ihr Wunschbild eines idealen Kommunismus auf eine Wirklichkeit, die dieses Ideal zur hundsgemeinen Karikatur verzerrt hat. Erst wenn es den unbeirrbaren Genossen selbst an den Kragen geht, werden sie sehend. Aber dann ist es meist zu spät.

Obwohl Gustav in den taubenblauen Augen seiner Frau die Wahrheit abgelesen hatte, machte er noch keinen Gebrauch davon. Fern im Süden, im schönen Spanien, schickte sich General Franco gerade an, die Republik zu vernichten. Gustav meldete sich in Albacete, im Hauptquartier der Internationalen Brigade. Ihr General war André Marty, ein ehemaliger Gefreiter und Revolutionsheld, der den Tick hatte, überall Spione zu entdecken, eine jahrhundertealte russische Tradition. Da er zudem völlig unfähig war und ein großer Totschießer eigener Leute, kämpften die Idealisten der Brigade von vornherein auf verlorenem Posten.

Sie taten es heldenhaft. Der Sonderkommissar Gustav R. kam gerade noch zurecht, um sich an der unaufhaltsamen Niederlage zu beteiligen. Gegen die afrikanischen Killer, die Franco aus Spanisch-Marokko mitgebracht hatte, gegen die Berufskiller der Legion Kondor, die Faschisten Mussolinis und ihre modernen Waffen und Flugzeuge hatten die Idealisten der Freiheit keine Chance. Gustav kämpfte mit um Madrid und vergaß für eine Weile die Genickschüsse der GPU »im Kugelregen der Faschisten«, aber eine Menge der kommunistischen Freiwilligen und russischen Offiziere wurden von der Partei zurückgerufen und empfingen ohne weiteren Kommentar daheim eben diese Genickschüsse, weil es dem mißtrauischen Wolf im Kreml so gefiel. Eine Revolution frißt ihre Kinder, schön und gut, aber hier fraß ein rasender Mißtrauischer die Revolution.

In Spanien wußte man von alledem, ließ sich aber nicht entmutigen. Da alle westlichen Demokratien versagten, blieb Rußland (neben Mexiko) das einzige Land, das der Republik half, wenn auch gegen harte Bezahlung. Für seine immer magerer ausfallende Hilfe kassierte Rußland den spanischen Goldschatz. Die Internationale Brigade schlug in der Schlacht um Guadalajara die Faschisten, und sie schlug sie mit Argumenten, die Gustav aus seinen Lautsprechern hinüberschreien ließ, gefolgt von der Internationalen, deren Klänge die Soldaten Mussolinis in hellen Scharen zum Überlaufen brachte. Aber als sie »die Glocke von Huesca läuten« wollten, erwischte es Gustav. Als er in einem Madrider Hospital wieder zu sich kam, saß Marieluise an seinem Bett. Sie hatte das Unmögliche fertiggebracht, war durch die Linien gekommen und kümmerte sich um die Verwundeten.

Der sozialistische Ministerpräsident Spaniens schickte Gustav auf Geldsuche nach den USA. Er und Marieluise sammelten eine ganze Menge Geld. Hemingway hatte eine Grußbotschaft geschrieben, die die Geldsäcke öffnete, wenn auch nicht allzu weit, Mrs. Roosevelt machte sich stark, auch ein paar Industrielle spendierten, aber es war alles umsonst.

Als die geschlagenen Brigadiere von Barcelona aus nordwärts

wankten, eilte ihnen Gustav auf der französischen Seite entgegen. Die Französische Republik, die der Spanischen die Waffen verweigert hatte, nahm sich der Flüchtlinge auf ihre Art an: Sie tat, als sei die spanische republikanische Armee ein Haufen Vagabunden und steckte sie in Internierungslager, die den KZs auf verblüffende Weise glichen, mit denen die Nazis gleich nach 33 ihre politischen Gegner schachmatt gesetzt hatten. Für Gustav war es der Anfang des großen Kotzens. Das eigentliche große Kotzen indes überkam ihn dann, als er von jenem Pakt erfuhr, von dem Stalin annahm, er habe Hitler, und Hitler annahm, er habe Stalin eingewickelt. Nun wußte Gustav als ein gebildeter Mann natürlich, daß Politik und Moral nicht viel miteinander zu tun haben, daß sie einander aber ausschlössen, das lernte er jetzt. Er sprang ab. Er trat aus der KP aus. Aber die ließ ihn nicht ziehen, nicht so, wie er dachte. Sie ließ ihn nicht aus dem großen runden roten Bruderauge, das nie zuckt. Gustav, der Antifaschist und Spanienkämpfer, kam wie alle deutschen Widerstandskämpfer in diese gottverlassenen, verlausten, französischen Konzentrationslager in den Pyrenäen; alle, die einmal geglaubt hatten, in Frankreich Asyl zu finden, saßen nun hinter Stacheldraht. Sie waren die einzigen deutschen Gefangenen, die die Franzosen Anno 39/40 machten. Keinen einzigen Nazi hatten sie verhaftet, keinen italienischen Faschisten, sondern nur deren Gegner, das heißt diejenigen, die eigentlich die natürlichen Verbündeten der Franzosen hätten sein müssen.

In diesem Lager überraschte sie der Krieg. Waggons voller Juden trafen ein. Die deutschen Kommunisten im Lager straften Gustav mit der gebührenden Verachtung und brüteten die ersten Greuelmärchen über ihn aus. Es galt, ihn so oder so zur Strecke zu bringen. Sie selber bildeten eine revolutionäre Zelle, die nachts ihre Freßpakete auspackte und ihre Hoffnungen über den Stacheldraht zur Moskauer Zentrale schickte. Die Zentrale fing gerade an, ihre sich aus dem Hitler-Stalin-Pakt ergebenden Verpflichtungen einzulösen, das heißt, alle ihr suspekten deutschen Kommunisten an Hitler auszuliefern. Gustav kam aus dem Lager raus, weil einflußreiche Freunde, von Mrs. Roosevelt bis Hemingway, intervenierten. Er konnte mit Marieluise erst nach St. Nazaire, dann nach New York entkommen. Dort heirateten sie nach 13 Jahren illegaler Harmonie und zogen nach Mexiko, wo sie das Gestern endgültig verabschieden wollten.

Aber sie hatten die Rechnung ohne ihre alten Parteigenossen gemacht. In einer Pressekampagne machten sie aus Gustav einen »Himmler-Agenten«, der im Lager Kameraden an die deutschen Henker ausgeliefert (womit Stalin inzwischen längst begonnen hatte) und dafür von Himmler Geld bekommen habe, von dem er in Luxus und Völlerei lebte, und sie sorgten dafür, daß das auch in den USA bekannt wurde, wohin sich Gustav und seine Frau gern vor den Querelen in Mexiko zurückgezogen hätten. Sie bekamen kein Visum.

In dieser Zeit erfuhr Marieluise von ihrer Krebskrankheit. Sie versuchte, sie nicht weiter wahrzunehmen, aber als sie bei Kriegsende hörte, unter welchen Bedingungen der Frieden in Japan erkauft worden war: nämlich mit den 200 000 Toten jener Atombombe, auf die die Flieger das Bild eines Sexstars namens Rita Hayworth gepappt hatten, da gab sie auf.

Und damit endet auch das Buch des Gustav R., nach dessen Lektüre ich eine ganze Menge erfahren habe, aber immer noch nicht weiß, wie er wirklich war, dieser Gustav R. Ich schlage das Buch zu und denke darüber nach und sehe ein Bild, das Gustav am Ende des Bürgerkriegs beschreibt. Unter den über die Pyrenäen flüchtenden Bauern ist eine Frau, die in ihrem hochgeschlagenen Rock ein Huhn samt flaumigen Küken trägt.

Wir treffen Mar in seiner Lieblingskneipe, Ecke St. Sulpice, Rue Bonaparte. Er hat, wie immer, ein paar Bücher auf dem Tisch, tut, als hätten wir uns vor einer Stunde das letztemal gesehen, und sagt zur Begrüßung: »Ich lese gerade, daß die Berliner Geistlichkeit noch vor hundert Jahren gegen die Einführung des Blitzableiters war, weil sie darin eine unstatthafte Einmischung in den Willen Gottes sah. Wie geht es euch? Habt ihr euch schon mit Gustav R. befaßt. Warum soll ich nicht mal eine Biographie mit lebenden Zeugen pflastern? Außerdem war er der einzige Freund, den ich hatte. Aber mit Vorsicht zu genießen. Sein Charakter war mindestens dreispaltig. Aber gerade darin, ich meine, daß man so etwas ein Leben lang aushält, zeigt sich Freundschaft. Oder?«

Wir bestellen uns nun alle Kaffee. Vor dem Fenster bleibt ein riesiger Hund stehen, hebt das Bein, pißt und lächelt mit dem Steiße.

»Häuser sollten eine Schürze tragen«, sage ich, »wenigstens in der Stunde der Hunde.«

Ede guckt dem Hund nach, der sich mit bedächtigen Schritten entfernt, dann stößt er, Ede, mit seinen Gedanken an einen Eckstein und sagt zu Mar: »Wir haben in Reims geschlafen.«

»Reims«, sagt Mar, »Reims. Da trafen sich der Heilige vom hohlen Holze und Grand Guignol, diese beiden Zungen- und Spiegelfechter, und zementierten ihr Nachkriegs- und Großväter-Europa. Na, lassen wir das für heute. Dort drüben ist das ›Vieux Colombier‹. Nach neunzehnhundertfünfzig habe ich da viele Stunden verbracht. Im Keller spielte der Hot Club de France, mit Claude Lutter, einem Schlagzeuger namens ›Moustache‹ und manchmal mit Sidney Bechet. Man konnte für 'ne Pulle Bier so lange bleiben, wie man wollte. Es gab für uns nichts Schöneres und Freieres, als denen da oben zuzuhören, wie die Solisten aus dem Chorus nach vorne kamen, ihr Solo spielten und wieder zurücktraten, und der Ring von Sidney blitzte mit seinem Rubin – einem Ding wie 'n Taubenei – wie ein Leuchtturm. Und da, gleich um die Ecke, da saßen damals wirklich täglich Sartre und die Beauvoir und erzählten uns, daß allein unser ›freier Wille‹ uns zu freien Menschen mache. So was wird's nie wieder geben.«

Wir gehen nebeneinander wie die »schrecklichen vier aus Texas« durch die Rue de Rivoli, am Louvre entlang, und Mar sagt: »Wißt ihr, daß Grand Guignol den Parisern verboten hatte, die Tauben zu füttern? Es vereinbare sich nicht mit französischer Größe und mit französischem Ruhm, mit ›Grandeur et Gloire‹, daß die Denkmäler französischer Marschälle von Tauben beschissen würden. Als die Pariser fortfuhren, die Tauben zu füttern, ließ Grand Guignol die Tauben von der Sûreté vergiften: die klassische Methode.«

Am andern Morgen beginnen wir mit den Dreharbeiten zu »Wer war Gustav R.?« Wir haben es nicht weit. Die Rue de Tournon runter, die Rue des Sts. Pères hoch, links in den Boulevard St. Germain und gleich die erste Gasse rechts rein. Wir bauen auf der Höhe der »Deutschen Buchhandlung« auf, und Mar sagt nicht ohne Rührung in die sanft schnurrende Kamera: »Die Rue du Dragon ist nicht nur die Straße Victor Hugos, der hier in einer Dachkammer der französischen Romantik auf die Sprünge half, nicht nur die Straße Bernard Palissys, der hier seine Keramiken brannte, auf denen sich Kröte und Eidechse, Schlange und Basilisk ein Stelldichein geben, nein, sie ist vor allem die Straße von Gustav R., der mir einmal sagte: ›Wissen Sie, Mar, diese Straße ist für mich die Quintessenz der Rive gauche. Ihre Häuser begleiten mich wie eine Gesellschaft der Comédie Française, schlecht gepudert, syphilitisch unter der Schminke, den grauen Star auf den Scheiben. Haben Sie einmal beobachtet, mit welch heimtückischer Klarheit das Wasser der städtischen Reinigung die Rinnsteine entlangläuft?‹ – Das war etwa die Art Gustavs zu sprechen, jeder Zoll ein Dichter.«

Wir ziehen weiter und stellen die Kamera vor das »Hotel du Dragon«.

Es ist nicht breiter als ein Handtuch. Mar zeigt auf das Fenster in der ersten Etage und sagt: »Dahinter hat er gewohnt, wenn er in Paris war. Wenn ich hier unten unser Erkennungssignal pfiff, die ersten Takte von Dvoraks ›Neuer Welt‹, dann steckte er seinen runden Katerkopf aus dem Fenster, strich über seine weißen schütteren Haare und über seine weißen strohigen Augenbrauen, die seine Haselmausaugen beschatteten, und rief: ›Kommen Sie nur schnell. Es ist alles angerichtet!‹ Wenn ich in das winzige Zimmer kam, zeigte er mit königlich schweifender Gebärde auf das Bidet, wo, in feine mexikanische Tücher eingewickelt, die Leckerbissen zwischen Eisstücken lagen, Bayonner Schinken, kanadischer Lachs, Trüffel aus dem Perigord, Gänseleberpastete aus Straßburg und persischer Kaviar. Dazu je eine Flasche Burgunder, Pommery und Pouilly Fuissé. Wir schlemmten, daß es nur so eine Art hatte. Später holte Gustav ein paar weitere Flaschen unter dem Bett hervor, zitierte Platen – ›Wer die Schönheit angeschaut mit Augen ...‹ – und rührte sich selbst zu Tränen, wenn er ›... ist dem Tode schon anheim gegeben‹ hinzufügte. Er dachte oft an den Tod, seit er in Mexiko wohnte, wo er ihm ein bekannter, wenn auch keineswegs lieber Stallgefährte geworden war. Immer wenn er anfing, richtig blau zu werden, zog er aus den ausgeleierten Taschen seiner alten englischen Jacke ein paar Idolos aus gebranntem Ton. Er hatte stets ein gutes Dutzend bei sich, um damit erwiesene Liebesdienste, erhaltene Aufträge oder auch nur Schmeicheleien zu honorieren. Er sagte: ›Ich habe ihnen vorsorglich die Arme abgebrochen, da ich mit Recht fürchten muß, sonst von ihnen auf eine unter tropischen Regengüssen erschauernde Pyramide geschleppt und wie ein Etui geöffnet zu werden. Denn sie wollen mein entblößtes Herz partout der blauen Sonne Tezcatlipocas entgegenhalten.«

Wir filmen das »Hotel du Dragon« außen und innen, das winzige Zimmer neben dem Eingang, wo der Wirt neben der Katze und dem Telefon hockt, und alle drei füllen es ganz aus, dann die Treppe, die steil und ganz schmal nach oben führt, und endlich das Zimmer, in dem sich Gustav und Mar aus dem Bidet erfrischten. Das Bidet ist noch das alte. Mar erkennt es an einem Sprung.

Der Wirt, klein und konisch wie ein Pilz, was von seiner roten Baskenmütze unterstrichen wird, stellt sich mit dem Rücken zur Straße ins Fenster und sagt: »Wenn Dolly, Gustavs Frau, dabei war, luden sie mich manchmal zu einer Tasse Kaffee ein. Sie machten einen guten Kaffee in einer italienischen Maschine. So einem Ding zum Zuschrauben. Und wenn Gustav zu Dolly sagte: ›Nur ein ganz klein wenig Milch, bitte‹, dann goß sie ihm die halbe Tasse voll. Er sah mich dann an, mit so einem Blick, wissen Sie, wie ein verwurmter Hund. Er zuckte die Achseln und trank das Gesöff aus.«

Hinter der nächsten Ecke ist Gustavs Bistro. Ede leuchtet den ganzen Nachmittag herum. Er will das gleiche Licht wie draußen haben, um die Straße mit einzubeziehen, die Autos und Fußgänger. Aber als er endlich fertig ist, wird es draußen dunkel, und wir müssen die »Arie mit Wacholder M.« auf morgen verschieben.

Am Abend gehen wir koscher essen. In die Rue des Rosiers. Das ist eine der Randstraßen des Marais. Mit belanglosen Fassaden aus dem neunzehnten und zwanzigsten Jahrhundert, hinter denen in vernagelten Höfen die kleinen Paläste des Barock vergammeln. Noch immer ist die Rue des Rosiers so eine Art jüdisches Getto, mit koscheren Restaurants und koscheren Schlachtern, mit echten Chagallrabbinern an den Ecken und polnischen Orthodoxen, denen die Schläfenlocken unter den schwarzen Hüten herunterhängen, eine Straße mit Davidsternen aus blauen und roten Neonröhren über den Läden der Kleidertrödler, Matzenbäcker und Geflügelhändler.

Mar zeigt auf das Haus in der Rue Ferdinand Duval, das die Rue des Rosiers nach hinten abschließt, und sagt: »Dort habe ich gewohnt. Im fünften Stock. Ich konnte die ganze Rosiers übersehen wie ein Bild. Da oben habe ich oft hinter dem Fenster gesessen und auf das vieltausendfache Todesgeschrei gehört, das die Hühner an den Festtagen anstimmten, wobei sie ihr Blut in die Eimer tropften, die schon randvoll waren mit Millionen schwarzroter, unendlich langsam von den Schnäbeln tropfender Tropfen. Manchmal trieb ein Windstoß Millionen weißer Federn in die Höhe, und für einen Augenblick war die Welt wie das Innere jener kleinen Glocken oder Kugeln aus Plastik, die man schütteln kann, und Notre Dame, Sacré Coeur oder Bernadette gaben ihre Konturen im Schneegestöber auf.«

Mar vergräbt die Hände tief in den Taschen und zieht den Kopf in den Kragen. Er hat richtig kalt gekriegt.

Als wir an der düsteren Kirche Saint Paul-Saint Louis vorüberkommen, sagt Mar: »Gustav hat mir mal erzählt, daß in dieser Kirche die Herzen der französischen Könige aufbewahrt wurden. Man zerlegte die erlauchten Kadaver, setzte die Leiber in Saint Denis bei, die Eingeweide hier und dort und die Herzen hier. Auch die Herzen der Ludwige dreizehn und vierzehn. In geschmackvollen Urnen. Während der Revolution klauten ein paar Maler die Herzen und zerrieben sie zu einem Pulver, das sie später mit Öl anrührten. Das ergab eine satte, braunrote Ölfarbe, mit der sie die entsprechenden Partien ihrer Bilder bemalten. Wenn ihr heute auf ein Bild von Drolling oder Saint-Martin stoßt und dort die braunroten Stellen anfaßt, dann faßt ihr die Herzen der Könige von Frankreich an. Gustav, der einen starken Sinn für das Makabre hatte, freute sich sehr, wenn ihm solche Geschichten unterkamen.«

In einem winzigen Bistro gleich nebenan kippen wir zwei doppelte Calvados und zwei Kronenburger. Auf das Wohl der Maler Drolling und Saint-Martin und auf das Wohl Gustavs.

Am nächsten Vormittag drehen wir in Gustavs Bistro das Statement mit Wacholder M. »Mein Vater«, sagt er gleich zur Begrüßung, »hatte sich einen Namen in der Naturheilkunde gemacht. Er stand auf Wacholder, den er für eins der wirksamsten Mittel gegen Prostataerkrankungen hielt. Er nannte mich danach. Als Gustav das mit der Wirkung des Wacholders hörte, aß er ihn pfundweise.«

Wir setzen Wacholder M. vor die Gardine, er bestellt sich Kaffee und zündet eine Zigarette an. Draußen ziehen die Busse wie Elefanten vorbei. Es ist ein schönes Bild.

Klappe: »Wacholder zum ersten«, und jener trinkt und zieht an der Zigarette und spricht, wie nur diese alten Männer sprechen können, die Deutschland damals rechtzeitig verließen: »Ach Gustav, Gustav R. Wir waren lange zusammen in der Brigade, eigentlich bis zu dem Tag, als es ihn erwischte. Das war nicht weit von Huesca. Volltreffer ins Auto. Drei waren tot. Ihn hatte es nur im Kreuz getroffen. Allerdings so, daß er später viel damit zu tun haben sollte. Er hatte eigentlich immer Angst vor Schmerzen. Er hatte Angst vor allem, was ihm wehtun konnte. Als Achtzehnjähriger war er vor Reims in die Gaswolken geraten, die ihn aufgeblasen hatten wie einen Kinderluftballon. Das war Anno siebzehn gewesen. Und dann hatten ihn die Falangisten erwischt und seine Hoden zwischen zwei Mauersteine gelegt. Er war Kommissar und sollte nun dafür bezahlen. Sie hätten ihn auch kastriert, wenn nicht so ein Irrläufer von einer Granate die Folterkammer getroffen hätte, gerade in dem Augenblick, als der verdammte Sergeant die Steine weit auseinanderhielt, um sie mit tödlichem Ernst zusammenzuschlagen. Gustav schrie schon, aber da explodierte dieses vom Himmel gegen die Roten geschickte Geschoß, das sich irrtümlich hier einfand, und die Decke kam in einer Orgie aus roten Feuerzungen herab: welch ein Pfingstfest, welch ein Pfingsten! Und der plötzlich kopflose Sergeant ließ die Steine fallen, hob die Hände zum Halsstumpf des St. Denis und tauchte sie in diesen ätherischen Springbrunnen, diese gurgelnde Quelle des Täufers, die versiegte, stieg und versiegte und den Sergeanten fällte, ein Axtschlag Gottes, der Gustavs Hoden rettete. Seit dieser Geschichte fürchtete er körperliche Schmerzen noch mehr, und er sagte mir einmal: ›Ich habe wirklich Angst, denen noch einmal in die Hände zu fallen. Ich glaube, ich wäre bereit, schon bei der geringsten Andeutung einer Folter alles und jeden zu verraten. Ich halte nicht mehr das Geringste davon, mit heroisch zusammengebissener Schnauze den Schlägen der Faschisten getrotzt zu haben. Heute, fürchte ich, würde ich alles sagen, ganz gewiß. Ich würde sogar Personen und Situationen erfinden und leichten Herzens preisgeben, nur um keinen Schmerzen mehr ausgesetzt zu werden. Die brauchten nur einen Stock zu heben, und ich würde reden, reden und reden.‹«

Wacholder blickt seinem Zigarettenrauch nach. »Später wurde er ein immer unruhigerer Bursche. Wenn er in Mexiko war, wollte er nach Europa, und wenn er hier war, wollte er zurück.

Er sagte mir einmal, er könne ohne die Kultur hier drüben nicht leben. Er liebe die Mayas und Azteken, aber er werde verrückt ohne Florenz und Uccello, ohne das Blutwunder in Neapel und das Blau in den Mänteln Fra Angelicos. Und während er das sagte, war er mit seinen Gedanken in seinem mexikanischen Hochtal, über dem die weißen Vulkane stehen, die er nie versäumte, mit ›weißschimmernden Brüsten‹ zu vergleichen; in dem die Kakteen wuchsen, die ihm ständig die eigene phallische Winzigkeit vor Augen hielten, die gußeisernen Agaven, aus denen seine Indios ihren teuflischen Schnaps destillierten. Und während er mir die festen Hinterbacken eines Auferstehenden von Signorelli schilderte, dachte er an das Weihnachtsfest vor zwei Jahren: ›Was war das für ein Fest gewesen! Der ganze Wagen, auf dem sie ihre Feuerwerkskörper nach Hause bringen wollten, war explodiert und hatte anderthalb Dutzend Indios in die Lüfte geblasen, die man die mildesten in Lateinamerika nennt. Und die Übriggebliebenen hatten gesagt: Bei Jesus, so ein prächtiges Feuerwerk hat es seit Menschengedenken nicht gegeben.‹ Ich glaube, Gustav war nur selten mit seinen Gedanken da, wo er mit seinem Körper war. Er war ein Umhergetriebener, der einen furchtbaren Schiß vor dem Tod hatte.«

Wir bauen das Licht ab, trinken mit Wacholder M. einen Roten und ziehen um die Ecke zur Place St. Sulpice. Da sitzt Frédéric C. auf einer Bank und wartet auf uns und fragt: »Wie hat denn Wacholder geendet?«

Mar erzählt es ihm, und Frédéric sagt: »Über Gustavs Angst vor dem Tod hat er gesprochen? Na ja, ich erhoffe mir nichts vom Tod. Der ist so schwarz und so leer wie ein traumloser Schlaf. Ich glaube, Gustav war da besser dran. Der ahnte zwar eine ähnliche Nacht, aber er möblierte sie mit barocken Enten, die sich, wie er pathetisch sagte, auf dem Haßstrom wiegten, über den ihn Charon setzen würde, über den Wehstrom, den Feuer- und den Tränenstrom. Gustav zitterte vor den Verstorbenen, die er dort treffen würde, denn er hatte den Lebenden wenig Gutes getan. Vor allem zitterte er vor seiner zweiten Frau, deren Tod ihn gleichgültig gelassen hatte. Er kannte natürlich die Vorstellungen der Alten und hatte sie sich zu eigen gemacht. Und so sah er Marieluise mit aufgelöstem Blondhaar neben der stinkenden Pfütze, aus der die umherschwirrenden Seelen trinken. Er wich den Fragen nach dem Tod aus, indem er keine Antworten, sondern poetische Umschreibungen anbot. Aber so hatte er es ja sein ganzes Leben lang getrieben. Er war allen Problemen ausgewichen, indem er sie umschrieben hatte. Er hatte nicht gelebt, er hatte einen Roman geschrieben. Er hatte sich nie spontan, sondern immer als Held seiner Autobiographie benommen, mit all den eitlen Verschwiegenheiten, die Autobiographien so fragwürdig machen. Die großen Momente hatte er sorgsam und gut überlegt in Szene gesetzt, so als gelte es, sie für die Ewigkeit aufzuheben. Alles in einem glänzenden, oft eleganten, zuweilen etwas platten Stil, denn der Stil, das war Gustav. Es war ein Stil, der einen Mann beschrieb, den es nicht gab, mit dem sich Gustav aber ununterbrochen identifizierte. Ein Stil, der aus einem Feigling einen Helden machte, aus einem Dilettanten einen Kunstkenner, aus einem geltungssüchtigen Funktionär einen fanatischen Kommunisten, aus einem Nihilisten einen Gottergebenen, aus einem drittklassigen Weiberhelden einen erstklassigen Liebenden – kurzum: aus einem Bock einen Gärtner. Er wollte genauso sein, wie er sich beschrieb, und da er sich auch wirklich so sah, entzog er sich jeder Verantwortung. Sein Leben war ein Triumph des Stils über die Wahrheit, und wie bei allen ausschweifenden Stilisten wurde sein Stil hier und da so dünn, daß er die darunterliegende Schäbigkeit nicht immer verbergen konnte. Aber ich versichere Ihnen: Alles in allem war dieser ständige Kampf zwischen Sein und Einbildung ein grandioses Spektakel. Und alle diese Verstellungen und Vorstellungen konnten nie ausreichen, mir Gustav fragwürdig oder gar unsympathisch zu machen.«

Frédéric ist immer noch Lektor in einem berühmten französischen Verlag, der auch Gustavs Autobiographie verlegte. Er hat sie redigiert und kennt jeden Satz. Er wohnt seit 1939 in

Paris, hat sich in einem französischen Internierungslager einen Knacks geholt und zuckt seitdem mit einem Auge, was ihm schon eine Menge Ärger mit Frauen und Strichjungen eingebracht hat. Er gilt als absoluter Herrscher in allen Fragen der deutschen Literatur der zwanziger Jahre. Er ist über siebzig. Er lädt uns für übermorgen in seine Bude.

»Für heute machen wir Schluß«, sagt Mar, »macht, was ihr wollt. Versucht, morgen so gegen zehn an der Place Clichy zu sein. Und bringt einen empfindlichen Film mit. Wir drehen dort in der Metrostation. Ich habe heute was vor. Na denn, macht's gut.«

Also werde ich – obwohl ich für heute die Schnauze von Dichtern und Literaten voll haben sollte – meinen Freund Ren besuchen. Abends, »in der Stunde der Katzen«.

Das Hotel, in dem Ren wohnt, ist so alt, daß es aus allen Poren Salpeter schwitzt. Er wohnt ganz oben, unter dem Dach. In der Zimmerdecke sind Löcher, durch die man den Dachboden sehen kann. Der ist wie der Bauch eines riesigen alten Schiffes, mit einem ganzen Wald alter Balken, die nur noch von einer dünnen Holzhaut zusammengehalten werden. Denn in ihrem Innern ticken seit genau 300 Jahren die Totenuhren und pulverisieren die Kerne. Um zu Ren zu kommen, muß ich eine denkwürdige Treppe hinaufsteigen. Denkwürdig, weil ich auf ihr Ren einmal in der merkwürdigsten Position getroffen habe. Früher, als in allen alten vergammelten Hotels rings um St. Julien le Pauvre die kleinen nordafrikanischen Strolche wohnten, die ihre Hände mit Vorliebe in den Hosenställen ihrer Freunde oder in den Brieftaschen ihrer Feinde deponierten, gab es auch in Rens Hotel eine Menge von ihnen. Sie hausten zu zehnt in einem Zimmer, brieten ihr Schaffleisch auf dem Boden und verstießen gegen die Gebote des Propheten, indem sie massenhaft Unzucht trieben und Rotwein soffen. Ja, und eines Tages sah ich, wie mein Freund Ren mit einem Dutzend dieser kleinen lausigen Burschen die Treppe herunterkam, nicht gewöhnlichen leichten

Schrittes, sondern als Glied einer »algerischen Kette«, wenn Sie wissen, was das ist. So eine Kette besteht aus einem halben bis einem ganzen Dutzend ineinandersteckender Schwuler, die in dieser komplizierten Form des Gruppensex treppauf, treppab gehen und dabei rhythmisch singen, kreischen oder schreien und so weiter, was sich nach der Stärke des Zuges richtet, dem ihre verdammten Schwänze ausgesetzt werden, was wiederum von der spielerischen Willkür abhängt, mit der ein Vordermann seinen Schließmuskel behandelt.

Vor 15 Jahren schon war Rens Buch »Triumph des Orpheus« in einem obskuren Verlag erschienen. Ren hatte diese zarte und feminine Prosa als 16jähriger Wunderknabe geschrieben, der in Hofmannsthalscher Seide und Rilkeschem Samt einherging und grauhaarige Männer mit feinen Schläfen anbetete. Er hielt sich für ungemein dekadent, denn nichts mochte er mehr als Dekadenz. Er kam »aus allerkleinsten Verhältnissen«, irgendwo aus Oberschlesien, aus einer Bergmannsfamilie, die ihn mit großem Befremden betrachtete.

Jetzt, als er nach meinem Klopfen die Tür öffnet, zeigt er über einer vergilbten Tweedjacke das Autoporträt des ganz späten Rembrandt. Gedunsen, rüpelnasig und wulstlippig. Unten trägt er die ausgefranstesten Cordhosen von Paris sowie karierte, nur noch von diesen Karos zusammengehaltene Schlupfpantoffeln. Einen Augenblick sucht er hinter meinem Bart mein altes Gesicht. Wir haben uns über fünf Jahre nicht gesehen. Dann sagt er: »Mensch, Henri, ist das schön, dich noch einmal zu sehen.«

»Was ist denn da schon wieder für 'n Penner gekommen?« ruft eine Stimme aus dem Hintergrund. Ich schaue Ren über die früher sehr schmale, jetzt mit Fett gepolsterte Schulter und sehe so ein mageres blondes Weibsstück, das seinen Satz mit einem furchtbar zuschnappenden Eselsgebiß kappt.

Ren wirft mir einen melancholischen Säuferblick zu und zeigt vage nach hinten: »Meine Frau«, sagt er, »das ist Elsa, mit der ich seit drei Jahren ein Stück von Strindberg spiele.«

»Tag Elsa«, sage ich.

»Strindberg ist gut«, sagt Elsa, »aber das hier ist nur 'ne Posse aus 'nem Säuferheim.«

»Du weißt es«, sagt Ren, »du weißt es, daß ich mir aus den Gänsefedern der Poeten einmal ein Flügelkleid gemacht und den Flug gewagt habe. Ich konnte doch nicht wissen, daß ich einmal an so was wie Elsa stoßen und herabfallen würde …«

»Shut up«, sagt Elsa, »leg mal 'ne andere Platte auf wie die von deinem Flügelkleid.«

Wieder hebt er seinen tiefen Säuferblick und zuckt mit den Schultern.

»Komm rein«, sagt Elsa, »ich mache Kaffee.«

»Wir haben uns lange nicht gesehen«, sagt Ren und blickt mich mit oberflächlicher Wärme an, »das war eine schöne Zeit damals, als wir noch Trakl lasen und Lautréamont.«

»Heute liest er Asterix«, sagt Elsa.

»Ach laß das doch«, sagt Ren und errötet wie früher.

»Nun mal im Ernst«, sage ich, »was machst du jetzt?«

»Ich habe einen Stand auf dem Flohmarkt. Ich bin unter die Antiquare gegangen.«

»Antiquare ist gut«, sagt Elsa, »Lumpensammler ist besser.«

»Na ja, so ganz unrecht hat sie nicht. Ich grase mehr im Abfall herum, nehme hier ein paar Jugendstilvasen …«

»Möchtest du gern«, sagt Elsa.

»Laß ihn doch mal«, sage ich.

»… hier ein Flacon aus dem Dixhuitième, dort eine Schneiderpuppe aus den Gründerjahren, hier einen chinesischen Wandbehang …«

»'nen gefälschten.«

»… und häufe alles in meinen Stand. Manchmal kaufe ich natürlich auch Krimskrams, geblümte Bidets, Bleirohre, die irgendeinen Stempel haben, Ziegel mit schönen alten Ritzereien, IHS und so, Stühle aus irgendeiner Kolonialzeit.«

»Schöne Kolonialzeit.«

»Nu laß doch mal.«

»Schöne Kolonialzeit, sage ich nur. Hier ist euer Kaffee. Unterhaltet euch gut und sauft nicht zuviel.«

Elsa geht, und Ren sagt: »Scheiße. Das ist alles eine unvorstellbare Scheiße. Irgendein Franzose hat sie sitzengelassen, und ich habe sie aufgegabelt. Nur so, um sie nicht draußen sitzenzulassen. Es regnete so fürchterlich. Am Anfang habe ich noch Gedichte darüber geschrieben. ›Das Pferd mit der grünen Mähne‹ habe ich geschrieben. ›Über den Horizonten werden die Morgenröten wie immer flammen nach dieser Nacht der dahinsterbenden Sehnsucht. Und immer wird das Pferd mit der grünen Mähne wiederkehren und die Nächte abweiden und ihre kühlen glatten Pfalzen.‹ Sowas habe ich damals geschrieben. Aber das hörte bald auf. Heute, heute habe ich einen Schiß, sage ich dir, einen Schiß, morgens aufzuwachen, einen Schiß vor dem Wekker, der mich wie eine Angel aus dem Schlaf nach oben zerrt. Das Leben schmeißt einen schneller aufs Trockene, als einem lieb ist. Ich und 'ne Frau. Ich gucke rüber, ob sie noch pennt, gehe zum Ausguß und pinkele vorsichtshalber hinein, damit sie das Glucksen der Rotweinflasche nicht hört. Immer liegt sie auf dem Rücken. Breitbeinig. Die gelben Zähne gebleckt. Sie ist noch keine dreißig, aber sie liegt da wie ein totes Maultier. Sie hat schöne Hände, und ich denke, ›als hielten sie einen Traum fest‹. Aber das ist kein Traum, mein Süßer, das ist eine Falle. Allenfalls ein anatomisches Modell.«

Er holt eine Flasche Rotwein unter dem Bett hervor und trinkt sie zur Hälfte aus. Mit einem einzigen Schluck. Ich gehe zum Fenster und sehe über die phantastische Dachlandschaft der Rue de la Huchette auf die Flanke von Notre Dame, die sich im weißen Scheinwerferlicht skelettiert.

»Notre Dame«, sagt Ren, »ruderschlagend und verfangen in der Abendröte, o Eli, Eli … ich habe morgens Angst, die Augenlider aufzumachen. Ich liege hinter diesen seidenpapierdünnen Häuten und denke, wenn ich sie zu lasse, brauche ich dieses verdammte Frauenzimmer nicht zu sehen. Und dabei habe ich einen Ständer wie ein Pfahl. So einen Wasserständer, der sofort auf seine normale Größe schrumpft, wenn ich in den Ausguß pinkele. Merkst du, wie es hier überall nach Ammoniak riecht?«

»Na, wenn du dauernd in den Ausguß pinkelst.«

»Das ist es nicht. Dieses gottverdammte Hotel aus dem sechzehnten Jahrhundert, diese elende Bruchbude riecht aus allen Löchern und Höhlen und Knopflöchern. Es ist ein Kadaver, der gerade noch so viel Leben im Bauch hat, daß er irgend etwas ausscheiden kann. Immer gluckern irgendwelche Röhren, schwitzt irgendeine Wand. Jahrhundertelang hat diese Bude den Gestank ihrer Bewohner eingesogen. Und mineralisiert. Jetzt gibt sie ihn wieder frei. Als wir unten im Erdgeschoß lebten, löste sich eines Tages die Tapete von der Wand. So in großen Blasen, die man mit dem Finger eindrücken konnte, und sie drückten wieder nach außen. Und als ich eines Tages mit der Schere in so eine Blase stieß, da strömte der Geruch der Pferde heraus, die dort jahrhundertelang gestanden hatten. Es gibt hier Wände, die bei genau einundzwanzig Grad Celsius einen Geruch absondern, als wenn ein Schlachter ein Tier öffnet oder ein Chirurg einen Bauch, so einen Geruch nach frischem Blut, nach Gedärm, Leber und Nieren und Lunge. Ich schüttele mich tagelang vor Ekel.«

»Komm«, sage ich, »gehen wir ein bißchen raus.«

Wir steigen die Treppe hinab und ich wittere wie ein Fuchs nach all den Gerüchen, die wie Petrefakten eingeschlossen sein müssen in diese Mauern. Im kleinen trapezförmigen Hof schlägt der uralte Hund an. Er hat sein ganzes Leben an einer einmeterlangen Kette verbracht und steckt voller Rheuma. Ren streichelt ihn und sagt: »Wir betreten das Land der Stummen über eine Brücke aus Hundehaar. Ich war immer ganz verrückt auf die alten Mythen. Genau wie du. Das Land der Stummen ist uns am nächsten in unseren Hunden. Sie bieten uns ihre Augen als Mittel zur Verständigung an, aber nicht mal darin können wir lesen. Sieh dir diesen armen Teufel an. Er wurde geboren und sogleich zu lebenslänglich verurteilt. Ein Leben lang sagten seine

Augen, laßt mich doch frei, nur ein einziges Mal. Aber niemand sah es.«

Der schmale Flur, der auf die Straße führt, ist nachtschwarz. Aber als Ren die Haustür öffnet, fällt das Licht der Laternen herein. Es ist von den Abgasen blau gefiltert und franst Rens Silhouette aus. Seine Ohren sind durchscheinend wie Alabaster. Für einen Sekundenbruchteil steht er in seiner Mandorla wie ein Kerzendocht in seiner Flamme. Er, der ein Unsterblicher hätte werden können, wäre da nicht der Alkohol gewesen und manches andere. Auf den Stufen vis-à-vis liegen sechs Clochards. Gestrandet in ihren abscheulichen Träumen. Bald werden sie aus diesen Träumen erwachen, rülpsen, furzen, sich verfluchen und die abgefeimte Biederkeit anlegen, die die Touristen und Georg Stefan Troller an ihnen schätzen.

Im nächsten Algerierbistro trinken wir vom billigsten Roten. Ein Grammophon kratzt Nordafrikanisches zusammen. Ren sagt: »Weißt du, wenn ich sie so sitzen sehe, unglücklich, vulgär in ihrem schäbigen Morgenmantel, das viel zu blonde Haar zusammengedreht, dann steigen mir die Tränen in die Augen. Immerhin hat sie mir ihre Jugend geschenkt. Mir. Einem schwulen Säufer. Und um ihr Gutes zu tun, lese ich ihr mein letztes Gedicht vor, das ich in Ermangelung jeglicher Inspiration aus einer Anthologie der zwanziger Jahre abgeschrieben habe.«

Er legt den Kopf in beide Hände, und da diese Hände zittern, zittert auch der Kopf.

Als wir bei den Clochards vorbeikommen, sind sie wach und starren ins Laternenlicht, das sich nicht weigert, auch diese Miserablen zu erleuchten.

»Wo is'n die Zeitung, alte Hure«, sagt der offensichtlich Älteste, ohne den Mund weiter als notwendig zu öffnen, ein Mund, der ein verschmiertes Loch in einem verluderten Bart ist.

Er stößt ein Frauenzimmer an, dessen faustgroßer Kopf in einem doppelt so dicken Hals versinkt. Sie öffnet den Mantel und zieht die Zeitung hervor, mit der sie sich vor der Kälte isoliert hatte. »Wisch dir den Arsch damit«, sagt sie ungnädig.

Er faltet genußvoll die Zeitung auf, zündet sich eine Zigarette an, schlägt die Beine übereinander und nimmt in dieser Stellung die Eleganz und Würde eines kapitalistischen Familienvaters an.

»Weißt du, daß Bubo damals fürchterlich eifersüchtig auf dich war und dich umlegen wollte?« fragt Ren.

»Bubo«, frage ich überrascht, »war das nicht so ein eleganter Gorilla, der dir immer den Hof machte?«

Über Rens Gesicht geht ein Schatten in Filzlatschen.

»Ich weiß, du hörst das nicht gern, aber er hatte den Verstand eines Ladenschwengels. Warum wollte er mich umbringen?« frage ich.

»Weil er eifersüchtig war. Maßlos. Er bezähmte sich nur, wenn ich ihn darum bat. Er hat mir oft erzählt, wie er dir eine Eisenstange in den Nacken schlagen wollte. Dann wollte er dich zerlegen wie der Fleischer in einem chinesischen Märchen einen Ochsen zerlegt, immer fein die Gelenke entlang, ungemein kunstvoll, ganz sanft getrennt, ohne Gewalt, ja ohne Kraft. Allein mit Geist. Bis du überschaubar vor uns gelegen hättest, sauber detailliert. Und dann wollte er dich in einer Nische eines Westwallbunkers einbetonieren, um alle Spuren von dir für immer zu entfernen.«

»Mit Geist ist gut«, sage ich. »Wieso wollte mich dieser Gorilla mit Geist zerwirken? Wo er doch gar keinen hatte. Ich habe mich oft gewundert, warum er mich manchmal mit einem geheimnisvollen Lächeln betrachtete, hätte aber nie einen perfekten Lustmord dahinter vermutet. Er hatte den abscheulichen Kautschukmund des jungen Dürer. ›Töte einen Schwulen für Christus‹, hat mir mal ein Rocker in New York gesagt, in der Christopher Street.«

»Du bist ziemlich fies«, sagt Ren.

»Was macht denn der Hundesohn heute?«

»Geschäftsführer bei Overbeck. Herrenbekleidung.«

»Hast du diesem Arschloch nicht mal ein Gedicht gewidmet?«

»Habe ich. Willst du es noch mal hören? Also: ›Mit dem Kopf nach unten hängen in Akazienzweigen Hundegeister, Katzengeister. Sie erwarten ihren Blumenprinzen. Blaßblauer Gott, der träumt unter dem Wal des Himmels, den der Feuergott jagt. Federschlange beschläft Venus. Schreitet Blumenprinz davon, folgen ihm die Hundegeister. Katzengeister bleiben.‹«

»Na ja«, sage ich, »aber der und 'n blaßblauer Gott.«

»Manchmal fällt mir auch heute noch eine Zeile ein. Die schreibe ich hinter unsere Bilder auf die Tapete. Früher habe ich sie einfach auf die Tapete geschrieben, aber sie hat sie immer ausradiert. Meine Tagebücher hat sie in den Müll geschmissen. Das Luder. Kommst du morgen auf den Flohmarkt?«

»Übermorgen«, sage ich, »ich komme übermorgen.«

Den nächsten Nachmittag verbringen wir draußen in Ury, am Rand des Waldes von Fontainebleau, wo die Lalannes in einem alten großen Gehöft wohnen. Alle Welt kennt François Xavier Lalanne, der Möbeltiere macht, Nashörner als Schreibtische, Schafherden als Sitzecken und Porzellanstrauße als Hausbar, blödsinnig kostbares und teures Spielzeug für Millionäre, und alle Welt kennt Claude Lalanne, die alles Mögliche und Unmögliche galvanisiert und zusammenlötet zu den verrücktesten und wiederum »teuersten« Bestecken und Tafelaufsätzen dieser Welt.

Gustav hat darüber einen schönen Artikel geschrieben, den wir bebildern wollen. Er nannte Lalanne darin Dädalus und verglich ihn mit Benvenuto Cellini.

Der Hof ist groß und mit Kopfsteinpflaster ausgelegt. Zwischen den Steinen wächst das Gras. Die eine Seitenfront ist Lalannes Atelier, die gegenüberliegende kleinere gehört Madame, das große Bauernhaus den Hunden und Katzen. Drei Hunde pennen in selbstgegrabenen Löchern am Hofrand, ein Terrier und zwei Spaniellähnliche. Wenn Madame gegen fünfzehn Uhr vor die Tür tritt und »C'est l'heure du sucre!« ruft, verlassen die Penner ihre Löcher und kommen zu ihr, um mit zarten Lefzen den Zucker entgegenzunehmen. Lalanne, der aussieht wie ein nur schwach geschminkter Clown, großköpfig und mit einer Nase wie im Weitwinkel, schweißt gerade, von einem phantastischen Funkenregen illuminiert, einen überlebensgroßen Mann zusammen. Die Brust ist zu öffnen, das Gesicht seitwärts zu klappen. Als Hebel dient sein handlicher und glatter Schwanz.

»Wird ein Tresor«, sagt Lalanne und schiebt die Schutzbrille von seinen Marabuaugen. »Ich arbeite seit sechs Monaten daran. Ich mache im Jahr nur zwei, drei Stücke. Deswegen sind sie so teuer.«

Im Haus ein lädierter Tisch, ein paar wacklige Stühle, Matratzen auf dem Boden. Aber der Rotwein ist irgendein »Rothschild«, und die Rumpsteaks sind doppelt so groß wie Edes Hand; und das will was heißen. Lalanne macht Feuer in einem riesengroßen Kamin. Madame kommt dazu. Sie sieht zart aus und ist es wohl auch. Nach dem Essen gehen wir in ihre Werkstatt, die sie in einem Gewächshaus untergebracht hat. Überall stehen ihre Zoomorphen herum, Meerschweinchen, die in einem Krautsalat enden, aus dem eine Schlange kommt, Eidechsen, die Fledermausflügel haben und in einer Gabel enden, Hummer, die sich in Fische verwandeln, die sich wiederum in Löffel entwickeln und vieles mehr. Sie bespritzt Skorpione, Krokodilspfoten, junge Wildschweine, Schlangen, Mohn- und sonstige Blüten, Kinderfüße und lange Weißbrote mit einem silbernen Zeug aus einer Spritzpistole und hängt es dann für ein paar Tage in galvanische Bäder, deren Geheimnis sie bewahrt. Dann brennt sie den irdischen Kram heraus und verlötet die Einzelheiten zu ihren phantastischen Eßbestecken, Dosen, Uhrenhaltern, Terrinen etc. Von einer ihrer Töchter hat sie die feinen kleinen Brüste abgegossen, ausgeformt (ich glaube, sie tut das mit Wachs) und das Ausgeformte wieder galvanisiert. Auf dem vergoldeten Ergebnis dieses komplizierten Prozesses sieht man noch alle Poren, und von den feinen kleinen Brustwarzen läßt sich unschwer die Temperatur ablesen, die damals herrschte, so ungefähr 12 bis 15 Grad. Man trägt die Goldfassung als Büstenhalter auf feinen Musselinkleidern. Eine andere Tochter hat sie zur Gänze abgegossen, als sie im achten Monat schwanger war. Dem schönen rundlichen Leib setzte sie einen Kopf aus einem galvanisierten Kohlkopf auf. Das gibt eine schöne surreale Rakete, deren Flug von den professionellen Kritikern argwöhnisch verfolgt wird: Sie können sich nicht entscheiden, ob das nun Kunst oder sonstwas ist.

In den nächsten Tagen widmen wir uns einem riesigen blauen Nilpferd aus irgendeinem Kunststoff, Glasfiber und solchem Zeug. Lalanne öffnet das Riesenmaul. Darin ist ein elegantes Handwaschbecken. Aus den Zähnen, diesen Mordshauern, kommt links das heiße, rechts das kalte Wasser. Der Gaumen ist ein Spiegel. Auf einen Knopfdruck öffnet sich das Vieh und zeigt sein Inneres: eine stattliche Badewanne für zwei. In den Stempelbeinen kleine Regale für die Flacons von Coco Chanel. Dann drehen wir eins von Lalannes großen kupfernen Nashörnern, in denen ein Schreibsekretär versteckt ist. Man kauft so ein Ding, um »den« Liebesbrief seines Lebens daran zu schreiben, ein Spaß, der soviel wie ein guter Picasso kostet.

Am folgenden Morgen, wieder in Paris, nehmen wir noch einmal Mar auf, der auf der Place St. Sulpice herumgeht und uns erzählt: »Ich hatte Gustav schon siebenundvierzig kennengelernt, als ich noch in einem kleinen Verlag im Saarland herumfummelte. Wenig später bekam ich eine Stelle an einem Sender, in der ›Literatur‹, und bot Gustav spontan an, in einer meiner Sendereihen Lesungen zu machen. Er willigte nur zu gern ein, und seine Lesungen wurden ein solcher Erfolg, daß selbst der Intendant Wind davon bekam, mich anrief und sagte, er wünsche diesen ›großen Sohn seiner Heimat‹ unverzüglich kennenzulernen. Dieser Intendant war ein Schöngeist, und die Schönheit seiner deutschen Seele leuchtete durch seine Schale. Er leuchtete eigentlich immer und nervte seine Redakteure, indem er ›Jahresprogramme‹ ausgab, nach denen sie sich zu richten hatten, etwa ›Der Mensch, ein denkendes Wesen‹ oder ›Zeugen der Schönheit‹ oder ›Mit Goethe durch das Jahr‹. Sein eigentlicher Tick aber war sein Haus. Dieses Haus – das Funkhaus – war ein feudaler schloßartiger Schuppen aus den Gründerjahren, den sich ein Industrieller für seine Auftritte hatte bauen lassen. Der Intendant hatte es mit Hilfe einer Innenarchitektin renovieren und einrichten lassen, so daß es aussah wie eine Konfektschachtel, mit Goldkordeln, kilometerlangen Vorhängen aus Goldbrokat, schweren Schreibtischen aus Teakholz und sparsamen, aber geschmackvollen Grafiken an den sanft getönten Wänden. Nur die unteren Korridore waren antik geblieben und glichen haargenau den Korridoren im Tannenbergdenkmal. Durch diese Korridore schritt der Intendant mit großem Gefolge seiner ›leitenden Herren‹ Gustav entgegen, der klein, häßlich angezogen und mit einer Baskenmütze auf dem runden Katerkopf von der anderen Seite kam. Der Intendant, der eine Schwäche für alles Französische hatte und unter der Krankheit der gehobenen Rede litt, umarmte den Verblüfften und sagte mit Wärme: ›Mein Haus, Meister, ist das Ihre‹, worauf Gustav um Erhöhung seines Honorars bat. Die Antwort des Intendanten vergällte ihm das Essen, das erlesen war. Er bekam fünf Mark mehr für die halbe Stunde. Schon damals war Literatur nur das Feigenblatt, das sich die Sender vor ihre schwachen Stellen banden, Sender, die sich im übrigen dem politischen Proporz widmeten, das heißt, sich bis zu den Lokusfrauen politisierten. Als einer der Redakteure gefeuert wurde, weil er eine satirische Montage über Adenauers fixe Idee, Atombomben an der Zonengrenze zu vergraben, gemacht hatte, schrieb Gustav eine brillante und bittere Betrachtung darüber, worauf seine weiteren Sendungen zensiert wurden. Trotzdem schrieb er weiter. Er war auf die Honorare angewiesen.«

Nach dem Essen – drüben in der »Brasserie Lip« – nehmen wir Walter K. auf, einen einmal sehr bekannten Feuilletonisten, der Bemerkenswertes sagt: »Denken Sie nicht, daß der Gustav in seiner Biographie der gleiche ist, der ein paar Meisterwerke unserer Prosa geschrieben hat. In seiner Biographie ist er oft unsicher in seinen Ausdrücken, das Gefühl drückt seinen Verstand an die Wand. Der Gustav der reinen Literatur ist scharf und genau, ohne Sentimentalität. Ich erinnere mich seiner Novelle, die den Heinrich-Mann-Preis erhielt. Er erzählt darin von einem kommunistischen Gefangenen, der den Nazis entkommen und sich in einer Kirche verstecken konnte, in der Kardinal Faulhaber sprach. Der Kommunist hatte eine tödliche Schußverletzung und verblutete langsam in einem Beichtstuhl. Er hörte draußen die Stimme des Kardinals, der den alten Glauben gegen die Nazis mobilisierte, und setzte ihm seinen neuen Glauben entgegen. Er war unbarmherzig gegen beide, gerecht und objektiv und starb denkend und abwägend, während draußen der Kardinal sein Gebet sprach und ›der Gesang der gläubigen Menge wie ein Meer der Hoffnung durch den hohen Raum brandeten‹.«

Am andern Vormittag fahren wir zur Place Clichy. Mar hat einen älteren grauhaarigen Mann dabei, den er uns als Martin Gr. vorstellt. Er ist Journalist und Literaturwissenschaftler, der zweimal wöchentlich an der Sorbonne über deutsche Romantik liest. Es scheint, als habe sich Gustavs Leben vor allem unter seinesgleichen abgespielt. Jedenfalls hier in Paris.

Martin zeigt auf die Metrostation und sagt: »Dort unten also starb Gustav seinen ersten Tod«, und wir packen die Kamera aus und steigen hinab.

Martin stellt sich neben eine der Bänke, betrachtet mit Interesse unsere Anstrengungen, spreizt die Finger und runzelt die Augenbrauen. Er ist ein wenig nervös, wird aber ganz ruhig, als die Kamera läuft.

»Hier hat er gelegen«, sagt er und zeigt auf die Bank, »in diesem unverwechselbaren Metrogeruch aus Eisen, billigem Parfüm, Knoblauch und Bier und verschwitzter Haut. Wir hatten uns verabredet. Er wollte gegen siebzehn Uhr bei mir sein, in meiner Wohnung am Cimetière Montmartre. Aber er kam nicht. Was damals passierte, hat mir Gustav später immer wieder erzählt. Es hatte ihn an Bord der Metro erwischt. Er stand und hielt sich mit der linken Hand an einer Stange fest. Er dachte an Malraux, den er am Vormittag im Palais Royal aufgesucht hatte. Sie hatten in der Brigade gekämpft, waren befreundet gewesen, und Gustav wollte sich in Erinnerung bringen. Aber Malraux hatte nur oberflächlich Notiz von ihm genommen. Plötzlich bemerkte Gustav, wie sich seine Seele von ihm trennte. Er stand da einen tragischen Augenblick lang, dachte, dies sei das Ende, und empfand sich als ›romantisch‹, weil dieser unbestimmte Zustand die Theorie zu bestätigen schien, nach der die Seele einen Körper nur vorübergehend wie ein Haus bewohne. Er hatte jede Möglichkeit verloren, mit seinem Körper zu korrespondieren. Selbst der ungeheure plötzliche Schweißausbruch entging ihm. Er war nur noch Blick, ein starrer, unveränderlicher Blick. Die Hand, die eben noch feucht und fest die Stange umfaßt hatte, begann langsam als selbständiges Wesen diese Stange hinunterzurutschen. Dann sank er selber in sich zusammen. Sein starrer Blick rutschte mit ihm, erst an der Halswamme einer Bürgersfrau entlang, wobei er mit überirdischer Schärfe jede Pore wahrnahm. Die Dicke sah ihn gleichgültig an. Noch schien sie nichts Besonderes an ihm zu bemerken. Sonst hätte sie doch wenigstens einen Schrei ausstoßen müssen. Das war er doch wohl noch wert. Er fand sich wegen dieser Überlegung sarkastisch und lächelte tief innen. Denn außen konnte er es nicht mehr. ›Das ist also mein letzter Anblick auf Erden‹, dachte er, ›diese Vettel, deren Mund vom Lippenstift verschmiert ist. Die scharfen Falten daneben, die auf ein Magengeschwür schließen lassen. Vielleicht ist es abgeheilt. Und dieser Warenhausschmuck unter der Wamme.‹ Er sah das alles, wie gesagt, überaus scharf. Den Hintergrund aber sah er unscharf. Er konnte seine Blende nicht verändern. Der Ring um die Pupille war eisern. Er war davon sehr beeindruckt. Langsam stieg das Gesicht der Dicken nach oben, eine blasse schmuckbeladene Ampel, die seinen Zusammenbruch beleuchtete. Plötzlich stieß sie den Schrei aus, den er so lange erwartet hatte. Er quittierte ihn mit Genugtuung. Auf einmal war der Boden fünf Zentimeter von seinen Augen entfernt.

›Scheiße‹, dachte er, ›nach der Visage dieser fetten Gans noch diesen Dreck, diesen Rotz, diese zerknüllten Taschentücher.‹ Als der Zug hielt, trugen sie ihn auf diese Bank, und da lag er, unbeweglich, hellwach, die Pupillen starr. Er hörte von weit weg Stimmen. Die üblichen Ausrufe bei derartigen Anlässen: ›Wohl besoffen, das Alterchen‹, ›Das hat er davon, laßt den Alten doch pennen‹, ›Da liegt er in seiner Kotze, der arme Alte‹. ›Der arme Alte‹, hatte jemand gesagt. Das machte ihn endgültig fertig. Erst vorgestern hatte er Polly wie ein Jüngling geliebt, verdammt noch mal! Und nun das. Aber es hatte keinen Zweck, sich noch Illusionen zu machen. Er, Gustav, würde dem Südwind nicht mehr die Flügel brechen. Wie kam er nur darauf? Südwind? Flügel brechen? Noch vor fünf Minuten hatte er sich wie ein Mann von vierzig gefühlt. Und nun lag er unbeweglich mit diesen verdammten festgeschraubten Pupillen und diesem verdammten gespannten Trommelfell, dem nichts entging, weder das Rollen der Räder noch ein einziges Wort der Menschen, die in ihren Konfektionsanzügen um ihn herumstanden, ohne ihn zu beachten. Da lag er nun, ein gelähmter Orpheus, lag auf dem Rücken wie ein Maikäfer, und alle gingen weg, und er lag da Zug um Zug, ganz allein unter diesem schwülen, flach gespannten Himmel aus vergilbten Kacheln und einem riesengroßen Plakat. ›Paris at Night‹ stand darauf, und ein überirdisch schönes Mädchen war abgebildet, das einen Steiß aus Reiherfedern hatte, den einen Arm mit geknickter Hand nach vorn gestreckt, die andere Hand zwischen den Schenkeln, diesem liederlichen Stückchen Fleisch, das er, Gustav, nun wohl für immer entbehren mußte. ›Paris at Night‹. Es war also Nacht geworden über Paris. Die Stunde, in der er sich Polly genähert hatte, deren plissierte Blicke ... die Stunde, in der die Brunnen wie Delphine sangen ... Brunnen? Polly? Delphine?

›He, aufstehen!‹ sagte eine energische Frau in Uniform, mit einem Kinn wie Goofy. Sie schüttelte ihn, und er fiel langsam wie eine Feder auf den geriffelten Betonboden. Man trug ihn hoch und in eine Apotheke am Boulevard. Dort legte man ihn wieder auf eine Bank, und Gustav dachte, daß es wohl sein Schicksal sein würde, fortan auf Bänken herumzuliegen. Der Apotheker war sehr ungeduldig. Er hatte gerade schließen wollen, und nun das. Er sah betont auf seine Armbanduhr, und so kam es, daß Gustavs letzter Blick einen Apotheker festhielt, der auf seine Armbanduhr blickte. Es war Gustav peinlich, hier irgendwelche Umstände zu machen, und so zog er sich ins Schwarze zurück. Der Apotheker beugte sich über ihn und sah, daß er tot war. In diesem Augenblick kam ich in die Apotheke. Und Gustav kam ein paar Tage später wieder zu sich. Er rappelte sich auf, trat ans Fenster und sah einen Sonnenstrahl, der sowohl das Grab Heines wie das der Kameliendame beleuchtete. Er war damals drei Monate bei mir und erzählte mir immer wieder seinen ›Tod in der Metro‹. Er erholte sich im Verlauf von zwei Jahren. Dann erfüllte er sich einen seiner letzten Wünsche und fuhr nach Indien, wo er alsbald ein zweitesmal starb. Diesmal endgültig. Das heißt: Ehe man das so genau feststellen konnte, stand er bereits in Flammen.«

Am Abend fahren wir zur Cité Universitaire. Ein Studententheater spielt ein Stück über irgendwelche komischen Episoden aus der Kolonialzeit. Die Bude, in der das Spektakel stattfindet, ist proppevoll. Die Bühne ist der breite Gang zwischen den Stuhlreihen. Ein halbes Dutzend Mädchen tanzt Cancan. Eine Negerkapelle spielt auf und rollt die Augen. Man kennt das seit Onkel Tom. Dann werden die Mädchen von komischen Affen geraubt, die in weiten Teddyaffenkostümen stecken, in die blaurote Ärsche eingesetzt sind. Die Mädchen singen dazu Liebeslieder. Ein höherer Kolonialbeamter tritt mit Büchse und Zielfernrohr auf und versucht, die Sache mit gezielten Schüssen zu klären. Die klassische Methode. Aber die Affen machen ihn fertig und treiben es mit den Mädchen. Große Aufregung beim Publikum. Während die Mädchen ihre letzten Schleier einbüßen, wird es Nacht. Eine rabenschwarze Tropennacht, in der die Blitze zucken und die Donner grollen, durch die die grellen

Schreie exotischer Vögel schrillen. Plötzlich geht ein Spotlicht an und beleuchtet hoch über dem kolonialen Getriebe ein singendes Mädchen. Es steht auf einer winzigen Plattform. Es ist nackt und makellos. Es hat langes braunes Haar und ein schwarzes Flohpelzchen unten. Sein Hintern ist so schmal, daß er zwischen den Ohren Platz hätte. Dieses Mädchen, vom Spotlicht aus der Schwärze geholt, ist eine Vision. Ich kriege einen trockenen Mund und beobachte mißtrauisch, wie zwei der blaurotärschigen Affen auf unsichtbaren Leitern zu der Vision emporklimmen, um sie nach unten zu tragen. Sie singt dabei irgendein fragwürdiges Chanson und beginnt, kaum daß sie Boden unter den Füßen hat, auf laszive Weise zu tanzen. Ich habe noch nie einen Menschen gesehen, der seine Nacktheit so selbstverständlich wie ein Kleid trägt. Als sie zehn Zentimeter vor meiner Nase tanzt, sehe ich eine lange dünne Narbe, die am Nabel beginnt und im Flohpelzchen endet. Sie hat sie überpudert. Ist ohnehin nur ein ganz dünner Strich.

Ich komme erst wieder zu mir, als wir später in einer Kneipe neben dem Theater tafeln und die ganze Bande aus Affen und Mädchen und Kolonialbeamten hereinkommt und sich an unseren Tisch setzt. Die Vision trägt jetzt Bluejeans und eine verwaschene Jeansbluse. Sie setzt sich neben mich, und während ich mit ihr plaudere, sehe ich sie mir aus der Nähe an. Sie hat eine gebogene Cleopatranase mit starken barocken Flügeln, einen großen Mund voller unregelmäßiger Zähne, eine flache Stirn, winzige Ohren und einen Hals, den ich mit Daumen und Zeigefinger umfassen könnte. Sie ist über alle Maßen schön.

Bei den Affen sitzt ein hübsches, ganz klein geratenes Mädchen und sagt mit einer ganz hohen Stimme ganz erstaunliche Sachen, etwa: »Meine Concierge kommt also heraus und tritt als Schildwache neben eine große Chrysantheme, in der ich sogleich die Apotheose des unbekannten Kanarienvogels erkenne.«

Ich frage meine Nachbarin leise: »Warum sagt sie so Kompliziertes mit so komischer Stimme?«

Und sie antwortet: »Weil sie so klein ist. Man müßte ihr nur sagen, daß sie groß sei, dann würde sie sofort mit einer tiefen Stimme ganz einfache Dinge sagen.«

Sie sagt das mit einem befremdlich rollenden »r«. Sie sieht mich an und sagt: »Ich weiß. Sie wollen mich nun fragen, warum ich das ›r‹ so rolle. Das fragen alle, und allen erwidere ich, daß man mich einem Tanzbären unterm Hintern hervorgezogen hat. Spreche auch leidlich Deutsch. Studiere es hier und bin gerade bei Büchner und Thomas Mann. Wie ist mein Akzent?«

»Wie bei einem Tanzbären.«

»Nicht der Tanzbär hatte einen Akzent, sondern die Leute, die mit ihm zusammen waren.«

Später gehen wir ein paarmal um das »Odéon«. Die Straßen und Bistros sind leer. Nur in einem großen, kahlen und schamlos beleuchteten Café sitzt in einer Ecke eine ältere Frau. Sie rührt in einem Glas Tee. Aus dem Hintergrund kommt ein Mann mit einem Geigenkasten. Er geht zu der Frau, verbeugt sich, packt seine Geige aus und spielt ihr wie ein ungarischer Stehgeiger aus fünf Zentimetern Entfernung ins Ohr.

Ich frage das Mädchen: »Wie heißen Sie? Ich meine, mit Vornamen.«

»Lila. Wie die Farbe. Jeder Mensch hat ja eine bestimmte Farbe. Meine ist Lila. Cocteau, bei dem ich einmal eine Kinderrolle spielte, war blauschwarz wie ein Mistkäfer. Colette, deren Katzen ich im Garten des Palais Royal beaufsichtigen mußte, war von einem lasziven Purpurrot. Gide, der manchmal bei meinem Vater eine Zigarette rauchte, war dunkel violett. Mauriac war schwarz, Eluard pepita und Queneau grün und weiß gestreift. Du erscheinst mir auf den ersten Blick preußisch-blau. Wie heißt du übrigens?«

»Henri«, sage ich, »wie der Vierte. Aber violett wäre mir auch lieber. Nicht wegen Gide, sondern weil ich mich dafür halte.«

»Es ist immerhin das blaueste Blau«, sagt sie, »und wieso heißt du Henri? Du bist doch kein Franzose.«

»Hugenotten«, sage ich, »die Juden eures Sonnenkönigs.«

»Mein König war das bestimmt nicht.«

Pause.

»Wie schreibst du übrigens Henri? Mit ›i‹ oder mit ›y‹?«
»Je nachdem.«
Sie lächelt mich ironisch an. Ich lächele ehrlich zurück. Ich weiß, daß mein Stündlein geschlagen hat.
»Du scheinst tugendhaft und tapfer zu sein«, sagt sie, »wie der Schimpanse Joe aus Tokio, von dem die japanischen Manager lernen.«
»Die Rückkehr zu den Vätern«, sage ich, »die Mayas sagen nicht, der Mensch stamme vom Affen ab, sondern die Affen vom Menschen.«
»Affen sind doch viel zu gutmütig, um vom Menschen abstammen zu können.«
»Die Mayas sind weise Männer. Sie meinen, die Affen würden nur deswegen nicht sprechen, um nicht für den Menschen arbeiten zu müssen.«
»Leuchtet ein.«
»Ich war mal da drüben. In Yukatan. Als ich den Indios sagte, ich suchte meinen Bruder, da brachten sie mir einen Schmetterling. Klingt wie Kitsch, ist aber wahr.«
Sie lächelt jetzt ohne die kleinste Spur von Ironie. Dann steht sie auf, steht genau vor der elektrischen Birne, die über dem Tisch hängt, und gleicht zwei, drei Herzschläge lang einem farbig fotografierten Strahlentierchen.
»Komm«, sagt sie, »ich möchte hier weg. Bring mich zum Auto.«
Ich bringe sie hinaus. Sie verschwindet in ihrem Döschwoh, klappt die Scheibe rauf und sagt: »Wenn du mal wieder in Paris bist, kannst du mich vielleicht anrufen. Wenn du magst. Hier hast du meine Nummer.« Und sie schreibt diese Nummer auf ein Stück Zeitung und gibt sie mir.
»Also dann«, sagt sie.
»Also dann«, sage ich.
Aber sie fährt noch immer nicht weg. Endlich rollt sie langsam davon, den babylonischen Türmen hinter der Place d'Italie entgegen. Doch dann hält sie noch einmal an, fährt schnell rück-

wärts, klappt die Scheibe hoch und fragt: »Verstehst du was von Träumen? Ich habe letzte Nacht geträumt, ich sei eine Chinesin, die mit vielen anderen Chinesinnen einen Bach über einen Berg tragen sollte. Wir haben ihn eingefroren und in Stücken über den Berg getragen, wo wir ihn in ein neues Bett legten. Weißt du, was das bedeutet?«

»Es wird etwas mit deinem freien Willen zu tun haben«, sage ich einfältig.

»Dein freier Wille steht vorne etwas offen«, sagt sie und lächelt meine Hose an.

»Es steckt ein gewisser Genuß in einer Gemeinheit«, sage ich und schließe den Reißverschluß.

Sie fragt: »Hast du eine Freundin? Ich meine, lebst du mit irgend jemandem zusammen?«

»Ja ... mit einem Kater, der Terribile heißt und ein großer Sammler von Dämmerungen ist.«

Jetzt gibt sie endgültig Gas und verschwindet in einem feinen blauen Rauch.

Wieder ein Tag. In der Nähe der Porte St. Denis geht Mar auf eine hübsche Mulattennutte zu, rote Perücke und porzellanblaue Augen, die ins Weite gucken. Sie nehmen nichts wahr, weder die Passanten noch die Omnibusse, weder die Zuhälter noch die anderen Flittchen, zu schweigen von den billigen algerischen Strichjungen.

»Guten Tag, Polly«, sagt Mar, und er sagt es so, als sei es das selbstverständlichste Ding der Welt, hier »Guten Tag, Polly« zu sagen. Sie lächelt erst vage, dann erkennend, dann küßt sie Mar auf beide Backen.

Mar wendet sich uns zu und sagt: »Das ist Polly, sie war Gustavs Freundin.«

»Wieso war?« fragt Polly.

»Gustav ist tot«, sagt Mar. »Trinkst du einen mit uns?«

»Eigentlich müßte ich auf Kundschaft warten«, sagt Polly, »aber im Augenblick ist wohl nichts los.«

Wir gehen ins nächste Bistro, und Mar erzählt, was er noch von Gustav weiß.

»Der arme Gustav«, sagt Polly, »er wollte mindestens neunzig Jahre alt werden. Und nun! Er wollte auch immer wie ein junger Mann sein. Aber er stand ihm nur noch selten. Und wenn er ihm mal stand, dann kannte sein Stolz keine Grenzen. Da mußte ich ihn bewundern. Er war ein stolzer, aber auch ein großzügiger Mann. Ich habe ihn geliebt, wie man einen Bruder liebt.«

»Er schreibt von dir in seinen Erinnerungen«, sagt Mar, »er schreibt, er habe immer so schön mit dir geplaudert, aber er habe es nie mit dir getrieben, weil er mit Nutten einfach nicht gekonnt habe.«

Polly lächelt: »Er hat's schon auf der Treppe nicht mehr ausgehalten. Ich mußte mir vorher immer die Hose ausziehen und den Rock hochheben, wenn wir die Treppe hinaufstiegen. Er hat nie mit dem Geld gespart. Er war kein ... wie sagte er doch gleich ...? ›Chupaflores‹ – so sagt man in Mexiko zu einem, der eine Nutte nicht bezahlen will, es heißt ›Blumensauger‹. Wenn ihr wollt, könnt ihr ja so einen kleinen Gustav-Gedächtnisfick haben. Mache euch einen Freundschaftspreis. Habt ihr Lust?«

»Nett von dir«, sagt Mar und schiebt ihr zwei Hundertfrancsscheine rüber, »aber heute haben wir keine Zeit.«

»Schade«, sagt Polly, »hätte es gern für euch gemacht. Bis zum Abend ist noch so viel Zeit. Na, denn auf bald.«

»Auf bald«, sagen wir aus einem Mund.

Als wir durch die Rue Rambuteau gehen, sagt Mar: »Gustav war außerordentlich stolz auf seine Männlichkeit und darauf, daß sich seine Prostata so lange nicht gemeldet hatte. ›Ich bin kein 'pendeja'‹, war sein zehntes Wort. ›Pendeja‹ nennt man in Mexiko einen Schlappschwanz. Er sagte auch: ›Keine Mahlzeit ist appetitlicher als die Frau eines andern.‹ Auch das ist mexikanisch. Aber gewöhnlich versagten sich ihm die Frauen der andern. Seine Methoden, sie zu erobern, waren nicht immer koscher. Einmal versuchte er, unter der Tischplatte eines Stuttgarter Cafés einer Schweizer Chefredakteurin, von der er große

Aufträge erhoffte, seine ungewöhnliche Fingerfertigkeit zu demonstrieren. Aber sie stieß nur einen tragischen Schrei aus, der die ganze anwesende Kaffeeklatschgesellschaft erstarren ließ und Gustav zu einem nicht salonfähigen Lustmolch abstempelte. Sie floh zurück in die Alpen, und mit den Aufträgen wurde es nichts.«

Die andern sind schon vorweg gegangen. Wir sind heute abend bei Frédéric, der an der Place de Furstemberg wohnt, im gleichen Haus, in dem auch das Atelier von Delacroix steckt. Ich hole vorher noch Ren ab, der schon wieder voll wie eine Haubitze ist. Frédéric hat die Dachwohnung im Hinterhaus mit einem schönen Blick in die Gärten. Als wir dazukommen, stehen die andern mit ihren Gläsern hinter den Fenstern, und Mar fragt gerade Frédéric: »Warst du eigentlich mal wieder in Deutschland?«

»Ist schon Jahre her«, sagt Frédéric und beugt sich zu seinem französischen Mops hinunter, der aussieht wie ein Negerliliputaner, der Bodybuilding macht. »Ich wollte nach Frankfurt wegen irgendeiner Lizenzgeschichte. An der Gare de l'Est kaufte ich mir eine deutsche Zeitung, die ich aber erst hinter Bar le Duc aufschlug. Da stand, daß ein Hamburger Pfaffe namens Thielicke die Bundeswehr um Entsendung von sechzig Offizieren in Uniform gebeten hatte, die als ›beruhigendes Element‹ in seine Hamburger Kirche geschleust werden sollten. Das stand da wörtlich: ›beruhigendes Element‹. Er fürchtete Tumulte, die die Studenten, die eine Menge guter Fragen zu stellen hatten, auslösen könnten. Diese unheilige Allianz zwischen Kirche und Militär ließ mich in Metz aussteigen und zurückfahren.«

»Gegen Demokraten helfen nur Soldaten«, singt Mar, »das hat Preußens König schon achtzehnhundertachtundvierzig gesagt. Die anderen ›komischen Vögel‹, Heine und Börne, entkamen seinen Schrotschüssen nur, weil sie durch die Bäume des Tiergartens entwischen konnten.«

»Als ich Gustav von diesem Hamburger Pfaffen erzählte«,

sagt Frédéric, »meinte der: ›Das ehrt dich, mein Lieber, daß ein so geringer Anlaß eine so große Wirkung auf dich hat, aber was würdest du sagen, wenn du die ganze Wahrheit erfahren würdest?‹

›Für mich steckt da die ganze Wahrheit drin‹, sagte ich ihm, ›ich bin ein Symbolist.‹

Gustav lachte nur. Und dabei war ihm gar nicht danach. ›Der Schlaf der Vernunft gebiert Ungeheuer‹, sagte er.

Er war ja auch zum zweiten Mal auf die Nase gefallen. Das erste Mal war es sein Flirt mit der roten Braut gewesen, der ihn beinahe Kopf und Kragen gekostet hatte, ein Flirt weit unter seinem gesellschaftlichen Niveau. Jetzt war es der Flirt mit dem einen der beiden deutschen Torsi. Er hatte nach fünfundvierzig an die Wiedergeburt einer Venus aus reinem Schnee geglaubt, an ein ›goldenes Zeitalter der Demokratie‹, er hatte auf ihre Tugenden gesetzt, auf soziale und sonstige Gerechtigkeit und politischen Anstand, auf den Geist der Paulskirche und vor allem auf eine radikale Absage an die jüngste, die nazistische Vergangenheit. Statt dessen war der gekommen, den er nur den ›schrecklichen Alten‹ nannte, und hatte von Anfang an diese neue Demokratie korrumpiert. Er hatte alle faulen Tricks aus der Wundertüte Macchiavellis gezogen, die Verleumdung zu einer Waffe gemacht, mit der er seine politischen Gegner, die Täuschung zu einem Stilmittel, mit dem er das Parlament erledigte. Endlich hatte er, um die Stimmen aller alten Nazis für seine C-Partei zu sichern, den Schreibtischtäter und Kommentator der nazistischen Judengesetze, den Globke, zu seiner rechten Hand gemacht, und dieser hatte mit dieser rechten Hand all seine alten braunen Stallgefährten herangewinkt, all diese faulen Früchte aus Justiz, Militär, Geheimdienst, Kapital, Industrie und Kirche, und die waren alle, alle gekommen und hatten sich in Bonn zu den ›Männern der ersten Stunde‹ gemausert, mit denen der ›schreckliche Alte‹ Zug um Zug die Restauration gewonnen hatte. Als er dann auch noch die Wiederaufrüstung klammheimlich durch die Hintertür eingeschmuggelt hatte, um dem Geburtsschein der Demokratie auch gleich den Totenschein anzuhängen, da war Gustav zurück nach Mexiko gegangen, wo ihn alsbald die ›pistoleros‹ heimsuchten. Erst als Heinemann zurücktrat, hatte er neue Hoffnung geschöpft. Aber kaum wieder in Deutschland, hatte er erlebt, wie das Volk der Dichter und Denker jede Erinnerung an seinen jüngsten kollektiven Wahn mit dem Puder des ›Wirtschaftswunders‹ zudeckte, so lange, bis das Darunterliegende unkenntlich geworden war. Trotzdem war Gustav geblieben und hatte versucht, in diesem beschmutzten Nest auch ein paar Körner zu ergattern. Ich habe das nie verstehen können, aber mir hat das Wasser auch nie bis zum Hals gestanden.«

Ede seufzt und sagt: »Ich war damals wie heute nur ein kleines Licht. Aber so ein bißchen konnte ich doch ins Düstre leuchten. Ich war damals Kameraassistent bei der UFA, als sie die Bundesrepublik aus der Taufe hoben. Es war am achtzehnten November neunundvierzig im Bonner Museum König. Die Herren in dem üblichen Schwarz, dazu das passende Leichenschauhauslicht und ringsum die Skelette von irgendwas Riesigem, Fossilem, Saurierhaftem, die man mit dünnen Tüchern abgedeckt hatte, aber die Knochen schimmerten durch, die Schulterblätter zeichneten sich ab, die Knie, die Rippen, die gewaltigen hirnlosen Schädel. Selbst ein so kleines Licht kapierte das zufällige Gleichnis: die Saurier waren mitten unter uns. Noch zugedeckt … aber …« Ede schnauft. Die Erinnerung setzt ihm zu, »… aber deutlich zu erkennen. Man mußte nur ein bißchen genauer hinsehen.«

»Heute«, sagt Frédéric, »heute mag ich nicht mehr nach Deutschland. Du kannst hier an meinem Kiosk die ›Deutsche Nationalzeitung‹ kaufen, wenn du weißt, was das ist. ›Der Stürmer‹ als Phönix aus der fünfundvierziger Asche. Ein Land, das sich diese Zeitung leistet, kann ich nicht besuchen. Ich kann mich nicht noch einmal besudeln lassen. Ich bin jetzt sechsundsechzig, und der Schreck über den kollektiven Wahnsinn, den man das ›Dritte Reich‹ nennt, steckt mir noch immer in den Knochen. Ich will davon nichts mehr hören. Jedesmal, wenn ich zu meinem Kiosk gehe, sehe ich dieses Dreckblatt, dessen Schlagzeilen sogleich den Alptraum meines Lebens wiedererwecken, den eure Regierenden keineswegs beruhigen, den eure Richter und Gerichte tagtäglich aufs neue mästen. Und außerdem gefällt mir auch sonst der Stil nicht, der hinterm Rhein geschrieben wird. Seitdem ihr die Juden fehlen, ist diese Germania noch schwerfälliger geworden, spricht sie nie ohne Manuskript, schwitzt sie vor Anstrengung beim Denken.«

Frédéric ist ganz weiß und sehr erschöpft. Er hat sich furchtbar aufgeregt.

Am nächsten Vormittag treffe ich Elsa, Rens Frau, die in der Rue de Buci einkauft. Ich lade sie zu einem Kaffee ins »Procop« ein, und zu meiner Überraschung sagt sie sogleich zu.

»Du glaubst, ich könnte dich nicht leiden«, sagt sie, »aber ich bin so grob und so laut, weil alles zuviel für mich ist. Ich kann nicht mehr. Ich bin einfach am Ende. Er trinkt. Das ist seine Antwort auf das Leben, auf mich, auf seine Pleiten, auf seine Impotenz. Eben auf alles.«

»Er hat sich verändert«, sage ich, »ich dachte, das läge an dir.«

»An mir«, sagt sie, »an mir. Als wenn etwas an mir liegen könnte. Weißt du überhaupt, wer seinen Stand auf dem Flohmarkt zertrümmert hat? Es waren die Algerier, seine früheren Liebhaber. Die haben es ihm übelgenommen, daß er sich plötzlich mit einer Frau abgab. Er war ihnen hörig und ist es wohl immer noch. Das letzte Mal war vor vier Wochen, daß sie seine Bude umlegten. Als ich ihn kennenlernte, war er ihnen völlig ausgeliefert. Er gab ihnen all sein Geld, nur damit sie ihm dann und wann ihre schmutzigen Ärsche hinhielten. Er war ungeheuer einsam und griff nach mir, wie ich nach ihm griff. Mir ging es überhaupt nicht ums Bett. Ich wußte ja, daß er ein Schwuler war, und hätte mich nie daran gestört. Schwule sind einfach nett zu Frauen. Sie verstehen uns besser als Männer. Sie mögen nicht das Weiche und Labbrige. Sie mögen das Feste, den genauen Umriß, die kleinen harten Hinterbacken. Ich selbst hatte gerade meine eigenen Erfahrungen hinter mir. Ich hatte mit zwanzig einen Studenten geheiratet, einen Physiker, genauer einen Atomphysiker. Das ist ein verdammt langes Studium. Er heiratete mich direkt von der Kunstschule weg, wo ich Fotografie gelernt hatte. Dann habe ich acht Jahre in einem Fotogeschäft gearbeitet. Paßfotos, Kommunionbilder, Hochzeiten und Taufen und den ganzen Scheiß. Ich verlor dabei alle Illusionen. Subjektive Fotografie und so. Aber einer mußte ja das Geld verdienen. Schlimm war nur, daß schon im ersten Jahr ein Kind kam. Aber ich tröstete mich immer mit der Zukunft. Atomphysiker kriegen eine Menge Geld, wenn sie einen Job haben. Und den hatten wir in Aussicht. Mein Mann bekam den Job. Ich kaufte ihm eine goldene Sprungdeckeluhr. Er nahm sie und sagte: ›Schönen Dank, Elsa. Du warst immer sehr lieb zu mir. Aber nun ist es Zeit, daß wir an eine Trennung denken. Du bist zu alt für mich. Mein Leben beginnt erst. Ich möchte eine junge Frau haben. Ich schlafe übrigens schon seit einem Jahr mit ihr. Sie heißt Irmgard und ist achtzehn.‹

Ich dachte damals, ich würde draufgehen. Aber da war das Kind. Ich habe ihn nie wieder gesehen. Selbst um die Alimente mußte ich mit ihm prozessieren. Einmal habe ich das Kind meinen Eltern gegeben und bin nach Paris gefahren. Mit einem französischen Freund. Wir stiegen in einem kleinen Hotel auf der Ile St. Louis ab. Wir hatten eine wunderbare Nacht. Er versprach, mich zu heiraten. Auch zu dem Kind wolle er gut sein. Am andern Morgen war er verschwunden, und ich habe ihn nie wieder gesehen. Ich muß irgend etwas haben, das alle Männer veranlaßt, mich im Stich zu lassen. An jenem Tag, der ein sehr schlimmer Tag für mich gewesen war, traf ich Ren.«

Ich schaue Elsa an, und von einem Augenblick zum andern bemerke ich wie durch ein Vergrößerungsglas ihre Schönheit, ihren gewaltigen Haarschopf, ihre knabenhafte Figur, ihre langen Beine, und selbst ihr Mund gefällt mir. Wenn sie ihn doch nur zu ließe.

Am nächsten Tag steht eine große Nummer auf dem Programm: Jan, einer der wenigen alten Freunde von Gustav, denen er Einblick in sein Intimleben erlaubte. Wir drehen ihn an dem gleichen Tisch im »Procop«, an dem schon Voltaire und Konsorten Gedanken über die Liebe vom Stapel gelassen hatten, damals, als sie sich anschickten, die Welt umzukrempeln.

Jan sagt: »Gustav ließ gern durchblicken, daß er ein ›homme à femmes‹ war, immer unterwegs von einer zur andern, immer den Jugendlichen gespielt, aber eines Tages knackte es in seinem Gehäuse, und es ging kaum noch was, und er sagte mir hier, an diesem Tisch, ungefähr das folgende: ›Weißt du, Jan, Mutter Natur mit ihren dicken Titten und ihrer nassen Vulva ist einzig und allein an unseren Fortpflanzungsorganen interessiert, wenn sie jung, frisch und fortpflanzungsfreudig sind. Nur dann sind ihr, der Mutter Natur, frische und appetitliche Kinder garantiert. Kinder aus welken Lenden und trockenen Muttermündern lassen sie kalt. Können die Alten es gar nicht lassen, ihre Werkzeuge der Lust weiter anzuwenden, läßt sie diese vertrocknen, einschrumpfen oder zuwachsen. Mutter Natur hat die Schnauze voll von uns und nicht das geringste Interesse daran, uns einen Gefallen zu tun. Unsere Seele merkt, wie der Kerker, in dem zu hausen sie einmal gezwungen wurde, brüchig und wacklig wird. Und durch die Spalten sieht sie mal wieder nach oben und bemerkt auf seinem Wolkenkanapee Gott, keinen Geringeren als ihn. Und sogleich beginnt sie, mit ihm zu schmusen, sich anzubiedern und ihn als den einzigen Sinn des Lebens hochzujubeln. Und mit jedem weiteren Riß im Gemäuer werden diese Bekundungen inbrünstiger, aufdringlicher und zerknirschter. Der Alte oben hört kaum noch hin. Und dann, eines schönen Tages, kracht es in der Prostata, und man betrachtet entsetzt die Gebrechlichkeit seiner Kanalisation. Man muß dauernd pinkeln, und jedes Pinkeln bringt uns dem Alten näher. Man fleht, aber der tut stocktaub. Statt dessen hörst du wahrhaftigengottes die Engel im Himmel pfeifen. Und dann liegst du eines gesegneten Tages auf dem Sterbebett, und einer der allzu vielen Ärzte erzählt dir einen der üblichen dreckigen Ärztewitze, aber ehe die Pointe kommt, sticht er dir die Nadel in die Vene, und du wachst auf und pinkelst noch ein bißchen Blut, aber der Prostata, der haben sie's gezeigt, und du pinkelst wieder normal, und der Alte da oben ist so weit weg wie immer und läßt dich allein zurück mit deiner Sorge um deinen baldigen Tod. So ist das.«

Wir hängen betreten am Schragen und kippen einen Roten nach dem andern. Dann packen wir ein und verlassen das »Procop«, und draußen ist der Tag des Milchmanns, alles grau, und wir verladen unsern Schiet und schauen einem kleinen mickrigen Mann mit einem großen Schnurrbart nach, und Mar sagt: »Seht mal, da geht der Georges Mathieu, der Kalligraph.«

Der kleine mickrige Mann macht halt, sieht einem dicken Frauenzimmer nach und schwenkt in ihr Kielwasser ein.

Am nächsten Morgen klopft Mar an die Tür und sagt: »Beeilt euch, wir müssen gegen zehn bei Malraux sein.«

Das ist eine echte Überraschung. Wir hatten gar nicht gewußt, daß Mar auf diesen schillernden Käfer spitz gewesen war, dessen Geschwätzigkeit mich buchstäblich genervt hatte, als ich seine »Antimemoiren« lesen mußte. Mar hatte mich dazu gezwungen.

Im Palais Royal müssen wir lange warten. Alles ist Stil Louis ichweißnichtderwievielte, mit Seidentapeten, Bronzekandelabern, Intarsienklimbim, Gobelins, Boule & Company, dieser ganze Perückenplunder, der hier auch das Interieur der Hirnkästen der Konservativen möbliert (Aber welcher Franzose ist nicht konservativ, wurscht, ob schwarz, grau, rosarot oder einfach rot? Welcher nicht?), ihr Denken und Handeln beeinträchtigt, ich meine, ihren gottverdammten Chauvinismus, das intellektuelle und ästhetische Festklammern an eine Zeit, die von der Revolution 1789 in den Arsch getreten wurde, 40 und 48 und 70/71 und immer wieder durchs Hinterstübchen reinkam, dessen Tür zuletzt Grand Guignol über und überweit aufriß ...

Endlich dürfen wir über kniehohe Teppiche ins Allerheiligste, die Lampen aufstellen und die Kamera, und ich setze mich auf Malraux' Sessel, und Ede fingert mit seinen diversen Eieruhren an mir herum und mißt das Licht und setzt noch eine besonders feine Spitze, und dann kommt ein Livrierter, winkt mich aus dem Sessel und flüstert, der Herr Minister komme sofort.

Und dann kommt er, klein, lebhaft, von Vibrationen geschüttelt, zuckend, bebend, in einem grauen Anzug à l'anglaise, uns zerstreut betrachtend, den runden Schädel ein wenig schräg haltend, die Blicke hin und her flitzend, zitternd an der Zigarette saugend, ein Gnom, dem eine Fee eins draufgab. Die Lider eines polychromen Christus von Herrera über dem vollen Knautschmund Tino Rossis. (Hab das erste aus seinem »Imaginären Museum«, das zweite sehe ich selbst.)

Ehe Mar auch nur sein »Exzellenz, ich darf Sie bitten ...« rausbringt, beginnt Exzellenz zu reden, aber »reden« drückt das nur sehr unvollkommen aus: Er entläßt Fluten von Wörtern, die sich zu schier endlosen Sätzen formieren, unter-, über- und nebeneinander, die ihn wie Wasserfälle umsprühen, wie Bäche an ihm hinunterspringen und wie eine ozeanische Flut über ihm zusammenschlagen. Uff. Er spricht von sich und den Roten in China, von Spanien und seinem Besuch bei Mao, von de Gaulle und den Widerstandskämpfern, von Gott und der Welt. Nur von Gustav R. sagt er kein Wort.

Mar stürzt sich kopfüber in seinen Wortschwall, versucht ihn zu teilen wie weiland Moses das Rote Meer, aber es nützt nichts. Ede sieht fragend zu Mar, aber Mar winkt, er solle nur ruhig laufenlassen. Das sei schon was, was jener da von sich gebe. Film durch! Na, Gott sei Dank. Nun muß er unterbrechen. »Exzellenz«, sagt Mar, »darf ich Sie bitten, uns etwas von Ihrem Freund Gustav R. zu erzählen.«

Malraux saugt so heftig an der Zigarette, daß er sie beinahe verschluckt. Seine lebhaften Augen kreisen in ihren roten Höhlen wie Glaskugeln in einer Tasse. Er sagt: »Ich entsinne mich dieses kleinen Mannes mit dem trapezförmigen Kopf, den Albrecht Dürer auf dem Blatt von ›Ritter, Tod und Teufel‹ allen dreien gab, sehr genau, obwohl ich dazu anmerken muß, daß die Farbigkeit, die Dürer erst in Venedig gewann, diese Farbigkeit, in die Giorgione den Tizian hüllte, der sie wiederum auf die Palette Goyas drückte, Gustav R. ebenso fehlte wie die Fülle, die Goethe, dieser große Verneiner Dantes, ausgoß, um die harmonische Beziehung des einzelnen zu den landschaftlichen Elementen der Natur in Frage zu stellen, dieses kleinen Mannes mit dem engen Mund, der Zadkineschen Nase und dem Willen zum Aufsteigen, wie sie uns an der orphischen Himmelfahrt des Grünewaldschen Christus nicht weniger beklemmen als in der Bewegung, mit der Masaccio den Zinsgroschen an den Rand seines Bildes drückt, wodurch die Formen zum Stil werden, was wiederum Gustav R. nicht war, denn er verteidigte die Freiheit mit dem Argument der Verfälschung, die uns an der Wahrheit eines Lipchitz ebenso zweifeln läßt wie an der Aufrichtigkeit eines Duccio, wenn wir beide an einem der Köpfe der Osterinsel messen, an einer sumerischen Kleinplastik oder einem koptischen Horus Legionarus, womit ich sagen möchte, er hatte keine Einheit, ebenso wie Grünewald, Velazquez, Corot oder Chardin, ja selbst Goya, die ja alle keine Einheit hatten, da ihre Beziehung zur Farbe erst vor den Werken der Impressionisten sichtbar wird. Genügt das?«

»O ja, Exzellenz«, sagt Mar und dreht sich so lange im Kreise, bis Malraux, die Augen rollend, die Nerven wie ein Traber spielen lassend, zappelnd, zuckend, an der Zigarette saugend, als gelte es, einen Elefanten auszusaugen, den Raum verläßt. Zurück bleiben die erblindeten Spiegel.

»Ich habe kein Wort verstanden«, sagt Willy.

»Das war doch nicht schwer«, sagt Ede, »er meinte, an Gustav R. sei nicht viel dran gewesen.«

»Der ganze Kerl ist ein imaginäres Museum, das sich ununterbrochen selber plündert«, sagt Mar. »Es kann mir gar nicht gefallen, daß er sich auch dann noch zur Schau stellt, wenn er längst vor die Hunde gegangen ist. Er hat mal ein großes Buch geschrieben, die ›Conditio humana‹. Auch hatte er eine Menge Einfälle, und er war einer der geschicktesten Burschen in der

Vermarktung seines Lebens. In seinen ›Antimemoiren‹ habe ich übrigens vergeblich nach Gustavs Namen gesucht. Er bedeutete in Frankreich sicherlich zu wenig, um sich mit ihm zu schmükken. Im Schatten de Gaulles oder Maos ließ sich besser leuchten. Gustav dagegen schmeichelte Malraux, indem er dessen Haus, in dem er und Marieluise während ihrer Emigration eine Weile unterschlüpften, mit dem Hof von Urbino, Malraux mit dem Papst Leo X. und sich selbst mit Aretino verglich. Er war nie zimperlich mit Vergleichen.«

Mar macht eine Kunstpause, dann fährt er fort: »Als Gide sechsunddreißig einmal kurz bei Malraux reinschaute, litt er schon damals unter der endlosen Suada dieses blendenden und verblüffenden Rhetors, der niemals die geringste Sorge hatte, ob er seine Zuhörer langweilte oder erschöpfte. Ihm kam es nur darauf an, sich selbst zuzuhören. Gide verließ ihn mehr niedergeschlagen als angeregt. Übrigens: Hier ganz in der Nähe gab es eine kleine altmodische Kneipe, da konnte man den besten Fisch und die besten *fruits de mer* von ganz Paris essen. Vielleicht gibt es diese Kneipe noch.«

Also machen wir uns auf den Weg und finden die Kneipe, in der die Kanalrutscher im blauen Overall neben dem feinen Pinkel im Nadelstreifenanzug sitzen, die Nutten neben der Dame, der magere Kanzlist neben dem fetten Anwalt. Die Wirtin, dick, aber schön wie ein Engel, den Kopf voll gelber Locken, kommt mit der handgeschriebenen Speisekarte und ordert sogleich und ohne unsere Bestellung abzuwarten. Froschschenkel und Calamares, die heute ganz besonders seien, »tropfnaß aus dem Meer«.

Ede heftet seinen Blick auf eine Dame mit schwer hängenden Brüsten und ähnlichen Blicken. Aber sie sieht über ihn hinweg und fixiert einen Kerl, der seine Jacke über die Stuhllehne gehängt hat und ungeniert seine Muskeln aus Blei präsentiert, in die man gern etwas reinritzen würde. Die Froschschenkel kommen, und ich fühle mich angesichts ihrer Menschenähnlichkeit wie Tantalus, der ekle Gourmet. Und als ihnen die Krabben folgen, muß ich an die abertausend Krabben denken, die im Wattenmeer mit dem linken Greifer ihr winziges Weibchen zärtlich an die Brust drücken, während sie mit dem rechten einem andern Weibchen zuwinken, und ich bitte sie alle um Vergebung, weil sie mir so gut schmecken.

Inzwischen ist es Ede gelungen, die Blicke der Dame mit den schweren Brüsten auf sich zu ziehen. Er nagt an den Köstlichkeiten aus See und Teichen und fixiert zugleich ununterbrochen jene Dame, die sich unter dieser Brause von Blicken erhebt und zur Toilette schreitet, wobei sie Ede Gelegenheit gibt, auch ihr schwer hängendes Gesäß zu bewundern. Ede steht auf so was. Als ich nach dem Typ mit den bleiernen Muskeln schiele, ist er weg. Daher also das keimende Interesse der Dame an Ede.

Ich sage der Wirtin, ihre Froschschenkel seien bezaubernd und obszön gewesen und ihr Zusammengekochtes aus Calamares, Krabben, Tomaten, Wein und Knoblauch habe mich an Katalonien erinnert, und die Wirtin nennt mich einen Filou, sie sei tatsächlich aus Collioure, wo sie einmal einen deutschen Leutnant geliebt habe, ja, wirklich geliebt, und niemand habe ihr dafür den Kopf geschoren oder so was. Sie habe die Deutschen nicht ausstehen können, aber ihn habe sie geliebt. Man müsse da schon zu unterscheiden wissen.

»Wie wär's mit Käse?« fragt die Wirtin.

»Haben sie Ziege?« fragt Mar.

Sie nickt, legt für einen Augenblick Ede die Hand auf die Schulter und schlurft davon. Wenig später kommt sie mit einer Käseplatte für 40 Francs zurück. Ihr Hündchen begleitet sie. Sie stellt den Käse auf den Tisch, bückt sich zu ihrem Hündchen und putzt seinen Schwanz wie Tafelsilber.

Sie sagt: »Wir haben ihn am zwanzigsten Juli von einem Laternenpfahl abgebunden, an dem er schon seit sechs Tagen gestanden hatte. Der vierzehnte Juli ist der Stichtag. Da fahren die Franzosen in Urlaub und schmeißen ihre Hunde und Katzen auf die Straße. Sind die Deutschen auch so? Glauben Sie mir: Die Franzosen haben kein Herz für Tiere. Und dabei sind sie so liebe Kerle. Nicht wahr, Ninette? Immer, wenn ich ihn ins Bett hebe, macht er sich so leicht wie eine Feder, und immer, wenn ich ihn wieder hinaussetze, macht er sich schwer wie Blei. So sind sie, die kleinen Affen.«

Wir gedenken all der einsamen, verzweifelten kleinen Hunde und Katzen in aller Welt, bedauern die Herzlosigkeit der menschlichen Rasse und werden richtig melancholisch. Erst als wir unsere Mahlzeit mit einem kleinen »Schwarzen« zukorken, in den wir ein Gläschen Calva gießen, hebt sich unsere Stimmung wieder. Ede kippt einen Doppelten nach und fängt an, wahrhaft tiefsinnig zu werden, und das heißt bei ihm, in seinen Erinnerungen zu kramen. Aber so sind sie alle, die alten Knaben: Immer, und meist zur unpassendsten Zeit, werden sie von ihrer Vergangenheit eingeholt.

Im Hintergrund lehnt die Wirtin schwer atmend an der Theke. Zerstreut streicht sie ihrem Hund die Zotteln aus den Augen. Ede tritt hinzu und sieht beide warm an. Sie saugt ihn mit ihren Blicken in sich hinein. Ede putzt sich wie ein Maibaum auf, legt die Schweinsohren an, um mit möglichst geringem Luftwiderstand in diesem Strudel verschwinden zu können, und sagt die jetzt und hier völlig unerwarteten Worte: »O du schöne Wiege meiner Leiden.«

An der Scheibe drückt sich die gierige Brut der Nutten die Nasen platt. Es ist ein tiefer Abend, in dem allein der Finger von St. Eustache den Weg zur ewigen Seligkeit zeigt.

Als ich um Mitternacht durch die Rue d'Amsterdam aufwärtslaufe, um einen Gruß bei Heine und seinem dicken Weib Mathilde (180 Pfund) abzugeben, versuchen mich Notre Dame des Fleurs und Pepe el Culito, das »kleine Arschloch«, anzumachen. Aber ich bin mit meinen Gedanken ganz woanders.

Mar hat sich entschlossen, die Begegnung zwischen Gustav R. und Claire Goll in den Ruinen der Pariser Hallen zu drehen. Er möchte Claire, die unsterbliche Dichterin, einfach mit einem großen Wachsblumenstrauß durch Pompidous Trümmer- und

Schutthaufen gehen und kleine, klagende Laute ausstoßen lassen. Er hat für heute einen Rolls Royce gemietet und nebst livriertem Chauffeur zu Claire geschickt. Er selbst ist nicht mitgefahren. Er fürchtet Witwen, deren ziegenlederne Knöpfelschuhe noch im 19. Jahrhundert gemacht wurden. Er kennt Claire seit zehn Jahren und weiß, weswegen er sie fürchtet.

»Machen wir zuerst mein Statement«, sagt Mar, »ich werde es wahrscheinlich in den Papierkorb werfen. Aber im Augenblick habe ich so schöne Gedanken, daß sie mir nur von der asomatisch anwesenden Claire eingegeben werden können. Seid ihr fertig?«

Aber Ede ist noch nicht fertig, und so kann sich Mar noch tiefer von Claire beeinflussen lassen, und ich sehe an seinem satten Säuglingslächeln, daß er sehr zufrieden mit dem ist, was er sogleich ins Mikro sagen wird.

»Mar – Claire die erste«, sage ich und schlage die Klappe.

Mar sagt: »Claire Goll ist weniger ein Mensch als eine raffiniert durchdachte Puppe, ein winziger Automat aus dem in seine Automaten verschossenen achtzehnten Jahrhundert. Der winzige, von zahllosen Leidenschaften bewegte Automat Claire ist gewöhnlich mit altmodischen, altbayrischen Trachtenkleidern verhängt, die den verführerischen Glanz einer katholischen Trompetenmesse in das staubige Grau der Rue Vaneau tragen. Mit gleichmäßigen, kleinen, von Gesundheitssandalen à la Raymond Duncan inspirierten Schritten durchmißt Claire die Distanzen zwischen Bäcker, Fleischer und Gemüsehändler ebenso unbeirrt wie die vierte Dimension, die sie von Ivan trennt. Ivan begegnet ihren Wünschen als blendend weißer Lichtstrahl, der sich im Claireschen Prisma spektral in Gedichte zerlegt. Dann verläßt er, wieder zu weißer Intensität gebündelt, die prismatische Dichterin, durchmißt das Weltall, das in sich zum Kreis gebogen ist, und trifft erneut das Prisma. Das Resultat dieser Begegnung sind Claires unsterbliche Lyrismen der ›Klage um Ivan‹: ›Schon Grünspan an deiner Schläfe, Schläfer der Dämmerung …‹ Claires Wohnung ist ein Reliquienschrein, in dem sie – die Haare zur

hennaroten Perücke einer ägyptischen Tänzerin gestärkt – eine
immerwährende ›Hommage à Ivan‹ zelebriert. Umgeben von
seinen verschwenderischen Gedichten, den Fotos, die sein groß-
lippiges Gesicht aus allen Ecken schauen lassen, dem Schild
›Silence! Genie at work‹, mit dem er sein Arbeitszimmer vor ihr
versiegelte, seiner skelettierten, im chlorigen Weiß neuer Alabas-
teruhren schimmernden letzten Hand, umgeben von all diesen
Versatzstücken einer unruhigen Existenz, eilt der kleine Automat
Claire hin und her, tickt von einem tönernen Albatros, mit dem
die Eskimos ihre gläsernen Iglus erleuchten, zu einer winzigen
emaillierten Bronze-Ikone, mit der Tolstoi die Aufmerksamkeit
Rilkes honorierte, der sie wiederum über Claires zärtliches Herz
hängte, von einem hölzernen Chaplin, den Léger ihr schnitzte
und klebte, zu vier Faunsköpfen von Picasso ohne Widmung
des Undankbaren, von einem Pärchen ehrlicher chinesischer
Porzellanhunde, die der chinesische Außenminister zusammen
mit seiner seidenen Unterhose zurückließ, zu einer silberbe-
schlagenen Pistole, mit der sich Pancho Villa für die Rettung
seiner Seele durch Claire bedankte und so weiter und so weiter.
Claire gibt vor, all diesen hübschen Dingen entsagt zu haben,
aber die zärtliche Kälte, mit der sie sie mustert, stellt ihre spröde
Askese in Frage. Sie betrachtet ihren Reliquienschrein mit der
geheuchelten Gleichgültigkeit eines mit Märtyrersplittern reich
gesegneten Pfarrers, und wie jener, so rechnet sie im stillen die
Leibrente aus, die sie für ihre Schätze verlangen kann, gleich, ob
vom französischen Staat, einem Spezialisten wie Malraux (der ihr
seinerzeit den Eskimoscherben auf die weiße klitzekleine Brust
gelegt hatte) oder der Stadt Paris, deren sämtliche Bürgermeister ein paar Kubikzentimeter ihrer Kraft in Claire deponierten.
Auch eine Witwe muß leben, und diese hier will es! Der Wille
eines Automaten, auch wenn er noch so zierlich ist, hängt von
einer stählernen Feder ab. Er bricht mit dieser. Die Zahnräder,
die von dieser Feder getrieben werden, alle ›made in Germany‹,
leider, tragen auf jedem Zahn den Namen ›Ivan‹. Wehe, wer den
Finger dazwischen steckt. Die schreckliche Witwe wird, wenn

nötig, nicht zögern, ureigenste Metaphern des Fingersteckers in noch unveröffentlichte Gedichte Ivans einzuschmuggeln, die sie erst noch schreiben muß. Die Geier der Kritik, dazu bestimmt, die Knochen der toten Dichter zu bewachen (die gleichen Knochen, die sie selbst des lebenden Fleisches beraubten), werden den Verwegenen nicht aus den Augen lassen und sich in dem Augenblick auf ihn stürzen, da Claire mit einem altmodischen Chiffontüchlein das Zeichen gibt. Er aber, der Große, an den sie nicht rühren läßt, Ivan, verfolgt mit nachsichtigen Pupillen unter schweren Lidern vom fernen Père Lachaise aus – auf seine Nachbarn Chopin und Rastignac gestützt – die Bemühungen seines rothaarigen Engels im Spencerkleidchen. Er seufzt wie eine der Harfen, die sein Volk in die Weiden an Wasserläufen Babylons gehängt hatte, und wendet sich seinen zahllosen weiteren Witwen zu, die indessen der erste Akkord der gis-Moll-Ballade seines rechten Nachbarn verscheucht. Der linke, Rastignac, hat inzwischen den Platz bezogen, den ihm Balzac anwies. Er mustert mit entschlossenen Blicken das in der Ferne ruhende Paris und ruft ihm die großartigen Worte zu: ›Nun wollen wir uns miteinander messen!‹«

Mar sieht uns fragend an. Wir applaudieren wie die Verrückten und sagen ihm, daß er selten so in Form gewesen sei. Einfach druckreif. Mar lächelt geschmeichelt, verbeugt sich und gibt sich bescheiden.

»Mar – Claire die zweite!« rufe ich.

»Mit Gustav R. war es damals so: Wir hatten uns bei Claire verabredet. Ich war zuerst da, wollte aber ohne Gustav nicht zu ihr hinein. Ich setzte mich auf den Treppenabsatz über ihrer Wohnungstür und wartete. Nach einer Weile kam ein Mann die Treppe herauf. Mitte fünfzig. Eine Art lederner Kutschermütze auf den Schädel genagelt. Manchesteranzug. Er blätterte in einer kleinen Aktentasche herum und sagte leise ›Claire Goll‹ und drückte die Klingel. Nach einer halben Minute, die sie sicherlich dazu benutzte, einen geschmeichelten Blick in einen ihrer durch kostbare Rahmen bestochenen Spiegel zu werfen, hörte man die Geräusche der zahlreichen Sicherheitsschlösser. Es sind die gleichen Sicherheitsschlösser, mit denen auch die Banque de France ihre Türen verschließt. Die Tür öffnete sich, und Claire trat heraus, als würde einer der köstlichen surinamesischen Mistkäfer aus einem Passepartout der Sybille Merian treten. Sie betrachtete den Draußenstehenden mit Innigkeit und ließ die schnellen Vogelaugen über seine bleiche Stirn wandern. Dann sagte sie lächelnd: ›Mein Gott, was haben Sie für einen schönen deutschen Dichterkopf.‹ – ›Excusez Madame, je suis le nouveau facteur‹, stammelte der voreilig Gefeierte und zog seine lederne Kappe vom Pariser Einheitskopf, XIV. Arrondissement. Claire zieht sich zurück. Der Facteur steigt die Treppe hinab, auf der ein anderer Mann himmelwärts klimmt. Mitte fünfzig. Klein. Zierlich. Grauhaarig. Manchesteranzug. Beide sagen ›pardon‹ und schieben sich aneinander vorbei. Der Neue kommt die Treppe ganz herauf und sagt leise: ›Claire‹, wobei er den Mund ungewöhnlich in die Breite zieht, und ›Gol‹, wobei er ihn ungewöhnlich spitzt. Es ist Gustav. Er klingelt. Claire öffnet freudlos und ruft, nun schon ohne hinzusehen: ›Mein Gott, was haben Sie für einen schönen deutschen ...‹ und so weiter, worauf der dieses Mal zu Recht Ausgezeichnete, nicht ahnend, daß ihn hier eine Nachtigall bedroht, über ihrer kleinen Hand rechtwinklig zusammenbricht und die ganze leichte Person unter einem Strauß dunkelroter Rosen begräbt, die er aus einer Tasche seiner Manchesterjacke zieht.«

Ungeheurer Applaus für Mar.

»Der Rolls kommt!« ruft die Tonmaus, und Claire entsteigt ihm im altbayrischen Dirndl, und wir filmen zehn Stunden lang die unsterbliche Dichterin, wie sie mit einem großen Wachsblumenstrauß durch Pompidous Trümmer- und Schutthaufen geht, kleine klagende Laute ausstößt und unserem »Wer war Gustav R.?« jenen Spritzer Coco Chanel hinzufügt, der ihm bisher fehlte, einfach ein bißchen Pep.

Als alles vorüber und die total erschöpfte Claire in ihrem Rolls Royce entflogen ist, sagt der nicht minder erschöpfte Mar: »Sie wäre damals gern mit Gustav ins Bett gekrochen, aber der wollte nicht, was bei ihm eine Menge bedeutete. Denn wann hätte Gustav schon mal nicht gewollt. Aber Claire hatte einen gewissen strengen Duft, der Gustav an die Grüfte von St. Denis erinnerte. Daraus wurde also nichts. Wollen wir noch einen Roten zur Brust nehmen? Ich kenne hier gleich um die Ecke eine Kneipe, in der ich oft mit Gustav gewesen bin. Da saßen früher die dicksten Nutten von Paris und warteten auf die sogenannten ›starken Männer der Hallen‹. Die trugen einen halben Ochsen auf der Schulter und brauchten hinterher die dicksten Nutten, um sich davon zu erholen. Ich habe mal gesehen, wie der stärkste Mann der Hallen die allerdickste Nutte vögelte, und zwar im Schlauch eines endlosen Korridors, der tief in ein Haus führte, vor dem man irgendwann einmal Henri Quatre ermordet hatte. Der ganze lange Korridor hing voll mit Hunderten von abgebrühten Kalbsköpfen, die von einigen wenigen elektrischen Birnen beleuchtet wurden. Die Kalbsköpfe hatten lilienweiße Ohren, Orchideenzungen, verhangene Milchglasaugen und lange violette Johannesdertäuferröhren aus den Halsstümpfen. Die Nutte hatte ihre Röcke hochgeschlagen und zeigte über den kolossalen Säulen ihrer Oberschenkel ein ungeheuerliches weißes Gesäß, einen uferlosen, den ganzen Korridor abschließenden Arsch, einen Arsch wie Omega. Seine Hosen hingen auf den Schuhen. Sein Kittel war voller Blutflecken. Er bearbeitete sie von hinten, als zerstampfe er mit seinem herkulischen Schwanz irgend etwas in einem kolossalen Mörser. Die Kalbsköpfe schaukelten wie Glocken unter diesen Stößen. Dann begannen die Wände des Korridors zu schaukeln, das ganze Haus, das Pflaster davor, auf dem der gute König Henri verblutet war, das ganze Quartier, der Eiffelturm, der Affenfelsen in Vincennes und alle Kirchen, und auf den Kirchtürmen setzten sich die Glocken in Bewegung und erwiderten mit ihren ehernen Zungen den Ruf der orchideenfarbenen Zungenklöppel in den Kalbsköpfen. Und als der starke Mann seinen Samen in die dicke Nutte schoß, tat er das mit solcher Wucht, daß dieses gewaltige Weib wie von einem Hurrikan getroffen gegen die Mauer flog. Dann sahen sie sich mit strahlenden Augen an und machten diese typische französische Handbewegung, einen Schlenker mit der rechten Hand vor der rechten Brust, was so etwas wie ›o la la‹ ausdrückt. Er zog seine Hosen hoch, und sie brachte ihre Röcke in Ordnung, und Paris beruhigte sich.«

»Um so mehr hat es mich beunruhigt«, sagt Ede, der Liebhaber dicker Weiberärsche. »Wo ist diese Kneipe? Mich hungert und dürstet.«

Als ich später in mein kleines Hotel in der Rue Bonaparte komme, lehnt der Rentnerportier am Schragen, läßt eine Gauloise an der Unterlippe baumeln und fummelt an seinen Ohren herum, in die er weiße Watte gesteckt hat. Er sieht meinen Blick und sagt: »Wochentags trage ich immer weiße Watte, sonntags rosarote.«

»Wie die Kameliendame ihre Kamelien.«

»Die trug sie aber nicht im Ohr, und es waren immer vier Wochen, an denen sie Weiß und etwa drei bis fünf Tage, an denen sie Rot trug. Was haben Sie denn heute gedreht, Monsieur Henri?«

»So eine Art Requiem, mit Claire Goll als Leidtragende«, sage ich.

»Oh, Claire Goll«, sagt er, »ich habe ihre Memoiren gelesen. Sie hatte mit dreiundsiebzig ihren ersten Orgasmus. Ein Zwanzigjähriger hatte ihr dazu verholfen.«

Ich steige über die steile, mit abgelatschtem Filz ausgelegte Treppe nach oben und setze mich in meinem schmalen tiefen Zimmer hinters Fenster. Die Sonne ist dunkelrot und tief. Die Dämmerung steigt von der Straße herauf und läßt sich zwischen den Kaminen nieder, die wie Orgelpfeifen dröhnen. Ich spüre einen Druck in meiner violetten Milz. Das Dritte Programm von Radio Diffusion Française perforiert sie mit Ravels »Bolero«. Europa Eins zielt mit idiotischen Werbesprüchen in die Knorpel meines Kehlkopfes. Radio Monte Carlo sondiert mit erzreaktionären kirchlichen Nachrichten die unteren Partien meiner blasigen Lungen. Lyon injiziert Köchelverzeichnis 622 in meine Schafsdärme. Paris Quatre fädelt mir die Fitzgerald in den Harnleiter, während die Hämmerchen von Beethovens »Fünfter« – die Deutsche Welle – meine Samenstränge abklopfen. Die zwei Fernsehprogramme werfen ihre Raster über meine ganze Epidermis. Die heftigen Morsezeichen irgendeines idiotischen Amateurs knallen spitz und weiß in mein linkes Ohr, queren mit wahnwitziger Hast meinen Kopf, verlassen ihn durchs rechte Ohr, umkreisen in einer einzigen Sekunde die Erde und durchschlagen wieder mit ungeschwächter Kraft meinen Schädel. Ich fühle, daß ich ununterbrochen von Millionen endloser Pfeile getroffen werde, die von Tausenden spindeldürrer Antennen auf mich abgefeuert werden, um meine Zellen anzubohren und das Protoplasma, oder was immer gallertig in ihnen zittern mag, auslaufen zu lassen. Mit Millionen endloser dünner Fäden bin ich hier festgebunden wie Gulliver von den Zwergen. Ich bin unfähig, mich zu rühren, ein Lid zu heben, die Zunge im schwarzen Rachen hin- und herzurollen. Und das Schlimmste: Ich werde meine Glieder und Eingeweide, die planetarischen Bahnen meines Blutes und alle Säfte, die mit hohem Druck durch Gefäße gepreßt werden, die feiner sind als die Spinndrüsen der Spinnen, nicht wieder befreien können von dem elenden Martyrium, das mir die Strahlen mit den kurzen und langen Wellen bereiten, dieser Zwirn, der, aus winzigen Maschinen abgespult, unermüdlich den Kosmos durcheilt. In diesem Augenblick, als ich mich der Verzweiflung über meine Einsamkeit hingeben möchte, schlägt der Eiffelturm sein Märchenauge auf, und seine Blicke gehen über mein Gesicht wie ein seidiger chinesischer Besen. Befreit drücke ich die Taste des Kofferradios, und sogleich schreitet die Klage des Orpheus in den Raum. Sie löst sich vom Hintergrund einer Allee aus roten Granitwiddern, einer Allee, deren Fluchtlinien sich jenseits aller Horizonte treffen. Durch diese Allee kommt die Stimme der Ferrier, durchschreitet die Schatten und hebt die Schwere der Luft auf. Sie starb mit fünfundvierzig an Krebs.

Als ich Ren am anderen Morgen abhole, ist er verändert. Er hat zwar eine ziemlich gemeine Rotweinfahne, aber sein Gesicht hat den intelligenten witternden Ausdruck einer fliederfarbenen Ratte. Wir nehmen die Metro. Er friert und steckt sich mit zitternden Händen eine Zigarette nach der anderen an.

»Wir suchen zuerst ein bißchen bei den Clochards herum«, sagt Ren, »da hab ich manchmal was ganz Anständiges gefunden.«

Wir gehen über den nackten elenden Platz zwischen den Hochhäusern gleich neben dem Flohmarkt, wo die Clochards ihre nächtlichen Fänge mitten in den Dreck kippen. Ein Dutzend von ihnen steht um ein kleines Feuer herum und baldowert. Einer ist kopfüber in einem kaputten Kinderwagen verschwunden, aus dem er Schrauben und Eisenteile wirft. Ein anderer, ein Säufer mit roten Wangen, wickelt Bordüren, die wie Därme aus einem Sack hervorquellen, um seinen Unterarm, als gelte es, den heiligen Erasmus ein zweites Mal auszuweiden. Ein dritter schleudert kleine Zahnräder und Zündkerzen mit einer solchen Wut auf den Boden, als spucke er goldene Drachenzähne aus. Ein vierter endlich zieht aus einer riesigen Pappschachtel ein Bukett altmodischer Damenhüte, deren künstliche Blumen von Wanzen befruchtet werden.

»Kennst du ihn wieder?« fragt Ren. »Es ist Julien der Snob. Er wohnte lange auf den Treppen bei meinem Hotel. Er studierte jeden Vormittag die Speisekarten aller Restaurants in unserem Quartier und stellte sich danach sein Menü zusammen. Er aß nur Hühner, von denen er genau wußte, daß sie mit Maikäfern gefüttert worden waren und die Quintessenz ganzer Äcker und Wälder enthielten. Er war der Gourmet unter den Bettlern. Niemand schlug ihm etwas ab. Aber dann mußten sie ihm den Magen herausnehmen.«

»Scheiße«, sagt Julien der Snob, »wurde auf Diät gesetzt. Aber auch über uns wacht Gott. Wenn er die Wanzen bellen ließe, könnte keiner von uns schlafen.«

Ren geht auf dünnen, gebogenen Seemannsbeinen durch diesen Abraum, wittert mit der Rembrandtknolle, fragt, schimpft und wird beschimpft, wickelt ein paar Hüte in Zeitungspapier, fischt eine bunte Tasse aus dem Kinderwagen, nickt mit triumphalem Lächeln, kommt herüber und hält mir sein nacktes, immer noch waches Gesicht ganz nahe hin, als sei ich so ein ausgepowerter alter Quecksilberbelag an einem Gründerjahrspiegel.

Später gehen wir zu seinem Stand. Es ist ein kleiner Stand, vier Schritte breit und zwei tief. Ein amputiertes Karussellpferd bleckt die Fernandelzähne. Ein Embryo weiß sich in einem mit vager Flüssigkeit gefüllten Kristallglas vor dem Geborenwerden zu hüten. Eine vierfingrige Heiligenhand riecht noch immer nach Weihrauch. Auf einem Sessel »aus der Zeit« zeigt ein graumelierter Kater mit der Unverfrorenheit seiner Rasse den tückischen Ausdruck Richelieus. Ren wirft den Kater aus dem Sessel, entfaltet einen chinesischen Wandbehang, auf dem ein birnenköpfiger Weiser einen Hirsch bereitet, legt ihn über den Sessel und setzt sich mit übereinandergeschlagenen Beinen.

»Meine Nachbarn«, sagt er, »haben mir schon ein dutzendmal diesen Stand zertrümmert. Immer, wenn ich auf Reisen war und zurückkam, fand ich einen Trümmerhaufen. Und dabei hat mich dieser Stand ein Vermögen allein an Bestechungsgeldern gekostet. Ohne meine Gedichte wäre ich manchmal verrückt geworden.«

»Die du unter deine Bilder schreibst.«

Er lächelt, wobei sich seine Augenlider röten. »Ach weißt du, es bleibt ja so vieles. Trotz allem. Es bleibt mein graumelierter Kater, der seine Ohren schließt wie der Abend die Blüten. Es bleibt der Fluß. Ich brauche ja nur vor mein Hotel zu treten und sehe den Fluß, der sich zwischen den Häusern in eine Frau verwandelt. In eine Maus unter den Brücken.« Seine Augen röten sich weiter. »Im Orion halten zwei gute Sterne einen bösen gefangen. Durch das Glas in den Händen der Nachtdämonen rinnen die Sterne.«

Vom süßen Kitsch seiner Bilder ins Herz getroffen, wendet er sich weinend ab. Dann holt er eine Rotweinflasche hervor und leert sie mit einem einzigen Zug bis zur Hälfte.

Durch den Gang zwischen den Ständen kommt ein Beau daher. Fünfzigjährig. Teiggesicht mit dunkler Rotzbremse. Hautenger Lederanzug. Steinbergschuhe. Er lächelt Ren schon von weitem zu, der sogleich sein schönes Rot vertieft.

»Das ist Louis«, sagt Ren, »mein väterlicher Gönner. Hallo, Louis. Das ist Henri. Ein alter Freund.«

»Entzückt«, sagt Louis und zieht mir mit seinen Blicken die Hose aus.

Ren mustert uns pikiert und wechselt sein Rot.

Louis zeigt sein bezauberndstes Lächeln, sagt: »Darf ich?« und tastet mit dem Arsch in Richtung eines Eisenstuhls mit Marmorplatte. Eine Rarität. Er setzt sich und fährt wie ein Blitz wieder hoch. Die marmorne Kälte hat seinen Feigwarzen einen elektrischen Schlag versetzt. Während er sein Bezauberndes wieder zusammenkramt, sagt er vorwurfsvoll: »Gitt, ist der kalt. Ich wußte gar nicht, daß du so kalte Stühle hast, Ren.«

»Na, denn bis nachher«, sage ich und wedele mit der Hand dieses »nachher« in die Luft.

Ich gehe ins nächste Bistro und trinke einen Café au lait. Ich beobachte Ren, der mit dem Kerl mit den Feigwarzen schön tut und richtig Rad schlägt, und finde die Welt mal wieder so richtig traurig, aber da kommt ein weiterer Kater um die Ecke, ein abgewetztes Schlitzohr, das von seiner Mutter mit Boshaftigkeit statt mit Milch gesäugt wurde, und spielt mit einer geladenen Pistole. Das erheitert mich, und ich gehe zurück zum Flohmarkt und beobachte Ren in einem Spiegel, der in einem Stand mit Möbeln aus dem 17. Jahrhundert hängt. Dieser Spiegel stilisiert meinen alten Ren zu seinem eigenen Jugendbild und verleiht ihm vorübergehend jene Anmut, die er immer dann zeigt, wenn sich Besucher seiner Bude nähern. Seine im rötlichen Adergeflecht schimmernden Pupillen lauern auf Amerikaner, die er zugleich anbetet und verachtet.

Nach einer Weile kommt wirklich eine ältere Amerikanerin

vorbei, zögert, betrachtet zuerst die ausgestellten Scheußlichkeiten und dann verstohlen Ren, diesen interessanten, in allen Regenbogenfarben spielenden Polypen. Dann spricht sie ihn an. Er erhebt sich höflich und erläutert mit morbider Grandezza irgend etwas. Ich gehe näher heran, als er ein altes Trichtergrammophon hervorzieht und es der Amerikanerin anbietet. »Ich liebe diese wundervollen malvenfarbenen Windenblüten alter Grammophone«, sagt er in brillantem Englisch und beobachtet ihre Reaktion.

Sie streckt ihm ihre alte Wildlederhand zum Kuß hin und sagt: »Sie scheinen ein besonderer Antiquar zu sein. Sie sprechen mit der Zunge Verlaines.«

»Gewiß, Madame«, sagt Ren, »il pleure dans mon coeur comme il pleut sur la ville« und variiert chamäleongleich sein morbides Violett zu kaiserlichem Purpur.

Sie lächelt und bietet ihm ihre goldenen Dollars an, die er, nun wieder violett bis zu den Ohren, mit madonnenhaftem Lächeln verschlingt. Als sie mit dem Grammophon verschwindet, sagt er leise: »Gottverdammte Hure« – und zu mir: »Das war vorhin nicht nett von dir. Du hast Louis und mir richtig weh getan. Du bist schon ein richtiger Frecher.«

Bis zum Abend trinkt Ren fünf Flaschen Rotwein. Auf meinen Arm gestützt, wankt er zur Metro, wo er winkend, weinend, rülpsend und schnaufend verschwindet, so, als sei er bis obenhin voll Adrenalin gepumpt. Ich winke ihm nach. »Sous le Pont Mirabeau coule la Seine et notre amour ...« Aber dieser Hades mit den reinen Jugendstilgaumen hat ihn längst verschluckt.

Gegen acht treffen wir uns mit Mar in unserem Bistro an der Place Saint Sulpice. Wir kippen einen Calvados in den Kaffee und hängen unseren Gedanken nach. Draußen laufen die Menschen wie aufgezogen vorbei. Einmal bleibt ein Liebespaar stehen und knutscht, als wollte es sich erwürgen.

Mar rührt versonnen in seiner Tasse und sagt: »Meine erste große Liebe hatte ich mit siebzehn. Ich war zum Schüleraustausch in Paris und lief vier Wochen lang alle Straßen und Plätze ab, alle Museen und Parks. Die meiste Zeit verbrachte ich im Louvre. Und da entdeckte ich eines Tages das Bild, das Ingres von Mademoiselle Rivière gemalt hat. Es zeigt ein wunderschönes, mandelgesichtiges Mädchen mit großen Augen, winzigen Brüsten, ledernen Handschuhen, die bis über die Ellbogen reichen, und einem weißen Pelzchen darüber, alles so echt gemalt, daß man es anfassen möchte. Ich sah das Bild und verliebte mich Hals über Kopf in Mademoiselle Rivière. Mit siebzehn hat man schon große Empfindungen. Ich kaufte mir alle Reproduktionen und tapezierte damit meine Bude. Ich schnitt ihren Kopf aus und klebte ihn auf ein Aktfoto. Ich kam tagtäglich zu ihrem Bild, setzte mich davor und ließ es nicht aus den Augen. Die Wärter beobachteten mich sorgenvoll. Allmählich wurde mir klar, daß meine Liebe eine unglückliche, weil unerwiderte bleiben mußte. Ich stellte mir vor, wie dieses junge, mandelgesichtige Mädchen in den Armen der verschiedensten Männer geruht, ihnen zugelächelt und sich entkleidet hatte, und erfuhr dabei alle Schrecken der Eifersucht. Aber eines gesegneten Tages las ich, daß Mademoiselle Rivière schon mit vierzehn gestorben sei, an der damaligen Modekrankheit, der Schwindsucht. Nie in meinem Leben war ich so erleichtert gewesen.

Meine zweite Liebe hatte ich zwei Jahre darauf. Es war in Rußland, am Wolchow. Es war kalt. Mein Freund hieß Anton. Er sah aus wie Antinous, der Liebling Kaiser Hadrians. Als Antinous im Nil ertrank, ließ ihn Hadrian zum Gott erheben. So was war damals möglich. Immer, wenn ich Anton ansah, wurde mir heiß in der Brust. Es war eine echte homoerotische Zuneigung, aber über ein Diehandaufdieschulterlegen kamen wir nie hinaus.

Eines Abends fand ich ihn in einem Granattrichter neben unserem Graben. Er war ganz unbeschädigt. Nur aus der Schläfe lief ein schwarzroter Faden in den Uniformkragen. Als ich diesen Faden sah, merkte ich, daß die Weltraumkälte über ihn gestülpt war. Ich konnte ihn nicht berühren. Ich setzte mich ihm gegenüber in den Trichter. Es war die Stunde der Leuchtspurgeschosse, die den Toten ein wenig beleuchteten. Ich sah ihn lange an. Ich kam in den nächsten Nächten immer wieder und betrachtete ihn, und je länger ich ihn ansah, desto größer wurde meine Liebe zu ihm. Ich konnte übrigens nur nachts zu ihm, weil tagsüber die sibirischen Scharfschützen auf alles schossen, was sich bewegte. Nach einer Woche begann er, sich von seinem ersten Totengesicht zu entfernen. Ich hatte geglaubt, er würde sich in der Kälte nicht verändern. Aber jetzt, trotz dreißig Grad minus, sanken seine Schläfen ein. Der Mund wurde dünn. Die Lider wurden durchscheinend, so daß ich dahinter die dunkelbraune gefrorene Pupille erkennen konnte. Ich dachte mit Schrecken an den Frühling, der diese Augen auftauen und zerfließen lassen würde. Ich verschwieg den Suchkommandos den Toten, den ich für mich allein haben wollte. Wie ein eifersüchtiger Liebhaber, der die Adresse seines Geliebten auch dann nicht preisgab, als unsere Einheit von einem Tag zum andern verlegt werden sollte. Als ich davon erfuhr, kroch ich noch einmal in den Trichter. Es schneite ganz dünne Flocken, und die legten sich auf sein Totengesicht. Und während ich dieses Gesicht ein letztes Mal ansah, spaltete mir ein plötzlicher Orgasmus die Hoden wie ein Beilhieb.«

Wir sind alle ganz ergriffen von Mars Geschichte, und ich frage mich zum x-ten Mal im Leben, wo die Grenzen zwischen Leben und Kunst und Kitsch denn eigentlich verlaufen, und finde, daß alle drei ineinandergreifen und erst zusammen das eigentlich Menschliche ausmachen. Und wir bestellen uns Kaffee und Calvados und legen eine Pause ein und geben uns nachdenklich.

Mar, der uns ziemlich tief in sich hat hineingucken lassen, macht sein Gesicht zu wie eine Schranktür. Er weiß nicht genau, wie wir reagieren, und denkt darüber nach.

»Das ist eine zu Herzen gehende Geschichte, die du uns erzählt hast«, sage ich und versuche das Schweigen ringsum wie eine Nuß zu knacken. »Meine Erfahrungen mit Liebe und Tod sind eher heiterer Natur, jedenfalls am Anfang.«

»Na los«, sagt Ede, »fahr schon ab.«

»Wir hatten in unserer Klasse einen Jungen, der auf den Namen Pinkernelle hörte und schon zweimal sitzengeblieben war und uns etwas voraushatte, wie er immer sagte, wir wußten nur nicht, was. Einmal waren wir in unserem Schullandheim im Harz. Wir schliefen zu sieben in großen Schlafräumen, wo neben jedem Bett ein schmaler hoher Spind stand. Pinkernelle hatte einen geschäftstüchtigen Freund namens Max, und der sagte uns eines schönen Tages, wir könnten etwas Sensationelles für zehn Pfennige haben, wenn wir wollten, ein ganz tolles Ding. Wir zahlten zehn Pfennige pro Nase, und Max führte uns vor einen der Spinde, öffnete ihn, und darin stand der nackte Pinkernelle und hatte einen hoch. Anfassen durften wir nicht und angucken auch nur zehn Sekunden. Dann machte Max den Spind wieder zu. Wir waren überrascht, hatten ja auch schon manche Zuckungen da unten überstanden, aber nie gewußt, wozu sie gut waren. Wir waren zehn Jahre alt, Pinkernelle dreizehn. Abends im Bett dachte ich über das Erlebte nach, über Pinkernelles beachtliche Leistung, über sein Schamhaar – wir anderen waren noch alle glatt wie Ferkel –, und mir schwante manches. Schon damals ein Poet bis auf die Knochen, verglich ich Pinkernelles Schwanz mit dem Zeiger einer Sonnenuhr, der fortan meine Stunden messen würde. Machte auch einen Vierzeiler darüber, den ich leider vergessen habe. Aber Pinkernelle in jenem Spind, das war wie ein Sarg. Die legendären Fotos von der Pariser Kommune fielen mir ein, wo die Erschossenen fast aufrecht in den Särgen lehnen, die man an die Wand gestellt hatte. Und daß das Ganze etwas gekostet hatte, ließ mich die Verknüpfung von Liebe mit Honorar ahnen, eine Ahnung, die sich bald darauf bestätigte, als wir in einer Schrebergartenlaube Doktor und Patientin spielten. Maxens kleine Schwester ließ sich von uns ausziehen, auf einen Tisch legen und untersuchen, wobei sie uns neben einer Menge Aufmerksamkeit auch jene kleine haarlose Spalte zeigte, von der ich annahm, sie sei als Operationsnarbe nach Entfernung ihres Schwanzes übriggeblieben. Als ich vierzehn war, starb meine Tante und lag auf dem Totenbett, dreißigjährig, mit Rosenwangen, üppig und in einem weit ausgeschnittenen Totenhemd. Als die Trauergesellschaft sich nebenan zu einem fröhlichen Umtrunk versammelte und die ersten Witze losgelassen wurden, ging ich hinüber zu der Rosenwangigen und betrachtete sie voller Neugier und Lüsternheit. Als ich sicher war, daß niemand käme, hob ich ein wenig das Nachthemd und betrachtete ihren Busen, den die Großmutter zuvor marmorn genannt hatte. Ich vertiefte mich so intensiv in ihre blassen Brustwarzen, daß ich nicht hörte, wie die Tür geöffnet wurde. Erst als sich irgend jemand räusperte, kam ich wieder zu mir. Fast hätte mich im jugendlichen Alter der Schlag getroffen. Es war aber nur meine kleine Kusine. Sie war ebenfalls vierzehn und hatte schon ein bißchen Brust, die sie mir am nächsten Tag gern zeigte.«

Wir bestellen zwei weitere schwarze Kaffees und zwei weitere Calvados.
»Hast du gesehen, wie Claire ...«
»Gott habe sie selig.«
»... wie Claire ihre Hände überpudert hatte, damit man die dunklen Altersflecken nicht sieht?«
»Und die Nagelkrallen vorn, violett lackiert ...«
»Und scharf dieses Weib. Scharf.«
»Was machen wir morgen?«
»Dado. Er ist der einzige legitime lebende Surrealist. Verrückt auf Totentänze. Gustav war mit ihm befreundet.«

Wir kommen am frühen Nachmittag in Herouval an, einem Dorf im Norden von Paris. Es liegt schon in der Normandie. Wir fragen nach dem Haus von Dado. Ein Bauer, der von seiner wagenradgroßen Baskenmütze auf Daumengröße zusammengedrückt wird, sagt uns, da und dort, und es sei ganz außerhalb, und wir fahren durch ein flaches, von hohen Bäumen eingefaßtes Tal, durch Wiesen, auf denen die Apfelbäume inmitten ihrer Schatten stehen, und da ist am Rande eines endlosen Weizenfeldes, über das die Wolkenschatten schnell und dunkel gehen, ein kleines

Gehöft, und neben dem Gehöft eine weißgetünchte Mühle mit schwarzem Fachwerk. Das alles liegt am Ufer eines großen Teichs, der zur Hälfte in einem Wald verschwindet, zur andern in den Wiesen und Feldern, und auf dem Teich schwimmen riesengroße Gänse, und unter ihnen ist ein weiterer Wald, ein submariner, dessen Zweige von den Schwimmhäuten der Gänse bewegt werden. Im Wasser und am Ufer faulen umgestürzte Bäume. Eine Wasserratte durchbohrt die Oberfläche des Wassers, wobei sich ihre feinbehaarte Schnauze mit Wasserlinsen bedeckt. Der Schatten einer Weihe läßt die Ratte in einem Überfluß an Blasen untertauchen.

Dado kommt aus der Mühle. Er sieht aus, als habe Daumier oder Michelangelo (was auf dasselbe rauskommt) einen der sieben Disneyzwerge entworfen. Oben ist alles schwarzes Haar, Kopfhaar, Barthaar, ein einziges Gestrüpp. Dazwischen eine runde Nase, ein Paar Mausaugen und eine Pfeife. Er umarmt Mar und klopft uns auf die Schultern. Dann gehen wir in die Mühle, an die er hinten ein großes Atelier geklebt hat, und gukken seine Bilder an, die alle aussehen wie hinter Schleiern. Er nimmt eine Menge Deckweiß. Auf einem zwei mal drei Meter großen Bild steigen abgehäutete Tote aus ihren Gräbern, blaßblau, blaßrosa, mit bloßgelegtem blaßblauem Adergeflecht und blaßrosa Muskelfleisch, mit bloßgeschälten blassen Augäpfeln und offenen blassen Gehirnen, lachend und weinend und purzelbaumschlagend, und einer von ihnen hält eine Trompete über dieses Jüngste Gericht. Es ist ein entsetzliches Bild.

»Es ist ein heiteres Bild«, sagt Mar.

Dado zeigt mit der Pfeife auf das Bild und sagt: »Hast recht. Freunde von mir wohnen am Rand davon. Cimetière Montmartre. Gustav hatte diesen Blick ein paar Wochen vor der Nase. Damals, nachdem ihm das in der Metro passiert war.«

Und dann drehen wir ein paar Tage lang Dado, wie er herumsitzt, raucht und malt und ein bißchen was von Gustav erzählt. »Gustav verstand nichts von Kunst, aber er fand immer das richtige Wort. So wie Goethe, der ja auch nichts davon verstand und immer was Passendes sagte. Er wollte immer mit mir über

Kunst reden, obwohl ich das nicht ausstehen kann. Für ihn waren Künstler Auserwählte. Mythen. Und zum Beweis erzählte er mir eine Geschichte von Beuys, den er bewunderte und dessen Kunst ihn ankotzte, weil sie auf ihre Art zeigt, was ist, und nicht, was sein sollte – zumindest in den Augen Gustavs sein sollte: nämlich in Schönheit sterben. Und das glaubte er bei mir zu finden. Gustav erzählte, wie Beuys auf einem Lastwagen durch die Gegend gondelte, der ein paar seiner Objekte von hier nach dort transportieren sollte. Neben ihm saßen der Fahrer und der Beifahrer, und Beuys zeigte auf einen seiner unsäglichen Stühle mit so einer Fettecke obenauf und sagte den beiden: ›Wenn sich einer von euch eine Stulle mit diesem Fett schmiert und ißt, bekommt er von mir hundert Mark.‹ Die beiden gucken dieses abscheuliche gelbe ranzige Fett und Beuys an und schütteln angeekelt die Köpfe. Beuys nimmt eine Scheibe Brot aus einer seiner vielen Westentaschen, schmiert sie mit seinem Fett und ißt sie auf. Die beiden sehen zu und sagen sich: ›Wenn ihm das bekommt, dann bekommt es sicher auch uns, und 'n Hunderter ist kein Pappenstiel.‹ Sie schmieren sich jeder ein Brot, essen es ekelgeschüttelt und kassieren jeder einen Hunderter. Der eine kommt gut weg. Er kotzt lediglich zweimal vierundzwanzig Stunden lang. Der andere liegt lange im Hospital mit hundertfach ausgepumptem Gedärm. Beuys ist seine Stulle prima bekommen.«

Dado sieht uns an und zuckt die Schultern, und in diesem Augenblick fallen drei Schüsse. Gänse schreien, und Dado wird blaß. Dann springt er auf und läuft zum Teich, und wir laufen mit, und auf dem Teich sehen wir, wie drei der Riesengänse im Todeskampf mit den Flügeln schlagen. Ede reißt die Arri an sich wie eine Schiffbrüchige ihr Kind. Instinktiv hat er wieder mal begriffen, daß Großes auf uns zukommt. Ich schnappe mir Willy und die Beaulieu, während Madame Dado, eine sehr dünne Negerin aus Kuba, einen mächtigen Knüppel aufrafft und mit den schönen Zeitlupenbewegungen der professionellen Tänzerin ihrem Mann nachläuft.

Aus dem Schilf tritt ein Mann mit einem rauchenden Drilling, in den er neue Patronen stopft. Der Kerl sieht aus, wie »Krautjunker« im »Charivari« dargestellt werden: nobel, männlich, dämlich, arrogant, schußbereit. Aber das wird von Dado nicht respektiert. Er gibt – in jeder dieser dramatischen Phasen von Ede überlebensgroß, von mir in der Halbtotalen gefilmt – dem »Kraut«, der das Gewehr zu spät hebt, einen Kinnhaken, der diesen in die Nesseln setzt. Dann reißt er ihm das Gewehr aus der Hand und zertrümmert es an einer Blutbuche.

»Ihre Gänse haben auf meinem Teich nichts zu suchen!« schreit der »Kraut«, unsere Kameras handbreit vor dem roten Gesicht. Er kommt wieder auf die Beine und nimmt Dado, der ein eher zierlicher Bursche ist, in den Schwitzkasten.

»Hilfe!« schreit Dado, Edes Weitwinkel vor dem schwarzen Vollbart, hinter dem sein Genick im Würgegriff des »Kraut« kracht. »Hilfe! Hessie, Ystac, Teuto, Malcom, Janitza! Dieser Irre will mich erschießen!«

Und da ist auch schon die Negerin zur Stelle und trifft den Krautjunker mit ihrem fürchterlichen Knüppel mitten in die Visage. Der hat gerade noch Zeit zu rufen: »Malheur de moi! Je suis attaqué par une tigresse en furie!« Dann befördert ihn ein zweiter Schlag hinüber.

Die kleinen Dadokinder, zwischen zwei und sieben und in allen Schwarzbrauntönen von Café noir bis Café au lait, erreichen atemlos die Szene und setzen ihre kleinen Füße auf den Niedergeknüppelten.

»Es ist unser Nachbar«, sagt Dado immer noch atemlos in die Kamera, »er hat meine Gänse getötet, weil er mich für einen Anarchisten hält. Er betet Hitler an und haßt die Juden wie alle französischen Krautjunker. Ihm gehört der ganze Wald und leider auch die Hälfte von diesem Teich. Er fährt nur Mercedes, ißt nur deutsches Kraut und trinkt nur deutsches Bier. Er ist ein miserables altes Schwein. Er schießt auf alles, was da kreucht und fleucht.«

Wir beobachten, wie jener langsam wieder zu sich kommt und

die blauen Augen öffnet, in die hinein Frau Dado sagt: »Das nächste Mal ich dich entzweischlagen ganz.«

Dann gehen wir ins Haus zurück.

Zwei Stunden später drehen wir, wie der »Kraut« mit zwei Gendarmen in einem Deuxchevaux anrückt. Die lassen ihn draußen und setzen sich an unseren Küchentisch und kippen jeder etwa fünf Rote hinter die Binde. Dazu gibt es kalten Braten, Käse und krachendes Brot. Dann nehmen sie das Protokoll auf, das wir alle unterschreiben. Danach steht fest, daß der Nachbar nicht nur auf Dados dressierte und daher unschätzbare Gänse, sondern auch auf uns alle geschossen hat und dabei in einen Knüppel lief, den Madame Dado mehr beiläufig in der Hand hielt.

»Der Kerl hat uns noch niemals einen Roten angeboten«, sagen die beiden Gendarmen.

Wir alle gehen hinaus, und Dado sagt zum Krautjunker: »Der nächste Schuß, den du Lump auf eins meiner Tiere abfeuerst, wird dein letzter sein.«

»Er hat mich bedroht«, sagt jener zu den Gendarmen, »Sie haben es gehört.«

»Herr Dado hat doch gar nichts gesagt«, sagen die beiden Gendarmen, und alle hauen ab.

Wieder am Tisch, sagt Dado: »Gustav hat mir viel vom bayrischen Barock erzählt. Er hatte herausgefunden, daß ich eigentlich ein barocker Maler sei, mit meinem Pathos, meinen Farben, meinem Vergnügen am Tod. Er erzählte mir einmal, daß er in einer Kirche von Zimmermann, glaube ich, die Vögel beobachtet hatte, die jener in Stuck an den Fensterumrahmungen angebracht hatte. Ein paar Rotkehlchen seien durch die offene Tür hereingeflattert und hätten Fliegen gefangen. Da sei der Pfarrer mit einem Luftgewehr gekommen und habe sie abgeschossen. Er hatte gefürchtet, sie könnten Zimmermanns Stuck beschmutzen.«

»Das war in Steinhausen«, sagt Mar.

Nach einer Weile sagt Dado: »Das Schönste an Gustavs Beuysgeschichte kommt noch: Kaum erfuhren seine Schüler und Jünger davon, benutzten sie sie zur weiteren Heiligsprechung ihres Meisters. Kunst oder das, was sie darunter verstehen, meinetwegen auch Antikunst, als Religionsersatz. Der Künstler oder meinetwegen auch Antikünstler als Prophet. Ein solcher Mann, der seine eigenen Werke verträgt, muß ein Auserwählter sein. Übrigens, ich hätte vorhin die Flinte von dem Kraut umdrehen und benutzen sollen. Dann hätte der jetzt mehr Schrotkörner im Bauch als Gedanken im Kopf. Zu blöd, daß mir das erst jetzt einfällt.«

»Zum Glück«, sagt Madame Dado, »für heroische Anstrengungen bist du auf die Dauer zu zart. Also vergiß den miserablen Päderasten. Morgen gibt's Gänsebraten.«

Dado sieht sie entsetzt an: »Ich würde keinen Bissen herunterkriegen.«

»Du bist der zweite Surrealist, der es so intensiv mit Vögeln zu tun hat«, sagt Mar, »der erste war Max Ernst. Wir drehten ihn damals in Huysmes, einem Dorf bei Chinon. Wir wohnten in einem kleinen Hotel am Marktplatz von Chinon, und beide, Hotel und Marktplatz, waren wie aus einem Film von René Clair. Französischer geht's nicht. Gustav beabsichtigte damals, eine Sendereihe über berühmte Zeitgenossen zu machen. Das Fernsehen faszinierte ihn, der gern in Bildern dachte. Peggy Guggenheim hatte ihm klargemacht, daß Max Ernst nicht nur der bedeutendste Maler der Gegenwart, sondern aller Zeiten und Zungen war, und so wollte er mit ihm beginnen. Max Ernst bewohnte damals ein schönes, großes, altes Landhaus in einem schönen, großen, alten Garten. Zwischen sauber geschnittenen französischen Hecken standen Plastiken von ihm und seinem Freund Hans Arp und ein halbes Dutzend ziemlich scheußlicher Barockputten. In einer alten Küche standen zwei saubere Dienstmägde und bereiteten das Abendessen vor. Das Haus war schön eingerichtet, mit alten Möbeln und vielen Bildern von Max und seiner Frau Dorothea Tanning, und er selber saß schön und alt im Dachgeschoß, dessen Balken er freigelegt hatte, und auf den Balken säßen Eule und Dämon und ließen ihn nicht aus den Augen. ›Hatten Sie eine gute Fahrt?‹ fragte Max höflich, und Gustav, eingedenk der Tatsache, daß Maxens ›eigentlicher‹ Name Loplop war, was soviel wie ›Herr der Vögel‹ bedeutet, antwortete behende: ›Ich würde Ihre Frage mit ja beantworten können, wären da nicht Scharen von Vögeln gewesen, die uns hindern wollten, zu Ihnen zu kommen. Sie stürzten sich gegen die Windschutzscheibe, besetzten die Straße, so daß wir Schritt fahren mußten, fielen wie Schnee von den Bäumen. Ein Fasan bestand beharrlich auf einer Konfrontation und explodierte förmlich in seinen Federn. Eine nie gesehene Eule begleitete uns mit fatalen Unkenrufen.‹ Max lächelte sein schönes altes Lächeln und sagte: ›Zwischen uns beiden scheint von Anfang an viel Magie im Spiel zu sein.‹

Max wandte sich an uns: ›Wissen Sie, wie ich Gustav kennenlernte? Hat er es Ihnen nie erzählt? Nun, ich wohnte damals in Paris im fünfzehnten Arrondissement, in einer alten, schloßähnlichen Villa. Sie wurde bald darauf abgerissen. Ich besaß eine wunderbare, reinrassige tibetanische Dogge. Die verschwand eines schönen Tages, und ich war trostlos. Nach drei Tagen gelang es mir, über den Rundfunk eine Suchmeldung durchzugeben. Bald darauf meldete sich ein Deutscher und sagte mir, er sei am anderen Ende der Stadt, im neunzehnten Arrondissement, und die Dogge sitze unter dem Ladentisch und sehe ihn unentwegt an. Er wolle mich dort erwarten. Ich fuhr sogleich hinüber und fand meine Dogge unter jenem Ladentisch, wo ich sie überglücklich in meine Arme schloß. Der Ladentisch stand in der einzigen tibetanischen Buchhandlung der Stadt. Der Mann daneben war Gustav R. Er hatte dort nach dem 'Tibetanischen Totenbuch' gesucht.‹ Ich selber«, sagt Mar, »habe Max Ernst übrigens schon viel früher kennengelernt, ich meine, die ›magische‹ Anziehungskraft seiner Bilder, wenn ich so sagen darf. Es muß sechsundvierzig gewesen sein. Ich studierte in Köln Kunstgeschichte. Max war damals in Deutschland ein Unbekannter und sollte es noch lange bleiben. Nur in seiner Geburtsstadt Brühl, nahe bei Bonn, war etwas durchgesickert, und so beschlossen die Stadtväter, die ein paar Jahre zuvor der Ausstellung ›Entartete Kunst‹ applaudiert hatten, Max eine große Ausstellung zu widmen. Als dann die Bilder kamen, waren die Stadtväter entsetzt. Sie waren gute katholische Christen, die in diesen Bildern Teufelswerk erkannten. Sie erflehten den Beistand des Himmels, damit er diese Ausstellung verhindere. Der Himmel schwieg, und die Ausstellung mußte eröffnet werden. Aber am Eröffnungstag hatte der Himmel ein Einsehen. Man hatte über die Hauptstraße ein Transparent gespannt, auf dem in großen Lettern ›Max Ernst‹ stand. In dieses Transparent schlug um zwölf Uhr mittags aus einem relativ heiteren Himmel der Blitz und verbrannte es magisch und meneteklisch. ›Es war mein bester Einfall‹, lächelte Max Ernst, als wir ihn daran erinnerten. Rings um Max standen auf vielen Staffeleien viele Bilder, halbfertig oder auch nur grundiert, und wir drehten, wie er an ihnen malte. Er trug einen weißen, mit Farben geschmückten Kittel und sah aus wie eine schöne alte weißhaarige Frau, und auch die Bilder, die er malte, waren die Bilder einer schönen alten weißhaarigen Frau. Er kämmte nämlich die Bildgründe mit richtigen Kämmen durch, so als würde eine schöne alte Frau ihr langes weißes Haar kämmen. Dann wusch er das Ganze mit weichen Schwämmen, legte reizende, kleine, runde, durchbrochene Nylondeckchen darauf – wie sie von alten Frauen gern unter ihre Kaffeekannen gelegt werden – und spritzte ihre Umrisse mit einer Spritzpistole auf die gekämmten, gewaschenen Bildgründe. Das Ganze dauerte alles in allem zwei Stunden, nach denen er sich uns lächelnd zuwandte, um uns mitzuteilen, jedes dieser Dinger bringe dreißigtausend in dieser oder jener Währung.«

Dado sagt: »Es gibt viele große Maler, die in dem Augenblick sterben, wo sie ihr schönstes Bild gemalt haben. Nur merken sie das nicht und malen fleißig weiter. Picasso war wie immer die Ausnahme von der Regel.«

»Ich traf Max Ernst noch einmal«, sagt Mar, »in Paris, während der großen Picasso-Ausstellung im Grand Palais. Wir filmten am Dienstag, als kein Publikum reindurfte. Max durfte natürlich. Er war längst weltberühmt und angesehen wie Leonardo zu seiner Zeit. Er fing gerade an, sich von einem Schlaganfall zu erholen. Er war gezeichnet, sein schönes Gesicht schief, sein eleganter Gang unbeholfen. Er lächelte mühsam, als er mich erkannte. ›Gustav ist tot‹, sagte er, ›wer wird wohl der nächste sein?‹

Aber er erholte sich und lebte noch ein paar Jahre in Südfrankreich. Ich bin durch seine letzte Ausstellung wie durch die Messingstadt in Tausendundeiner Nacht gegangen. Was für ein Maler.«

Später, an der Theke, sage ich zu Mar: »Tolle Burschen, diese Surrealisten.«

Mar sieht nachdenklich vor sich hin. Dann sagt er: »John Berger, der sie aus dem Effeff kannte, hat mal gesagt: ›Die Surrealisten waren verschrobene Kommentatoren einer Wirklichkeit, von der sie ständig übertroffen wurden.‹«

»Wie wahr«, sage ich, »wie wahr.«

Wir sind wieder in Paris.

Um 22 Uhr betrete ich die Place des Vosges, betrachte im Fenster eines Antiquars eine kleine Mittagskanone, durchquere den Torbogen, laufe über ein Kopfsteinpflaster, das meine Fußsohlen wie Hammerschläge bearbeitet, steuere das kleine Haus an und klingele. Ich merke, wie meine Brust aus einer Menge Schubladen besteht, die randvoll mit Ameisen sind. Einfach zu viel Dalí gesehen. Ein Summer summt wie eine Hummel. Ich drücke die Tür auf. Dahinter eine steile enge Treppe. Oben steht Lila wie die Nike von Samotrake auf der Treppe des Louvre. Neben ihr ein kleiner lohfarbener Hund, der lebhaft bellt.

»Hallo«, sagt sie und breitet die Arme zum Flug. Wenn sie aus Marmor ist, denke ich, dann ade Leistenbänder. Aber sie ist leicht wie ein unsterblicher Gedanke, als sie an meiner Brust landet. Sekundenlang bilden wir die berühmte Gruppe »Held von Nike zum Siege gekrönt«, eine Gruppe, die, ohne sich voneinander zu lösen, die Treppe emporschwebt.

Ihr Zimmer ist sehr groß, so fünfzehn mal sieben Meter. Mitten im Zimmer steht eine Lalannesche Schafherde. »Ich habe ihnen die Beine zusammengebunden, damit sie nicht fliehen«, sagt Lila und wickelt den goldenen Büstenhalter aus. Ich ziehe ihr den langen Reißverschluß am Rücken auf. Sie läßt ihr Kleid fallen. Sie trägt keinen Büstenhalter.

»Das ist lausig kalt«, sagt sie und ich hauche die erkalteten Brüste. »Das ist schön warm«, sagt sie und steigt aus einem Unterrock aus lauter Spitzen.

Ich küsse ihre lange dünne Narbe und sage: »Ich kenne einen italienischen Maler, der Fontana heißt. Als er nicht mehr so recht wußte, was er malen sollte, schlitzte er seine Bilder. Ich werde dich Lila Fontana nennen. Dann habe ich einen eigenen Namen für dich.«

Sie sagt: »Du bist wie zufällig auf mein Problem gestoßen. Da unten ist nicht mehr viel. Eine Laune der Natur. Aber das bißchen, was da ist, schenke ich dir. Doch ich sage dir gleich: Du wirst bei mir nie haben, was du bei anderen Frauen hast.«

Als sie das sagt, tritt mir aus jeder meiner Millionen Poren ein Wassertropfen. Ich bin wie gebadet. Sie nimmt ihren Unterrock und trocknet mich ab. Sie sieht mich an. Ich verkläre mich wie ein Theosoph, bücke mich, nehme sie in meine Arme und trage sie mitten hinein in die Lalannesche Schafherde, verliere wie von selbst meine Klamotten und werde hart und glatt wie der Spazierstock, mit dem Chateaubriand den Sinai erstieg. Dann ein Zittern in der Luft, und ich versinke da, wo nicht mehr viel ist.

Mitten in der Nacht fragt sie: »Weißt du überhaupt, wo du liegst?«

»Nein. Ich weiß nur, daß ich nie wieder woanders liegen möchte.«

»Das meine ich nicht. Du liegst genau an der Stelle, wo Alphonse Daudet seine ›Briefe aus meiner Mühle‹ geschrieben hat. Das hier war das Haus von Daudet. Mein Vater hat es gekauft.«

»Nebenan steht eine Mittagskanone im Schaufenster. Muß

schön sein, damit geweckt zu werden. Was wollte ich dir noch sagen? Ach ja, auch wenn es sehr klein ist, so bist du doch köstlich für mehrere Sinne zugleich.«

Um zwölf weckt mich der Knall der Mittagskanone. Sie hat sie gekauft und zwischen den Café au lait und die Croissants gestellt.

Ich genieße beides und gehe durch eine Tür, über der »Robinsonarium« steht, in das Bad. Das ist ganz mit einer alten Tapete ausgeschlagen, auf der die Abenteuer und Landschaften Robinson Crusoes dargestellt sind, sein Papagei, sein Hund und sein alter königlicher Ziegenbock, alles in einer üppigen feuchten Vegetation, die das ganze Bad mit üppiger feuchter Hitze füllt. In einer Nische steht ein lebensgroßer nackter Neger aus bemaltem Gußeisen und hält Robinsons Sonnenschirm übers Bidet. Der Neger hat einen kräftigen kurzen Schwanz über festen runden Testikeln. Die sind magnetisch, und an ihnen hängt mittels eines kleinen Metallstücks die Seife. Ich prüfe den Magnetismus, als Lila Fontana hereinkommt, beladen mit Weißbrot, Spargel und Champignons. Sie läßt alles fallen, und während ich aus dem Fenster sehe, höre ich – wie der alte Blake – die Engel aus dem Geäst einer riesigen Platane singen.

»Freitag«, sagt Lila Fontana später und zeigt auf den Neger, »früher hatte er einmal richtige Kleider an. War eine Zigarettenreklame in Barcelona. Seine Kleider hängen noch im Schrank. Auch sein Zylinder.«

Dann zeigt sie auf das Robinsonpanorama ringsum und fragt: »Gefällt es dir?«

»Ich bin da mal gewesen«, sage ich lässig, »ich meine, auf der richtigen Robinsoninsel. Heißt Juan-Fernández und liegt links von Chile im Pazifik. Rund sechshundert Kilometer. Sieht aus, als habe irgend jemand ein Stück Alpen ins Meer versenkt und mit einem Saurierwald bedeckt. Wirklich, es sind ganz alte Bäume. Gibt es nirgends mehr auf der Welt. Ringsum jede Menge Seelöwen. Die machen gern die Rolle, oben in den Wellen, wenn die sich überschlagen. Der Originalrobinson hieß Alexander Selkirk. War 'n schottischer Matrose. Den hatte sein Kapitän wegen Meuterei ausgesetzt. Auf der Insel gab es massenhaft Ziegen. Die alten Seeräuber, Francis Drake und so, hatten sie dortgelassen. Als Frischfleischreservoir. Aber die Ziegen verdufteten in die Saurierwälder und vermehrten sich redlich. Um sie zu jagen, entwickelte sich Selkirk zu einer Art Überziege, kletterte auf nackten Sohlen durch die mal mehr, mal weniger senkrechten Wände und lief so lange hinter ihnen her, bis sie aufgaben. Auf diese Weise erbeutete er in vier Jahren vierhundert Ziegen. Auch Katzen hatten die Seeräuber ausgesetzt, starke, fruchtbare Burschen, und ein paar Ratten hatten rechtzeitig das sinkende Schiff verlassen und sich über Gebühr vermehrt. Selkirk machte ein Dutzend Katzen zu seinem Hofstaat und ein paar Zicklein zu seinen Hofnarren und residierte mit ihnen in seiner berühmten Höhle. Abends entzündete er ein schönes Feuer am Strand, briet sein Ziegenfleisch, das er mit den Zweigen des Pfefferbaums würzte, und fütterte sich und die Hälfte seiner Katzen. Die andere Hälfte saß in einem weiten Kreis um das Feuer und blickte in die Nacht, in der die Ratten warteten. War die eine Katzenhälfte satt, wechselte sie mit der andern die Plätze. Nach dem Essen sang Selkirk Psalmen und tanzte dazu, wobei seine Zicklein eine Art Ballett bildeten. Sein liebster Psalm war ›Der Herr ist mein Hirte‹. Die Katzen sangen mit. Seitdem ich auf Juan-Fernández war, träume ich davon.«

»Laß uns hinfahren«, sagt Lila Fontana. »Was ißt man denn heute auf deiner Insel?«

»Das kommt noch dazu«, sage ich, »man ißt ausschließlich Langusten. Selkirk hatte sie verabscheut. Ich bin oft mit den Fischern rausgefahren, um die Körbe einzuholen, in denen sie die Langusten fangen. Einmal, in einem meiner üblichen Anfälle von Wahnsinn, sprang ich aus dem Kahn mitten unter die Seelöwen, um mit ihnen herumzubalzen. Die Fischer ruderten mit den Armen in der Luft herum und schrien mir irgendwas zu, das ich nicht verstand. Ich fletschte den Seelöwen die Zähne, und sie fletschten zurück. Wir tauchten zusammen, schaukelten auf den Wellen und hielten uns an den Flossen. Das Wasser war saukalt. Ein Bulle trieb es besonders herzlich, buffte mich in die Rippen und röhrte wie ein Nebelhorn in der Gegend herum. Dann begleitete er mich zum Kahn, in den mich die Fischer zogen. Sie hatten kalkweiße Gesichter und sagten mir, ich solle Gott, unserm Herrn, danken, daß mich die Bullen nicht zerfleischt hätten. Die seien eifersüchtiger als die Spanier.«

»Du bist ein leidlicher Erzähler«, sagt Lila Fontana, »man könnte meinen, du seist wirklich dort gewesen.«

»Ich bin doch nicht Odysseus, der göttliche Sauhirte«, sage ich, »hier ...« und angele aus meiner Hosentasche meine Brieftasche, die aus einer russischen Kotztüte besteht, die ich in einer Iljuschin abgestaubt habe, als ich nach Kuba flog, fingere ein paar Fotos raus und zeige ihr, wie ich vor den Steilwänden meiner Insel die Seelöwen füttere.

Sie betrachtet sie aufmerksam und sagt: »Ich werde immer für dich dasein, auch wenn ich nicht für dich dasein werde. Wenn die Mittagskanone im Fenster steht, darfst du nicht hereinkommen. Ich will nicht, daß du mich fragst, warum das so ist. Das hat nichts mit uns zu tun, sondern nur mit mir.«

»Ich werde aufpassen«, sage ich, sehe sie an und füge ein »quanta bellezza al cor per gli occhi ...« hinzu.

»Wie schön, wer hat das gesagt?«

»Leonardo.«

»Und was heißt das?«

»Wieviel Schönheit dem Herzen durch das Auge.«

»Noch einmal«, sagt sie, »damit alles klar ist zwischen uns. Keine Fragen stellen, auch wenn es uns danach zumute ist. Übrigens werde ich dich weder mit übertriebener Treue noch mit Untadeligkeit langweilen.«

Sie muß für zwei Stunden weg. Sie hat eine Verabredung und verschwindet, nachdem sie mir einen Blick wie ein Strumpfband zugeworfen hat. Ich gehe über Daudets Hof. Die Concierge blickt mich freundlich an und knarrt mit ihrem Rheumatismus.

»Warum die Malerei erklären wollen? Wer will denn die Vögel erklären? Ich suche nicht, also bin ich«, sagt Picasso. Der Zöllner legt ihm lächelnd den Arm auf die Schulter: »Wir beide, Pablo, wir beide sind die größten Maler unserer Zeit. Du im ägyptischen, ich im modernen Stil.« O Isis und Osiris. In einer Ecke der Place des Vosges ankern ein paar Clochards. Einer wärmt sich seine Handprothese über einem kleinen Feuer. Und »Feuer!« ruft ein alter General, und aus seinem Mund fährt eine Kanonenkugel mit einem langen Feuerschwanz. Eine Gräfin mit eingenähten Kissen für Titten und Arsch geht mit so kleinen Schritten über den Platz, als fahre sie auf Rädern. Eine Taube in einer Corona. Auf einer Bank eine Oma mit einer Omalutschbirne. Sie beobachtet ihren kleinen gefleckten Diestimmeseinesherrnhund, der Mühe mit dem Scheißen hat. Je mehr Mühe er hat, desto mehr guckt die Dame, wie er sich fühlt. Als alles vorüber ist, atmen beide erleichtert auf. Der Pavillon des »guten Königs« Henri IV. Selbst die Fenster haben Augenbrauen, in denen die Tauben wie Filzläuse sitzen. Die Vögel der Venus. »Und um ihre Liebesgrotte tanzt die Filzlaus mit dem Liebesgotte.« Also daher. Papillon d'amour, sagen die hier, Sackratten, die Deutschen. Da haben wir den ganzen Unterschied.

Ein »nur zum sechsten Teil erblühtes Mädchen« schlendert herbei, zieht mit ihrer Schuhspitze eine Spur in den Sand und löffelt mich mit ihren Blicken aus. Ich lenke meinen Blick von ihrem ab und schicke ihn hinauf in die Bäume, und dort, auf einer stabilen Astgabel, liegt der Minotaurus, zieht die Panflöte durch die Schnute und lächelt herab. Richtiges Süßholz. Spielt den Potenten. Gerade als ich ihm etwas zurufen will, legt er den gewaltigen Zeigefinger aufs Stiermaul und zeigt zur Rue de Biragues, und aus dem Torbogen kommt Lila Fontana leichten Schrittes wie ein Vollblutpferd, das zu den Klängen von Rossinis »Tarantella für ein Vollblutpferd« einherschreitet, und ich gehe ihr plump entgegen, bemühe mich aber redlich um Grazie, die von einem abscheulichen kleinen Jungen gestört wird, der mir zwischen die Beine läuft und einen Fall auslöst.

»Das ist Pierre«, sagt Lila und zeigt auf die Abscheulichkeit, »mein Sohn, an dem ich Wohlgefallen habe.«

Dann zeigt sie auf einen jungen Mann von blasser, ins Kanariengelbe spielender Hautfarbe, der eilig über den Platz herbeiläuft, und sagt: »Und das ist mein Bruder Lulu le Boeuf, genannt Zitrone.«

»Sieht aus wie 'ne Tube Sardellenpaste ohne Tube«, sagt das schreckliche Kind.

»Habe mir die Gelbsucht in der Türkei geholt«, sagt Lulu und küßt uns alle doppelseitig.

»Was hast du auch in der Türkei zu suchen«, sage ich, »weiß doch jeder, daß man sich da die Leber an purem Wasser kaputtmacht.«

Dann schieben wir uns über den Platz und durch das Hoftor zum Haus der »Briefe aus meiner Mühle« und machen uns einen schönen Tag. Wie dem alten Claudius glühen mir die Fußsohlen vor Liebe, und ich bin überglücklich, als Lulu und Pierre in den Abendstunden abhauen, weil sie irgendeinen Film über die Sexprobleme der Einwohner von Papua-Neuguinea sehen wollen. Da darf ein junger Krieger erst heiraten, wenn er sechs Paar Hoden erbeutet hat.

»Lulu ist schon dreißig«, sagt Lila, »er ist gelernter Ethnologe, aber eigentlich ist er Revolutionär. Nach dem Studium hatte er die Schnauze voll, von uns, von Europa, von unserer Art zu leben, einfach von allem. Er ging nach Südamerika und stand schon mal vor einem Erschießungskommando. Hatte sich den Partisanen angeschlossen.«

Wir lieben uns den Rest des Tages und die ganze Nacht bis zum Morgengrauen, das hier, mitten in Paris, von einem Dutzend heiserer Hähne eingekräht wird, die auf irgendwelchen obskuren Hinterhöfen ihre Serails wecken. Ich sehe im Halbschlaf alle Hähne meines Lebens in langer Prozession vorüberziehen und mich selbst, einen von seinen Vögeln zugeschissenen Franz von Assisi, mitten unter ihnen, mit ausgebreiteten Armen wie ein Baum, ganz mit Hähnen bedeckt, mit chinesischen Zwerghähnen und schweren Cochinchinahähnen, mit Seiden-, Woll- und Haarhähnen, mit andalusischen Hähnen, mit deutschen Leghorn und ostfriesischen Silbermöwenhähnen, mit Plymouth-Sussex und Lachshähnen und als Abschluß einen goldgelben Orpington. Dann betrachte ich lange Lilas schlafendes Gesicht. Nach einer Stunde wird sie wach.

»Ich war lange auf deinem Gesicht unterwegs«, sage ich, »und bin immer noch nicht angekommen.«

»Küß mich, und du bist da«, sagt sie. Dann drückt sie die Taste des Kassettenrecorders, und schon stößt Louis Armstrong seinen heißen Rauch in die Bude »When Your man is going to put You down ...«

Dada ist eine Rose, ist eine Rose, ist eine Rose, die eine Rose im Knopfloch trägt ...

Das Hündchen kommt unter dem Bett hervor und hält, wie auf einem Bild von Bartolomeo Montagna, einen Zettel im Maul. Drauf steht: »Ich bin treu.«

»Sagte ich schon, daß sie Betty heißt und ein Cairn Terrier ist?« fragt Lila.

Betty knurrt.

»Sie hat sicher auch Hunger«, sage ich.

»Seit wann hast du denn Hunger?« fragt sie und steigt aus dem Bett, und ihr Anblick ist wie der Blitz.

»Seit drei Stunden.«

»Und warum hast du's nicht vorher gesagt?«

»Weil die größte soziale Tugend die Verstellung ist«, sage ich, »ich hätte dich sonst wecken müssen.« Ich gähne.

»Du gähnst, als wenn man einen Tintenfisch mit sich selber füllen würde.«

»Sagtest du gefüllten Tintenfisch«, sage ich lüstern und folge ihr ins Robinsonarium.

Wir treten auf die mittäglich entspannte Place des Vosges, Betty im Kielwasser. Sie pißt sogleich und bellt prahlerisch, als sie hinterher das Pflaster scharrt.

»So wurde eine frühere Zweckbewegung zu einem reinen ornamentalen Spiel«, sagt Lila.

»Sehr im Gegensatz zu den Katzen«, sage ich, »denen es nach wie vor ernst mit dem Scharren ist.«

In der nahen Fischkneipe erzähle ich ihr bei der Paella von einem barocken Verkündigungstheater in Madrid. Die Jesuiten spielten es, und man konnte auf der Bühne sehen, wie Maria dem Verkündigungsengel Schokolade anbot, die er aber ablehnte, weil ihn Gottvater zu einer Paella eingeladen hatte. Der Heilige Geist trat auf, und alle drei tanzten einen Fandango.

Lila steht auf und tanzt einen Fandango.

Die Austern kommen und verschaffen mir einen Hormonspiegel, in dem ich wie Dorian Gray aussehe.

»Kennst du den Fandango von Padre Soler?« frage ich.

Sie schüttelt den Kopf. »Wie ist er?« fragt sie.

»Wie Pfeffer in einer Pampelmuse«, sage ich und schreibe mir diesen Kitsch auf die Serviette.

»Stendhal notierte sich Einzelheiten über ein Liebeserlebnis auf seine Hosenträger«, sagt sie.

»Ich trage deswegen nie Hosenträger.«

Die Tintenfische kommen, mit sich selbst gefüllt. Ich betrachte sie und ziehe eine Parallele. Auf der Theke drückt eine Katze mit ihrem Schwanz prickelnde Gedanken aus.

»Ich war mal in Mexiko in einem Ort namens San Miguel de Allende«, sage ich, »da gab's in einer vergammelten Nebenstraße einen Laden, der hatte nur ausgestopfte Frösche. Die waren in kleinen Glaskästen zu richtigen Szenen aus dem Leben zusammengestellt. Die schönste Szene zeigte ein Krankenzimmer. Ein Frosch lag im Bett und hing am Tropf an so einer Blutspenderflasche. Der Arzt fühlte ihm den Puls. Daneben stand eine Krankenschwester. Dahinter zwei Besucher, Mutter und Kind. Die Frösche waren lackiert. Als ich das Krankenzimmer betrachtete, kam aus dem Lautsprecher ein deutscher Song: ›Ich hab so Heimweh nach dem Kurfürstendamm.‹«

»Hast du's gekauft? Schenkst du's mir?«

»Klar. Man erzählt, der abgeschlagene Kopf des Holofernes habe Judith in die Brust gebissen, als sie ihn heimtrug. Mich beschäftigt sehr die Frage, ob es Leidenschaft oder ein Reflex war.«

»Wir wollen versuchen, sie zu beantworten. Laß uns zahlen.«

In Daudets Mühle brennt noch Licht. Wir versuchen es auf Zehenspitzen, aber von nebenan ruft Pierre: »Kommt mal rüber, hier ist ein ›pompe funèbre‹.«

»Der spinnt«, sagt Lila.

»Und wie«, sage ich.

Wir gehen rüber. Pierre steht auf einem Stuhl und betrachtet irgend etwas auf dem Schrank. Ich klettere ebenfalls auf den Stuhl. Da oben sitzt eine riesengroße schwarzblaue Schmeißfliege und reibt sich die Hände.

»Sie bittet um Vergebung ihrer Sünden«, sagt Pierre, klettert herunter, kramt irgendwo ein Papier hervor und beginnt zu zeichnen.

Ich versuche über seine Schulter zu gucken.

»Wie soll ich denn zeichnen, wenn du mir dabei über die Schulter glotzt.«

Er zeichnet einen Rocker, ganz in Schwarz und mit einem Easy-Rider-Motorrad.

»Das ist doch was ganz anderes, als du auf dem Schrank gesehen hast«, sage ich.

Und er: »Man malt nicht, was man sieht, sondern was man darüber denkt.«

»Verfluchter Zwerg«, sage ich und sehe Lila Fontana an.

»Dieses Kind hat eine verschwenderisch obszöne Phantasie«, sagt sie mit einem stolzen Lächeln.

»Daß ich hier neben dir liege, verdanken wir einem Zufall, der ›weiser Apotheker‹ heißt«, sagt Lila drei Stunden später und läßt ihre Finger in meinem Brustfell verschwinden. »Als die Russen damals nach Ungarn kamen, vierundvierzig, floh alles, was sich bewegen konnte, in Richtung goldener Westen. Allen saß die

Angst wie der Leibhaftige im Nacken. Es gab kaum ein weibliches Wesen zwischen zehn und achtzig, das nicht von den Russen vergewaltigt worden war. Wir wohnten damals in der Nähe von Tiszavasvári. Meine Großeltern hatten dort ein Gut, auf dem es riesige Wollschweine gab, Kühe mit solchen Hörnern« – sie zeigt es – »und so großen Gänseherden, daß sie den Horizont bewegten, zu schweigen von den Kukuruzfeldern, den Getreidefeldern und dem obligaten Stückchen Pußta. Sie hatten sogar eine Zigeunerkapelle, die den Großvater in einem zweiten Schlitten begleitete, wenn er im Schneefall zur Wildschweinjagd fuhr. Die Großeltern bewohnten ein Herrenhaus aus dem neunzehnten Jahrhundert. Es hatte auch mal ein Schloß gegeben, aber der Urgroßvater hatte es in Wien versoffen. Meine Großmutter war das, was man eine ›kultivierte Frau‹ nennt. Sie schrieb Gedichte, sang und aquarellierte wie alle ›kultivierten Frauen‹ in Ungarn, alles sehr mäßig, aber immerhin. Sie hatte drei Töchter zwischen vierzehn und zwanzig. Die älteste hatte ein Jahr zuvor einen Leutnant geheiratet und nun ein Kind im Bauch, im fünften Monat. Alle hofften auf ein Wunder und dachten nicht daran zu fliehen. Alle waren gut katholisch und stifteten viele Kerzen, um diesem Wunder Beine zu machen. Sollte es ausbleiben, wollten meine Großeltern ihre Töchter in Lumpen stecken, mit Schlamm schwärzen und im Keller verstecken. Da mein Großvater insgeheim aber auch ein großer Zweifler war, wollte er es nicht darauf ankommen lassen, und um auf alles vorbereitet zu sein, fuhr er nach Miskolc, wo seine Schwiegereltern eine Apotheke hatten. Er ließ sich vom Schwiegervater Pillen zubereiten, die zuverlässig, wenn auch nicht schmerzlos töten würden. Er fuhr zurück. Die Nachrichten waren ungünstig. Die Russen schon in Kosice. Bald hörte man die Front. Ein permanentes Gewitter. Sie machten sich auf alles gefaßt, schwärzten die Gesichter der Töchter und steckten sie in Lumpen. Die ersten Granaten schlugen in der Nähe ein. Die Großmutter warf ihre Lumpen ab und zog ihr bestes Kleid an. Sie hatte es das letzte Mal in der Wiener Oper getragen. ›Così fan tutte‹. Sie legte auch ihren ganzen Schmuck an.

Sie wollte als Köder dienen. Sie wollte sich opfern. Mein Großvater legte letzte Hand an die Verstecke im Keller. Das Gesinde kam und nahm Abschied. Alle küßten den Großeltern die Hände. Dann setzte sich Großmutter ans Klavier und spielte Mozart: ›Addio, addio! Mi si divide il cor, bell' idol mio. Addio, addio …‹ Dieser köstliche Ohrwurm aus ›Così fan tutte‹. Alle weinten. Der Großvater las Petöfi: ›Ein Gedanke tut mir weh: im Bett zwischen Kissen zu sterben …‹ Nun, davon konnte nicht mehr die Rede sein. Da erschien am Horizont der erste Panzer im Kukuruz. Dann kamen die Soldaten aus den Sonnenblumenfeldern. Die Großeltern sahen abwechselnd durch das Fernglas und drehten plötzlich durch. Sie gingen in den Salon, und Großvater gab allen die Pillen. ›Es geht ganz schnell‹, sagte er und nahm seine Pille als erster. Dann nahm Großmutter die ihre. Die Töchter sahen das entspannte Lächeln ihrer heroischen Eltern. Sie nahmen ihre Pillen und lächelten gleichfalls. Es tat nicht weh. Sie warteten, aber da war nichts. Der Tod hielt sich zurück. Sie warteten noch immer. Nichts. Statt dessen rollte ein Schützenpanzer in den Hof. Dann folgten viele Soldaten zu Fuß. Ein Offizier mit breiten Backenknochen rief zum Haus, alle sollten herauskommen, die sich versteckt hielten. Man tue ihnen nichts. Sie kamen heraus. Der Großvater halbtot, aber aufrecht. Nur sein Schnurrbart zitterte. Die Großmutter in ihrem Festkleid. Die Töchter in Lumpen und mit verschmutzten Gesichtern. Der Offizier lachte wie ein Tatar, und die Soldaten lachten alle wie Tataren. Dann sagte der Offizier auf ungarisch, die Mädchen sollten sich den Dreck abwischen. Sie taten es. Es wurde ihnen kein Haar gekrümmt. Die Russen hatten halb Ungarn vergewaltigt, aber ausgerechnet diese dachten nicht im Traum daran, hier, wo sich fünf Leute fünf Minuten zuvor beinahe umgebracht hätten, wären sie nicht durch die Weisheit eines Apothekers daran gehindert worden, der meinem Großvater statt tödlicher ganz harmlose Pillen mitgegeben hatte. Drei Monate später verließen meine Großeltern Ungarn und gingen nach Westen. Bis nach Paris, wo Teile unserer Familie schon seit langem in Glanz und Gloria residierten.«

»Und das Fünfmonatskind?« frage ich.

»War ich«, antwortet Lila prompt, merkt, daß ich ihr Vertrauen mißbraucht habe und wirft sich über mich: versuchter Totschlag an einem Kanarienvogel.

»Du treibst es ziemlich lasterhaft«, sage ich in einer Atempause. »Wer das Laster haßt, haßt die Menschen«, sagt Lila, und ein Wort wechselt die Farbe.

ACHT

Als ich zu meiner Mutter komme, sitzt sie hinter dem Fernseher und gibt mir Zeichen, sie nicht zu stören. Cousteau kocht da sein Süppchen aus tausend Litern Wasser und einem halben Seehundei. Als es vorbei ist, sage ich: »Der sieht aus wie 'ne Schildkröte. Könnte Organspender bei Lacroix sein.«

»Er hat wirklich etwas von einer Schildkröte«, sagt meine Mutter. »Ich sehe und höre ihm gern zu. Bordbuch der Calypso, das gefällt mir. Ein echter Tierfreund.«

»Er ist Teilhaber einer Fabrik, die Harpunen für Unterwasserjäger herstellt. Hat diese Dinger sogar miterfunden, mit denen diese Burschen das Mittelmeer leergeschossen haben. Früher wimmelte es nur so von Zackenbarschen an der Côte oder vor Korsika oder Elba oder wo immer du willst. Heute ist da nichts mehr. Und nun schicken sie sich an, es auch dem Rest zu besorgen.«

»Nicht zu glauben«, sagt meine Mutter. Sie deckt den Tisch mit blauem chinesischen Porzellan.

»Die Welt ist eben anders, als sie im Fernsehen gezeigt wird«, sage ich.

»Ich will aber gar nicht wissen, wie sie wirklich ist«, sagt meine Mutter.

»Ist vielleicht auch besser.«

»Man kann doch nicht alle Illusionen verlieren. Wie soll man leben, wenn man keine mehr hat?«

»Man kann schon. Man kann die Verhältnisse ändern helfen.«

»Und du glaubst, du wärst da der Richtige? Du alter Schwarzseher.«

»Ich habe keinen Anlaß, ein Optimist zu sein. Ich reise seit zehn Jahren von einer Katastrophe zur andern ...«

»Ich weiß, ich weiß. Das ist aber kein Grund, das alles herauszuposaunen. Du bist viel zu direkt. Auch in deiner Rede.«

»Sie sei ja ja oder nein nein.«

»Jetzt kommst du mir auch noch damit.«
»Ja ja oder nein nein.«
»Man kann ja auch Pausen machen.«
»Ich will aber keine Pause machen«, sage ich.
»Ich weiß ja, wie hartnäckig du bist«, sagt meine Mutter. »Wenn ich nur daran denke, wie du damals Papa erledigt hast. Mit einem Tritt ...«
»Ich weiß«, sage ich, »ich bin ein richtiger Anarch.«
»Mir scheint, das bist du auch bei Frauen.«
»Schätze halt von allen Poesien die des Ehebruchs am höchsten.«
»Poesie des Ehebruchs. Wenn ich das schon höre!«
»Es gibt nun mal keine leckerere Speise als die Frau eines andern.« Ich gebe noch was Albernes drauf. Kann es nicht lassen.
»Da lobe ich mir deinen Vorgesetzten«, sagt meine Mutter, »den Ede, den Kameramann. Der weiß, was sich gehört.«
»Wie oft habe ich dir schon gesagt, daß er kein Vorgesetzter ist«, sage ich. »Ede ist ein Kumpel, der allein deswegen weiter ist als ich, weil er älter ist. Und das ist ja nicht sein Verdienst. Oder?«
»Er jedenfalls hat's zu was gebracht. Aber um noch einmal auf das Fernsehen zurückzukommen: Es kann auch etwas sehr Gutes sein. Was habe allein ich von manchen Sendungen profitiert. Und du tust, als sei es einzig auf Täuschung aus. Nicht alle Zuschauer sind Dummköpfe.«
»Das Fernsehen – aber was ist schon ›das‹ Fernsehen –, das gibt's ja gar nicht, sondern nur gute und schlechte Filme, und ich meine ...«
»Was du meinst, weiß ich ja«, sagt meine Mutter.
»... und ich meine. Na ja, wenn du es schon weißt. Für mich ist es einfach ein auf den Kopf gestellter Mephisto, eine Institution, die stets das Gute will und stets das Böse schafft oder so ähnlich ...«
»Und du bist der Geist, der stets verneint«, sagt Mama.

Und ich, geläufig in Faust 1 und 2 und weit entfernt, meiner Mutter das letzte Wort zu lassen, gebe zurück: »Und das mit Recht; denn alles, was entsteht, ist wert, daß es zugrunde geht.«

»Mein Gott«, sagt meine Mutter, »womit habe ich dieses fürchterliche Kind verdient? Noch einen Kaffee?«

»Aber sicher doch. Übrigens verstehe ich dich gut.«

Nach dem Kaffee verlasse ich, wie immer auch durch dieses Gespräch völlig unveredelt, Mama und drücke ihr einen Kuß auf die Stirn, um mein Verständnis ohne Zustimmung zu signalisieren.

Auf der Straße fällt mir ein Kellner in Carpentras ein, bei dem ich zu Beginn meines Menüs Suppe bestellt hatte. »Ich mag keine Suppe«, hatte der gesagt, »und diese schon gar nicht, und deswegen bringe ich Ihnen auch keine.«

Der Kater Terribile ist aufs Dach gestiegen und beobachtet die Vögel. Er würde gern aus den Eingeweiden wahrsagen, kommt aber nicht ran und verlegt sich auf die Beobachtung des Flugs. Tut mir leid, alter Junge.

Überm blauen Gebirge planen die lasterhaften Elemente den Aufstand. Sie grollen, und ich zähle bis fünfzehn, also mindestens fünf Kilometer.

Terribile, der allergisch gegen Gewitter ist, kommt vom Dach und setzt sich mir gegenüber. Neues Grollen. Nur noch bis zwölf. In zwölf Kilometern Höhe zieht ein Flugzeug dahin. Hole mein Fernglas. Eine Iljuschin. Möchte jetzt nicht an Bord sein. Denn wenn die in die Turbulenzen kommen, dann laufen die gewaltigen Stewardessen im Rudel hin und her, um die Maschine im Gleichgewicht zu halten. Senkt sie die Nase, laufen die zum Schwanz, senkt sie den Schwanz … Die Hitze ist jetzt so stark, daß ich wie mit Vogelleim an meinen Stuhl geklebt bin. Ist so ein Stuhl mit Plexiglassitz. Setze meine Freundinnen gern mit nacktem Arsch darauf und gucke von unten. Jetzt ein Blitz über den ganzen Horizont. Terribile verschwindet im Zimmer.

Ich hefte meine Blicke an die schwarzen Wolken, die sich aufgeregt ineinanderschieben. »Heute mach ich etwas, was ich noch nie gemacht habe«, sagte eines Tages mein Vater, »ich sterbe.« Und er starb.

Wir sitzen auf der Terrasse Mot Mots, des Zuckervogels. Ich hatte mal einen, von Tobago rübergeschmuggelt, unterm Parka. Er lebte in einem großen pagodenförmigen Käfig und nervte mit seinen schrillen Schreien die Nachbarschaft. Da er sehr heikel war und es nicht leiden konnte, wenn ich ihn verließ, habe ich ihn verschenkt, was mir gar nicht leichtfiel. Aber bei dem Mädchen, das ihn jetzt hat, lebt er frei in der Wohnung und im Wintergarten und strickt tagaus, tagein an seinen Nestern …

Es ist Sauregurkenzeit. Wir haben keinen größeren Film in Aussicht und drehen alles mögliche und unmögliche und kurven durch die deutsche Provinz, wo sie am plattesten ist, und das ist zwischen Bamberg und Coburg und Waidhaus und Hof und Nürnberg. Es ist wirklich und wahrhaftig der Arsch des Propheten. Haben Sie schon mal den Nachmittag und Abend in Hof oder in Lichtenfels verbracht? In Pegnitz oder in Kulmbach? In Selb oder in Wunsiedel? Nein? Dann versuchen Sie es auch gar nicht erst. Es gibt nichts Trostloseres, und diese Trostlosigkeit überzieht einen wie ein dicker weißer Schimmelpilz, und wenn man lange genug dort »weilte«, dann sieht man aus, als sei man zu lange im Wald gewesen.

Nehmen wir die Kneipe, in der ich gerade hinter einem faden Bier sitze und mich verzweifelt bemühe, etwas Witz aus meinen Beobachtungen zu ziehen. Aber es gelingt nicht. Es ist siebzehn Uhr, und am Nachbartisch haben sich die Skatspieler niedergelassen. Sie sitzen jeden Tag hier, jeden Tag von siebzehn Uhr bis Mitternacht, in einem dicken Mief aus Zigarettenqualm, abgestandenem Bier und jenem spezifischen Skatspielergeruch, der an den Geruch der Hausmäuse erinnert. Sie geben sich ungeniert, rülpsen und furzen und wollen sich darüber totlachen, weil das die einzigen Witze sind, die sie auf Lager haben. Immer haben sie ihre Ehefrauen dabei, die sich zu Tode langweilen und mit einem Kloß in der Kehle daran denken, wie diese Burschen nach Mitternacht versuchen werden, sie zu besteigen. Und die Ehefrauen hören gar nicht mehr hin, was da gequatscht wird und wer und wann in welche Ecke rotzt. Und in jeder Kneipe die gleichen Nullachtfuffzehnvisagen zwischen den gleichen Abstehohren, die gleichen Sprüche, die gleichen Rotzer in die Ecken.

Ede und Charly, der Tonmann, kommen herein. Sie haben einen Spaziergang gemacht, »durch den Herbstwald«, wie Ede sagt, und nun haben sie blattrote Nasen und auch sonst die Schnauze voll. Die Wirtin trägt die Hausmachersülze auf, den Preßsack und den Schwartenmagen, und wir löffeln das Zeug herunter und lassen es im Bier schwimmen und fühlen uns hundeelend und haben nicht den Mut, ins Bett zu gehen, denn das Oberbett ist schwer wie ein Sandsack, und aus dem Spülstein riecht es wie abgestandenes Sauerkraut, und es ist so kalt, daß man im Bett nicht mal lesen kann, abgesehen davon, daß die Birne in der Nachttischlampe kaputt ist, und so wird auch heute wieder der Jean Paul ungelesen bleiben, den ich vorsorglich eingesackt habe: »Siebenkäs«. In Wunsiedel habe ich mir angesehen, was sie von seinem Geburtshaus übriggelassen haben, und das war so gut wie nichts. Und ein Bild von ihm habe ich mir angesehen, das ihn dick wie ein Faß zeigt: Er brauchte wohl so ein kolossales Gehäuse als Resonanzboden für seine kolossale Sprache.

Und die Weiber, die wir tagsüber und abends im Oberfränkischen und im Siebenämtertropfenland sehen, sind alle quadratisch und haben keinen Hals, und ich möchte nicht die Schnittmuster sehen, nach denen sie sich richten. Und sonntags werfen sie sich in ihre Sonntagsgarderobe und nehmen auch ihren sonntäglichen Schritt und ihr Sonntagsgesicht aus dem Schrank, und Mutter nimmt ein Haar von der wattierten Schulter des väterlichen Jacketts, und der Vater wirft einen klammheimlichen Blick in die Schaukästen des einzigen Kinos am Ort, in dem der »Hausfrauenreport« läuft, und die Mutter sagt: »Aber Vater, doch nicht vor dem Gottesdienst.«

Ach ja, und dann drehen wir in Bayreuth den Antiquar Baumann, der eine ottonische Lederkrone besitzt, und wenn er die aufsetzt, dann hat er das Zweite Gesicht. Wir nehmen ihn in einem Saal auf, in dem er über tausend Puppen aus allen Zeiten des Abendlandes verteilt hat, denn der Antiquar Baumann ist gar nicht der Antiquar Baumann, sondern ein französischer Marquis, den man 1790 seines Kopfes beraubte, auf der Place de la Concorde, wo heute der Obelisk steht. Aber vorher war es dem Marquis gelungen, seine einzigartige Sammlung von Smaragden und Perlen in eine Puppe einzunähen. Seit damals, seit 1790 sucht er diese Puppe mit den eingenähten Juwelen, kauft er alle Puppen, die er finden kann, aber die gesuchte war bisher nicht dabei.

»Wenn Sie eine schmerzende Stelle haben, dann umarmen sie eine Eiche. Der Schmerz verschwindet augenblicklich«, sagt der Antiquar Baumann, »Holz ist lebendig. Es gab einmal zwei Truhen. Die waren beide dreihundert Jahre alt und aus dem Holz des gleichen Baumes gemacht. Es waren wertvolle Truhen, reich geschnitzt und mit wundervollen Beschlägen. Ich konnte nur eine davon kaufen. Die andere blieb in ihrem Schloß. Als dieses abbrannte und die Truhe mit verbrannte, brach im gleichen Augenblick die Truhe, die ich gekauft hatte, mitten auseinander. Ich sagte ja: Holz ist lebendig. Es hat eine Seele.«

Wir würden alle gern noch eine Weile hierbleiben, um mehr von dem Baumann zu erfahren. Aber wie das so ist beim Fernsehen, ehe wir einen Typen richtig kennenlernen, wird er wieder vom Spielfeld genommen. Pro Tag zwei Minuten Aufnahmezeit und 'ne Fliege gemacht. Immer wenn man anfängt, etwas zu verstehen, immer wenn man mit Drehen beginnen müßte, ist das Rennen für uns schon gelaufen, müssen wir abhauen, über alle Berge. Ankratzer sind wir, und das, was wir auf diese Weise machen, ist nicht ernst zu nehmen.

Wegen dieser kleinen Geschichte über Antiquare und Antiquitäten gondeln wir auch nach Bamberg und finden eine alte, bezaubernde Frau, die uns erzählt, sie habe in ihrem Antiquariat einmal ein Toilettennecessaire besessen, ein Geschenk des Bayernkönigs an Lola Montez, die es bei ihrer berühmten Flucht der Urgroßmutter dieser alten Frau verkauft hatte. Alles sei aus Lapislazuli und echtem Gold gewesen, einschließlich des Staatsstücks, eines wunderbar bemalten Nachttopfs, auf dessen Boden innen das Auge des Königs höchst lebensecht gemalt und mit den Worten umgeben gewesen sei: »Dies Auge sah den Himmel offen.«

In einem kleinen oberfränkischen Ort, der einmal wegen seiner Fachwerkhäuser berühmt gewesen ist, von denen wir nicht ein einziges mehr finden können, drehen wir einen Konditor, der eine glückliche Kombination von Osterhase und Weihnachtsmann in Überfangzuckerguß gefunden hat und damit zwei Fliegen mit einer Klappe zu schlagen gedenkt. Man hält den Weihnachtsmann einfach gegen das Licht und sieht in ihm den Osterhasen und umgekehrt.

Am nächsten Abend trinken wir unser Bier in einer echten alten Dorfkneipe, worunter man sich eine kahle Bude vorzustellen hat, und das Bier ist unvergleichlich, denn der alte Wirt braut es selbst. Als wir diesen Bilderbuchtyp wegen seines Bieres loben, blickt er hinterwäldlerisch aus dem Fenster, wo die Nebel brauen und eine einsame Krähe mit weißem ostelbischen Schnabel auf einem Birkenzweig wippt. Dann sagt er: »Der Hitler, ach ja, der Hitler müßte wieder her. Nur so gibt's Ordnung in diesem Lande. Solche Zustände wie jetzt, nein, die gäbe es dann nicht mehr. Da würden die Köpfe rollen, sage ich Ihnen, von den Terroristen und den Handtaschendieben. Und wenn schon nicht der Hitler, dann doch wenigstens der Strauß. Energisch genug wäre der schon.« Und der Ort, in dem das gesagt wird, heißt Leups.

Als sich nebenan die alten Landser zum Stammtisch versammeln und mit ihren abgestandenen Geschichten aus dem letzten Krieg renommieren, erzählt Ede mit erhobener Stimme Mars Tücksengeschichte. Tücksen war Oberfeldwebel in Rußland gewesen, ein Feigling, der eines Tages mit zwei Gefangenen aus dem Wald zurückkam und behauptete, das seien Partisanen, er habe ihnen die Waffen weggenommen. Der Kompaniechef fragte nach diesen Waffen, aber Tücksen versicherte, er könne sie nicht mehr finden. Die beiden mußten ihr Grab schaufeln, weinten, flehten und beteuerten ihre Unschuld. Tücksen erschoß sie. Mar war auch in jenem Wald gewesen, als der Tücksen seine Gefangenen gemacht hatte. Er hatte alles gesehen. Die beiden waren harmlose Bauern gewesen, die Holz gesägt hatten. Die ganze Geschichte war erlogen. Mar hatte nichts gesagt, er hatte gefürchtet, man würde ihm ohnehin nicht glauben und womöglich noch selber etwas anhängen. Er hat sich das nie verzeihen können. Nicht mal seine Rache. Mit zwei Freunden hatte er eines Abends dem betrunkenen Tücksen einen Sack über den Kopf gezogen, als der aus der Kantine stolperte, den Sack zugebunden und den Lallenden so lange mit Vierkanthölzern verprügelt, bis auch sein letztes Lallen verstummt war. Er verschwand im Lazarett und war nie wieder gesehen worden. Wäre es rausgekommen, hätte man Mar und die anderen beiden an Ort und Stelle erschossen.

In der Kneipe ist es ganz still geworden. Dann bricht der Stammtisch früher auf als gewöhnlich.

Tags darauf beziehen wir ein kleines Hotel in Gößweinstein, wo wir seltsame christliche Wachspuppen aufnehmen, Votivgaben von makabrer Scheußlichkeit, aber aus großer Frömmigkeit gestiftet, und da wir früh damit fertig werden, fahre ich allein in der Gegend spazieren. Im nahen Wald treffe ich auf eine Müllhalde, die sich bewegt, und als ich näher herangehe, sehe ich, daß sie aus unzähligen Ratten besteht. Es ist wie in Grimms Märchen oder wie in jenem hinterfotzigen Film, mit dem die Nazis Stimmung gegen die Juden machten, oder wie in einer Sprechblase dieses unsäglichen Vogels Strauß, die er gegen alles, was dichtet und denkt, blubbert.

Es ist ganz und gar unwahrscheinlich, und niemand wird es mir glauben. Sie sind so furchtlos, daß ich, der alte Rattenfan, mitten unter ihnen wie einer von ihresgleichen herumspazieren kann.

Die lustigsten Ratten habe ich übrigens mal in Menton getroffen, im Park einer alten herrschaftlichen Villa voller Eugénie-Erinnerungen. Da sind zwischen den Palmen die elektrischen Leitungen gespannt, wahre Seile, und darauf liefen die Ratten wie auf festem Boden hin und her, blieben stehen, putzten sich, kniffen sich und beknabberten einander die Primären und die Sekundären, und wenn sie einander unausweichbar begegneten, dann sprang eine Ratte ohne zu zögern über die andere. Sie waren richtige Seiltänzer, unerschrocken, schnell und witzig. Die Palmen hatten große rote Fruchtstände, und in diesen Fruchtständen hatten die Ratten ihre Buden. Schon seit Generationen hätten sie keinen festen Boden mehr betreten, sagte uns der Gärtner, da ihre Erfahrungen mit den mentonschen Katzen nicht die besten gewesen seien. Einmal kletterte ich auf eine Palme und fand mitten in einem der Fruchtstände ein Nest, in dem reizende kleine Ratten lagen. Ich kann nicht verstehen, wieso die meisten Menschen Ratten nicht ausstehen können. Wenn man sie näher kennenlernt, sind sie wie du und ich.

Wenig später stoße ich auf den Eingang zu einem kleinen Tal, fahre rechts ran, steige aus, strecke dieses und jenes und nehme mir einen bescheidenen Fußmarsch vor. Ich habe jahrelang die Welt nur aus dem Auto oder hinter der Kamera gesehen. Aber immer, wenn die Sonne wie ein dickes rotes Huhn durch die Wälder neben der Autobahn läuft, habe ich den Wunsch, stundenlang zu Fuß zugehen, den Waldboden unter die Sohlen zu nehmen, einer alten Weide auf den Hintern zu klopfen, einen Stein umzudrehen, um eine Blindschleiche aufzustöbern. Aber ich komme nie dazu. Und so genieße ich dieses kleine Tal wie eine längst fällige Heimkehr. Ich ziehe die Schuhe aus und rolle mit der ganzen Sohle über den nachgiebigen Boden, zerreibe ein paar trockene Brombeerblätter zwischen den Fingern und rieche daran, stecke die Zehen in einen klaren kalten Bach. Links und rechts steigen haushohe Felswände auf, bemoost und mit Tannen besetzt, Caspar David Friedrich und die Donauschule. Ein Eichelhäher schreit wie am Spieß. Zwei Elstern schießen sich als schwerfällige Pfeile aus einer Tanne in eine Birke. Dann kommen eine Menge kleiner Forellenteiche, und ich gehe auf den schmalen Erdwällen dazwischen umher und beobachte die Forellen, die exakte Manöver ausführen und plötzlich auseinanderstieben. Mein Schatten ist dazwischengefallen. Ich gehe langsam weiter. Gelbe Sumpfdotterblumen falten sich für die Nacht zu Tüten. Ein Keil Enten pfeift tief durch das Tal und ich höre sie weit hinter mir in die Forellenteiche einfallen. Über der rechten Felswand bellt ein Rehbock wie ein heiserer Hund.

Am Abend möchte ich ein bißchen quatschen und gehe in die Kneipe nebenan, und an der Theke steht ein dicker Kahlkopf und möchte gern mit jemandem quatschen, aber niemand will mit ihm, und so sage ich: »Darf ich zu einem Bier einladen?«, und er sagt: »Gern« und »Warum tun Sie das?«, und ich: »Weil mir danach ist.«

Und die Köpfe der Bauern, die sich bei unserem Dialog gehoben hatten, senken sich wieder in ihre Schnaps- und Biergläser.

Am nächsten Tag fahren wir zum Schloß des Frankenfürsten, das ungeschlacht und riesengroß auf den Trophäen preußischer Geschichte hockt, und auf dem Hof empfängt uns der frankenfürstliche Sohn in der Wald- und Wiesentracht der frankenfürstlichen Erbförster, mit einem Birkhahnsterz hinten am Ganghoferhut, und sagt mit jener stotternden Zerstreutheit, die ein Privileg des allerhöchsten Adels ist: »Wir leben von unseren Wäldern, meine Herren, aber die Wälder kosten mehr, als sie einbringen. Wie sollen wir dann von unseren Wäldern leben? Wir leben also von unseren Wäldern, von denen wir nicht leben können.« Und hier lacht der Sohn. Er hat es faustdick hinter den Ohren. Das Schloß ist so breit wie Versailles und vollgestopft mit jenen unsäglichen Klamotten, mit denen der letzte Kaiser die untertänigsten Dienste belohnte. Auch ein ausgestopfter Bär ist mit von der Partie, den die vorletzte Frankenfürstin eigenhändig und unter den schwermütigen Mörderaugen des letzten Zaren zur Strecke brachte. Dann Kanonen im handlichen

Format, Lenbachporträts in angemessenem Zustand, unzählige Geweihe, ein paar Bücher, Mengen sinnloser Waffen, Vasen aus Sèvres, eine von Motten zerfressene weiße Hirschkuh als eigentliche Attraktion des hohen Hauses und, wie gesagt, der Sohn in seiner strammen Erbförstertracht, der uns durch alles das hindurch zum Fürsten führt. Der soll ein paar Worte über die Schwierigkeiten sagen, die die Erhaltung eines solchen feudalen Schuppens für einen verarmten Privatier mit sich bringt. Es ist einer der nutzlosen, weil gänzlich effektlosen Filme zu Fragen der Denkmalspflege, für die dieses aus allen Wohlstandsnähten platzende Konglomerat diverser Staaten deutscher Nation nur einen Bettelpfennig herausrückt, so als könne man ganz ohne Vergangenheit leben. Ja, man löscht sie aus, macht sie mit tausend Tricks sturmreif, überrennt die hilflos mit den Armen flatternden Denkmalspfleger, sprengt sie mitsamt ihren Fachwerkhäusern, Kapellen, Burgen, Stadt- und sonstigen Kernen in die Luft, zerschlägt sie, räumt ab, schmeißt sie auf den Müll.

»Und wenn Sie mich fragen; wer das ist, ›man‹, dann will ich es Ihnen gern sagen«, flüstert unser Redakteur mit heiserer Stimme, »es sind die Banken und die Kaufhäuser, die Versicherungen und Sparkassen, die die ersten Breschen schlagen, dann die Metzger und Bauern, die sie ausweiten, dann Hinz und Kunz. Seit dem letzten Krieg wurde in diesem Scheißland mehr Kunst und Kultur vernichtet als im Krieg selbst, der weiß Gott nicht zimperlich mit alledem umgegangen ist. Und die Politiker? Interessiert die da oben doch überhaupt nicht, was hier unten passiert. Bringt doch keine Wählerstimmen. Im Gegenteil. Aber ich versichere Ihnen, das wird sich ändern. Los, gehen wir zum Fürsten.«

Wir gehen im Gänsemarsch dem Erbförstersohn nach, und unser Redakteur wirft professionelle Blicke über die schnurrbärtigen Ahnenbilder, schnüffelt und fragt, was denn hier so streng rieche? Und als er das sagt, merken's auch wir, und das Wasser steigt uns in die Augen. Es riecht sehr streng.

»Das ist Kampfer«, sagt der Sohn und wippt mit dem Birkhahnsterz. »Der Fürst, den Sie übrigens Durchlaucht nennen müssen, hüllt alles in Kampfer, das Schloß, seine Anzüge, die Pergamente, die Flinten, die Korridore mit ihren zahllosen Trophäen, die Hunde, uns, die Kinder, sich selbst, ja, vor allem sich selbst. Denn Kampfer ist gut für die Atmung, und damit hapert es bei ihm. Er ist auch gut fürs Herz, für Rheuma und alles, was dazu gehört, aber auch für Frostbeulen. Und überhaupt kann er ohne Kampfer gar nicht sein. Nehmen Sie ihm den Kampfer weg und der Frankenfürst ist ein toter Mann.«

Wir treten ein und werden sogleich von Kampferkrämpfen daran gehindert, den irgendwo in seinen Kampferwolken sitzenden Fürsten zu erkennen. Endlich löst er sich als Schemen aus der allerdichtesten Kampferkonzentration in der Geschichte der Pharmazeutik. Er erhebt sich, Unmengen Kampfer aus Nase und Mund und Ohren stoßend, und reicht unserem Redakteur mit so ruinöser Grandezza die Hand, daß jener um Haaresbreite in einen elisabethanischen Hofknicks abknickt.

So stammelt er nur: »Wir sind entzückt, Durchlaucht, wir sind entzückt« und setzt sich.

Da der Frankenfürst noch steht, ist das ein unverzeihlicher Fauxpas, und der Erbförster zieht ihn am Ärmel wieder empor und flüstert: »Erst müssen sich Seine Durchlaucht setzen ...«

Und da sinkt auch schon Durchlaucht wie der Geist von Hamlets Vater nach glücklich überstandenem Auftritt in sich zusammen, wobei er einen Triller furzt. Der Redakteur, der sich langsam auf die demokratische Verfassung der BRD besinnt und weiß, was Männerstolz vor Fürstenthronen ist, läßt die »dritte Person« fallen wie ein Fallbeil und sagt naßforsch: »Nun sagen Sie mir mal, wie finanzieren Sie das Dach von Ihrem feudalen Schuppen?«

Worauf sich die strenge Wolke wieder um den Fürsten zusammenzieht und ihn entrückt, unerreichbar für uns alle.

Wir dampfen ab in den Bayrischen Wald. Gallrein erwartet uns dort. Er hat »eines der wenigen originellen Talente unserer Zeit« aufgetan, wie er uns am Telefon versichert, und so fahren wir durch all die vielen pingeligen Altdorfertannen und die von profitorientierten Architekten ausgebrüteten Touristengettos in Bunkerbeton über die Hochstraßen Christian Klepsch entgegen. Der steht im Rahmen eines Kleinbauernhauses, ein bärtiger junger Defreggertyp, und neben ihm steht seine Frau in Form einer bronzenen Kirchenglocke, und links und rechts von beiden lagern sich Hunde der unterschiedlichsten Rassen. Neben der Tür ist die offene Lokusgrube, in die Ede fast hineinstrauchelt, da er ihre trügerische Decke für eine feste hielt. Große Begrüßungsszene und Eintritt in die Wohnküche im Bayrischwaldstil. An den Wänden zahlreiche Hinterglasbilder im naiven Stil. Die Glocke hat sie gemalt. Auf der Ofenbank zahlreiche Katzen. Strengster Katzengeruch zu Kaffee und Pflaumenkuchen. Die Glocke hat ihn gebacken. Klepsch erzählt sogleich von einem Motorrad, das er gerade erfunden hat und das Luftsprünge von dreißig Metern erlaubt. Das Patent will er sofort anmelden.

Draußen ziehen die Wolken tief. Im Laufe des Nachmittags trudeln die Hunde ein. Einer nach dem andern. Viele lehmbedeckt, andere brombeerrankenbekränzt. Sie sind eifrige Jäger und beenden ihr Leben gewöhnlich unter den Kugeln der verhaßten Förster und Jäger.

Später gehen wir in die erste Etage, wo Klepsch sein Atelier hat, das heißt ein Zimmer, in dem er seine Gläser schleift. Denn Christian ist Glasschleifer, der ein paar tausend verrückte Figuren in seine großen und kleinen Einmachgläser ritzt, Zoomorphen, die sich aus Ovids Metamorphosen in den Bayrischen Wald verirrten, kleine komische »Brüder und Schwestern im Heiligen Geiste«, die dem Hieronymus Bosch entwichen, und jede Menge Zwitter, die Christian selbst in seinen hermaphroditischen Organen zeugte. Sie alle, wie gesagt, ritzt er in seine Einmachgläser, aber was heißt das schon, er ritzt. Er überträgt mit dem Höchstmaß an technischer Meisterschaft seine inneren Bilder in äußere. Er zeigt, wie es drinnen aussieht und was niemanden etwas angeht. Er zeigt die subtile Flora und Fauna, die die unterirdischen Gänge und Höhlen bedeckt, die sich durch uns hindurchziehen, jahrmillionenweit, bis zurück zu jenem ersten Tropfen Protoplasma, der die ganze Chose in Bewegung setzte.

Wir halten die Gläser mit ihren mikro- und makrokosmischen Zeichen gegen das Licht und drehen sie, während Klepsch uns von seinen Wasserschuhen erzählt, mit denen man trockenen Fußes über das Wasser fegen kann und die er gerade zum Patent angemeldet hat. Er will sie den Israelis verhökern, zwecks leichter Überquerung des Suezkanals.

Draußen haben sich die Wolken auf die Tannenwipfel gelegt. An der Tür klopft ein alter Bauer in einem verwahrlosten Habit.

»Das ist Toni«, sagt Klepsch, »der scheißt aus Trotz immer in die Hosen. Er hat einen Hof und eine Menge Geld zu vererben, und deswegen kann er sich alles leisten. Die Erben haben Nachsicht. Wenn ihm das Essen nicht schmeckt, scheißt er in die Hosen. Wenn man ihm ein neues Hemd verweigert, desgleichen. Er tut es immer, wenn er Lust darauf hat. Morgens schmeißt er seine Hose einfach aus dem Fenster hinaus. Im vorletzten Winter kam er bei minus zwanzig Grad aus der Kneipe. Stockbesoffen. Er fiel in einen Graben, in dem ein kleiner heftiger Bach fließt, der nicht zufriert. Toni staute das Wasser und fror fest. Sie fanden ihn am andern Morgen und hielten ihn für tot. Vorsichtshalber warteten sie bis Mittag, ehe sie ihn loshackten. Sie legten ihn an den Straßenrand. Sie beglückwünschten sich. Da stand Toni auf und ging in die Kneipe zurück. Er ist stocktaub und hat ein Hörgerät, das er nie benutzt, um nicht hören zu müssen, was man über ihn spricht. Aber heimlich hört er mit und ändert ununterbrochen sein Testament. Er war lange Zeit der unbestrittene Meister im Doppeladlerscheißen. Zwei Wäldler hocken sich Rücken an Rücken und versuchen sich gegenseitig in die Hosen zu scheißen. Das ist gar nicht so einfach. Toni traf fast immer in die Hose seines Gegners.«

Klepsch nimmt eine große gelbe Katze auf den Schoß und sagt: »Die hört auch nichts. Ein Saubauer hat sie mit Säure übergossen. Wir haben sie zu den andern getan, die wir in Schlingen und Fallen gefunden haben. Zwei haben nur drei Beine. Aber es geht ihnen gut. Die Hunde haben wir von einem Hundehändler in der Ebene unten. Der hielt ein rundes Hundert von ihnen in einem umzäunten Acker, Tag und Nacht, bei Regen und Wind, im Sommer und Winter, ohne auch nur die Andeutung eines Dachs über dem Kopf. Er las sie auf oder ließ sie klauen und verhökerte sie der Industrie oder der Medizin. Erst als wir ihn zum zwölften Mal anzeigten, kamen die Behörden auf Trab. Jetzt haben sie eine Art Dach über den Hundeköpfen. Es ist übrigens genau zwischen den beiden Dörfern, über die man in letzter Zeit soviel geredet hat, weil zufällig etwas herauskam, etwas, was es auch in vielen anderen Dörfern gibt, was aber nie herauskommt. In dem einen hatte ein ehrenwerter Bauer ein Geräusch gehört, zur Büchse gegriffen und zwei junge Zigeunerinnen erschossen, die bei ihm Milch kaufen wollten, in dem andern haben sie einen Bürgermeister, der für die Deportation französischer Juden in die Vernichtungslager verantwortlich war: zwei ganz gewöhnliche deutsche Schicksale. Mehr nicht.«

Toni dreht an seinem Hörgerät und grinst und sagt: »Ihr kommt aus dem roten Norden? Ja ja. Alles Sozis und Kommunisten. Wir Bayern treten aus der Bundesrepublik aus. Wegen eurem Paragraphen 218.«

»Da könnt ihr euch mit den Papuas zusammentun«, sagt Ede, »die sind genauso fortschrittlich wie ihr.«

Toni verzieht angewidert das Gesicht. Er hat etwas anderes verstanden. Er wird rot. Er drückt.

»Um Gottes willen, nicht hier«, sagt die Glocke und schiebt ihn aus der Tür. Es stinkt.

»Wenn man seinen Furz angesteckt hätte, wäre er bis Böhmen geflogen«, sagt Ede.

Es kratzt an der Tür und ein bezaubernder flacher Hund betritt das Zimmer. Er hat eine mächtige Narbe über der Stirn, ein kampferprobter Recke.

»Der gehörte dem Bauern dort drüben«, sagt die Glocke und zeigt zum Dorfende, »der wollte ihn nicht mehr und hat ihn mit dem Spaten totgeschlagen und eingescharrt. Am andern Morgen saß er wieder vor der Tür und wedelte mit dem Schwanz, als sein Herrchen öffnete. Der schlug ihn sogleich ein zweites Mal tot und grub ihn sehr viel tiefer ein. Wir haben ihn ausgegraben.«

Draußen beginnt es zu regnen. Wir gehen langsam durch das Dorf. In den Häusern werden die ersten Lampen angezündet. Zwischen den Tannen hängen Wolkenfetzen. Jede Tanne eine Witwe mit Schleier. In den Ställen muhen die Kühe. Wir gucken durch die spinnennetzverhangenen Fenster in die Ställe, in denen die Kühe in ihrer eigenen Scheiße kochen. Einmal guckt ein Bauer zurück.

»Der hat ein Kopfkissen zwischen den Ohren und kein Hirn«, sagt Christian. »Er hat einmal einem Holzknecht den Schädel gespalten und ihn liegenlassen. Draußen im Bayrischen Wald. Aber ihm war nichts nachzuweisen. Dann hat er Papa und Mama einen Renner gegeben. Wenn die Söhne zu lange auf ihre Erbschaft warten müssen, geben sie den Alten einen Renner, das heißt, sie beschleunigen deren Gangart auf den hier meist steilen und hohen Treppen. Man kann da auch mit Schmierseife nachhelfen. Aber auch das konnte man ihm nicht nachweisen.«

Wir kommen an Tonis Haus vorüber. Ein Parterrefenster öffnet sich, und Tonis Hose fällt heraus. Wasti, der zweimal Wiederauferstandene, wirft sich mit einem Jauchzer rücklings in eine mit Wasser gefüllte Fahrspur. Er hat Mühe, sich wieder rauszurappeln. Er schüttelt sich und lacht.

Ein Junge, so um fünfzehn herum, begrüßt Christian. »Der macht mir die besten Gläser, wenn ich mal was anderes als Einmachgläser brauche«, sagt Christian, »so zwei, drei Gläser ineinander, die man drehen kann, und es entstehen immer neue Szenen in meinem Theater.«

Als der Junge weitergeht, sagt Christian: »Er ist fünfzehn und trinkt täglich vierzehn Halbe. Er wird es nicht mehr lange machen. Sein Bruder, der genausoviel trank, starb mit sechzehn. Er hatte wohl auch zuviel Glasstaub in den Lungen. Er war Glasschleifer wie ich.«

»Der Pater aus Oberteichalt kam sonntags immer herüber, um die Sonntagspredigt zu halten«, sagt die Glocke. »Darin verdammte er dieses dumpfe Sodom und drohte seinen Einwohnern mit Gottes Zorn. Sie hörten ihm ungern zu. Eines Abends, als er seine Schweine füttern wollte und die Hand auf die Stalltürklinke legte, fiel er tot um. Irgend jemand hatte die Klinke unter Strom gesetzt.«

»Ein deutscher Schauspieler, ein berüchtigter Exzentriker, der in Rom lebt, kam eines schönen Tages zu mir und kaufte ein großes Glas für tausend Mark. Das war eine Menge Geld damals. Auf dem Glas waren etwa fünfhundert Bundschuhbauern dargestellt, wie sie von der siegreichen herrschenden Klasse ins Jenseits befördert wurden, geviertelt und gerädert, ersäuft und vergraben, gepfählt und verbrannt. Ich hatte an dem Glas ein halbes Jahr gearbeitet. Es war mein volkreichstes Glas. Er bezahlte es und zerschlug es an der Tischkante. Er drehte seine Basedowaugen zur Decke und sagte: ›Nun gehört es nur noch uns beiden.‹«

In der Dorfkneipe hat die einzige Glühbirne Mühe, den Zigarettenqualm zu durchdringen. Christian haut einem großen Lümmel, der an der Theke steht, auf die Schultern, und der sagt: »Mensch, sei vorsichtig, mein Loch«, und haut Christian auf die Schulter.

»Das ist der Franzl«, sagt Christian, »der Einödbauer. Wohnt hinterm Moor. Er hat ein Loch in der Brust, das ihm sein Schwager mit der bloßen Faust reingeschlagen hat. Spuckt seitdem Blut. Franzl war dreißig Jahre alt gewesen und sehr einsam. Er war kein Frauentyp und hatte eine Anzeige in der Zeitung aufgegeben. ›Suche resches Madl ...‹ und so. Eine las das und schickte ihm das Foto ihrer besten Freundin. Die war leidlich ansehnlich. Franzl küßte das Foto und erwartete das Original. Als das dann wirklich eintraf und dem Foto nicht glich, fand er sich auch damit ab. »Ist doch ohnehin alles wurscht«, sagte er, »heirate ich eben dich.« Ein paar Tage später kam ihr Bruder an. Der war genauso häßlich. Er richtete sich auf Dauer ein und blieb auch, als Franzls Frau starb. Franzl nahm sich eine zweite, und der Bruder der ersten sagte: ›Wenn du mir alles überschreibst, dann schlafe ich auch mit deiner Frau.‹ Um seinem Angebot Nachdruck zu geben, schlug er dem Franzl ein Loch in die Brust. Franzl überschrieb ihm alles. Die zweite Frau geht leer aus. So ist der Stand der Dinge im Augenblick. Hier sind nicht nur die Winde rauh.«

Der Wirt kommt an unseren Tisch, wischt mit dem Ärmel die Bierlachen weg und fragt nach unseren Wünschen.

Die Glocke sagt: »Neulich fand ich auf einem alten Dachboden ein altes Bild. Es stellte die Flucht nach Ägypten dar, hübsch gemalt, Maria auf dem Eselchen, Josef zu Fuß, hinten purzelten die Statuen von ihren Sockeln. Ich kaufte es für ein paar Mark und fuhr damit nach Straubing, um es einem Antiquar zu verkaufen. Der sagte: ›Flucht nach Ägypten, schön und gut, aber wir sind hier in Bayern. Versuchen Sie es doch mal in Kairo.‹«

Später kommen wir mit dem Wirt ins Gespräch über den Bürgermeister von nebenan, den Judenverschicker.

»Wenn die damals die Juden verschickt haben, dann werden die schon einen Grund gehabt haben«, sagt der Wirt.

Bier und Korn und Korn und Bier. Eine saumäßige Mischung. Wir wanken durch die Dunkelheit in unser kleines Hotel, und in der Nacht träume ich von einem Boot, das mich über den Königssee fährt. Ich sitze ganz allein im Heck, und am Motor fummelt der Kapitän herum. Dann hebt er eine Trompete, um mir den Echoeffekt zu demonstrieren. Nach einem markerschütternden Ton läuft der ganze See aus. Ich wache auf, und da erklingt der markerschütternde Ton ein zweites Mal. Es ist Ede, der sich auf dem Flur die Rübe an einem Balken gerammt hat. Er wollte zur Toilette und hatte vergessen, daß wir in einem Haus aus dem siebzehnten Jahrhundert wohnen, voller Fachwerk wie ein Wal voller Rippen.

Und jeden Abend saufen wir in jener Kneipe unser Bier und irgendein Gesöff, in das man Schlangen einlegen kann, wird unser Vorrat an Schauergeschichten, die hier das tägliche Brot sind, üppiger, entfernen wir uns mehr aus der bundesrepublikanischen Wirklichkeit, werden wir Teil eines Bilderbuches, in dem die Erlkönige herumliegen, die Wolfsmenschen und die Vampire, in dem Satan blüht und Hinz und Kunz Gift verspritzen wie die Kröten, in dem alles und jedes wie die Brechwurzel ist.

Am letzten Tag, als wir das Ende unserer Dreherei mit Christian und der Glocke feiern, fährt draußen ein Auto mit quietschenden Bremsen vor. Irgend etwas wird herausgeworfen, und das Auto heult in die Nacht hinein. Christian öffnet, und da liegt Barry, der Bernhardiner, und sagt kein einziges Wort mehr. Sie haben ihn erschossen.

»Alle haben gewußt, daß er gar nicht jagen konnte«, sagt die Glocke mit umflortem Blick, »er hatte Asthma. Er ging nur spazieren. Immer auf dem gleichen Weg, den er den Philosophenweg nannte. Von dort konnte er bei klarem Wetter den Arber sehen, den König des Böhmerwaldes, dem sie wegen dieser lausigen Skifahrer den Schädel ausrasiert haben, und die Alpen, an denen sein Herz noch immer hing.«

»Es ist das Jahrhundert der Mörder«, sagt Gallrein, »der Joseph Roth hatte recht. Im großen und im kleinen.«

Wir fahren heim, das Frankenland und den Bayrischen Wald als Alb im Nacken, und neben mir sitzt Gallrein, der gerade erzählt, auf der letzten Programmbeiratssitzung habe sich irgendein Arschloch beschwert, weil ein Interviewer bei einem Gespräch mit einem Mann namens Kohl durch ein gewisses Lächeln eine eigene Meinung ausgedrückt habe. Wir lachen uns halbtot und freuen uns nicht auf zu Hause.

Unmittelbar hinter Amberg überholt uns ein schneller Citroën. Als er den vor uns fahrenden Wagen überholt, biegt weit voraus ein Lastwagen auf die Seitenspur. Der Citroën versucht zu bremsen, wird von beiden Wagen eingeklemmt, schlittert mit einem Affenzahn weiter und entfaltet dabei seine Bleche wie die Flügeldecken eines Käfers. Sie flattern auf und ab und beginnen sich zu lösen. Ich wage unsere schwere Kiste nicht voll zu bremsen und drücke mehr zaghaft aufs Pedal. Trotzdem reicht das aus, um auch uns wie besoffen hin und her schlenkern zu lassen. Eins der Citroënbleche flattert rechts vorbei, ein zweites trifft uns rechts voll in die Windschutzscheibe. Gallrein will schnell wegtauchen, wird aber von dem Blech erwischt, das seine Kopfschwarte wie ein Messer öffnet. Obwohl ich alle Hände und Füße voll zu tun habe, um unsere Karre nicht gegen eine Häuserfront, eine Mauer oder einen Baum sausen zu lassen, sehe ich ganz klar und genau das weiße Schädelgebein. Meine Seite der Frontscheibe ist stehengeblieben und bröckelt jetzt langsam ab. Weit vor uns schlingert der Citroën rechts ran. Er hat inzwischen alle Bleche verloren. Er kommt langsam zum Stehen. Der Fahrer steigt aus. Ich halte hinter ihm. Gallrein taucht von unten auf, klappt die Sonnenblende herab und besieht sich im Spiegel. Dann fällt er kalkweiß um. Ich betrachte meine Hände, die völlig ruhig auf dem Lenkrad liegen. Dann sehe ich im Außenspiegel, wie rings um meinen Haaransatz kleine Schweißtropfen heraustreten. Gleichzeitig beginnen meine Hände zu flattern. Ich steige aus.

Nach vier oder fünf Minuten kommt mit apokalyptischer Hupe und rotierendem Blaulicht der Krankenwagen. Dann die Polizei, und wir geben zu Protokoll. Später rufe ich im Funkhaus an, und sie schicken einen Wagen von der Fahrbereitschaft mit zwei Fahrern, von denen einer meine fensterlose Kiste nach Hause bringen soll. Der andere fährt uns zurück, und ich erlebe ein ganz neues Fahrgefühl. Zum ersten Mal seit zehn Jahren werde ich gefahren.

Ich habe sieben freie Tage und rufe nur so auf Verdacht das Cola-Mädchen in Frankfurt an, und da es noch Wunder gibt, sagt sie, ab übermorgen habe sie fünf Tage frei, und wenn ich wollte, könnten wir ja irgendwo hinfahren, mir werde sicher etwas einfallen. Ich sage ihr, daß ich nur einen älteren VW-Bus hätte, aber sie meint, wir sollten ohnehin ihren Wagen nehmen, der sei schneller und wohl auch bequemer. Und so bin ich denn zwei

Tage später pünktlich vor einem Frankfurter Hochhaus, parke meine alte Mühle im Verborgenen und melde mich. Fünf Minuten später kommt sie heraus. In künstlich verwaschenem Hemd und den dazu passenden Jeans. Sie hat eine Art Wäschesack über dem Arm und winkt mir zu, als hätten wir uns gestern das letzte Mal gesehen. Sie läßt den Wäschesack neben mir stehen, geht in die Garage und kommt mit dem roten Porsche nebst Pepitaband wieder zum Vorschein.

»Hallo«, sagt sie, »fährst du? Ich habe keine große Lust dazu. Ich heiße Bettina.«

»Ist das dein Auto?« frage ich wenig geistreich und betrachte gedankenvoll ihre hummerfarbenen Finger- und Zehennägel. Und sie sagt: »Nun komm schon.«

Ich verstaue meinen Segeltuchkoffer neben ihrem Wäschesack und setze mich zurecht. Ich bin so einen schnellen, nervösen Schlitten nicht gewohnt und stelle mich am Anfang ein bißchen dämlich an. Aber auf der Autobahn pendelt sich alles schnell ein, und ich schwimme wie ein Hecht durch den Karpfenteich der dickärschigen deutschen Mittelklassewagen. Ich strenge mich an, um herauszufinden, was sie unter »dir wird sicher etwas einfallen« versteht, obwohl ich es mir eigentlich an drei Fingern abzählen könnte. Aber sie ist kein Typ für drei Finger. Ich habe da ein paar Touren, die sich bewährt haben, wenn ich Mädchen beeindrucken wollte, etwa die »kleine« und die »große kulinarische Tour«, die »Machen-wir-ein-bißchen-in-Kultur-Tour« und vor allem die »Tour der Sensationen«, die von alledem was hat und sauteuer ist. Wie sie so neben mir sitzt in ihrem künstlich verwaschenem Hemd und den Jeans, müßte ich ihr doch wohl die »Tour der Sensationen« anbieten, auch wenn mich die zwei Monate lang ruinieren wird.

Folgerichtig steuere ich Colmar als erstes Ziel an. Wir sind da viel zu früh, weil der exklusive Schlitten über zweihundert macht, wenn man gehörig auf die Tube drückt. Und so haben wir viel Zeit, und ich zeige ihr den graugrünen Kolossalkadaver des Gekreuzigten und den endlosen Zeigefinger des Täufers auf dem Altar Grünewalds und Schongauers Hunde der »Göttlichen Tugenden«, die das Einhorn in den Schoß der Jungfrau jagen, und Bettina fragt mich, ob das eine das andere nicht ausschließe, und ich sage: »O nein, eins ergibt sich aus dem andern.« Später läuten von der Kathedrale, aus der die »Madonna im Rosenhag« geklaut worden ist, die Glocken, und wir gehen ins »Kopfhuis« und essen nach einer Hasenpastete die obligate Mandelforelle und das Weinhähnchen nebst Brunnenkresse und Käse, der sich auf einem riesigen Holzbrett zu einer Alpenlandschaft türmt. Der Patron, angezogen von meiner ansehnlichen Begleiterin, hat uns mit den angemessenen Weinen versorgt, und ich habe die Preise heimlich in der Weinkarte kontrolliert und die Farbe gewechselt.

»Du hättest nicht zu erbleichen brauchen«, sagt sie, als die Rechnung kommt, »ich meine vorhin, als du die Weinkarte überprüft hast. Laß mich das alles machen mit der Zahlerei. Ich habe an einem Tag soviel wie du in einem Monat und weiß sowieso nicht, was ich damit anfangen soll.«

Ich lege mich endgültig auf die »Tour der Sensationen« fest.

Während der Patron Bettina in ein Gespräch verwickelt und sie mit lauwarmen Blicken auszuziehen beginnt, studiere ich meinen kleinen Faltkalender, auf dem die Details meiner »Tour der Sensationen« in Mikroschrift notiert sind, die Mondaufunduntergänge in Les Baux oder in Taormina, die Zeiten für Ebbe und Flut am Mont St. Michel, die Nummern der Hotelzimmer, von deren Fenstern aus man den schönsten Blick auf die Salute, den Rosenlauigletscher, die Dächer des alten Barcelona oder die Wespennesterklöster von Meteora hat, wo es die wirklichen Gangsterkneipen, Päderastenclubs und Transvestitenstriche gibt und wo die schmackhaftesten Nürnberger Bratwürste, die schärfste Sevillaner Zarzuela und die am längsten abgehangenen Steaks zu haben sind, aber auch wie man sich zu verhalten hat, wenn ein Dudelsackspieler, ein Zigeunergeiger oder ein Griechisch-Orthodoxer die Hand ausstreckt (um nur die landläufigen Dinge zu nennen; die anderen preiszugeben, werde ich mich hüten) – jedenfalls kann man mit diesem Faltkalender eine Überraschung an die andere kleben, ohne daß einem das Pulver ausgeht.

Wir nehmen die Straße über Belfort, wo sich der berühmte Löwe dehnt und streckt, nach Besançon, wo wir Kaffee unter Festungsmauern trinken, die sie »zyklopisch« nennt. Sie hat's ja nie anders gehört.

Die Straße durch das Tal des Doubs ist wie ein Schwalbenflug um einen Kirchturm. Vor der Stunde des Igels erreichen wir die Seenplatte hinter Bourg. Mit einem melodramatischen Schrei betrachtet sie die rotbäuchige Sonne, die zu den Karpfen hinabsteigt. In einer kleinen Dorfkneipe, in der wir einen schnellen Schwarzen trinken, kommt sie ganz atemlos vom Lokus zurück und berichtet, daß es dort nichts als ein Loch im Fußboden gebe. Als ich ihr erkläre, das sei in französischen Dorfkneipen das übliche, erklärt sie mich zu einem glattzüngigen Lügner. Vor Lyon rufe ich das »Royal« an, wo ich einmal mit einem größenwahnsinnigen Redakteur absteigen mußte und das mich sehr beeindruckt hatte. Es ist der erste Schuppen in der Stadt, und ich bestelle das beste Zimmer. Dann fahren wir zu Paul Bocuse und nehmen nach der Trüffelsuppe den Fisch in Teig, der bei ihm »Loup de la Mediterranée en croûte« heißt und dementsprechend kostet. Ohne auch nur mit der Wimper zu zucken, zahle ich aus ihrem unerschöpflichen Portemonnaie runde 1200 Francs. Wir fahren in die Stadt hinein und trinken, allein um des Kontrastes willen, in einem kleinen vergammelten Bistro zwei Ancre Pils, ein feines Bier aus dem Elsaß.

In unserem feudalen Hotelschuppen fällt sie aus allen Wolken. Sie kennt wohl eine Menge Ersterklassehotels, aber noch kein französisches. Sie war noch nie in Frankreich. Wir haben ein Stilzimmer im reinsten Napoleon III. Mit goldenen Schwänen an der Marmorbadewanne, mit vergoldeten Mohren unterm Tisch, den bourbonischen Lilien auf den Wandverkleidungen aus imitiertem Malachit und den napoleonischen Bienen als Gardinenzurseiteraffer. Der Kristalleuchter verbreitet sein Licht wie ein Pfarrer das »Wort zum Sonntag« im »Ersten«. Im Schlafzimmer sehen die roten Nachttischlampenschirme aus wie die Unterhosen von Cancantänzerinnen, in denen die Glühbirnen als stramme kleine Ärsche sitzen. Vier hohe Spiegel in unechten Goldrahmen vervollständigen das Maupassantbordell. Eine verruchte Mischung aus Kaisertum und »froufrou«, die uns sehr gefällt. Wir genießen es, in den tiefen Sesseln zu sitzen, uns anzusehen, Heidsieck zu trinken, den uns ein Mulatte bringt, uns in den Spiegeln zuzuprosten, und ich erzähle ihr die Geschichte von der Familie, die sich eine große Pilzmahlzeit aus selbstgesuchten Pilzen bereitet und hinterher zum Scherz ihren Kater kosten läßt. Der windet sich sogleich und zum Entsetzen aller in Krämpfen, und sie rasen alle zum Krankenhaus, wo man ihnen die Mägen in einer scheußlichen Prozedur ausputzt. Sie ersticken fast an den Schläuchen und kommen mehr tot als lebendig nach Hause zurück. Da sitzt der Kater und leckt sich die Pfote. Es hatte nicht einen einzigen giftigen Pilz gegeben. Der Kater hatte sie reingelegt. Ist eine großartige Geschichte und völlig authentisch, denn der Kater hieß Terribile und die Gelackmeierten waren Ede und seine Familie, meine Freundin und ich.

Wir machen das meiste Licht aus, stehen lange am Fenster und sehen in die Nacht, wo der Große Bär auf seinen Haxen sitzt. Dann verschwindet sie im Bad, während ich wie ein ägyptischer Pavian mit aufgerecktem Schwanz auf Wache sitze. Und dabei denke ich nicht ohne Beklemmung an den rituellen Balztanz, den sie vielleicht von mir erwartet, an all diese routinierten Griffe in und unter die Garderobe, aber sie enthebt mich aller unangebrachten Überlegungen und Ängste, indem sie nackt und naß und mit einem Handtuch um den Kopf aus dem Bad kommt, und sogleich steht die Welt unter der Herrschaft des glorreichen Fleisches, das hier fest und kühl und von einer Haut umspannt ist, die den Glanz und die Glätte von Aluminium hat. Von der gleichen festen Glätte sind ihre Bewegungen, und ich beobachte später im Spiegel das perfekte, gleichmäßige Spiel eines glatten Kolbens in einem glatten Zylinder (Honeggers »Pacific 231«), und so ist es nur selbstverständlich, daß wir im gleichen Augenblick ein Ziel erreichen, das zu schildern hier wenig Sinn hätte, da jedermann es ohnehin kennt oder zu kennen vorgibt.

»Der gestrige Tag war wie ein Jahr, und die gestrige Nacht war es auch«, sagt sie am nächsten Morgen, »ich habe zwei Jahre meines Lebens verloren. Wie soll das weitergehen?«

»Indem ich dir den Traum eines Briefträgers erzähle«, sage ich, und wirklich fahren wir eine Stunde später durch Hauterives. Wir betrachten den Adamsapfel des Dorfpolizisten, einen erdbeerfarbenen Pfaffen, der aus einer fleckigen Soutane einer Handvoll alter Frauen zulächelt, und einen kleinen mageren Kellner, der den Schwanz seines Hundes wie Tafelsilber putzt. Ein Mammutbaum verdunkelt eine Gruppe boulespielender Pensionäre. Ein Kanari reiht einen hysterischen Triller an den andern. Ich lenke uns in eine Nebenstraße und halte bei einem eisernen Tor in einer steinernen Mauer aus Feldsteinen. Man hat sie in Fischgrätenmuster aufeinandergeschichtet, so daß die Mauer aussieht wie ein besonders dauerhafter Frank-Sinatra-Anzug der fünfziger Jahre. Darüber trompetet ein Trompetenbaum in den blanken Zehnuhrmorgenhimmel. Ich öffne langsam und feierlich das Tor, und da liegt vor uns auf 26 mal 12 mal 8 Meter ein in Stein verwandelter Urwald, Hindutempel, Ozeandampfer, Wasserfall, Dom, Tropfsteinhöhle, Ossians Traum, des Negers Klage, Vishnus Entsetzen, Mirós Wahn, Sagrada Familia, Buddhas Nabel und Victoria regia: der Traum, den der Briefträger Cheval vor vielen Jahren träumte, vollgestopft mit Schlangen, Hirschen und Tauben, mit Riesen, Lebkuchenmännern, Hydras und Brüsten, mit Treppen, Geheimfächern, Grüften, Wiegen und Tabernakeln, mit Phalli und Meteoren.

»Das kann doch nicht wahr sein«, sagt sie.

»Doch«, sage ich, »das ist sein Palais Idéal.«

Wir gehen um das Palais, und ich zeige ihr eine Grotte, in die Cheval seine Schubkarre gestellt und mit einem in Beton geritzten Gedicht versehen hat: »Ich, seine Schubkarre, hatte die Ehre, mehr als dreißig Jahre lang der treue Gefährte dieses intelligenten Arbeiters zu sein, der jeden Tag seinen kleinen Kontinent auf dem Lande zusammensuchte.«

»Er macht schöne Gedichte«, sagt sie, und als sie das sagt, merke ich, wie mir die Liebe ins Kraut schießt.

Ich sage: »Immer wenn er losschob, um die Post auszutragen, nahm er diese Karre mit und füllte sie mit Feldsteinen. Man hatte damals angefangen mit Beton zu bauen, in den man Eisen legte. Das machte sich Cheval zunutze und baute in vierunddreißig Jahren aus viertausend Säcken Zement das Gerüst seines Palastes. Dann legte er ihm einen Mantel aus hunderttausend Feldsteinen und tausend plastischen Einfällen um, und da steht er nun. Ein Tummelplatz für Freunde der Seelenwanderung, die hier die Reinkarnation eines hinterasiatischen Architekten vermuten. Die Dorfbewohner sahen und sehen es anders. Sie halten ihren lausigen Briefträger einfach für einen Irren.«

»Ich habe noch nie etwas Schöneres gesehen«, sagt sie.

Und das sagt sie auch zur Theaterwand von Orange, zum Mont Ventoux, der wie ein Eisbär aus dem blauen Nebel guckt, dem Triumphbogen von St. Remy, der Zelle van Goghs, und sie sagt es gleich mehrere Male, als ich ihr vom Kamm der Alpilles aus die vom Wind und von Richelieu ausgelaugten Trümmer von Les Baux zeige.

Nie um eine abgehalfterte Poesie verlegen, wenn es darauf ankommt, sage ich: »Die gebleichten Knochen der Minnesänger liegen auf diesem Plateau herum. Eines Tages saß dort drüben eine Dame in ihrer Kemenate und hatte kalt. Neben ihr saß ihr Einhorn und zu ihren Füßen ihr Minnesänger. Sie war immer ungezogen zu beiden. Sie fror und sagte: ›Ich finde es sehr kalt hier. Ich friere an den Füßen.‹ Da zog der Minnesänger seinen kleinen sarazenischen Dolch, öffnete sich mit einem langen Schnitt den Bauch, stellte die Füße der Dame hinein und starb. Wir können dort oben wohnen. Billig und gut. Mit Kaminfeuer. Mit Wind. Mit Fensterläden, an denen er rüttelt.«

Ich zeige ihr den Durchschlupf, in dem Dante den Eingang zur Hölle vermutete, wieder mal – mein Gott, wo hat dieser Typ mit der Rennfahrermütze nicht überall den Eingang zur Hölle vermutet. In der »Reine Jeanne« essen wir »Boeuf provençal« zu Abend und bleiben lange beim Rosé vor dem Kaminfeuer, und ich sage meinen Spruch vom Feuer auf, das die beste Gesellschaft sei, und sie nickt ernst, und ich schäme mich, ein Sprücheklopfer zu sein, und betrachte das Feuer, das wie ein Gourmet an den dicken Hölzern leckt und seine Finger in alle Löcher steckt. Später gehen wir mit einer Flasche Rosé zu den Steinbrüchen hinunter, die wie große weiße Kammern tief in die Felsen geschnitten sind, und wir nehmen hier und dort einen Schluck und machen die Ohren auf und hören das Nichts. Der Mond scheint hell, und die Grillen … na, was sollen sie schon machen? Wir gehen zurück und riechen die ganze Nacht nach dem Kiefernholz aus dem Kamin.

Am anderen Tag zeige ich ihr in Antibes das Schloß, in dem Picasso seine heidnische Epoche hatte. Römischer Prachtschwanz. Syrinxblasende Nackedeis. Laszive Nymphen. Hundeblick vom Satyr. Wir drehen einen der großen gipsernen Knollenköpfe ins Licht. Picassos Muse. Der Wärter kommt dazu und versucht, auf sympathische Weise Picasso zu gleichen. Er macht sich klein und rundköpfig und riskiert Picassos schwarze Stechblicke, was ihm mißlingt.

»Wir haben Picasso mal gedreht«, sage ich, »ich habe nie einen Menschen wie ihn gesehen. Überlebensgroß. Das Größte überhaupt. Als er hörte, daß wir nicht aus der DDR waren, wurde er sauer. Aber nur für einen Augenblick.«

Später machen wir einen Sprung ins Léger-Museum in Biot, und Léger ist stark und naiv wie ein Ochse, der ein Fell aus gelber Sonne hat. Wir bewundern ihn gehörig und fahren nach St. Paul de Vence, wo sich die Giacomettis ganz dünn machen, um ihre Schatten loszuwerden. Ein Seiltänzertrick. Wir gehen zwischen Mirós Eiern und Mistgabeln umher und fahren am späten Nachmittag langsam über die Promenade des Anglais. Die Palmen sind verstaubt und leblos. Der Portier vom »Negresco« hat noch immer den Zylinder mit Hahnenschwanz auf, den ihm der dritte Napoleon einmal verpaßte. Der Strand ist so dicht voll menschlicher Wracks, daß man den Schmutz nicht erkennt, der den Sand ersetzt. Auf dem Meer ruht eine weiße Chrysantheme und stößt schrille Schreie aus. Es sind die eintausend Möwen, die beim Austritt der Kloake von Nizza schwimmen. Dort wächst ihnen die Atzung in den Schnabel. Auf dem Blumenmarkt ist noch ein Stand auf. Sie kauft ein Wagenrad aus hundert Nelken für sage und schreibe hundert Francs.

Von der oberen Corniche aus zeige ich ihr Eze, das tief unter uns auf seiner Felsennase liegt. Es möchte dem »Adlernest« gleichen, mit dem der Katalog des Fremdenverkehrsvereins ködert. Wir lassen uns ködern, parken unterhalb der Mauern und steigen die steile Treppe zum Dorf hinauf. Trotz der Abscheulichkeiten, die aus allen Kunsthandwerksläden wie Kapok aus einer alten Matratze quellen, ist es noch schön in den engen italienischen Gassen. Als ich ihr wie zufällig unser Hotel zeige, das »La Chèvre d'Or« heißt und bis unters Dach voll Snobismus steckt, und das Zimmer mit seinem 500francsblick, da glaubt sie mitten in einem dieser albernen Hollywoodfilme zu stecken, in denen Cary Grant mit verwittertem Charme seiner millionenschweren, aber bereits vom Tode gezeichneten Tante die Hand küßt. So ist das in Eze.

Gegen Abend klettern wir zum Sonnenuntergang zu dem berühmten Kakteengarten hoch, wo im Schatten riesiger, in Nylon eingewickelter Kakteen ein riesiger Hund schläft. Ich pfeife die ersten Takte zu Saties »Musique pour le lever d'un chien«, und jener erhebt sich höflich, kommt herüber und küßt mir die Hand. Die Hüterin des Gartens kommt aus ihrer Koje und sagt: »Wir haben die Kakteen damals eingepackt, als Madame de Gaulle zu Besuch hier war, die Mutter der Tugend. Sie hätte Anstoß nehmen können …«

Später lassen wir uns die »Croûtes de bique« im säulenbesetzten Garten unseres Hotels servieren. Wir verzichten auf Monte Carlo, das als Guanofelsen des Kapitalismus die Küste schändet, und ziehen uns auf unseren Balkon zurück, wo wir sogleich eine Reihe lebender Bilder stellen, von denen »Marsyas von Apollo geschunden« das verwegenste ist. Von ihrer rauhen Zunge gehäutet, ermatte ich gegen Mitternacht und verbreite einen interessanten Hauch von Melancholie, der es mir erlaubt, mich ohne weitere Erklärungen in einen langen Schlaf einzurollen. Fuchs, vom Mond versilbert.

Als wir am andern Morgen aus dem Fenster gucken, sehen wir über dem tiefschwarzen Meer ein weißgezacktes Phantom. Es gibt mir einen Stich, als ich in dem Weißgezackten Korsika erkenne: ein Jahrhundertblick. Das Mädchen kommt mit dem Frühstücksbrett. Ein Überfluß an weichen und harten Eiern, an Käse, Butter, Schinken und Ahornblütenhonig. Bettina sagt: »So hätte ich mir meine Hochzeitsreise nicht vorgestellt.«

Ich rühre im Kaffee und dem dunklen Sinn ihrer Worte.

»Ich heirate in einer Woche. Nein, nicht dich natürlich.«

»Den Typ von damals?« frage ich und merke, daß ich aus dem Sattel falle.

»Ja, den.« Pause. Stille.

»Laß uns keine Zeit verlieren. Wir wollen nach Menton runterfahren.«

Vor der Hafenmauer in Menton ist das Meer glatt und durchsichtig. Zwischen hier und der Hafenmauer in Calvi drüben auf Korsika gibt es keine Welle. Wir mieten uns eines dieser verruchten Motorboote, die eine Matratze auf dem Vorderdeck haben, und fahren weit hinaus. Je weiter wir hinausfahren, desto höher werden die Berge hinter der Stadt. Als wir weit draußen sind, ziehen wir uns aus und legen uns auf die Matratze und gukken ins Meer. Die Sonne ist heiß und die Luft trocken. Bettina schnurrt wie eine Katze und beginnt mich langsam abzuweiden, eine Seekuh auf einer submarinen Alm könnte nicht zarter weiden. Später behält sie es lange im Mund. Dann beugt sie sich über Bord und spritzt es in die glatte durchsichtige See. Es breitet sich im Wasser wie ein Spiralnebel aus, mit zarten Fäden und einem leuchtenden milchigen Kern, der sich dreht und steigt und fällt und sich von seinen zarten Fäden trennt, die nun ihrerseits neue Kerne bilden, die auf- und niedersteigen, Gebilde von feinster Irrationalität, »Osiris, die Urfeuchte« hätte Minotaurus, der mythische Quatschkopf, gesagt. Ein Schleiertanz, der langsam herabsinkt zu den Seegurken, den dumpfen Pennern.

Sie lächelt und sagt: »Es sind eine Menge Bienen ins Meer gefallen«, und sie zeigt auf die Bienen, die im Wasser strampeln. Ihre gelben Wadenstrümpfe sind vollgesogen, und sie haben Mühe, sich oben zu halten. Bettina angelt sie mit ihrer Hutkrempe heraus. Als die ganze Krempe mit Bienen besetzt ist, stülpe ich ihr den Hut über das Haar. »Damit sie besser trocknen«, sage ich. Dann nehmen wir das Handtuch und retten nach und nach alle Bienen. Wir sind eine Arche Noah für Bienen und bleiben es, bis die Sonne im Meer verschwindet und ihre Wärme mitnimmt.

Am Nachmittag fahren wir auf die Felsterrasse über Roquebrune. Als wir uns unter den Korkeichen lieben, beißt mich irgendein Schweinehund hart und scharf in die Zehen: eine Vogelfalle. Ich bin in eine Vogelfalle geraten. Zum Glück haben meine Leinenschuhe Lederkappen. Sonst wären ein paar Zehen hin gewesen. Dann machen wir uns auf, weitere Vogelfallen zu suchen. Sie sind doppelt so groß wie Mausefallen, arbeiten aber nach dem gleichen hinterfotzigen Prinzip. Nur, wo dort der Speck ins Verderben lockt, tut es hier ein künstlicher Wurm. Wir bringen vier Dutzend solcher Fallen zur Strecke, indem wir ihren Mechanismus mit kleinen Stöcken auslösen. Dann werfen wir sie in eine lotrechte Schlucht.

»Wir sollten den Sonnenuntergang von Pic de l'Ours aus angucken«, sage ich, als wir eine Stunde später in Cannes herumspazieren, und zeige zum Estérel Gebirge. »Wir könnten dort oben picknicken.«

Sie umflort ihre Blicke und deutet damit ungeahnte Möglichkeiten an, die sich aus der Betrachtung dieses Sonnenuntergangs ergeben könnten. Wir kaufen zwei Flaschen Burgunder, ein Dutzend Austern nebst dazugehörendem Messer, eine halbe

Torte Brie, eine Rute und hundert Gramm schwarze Oliven und machen uns auf den Weg. Das Gebirge ist rot und zittert noch immer vor Hitze. Die Pinien schwitzen. Die meerzugewandten Flanken der Berge nehmen die Farben von Orangenschalen an. Die Sonne sinkt, und sie tut es immer schneller. Als wir die Höhe erreicht haben, breiten wir Bettinas Schal aus und stellen unsere Vorräte nach den Gesetzen der Ästhetik darauf auf. Als wir das erste Glas Roten heben, zeigt sie talwärts, wo eine schwarze Wolke aufsteigt.

»Da wird doch nicht irgend jemand ein offenes Feuer riskiert haben«, sage ich einfältig.

Wir trinken. Beim zweiten Glas sehe ich unter dem Rauch die Flammen. Gerade als ich mich anschicke, zum Mont Vinaigre zu fahren, um Alarm zu schlagen, kommt von Cannes ein Hubschrauber und taucht zu der Wolke runter. Plötzlich steht da unten eine ganze Flammenwand. Ein Wind bläst hinein, und die Wand beginnt, den Berg emporzusteigen. Wir sind so fasziniert, daß wir gar nicht daran denken, das Feuer könnte schneller als wir unsere Straße erreichen. Wir stehen immerhin zweihundert Meter daneben. Ein Sturmstoß breitet die Flammen über den ganzen Berg. Wir gehen zum Auto.

Als ich die Zündung anstelle, geht auch das Radio an. Der heldenhafte Taktstock Berlioz' schlägt die ersten Takte seiner »Sinfonie phantastique«. Unten rollen gelbe Wolken hinter den Flammen her und bilden Wirbel und Wellenkämme und Locken. Nun brennen alle Wälder in diesem Tal. Alle diese schütteren, ausgemergelten, knochentrockenen Wälder flammen auf, verwandeln sich in abertausend Fackeln, explodieren und werfen ganze Hände voll brennender Ginsterbüsche in die Luft, die sie emporstrudelt in einem Trichter aus feuerspeiender, funkensprühender Glut, hoch über das Tal hinweg zu anderen Tälern, und die Flammen beginnen dort über den Boden zu kriechen, die Stämme abzulecken und den Ginster zu verschlingen. Wir fahren langsam die Straße oben auf dem Kamm entlang, unerreichbar für das Feuer, das ein jäher Sturm parallel zu uns dahinjagt, und während da unten Sodom und Gomorrha verglühen und sich oben die Grate in Rauch auflösen, während die Hügel vor dem Meer Mähnen aus Flammen und Qualm flattern lassen, hinter denen sich die Sonne in jene »blasse Hostie« verwandelt, von der die Alten sungen, hören wir diese grandiose, pathetische, verzweifelte Ballade von prächtigen Verbrechen, Mord, Notzucht, von Liebesraserei zwischen Himmel und Schafott und Hölle, aus der es kein Entkommen gibt, hören wir dieses Orchester aus Karabinern, Pistolen, Kanonen, Sturmwind und Lacrimae Christi. O Hector, du feuriger Pelikan ... Ich fahre hart an den Abgrund heran und halte. Den Blick in den rasenden Vulkan gerichtet, entrücke ich mich wie Elias in seinem Feuerwagen und erhebe mich weit über mich selbst, indem ich – ein unverbesserlicher Pathet und Schmierenkomödiant – das Wort »Freiheit« rausschreie und immer wieder »Freiheit«, bis mich das Mädchen, das einst einer Baby-Cola-Flasche entstieg, wieder auf den Teppich zurückholt und in seinen Schoß versenkt.

Es ist unser letzter Abend. Ich streichele ihren Aluminiumpopo. Sie beobachtet uns dabei im Spiegel. Sie macht das gern. Mir selbst gibt der Spiegel ein letztes Mal Gelegenheit, meine eigenen bacchantisch unordentlichen Gliedmaßen an der Perfektion der ihren zu messen. Die »Elemente des Animalischen« sind eindeutig bei mir.

»Damals in Frankfurt hat es mir sehr gefallen, mit einem Mädchen auf- und abzugehen, nach dem sich die Männer umsahen. Aber heute ...« sage ich.

Sie zeigt aus dem Fenster: »Von Korsika keine Spur mehr. Bei mir war das anders. Du hast mir gleich so gefallen, wie du bist, und nicht, wie du aussiehst.«

Das Meer ist grau und rund wie ein Zinnteller. Mir ist ganz flau im Magen.

»Mir ist ganz flau im Magen«, sagt sie, »das war doch alles viel zu kurz.«

Das Flausein breitet sich aus wie ein Nebelfleck.

Am Morgen gehen wir noch einmal durch die Gassen und blikken in die Höfe, wo die Bougainvillea ihre blauen Blüten so zahlreich wie Ameisen durchs Laub kriechen lassen und die Rosenblütenblätter stark und fest wie Schweinsohren sind. Die Uhr schlägt acht. Auf der kleinen Terrasse vor dem letzten Torbogen nehmen wir uns wie frierende Affen in die Arme. Wir stehen ziemlich lange so. Dann steigen wir langsam talwärts, wo neben dem Porsche der Boy mit unseren Koffern steht, das heißt mit meiner Leinwandschachtel und ihrem Wäschesack. Sie stehen verdammt traurig da herum.

Bis Aix brauche ich drei Stunden. Wir reden kaum ein Wort. Sie hat ihre Hand auf mein Knie gelegt. Die Straße ist voller Laster. Als ich die Autobahn unter mir habe, geht's besser. Ich kann meine Flauheit in Tempo umsetzen.

»Weißt Du«, sagt sie, »ich habe nur mich, ich meine, mein Gesicht, meine Figur, meine Bewegungen, Mannequinbewegungen. Aber es gibt so viele Mannequins, und man wird älter und fängt an, sich über alles Gedanken zu machen. Als er kam und mir sagte, er wolle mich heiraten ... ich weiß auch nicht.«

Hinter Valence wird der Himmel dunkel und endlich schwarz. Zwischen St. Vallier und Lyon kotzt er sich so gründlich aus, daß wir wie in einem Bachbett fahren. In Lyon nehme ich gleich die Umgehungsstraße, um ja nicht den Namen »Royal« lesen zu müssen, und den Kaffee trinken wir schon in Bourg und nicht erst in Besançon mit seinen »zyklopischen Mauern«.

Wir machen es uns schwer und ersparen uns keinen Schmerz. Gegen elf sind wir vor ihrem Haus und beschreiben noch einmal für eine Viertelstunde die gleiche herzzerreißende Gruppe, die wir auf der Terrasse in Eze gebildet haben. Ich blicke ihr nach, wie sie in Hemd und Jeans zu ihrer Haustür geht, sich umwendet und noch einmal winkt, den Wäschesack auf den Boden stellt, um mit dem Ärmel die Nase zu putzen. Ich hebe meinen Arm, der schwer wie ein Bleirohr ist, und winke zurück. Dann gehe ich um die Ecke, wo meine alte Mühle immer noch steht. Wer hätte sie auch klauen sollen? Zehn Minuten später bin ich auf der Autobahn. Ich schalte das Radio an, und um das Maß vollzumachen, singen sie da eine Bachkantate: »Ach, daß ich Tränen genug hätte …« Und, verflucht noch mal, da sind sie. Ich schaue in die Nacht, aus der es sparsam zu regnen beginnt, schalte die Scheibenwischer ein und erwarte unruhig, wie Dr. Faust, die Mitternachtsglocke. Zu Hause betrachte ich mich lange im Spiegel und stehe in der Gegend rum und mache dieses und jenes und gucke wieder in den Spiegel, in der Hoffnung, einem Gezeichneten zu begegnen. Aber es ist die übliche larmoyante Schnauze, die mich ein wenig verlegen angrinst.

In meinem Fach finde ich einen Brief von Mar: »Bin auf meinem Stellplatz auf der Insel Skye und habe den ganzen Tag nur die Wolken über dem schottischen Festland betrachtet. Dann gelesen (es ist jetzt Mitternacht, die Stunde Babylons). Wie immer über Spanien. Fand: Als Gabriel de Espinosa (der versucht hatte, sich als der verstorbene portugiesische König auszugeben) gehängt werden sollte und auf der Madrider Plaza Mayor auf dem Schafott zu einer Erklärung anheben wollte, stieß ihm der neben ihm stehende Priester immer wieder das Kruzifix in den Mund. Der sechsundsechzigjährige Onkel des portugiesischen Königs Sebastian suchte beim Papst um Befreiung vom Zölibat nach, um die dreizehnjährige Tochter der Herzogin von Braganza zu heiraten, weil er unbedingt Nachkommen haben wollte. Als ich gestern schwimmen war, hat mir eine Krabbe die Uhr geklaut. Vor ein paar Tagen war ich drüben, in Mallaig, Krabben kaufen. Waren wie immer. Es gibt keine besseren. Die nasse Schiefermelancholie des Hafens. Die perlmutten Öllachen auf dem Wasser, die sich auflösen, wenn sie davontreiben. Hol dir mal aus meiner Bibliothek von Padre Garau ›La Fe triunfante‹, das perverseste aller Bücher. Handelt von der Hinrichtung der ›Ketzer‹. Erlebte immerhin 14 Auflagen. Ich kann nie die scheußlichen Bilder der Märtyrer in den Kirchen betrachten, ohne an die Millionen Märtyrer zu denken, die die Kirche auf dem Gewissen hat. Sei gegrüßt, Mar.

Nachsatz: Wir fahren in zwei Wochen nach Mexiko, den Gustav R. beenden. Laß dich impfen. Bloß nicht noch mal den Typhus. M.«

Die letzten Sonnenstrahlen berühren die Ohren von Kater Terribile, der sich zur Null gerollt hat, ein Satyr in Ruhestellung. Wenn ich mehrere Tage zu Hause bin, knipse ich ihm seine ägyptischen Ohrringe hinein. Das macht auch seine Augen ägyptisch. Jetzt hält er sie geschlossen. Als er die Krallen ausfährt, sehe ich, daß er wieder mal von der Taube im Arsch des Stationsvorstehers träumt.

Ich blase in das Holzkohlenfeuer in der Ecke, lege kleine norditalienische Würstchen drauf und esse mit meinem Katerchen gar schäferhaft. Hinterher ein knochentrockener Chianti. Der Mond ist halbrund und befriedigt mein Mama-Syndrom. Ich schenke ihm ein seraphisches Lächeln. Er wird golden wie richtiges Gold, die Scheiße der Götter, die Europa auf den Stier verhalf. Trotz der späten Stunde treten ein paar Wespen auf und widmen sich erst den Resten unserer Würstchen, dann dem Kater Terribile, der vor ihnen wie Orest vor den Erinnyen flieht. Nach einigen tragischen Minuten taucht Terribile wieder auf und speit wie ein Siphon. Die Nacht ist sweet und braun, eine schöne Stimmung für Minotaurus.

Also nach Mexiko. Eigentlich freue ich mich sehr darauf. Und wenn ich an die Indios denke, wird mir ganz weich ums Herz. Von allen Menschen sind sie mir die liebsten, sie, die immer Betrogenen, die immer Verfolgten, die immer gemein Behandelten, die Hilflosen. Und die Anständigsten.

NEUN

Wir nehmen die Morgenmaschine nach New York. Da ich die letzte Nacht nicht schlafen konnte, falle ich gleich nach dem Kaffee in einen unruhigen Schlaf, in dem ein Piccolo auftaucht, der wie ein rotes Streichholz neben dem Eingang vom Grand Hotel in Montreux steht. Von Varlin gemalt. Dann kommt aus irgendeiner Ecke meiner Traumkiste ein Hündchen daher, gähnt und stellt sich in den Wind, der es anspitzt wie einen Bleistift. Dahinter sitzen die drei Affen Nichtsehen, Nichthören und Nichtsprechen. Aber gerade der letzte nimmt die Hände herunter und sagt mit einer Stimme wie eine Banane: »Ich bin dafür, den kanadischen Eskimos den Nobelpreis für Intelligenz zu verleihen, weil sie sich gegen die Einführung des Fernsehens ausgesprochen haben.« Dann öffnet er dem Hündchen sperrangelweit das Maul, so wie es Samson mit seinem Löwen tat, und gießt es aus wie eine Vase. Das Hündchen trollt sich nahe an mir vorbei, und ich lese auf seinem Halsband: ›Don Juanito.‹ Muß wohl der Herzogin von Alba gehören.

»Guck mal nach vorn«, sagt Mar neben meinem Ohr, und ich richte mich auf und betrachte die Kammrücken der Gebirge von Ostgrönland. Sie liegen wie Echsen nebeneinander, immer einen Fjord zwischen sich. Später fahren die Eisberge südwärts, riesige abgebrochene Schädel, die ihre Zähne im Ozean baden.

»Sehen aus wie Eleanor Roosevelt«, sagt Mar.

Er hat mir erst vor ein paar Tagen ein Bild gezeigt, auf dem Eleanor mit Gustav R. abgebildet ist. Arm in Arm. So waren sie gemeinsam in die Schranken getreten, um Geld für die Republikaner flottzumachen. Aber die amerikanischen Geldsäckel waren damals schon erzkonservativ bis in die morschen Knochen, und das Geld floß eher spärlich als reichlich.

Dann die endlose graue Schlittschuhbahn vor der Küste. Kanada als weiße, über Millionen Erdbuckel gezogene Filzdecke und wieder Heimkehr in den Traum.

»Sieh mal, der lächelt im Schlaf«, sagt da irgendein Idiot überlaut und zerreißt mit seinem rauhen Organ »die biochemische Korrektur meiner Gedanken«, wie ich erst jüngst den Charakter von Träumen definiert fand. Ich schlage die Augen auf und mustere widerwillig Edes perlmutterne Ohren, mit denen er über meinem Gesicht herumflügelt.

In New York dürfen wir nicht raus und hocken in dieser kahlen doofen Lufthansabude herum, in der es keine Fenster und nur Cola gibt, und langweilen uns drei Stunden lang, bis unser Flug nach Mexiko City aufgerufen wird. In einer Ecke schnarcht ein Kardinal, ein schwarzer Berg mit einer violetten Schleife. Brot für die Welt. Eine Achtzigjährige in Goldlamé knabbert »Knäcker«. Mar liest und grinst dabei vor sich hin. Ede pennt mit offenem Mund und blubbert Blasen in den Mundwinkeln. Ich blättere in einer Wiesbadener Zeitung, die mir zufällig in die Hände gekommen ist, und finde dieses: »Drei Weiber, blöde Blondine, schlampige Negerin, ordinäre Rothaarige, suchen Männer, 0611 614781.« Das erheitert mich sehr. Werde da mal anrufen.

Von links quatscht mich ein Typ an, der beim Reden dauernd über sein Zahnfleisch stolpert: »Sie können sicher sein, die Energiekrise kommt bestimmt. Ich glaubte Ihren Worten zu entnehmen, daß Sie nach Mexiko fliegen. Ein Land mit Zukunft. Es wird mit seinem Erdöl den Dollar retten. Aber glauben Sie mir, ohne Atomkraftwerke geht bald nichts mehr.«

»Es ging doch früher auch, Sie kleiner Schlingel«, sage ich, »ich entsinne mich noch sehr genau, daß wir vor hundert Jahren die Lokomotiven in Ägypten mit Mumien heizten, wobei die Lokomotivführer versicherten, die Könige würden besser brennen als die Plebejer.«

Er betrachtet mich mit einem Altwandervogelblick und wendet sich wortlos dem Partner auf der anderen Seite zu. Alter Sprücheklopfer.

Ein älterer »Herr«, Marke Militär, fletscht seinen Vorbiß, steht auf, geht hin und her und wedelt sich mit der »Deutschen National- und Soldatenzeitung« Luft zu. Dieter zeigt auf seine Zeitung, daß er es merkt, und ruft Mar laut zu: »Selbst der Arsch, der mit dieser Zeitung abgewischt wird, errötet schamvoll.« Köstliche Stille im Aquarium. Vorbiß versucht Dieter mit ehernen Blicken festzunageln. Erneute Heiterkeit.

Eine neue Gruppe Touristen betritt den Raum. Schleppen eine Menge Kälte herein. Eine üppige Blondine mit Augenlidern, die sie nachts mit einem Knöpfelschuhschließer schließt, besetzt den Mittelpunkt. Vorbiß betrachtet sie, wie ein Metzger eine besonders gut gelungene Kuh betrachtet, die fleischigen Ranken, die gewaltigen Keulen, die phantastischen Euter. Sie richtet ihre Pupillen zugleich mit ihren Brustwarzen auf.

Da tönt's aus dem Lautsprecher, und wir laufen das kahle Labyrinth ab, ehe wir in die Polster für Senatoren sinken, steigen himmelwärts, wo die Wolken wie Birnen nebeneinanderstehen, die Botero mit seinem unerschöpflichen Atem aufgeblasen hat. Wir restaurieren uns mit einem vortrefflichen Abendbrot aus Kaviar und Champagner. In der ungewohnten Form eines zinnoberfarbenen Straußeneies bettet sich die Sonne auf den blauen Horizont. Sie bestätigt in Form und Gehabe das kluge Wort, daß die Seltsamkeit der Dinge die Mutter der Bewunderung ist. Der Mensch wird als ein Gefäß geboren, das zur Aufnahme von Freude bestimmt ist, aber Pfaffen, Politiker, Prospektoren und das ganze Kroppzeug versuchen immer wieder, es mit Angst und Schrecken zu füllen. Den Blick auf Sonne und Horizont gerichtet, ziehe ich unten den Stöpsel raus, und der ganze Dreck rinnt wie aus einer Eieruhr. Zurück bleibt die reinste aller Freuden: ein Purpurstreifen über dem Nichts. Zum Lächeln werden dreizehn, zum Stirnrunzeln fünfzig Muskeln benötigt. Ich lächele bis Mexico City.

Da vergeht es mir wieder mal. Die Fahrt vom Flugplatz in die Innenstadt im Morgengrauen ist ein Horrortrip, wie er uns in den Vorstädten aller mittel- und südamerikanischen Großstädte bereitet wird: endlose Viertel aus kaputten Hütten, Menschen, denen das Elend aus allen Löchern schaut, Hunde, die den Tod unter irgendeinem Autorad suchen, aber meist nur zur Hälfte zerquetscht werden, Indiofrauen, deren traurige Rücken von Säcken und Säuglingen genäßt sind, Straßen als flache Sümpfe, in denen sich selbst der Himmel nicht spiegeln mag, Krüppel, die sich Bretter an die Hände gebunden haben und darauf vorwärtsrutschen, weil ihnen die fleischlosen Beine im Nacken verknotet sind, unauflösbar für alle Ewigkeit, Huren, mit einem Totenschädel im Kopftuch, Kinderbanden, die verrückt darauf sind, anderen Kinderbanden die Knochen zu zerschlagen, eine alte betrunkene Frau, auf die ein alter betrunkener Mann kotzt. Dann die ersten Hochhäuser der Innenstadt, glatte, schwarz- oder chromabgesetzte Spiegelkästen, Pyramiden, Gebogenes, Neon, Marmortreppen, ein riesiges Wandbild in einer Halle, Plätze mit Bäumen und zerbröckelten Bänken aus Beton, Plätze, um die Häuser im spanischen Kolonialstil stehen, Paläste mit üppigen Dekorationen um Fenster und Portale, die Kathedrale, der Stadtpalast, das Theater, das in den Boden sinkt, als wäre er aus Flugsand, die endlos lange Prachtstraße mit ihren Banken und Hotels, ihren Palmen und Laternen, das Viertel der superfeinen Läden, unser Hotel.

Aufatmen unter der Dusche. Das Frühstück mit einem Berg von Früchten, die Bedienerinnen in den weißen Indiotrachten von Yukatán, Stille, Flüstern, fast wie in einer Klinik. Aber dann die ersten Amis, laut und vulgär in entsetzlichen bunten Hemden und kurzen Hosen, die Beafsteakwangen glattrasiert, die Weiber mit Schmetterlingsbrillen über den Purpurschnuten – ein wüstes Durcheinander aus einer Wundertüte in den Frühstückssaal geschüttet. Als wir auf die Straße treten, ziehen die Autos vorbei, zwei endlose Bänder aus buntem Blech, aus deren handbreiten Nähten die Abgase quellen, blau und doppelt infernalisch stinkend. Gleich neben dem Hoteleingang schläft eine Indiomutter mit ihren halbnackten Säuglingen auf dem eiskalten Beton. Sieht aus, als seien sie von einer Granate getroffen.

Da Mar in Sachen Gustav R. unterwegs ist und wir uns erst am Abend wieder treffen wollen, mache ich meine übliche City-Runde. Ich mache sie seit zehn Jahren. Man hängt an seinen

Gewohnheiten. Die Reforma runter mit gerührtem Blick aufs Cuautemoc-Denkmal und angehängten Betrachtungen zum »Wesen geschichtlicher Krisen«. Dann die Kurve zur Alameda gekratzt, nebst obligatem Sprung ins Dingsbumshotel, um Riveras Karnevalsbild anzusehen, wahnsinnig schön Madama la Morte zwischen Rivera, der sich als kleiner mieser Junge verkleidet hat, und Posada unter seiner düsteren Melone und Frida Kahlo dahinter und daneben jede Menge mexikanisches Volk. Revoluzzer und Luftballonverkäufer, Bourgeois und Indios und dahinter der Park, wie ihn auch Matisse nicht besser hätte malen können. Die schönste aller Sonntagsträumereien.

Weiter zur Constitución. Den Wagen abgestellt und sich meinen Favoriten gewidmet, den Bettlern neben der Kathedrale. Es sind nicht nur arme, sondern auch überaus raffinierte Luder, spielen perfekt den Krüppel, den Blinden, den Tauben und Gelähmten. Ich nehme meinen ersten Tequila und fasse einen Blinden ins Auge, der sich an der Kathedralenmauer entlang zu seinem Standplatz tastet, von einer Horde Zehnjähriger verfolgt wie ein waidwundes Pinselohrschwein von Hyänenhunden. Er stellt sich auf, rotzt gewaltig in die Runde und hält die eine Hand auf, während er sich mit der andern auf seinen Stock stützt. Die Jungen machen über einem Feuerzeug eine Münze heiß, schleichen sich an und legen ihm die Münze in die Hand. Er kriegt nicht gleich mit, was hier gespielt wird, und bedankt sich im Namen Gottes. Dann brennt ihm das Ding ein Loch. Er brüllt, rollt rasend die Augen und läuft in Richtung der kleinen Flegel. Da er aber tatsächlich blind ist, findet er sie nicht, flucht, verwünscht sein Schicksal und geht mit den Worten Nigromantes: »Nein, nein, Gott existiert nicht« auf seinen Platz zurück. Rivera hatte die gleichen Worte unter sein Bild drüben im Prado-Hotel geschrieben, worauf die Studenten seine Vernichtung forderten. Es kam zu heftigen Zusammenstößen, und das Bild wurde eingemauert. Erst 1956, als Rivera aus Rußland zurückkam, fiel die Mauer. Rivera übermalte den Spruch und schrieb »Die Konferenz von San Juan de Letrán« hin. Seitdem hat die liebe Seele Ruhe, so wie die Revolution in Mexiko Ruhe hat, obwohl alle pausenlos und lauthals behaupten, sie finde permanent statt.

Gegen Mittag fahre ich nach Teotihuacán, um mich wieder einmal das Staunen zu lehren. Endlosigkeit zwischen hügeligen Horizonten. Von der Sonnenpyramide stürzt sich der kleine, mit roten Geschwüren bedeckte Gott, der die Sonne geworden ist. Er stürzt sich auf Däniken, nennt ihn einen »miesen kleinen Schwindler«, weil er die Parteitagsaufmarschstraße derer »die Götter geworden sind« eine »Landepiste für Astronauten« genannt hat, reißt ihm das falsche Schweizer Herz aus der Brust und verspeist es. Von der Mondpyramide wirft sich die Federgottheit Mond in irgendwelche Flammen. Sie mag den Däniken und leidet unter dem Verlust. Trauermarsch für drei Marionetten. Als Quetzalcoatl die Berge überschritt, erfror die Zierde seines Hofstaats; seine Buckligen, Zwerge und Krüppel. Nicht nur Bischof Zumarraga verbrannte Tausende von aztekischen Handschriften, hundert Jahre zuvor hatte Kaiser Itzcoatl ebenso viele verbrennen lassen und zwar unter dem Vorwand, sie lögen, was den aztekischen Ursprung betreffe. In einer Kneipe nebenan trinke ich meinen soundsovielten Tequila, und der dicke Mestizenwirt ruft seinen Esel und gibt ihm ein Glas Bier. Der Esel neigt den Kopf und trinkt es aus, fast ohne einen Tropfen zu verschwenden. Ein Sandwichmann kommt die Dorfstraße entlang. Auf seinen beiden Schildern steht: »Tut Buße, der Untergang ist nah.« »Wie wahr«, murmelt der Mestizenwirt.

Ich nehme eine deutsche Anhalterin mit einem langen Schal und Wollsocken mit und erzähle ihr dieses und jenes, aber sie ist so eine geborene Langweilerin wie die Agathe aus dem »Freischütz« mitsamt ihrer Langweilerarie von der verhüllten Wolke, und da läuft nichts. Und so erzähle ich ihr wie Th. E. Lawrence seine Jungfräulichkeit an den türkischen Gouverneur verlor, nachdem ihn dieser lange und genußvoll hatte auspeitschen lassen. Ich fahre mit ihr bis zur Plaza Garibaldi, winke eine Mariachikapelle heran und lasse »La Cucaracha« spielen. Aber auch das beeindruckt Agathe kaum, und so trennen wir uns in höflichem Einvernehmen.

Ich parke in der Nähe und gehe langsam zum »Garibaldi« zurück. Unterwegs quatscht mich ein Typ an und versucht mir die Sünde schmackhaft zu machen. »Und wenn Ihnen wirklich mal was passiert«, sagt er, »dann gibt's ein altes Hausmittel, das hilft immer. Zitrone. Drücken sie sich eine halbe Zitrone rein, und jeder Tripper gibt den Geist auf.« Als er mehr als zutraulich wird, ziehe ich mich in die große Imbißhalle zurück, setze mich und esse eingekeilt zwischen unzähligen Indios Wohlschmeckendes, aus einem riesigen Topf Geangeltes. Dann schlendre ich über den Kinderstrich, wo schon die Zehnjährigen zu haben sind, winzige Nutten unter einer dicken Puderschicht und mit richtigen erfahrenen Nuttenblicken. Sie halten sich ein Nasenloch zu und atmen mit dem andern tief den Geruch aus kleinen Nagellackentfernerflaschen ein, um sich »high« zu machen. Nachdem ich die vierte Hand aus meinen Taschen entfernt habe, wird es mir zu brenzlich, und ich haue ab.

»Es läuft alles wie geschmiert«, sagt Mar, den ich im Japanischen Restaurant treffe, »morgen schon kann ich die Dreherlaubnis abholen.«

Den nächsten Vormittag verbringe ich wie jede freie Minute in der City im Anthropologischen Museum, dem ersten Weltwunder beider Amerika, erschaure vor den todeswütigen Azteken, unterhalte mich lange mit den winzigen Dorfgemeinschaften in Terrakotta aus Nayarit (meine Lieblinge), liebäugele mit den zärtlich-grausamen Mayas, tätschele meine Colimahunde und fliehe vor den schrecklichen Monstren vom Monte Albán. Hinterher löffele ich eine Treppe tiefer den berühmten Eisbecher mit Früchten, ehe ich mich im nahen Zoo an einem jungen Elefanten erfreue, der immer wieder versucht, sich einen Strohhut auf sein schwarzbehaartes Haupt zu setzen.

Später hole ich den Wagen und die Kameras und baue im Nationalpalast auf und richte die Scheinwerfer auf das 20 mal 8

Meter große Wandbild Riveras. Mar will hier ein Statement über Gustav in Mexiko sprechen.

Ich beobachte viele Schulklassen, die vor diesem Wandbild Aufstellung nehmen, die Ohren zu ihren Lehrern spitzen, die ihnen die fromme Legende von der Revolution und ihrem Weiterleben hier und heute erzählen, woraufhin alle eine flotte Weise singen und wieder abziehen.

Nach einer Weile tauchen meine Helden auf, und Mar stellt sich mitten hinein in die Szene, zeigt auf diese wunderbarste und tendenziöseste Geschichtsbuchillustration und sagt: »Was Gustav damals nach Mexiko trieb, war sein immer noch vorhandener Glaube an eine Veränderung der Welt durch Revolution, nur daß es jetzt nicht mehr die kommunistische war. Er versetzte sich in die Zeit vor der Conquista, kroch in den Schoß der Urreligionen, führte als Erzpriester der Indios ›sein‹ Volk in ein gelobtes Land, wie er es einst als Moses mit ›seinen‹ Juden getan hatte, dann erlitt er alle Schrecken der Eroberung, die Ausrottung der Indios und die Linderung ihrer ungeheuerlichen Leiden durch Las Casas, er durchlitt die zynische Ausbeutung ›seiner‹ Indios in der Kolonialzeit durch Großgrund- und Bergwerksbesitzer, und er erlebte den Aufstieg von Benito Juárez und die Füsillade Maximilians, das schlimme Schicksal ›seiner‹ Indios unter den Kronzeugen des US-Imperialismus, der United Fruit Company, und er erlebte noch einmal unter Pancho Villa und Zapata die Revolution, ihr Ende und Versacken im bourgeoisen Mief der Parteifunktionäre, die sich nun schon seit fünfzig Jahren die Ämter gegenseitig zuschieben, sie nie aus den Händen lassen und dabei Millionäre werden, während die Indios nach wie vor um jeden Meter Land kämpfen müssen, das ihnen seit Jahrtausenden gehört, ihnen und keinem andern; dieses Land, auf das aber die Großgrundbesitzer scharf sind, die die Politiker schmieren und die Polizei schmieren und ihre Pistoleros schicken ... All das erlebte Gustav noch einmal, erlebte und erlitt es und schrieb darüber und hielt Reden darüber, hier und in Europa und, als es wieder möglich war, in den USA, die das gar nicht hören wollten, da sie ja mit denen unter einer Decke steckten, die Gustav anklagte, mit den Ausbeutern und Westentaschentyrannen ...« – und Mar steigert sich in seine Rolle, als wäre Pfingsten und Gustav belecke ihn von oben mit feurigen Zungen – »... und als er wieder zurückkam nach Mexiko, da schickten sie ihm ihre Pistoleros, um ihm eine Lehre zu erteilen. Seine zweite Frau war gestorben und er hatte eine dritte geheiratet, eine Amerikanerin, die überall, wo sie hinkam, eine erschreckende Aktivität entwickelte. Die hatte nun, um sich ein halbwegs sicheres Einkommen zu verschaffen, eine Hühnerfarm angeschafft. Es waren über dreißigtausend Hühner, die ebenso viele Eier legten. Die Pistoleros erschossen die beiden Indios, die die Hühner fütterten, und zündeten die Farm an. Alle dreißigtausend verbrannten. Gustav und seine Amerikanerin gruben die Asche um und ließen Mais pflanzen.«

Als wir ins Hotel zurückkommen, liegt da ein Telegramm. Darauf steht: »Waldteufel erwartet euch gegen sechzehn Uhr im Schatten Tlalcos.« Mar liest es, zeigt sich erheitert und sagt: »Na, dann gondeln wir um halb vier los.«

»Aber wer, um Gottes willen, ist Waldteufel und wer Tlalco?« fragt Ede.

»Beides ziemlich gute Freunde von Gustav«, sagt Mar.

Um sechzehn Uhr enträtselt sich das Telegramm. Waldteufel ist etwa einssiebzig groß, fünfzig Kilo schwer und Journalist. Tlalco etwa sieben Meter groß, einhundertundsiebzig Tonnen schwer und Regengott. Beide stehen vor dem Anthropologischen Museum, der eine in der Sonne, der andere im Schatten.

Wir gehen auf beide mit der Kamera zu, ein Überraschungseffekt, und Waldteufel sagt: »Gustav hatte hier in Mexiko wirklich Angst vor Mördern. Er wußte, daß er im großen Weltkommunismus nur ein kleiner Fisch gewesen war, aber Stalin hatte auch kleinere Fische nie geschont. Das Beispiel Trotzki stand ja als ewiges Menetekel vor der Tür. Und immerhin hatte Gustav die Todsünde begangen: er hatte den Kommunismus verlassen.

Wen sie nicht erwischen konnten, um ihn vor ihre Tribunale zu stellen und folgerichtig vor ihre Pelotons, den erledigten sie durch Verleumdung. Kaum hatte sich Gustav in Mexico City niedergelassen, schnitten ihn die alten Genossen. Er hat es nie verwinden können, daß er am Tisch Pablo Nerudas ein Nazi genannt worden war und daß in einer Zeitung eine Karikatur von ihm erschien, auf der er als ein mit Hakenkreuzen gesprenkelter Schlangenast aus einem Baum ragte, der aus dem gespaltenen Schädel Trotzkis wuchs. Sie gaben dieser Drohung Nachdruck durch Pistoleros, die sie in der Nähe von Gustavs Haus postierten. Monatelang. Hemingway warf ihm Fahnenflucht vor, und ein alter Kampfgefährte sagte ihm: ›Was willst du? Du hast uns verlassen, und das ist Verrat. Mit Verrätern darf man kein Mitleid haben. Dein Idealismus ist gefährlich und stört, und wer uns stört, der wird eliminiert.‹ Gustav beging seine zweite Todsünde: Er schrieb seine Memoiren. Sie brauchen sie nur genau zu lesen, um den Haß zu verstehen, mit dem ihn diejenigen verfolgten, die er darin schilderte und die vermutlich auch so waren, jene deutschen Übermoskowiter, die bei den spanischen Republikanern gekämpft hatten, ehe sie in der DDR alles auf Null brachten, wofür Gustav ein Leben lang – nein, ein halbes Leben lang – gekämpft hatte, und das waren Freiheit und Sozialismus, die glücklichste Formel, auf die Menschen je gestoßen sind. Am meisten aber haßte er jenen Leninverschnitt, der es immerhin fertigbrachte, mit seinem deutschen Vulgär-Marxismus Geschichte zu machen: Walter Ulbricht. Ihm, der zeitlebens an der Moskauer Nabelschnur hing, schiebt er die Katastrophen des deutschen Kommunismus zu: erstens die verhängnisvolle Entscheidung, der Gewalt der Nazis nicht mit Gewalt zu begegnen, zweitens die Erklärung, sie, die Kommunisten, hätten dreiunddreißig keine Niederlage einstecken müssen, sondern einen taktischen Rückzug angetreten (und an dieser Erklärung auch dann noch mit dem ganzen sturen Unfehlbarkeitsglauben hing, als die Nazis ihre Götterdämmerung von fünfzig Millionen Toten begleiten ließen), drittens das Versagen an der Saar, wo

Ulbricht die blödsinnige Parole ausgegeben hatte: ›Eine rote Saar in einer roten Räterepublik‹, und so weiter. Von Abscheu geschüttelt, verfolgte Gustav die Winkelzüge der Moskautreuen in den sogenannten Ostblockstaaten, die mit unüberbietbarer Heimtücke die Macht ergriffen, um sie sogleich gegen jeden politisch Andersdenkenden einzusetzen. Er zuckte unter den Genickschüssen, unter denen die alten Kampfgefährten zusammenbrachen, litt mit ihnen in den zahlreichen Gulags, in die man sie deportiert hatte, und schrieb darüber in allen möglichen und unmöglichen Gazetten. Er hatte Ursache, hier in Mexiko zu zittern. Übrigens hatte er damals schon einen eventuellen ›Eurokommunismus‹ als Trojanisches Pferd erkannt, in dem, wie er sagte, die Stalinisten Arsch an Arsch saßen und nur darauf warteten, hinter die Mauern gezogen zu werden, um Moskau von innen die Tore zu öffnen. ›Seit achtunddreißig hauen uns die übers Ohr‹, sagte er immer wieder, ›und lehren uns das Fürchten. Sie werden sich nie ändern.‹«

»Du bist ein angenehmer Erzähler«, sagt Mar, »man hört dir gern zu.«

»Vergiß trotzdem nicht, mir zu mißtrauen«, sagt Waldteufel, »immerhin wurde hier Natur gleich zweimal gefiltert, einmal durch Gustavs Temperament, einmal durch meines. Da bleibt von dem, was wirklich war, nicht allzuviel hängen.«

»Ich möchte gern noch die Geschichte von Gustav und Tlalco unterbringen«, sagt Mar, »sie hat mich damals sehr beeindruckt.«

»Ist auch eine gute Geschichte«, sagt Waldteufel, »sie zielt genau in das Herz der Leute von Teotihuacán und ihrer Enkel, die noch heute in dem Dorf Coatlinchán leben. Der Tlalco lag da jahrhundertelang in einem Bachbett und wurde bis zu dem Tag, an dem sie ihn hierherbrachten – es war der sechzehnte April vierundsechzig –, verehrt, mit Blumen geschmückt und um Regen angefleht, der dann auch meist nicht lange auf sich warten ließ. Gustav kannte ihn seit langem und hatte ihm auch ein schönes Stück Prosa gewidmet. Als die Regierung dann das

Museum hier plante, beschloß sie, den Tlalco davorzustellen. Die Einwohner von Coatlinchán murrten und wollten nicht auf ihn und seinen Regen verzichten. Was er davon halte, fragten sie Gustav, der bei dieser Gelegenheit viele alte Legenden aufschrieb. ›Er wird den Regen mitnehmen‹, sagte Gustav, der damit einem Gesicht folgte, das er eines Nachts gehabt hatte, als er von Tlalco träumte. Nun standen die Indios Gewehr bei Fuß. Gustav vermittelte, und die Regierung versprach den Indios eine Straße, eine Schule, einen Arzt und elektrisches Licht. Die Indios gaben nach. Der Transport war eine erstaunliche Leistung. Immerhin war es der größte Monolith in beiden Amerika. Sie bauten ihm einen Stahlkasten, hoben ihn auf einen Tieflader von zwanzig Meter Länge und spannten je zwei Lastwagen davor und dahinter. Überall standen die Indios an der fünfzig Kilometer langen Straße, sangen, tanzten, brachten Blumenopfer und hatten Bammel, der Regengott würde ihnen allen seinen Umzug übelnehmen. Gustav mitten unter ihnen. Als Tlalco in der City eintraf, erhob sich ein Sturm, wie es ihn noch nie gegeben hatte. Und als er bei dem neuen Standort ankam, begann ein Regen, der die Sintflut beschämte. Hunderttausende haben es miterlebt. Es war gigantisch. Gustav wurde fortan von den Indios von Coatlinchán wie ein Magier behandelt, und da sich unter Indios alles sehr schnell herumspricht, erreichte die Kunde von seiner Weissagung auch Teopozotlán, und fortan sahen die Indios in seinem Tal ihn stets im Glorienschein, in einer richtigen Mandorla. In Coatlinchán aber hat es seitdem nie wieder geregnet. Wie sollte es auch?«

Wir filmen Tlalco noch in allen Details und Schattierungen, warten ab, bis ihn die Dämmerung verdunkelt, und fahren in die Stadt zurück.

Wir verlassen Mexico City nach Süden. Die Dreckmütze sitzt festgenagelt auf der Stadt. Als wir ins Gebirge steigen, kommen Itzi und Popo heraus und strahlen mit erhabenen weißen Stirnen.

Mar zeigt zu dem Sattel unterm Popo und sagt: »Damals, als

ich den Pizarro machte, da fiel mir der Cortes gewissermaßen von selbst mit in den Schoß. Ich fand ihn gleich viel interessanter und aufregender als meinen peruanischen Killer. Der gibt ja viel mehr her, dachte ich, der ist ja richtig schillernd, hat Kopf und Schwanz, Verstand und Gefühl, Hartes und Weiches ... Dort oben hat er gestanden und seiner winzigen Armee die Hauptstadt der Azteken gezeigt. Dann hat er seine Spanier und ein paar Indios zum Krater hinaufgeschickt, die dort Salpeter für ihr Schießpulver abkratzen mußten. Damit kartätschten sie dann ein kleines Reich zusammen, aus dem alsbald ein Weltreich entstehen sollte. Dort oben war's. Den Cortes, den mache ich bestimmt noch. Der juckt mir in den Fingern. Dafür müßte ich allerdings ein Wunder von einer Indianerin finden. Finde ich aber sicher.«

Dann fahren wir nach Teopozotlán hinunter, und das Tal öffnet sich, und Mar zeigt hinein und sagt: »Gustav hätte wahrscheinlich gesagt: ›Es öffnet sich wie der Schoß einer schönen Frau‹, und das seltsame ist, man hätte das geschluckt. Er konnte so etwas noch sagen. Es stand ihm einfach gut.«

Es ist ein langes tiefes Tal, aus dem die Hitze wie eine Zunge zur Hochebene der City schleckt. Die Berge sind hoch, mit Kuppen wie mit Drachenzähnen besetzt. Der Ort ist heruntergekommen, die Kirche alt und in einem ganz einfachen Barock. Auf dem Marktplatz liegen zerrissene Plastiktüten in den Pfützen herum. Ein paar Hunde suchen nach Knochen, finden keine und beginnen, weggeworfene Konservendosen auszuschlecken. Einer trägt eine Bananenschale ins Abseits.

Wir fahren am Friedhof vorbei, auf dem die Kinder zwischen den Gräbern spielen. Dann durch Gärten, in denen ein paar verstreute Häuser stehen, biegen in einen Seitenweg ein und halten vor einer Gartentür. Dahinter kniet eine alte Frau auf dem Rasen und schneidet ein paar Rosen aus einem Beet.

»Hallo Dolly«, sagt Mar.

Sie sieht ihn an wie den Vogel Rock, erkennt ihn nicht, steht auf und kommt näher. Sie hat ein altes, ledernes amerikanisches

Gesicht, das voller Leben steckt. Tiefliegende Augen, sehr tiefliegende Augen.

»Ich bin es, Mar, wir haben uns das letzte Mal in der Rue du Dragon gesehen. Ihr hattet Austern im Bidet, auf Eis, und eine Flasche Veuve Cliquot.«

»Aber du hast dich sehr verändert«, sagt sie und lächelt mit den Augenfalten, »ich hätte dich mit diesem Bart nicht wiedererkannt.«

Sie öffnet, ruft zwei Indiomädchen, winkt unsere Wagen herein, sagt den Mädchen, sie sollten uns Tee machen, betrachtet Mar mit ihren hellen Augen und sagt: »Das ist schön, daß du hier bist. Was habt ihr vor?«

»Wir machen einen Film über Gustav«, sagt Mar, »und ich dachte, du erzählst uns ein bißchen von ihm.«

»Du hast ihn doch gekannt«, sagt Dolly, »ich habe ihn erlitten. Wenn ich über ihn rede, dann demontiere ich vielleicht das Denkmal, das du doch sicherlich errichten willst.«

»Kein Denkmal«, sagt Mar, »aber die halbe Wahrheit oder doch wenigstens ein Viertel oder ein Achtel. Mehr ist wohl nicht drin, wenn du versuchst, einen Toten deutlich zu machen, oder?«

»Soll ich vielleicht erzählen, mit wem er es wo und wie oft getrieben hat?« fragt Dolly. »Das ist es doch, was mir zuerst einfällt, wenn ich an ihn denke. Nicht, daß er nicht eine große Liebe war, aber sie hatte Flecken. Die wuchsen zuletzt richtig zusammen. Aber laß uns erst mal Tee trinken.«

Wir gehen hinein. Es ist ein einfacher Bungalow.

»Wir haben ihn selbst gebaut«, sagt Dolly, »erst hatten wir das Haus da drüben« – sie zeigt zu einem schönen großen Haus mit einem runden Turm und hohen Fenstern wie in einem Loireschloß –, »aber als wir einmal kein Geld mehr hatten, mußten wir es verkaufen und dieses hier bauen. Ich habe noch eine ganze Truhe voll mit seinen Manuskripten. Briefe. Auch Liebesbriefe, die leider nicht an mich gerichtet sind ... Na lassen wir das vorerst ...«

Als sie das »Nalassenwirdasvorerst« sagt, bekommt sie Wangen wie Orchideen, purpurn mit kleinen blauen Flecken und einem hellen rosa Streifen, dort, wo der Wangenknochen drunterliegt. Der Tee ist dünn und milchig.

»Seit zwanzig Jahren zeige ich diesen Mädchen, wie sie Tee machen sollen«, sagt Dolly, »aber die lernen es nicht. Sie verstehen überhaupt nichts und werden sonntags in der Kirche mit der Dreifaltigkeit gefüttert. Mit der Dreifaltigkeit, die nicht mal wir verstehen.«

Im Garten stehen die Kolibris, als habe man Nägel in die Luft geschlagen. Manchmal wird ein Nagel herausgezogen und woanders eingeschlagen.

»Ja, Gustav und die Frauen«, sagt Dolly, »alt wie Saturn und hodenlos, aber immer noch die Lust in den Eingeweiden. Nicht, daß es mir nicht genauso ginge, aber ich habe dabei niemals meine Haltung aufgegeben. Er hatte – was das betraf – keinen Stil. Na ja, was soll's. Ich würde euch gern meinen Boyfriend präsentieren. Er ist ein berühmter Forscher, ein Spezialist für die Indios im Norden, wo er jahrzehntelang hinter dem Geheimnis des Peyotepilzes her war. Dem Rausch der Götter. Er ist schon über achtzig, hält sich aber wie ein Vierzigjähriger.«

Sie sieht, wie neugierig wir auf ihr wahres Alter sind, lächelt und sagt: »Ich bin sechsundsiebzig. Fühle mich aber wie die Hälfte ... Da ich auf euch nicht vorbereitet war, gibt es zum Abendessen nur Gemüse und Ölsardinen.«

Dann zeigt sie uns ein zweites flaches Haus, in dem wir wohnen können, und sie zeigt uns den Schmuck, den sie selbst entwirft und von den Indios machen läßt, meist nach alten mexikanischen Motiven, und sie zeigt uns die Fotos, die wir am Tag darauf aufnehmen wollen, Gustav als Junge im Saarland, Gustav als junger Kommunist, der im »Kampf um die Saar« durch die Straßen marschiert, Gustav als Kommissar im Spanischen Bürgerkrieg. Alle Bilder zeigen einen entschlossenen jungen Mann, der seine politische Überzeugung wie ein Siegel im Gesicht trägt. Dann Gustav auf Gegenkurs. Grauhaarig, abgeklärt, einen ausgegrabenen Idolo mit den Kennerblicken des Archäologen betrachtend, manchmal in einem richtigen Anzug, mit Krawatte und glänzenden Schuhen. Gustav in Florenz, Amsterdam, Paris, vor dem gerade ausbrechenden Vulkan Paracutin, im Boot auf dem Pasquarosee.

»Das werden wir alles zeigen«, sagt Mar, »nur so kann man ihn verstehen, als Wanderer zwischen allen Kulturen und Kontinenten.«

Nach den Gemüsen und den Ölsardinen sitzen wir vor dem Kamin, in dem das Holz wie kleine Feuerwerke verbrennt. Die Funkenexplosionen beleuchten Dollys Gesicht und geben ihm etwas Zeitloses.

»Der große Häuptling«, sagt sie, »so hatte ihn Paalen genannt, sein Freund, der hier in der Nähe wohnte. ›Der große Häuptling‹. Paalen war Maler. So eine Art Surrealist. Er schrieb auch und kannte viele Mythen der Indios. Als er sich das Leben nahm, traf es Gustav schwer. Er hatte Angst vor dem Tod. Deswegen kokettierte er immer wieder mit dem katholischen Glauben. Man konnte ja nie wissen. Und dann natürlich mit den Indern. Wegen der Seelenwanderung. Er liebäugelte mit den Theosophen wegen der Wiedergeburt und mit den Beatniks wegen des Zen. Er schneiderte sich ein Kostüm aus den christlichen, buddhistischen, hinduistischen und sonstigen Möglichkeiten, nahm Anleihen bei den Azteken und Mayas auf, kroch mit den Indiozauberern unter die Decke und vor Pater Pio, dessen blutdurchtränkte Handschuhe es ihm angetan hatten, zu Kreuze. Er hing tagelang bei den Hellsehern herum, sammelte bei den Juden die Geschichten der Wunderrabbis ein, schaute bei der Therese von Konnersreuth rein und in die Gleichnisse Tschuang Tses – alles aus einer höllischen Angst vor dem Tod. Und der erwischte ihn dann, als er am wenigsten mit ihm gerechnet, und dort, wo er ihn sich immer gewünscht hatte, in jenem Lande, das er bereits als Gecko, Storch und Löwe durchstreift hatte: in Indien. Du weißt, daß er immer damit liebäugelte, am Ganges oder zumindest in dessen Nähe zu sterben und dort verbrannt und als Asche in den Fluß der Flüsse gestreut zu werden. Nun, er bekam einen Auftrag von der

UNESCO und sollte in Indien irgendwas recherchieren. Er war überglücklich und, was sein Schicksal betrifft, ohne Arg. Wir fuhren nach Indien. Er recherchierte, wir sahen uns die Tempel an und die Krüppel und wieder die Tempel und die heiligen Kühe und wieder die Krüppel, wie das halt so ist in Indien. Und dann bekamen wir eine Einladung zu einem dieser abgehalfterten alten Maharadschas, dessen Palast ganz nahe beim Ganges stand und so war, wie man sich einen indischen Palast in sehr exotischen Träumen vorstellt: Marmor und Springbrunnen, Statuen und Gärten und Elefanten. Es waren Gäste da, und Gustav brillierte in vier Sprachen und mit viel Geist, wie er ihn immer zur Verfügung hatte, wenn er ein gutes Publikum vermutete. Zu unserem Zimmer mußten wir eine enge marmorne Wendeltreppe hochgehen. Die war nicht nur eng, sondern auch niedrig. Gustav bückte sich, stieg die ersten Stufen hoch, wendete sich zu mir um, sagte mir, wie schön der Abend gewesen sei, und ein Dichter brauche manchmal schon Zuhörer, vergaß, daß die Decke der Treppe niedrig war, richtete sich auf, wie man sich eben aufrichtet, mit viel mehr Kraft, als man ahnt, stieß mit dieser geballten Kraft gegen die Decke, fiel um und war tot. Ich habe ihn dort unten verbrennen lassen, seine Asche in eine Schachtel getan und seinen Geschwistern nach Deutschland geschickt.«

»Warum hast du sie denn nicht in den Ganges gestreut?« fragt Mar.

Aber Dolly schweigt und sieht hinaus in die Nacht, aus der die Totenvögel rufen.

»Nocturne pathétique«, sagt Mar, als wir in unseren Betten liegen und der Chor der Frösche den Totenvögeln antwortet, »die Rache der Witwen ist fürchterlich.«

Am nächsten Morgen kommt Juan aus der Hauptstadt herüber. Er war, wie Gustav, Kommissar in der Internationalen Brigade gewesen. Er ist ein bißchen vertrottelt, und es fällt schwer, in diesem gebrechlichen alten Mann, der fortwährend mit dem Kopf wackelt, den Löwen von Huesca zu erkennen.

»Der Gustav«, sagt er, »der kam aus einem gutbürgerlichen Haus, und da kommen selten gute Kommunisten her, ich meine konsequente Kommunisten. Solche, die aushalten bis zuletzt. Er erzählte mir mal eine Geschichte aus dem Bürgerkrieg, die ihm nicht nur vom Literarischen her gefiel. Er war damals innerlich schon abgesprungen. Irgendwo in Altkastilien hatten wir eine kleine Stadt erobert. Eine Stadt mit einer Kathedrale in der Mitte. Unsere Soldaten kamen in diese Kathedrale, um sie zu plündern. Aber die Francoleute hatten schon alles mitgenommen. Nur auf dem Kopf des Gekreuzigten gab es noch eine Krone. Wahrscheinlich war sie aus vergoldetem Blech, aber sie sah kostbar aus. Einer der Soldaten legte sein Gewehr am Altar ab, spuckte aus und kletterte am Kreuz empor. Es war sehr hoch. Fast drei Meter. Der Gekreuzigte war eine Renaissancefigur mit echtem Haar, das weit herabfiel, und mit echten Augen aus Glas. Der Soldat kletterte also empor, hielt sich am Corpus Christi fest und zog sich an dessen Schultern hoch. Er streckte die Hand aus, ergriff zögernd die Krone und sah nach unten. In diesem Augenblick löste Christus seine Hand vom Kreuzbalken und legte seinen Arm dem Soldaten um die Schulter. Der stieß einen entsetzten Schrei aus und stürzte ab. Der Schreck hatte ihn getötet. Es war eine Christusfigur gewesen, die man früher zu den großen Theateraufführungen der Kirche benutzt hatte. Er hatte bewegliche Glieder, die man lebensecht ans Kreuz schlagen, bei der Kreuzabnahme nach vorn fallen lassen und bei der Grablegung falten konnte. Einer der Arme hatte sich gelöst. Das war alles. Gustav aber sagte: ›Wie stark muß der Glaube dieses Ungläubigen gewesen sein, daß er solches bewirkte. Ich wäre auch tot herabgestürzt.‹ Gustav hatte einfach nicht das Zeug zum richtigen Revolutionär. War viel zu vorbelastet mit diesem ganzen verdammten europäischen Kulturgut. Ein Literat.«

Am nächsten Tag fahren wir nach Süden, nach Oaxaca. Links und rechts reihen sich die Gebirge endlos hintereinander, blau in grau. Die Straße läuft als Schlange vorweg und schlüpft in die

Berge, um sich zu verstecken. Aber das gelingt ihr nicht. Denn über ihr stehen die Geierscharen. Sie schweben über den überfahrenen Tieren und warten auf ihre autofreie Stunde.

Mar hat den Kopf noch voll von den Gesprächen über Gustav. Der ist ihm wieder so lebendig geworden, daß er sich manchmal dabei ertappt, richtig mit ihm zu reden.

Auf dem Zócalo in Oaxaca stehen mächtige Bäume, in denen Eichhörnchen umhersteigen, die so groß wie schottische Terrier sind. Darunter sitzen die Indiofrauen und weben. Sie haben den »Webstuhl« mit der einen Seite an einen der Bäume, mit der anderen um ihre Hüften gebunden und ziehen die Fäden schnell und behende hindurch.

An den vier Ecken des Platzes sitzen vier kleine Kinder, jedes mit einer Blechschüssel vor sich, und warten darauf, daß jemand ihnen da etwas hineinlegt. Aber kaum jemand legt. Abends kommt ein Mädchen, sammelt die vier auf, nimmt die paar Pesos aus den Schüsseln, bindet das Kleinste in ein Tuch auf den Rücken und geht, gefolgt von den restlichen drei Kindern, in Richtung Fluß davon. Wenig später kommen die Marimbaspieler und beginnen zu spielen.

Wir holen uns ein paar Büchsen Bier und setzen uns zwischen die von allen Seiten herbeikommenden Mestizen und Indios, die Eichhörnchen und Hunde.

Am andern Morgen bin ich früh wach, labe mich an einem Himmelblau aus der Spritzpistole, ziehe die Luft wie ein Seidentuch durch die Nase und weite die Lungen. Auf den Balkon direkt unter mir treten drei ältere englische Herren, zwei haben das Gebiß in der Hand, einer im Glas, und singen: »O, what a wonderful morning.« Die Eichhörnchen kommen kopfüber an ihren Baumstämmen herunter und essen von einem Brett Nüsse und Obst. Eine Kompanie winziger Schulkinder marschiert im Gleichschritt vorbei, alle in blauen Hosen und blauen Hemden und singen »Mexikaner werden gefördert beim Schrei vom Krieg« – jedenfalls übersetze ich es so mit meinem holprigen Spanisch.

Von der Straße, die zum Fluß führt, kommt das Mädchen von gestern abend, die drei Kleinen im Schlepp, das Kleinste im Rückentuch, und beginnt, sie sorgfältig an allen vier Ecken des Platzes niederzusetzen. Das Blechschüsselchen daneben. Dann verschwindet das Mädchen in Richtung Kinderkompanie.

Später drehen wir die breiten Barockstraßen von Oaxaca, die mit tropischen Ornamenten überwucherten Kirchen, die von Bougainvillea überquellenden Innenhöfe der stets ebenerdigen Häuser, die webenden Indiofrauen und die großen Eichhörnchen, den Goldschatz von Monte Alban, den sie in einem Kloster ausstellen, das wie eine Festung für eine Million Jahre gebaut ist, die festlichen Plätze und die Reliefs mit den Heiligengeschichten unter dem Habsburger Doppeladler. Natürlich drehen wir den Markt, der ein wahnsinnig bunter Bilderbogen für Folkloristen ist, aber als sich Ede wieder mal wie ein brünstiger Tiger auf die Ärmsten der Armen wirft, die in einer dunklen Ecke ihre jammervollen kleinen Geschäfte machen, pfeift ihn Mar ungehalten zurück. »Wir sind ja bekannt dafür, Voyeure der Armut zu sein«, sagt er, »aber das hier muß ja wohl nicht sein!«

Ede mault vor sich hin und stellt den Rest des Tages eine gewisse Unlust zur Schau, die Mar aber gar nicht beeindruckt.

Am Abend sitzen wir wieder auf dem Zócalo. Als das Mädchen kommt, um seine Geschwister einzusammeln, gehe ich hin und frage sie, wieviel sie eingenommen habe. Sie sagt: »Drei Pesos.« Ich gebe ihr fünfzig. Sie steckt sie in ihre Bluse und sagt: »Soviel haben wir sonst in einem Monat. Ich danke Ihnen, mein Herr.«

Als sie ihre Kleinen zusammen hat, kaufe ich allen Eis und gehe mit ihnen zum Fluß. Dort liegen große Betonrohre aufeinander, und in einem dieser Rohre liegen ein paar Lappen, und darauf bettet sie die Kinder, von denen sie mir erzählt, es seien ihre Geschwister. Ihre Mutter sei tot, und der Vater sei verschwunden, und nun müsse sie für alle aufkommen. Sie gehe in die Schule. Sie sei zwölf. Sie hat sehr kleine Hände und Füße und schon kleine Brüste und ein Gesicht wie Mademoiselle Rivière, an die Mar einmal sein Herz gehängt hatte. Nur ist diese Mademoiselle hier ockerfarben, oder besser, zimtfarben. Oder beides.

Am nächsten Nachmittag fahren wir auf den Monte Alban, auf dem Gustav R. einmal schwarz ausgegraben hatte. Der Berg, ein künstlich abgeflachter Tafelberg, auf dem die Zapoteken ihre Pyramiden und Terrassen um einen großen Platz stellten, streicht uns sogleich die Seele glatt. Wir sind im Zentrum der Dinge wie der Dorn des Plattentellers in der Platte. Ringsum dreht sich der Horizont, flach, trotz der hintereinandergereihten Gebirgsketten. Wir blicken ziemlich ergriffen umher. Die Kumuluswolken ziehen als ernste Prozession von Kürbisköpfen von Ost nach West. Eine Indiomutter schickt ihre Kinder. Die Kopfhaut der Kleinen bewegt sich, so dicht sind die Läuse gesät. Sie wollen uns Tonfigürchen verkaufen, die ihre Väter daheim im Ofen gebacken haben. Wir geben ihnen Bonbons, und sie lassen uns allein mit diesem grotesken Himmel über dem heiligen Tablett mit seinen Treppen, Stelen, Ballspielplätzen, Kegeln, Kuben und Höhlen.

Ede dreht einen einzigen feierlichen Ringsumschwenk, der fast zwei Minuten dauert, aber die Quintessenz von allem enthält, was sich zu Zapoteken und Monte Alban sagen läßt. Dann setzen wir uns auf die verfallenen Treppen der größten Pyramide, gucken in die Weite, in die Nähe und werden langsam eins mit irgend so einer Idee von Ewigkeit.

»Als Gustav hier heimlich grub«, sagt Mar, »gab es noch keine Wächter, und die Indios brauchten sich nicht in acht zu nehmen. Als sie merkten, daß Gustav ganz verrückt auf die kleinen tönernen Zapoteken war, machten sie sie neu, vergruben sie, führten Gustav mit Kennermienen zu diesen Plätzen und halfen ihm, sie zu finden. Gustav verschenkte sie dann in Europa seinen Freunden, vor allem seinen Freundinnen, zugleich mit einer Geschichte, in der er, von Berglöwen bedroht und von Pistoleros gejagt, in der Sierra nach heimlichen Schätzen grub und endlich auf einem Rappenhengst floh, die Satteltaschen voll mit Idolos, von unheimlichen Gewittern verfolgt, deren Blitze ihn nur um ein weniges verfehlten und deren Donner seinen Gaul derart schüttelten, daß ihm, Gustav, davon die Zähne nur so klapperten.«

Wir denken alle an Gustav, diesen Helden der Ballade, bis uns die Abendkühle talwärts treibt.

Wir fahren dann noch nach Mitla und nehmen in den Ruinen die Spuren Gustavs auf, und hinterher miete ich mir ein Pferd und reite in dieser großgeschnittenen Landschaft umher, in der die Kandelaberkakteen bereits lange Schatten werfen, während die Gebirge von einem Blau ins andere tauchen, und stoße plötzlich auf eine halbverfallene Hazienda, die in einem halbverfallenen Kloster steckt. In den Ruinen wohnt eine Indiofamilie, und der Mann zeigt mir das Kloster, den zerbrochenen Kreuzgang, ein paar halbwegs erhaltene Säle, den zugewucherten Garten, die kleine, noch unbeschädigte Kirche.

»Sie können das alles kaufen«, sagt der Mann, »es gehörte früher zum Kloster San Domingo in Oaxaca, heute der Stadt, die es gerne los sein möchte.«

Ich gebe ihm ein Trinkgeld, sage, daß ich ihn um diesen schönen Platz beneide, was ihn den Kopf schütteln läßt, und reite zurück, wo Ede und Mar und Fritz in einem blühenden Patio ihre Tortillas essen.

Als wir in Oaxaca ankommen, sind die Kinder von den Ecken schon verschwunden. Ich kaufe Konserven, einen Büchsenöffner und Obst und mache mich auf den Weg zu den Röhren. Die Kleinen schlafen schon, aber das Mädchen ist noch wach. Es sitzt im Freien und liest in einem Schulbuch. Ich lege ihr die Tüten in den Schoß, und der Blick, mit dem sie sich bedankt, macht mir schwache Knie.

Am anderen Morgen drehen wir in Oaxaca in San Domingo den Stammbaum des heiligen Dominikus, den die Indiostukkateure an die Decke unter der Empore geklebt haben und in dem die Ahnen des obersten Hund-Gottes wie Eichhörnchen sitzen, jeder auf seinem Zweig, und ich komme mit dem Erzpriester ins Gespräch. Er ist ein beleibter alter Mann in Hosenträgern und Filzpantoffeln, der von den Schikanen der mexikanischen Behörden eine ganz rote Nase bekommen hat. Bei soviel Kirchenfeindlichkeit hilft nur der Rote. Dann taucht ein junger Priester aus dem Halbdunkel auf, und ich frage ihn, ob er wohl bereit wäre, einen bestimmten Betrag, den ich ihm monatlich schicken würde, den Empfängern zukommen zu lassen. Es gebe da ein Mädchen von zwölf Jahren mit vier Geschwistern. Die seien verwaist, und ich würde gern so eine Art Adoptivvater werden, und der junge Priester illuminiert seine großen Augen in ihren dunklen Höhlen und sagt: »Aber natürlich, selbstverständlich« und »Lassen Sie uns die Kinder aufsuchen, heute abend.«

Das tun wir denn auch.

Ohne einen Augenblick seine Würde zu verlieren oder ein überflüssiges Wort zu sagen oder ein Zuviel an Gefühl zu zeigen, hört uns das Mädchen zu, beugt sich zu seinen Geschwistern herab, flüstert mit ihnen, richtet sich auf und fragt den Priester, ob ich Santa Claus, der Erzengel Michael oder ein unbekannter Heiliger sei. Wir verneinen höflich, und meine neue Familie wird zum Teil in ihren Röhren deponiert, zum Teil auf den Arm genommen, und durch mein verruchtes Innere rollt ein Würfel mit lauter Sechsen.

»Ich werde den Kindern ein Zimmer besorgen und dafür sorgen, daß sie in die Schule gehen. Wieviel wollen Sie denn schikken?« fragt der junge Priester und wird verlegen.

»Ich dachte an monatlich einhundert Dollar«, sage ich, »und das zehn Jahre lang.«

Er legt mir die Hand auf die Schulter, schluckt ein paarmal und geht.

Dann fahre ich zur Bank, komme mit einem älteren Herrn mit weißem Schnurrbart ins Gespräch und erfahre von ihm, daß er einmal Nachbar von Gustav gewesen sei, droben in Gustavs Tal. Ich sage ihm, daß ich gern ein Konto für eine gewisse kleine

Señorita eröffnen würde, bei der ich eine Art Adoptivvater und so weiter, und dieses Konto solle ihr zur Verfügung stehen, wenn sie einmal großjährig werde, und ob er und was er davon halte, wenn ich mir hier in der Nähe etwas kaufen würde, so eine Art kaputtes Kloster, und ob er sich darum kümmern könne, gegen entsprechende Bezahlung, und ich sei auf dem besten Wege, Mexiko mit Haut und Haaren zu verfallen. Er versichert mir, für alles zu sorgen, es sei ihm eine Ehre, einem Freund Gustavs gefällig sein zu können, und er heiße Don Carlos de Alvarado.

Am nächsten Abend fragt mich das Mädchen, wann ich wieder käme, und ich sage ihm, daß ich im fernen Europa zu Hause sei und viel in der Welt herumreisen müsse, aber ich käme ganz bestimmt wieder, mit dem Flugzeug aus der Hauptstadt, und ich würde mich um sie kümmern, bis sie alle groß seien.

Es gibt mir seine kleine Hand und will sie gar nicht zurückhaben. Und wann ich hier wegmüsse? Übermorgen.

Am Vormittag darauf frage ich im Rathaus, ob diese halbverfallene Hazienda in diesem halbverfallenen Kloster wirklich zu verkaufen sei, und sie sagen mir, ja gewiß, ob ich Interesse hätte, und alles zusammen koste soundsoviele Pesos. »Ich muß es mir überlegen«, sage ich.

Als ich am Morgen das Hotel verlasse, um den Wagen zu holen, sitzt »meine Familie« vor dem Eingang. Das Mädchen in der bunten Tracht der Frauen von Usila, die Kleinen in Weiß. Sie haben farbige Bänder in den Zöpfen. Das Mädchen hat eine Holzfigur in der Hand, die wie Lenin aussieht, aber der heilige Rochus ist. Es gibt sie mir mit dem bei ihm zu erwartenden Ernst. Alle begleiten mich in den Hof, und ich setze sie ins Auto und fahre eine große Ehrenrunde um Oaxaca. Dann bringe ich sie in das Haus, wo sie fortan wohnen werden, hole Don Carlos ab, fahre mit ihm zum Rathaus und kaufe für 10 000 Dollar das Kloster bei Mitla. Wir machen alles mit Brief und Siegel, und Don Carlos übernimmt die Verwaltung. Er wird die notwendigen Reparaturen machen lassen, alles im Rahmen meiner bescheidenen Möglichkeiten, versteht sich. Dann eröffne ich ein

Konto auf der Staatsbank für meine fünf, und auch hier wird Don Carlos alles erledigen. Doppelt genäht, hält besser. Der junge Priester kriegt die 100 für den Alltag, das Konto die 100, damit es ihnen auch später an weniger fehlt als üblich. Als wir am Mittag nach Osten fahren, in Richtung Tehuantepec, habe ich Mühe, den Glorienschein festzuhalten, den ich mir selbst aufgesetzt habe. Mein Gott, ich gebe keine zehn Prozent meiner gewöhnlichen Einkünfte zum ersten Mal in meinem Leben sinnvoll aus und fühle mich wunders wie wer. Schäm dich, alte Pflaume, und verdoppele deinen Einsatz.

Die Fahrt ist ein köstliches langsames Fallen durch kahle rote, violette, giftgrüne Gebirge, durch Kakteenwälder und an Hügeln entlang, aus denen die Agaven graublaue Stachelschweine machen. Dann und wann ein überfahrener Hund, auf dem die Geier als schwarze, stinkende Chrysanthemen hocken, die sich entblättern, wenn wir näher kommen. Einmal sonnt sich ein winziger Esel auf dem Asphalt, Mar springt raus, nimmt ihn auf den Arm und trägt ihn mit einem heiligenmäßigen Ausdruck ins Gebüsch, wo die Eselsmutter unruhig hin- und hertrippelt, ihre Angst überwindet und ihr Füllen beriecht, das Mar immer noch auf dem Arm hat. Kaum hat Mar das Eselsfüllen abgesetzt, kommt mit Donnern und Krachen einer dieser rasenden Riesenlaster um die Kurve, die nicht mal im Traum daran denken, zu bremsen, wenn irgendein Tier auf der Straße herumläuft.

Wir fahren durch Tehuantepec und nehmen einen Feldweg zur Bucht von San Mateo, der Laguna inferior. Mar hat da mal eine, wie er sagt, »unsterbliche Stunde in Pastell« gehabt, und die wollen wir nun auch haben. Die Lagune ist sehr still, von flachen Bergketten eingefaßt, die sich westwärts, zum offenen Meer hin, verlieren, eine riesige flache Muschel in allen Farben des Perlmutt. Ein paar zerstreute, schilfgedeckte Hütten, ein sterbender Hund, ein Dutzend Geier in dem Baum darüber. Die Sonne rot und rund auf dem Weg nach unten, dorthin, wo Totengott und Totengöttin den Tod zeugen.

Lärm hinter einem Gebüsch. Die Fischer hatten einen guten

Fang und beladen einen Lastwagen. Ein junger Fischer kommt herüber, mit wiegenden Hüften und blaugeschminkten Augendeckeln.

»Wollt ihr Fisch essen?«

»Natürlich wollen wir.«

»Die Frauen werden ihn machen. Setzt euch in die Hütte da hinten. Es gibt Bier.«

Also setzen wir uns in die Hütte da hinten, öffnen die ersten Büchsen Bier und warten. Die Sonne berührt den Horizont. Man hört es richtig zischen. Aber das ist das Öl, in dem unsere Fische gebraten werden sollen. Die Fischer kommen zu uns, alles junge geschminkte Kerle, die zu denken geben. Wir sind hier in der tiefsten Einsamkeit, zwanzig Kilometer hinter Tehuantepec, das zwar einer Meeresbucht den Namen gegeben hat, die so groß ist wie die Isle de France, aber noch schwärzer ist als das Loch im Arsch des Propheten. Und da kommen diese Kerle daher und spielen Sunset Boulevard. Sie setzen sich zu uns, und einer, den sie die »Queen« nennen, rückt mir auf die Pelle und fragt, ob sich jeder ein Bier auf unsere Kosten bestellen könnte.

»Natürlich könnt ihr.«

Die Queen ist muskulös, aber so feminin wie Marilyn Monroe in ihrer komischsten Rolle. Sie trägt einen langen Rock, Bluse und Schuhe mit hohen Absätzen. Sie lehnt sich an meine Schulter, hält preziös eine lange Zigarettenspitze und fingert an meinem Hosenstall. »Süßer Gringo«, sagt sie, »hast du schon geschissen?« Was soll ich da sagen? Ich schiebe sie beherzt beiseite, so daß sie merkt, daß ich einen Bizeps habe, der ihr Kummer bereiten könnte, angele nach einer weiteren Bierbüchse und sehe, wie sich ein junger Geschminkter Mar mit spitzem Mund nähert. Der drückt ihm die Hand darauf und wendet sich Ede zu, der die feindliche Truppe zu zählen beginnt.

Die Sonne verschwindet, und die Mücken kommen in dichten Pulks und summen uns die Ohren voll. Dann tun sie, als seien sie Strümpfe, die sich von selber anziehen, und wenn wir drauf schlagen, sind die Waden rot. Sie haben einen gehörigen Durst.

Mit der Dunkelheit kommt der Fisch. Als Beleuchtung dienen ein paar Kerzen, an denen sich die Mücken einen kurzen schönen Augenblick machen. Plötzlich bricht im Hintergrund eine Schlacht aus. Die Fischbraterinnen und die Jungens mit dem Lidschatten fallen erst schreiend, dann tätlich übereinander her. Sie werfen sich Betrug vor, und unser Geld kriegten die einen, nein, die andern, und wir hätten schon vierundachtzig Dosen Bier zu bezahlen, das Stück für anderthalb Dollar. Sie stürzen über- und untereinander, dann über unseren Tisch, die Kerzen gehen aus, und die Queen hält mir ein Messer unter die Nase und schreit, wenn wir nicht gleich sie, die Jungens, bezahlten, dann könnten wir unser Grab schaufeln. Mar versucht zu dolmetschen, bekommt aber eins auf die Leber und krümmt sich wie ein Haken. Ede schlägt dem Hakenschläger eine Bierdose ins Gesicht, und es gibt ein seltsames weiches Geräusch hinter diesem Gesicht. Die letzte Kerze geht aus, nur von der Fischbratküche fällt ein roter Schimmer auf die Szene. Die Tunten schreien, sie holten jetzt die Macheten. Wir rollen uns ins Dunkle und versuchen in Richtung Auto zu entkommen. Aber es sind viele Tunten, die sich in der Dunkelheit besser auskennen als wir, doch als es ganz brenzlich wird und die Tunten wirklich mit Macheten aus dem Stockfinstern kommen, kann ich die Queen, die mich überfällt, mit einem harten, gut gezielten Kehlkopfschlag schwächen und regelrecht kidnappen und ihr das alberne Messer in den Rücken bohren und sagen: »Vorwärts, du Hure, eine falsche Bewegung, und du wirst nie wieder einem Gringo an die Eier fassen, vorwärts zum Auto.« Ich drehe ihr das Messer ein wenig ins Fleisch, und sie schreit spitz und dämlich und verliert ihren Rock und einen Schuh. Ich, Henri, ein sauber gewaschener linker Kapitalist, ein Freund des Volkes, der sich heute morgen ein ganzes, wenn auch gebrauchtes Kloster kaufte, ein Familienvater, der fünf Indiokinder sein eigen nennt, finde mich jäh und völlig unerwartet in der Rolle eines Einzelkämpfers, der gar nicht so lange fackeln wird, wie es ihm seine an sich sanfte Natur vorschreibt.

Ede, der stark wie ein Grizzly ist, stößt im Dunkeln gefährliche Knurrlaute aus, Mar pfeift in der Nähe des Autos, aber wo ist Dieter?

Da kommt er mit einem hängenden Arm die Uferböschung heraufgekrochen. Wir tasten uns durch die Finsternis zum Auto, ich stoße die Queen hinein, dann mich, hinten purzeln die andern drei durch die offene Tür, und ich rase los. Meine rechte Hand ist ganz schlüpfrig. Ich muß die Queen lädiert haben. Zum Glück finde ich den Feldweg. Ein paar Tunten wollen ihn verstellen, kommen aus irgendeiner Nachtschwärze in die Scheinwerferkegel, und ich rase gänzlich ungebremst auf sie zu. Sie springen beiseite, aber ein dumpfer Schlag verkündet, daß ich einer von ihnen zu einem Sprung verholfen habe, auf den sie gar nicht scharf war. Nach einigen Kilometern fahre ich langsamer und öffne die rechte Tür. Die Queen wehrt sich, aber Dieter gibt ihr von hinten einen Stüber, und sie rollt ins Leere. Wir haben keinen Gedanken an Rache oder Vergeltung, an Rückkehr oder Tuntenanzünden. Nix wie weg.

In Tehuantepec finden wir in einem kleinen Hotel ein paar Zimmer, duschen und treffen uns noch einmal an der Bar. Wir erzählen uns bei Büchsenbier von einer Viererbande vom deutschen TV, die hier in der Nähe um Haaresbreite von einer Horde Tunten eins drauf gekriegt hätte, an einer Bucht, wo ein gewisser Mar Mota mal eine »unsterbliche Stunde in Pastell« erleben durfte, und wir kommen gar nicht darauf, daß wir diese Viererbande sind. So unwirklich ist das Ganze.

Am anderen Morgen werfen mich zwei Polizisten aus dem Bett. Ich muß runter in den »Salon«, wo alle versammelt sind, Mar, Ede und Dieter auf der einen, die Queen und ihr Hofstaat auf der anderen Seite und die Polizisten in der Mitte. Die Queen bezeichnet mich als Mörder, zeigt ihre durchblutete Bluse vor und auf ihr geschwollenes Gesicht. Sie muß wohl auf der Backe gelandet sein, als sie aus dem Auto flog. Ich sage das in meinem mühsamen Spanisch, und die Polizisten sind sehr erheitert.

Mar erklärt die Bedeutung unserer Mission und daß wir einen Fernsehfilm über ein Land machten, das ohne Zweifel eines der schönsten der Welt sei, ein Hort der Revolution und der Freiheit, und daß wir der größte Sender der Erde und so weiter, und der Chef der Polizisten geht zur Queen und schlägt ihr mit einem kurzen Knüppel über die Nase, daß das Blut wie aus einem Feuerwehrschlauch spritzt. Die Queen verliert ihre Perücke, wagt aber nicht, sie aufzuheben. »Raus, ihr Hurensöhne!« schreit der Polizist, und unsere Tunten ziehen sich zurück, schmollend, leise fluchend, aber stetig. Dann klopfen uns die Polizisten auf die Schultern und begleiten uns noch bis Tuxtla, wo wir den Weg nach Villahermosa nehmen.

»Das war doch ein Wunder«, sagt Ede, »ich meine, das mit der Polizei und daß die uns einfach so laufenließen.«

»Es war die Handkasse«, sagt Mar, »zumindest jener Teil von ihr, der leichthin den Besitzer wechselte.«

Hasta la vista.

Wir fliegen nach Bonampak. Da gibt es einen Zauberer, mit dem es Gustav mal getrieben hat. Schwarze Magie. Nächtlicher Tanz, während die schwarzen Panther ums Feuer schlichen und so weiter. Wir fliegen in zwei kleinen Cessnas, deren Türen mit Draht zugebunden sind. Erst ist das Land offen oder bebaut. Dann taucht der Urwald als verstreute Inseln auf, die hinter Palenque zu einem endlosen Filzteppich zusammenwachsen. Aber die wenigen Erdstraßen, die hindurchführen, lassen nichts Gutes ahnen. Sie werden auch diese Wälder noch schaffen.

Ich bin ziemlich aufgeregt: Bonampak, ein Wort, um es auf der Zungenspitze zu balancieren.

»Die Sixtina der Mayas«, sagt Mar neben mir, »Wandbilder von so barocker Schönheit, daß es jeden, der sie sah, buchstäblich umhaute. Ein Amerikaner hatte sie gefunden. Er hieß Carlos Frey, war aus der US-Army desertiert und lebte jahrelang in diesen Regenwäldern. Er wurde ein richtiger Waldläufer, durchstreifte die damals völlig weg- und straßenlosen Urwälder bis hinauf nach Chichén Itzá und Tulum, interessierte sich für die alten und die noch lebenden Mayas und heiratete ein Mayamädchen von allerreinstem Mayablut, das heißt eine Lakandonin, und wurde allmählich einer der ihren. Die Lakandonen hören den Namen ›Lakandonen‹ nicht gern. Die Spanier haben sie so genannt. Sie nennen sich Kariben, und so nannten sie Carlos Frey Carlos Karibe. Eines Tages – es muß 1945 gewesen sein – zeigte ihm ein indianischer Freund, Chan-Bor, einen Hügel im dichtesten, verfilztesten Urwald und auf diesem Hügel, halb im Erdreich versunken, einen Tempel mit drei bemalten Kammern, den Tempel von Bonampak. Frey hatte einen Bekannten, einen gewissen Giles G. Healey, der einmal Fotograf für die Schurken von der United Fruit Company gewesen war und nun für *Life* arbeitete. Dem zeigte er den Tempel. Der fotografierte ihn und machte eine sensationelle Reportage für *Life* daraus, ohne Frey oder Chan-Bor auch nur zu nennen. Er machte ein Vermögen. Den Entdecker, Carlos Frey, genannt Carlos Karibe, fand man wenig später ertrunken unter einem gestürzten Baum. Am Ufer des Usumacinta. Wolfgang Cordes hat darüber ein großartiges Buch geschrieben. War überhaupt ein großartiger Mann. War in diesen Wäldern wie zu Hause und ist den Indios nähergekommen als je ein Mensch vorher. Aber wer kennt ihn heute schon?«

Wir schweben über die Urwaldwipfel ein. Vor der Piste liegen zwei abgestürzte Cessnas im Dickicht. Der Pilot drückt uns so jäh runter, daß Ede, der vor mir sitzt, seine großen Butterbrotohren richtig an den Kopf legt. Wir setzen auf und rollen aus. Ein paar Hütten. Ein alter Mann, der uns ein Pumafell andrehen will. Ein paar alte Frauen, die schmutzige Lappen von Tontellern nehmen, auf denen Tortillas liegen. Mücken und eine Menge anderer Stecher. Die Tempel unscheinbar, die Sixtina am Ende einer Schneise auf einem flachen Hügel. Der Alte mit dem Pumafell führt uns hin.

»Es sind drei Kammern«, sagt Mar, »drei Kammern, von oben bis unten bemalt, mit kriegerischen und triumphalen Szenen, weit über hundert Figuren, Krieger, Priester, Geopferte, alles voller Harnische und Fächer und Federn – kurzum, das Unvorstellbare. Nur hier erkennt man die Größe der Mayakultur auf einen Blick. Nur hier braucht man sie sich nicht aus vielen Einzelteilen zusammenzusetzen.«

Wir treten ein. Drei Kammern, und in diesen drei Kammern nichts. In der mittleren das Fragment eines gemalten Fußes. Das ist alles.

»Haben die Archäologen die Fresken abgenommen?« fragt Mar den Alten.

»Nein, die Fotografen haben sie zerstört. Die sind ein paarmal gekommen und haben die Fresken mit weißem Spiritus abgewaschen, damit die Farben leuchteten, die sonst stumpf waren. Sie wuschen damit die Sinterschicht herunter, die sie vorher schützte. Dann kamen die Algen und die Feuchtigkeit, und nun ...«

Wir sind alle wie vor den Kopf gestoßen, trollen uns zwischen die Hütten neben der Piste und packen unser Zeug zusammen, um zu den Lakandonen zu marschieren. Wir marschieren sechs Stunden auf einem Pfad, der auf dem Grunde des Regenwaldes wie auf dem Grunde des Meeres entlangläuft. Grünes Halbdunkel, Wassertropfen, eine Hitze, die das Wasser aus dem Körper quetscht und es nicht verdunsten läßt. Wir sind völlig fertig, als wir unser Ziel erreichen: eine Landschaft, die sich eigentlich nur träumen läßt. Eine Lagune in einer Waldlichtung, glasklar mit Schilfgürteln wie Wimpern, Reihern, Aras, die paarweise darüberfliegen, und mit ein paar Hütten, aus denen uns die Lakandonen entgegenkommen. Sie haben lange Haare, schöne glatte Indiogesichter, hohe Backenknochen, und zwei von ihnen haben so strahlend blaue Augen, daß ich unseren Piloten, der den Führer macht, frage, warum und wieso. Er sagt, daß ein paar amerikanische Ethnologen hier vor zwanzig Jahren ihre Studien getrieben und diese wohl sehr ernst genommen hätten.

Ein Uralter, eine, wie man so sagt, »königliche Erscheinung«, ist der Gesuchte. Der Pilot spricht ihre Sprache sehr gut. Wir ziehen uns aus und verschwinden nackt in dem Teich. Die Lakandonen, die in lange weiße Gewänder gekleidet sind, sehen uns erheitert an. Ihre Heiterkeit entrückt sie zu den Göttern. Ich habe noch nie so schöne Menschen gesehen und versetze mich in die Lage der amerikanischen Ethnologen, lege mich auf den Rücken und strampele mit den Beinen. Die Lakandonen sind begeistert.

Am Abend, als die Glühwürmchen »zu Millionen den Urwald besticken«, wie Mar es in seinem Statement sagt, als hinter dem See die Gewittertürme quellen und schwellen, erzählt uns der königliche Alte, wie Gustav R. hier eine Woche verbracht habe, wie er klein und behende und mit nie versagender Energie die Gesänge der Zauberer aufgenommen habe, im Urwald herumgestreift sei und endlich die höheren Lakandonenweihen empfangen habe: »Wir wollten den Geist des Jaguars beschwören. Ich tanzte und sang, und wir hörten den Jaguar, wie er immer engere Kreise um uns zog. Es regnete, und Gustav hatte Angst, daß sein Tonbandgerät versagen könnte. Er packte es in eine Nylontüte. Ich nahm ihn in den Arm, und wir tanzten die ganze Nacht. Der Jaguar trat aus dem Wald und fauchte. Wir wurden eins mit ihm. Gustav verlor seinen Samen. Er gab sich auf und alles, was er bisher gewesen war. Er wurde zu einem Jaguar und fauchte und bewegte sich wie ein Jaguar, obwohl er schon ein alter Mann war. Jedenfalls in den Augen der Lakandonen. Seitdem sind wir eins, ich, Vincente Bor, Gustav und der Jaguar.«

Und dann beginnt der Königliche zu tanzen, zieht Mar an sich, und beide bewegen sich wie im Traum, und wir sind schamlos genug, ihnen die Kameras überall hinzuhalten, und Mar – anfangs ein bißchen geniert, dann locker – spricht sein Statement, das von einem Buch von Gustav handelt, das »Amimitl« heißt, in mexikanischer Vorzeit spielt und von niemandem gelesen wurde.

Am Morgen des vierten Tages brechen wir auf und verfluchen unseren Job, der uns nur in alles hineinriechen läßt, ohne daß wir jemals mehr erfahren als diesen flüchtigen Geruch. Was hatte

Gustav R. wirklich hierhergetrieben? Wie wurde er eins? Was ist ein Regenwald und was ein Jaguar? In welcher Sprache spricht Vincente Bor mit Regen, Pflanze und Tier? Nein, da drehen wir im Affentempo irgendeine Episode und hängen ein Statement dran und hauen wieder ab. Ist ja ohnehin ein Wunder, daß wir vier Tage hatten. Hätten ja auch schon am ersten Morgen abhauen können. Das wäre das Übliche gewesen.

Wir marschieren die sechs Stunden bis zur Urwaldpiste, verlieren dabei alle so ein, zwei Liter wasserklaren Schweiß, empfangen die Weihe der Insekten in unzähligen Mückenstichen und sind von unserem Lakandonentrip randvoll des bitteren Honigs. Wir fallen in unsere Cessnas und ziehen eine große Schleife und sind in zehn Minuten über unserem See, wackeln mit den Flügeln, und unten winken unsere Freunde, und dann fliegen wir zwanzig Minuten nach Nordosten und gehen hinunter über den Fluß und nach einem Sprung über die Baumwipfel auf die Piste von Yaxchilan. Der Usumacinta fließt breit und gelb dahin. Darüber die üblichen Aras, die ihr Purpur in der Sonne aufleuchten lassen, als gelte es, den Feuergott darzustellen. Über den guatemaltekischen Wäldern steht ein Wolkengehirn wie eine Atomexplosion.

Unser letzter mexikanischer Abend. Wir sitzen auf dem Zócalo von Merida, hören den Zikaden zu und lassen unsere juwelengeschmückten Borkenkäfer um die Wette laufen. Die Indios bekleben die sehr schönen korkfarbenen Käfer mit winzigen Mänteln aus goldenem Plastik, auf das falsche Edelsteine geklebt sind. Man bekommt sie gleich da hinten in der Markthalle. Als das Menschengewimmel zu dicht wird, heben wir unsere Käfer auf und befestigen sie mit den kleinen mitgelieferten Goldkettchen an unseren Hemden.

Dieter blickt in das Gewimmel aus Mestizen und Indios und sagt: »Über die Hälfte aller Mexikaner sind unter vierzehn.«

»Ich würde gern hierbleiben«, sagt Mar, der seit Tagen den Mund nur noch sparsam aufmacht. Die Erinnerung an Gustav setzt ihm zu. Der Tanz im Urwald hat ihn irgendwie verändert. Wir bummeln zum Kaffeehaus der Libanesen und bestellen uns Kuskus.

Ich denke an die Indiokinder, die gestern mit kleinen selbstgemachten Tennisschlägern mit den gelben Faltern spielten, die zu Tausenden um die braunen Regenpfützen flatterten.

Mar sagt: »Die gelben Schmetterlinge gestern, die waren wie ein Schneefall. In Chichén Itzá hatte mich ein Indioführer um mein Fernglas gebeten, mit dem ich einen anderen Indioführer beobachtete, der gerade eine Zweizentneramerikanerin auf einer Pyramide vögelte. Er sah hindurch und schrie vor Schreck. Er glaubte, in dem Fernrohr säße der Leibhaftige. Die Amerikanerin hatte eine Krone aus Lockenwicklern, die sie unter einem Schleier aus blauem Nylon verbarg.«

»Habt ihr bemerkt, daß die grünen Papageien immer paarweise flogen?« fragt Ede.

»Die Leguane haben wie Wasserspeier aus den Löchern in der Wand des Frauenklosters geguckt«, sagt Dieter und: »Ich könnte Europa mit allem Drum und Dran wie eine alte Lederhose ausziehen.«

»Du sprichst uns allen aus dem Herzen«, sage ich.

Als wir am anderen Morgen über Yukatan fliegen, ist es mit weißen Blumenkohlköpfen bepflanzt, alle in Reih und Glied und in der gleichen Höhe. Unter ihnen ihre Schatten. Über der Karibik aber stehen die phantastischsten himmelhohen Kumuluswolken. Ich fotografiere sie nicht, um, wie ich Ede altklug unterjubele, nicht ein Bild festzuhalten, dessen Wesen ständiger Wechsel ist. Lese wie immer alles mögliche heraus. Einmal erkenne ich Hamlet in einer Löwenperücke, der mit Polonius in einer Sphinxperücke palavert. Wahrscheinlich über die Ohnmacht der Surrealisten.

ZEHN

Als ich zu Hause ankomme und die Hausmeistersfrau ihren Lockenwicklerkopf aus der Tür steckt und zu fragen anheben will, sage ich: »Fragen Sie nichts. Es war wunderschön. Meine Geliebte war eine Negerin von einhundertundzwanzig Kilo. Es war auf den Bahamas.«

Fräulein Mai humpelt aus der Tür, und ich rufe an ihr vorbei ins Hinterzimmer: »Auch ich war in Arkadien, meine Liebe. Hatte eine Negerin von einhundertundfünfzig Kilo zur Geliebten. Trieben es über und unter Wasser miteinander, unter wehenden Palmen. Kokos und so.«

Fräulein Mai hält mich für betrunken und schließt behutsam die Tür.

Ehe meine Wirtin ihr »Ich habe Sie und ihre Musik ...« herausstoßen kann, streichele ich ihr den Arm und flüstere: »Es soll niemand wissen, daß meine letzte Geliebte eine Negerin von sage und schreibe zweihundert Kilo war. Psst.« Und ich lege ihr den Finger auf den Mund. Staunend zieht sie sich rückwärts in den Korridor zurück. Die Tür schließt sich, und ich betrete freien Sinns meine Bude, wo mir Terribile freien Sinns entgegenschreitet. »Sie werden deine Kiloangaben jetzt schon miteinander vergleichen, die Parzen«, sagt er und lacht. »Was hast du mir mitgebracht?«

»Lachs«, sage ich und packe ihn aus.

»Fleisch der Götter«, sagt Terribile und macht sich darüber her, nicht gierig, o nein, mehr wie ein älterer Maya-Priester oder Diego Rivera über das Fleisch eines jungen Mädchens.

Meine Mutter hat sich die Haare ein wenig färben lassen. Violett. Hat ihr bei den Amerikanerinnen gefallen, die sie in Rothenburg getroffen hat.

»Ich liebe Rothenburg«, sagt sie, »warst du mal wieder da?«

»Doch, wir haben da vor einem Jahr gedreht, einen Amerikaner aus Sachsen. Hat Millionen in Amerika gemacht, indem er in den dreißiger Jahren Kinos einrichtete. Weißt du, so mit Prunk und Pomp, wie sie es damals liebten. Der hat das Gefängnis in Rothenburg gekauft, alle Mauern rausschmeißen lassen und alles neu gemacht. Es gibt da eine riesengroße Halle, in der die schönsten Ikonen hängen, die du dir denken kannst, und jede Menge italienischer Madonnen. Aber das Prunkstück ist eine ganz weitgeschwungene weiße Marmortreppe, ein richtiger Brückenbogen. Und weißt du, warum er diese Treppe hat bauen lassen? Um unten zu sitzen und das Spiel der Hinterbacken seiner sehr viel jüngeren Frau zu beobachten, wenn sie da hinaufsteigt.«

»Und wie sind diese Hinterbacken?«

»Schön, wie so ein besonders großes rundes Brot.«

»Wo bist du in der letzten Zeit gewesen?«

»Mexiko.«

»War's schön?«

»Interessant«, sage ich und packe das Buch mit den Bildern von Rivera aus, das ich ihr mitgebracht habe.

Sie sieht es mit großem Interesse an und sagt: »Siehst du, das gefällt mir. Das ist nicht so was Unverständliches wie dein Picasso.«

»Man erzählt in Mexiko, Rivera habe junge Mädchen gegessen«, sage ich.

»Na, dann verstehe ich nicht, warum er die Blößen seiner Indianer mit diesen Blättern verdeckt. Wir leben doch nicht mehr im Mittelalter. Oder war er sehr fromm?«

»Er war Kommunist. Die sind selten fromm. Nicht mal in Mexiko.«

»Man kann nie wissen. Was habt ihr denn gegessen?«

»So eine Art Gulasch mit dicker Schokoladensauce. Alles höllisch scharf. Aber im Urwald haben wir Affen vom Spieß gegessen. Sahen aus ...«

»Hör auf, kann ich mir schon denken.«

Ich zeige ihr ein Foto mit einem Kopf aus dem Museum von Jalapa. Der Kopf steckt zur Hälfte im Stein. Die Trennungslinie läuft genau über die Nase. Während die linke Hälfte ein schönes

Indiogesicht zeigt, ist die rechte wie ein halbiertes Ei, mit sorgsam bearbeiteter Oberfläche, aber dickschalig, eine Urform.

»Das ist das Erstaunlichste, was ich je gesehen habe«, sagt meine Mutter, »was ist das sonst für ein Land?«

»Ein schönes Land. Es gibt so viele Schmetterlinge, daß sie selbst die Scheißhaufen in Regenbögen verwandeln.«

»Jetzt weiß ich es.«

»In einer Kirche habe ich einen Christus getroffen, der auf seinem Esel reitet. Die Indios hatten ihm ganz neue Schuhe angezogen. Die waren aber vier Nummern zu groß.«

»Wenn er ohnehin ritt, dann brauchte er die doch gar nicht. Da spielt doch die Größe keine Rolle.«

»In einer Kirche lag ein toter Christus in einem Glassarg. Er hatte echtes Haar und eine Nachtmütze aus Spitzen.«

»Wie Voltaire.«

»Die Indios erzählen ihren Heiligen alles, was ihnen auf dem Herzen liegt, alle Geschichten und Sorgen.«

»Und werden sie erhört? Das sollte mich sehr wundern. Die haben doch alle Asbestohren.«

»Sie zünden jede Menge Kerzen an. Ihr Licht spiegelt sich im Glas des Sargs, in den Glasaugen der Heiligen und in den Augen der Indios, die den Sarg und die gläsernen Augen küssen. Es ist sehr stimmungsvoll. Der Kaplan kommt herein und putzt mit seinem Ärmel alle Goldleisten. Dann geben die Mütter ihre Kinder den Männern, und die kommen zu Mar und fragen ihn, ob die Kinder einmal seinen Bart anfassen dürften. Sie halten ihn für Santa Claus.«

»Und durften sie?«

»Na klar. Kennst doch Mar. Ich hatte übrigens eine Liebesgeschichte.«

»Wann hättest du schon keine.«

»Mit Petunia, dem Pekari. Es erwartete mich abends immer unten an der Treppe zum Hotel, stieg mit herauf und leistete mir im Bad Gesellschaft. Es war sehr interessiert an meiner Art, die Zähne zu putzen. Dann ging es mit mir ins Bett.«

Meine Mutter betrachtet mich mit ganz neuen Blicken. Sie traut mir ja eine Menge zu, aber das hier, das klingt gefährlich nach Sodomie. Ich zeige ihr die zwei Dutzend Fotos, auf denen Ede die Pekarigeschichte festgehalten hat. »War natürlich rein platonisch«, sage ich, »den Sinnen schmeicheln, nicht sie befriedigen. Übrigens sind da drüben die Wildschweine schöner als bei uns die Rehe.«

Und dann erzähle ich ihr die Lakandonen-Story.

Als ihr dabei die Augen zufallen, mache ich mich auf den Nachhauseweg, singe auf der Straße das Lied von den Küchenschaben, falle ins Bett und bin weg. Traumlose Nacht.

Plötzlich fühle ich einen leichten metaphysischen Druck auf meinen Augenlidern. Terribile, der Furchtbare, beobachtet mich. Er wartet auf das leiseste Flattern meiner Lider. Er beobachtet mein Gesicht wie ein Bussard eine Wiese, auf der bald irgendwo ein Maulwurf durchbrechen wird: Da ist überhaupt nichts zu sehen, aber der Bussard entdeckt die kleinste Krakelüre auf der Erdoberfläche, stürzt sich darauf, schlägt die Fänge ein, und der Maulwurf, dieser blinde Trottel, ist geliefert. Also halte ich die Lider, ohne zu zittern, geschlossen. Rühre mich auch sonst nicht. Verharre unbeweglich wie ein Modell vor der Kamera, dem Degas »sein Porträt entziehen« wollte.

Der zwang seine Freunde bis zu einer Viertelstunde Unbeweglichkeit. Degas war es auch, der auf die Frage, was ist eine Frau, »eine Katze, die sich leckt«, antwortete. Aber was ist eine Katze?

»Miau«, sagt Terribile mit einer Stimme so elastisch wie ein Gummiband. Ich kann es nicht lassen und hebe einen Lidwinkel. Terribile macht ein Pokergesicht. Dann kramt er seine Schattennatur hervor und berührt mit ausgefahrenen Krallen das ein Achtel geöffnete Auge. Was mag er denken? Im innern Augenwinkel liegt gleichsam der Magnetpol des Kopfes? Oder was sonst? Er springt lautlos vom Bett und auf das Fensterbrett, wo er sich alsbald zurechtrückt.

Am andern Morgen ruft mich meine Mutter an und fragt:

»Nach deiner Affäre mit dem Pekari ... ist es dir da noch möglich, Schweinefleisch zu essen? Nein? Das habe ich gewußt und Hammel gekauft. Du wirst nie wieder Schweinefleisch essen? Das habe ich geahnt. Bis morgen also. Ich mache Bohnen dazu.«

Ich rufe Lila Fontana an und sage ihr, daß ich einsam sei wie ein großer flacher Osbornestier auf einem windigen Hügel in Kastilien, daß ich ab sofort vierzehn freie Tage hätte und sie und ihre närrische Sippe zu schätzen wisse und gern mal wieder eine Westküste sehen würde, und sie ruft, dann solle ich doch nicht länger beim Packen stören.

Vier Stunden später bin ich bei ihr, die sich gerade über Pierre beugt, der in den Pfoten Bettys pennt, und sie sagt: »Hinter diesen beiden Persönlichkeiten stecken zwei geballte Ladungen. Du brauchst nur an die Zünder zu kommen, und schon fliegst du mit in die Luft.«

Ich sehe Pierre an, und als ich ihn hinter den Ohren kraulen will, beißt mich Betty in den Zeigefinger.

»Komm«, sagt Lila, »gehen wir ins Robinsonarium.«

Unter den gußeisernen Blicken Freitags widmen wir uns der Frage, ob er es mit Robinson so oder so getrieben habe, und er sagt so und so, und wir machen einige neue Erfahrungen, ehe wir auf dem grünen Wollteppich mit eingewebter Urwaldvegetation einschlafen.

Ein Dialog, der von dem einen auf einer Zauberflöte, vom andern auf einer verschluckten Trommel geführt wird, weckt uns im Morgengrauen: Pierre und Betty sind wach.

»Wie spät?« rufe ich hinüber, und der geborene Poet ruft zurück: »Keine Ahnung. Die Uhr streckt beide Arme aus!«

»Also Viertel nach neun!« rufe ich entsetzt und springe aus dem Bett. Es ist sechs. Er hat sie quer gehalten.

Ich setze Wasser auf, gehe zum Bäcker, hole Croissants und ein Baguette, decke den Tisch und mache ein Riesentheater, um die drei hervorzulocken. Sie antworten mit langen Klageliedern, hängen ihre Harfen in den Wind, leisten passiven Widerstand. Ich jage Betty auf den Hof. Sie will partout nicht pissen. Das Wasser kocht in der Küche seit Stunden. Ich werfe alle aus ihren Kojen. Frühstück in gehobener Stimmung.

Erst gegen Mittag kommen wir los, und ich lege ein ziemliches Tempo vor, und wir sind noch zur rechten Stunde auf dem Bac d'Andaine hinter Avranches, und ich zeige ihnen mit einem pathetischen Armschwenk die graue Bucht, die nahtlos in den grauen Himmel übergeht. Und mitten drin die Inseln Tombelaine und St. Michel. Die drei staunen nicht schlecht.

Wir fahren weiter. Auf den Schlickbänken sitzen die Möwen mit dem Schnabel gegen den Wind. Es ist Ebbe, und wir fahren langsam wie eine Postkutsche über den Damm, an dessen Ende der Mont St. Michel wie ein Kürbis an einem dünnen Stiel hängt. Wir halten an und gehen über den Schlick. Betty dreht zwei bis drei Dutzend Kreise, Schlingen und Schifferknoten. Ein irrer Desperado.

»Es sind keine Omnibusse da«, sage ich, »wir haben den St. Michel ganz für uns.«

Pierre flüstert: »Ich habe mal im Fernsehen eine Prozession gesehen. Die ging über den Meeresboden. Aber der war trokken wie der hier. Die Prozession sah aus wie ein schwarzer Ohrwurm. Plötzlich tauchte Donald Duck mit einer Prozessionsfahne auf.«

»Das muß lustig gewesen sein«, sage ich.

»War es«, sagt Pierre.

Wir laufen über den festen Boden hinter dem Schlick. Betty immer zehn Meter voraus. Kapriolen, was das Zeug hält. Keine Spur von Wind.

Betty nimmt im Galopp etwas Weißes auf, so wie es die Kosaken im Zirkus machen. Es ist ein Knochen, den sie wie ein Veilchen hält. Wir fallen atemlos ins Auto und fahren bis zur Mauer. Es sind wirklich keine Touristen da, und ich bekomme die beiden Zimmer, nach denen mir die ganze Zeit der Sinn gestanden hat. Vom Fenster sieht man über die Mauern weit ins Watt. Wir bestellen unten eine Flasche Cidre bouché, den dieses Luder von Wirtin vorher geschüttelt haben muß, denn er explodiert. Wir sind quatschnaß und lachen uns halbtot.

»Bald gibt's Essen«, sagt die Wirtin, »vorher können Sie sich die Flut ansehen. Sie macht sich gerade auf den Weg.«

Ich nicke und frage: »Sind die Austern wie immer, Madame?« und während ich das sage, fühle ich mich sekundenlang wie ein Weltmann, aber mein schlechtes Gewissen und ein Blick aus Lilas Augenwinkeln, so ein schneller Wischer, den dieser verdammte Zwerg von Pierre natürlich mitkriegt, takeln diesen Weltmann sogleich ab, der es aber nicht lassen kann und hinzufügt: »Ich meine Ihre Huîtres au Calvados.«

Die Wirtin läßt mich nicht merken, daß auch sie mich durchschaut hat, und sagt mit normannisch-bretonischem Lächeln: »Wie immer, mein Herr, Sie werden zufrieden sein. Sie und Ihre Familie.«

Das Grinsen von Weib und Kind enthebt mich einer Situation, die mich fast einen Schweißausbruch gekostet hätte.

Wir steigen durch die Grand' Rue die steilen Treppen zur Abtei empor und springen über die Mauer in den Garten der Abtei, was verboten ist. Wir steigen durch die Bäume bergab und setzen uns auf einen Felsen. Wir schauen nach Nordwesten, mitten hinein in das wunderbar eintönige Grau, in das die Sonne eintaucht.

»Da«, sagt Pierre und zeigt über die leere Bucht, und über diese endlosen Flächen ohne Begrenzung schiebt sich ein flaches, graues Etwas.

Es ist das Meer, das von der Ebbe zurückkommt. Es dringt in zwei stumpfnasigen Flüssen in die Bucht. Der eine schleicht unter der Insel Tombelaine heran, während der andere den Berg direkt angeht. Sie tun, als ob sie voneinander nichts wüßten, führen aber ihr taktisches Manöver in der festen Absicht durch, den Mont St. Michel vom Festland abzuschnüren, ihn zu schwächen und endlich zu verschlingen. Sie tun das zu jedem Voll- und

Neumond. Auf den Deichen im Westen haben die Bauern das trockene Gras angezündet. Rauchwolken ziehen flach am Boden der Flut entgegen. Die Stille wird jetzt von den Schreien der Schwalben punktiert, die wie Funken um den Kirchturm der Abtei stieben. Während die beiden Flüsse getrennt in die Bucht eindringen, verschlingt die Dämmerung bereits die normannische Küste nebst Tombelaine. Die Sonne füllt sich wie eine Blase mit immer dunklerem Rot. Breit kriecht das Wasser über den Sand, ein kolossaler Rochen mit runder Schnauze und silbern gekräuselten Seitenflossen. Der zweite Strom zieht die Flut wie eine fein gefältete Decke über das Watt. Voran marschiert eine Mantelmöwe wie ein General vor seiner Truppe, sieht sich um, ob sie auch folgt, und marschiert weiter. Das Wasser verzehrt eifrig die Spur des Militärs. Dann gibt die Mantelmöwe auf. Die Flut schiebt sich wie eine Hand unter sie, hebt sie empor wie einen aus Papier gefalteten Kahn. Unter der schwarzen Sonne Sodoms vereinigen sich die beiden Flüsse. Aus den Küsten, in die das Meer eindringt, steigen die ersten Ketten der Vögel. Plötzlich sind hundert Vogelketten in der Luft, tief die einen, hoch die andern, ziehen sich auseinander und wieder zusammen, sind verwirrt, streichen unter unserem Berg entlang und fliegen wieder ins Abendrot zurück. Es sind viele tausend mit Michaux-Feder in den Himmel gestrichelte Zeichen, die zusammen das Wort »Haematopus ostralegus« ergeben: Austernfischer.

Die Sonne berührt fast den Horizont. Dann halbiert sie sich quer, gleicht für Sekunden einem Atompilz und versinkt. Das Meer wird rabenschwarz. Die Nacht kommt aus dem Osten, der Richtung des Minotaurus. Und plötzlich liegt dort, wo diese Nacht am wenigsten schwarz ist, ein rotgelbes warziges Ungetüm, eine gigantische Kröte, die schnell wächst und sich wie in einer alchemistischen Retorte in eine flachgedrückte Kugel verwandelt, dottergelb und stockfleckig: der Mond.

Wir steigen bergab zu den Austern. Dann die Langusten, von denen Pierre die Hälfte verschlingt. Einer knipst er ein Auge ab und sagt: »Nun ist es eine Piratenkrevette.«

»Welch ein entzückendes Kind«, sagt aus dem Halbdunkel ein bisher von uns nicht wahrgenommenes älteres deutsches Ehepaar.

Wir lächeln, und ich sage: »Wir nix verstehen Deutsch«, und sie lächeln zurück, und der Mann sagt: »Fataler Mensch« und nickt mit dem Kopf in meine Richtung. Dann steckt er die eine Hand weit in den Rachen, um sich eine Gräte zu entfernen.

»Will er sich so am Arsch kratzen?« fragt Pierre.

Um fünf Uhr dreißig weckt mich Lila Fontana und zeigt mir die Sonne, die wie eine Montgolfière steigt und dabei ihre Falten glättet. Als wir zum Frühstück runterkommen, schenken uns die beiden Deutschen ein feuerfestes Lächeln. Wir lächeln ebenso zurück. Dann blicke ich Lila Fontana mit einem Blick an, von dem ich annehme, er sei besonders warm und zu Herzen gehend.

»Um Gottes willen«, sagt sie.

Betty macht mit übertriebenen Bewegungen ihres »psychographischen« Schwanzes auf sich aufmerksam.

»Nun geh schon mit ihr raus«, sage ich zu Pierre.

Der murrt. Ich schiebe beide durch die Tür. Am Himmel verteilen sich Schäfchenwolken zu einem reinen Muster. Die Sonne ist eine Rose aus Stahl.

»Betty hat eine Rose geschissen«, sagt Pierre und schiebt Betty mit dem Fuß über die Schwelle. Sie knurrt, dreht sich um und beißt ihn in den Schuh.

»Sie ist unhöflich«, sagt Lila.

»Du spinnst«, sagt Pierre, »sie hat Charakter.«

»Was sagst du zu Bettys Rose?« fragt mich Lila Fontana.

»Das letzte Wort über die Hunde ist noch nicht gesprochen. Da ist noch alles offen.«

Gegen Mittag fahren wir in die Austerngärten von Cancale. Am Horizont steht der Mont St. Michel wie ein umgekehrtes Sektglas mit abgebrochenem Stiel im Schlick.

»Hat eine Fünf den Strich über oder unterm Bauch?« fragt Pierre.

»Unten natürlich«, sage ich.
»Du wirst ihn noch ganz verderben«, sagt Lila.
Am Abend Hummer à l'Américaine. Salat mit Nußöl. Betty leckt meine Achillesferse. Der Himmel marmoriert sich.
Wir legen Pierre ins Bett. Er zeigt auf die vielen Mücken an der geblümten Tapete und fragt: »Wißt ihr, was Personal ist?«
»Schon – aber ...«
»Die Stechfliegen sind das Personal vom Ärger.«
Dann das Glück der Liebe.

Am anderen Tag fahren wir durch viele kleine steinerne Dörfer mit festen stämmigen Kirchtürmen, an grauen Mauern entlang, über die die Apfelbäume hängen. Vor den Bistros palavern die Arbeiter in blauen Anzügen, während sich ihre Hunde unter den Schwänzen beschnüffeln. Einmal gehen ein paar Hühner über die Straße. Ich hupe.
»Hat dein Auto mit den Hühnern geschimpft?« fragt Pierre.
Und überall Hortensien. In Waschblau und Violett. Die Blätter grün. Vor einer Kneipe drei alte Frauen in Tracht. Mit meterlangen Hauben aus Spitzen. Sie spreizen die Beine und pissen, ohne ihre Unterhaltung abzubrechen, im Stehen. Wunderbare pissende Einhörner, die ihr Leben lang zwischen den Artischocken herumtrabten. Betty pennt. Pierre pennt. King Artus pennt. Merlin pennt. Alle Zauberer pennen in der Mittagsstunde.

In den nächsten zehn Tagen treiben wir uns zwischen Eichenwäldern und Meereswellen herum, zwischen Ringelnattern und jungen Möwen, rotnasigen Fischern und glatzköpfigen Pfarrern. Wir schwimmen in der »Bucht der abgeschiedenen Seelen« und in dem Teich, unter dem die versunkene Stadt Ys liegt. Wir jagen King Artus aus dem Farnkraut und Merlin aus den Schweinekoben, Marke von seinem Ausguck und Isolde in die Arme Tristans. Wir vespern im Schatten der Kalvarienberge, die hier wie steinerne Schiffe aussehen, die Christus und die beiden Schächer über die Toppen geflaggt haben, und wir lassen die Füße in die

Quellen baumeln, in denen die abertausend bretonischen Heiligen ihre blauen Flecke und offenen Wunden kühlten, wenn die Bauern sie verprügelt hatten. Das taten diese Lümmel, wenn sie mit den Taten, Wundern und Hilfen ihrer Heiligen unzufrieden waren. Und das waren sie fast immer, einfach weil Bauern immer unzufrieden sind. Mit einem trieben sie's besonders toll: Sie beschlugen ihn mit glühenden Hufeisen. Er war für die Gäule zuständig und hieß Herbot.

Wir lieben uns auf der Steinplatte, die das Grab Chateaubriands bedeckt, und in dem Königsgrab von Gavrinis, von dem es nur ein Steinwurf zu jenem Kloster ist, wo dem Abälard von seinem Oheim die Eier aus dem Nest genommen wurden, eine fatale Geschichte. Wir dösen nackt auf dem Sand von Douarnenez und auf den Klippen von Crozon und versichern uns immer wieder, daß es nichts Tieferes gebe als die Haut, und da ist es auch, daß uns zwei Flics überraschen und fragen, ob wir nicht wüßten, daß unsere Nacktheit hier und da Anstoß erregen könnte, und ich ihnen den klassischen Satz unter die Nase reibe: »Ich weise die schmutzige Angewohnheit zurück, den Augen zu verbieten, was sie am liebsten sehen«, und Lila Fontana ergänzt: »Soll er vielleicht sein Siewissenschonwas in der Manteltasche tragen?« Worauf die beiden Flics das Weite suchen. Sie wollten ja sowieso nur Lila aus der Nähe sehen.

Wir fahren nach Carnac, und Lila setzt mit ihren übereinandergeschlagenen Beinen den Museumsdirektor in Brand, der uns in sein Büro einlädt, in ein unbeschreibliches Gerümpel aus Regenmänteln, Steinbuttresten, eingeweckten Schlangen, bemalten Tellern, den Resten eines Kalvarienbergs und jeder Menge Steinbeilen. Er ist ein Mittfünfziger, der nach Calvados, Knoblauch und Fisch riecht, ein Kerl wie aus der Steinzeit, der aus den liederlich verstreuten Reliquien seiner Vorfahren ein besonders schön geglättetes Steinbeil angelt und erzählt: »Diese Dinger aus der Prähistorie waren auch später noch in Gebrauch, und ich bin nicht so ganz sicher, ob sie es nicht auch heute noch sind, und zwar als sogenannte ›geweihte Hämmer‹, denn man hielt sie wegen ihrer vollkommenen Form für den Göttern geweihte Werkzeuge, ja für Werkzeuge der Götter selbst. Die Kirchen, die hier immer ein wenig mit dem Heidentum liebäugelten, bewahrten diese Hämmer in ihren Sakristeien auf. Wurde ein Priester zu einem Sterbenden gerufen, versäumte er nie, seinen geweihten Hammer mitzunehmen. Er pflegte mit ihm und mit den Worten ›Im Namen des Vaters, des Sohnes und des Heiligen Geistes‹ die Stirn des Sterbenden zu berühren, wobei sich die Intensität, mit der er das tat, nach der Höhe der frommen Gabe richtete, mit der ihn die zukünftigen Erben des Sterbenden versehen hatten.«

Als wir uns nach einem guten Dutzend gemeinsam gekippter Calvas mit einem Hinweis auf »die schwarze Rabenmutter Kirche« verabschieden, fällt er mir ins Wort: »Aber nein, aber nein, in diesem besonderen Falle erfüllte sie ebenso eine soziale wie eine hygienische Funktion.«

Daraufhin trinken wir noch je einen Doppelten auf das Wohl jener alten Priester und ihrer pflichtgetreuen Unaufrichtigkeit.

Am Abend hängen wir in einer barbarischen alten Kneipe herum, und Lila entzündet den Gendarmen, der an der Theke hängt und sogleich mit den Augen blitzt, den Schnurrbart zwirbelt und die leicht hängenden Wangen rötet, ganz so, wie man es von einem in Feuer geratenen Gendarmen erwartet. Wir spendieren uns gegenseitig viele kleine Rote, und er erzählt von drei Bäuerinnen in Ostpreußen, denen er es besorgen mußte, weil die Männer im Felde der Ehre standen, und dann kommt er zutraulich an unseren Tisch und sagt: »Wenn Sie wissen wollen, was das hier für ein Land ist, diese Bretagne, dann hören Sie mir einmal gut zu.«

Die Gäste ringsum rücken ihre Ärsche zurecht. Der Wirt lehnt sich über den Schragen. Die Bedienerin stützt das Kinn in die Hand.

Der Gendarm läßt die Gauloise an der Unterlippe baumeln, macht eine Kunstpause. Dann legt er los: »Es passierte vor sechs Monaten. Kommt ein Bauer zu mir, sagt: ›Geh doch mal zum

Hof von Cornely. Dem sind doch seine beiden Alten vor sechs Monaten verschwunden. Schau mal nach dem Rechten.‹ Ich sage: ›Dem seine Alten sind doch nach Rennes gezogen. Wollten dort ihre Rente versaufen.‹ Sagt er: ›War gestern abend auf Kaninchenjagd. Komme am Hof von Cornely vorbei und höre Merkwürdiges aus dem Schweinestall. Nein, keine Schweine. Was anderes. So 'ne Art Grunzen auf bretonisch. Klopfe am Wohnhaus. Da sitzen Cornely und sein Weib und die sechs Kinder und futtern. Ich will was sagen übern Schweinestall, verschlucke es aber und sage: ›Habe nichts geschossen, nicht ein lausiges Kaninchen.‹ Wir trinken 'n Roten. Sie haben keine Ahnung, daß ich was gemerkt habe. Draußen am Schweinestall.

Am anderen Morgen ich nichts wie hin, zum Schweinestall. Kaum sieht mich der Cornely, holt er die Schrotflinte und sagt: ›Was willste denn?‹ Ich sage: ›Nur mal in den Schweinestall gucken.‹ Er sagt: ›Hau ab, oder ich blase dir das Hirn aus dem Schädel.‹ Ich ziehe mich zurück. Strategie, nicht Feigheit. Beobachte das Haus. Nach 'ner Weile kommt er raus und geht rüber zum Schweinestall. Ich lautlos hinterher. Er schließt auf. Wieso schließt er überhaupt ab? frage ich mich. Die Tür geht auf, und da sitzen die beiden Alten im Dreck. Alles voller Dreck und Scheiße, und nebenan sind die Schweine. Nur mit 'nem Gitter getrennt. Die Alten sind richtig in einem Koben eingenagelt. Können nicht raus. Fressen aus dem gleichen Trog wie die Schweine. Der Cornely kippte einfach den Fraß hinein und auf beiden Seiten wurde gefressen. Aus dem gleichen Trog. Die Alten streckten die Finger durch die Bretter. Wimmerten. Ich die Pistole raus und dem Cornely hinters Ohr. ›Cornely, Sie sind verhaftet.‹ Haben drei Jahre gekriegt, er und sein Weib. Die beiden haben gedroht, mich umzulegen, wenn sie wieder rauskommen. Die Alten sind balla.«

Die Dämmerung kommt aus dem Osten. Draußen werden die Inseln transparent. Die Schreie der Möwen. Das Meer, das sein Wasser wie Schleier vom Sand zieht. Plötzlich sehe ich ein paar Meter von diesem Schleier entfernt ein prachtvolles, aus einer anderen Welt stammendes Wesen, das mit den gespreizten Schritten eines Tänzers aus der komischen Oper über den Sand eilt. Aus einem Flaschenkürbiskopf blicken mich verhangene Augen an. Die gelenklosen Beine sind mit Saugnäpfen bedeckt. Sie tragen das kostbare Gebilde irrtümlich vom Wasser weg und dem Land zu, von dem sich das Unglück allzuschnell in Form eines Weibes nähert, dessen Absichten mir zunächst verborgen bleiben. Als ich sie dann erkenne, da ich einen abscheulichen Haken in ihrer Riesenhand ausmache, ist es zu spät. Denn ohne zu zögern senkt sie sich wie eine schwarze Wolke über den eilig paradierenden Läufer und stößt ihm den Haken mitten ins Leben. Nie werde ich vergessen, wie der arme Oktopus das Mordwerkzeug umklammerte, als wolle er es sich aus dem Leib ziehen. Aber die Vettel eilt mit dem Unglücklichen zum nächsten Felsen, gegen den sie ihn so lange schlägt, bis er schlapp wie ein Bündel nasser Lappen hängt. Die alte Vettel grinst wie die alten Vetteln neben der Guillotine gegrinst haben, wenn die Köpfe der Edlen in das Sägemehl kullerten, und sagt: »Das gibt 'n gutes Abendessen, mein Herr ...«

Die Inkonsequenz, die es uns allein ermöglicht, mit dieser Welt fertig zu werden, findet uns – ich vergaß zu sagen, daß Lila das ganze entsetzliche Geschehen mit stummem Schmerz, Pierre wutentbrannt und Betty mit jägerischer Anteilnahme erlitten und erlebten –, findet uns wenig später am Tisch von Père Gaston, wo wir gefüllten Oktopus essen – und wie immer ausgezeichnet finden.

Als wir in der Nacht am Strand spazierengehen, fluoreszieren unsere Schritte. Unsere Füße gehen in grünen Tellern, die unter jedem Schritt aufleuchten und langsam wieder erlöschen. Mikroorganismen. Betty zieht ganze Sternbilder aus dem Sand. Einmal laufen wir ganz schnell, bleiben stehen und schauen uns um. Unsere Spuren löschen sich von hinten her aus, so wie sich die Erinnerungen auslöschen, je weiter sie zurückliegen. Pierre ist ganz aus dem Häuschen, springt, läuft, kratzt mit den Fingern, wirft sich mit ganzer Figur auf den Sand, springt wieder auf und betrachtet sein leuchtendes Abbild und macht überhaupt groß in Kinetik. Als er müde wird, legen wir ihn ins Auto, und ich hole das Kofferradio, und der Sprecher von Sender »Paris quatre« sagt, wir würden jetzt den »Doppelgänger« von Franz Schubert hören, gesungen von Fischer-Dieskau und mit Gerald Moore am Pianoforte. Ich lehne mich mit dem Rücken an die Mauer, blicke in die hellgraue Nacht, in der die Inseln dunkelgrau schwimmen, überziehe mich mit einer Gänsehaut und sehe plötzlich mitten in diesem Grauingrau das Bild eines Burschen, von dem ich nichts weiß: mich selbst. Vom Pathos der Selbsterkenntnis geschüttelt, falle ich Lila in die Arme und später ins Bett, das klamm vom Seewind ist, so klamm, daß es – um mit Hamlet zu sprechen – den Ossa zur Warze macht, jedenfalls so lange, bis sich Lila seiner erbarmt.

Als wir heimfahren und ein Bauer in seinem Garten einen Baum verbrennt, fragt Pierre: »Macht das dem Baum denn gar nichts aus?«

Lila und ich sehen uns an und denken beide das gleiche. Und ob. Aber wir zeigen es nicht.

Wir liegen wieder mal auf der Autobahn zwischen Karlsruhe und Basel. Während sich links die Sonne in ihre blaue Falle legt, steigt rechts das gelbe Schloßgespenst Mond aus der Versenkung. Mar, der neben mir sitzt, guckt zwischen beiden hin und her und ist ergriffen. Eine Horde Spatzen wirft sich kaltblütig vor unser Auto und verfehlt es um ein weniges. Ich drücke auf die Radiotaste. Strauß: »Was wir hier in diesem Lande brauchen, ist der mutige Bürger, der die roten Ratten dorthin jagt, wohin sie gehören: in ihre Löcher ...« Bayern, ein Wintermärchen. Mar lächelt und befördert den Strauß mit einer Wegwerfbewegung seiner Hand hinaus. Im Wagen hinter uns scheint Ede den gleichen Sender zu hören. Er schlägt sich wiederholt mit der flachen Hand gegen die Stirn und redet aufgeregt auf Dieter, den Tonmann, ein. Ich höre ihn förmlich: »Der hat's nötig, das politische Urgestein. Ich habe ihm mal die Kamera aus zehn Zentimeter Entfernung in die Fresse gehalten, da war nix von Urgestein …«, und Dieter nickt so heftig mit dem Kopf, als säße der auf einer Sprungfeder.

Ich drücke eine andere Taste. Ein Beethoven-Quartett. Habe irgendwo mal vom »Strömen der Milchstraße« gelesen.

»Was denkst du?« fragt Mar.

»Hab mal irgendwo vom Strömen der Milchstraße gelesen.«

»Nur nicht buttern. Den indischen Göttern wurde von den vielen Butteropfern so schlecht, daß sie kotzen mußten. Irgendwelche Dämonen hatten das Milchmeer mit einer Schlange gebuttert.«

Später der Zoll. Das Übliche. Der deutsche Zöllner verschwindet mit meinem Paß, telegrafiert mein Konterfei nach Wiesbaden zum Bundeskriminalamt. Habe einen Bart. Die Schweizer tun das nicht. Lassen sich nur ein paar Optiken zeigen, um sie mit unseren Zollpapieren zu vergleichen. Wir fahren noch ein Stück Autobahn, dann in einem kleinen Kaff rechts raus, suchen uns ein einfaches Hotel und setzen uns an den Ecktisch. Wollen noch ein paar Bier trinken und eine Kleinigkeit essen. Ein paar Türken kommen herein, sehen sich nach einem Platz um, finden keinen und kommen zu uns. »Dürfen wir bei Ihnen …«

»Sicher.«

Der Wirt schiebt herbei, so ein lederner Westentaschenheld, und macht eine Handbewegung und sagt: »Haut schon ab, ihr Kümmeltürken. Laßt die Herren in Frieden!«

»Bleibt hier«, sagt Mar zu den Türken und »Wir mögen Türken« zum Wirt.

Der schüttelt den Kopf, und auch alle andern Schweizer schütteln den Kopf. Wir lassen uns Rösti kommen und spendieren den Türken ein paar Obstler.

Dieter, ein Kerl wie ein Schrank, sieht sich um und erzählt so, daß es alle hören können. »Stellt euch vor, vor 'nem Monat latsche ich durch die Lauben von Bern. Gucke mir die Auslagen der Antiquare an. Stehe auf alten Kram. Vor einem Laden steht 'n Sessel aus den Gründerjahren. Nichts Rares, aber durchaus geeignet, um sich auf ihm auszuruhen. Ich setze mich also hinein. Kommt der Antiquar heraus. Quadratkopf, um die fuffzig. Dicker Bauch. Kräftig. Betrachtet mich. Wiegt den Quadratkopf. Wägt ab. Betrachtet mich noch mal und findet mich wohl zu leicht. Jedenfalls tut er was, womit ich nicht gerechnet habe. Er haut mir eine fürchterliche Ohrfeige runter. Ich bin vierzig. Leidlich angezogen, nicht wie 'n Penner. Habe nicht unbedeutende Gesichtszüge. Und da kommt der daher und haut mir eine runter. Ich war sprachlos. Nicht aber der andere, der ›Das ist für Ihr schlechtes Benehmen‹ zu mir sagt. Ich erhebe mich wie Batman, spanne meine Muskeln und gebe ihm seine Ohrfeige zurück. Sie fällt günstig aus. Er durchmißt die Arkaden in einer Art Schwebeflug und verschwindet von der Bildfläche. Ich nehme wieder Platz und zünde nur eine Zigarette an. Da kommt das Quadrat mit Polizeiverstärkung zurück. Sie nehmen mich mit auf die Wache und tun so, als hätte ich das Bundeshaus in die Luft jagen wollen. Der Quadratkopf schwindelt das Blaue vom Himmel runter. Da kommt ein junger Mann und meldet sich als Zeuge. Sie lassen mich frei.«

Alle haben zugehört. Als wir ringsum blicken, senken sie die Köpfe in die Zeitung.

Mar sagt: »Die Schweizer sind ein schlagfertiges Volk und sehr stolz darauf. 1947 bekam ich einen Brief von einer Tante, von der ich bis dahin wenig gewußt hatte, weil ich von meiner ganzen Mischpoke wenig gewußt hatte. Sie schrieb mir, auch sie sei nur durch einen Zufall davongekommen, habe drei Jahre im KZ gesteckt und würde mich gern einmal sehen. Sie hatte einen Scheck über zweihundert Dollar beigelegt, eine Phantasiesumme damals. Sie lebte schon seit zwei Jahren in der Schweiz und schlug Zürich als Treffpunkt vor. Wir verabredeten uns zu einer bestimmten Stunde am Zürichsee. Ich hatte als sogenanntes ›Opfer des Faschismus‹ keine Schwierigkeiten, in die Schweiz zu kommen. Ein paar Jahre zuvor, wenn es um Leben und Tod gegangen wäre, hätten sie mich nicht reingelassen, aber jetzt ... Es war ein seltsames Gefühl, in ein Land zu reisen, das der Krieg nicht berührt hatte, obwohl seine Bewohner taten, als habe er es besonders hart getan. Ich traf meine Tante. Sie war eine schöne Frau, die mich sogleich erkannte, umarmte und schon nach wenigen Minuten hemmungslos weinte, als sie mir ihre Geschichte erzählte. Neben uns standen ein paar Schweizer aus dem Bilderbuch, gut gekleidet, mit ruhigen Bewegungen und redlichen Gesichtern. Sie sahen auf den See hinaus. Als meine Tante ein paarmal das Wort ›Theresienstadt‹ sagte, spitzte der eine seine guten festen Schweizerohren, hörte eine Weile zu und fragte dann meine Tante: ›Sind Sie Jüdin?‹ Als meine Tante, die von dieser direkten Frage überrascht war, mehr vage nickte, schlug er ihr mit dem Handrücken über den Mund und sagte, er könne Juden nicht ausstehen, man habe viel zuwenig umgebracht. Es dauerte verdammt lange, bis ich kapierte, was er gesagt hatte. Meine Tante, der die Nerven durchgegangen waren, begann zu schreien. Eine unbekannte Kraft sammelte sich in mir, und mit dem schönsten Schlag meines Lebens erwischte ich die Nase dieses Gerechten. Sie zerbrach zugleich mit fünf Knöcheln meiner rechten Hand. Leider. Sie ist seitdem sehr empfindlich.«

»Und was haben sie mit dir gemacht?« fragt Dieter.

»Ich hatte Glück. Ich geriet an einen menschlichen Richter. Ich sagte ihm: ›Ein deutscher Gelehrter namens Winckelmann nannte die Schweiz vor zweihundert Jahren ein Land, wo die Freiheit auf dem Thron säße, ein Vaterland der Tugend, der Freundschaft und der Vernunft. Ich wollte mit meinem Faustschlag die Ehre Ihres Landes retten.‹ Er durchschaute meinen Schmus, sprach mich frei und brummte dem Kläger eine gehörige Geldstrafe auf. Hatte halt Glück.«

Gegen Mitternacht flüchten wir vor den Küssen, mit denen uns die zutraulich gewordenen Türken zusetzen, in unsere Federbetten. Ich hefte den Blick auf den Jura, lobe den Mond und schlafe ein. Ich träume von Lila Fontana, die mir eine Etruskerspitzmaus erklärt: »Sie wiegt nur zwei Gramm und hat zwölfhundert Herzschläge in der Minute.« – »Ich auch«, sage ich, werde wach und habe sie.

Am Morgen sagt der Wirt: »Tut mir leid, das mit den Türken gestern abend. Ich habe nichts gegen Türken, aber meine Gäste, wissen Sie ...«

Später fahren wir über Chur und St. Moritz nach Maloja, und am Aussichtsplatz zeigt Mar in den Trog von einem Tal und sagt: »Dort unten ist das Bergell, der schönste Schlitz der Alpen, und darin sitzt ein kleiner alter Mann, der ein Riese der Malerei ist. Er heißt Varlin. Ein Pseudonym. Eigentlich heißt er Willy Guggenheim. Varlin war ein Held der Pariser Kommune, den sie erschossen haben. Varlin ist weder ein Held noch ein Kommunarde.«

Dann die Fahrt abwärts über die Kehren. Die Straße eine geringelte Schlange, Wälder daneben. Die ersten Häuser. Der winzige Bronzevogel auf dem Grab Giacomettis. Die Dörfer aus schwarzem Holz und grauem Stein. Darüber die zerklüfteten, zerhauenen, zerrissenen Berge mit ihren Wolkenfetzen.

Als rechter Hand der Bach vor Promonotogno in der Schlucht verschwindet, sagt Mar: »Laßt uns mal runtergucken, ob da nicht irgendwo der Berglöwe mit den Erdbeerzehen steckt.«

Dieser Berglöwe ist niemand anders als Hugo Schuhmacher, ein Maler aus Zürich, der große, prachtvolle Bilder mit dem Luftpinsel, der Spritzpistole, macht. Meist Stadtlandschaften, die sich im Lack von teuren Autos spiegeln. Hugo liebt teure Autos, vor allem Porsches, fährt aber selber nur Moped. Er ist ein ganz Linker, ein waschechter Roter und damit eine Schweizer Rarität. Hugo frißt und säuft wie Gargantua und sieht auch so aus. Weniger ein Mensch als ein Naturereignis, einfach kolossal mit seiner weißen Mähne und seinem grauen Bart, eine Wolke, ein Eiger, ein Berglöwe, und da er uns einmal auf die Schönheit seiner Zehen aufmerksam gemacht hatte, die er mit Erdbeeren verglich, ist er für uns eben der Berglöwe mit den Erdbeerzehen. Gern malt er Fische oder Stücke von ihnen, Schuppen, Flossen, Köpfe, und er wird nicht müde, seinen Modellen nachzujagen, dem Thunfisch in Sizilien, den Lachsen in Kanada und den Forellen hier im Bergell. Wir gucken also in die Schlucht, und dort unten steht er und fischt, und als er uns sieht, hebt er ein Netz aus dem Wasser, in dem ein halbes Dutzend Forellen zappelt. Er zeigt auf die Uhr und macht das Zeichen für gemeinsames Essen heute abend.

Wenig später biegen wir nach Bondo ab und stellen unseren Wagen vor das Schloß, in dem Witwe Churchill gern herumsaß und die Größe Winstons mit den Bergen ringsum verglich. Winston schien ihr größer gewesen zu sein. Deswegen verbrannte sie auch das Bild, das Graham Sutherland von Winston gemalt hatte. Es schien ihr nicht groß genug. Warum verbrennt man nicht die Witwen? Aber diese Frage hat ja schon der unsägliche Buchheim beantwortet, nachdem ihn, den mit allen Wassern gewaschenen, die Witwe Kandinsky aufs Kreuz gelegt hatte. Gott segne sie.

Dann gehen wir ins Dorf, an Brunnen, Steinhäusern und Holzscheunen vorbei, und aus einem winzigen, tiefen Fenster gucken ein kleiner alter Jude und eine junge italienische Frau, und Mar winkt ihnen zu. Aber sie winken nicht zurück. Sie sind aus bemaltem Gips und nur so hingestellt. Mar fängt sein Winken auf, indem er sich am Kopf kratzt. Ich hatte mal einen Spaniel, einen zerstreuten, kurzsichtigen Burschen. Der lief eines Tages auf mich zu und bellte mich wie verrückt an. Er hatte mich nicht erkannt. Als er seinen Fehler bemerkte, lief er immer noch bellend an mir vorbei und tat, als erblicke er in der Ferne Furchtbares, das er noch eifriger verbellen müsse. Dann machte er kehrt und kam stummelschwanzwedelnd auf mich zu. So ähnlich war Mar eben.

Wir klopfen an, und die Tür öffnet sich, und der kleine Mann aus Gips steht vor uns. Leibhaftig. Das Haus ist wie alle Bergeller Bauernhäuser. Varlins Frau, die Italienerin, steht am offenen Kammfeuer und kocht ein Murmeltier. Sie heißt Franca, ist von hier und halb so alt wie Varlin und redet, wenn er schweigt. Er schweigt fast immer.

Später gehen wir ohne Varlin in dessen Atelier. An den Wänden eines Riesenschuppens über einer Garage lehnen die Bilder,

Riesenformate, Bilder von Menschen, Hunden, Kühen, Schnee, von Bondo, Stühlen, Reisetaschen, Öfen und all dem Zeug, das hier herumsteht. Ein Chaos.

Dann öffnet sich die Tür, und ein kurzbeiniger, kräftiger schwarzweißer Hund tritt herein und wedelt mit seinem Schwanz, einem schweren Ding wie eine Brechstange.

Ihm folgt eine Katze, die wie eine Bürste aussieht.

Ihr folgt Varlin, er zeigt auf alles und sagt: »Nichts ist unwirklicher als die Wirklichkeit.«

»Du sagst es«, ruft Mar, »ich würde vorschlagen, daß wir nur drehen, wie du ein Bild malst, von der reinen Leinwand bis zum fertigen Dingsda. Ich kann mir nichts Aufregenderes vorstellen!«

»Ich auch nicht«, sagt Varlin, »du Schafsäckel wirst mich noch auf deinem Gewissen haben.«

Am Abend kommen Hugo und Jolande und sehen aus wie Samson und Dalila. Hugo, dieser Koloß, der sich für einen Weiberhelden hält, hat viel Schiß vor Emanzen. Wenn sie ihm auf den Pelz rücken, schwitzt er vor Angst. Um diese Scharte auszuwetzen, versucht er zu Hause den starken Mann zu spielen, eine Vorstellung, die von Jolande abgebrochen wird, ehe sie beginnen kann. Jolande ist kampferprobt. Klein, schön geformt. Eine Frau kann klein und trotzdem monumental sein. Sie ist ein Diamant, der die dicken Felle der Machos ritzt. Auch steht sie oft – »die Freiheit führt das Volk« – in der ersten Reihe linker Demonstrationszüge, die die Schweizer Patriarchen das Fürchten lehren.

Die Forellen in Butter und mit zarten Kräutern gefüllt. Der Wein ein roter Veltliner. Ein Abend, wie es wenige gibt im Leben, weil es eben viel zuwenig Schweizer wie diese hier gibt. Und schon gar keinen wie Varlin, dessen Namen man groß schreiben muß.

Am nächsten Vormittag malt Varlin einen Ledersessel, der aussieht wie der Thron von Sodom. Der Sessel hat's in sich. Varlin setzt Zita, die Hündin, hinein. Malt beide, wobei er einen fast haarlosen Pinsel wie einen Säbel führt. Kein Florett, beileibe nicht, nichts von Eleganz und Finten, nein, schwerer Säbel und genau zugehauen. Jeder Strich ein Treffer. Zwischendurch drückt er die Farbtuben wie Leber- oder Blutwürste aus. Er zweifelt, führt einen neuen Hieb, nennt alles Scheiße, wischt aus, beginnt neu, und nach und nach entsteht die Physiognomie dieses Sessels, ein verkommenes, sympathisches Subjekt, von allen Ärschen dieser Welt abgewetzt, ein Monster, eine Ballade, eine Tragödie, aus der Varlin jetzt den Hund schmeißt, der ihm zu anekdotisch ist. Dann taucht er wieder in diesen Sessel ein, klaftertief, holt seine verborgensten Geschichten hervor, Schreie und Flüstern, Vögeln und Krepieren, Zittern und Zagen. Wir drehen das alles atemlos. Gegen Ende nimmt Varlin ein paar Büschel Roßhaar aus dem Original und pappt sie auf das Bild. Er hat mal zwei gemalten Kühen richtige Kuhscheiße unter die Schwänze geklebt. Dann singt er:

> »Du hast mich nie geliebt,
> Susanne Steiner, gib mir
> das Medaillon zurück,
> das ich dir gegeben.
> Das Herz hab ich gefressen,
> das Papier im ABC aufgehängt ...

Mein Vater hat das oft gesungen. Ich habe es nie verstanden.« Pause.

»Ich war mal in München, als junger Mann. Die Nazis waren im Anmarsch. Muß zweiunddreißig gewesen sein. Ich bestieg die Bavaria, und oben, im Kopf der Dame, überkam es mich plötzlich übermäßig. Es ging einfach nicht anders. Ich ließ die Hosen runter und schiß ihr in den Kopf, der, weiß Gott, nicht sehr groß ist. Es war der exklusivste Lokus, den ich je benutzte.«

Später ruht Varlin in seinem Sessel, den Hund zu Füßen, und die Katze springt auf seinen Schoß und wischt ihm mit dem Schwanz die Nasenlöcher aus.

»Schicksal«, sagt Varlin, »was ist Schicksal? Doch nur die Summe aus unseren dummen Streichen.«

Er holt von irgendwoher ein kleines Bild, grau in grau. Es ist das Zuchthaus von »Le Bois Mermet« bei Lausanne. Varlin hat es 1944 gemalt. Er erzählt: »Als ich es malte, fand ich den Vordergrund zu leer, und ich malte einen toten Mann hinein. Als ich fertig war, kam ein Gefängniswärter mit einem Gefangenen über den Platz. Der Gefangene war mit einer Handschelle an den Wärter gefesselt. Plötzlich kam eine junge Frau daher, ging auf die beiden zu und begann mit dem Wärter zu reden. Der schüttelte erst heftig den Kopf, dann gab er nach, und endlich schloß er dem Gefangenen die Handschelle auf. Die Frau und der Gefangene traten beiseite und redeten leise miteinander. Ich sah, wie sie ihm irgend etwas gab. Der Gefangene ging zu dem Wärter zurück und schoß ihn nieder. Sie hatte ihrem Geliebten eine Pistole zugesteckt. Dann liefen beide davon.«

»Du bastelst an deinem Mythos«, sagt Mar und grinst.

»Schade, daß du so eingleisig denkst«, sagt Varlin, »du bist auch nicht besser wie der Jedlicka. Ein Jammer, daß man so einen Schafsäckel nicht mehr zur Rechenschaft ziehen kann. Nur noch Brennesseln auf sein Grab pflanzen. Der Kerl hat mich auf dem Gewissen!«

Er spielt darauf an, daß ihn nicht einer der Schweizer Kunsthistoriker von Rang würdigte, daß sie ihn einfach nicht bemerken wollten, weil er ihnen nicht ins Konzept paßte.

Varlin blickt lange stumm vor sich hin. Er ist wohl immer noch vor seinem Zuchthaus. Dann sagt er: »Ich hatte mal ein Dienstmädchen. Livia hieß es. Und ich hatte einen Pavillon in Zürich. Rokoko. Fastnacht dreiundfünfzig. Ich verschwinde irgendwo in Zürich. Livia geht auf den Ball, nicht ohne zuvor ihren Nylonmantel auf das glühende Rechaud gelegt und vergessen zu haben. Der Pavillon fängt Feuer und brennt aus. Der Rokokostuck ebenso futsch wie vierzig meiner besten Bilder. Ich suche Livia und finde sie im Bahnhof, wo sie ›Passione‹ liest. Ich sage: ›Schöne Bescherung, Livia, du hast mich schwer geschädigt.‹ Sie blickt zwischen den Seiten ihrer ›Passione‹ auf und sagt: ›Du immer dummi Schnurre.‹ Livia war Italienerin.«

Wir drehen Varlin eine Woche lang. Einmal steckt er seinen bandagierten Pimmel durch das Mittelloch einer alten Turmuhr, die in seinem Garten steht. »Mein kleiner Tod«, sagt er und zeigt auf den Bandagierten. »Ist bandagiert wie eine Mumie.« Den großen Tod haben wir schon gesehen. Er steht als winziger Varlin verkleidet in einer Bildecke. Ein Stück ironisches Sichnichtsvormachen. Vorn seine alte magere Schwester. Dazu ein Kanonenofen. Die schwarzweiße Hündin. Ein großes Stück Malerei.

Überhaupt seine Porträts: hingehauene Tausendstelsekunden mit Ewigkeitswert. Einmal sagt er, man habe ihn oft einen bösartigen Karikaturisten genannt. Aber er tue nichts weiter, als einfach beobachten. Die Menschheit bestehe nun mal aus Haifischen und Kannibalen.

»Es klingt pathetisch«, sagt er einmal, »aber ich suche beim Malen immer das Menschliche. Ich sah in Italien einmal einen Buckligen. Ich malte ihn von vorn.«

Er beobachtet, wie ich das Bild mit seiner Hündin lange ansehe, kommt zu mir und sagt: »Merk dir: Arbeite langsam, aber dafür wenig. Wirf deine Freunde hinaus. Sie nehmen nur Zeit weg, die Vollgestopften, Kraftstrotzenden, Lauten, Immer-Zufriedenen, darum so Langweiligen. Verschone dich vor ihren süffisanten Sprüchen. Behalte die Matten-Müden, Moros-Morbiden, Makaber-Monströsen, die immer Meckernd-Muffen, kurz, die Miesen. Sie erfrischen und verjüngen. Bewahre dich vor Minderwertigkeitskomplexen. Eignen sich auch besonders zum Malen. Und nun hereinspaziert, meine Herrschaften, hier ist Nora, das schwangere Nilpferd ...«

Eines Abends fahren wir nach Maloja und filmen Varlin auf einem kleinen Steg am Silser See. Ede stellt ihn so vor den Vollmond, daß Varlins Ohren durchscheinend wie Alabaster sind. Ein paar Harpyien fliegen übers Wasser. Nietzsche kommt von Sils Maria herüber, den »Zarathustra« unterm Arm. Die Luft, soeben noch lind, wird scharf. Wir landen im nahen Gasthaus in Maloja, und Varlin stopft sich voller Spaghetti. Als uns ein paar Leute beobachten, häuft er sich mit der Gabel eine Menge Spaghetti auf den Kopf. Nichts ist rührender, als diesem zarten, zartbesaiteten Mann bei seinen kleinen albernen Späßen zuzusehen, die ihn vor der Vergreisung bewahren und seine Verlegenheit kaschieren sollen.

Hinterher sagt Varlin: »Wenn ihr noch länger hierbleibt, um mich zu filmen, könnt ihr mich gleich in einem Umschlag nach dort schicken.«

Und er zeigt nach oben.

ELF

Es ist ein Tag wie jeder andere. Ich habe am Vormittag das Licht an zwei Außenministern und drei Innenministern gemessen, die ihre geölte Routine auf diversen Gangways zur Schau stellten, habe einmal selbst drehen dürfen, den aus Senegal, wobei ich eine Blende weniger nehmen mußte – wegen seiner dunklen Farbe –, dann habe ich mich in die Kantine gesetzt, Kartoffelsalat gegessen und all die Naßkämmer und Schlipsträger beobachtet, die sich gegenseitig auf die Füße traten, weil irgendein paar Typen vom Fernsehrat unter ihnen saßen und so taten als ob, indem sie Würstchen mit Salat aßen.

Zusammen mit Ede trinke ich einen Kaffee. Ede geht mir heute doppelt auf den Wecker. Vielleicht sind all diese Typen ringsum oder die allzu vielen Minister von heute morgen dran schuld. Ich weiß es nicht. Jedenfalls beginne ich sanft vor mich hinzupennen, werde aber wieder wach, als es »Herr Hirte zum Telefon« aus dem Lautsprecher tönt.

Ede eilt, kommt zurück und sagt atemlos: »Wir fliegen morgen nach Hollywood. Fang mal schon an zu packen.«

»Scheiße«, sage ich und fange an zu packen.

Der Flug das Übliche. Grau in Grau. Wie ein Adler über einer Schafsherde. Dann lichten sich die Wolken. Ede fummelt an seinem Diplomatenköfferchen rum, und als er aufsteht, fällt es runter, geht auf, und eine Menge Schachteln mit Parisern fällt heraus. Eine Dame von der anderen Sitzreihe bückt sich und hebt sie auf.

»Da ist Zucker drin«, sagt Ede und wird richtig rosarot.

»Denkste«, sagt die Dame.

Sonst passiert nichts Erwähnenswertes auf diesem Flug.

Auf dem Sunset Boulevard stellen wir unsere Füße in die Fußabdrücke der alten Stars Gloria Swanson und Clark Gable. Nebenan zeigen die Schwulen ihre betörenden Blößen. Alles wie gehabt. Im Hoteleingang lungern die üblichen Kerle in Lederkleidung rum, mit Hakenkreuzarmbinden und dem Ritterkreuz am Speckkragen.

Fischer kommt, der Redakteur. Tut geheimnisvoll und sagt: »Das ist eine ganz geheime Sache. Ihr müßt unterschreiben, daß ihr nicht darüber sprecht.«

Wir unterschreiben.

Abscheuliches Abendbrot. Fischer und Ede gehen noch zu McDonald, Hamburger essen. Ich unterhalte mich mit dem Portier.

»Ich war Tänzer«, sagt er, »mein Leben war möbliert mit schönen Tänzen, Taten und Gedanken. Ich habe keinen Pfennig auf die Seite gelegt und bereue nichts. Es macht mir nichts aus, den Nachtportier zu spielen. Im Gegenteil. Was ich lese? Miller über Matisse. Vor allem jene göttliche Stelle hat es mir angetan, wo Miller einen matisseschen Sonnenuntergang mit einem After vergleicht ...«

Ede und Fischer zurück. Der Tänzer lächelt mir zu.

»Ist wirklich eine geheime Staatssache«, sagt Ede.

»Die vier Fraktionsvorsitzenden sind übereingekommen, vor den Wahlen vier Gespräche im Fernsehen zu führen«, sagt Fischer. »Um Pannen vorzubeugen, sollen wir die Gespräche hier aufnehmen.«

»Hier, in Hollywood?«

»Ja, damit niemand erfährt, worüber sie sprechen.«

Gegen Mitternacht kreuzt Jochen auf, der Tonmann. Er hat ganze Pakete von Tonbändern dabei und sagt: »Das sind die Bänder, die sie morgen sprechen werden. Spezialisten haben sie nach Publikumswirkung zusammengeschnitten. In monatelanger Arbeit. Gewissermaßen die Quintessenz unseres politischen Lebens.«

»Wieso«, sagt Ede, »machen wir denn in Playback?«

»Scheint so«, sagt Jochen.

Als wir am anderen Morgen im Studio auftauchen, ist schon alles eingeleuchtet. Wir brauchen nur noch die Kameras aufzustellen. Dann schieben Arbeiter eine Wand beiseite, und da sitzen unsere vier Fraktionsvorsitzenden, wie wir sie ja seit langem kennen, die Herren Brandt und Scheel, Strauß und Barzel.

Lächeln uns zu und warten auf das Zeichen. Dann führen sie, ohne zu stocken, ihr Gespräch, bei dem es sittsam zugeht, und sie tun sich nichts zuleide und reden aneinander vorbei wie üblich. Niemand kommt auf den Gedanken, auf irgendeine Frage zu antworten, die ein anderer gestellt hat, und nur einmal läuft Willy Brandt rot an, lächelt Strauß sein Süffisantes, schwitzt Barzel unter der Sardelle, stellt Scheel den Weltmann über Gebühr heraus. »Schade, daß Wehner, der Nöck, nicht dabei ist. Wäre vielleicht lebhafter geworden«, sage ich.

»Der war schon mal hier«, sagt ein Techniker, »aber bei dem flogen immer schon nach ein paar Worten unsere Sicherungen raus. Wir hätten immer im Dusteren gesessen.«

Plötzlich, mitten in der Aufnahme, bleibt Barzel bei dem Satz: »Diese Regierung hat abgewirtschaftet« stecken. Er bewegt zwar den Mund, aber es kommt kein Ton heraus.

»Ist doch Playback«, sagt Ede, »die haben nur getan, als sprächen sie.«

Da kommt aus den Kulissen ein Mann, zieht dem Barzel ein Kabel aus dem Hintern, guckt es an, schüttelt es und steckt es wieder hinein.

»Diese Regierung hat abgewirtschaftet«, sagt Barzel, und es geht weiter, bis Strauß bei dem Satz: »Was dem Goebbels die Juden, das sind der SPD die Hausbesitzer« hängenbleibt. Er lächelt, bewegt den Kopf, lächelt, bewegt den Kopf, alles auf eine frankensteinsche Weise, und plötzlich sagt Fischer: »Mensch, Disneyland, Lincoln. Na ja, der Lincoln aus Kunststoff, der auf der Weltausstellung die amerikanische Verfassung verliest.«

Und da kapieren wir: Die haben bei den Machern von Disneyland vier perfekte Figuren machen lassen, um allen Eventualitäten vorzubeugen.

»Wir müssen das schneiden«, sagt Fischer, »so ganz perfekt war das wohl nicht. Ein Glück, daß sie das nicht live über Satelliten übertragen haben.«

Der blaue Mann kommt zu uns und sagt: »Das haben wir jahrelang gemacht, und noch nie hat's eine Panne gegeben.«

»Fazit«, sagt Ede, der helle Junge, »glaube nie, was du siehst oder hörst.«
»Tun wir doch nie«, sage ich.
Der blaue Typ zeigt uns eine Kammer, in der weitere Politheinis sitzen und auf den Regalen eine Menge Kunststoffköpfe herumstehen. Schmidt und Carstens, Kohl und Genscher und so weiter. »Zum Austauschen«, sagt der Blaue.
»Die Bänder braucht ihr ja nicht auszutauschen«, sagt Ede, »die quatschen doch immer dasselbe.«
»Gut gebrüllt, Löwe«, sage ich.
»Übrigens, der Jockel vom Sport hat angerufen«, sagt Ede, »wir fahren in drei Tagen nach Japan. Machen einen zusätzlichen Beitrag über die Winterfestspiele in Sapporo.«
»Scheiße«, sage ich.

Wir verlassen die Kantine, und ich fange an zu packen. Alles wie gehabt. Immer wenn ich an Japan denke, überläuft mich eine Gänsehaut nach der anderen, denn Japan, das ist für mich bisher Tokio, und Tokio ist die Metro: Menschen als Kubikmeter. Jeweils zwanzig Kubikmeter stehen auf den Metrostationen auf markierten Karrees. Die U-Bahn kommt, hält so, daß vor jedem Karree eine Tür ist, und dieses Karree setzt sich in Bewegung und wird von den Schaffnern geschoben und verschwindet in den Wagen. Nicht ein Millimeter Luft bleibt zwischen den einzelnen Menschen. Sie bilden einen Block aus Knochen, wenig Fett und magerem Fleisch, aus Anzügen, Schuhen und Krawatten, eine graue, zusammengebackene Masse, eine Torte aus lauter Japanern. Ich alter Klaustrophobe bin da mal mit hineingeraten. Wäre wirklich und wahrhaftig fast krepiert, aus Angst, Luftmangel und was weiß ich woran. Und draußen, außerhalb der Maulwurfröhren, durch die tagtäglich ein paar Millionen Japaner geschossen werden, laufen die Straßen über- und untereinander und auf den Straßen die endlosen Blechbänder ihrer verdammten kleinen Autos und auf den Bürgersteigen Millionen Fußgänger zu endlosen Streifen aneinander geheftet und der

Himmel schwarzgrau vom Smog und das Meer schwarzgrau vom Industriedreck – und das alles in einer Landschaft, von der uns Hiroshige vor hundertfünfzig Jahren in seinen Holzschnitten mitteilte, wie schön sie sei. Aber sie ist verschwunden unter dem Schutt aus Fabriken, Werften, Siedlungen. Und über allem diese versmogte Filzdecke, aus der der Berg Fuji dann und wann seinen weißen Strohhut steckt.

Der Flug über den Pol. Das Meer ist weiß geschuppt, und darunter sind die blanken schwarzen Leiber der Atom-U-Boote beider Seiten, die Eingeweide voller Gift und Verderben. Auf den legendären Inseln die utopischen Insekten, die mit ihren unsichtbaren Fühlern unseren Erdball abtasten. In den Felsen die Bomberflotten und die Raketenschächte, beide gut versteckt. Und wir darüber, den Lachs auf dem Teller, dann das Wildragout und die Walderdbeeren, den Heidsick hinterher und den Cognac und die Dreidollarzigarre … und die Verse aus der Apokalypse beim Blick nach unten: »Dann werden die Himmel zergehen mit großem Krachen; die Elemente aber werden vor Hitze schmelzen, und die Erde und die Werke, die darauf sind, werden verbrennen.«

Glücklicherweise haben wir in Tokio gleich Anschluß nach Sapporo, wo wir halbtot vor Unausgeschlafenheit ankommen und in zwei Taxis fallen, nachdem wir eine Menge Trubel mit dem Gepäck hatten. Die Taxis fahren kreuz und quer und finden das Hotel nicht, halten endlich auf einem Platz, und die Fahrer beginnen mit Eifer, unser Gepäck auszupacken und auf dem Boden zu verteilen. Noch ehe wir wissen, was da gespielt wird, sind sie weg. Haben nicht mal die Gebühren kassiert. Sie wollten ihr Gesicht nicht verlieren. Haben unser Hotel nicht gefunden und wollten das nicht zugeben. Außer ihrem Obrigkeitsfimmel ist ihr Gesichtsverlustfimmel ihre herausragendste Eigenschaft. Jedenfalls, wenn man sie nur flüchtig kennt. Mit Mühe angeln wir nach Stunden zwei weitere Taxis, und die Taxichauffeure sprechen ein paar Brocken Englisch und ersparen uns das übliche Taubstummenballett und bringen uns in das Hotel, das keine zweihundert Meter von dem Platz entfernt ist, an dem uns die anderen ins eiskalte Freie setzten.

Am nächsten Tag schon drehen wir irgendwelchen Wintersportkram in einer dieser Riesenhallen, die von der Olympiade übriggeblieben sind. Ein Prinz aus kaiserlicher Familie wird erwartet. Er läßt lange auf sich warten, und als er endlich kommt – übrigens in Begleitung seiner kleinen, fest gebauten Familie –, fordert uns ein Lautsprecher auf, uns von unseren Plätzen zu erheben, uns in Richtung Prinzenloge zu verbeugen und die Hymne des kaiserlichen Hauses anzustimmen. Das tun wir alle. Der Prinz nimmt Platz, und die Eiskunstläufer machen ihre monotonen »Doppelten Rittberger«, ihre Schlangenbogenschlingen und Todesspiralen und wie das Zeug auch immer heißt, und die Prinzenfamilie guckt zu. Und erst wenn sie klatscht, klatscht auch der Rest. Da der Prinz eine schwache Blase hat, wird die Vorführung immer wieder unterbrochen. Der Prinz entfernt sich, und der Lautsprecher ermahnt uns jedesmal, uns zu erheben, in Richtung Prinzenloge zu verbeugen und die kaiserliche Hymne anzustimmen. Bald tut uns und den einigen zehntausend hier Versammelten das Kreuz so weh, daß die Verbeugungen nur noch schwach ausfallen, sehr zum Mißvergnügen der stahlharten Samurais, die an den Ein- und Ausgängen herumgammeln. Endlich, nach der zwanzigsten Demonstration kaiserlich-prinzlicher Blasenschwäche, kommt die Siegerehrung. Es werden vier rote Läufer aus den vier Ecken der Halle zur Mitte hin ausgelegt. Die Läuferroller verbeugen sich zuvor viermal nach allen Seiten und viermal zum Prinzen. Dann rollen sie die Läufer gleichmäßig zur Mitte hin. Der Oberroller beaufsichtigt das Manöver und begleitet es mit merkwürdig gutturalen Lauten. Plötzlich stellt sich heraus, daß sich die Läufer nicht, wie vorgesehen, in der Mitte vereinigen werden. Es fehlt ein Stück. Das Licht wird ausgemacht, um diese Schande nicht auch noch zu beleuchten. Dann rollen sie ein, und das Ausrollen beginnt von vorn. Licht an. Wieder klappt es nicht. Unruhe in der Prinzenloge. Die Roller zerren verzweifelt an den Läufern. Licht aus. Pause voll merkwürdiger gutturaler Geräusche. Das Licht geht an. Der Oberroller hat genau in der Mitte, dort, wo sich die vier Läufer nicht vereinigen können, Harakiri gemacht. Sein Blut fließt nach allen Seiten und verbindet die vier roten Läufer mit ganz dünnen Fäden. Immerhin. Alle erheben sich. Alle verbeugen sich zur prinzlichen Loge. Alle stimmen die kaiserliche Hymne an. Bis auf den Oberroller. So sind sie, die Japaner. Dann Siegerehrung und Abtransport des Harakirierten.

Vier Tage lang drehen wir Publikum. »Beobachtungen am Rande«, wird es später heißen. Vier Tage lang beobachten wir die aktiven Münder der Reporter, aus denen das Gepurzel der Eishockeyspieler poetisch beschrieben wird, das Lächeln in den Augenwinkeln, mit dem eine gut gelungene Hebefigur begleitet, und das Entsetzen, mit dem der folgende Sturz kommentiert wird, die deutschen Schlachtenbummler, die dick, weiß und fett wie Butterberge über den kleinen windschlüpfrigen Gelben stehen, die Franzosen, die nach jedem gewonnenen Abfahrtslauf ihre Sieger unter den Klängen der Marseillaise begraben und winzige Trikoloren schwenken, die maulfaulen Engländer, die stets, wenn es spannend wird, ihre Pfeifen stopfen, die steinernen Russen, denen man wie ihren Braunbären nie ansieht, was sie gerade denken, die entfesselten Amis, die genau das Gegenteil tun.

Am letzten Tag drehen wir das Schaulaufen, die Girls in ihren Zirkusuniformen und Stulpenstiefeln und wie sie darin die ewig gleichen Kurven kratzen. Aber was soll einem auf dem Eis schon anderes einfallen? Dann die ehemaligen Weltmeister im Eiskunstlaufen, die ihre sattsam bekannten Kreise ziehen. Sie legt den Kopf auf Protopopows abgewinkelten Oberschenkel, und er schiebt Ludmilla wie eine Schubkarre vor sich her, wobei er die Arme mit gespreizten Fingern nach hinten breitet, eine eisgekühlte Westentaschendämonie wie Gründgens im Faust-Film. Von umwerfender Komik. Aber niemand lacht.

»Ist das nicht herrlich?« fragt mich leise unser Sportredakteur. »Ist das nicht eine Sternstunde?«

»Zuviel Maegerlein gehört«, sage ich kalt.

Den Abend verbringen wir in einem auf bayrisch getrimmten Bierkeller, in dem ein dicker Japaner mit einer 1000-Volt-Brille »Im tiefen Keller sitz ich hier« in einwandfreiem Bayrisch singt. Ein japanischer Sportprofessor, auch er dick wie ein Sumoringer, läßt sich an unserem Tisch nieder, pfeift den Cancan von Offenbach und tanzt ihn mit zwei Fingern auf der Tischplatte. Ein über und über karierter Ami beginnt zu tanzen. Eine Hundertschaft besoffener Japaner, alle mit roten Mützen mit überlangen Mützenschirmen, haken sich unter und werfen die Beine. Es ist eine tolle Stimmung, und sie singen, bis sie so heiße Kehlen haben, daß ihnen der Saki als Flamme herausschlägt, wenn sie ihn in einem Zug da hineinkippen.

Meine Sternstunde schlägt zwei Nächte später, als wir wieder himmelhoch über den Pol fliegen. Die Nacht ist hell. Über die endlosen flachen Eisflächen laufen die schwarzen Risse in alle Richtungen. Sieht aus wie die Marskanäle. Ich vergesse die Abschußrampen unter dem Eis, lasse mir nach und nach sechs kleine Flaschen Veuve Cliquot kommen, streife mir die Kopfhörer über und bin sehr ergriffen, als ich erst die »Heldenmusik« von Telemann, dann »Mood Indigo« in Ellingtons 45er-Fassung und endlich eine Stunde Miles Davis höre. »Seven Steps to Heaven …«

Ich treffe Ede in der Kantine, und er druckst rum und verliert sich in dunklen Andeutungen über das Fragwürdige im Wesen des Journalismus, über den Einfluß des Fernsehens auf die Wahrheitsfindung und ähnlich Hochgestochenes und spielt so lange den Nachdenklichen, bis ich ihm auf den Zahn fühle und sage: »Nun los, rück schon raus mit der Sprache. Um was geht's denn?«

Und Ede sagt: »Du kennst doch …« und flüstert mir ins Ohr – ich verstehe. »Scharf auf Linkskurs. Jedenfalls eine Zeitung, die nicht zimperlich mit den alten Nazis umgeht, die die alten Richter aus ihren Ohrensesseln zieht, die dafür eintritt, daß den Frauen ihr Bauch gehört und daß nicht die Eltern die Kinder, sondern die Kinder die Eltern verprügeln sollten …«

»Ich weiß, ich weiß«, sage ich, »worauf willst du raus?«

»Den Redakteuren kann man nicht an den Wagen pissen. Die sind alle nach fünfundvierzig geboren. Alle im Zustand der Unschuld. Aber dem Herausgeber, dem Lofer, will man an den Kragen. Man läßt schon fleißig recherchieren, und in zehn Tagen soll ich den Kram drehen. In Israel und Berlin. Lofer soll vierunddreißig oder fünfunddreißig seinen damaligen Verlag einem Juden abgeknöpft haben. Für'n Spottgeld, versteht sich. Ich kann's nicht glauben. Die haben zwei Redakteure angesetzt, die alles mitmachen. Sie haben signalisiert, sie seien fündig geworden. Wir haben alle Stein und Bein schwören müssen, daß wir nicht das Geringste verlauten lassen. Es soll eine Überraschung werden. Ich weiß nicht, wer noch dahinter steckt, aber sie wollen über den Lofer seine Zeitung erledigen. Dich wollen sie nicht mit haben. Bist ein unsicherer Kantonist. Aber halt bloß die Klappe.«

Und nach einer langen Pause fragt Ede: »Oder?«

»Ich weiß nicht«, sage ich, »ob wir immer die Klappe halten sollten. Ich würde annehmen, daß wir manchmal sogar verpflichtet sind, die Klappe aufzumachen.«

»Jedes Damaskus hat seine Stunde, hat Gustav R. mal gesagt«, sagt Ede und blickt mich an, als sei nun die meine gekommen.

Aber ich gehe gar nicht darauf ein und sage ihm: »Für dich als alten Katholen gibt's doch 'n Ablaß. Thomas von Aquin hat mal gesagt: wenn zwischen dem Guten und dem Gesetz ein Zwist entstehe, dann müsse sich der Christ für das Gute entscheiden.«

»Aber ich bin ja gar nicht mehr in der Kirche«, staunt Ede.

Ich rufe Maria und Magdalena an und frage sie, ob sie einen Menschen namens Lofer kennen würden. »Und ob wir den kennen. Willst du was von ihm? Stell dir vor, ausgerechnet morgen gibt er ein Fest. Irgendein Fünfundzwanzigstes. Wir sind auch eingeladen und können mitbringen, wen wir wollen.«

Ich gehe in die »Dispo«, lächele der Dame zu und sage, meine

Tante sei erkrankt und habe nur mich, und ich müsse sie morgen nach XY bringen.

»O.K.«, sagt die »Dispo«, und ich fahre im Morgengrauen nach XY, wo ich gegen Mittag eintrudele.

In der Fußgängerzone rings um das komische Nippsachenrathaus ist noch Riesenrummel. Wie üblich kaufen alle mit einer wahnsinnigen Besessenheit ein, strudeln sich in die Kaufhäuser und wieder raus, belagern die überquellenden Theken der Metzger, die überquellenden Theken der Bäcker, die Wagenladungen der Gemüsehändler. Alle in Pelzen. Die Kerle beschränken sich auf Wolf. Ich zähle zwanzig Rudel. Ich sehe vierzehn Schneeleoparden, zwanzig sibirische Luchse und ein paar hundert Ozelots, die alle auf ihren wundervollen weichen Sohlen daherkommen, sechs Asias, ein paar tausend Nerze und Marder, ein paar hundert Silberfüchse, jede Menge kleiner, aus dem Mutterleib getretener Karakuls, jede Menge Säuglingsrobben, Seehunde und Seelöwen – ich sehe diesen endlosen Zug von Tieren, die es nach den Statistiken gar nicht mehr geben dürfte, die Fußgängerzone herunterkommen, ihre zerschmetterten Füße belecken, tagelang aus ihren Wunden blutend, von Hunden gehetzt, vom Gift zerrissen, und mir wird ganz blümerant.

Vor irgendeinem Ministerium beten fünfzig Typen in bayrisch angehauchter Tracht. Einige auf den Knien.

»Warum beten die denn ausgerechnet hier?« frage ich einen jungen Mann mit Bart.

»Sie beten zwecks Abschaffung der Sexualkunde im Unterricht der Schulen«, sagt der Bärtige, »und sie tun es Tag und Nacht.«

»O Papageno, du federgeschmückter Phallus«, sage ich, »laß mich, mein Gott, mit den Eseln zu dir schreiten, nur nicht mit denen hier.«

Am Nachmittag marschiere ich durch die drei einzigen Straßen, die man sich in XY zu Gemüte führen kann, und lande im Bierhaus. Wir haben mal in Pakistan ein Dutzend junger Neuseeländerinnen getroffen, die mit ihrer Karre im Sand stekkengeblieben waren. Nachdem wir sie da rausgezogen hatten, kamen wir ins Plaudern, und sie sagten uns, das Schönste in Deutschland sei das Bierhaus gewesen, so was Herziges, Ursprüngliches, Gemütliches und Stimmungsvolles ...

Es ist siebzehn Uhr, aber die Bude ist schon stoppevoll. Der Mief aus Bier und warmem Schweinefleisch schlägt mir wie ein Brett ins Gesicht. Vorne gammelt eine Menge junger Leute an den Tischen herum, kurzgeschorene Amis vor allem und langhaarige Schüler. Weiter hinten breiten sich vorwiegend ältere Bajuwaren aus, die Eimer aus Preßglas oder Ton in den gewaltigen Fäusten, mit Schnurrbärten wie auf einer Zeichnung des alten Simplizissimus, in richtigen Trachtenanzügen, mit Ketten über den Bäuchen, an denen silbergefaßte Zähne wie die Reliquien bayrischer Heiliger hängen. Aber es sind die Zähne von Fuchs und Dachs und so komische kleine Nüßchen aus Bein, die die Hirsche irgendwo mit sich herumtragen. Sie sitzen auf den harten Bänken und lassen einen Liter, ohne abzusetzen, durch ihre gänsehäutigen Hälse rinnen. Manchmal steht einer auf und wankt zum Pinkeln oder zu einem Wasserhahn, aus dem es warm läuft. Damit wärmen sie ihre Eimer auf. Ich suche mir einen Platz, rufe nach einem Bier und werde vom Einsatz einer Trachtenkapelle voll im Nacken getroffen. Die Kellnerin bringt das Bier. In jeder Hand hält sie sechs Krüge wie einen Chrysanthemenstrauß. Das Bier ist dünn. Meine erste Reaktion ist, dieser Kneipe mit einem Sprung durchs Fenster zu entrinnen, aber dann fasziniert mich ein halb gelähmter Typ aus Defreggers »Letztem Aufgebot«, der durch seinen Holzfällerbart wie durch eine Brause kotzt. Genau neben den Tisch. Er wischt sich mit dem Ärmel den Bart, rückt das Gebiß auf den alten Platz und stützt den Kopf in beide Hände. Ihm gegenüber sitzt eine runde Matrone im Dirndl, aber was heißt hier schon »rund«. Sie sitzt in ihrem eigenen Fett wie in einem tiefen, mit Kunstleder bezogenen Klubsessel. Sie betrachtet ihrerseits den Defreggertyp und stößt aus ungeahnten Tiefen Magma auf. Der Defregger nickt und sagt: »Prost.«

Nebenan spielen drei Skat und hauen dabei mit fürchterlichen

Karateschlägen auf die Tischplatte. Einen Tisch weiter sitzen ihre Frauen und essen weiße Schweinshaxen, so um zwei, drei Kilo das Stück. Ihre Gesichter glänzen oben von Schweiß, unten von Fett. Es ist kein helles Bild, das sich noch mehr verdunkelt, als die drei schwitzend und kauend in das Stimmungslied einfallen, das die Trachtenkapelle wie eine Windmaschine in den Raum schmettert: »Geh, Alte, schau mich nicht so deppert an ...« Dann rülpst der Defregger nichts Gutes nach oben. Ich werfe meine fünf Mark auf den Tisch und gewinne als Windsbraut die doppelten Türen. Aber zwischen den Türen stehen zwei und pissen einfach gegen die Wand. Sie tun es mit solcher Wucht, daß die Abpraller ihrer armdicken Pferdepißstrahlen mich voll treffen, noch ehe ich mich mit einem Dreisprung nach draußen in Sicherheit bringen kann.

»Das kann doch alles nicht wahr sein«, höre ich mich draußen flüstern, »das kann doch einfach nicht wahr sein.« Dann steure ich westwärts davon und lande in einer kleinen Galerie, die gerade zumachen will. Sie hat sich auf jugoslawische Naive spezialisiert, die ich ganz gut von Hlebine her kenne, und da ich neugierig bin, frage ich nach diesem und jenem und nach den Preisen. Sie hören sich an, als sei ich nicht in einer kleinen Galerie für »Naive«, sondern irgendwo in der Astronomie, und als mir die Chefin eine Zeichnung von Generalic für 6000 Mark empfiehlt, beklage ich weinend den Untergang der jugoslawischen Naiven an der kapitalistischen Profitgier ihrer sozialistischen Maler, ein Lamento, in das die Chefin bewegt einstimmt.

Es war eine schöne Zeit damals, als wir in Hlebine drehten. Die alten Häuser standen mit der Nase zur Straße, und alle hatten sie verwilderte Gärten vorn und verwilderte Höfe hinten, auf denen die Hühner neben den Schweinen grasten und sich das Kreuz an verknorzten Obstbäumen rieben. Nur ein einziges Haus fiel aus dieser strohgedeckten, holzgezimmerten Idylle, ein doofer Neubau im internationalen Bauernwohlstandsstil, mit abscheulicher Betonterrasse und den üblichen pflegeleichten Einscheibenfenstern im Querformat. Es war das Haus des Großmeisters der »Schule von Hlebine«, das Haus von Ivan Generalic. Er selber war immer noch ein lustiger Kerl, gewaschen mit allen Wassern des Kunstbetriebes. Wie ein regierender Monarch hatte er seinen Sohn zu seinem Nachfolger in der naiven Malerei ernannt, und der pinselte nun »naiv« in Metern und korrumpierte seinen Alten und all die anderen Burschen, die dort unten auf naiv machten. Die waren alle sehr nett, schlachteten für uns ihren letzten zähen Truthahn und stopften uns zum Frühstück mit Schmalzfleisch, das sie aus einem Schmalzfaß angelten, und kippten uns dazu den Sliwowitz in Wassergläsern in den Hals. Jeden Nachmittag – es war im August – zogen die Gewitter aus den Pappelwäldern und Maisfeldern auf, und der Sturm trieb den Staub über die Dorfstraße und trübte die Blicke der Schweine, die dort promenierten. Wir drehten damals auch den Kovacic, der in einem Bauernhof aus dem Märchenbuch seiner Großmutter lebte, zusammen mit zwei Kühen, vier Schweinen und seiner Mama, die zwei Zentner wog. Er mähte für uns das nasse dunkle Gras gleich nebenan und schnitt dabei einer Kröte beide Hinterschenkel genau im Gelenk ab. Sie kroch weiter, als sei nichts geschehen, während sich an den abgeschnittenen Unterschenkeln die Zehen bewegten. Eigentlich denke ich an diese Kröte, wenn ich an Hlebine denke. Kovacic hatte sie erst gesehen, als es zu spät war, aber auch dann sein Mähen nicht unterbrochen. Er hatte das Ganze nur so mit einem Blick gestreift.

Generalic war sehr stolz auf die hohen Preise, die seine Bilder schon damals erzielten. Und komischerweise war er auch sehr stolz auf die Qualität des Sekuritglases, auf das er malte. Dieses Sekuritglas kam aus Deutschland, und er schloß von ihm auf die Deutschen und konnte sich gar nicht genug tun, beide zu loben. Um uns zu demonstrieren, wie stabil dieses Glas sei, legte er eine bemalte Scheibe so auf die unterste Stufe seiner Treppe und auf die Erde, daß sie eine Schräge bildete. Dann sprang er mit beiden Füßen zugleich darauf. Die Scheibe löste sich mit einem eigenartigen Samtton in eine Million kleiner scharfer

Splitter auf. Es war ein Bild für vierzigtausend in irgendeiner Währung gewesen, eine Fastnachtsszene, die einen Mann in einem Hahnenkostüm zeigte, der durch ein verschneites jugoslawisches Dorf geht.

Gegen neunzehn Uhr klingele ich bei den beiden Schwestern, die sich wie immer piekfein gemacht haben.
Wir fahren durch die endlosen Vorstädte, mit denen schon das vorige Jahrhundert das alte XY erstickt hatte, dann durch die endlosen Siedlungen der Gegenwart, wo man jedes Appartement herausziehen und an irgendeiner x-beliebigen Stelle dieser Welt wieder hineinschieben könnte, ohne daß es jemand merken würde, und endlich durch die Gärten und Parks, in denen die Reichen ihre Schuppen haben. Vor dem größten halten wir. Alle Fenster sind erleuchtet, und die ganze Bude und der Garten zittern von dem Krach, den die riesigen Lautsprecherboxen machen. Wir klingeln. Eine Magd, deren dicke Titten aus einem Berchtesgadener Trachtenkleid schwappen, öffnet und knickst, und schon breitet im Hintergrund eine dicke Matrone unter einer brandroten Perücke die Arme aus und zieht meine beiden an die enorme, unter Goldbrokat mühsam atmende Brust.
»Das ist Henri«, sagt Maria.
»Ein berühmter Filmemacher«, sagt Magdalena.
Ich bemühe mich um ein gefälliges, offenes Lächeln, das die Rothaarige mit einem jener verheißungsvollen Blicke quittiert, mit denen die frühen Christinnen die Löwen das Fürchten lehrten.
»Aber kommt doch erst mal rein, Kinder«, sagt sie und schiebt uns in eine unübersehbare Menschenmenge, die innen wogt, hier tanzt, wie man in »Blow up« tanzt, dort kleine kaviarfressende Gruppen bildet, sich hier literarisch gibt, dort den Schwanz zwischen die Beine klemmt, wie ein General seinen Hut auf einem Menzelbild, hier zwischen mütterlichen Busen schwitzt, dort die regenbogenfarbenen Augenlider zögernd hebt, wie man einen Deckel zögernd von einer Schachtel hebt, in der ein Zettel mit dem Satz liegt: Frauen sind bessere Mörder.

Jetzt kommt der Gastgeber hinter einer kolossalen altdeutschen Bar hervor und küßt Maria und Magdalena die Hände. Er hat ein Gesicht in der Manier Arcimboldos, mit einer lappigen Habsburger Unterlippe.

»Schön, daß ihr gekommen seid«, sagt er und fügt mit scherzhafter Verschwörermiene und verhaltenem Ton hinzu: »Wißt ihr, was wir heute feiern?«

»Nun laß schon«, ruft die Rotperücke von hinten, »laß schon deine dummen Witze.«

Aber er läßt sich nicht davon abbringen und sagt: »Meinen fünfundzwanzigsten Tripper!« Und er stimmt ein hysterisches Gelächter an, als betrete er mit lautem Kikeriki die Kirche, um dem Priester das Zeichen zur Hahnreimesse zu geben.

Ich sehe ihn mir genauer an. Anfangssiebziger, dem der Suff die Leber zu einem Parmaveilchen kandierte. Blaurot über dem Kragen und ständig vom Schlag bedroht. Teuerster Dietl-Anzug, Seidenhemd, Krawatte und Einstecktuch als Zwillinge. Er merkt, daß ich ihn taxiere, und nagt an seiner Unterlippe. Dann zieht er sie tief in den Mund, als schicke er sich an, sein Gesicht zu verschlucken. »Tut, als seid ihr hier zu Hause«, sagt er und schiebt die Hände unter die Arme der Mädchen. »Wir trinken jetzt erst mal was.« Die drei schieben ab, und ich beginne durch die zwölf Räume zu kurven, in denen die Party spielt.

Ich hole mir einen Whisky und setze mich auf ein Sofa, auf dem schon eine relativ junge Mieze sitzt und auf einen jungen Kater einredet, der vor ihr kniet.

Sie sagt: »Seitdem ich den Morris gelesen habe, sehe ich hinter seiner Drohgebärde« – und hier zeigt sie in Richtung Hausherr – »nur noch die Drohgebärde eines Schimpansen, der seine Überlegenheit durch Zähnefletschen ausdrückt.«

»Und was sehen Sie hinter meinem gelungenen Lächeln?« fragt der Kater.

»Nur eine Demuts- und Unterwerfungsgebärde«, sagt die Mieze. »In uns allen steckt eben mehr vom Tier, als wir wahrhaben wollen.«

»O sicherlich«, sagt der Kater, »wenn ich an die Pißmarken denke, mit denen ein Wolf seinen Bereich gegen andere Wölfe absteckt, dann fällt mir immer der Gartenzaun meines Nachbarn ein.«

»Sie nehmen nichts ernst.«

»Wie sollte ich, seitdem ich für unseren Größten die Texte für seine Populärschmöker schreibe?« Und er zeigt mit dem Kopf zum Hausherrn, der, ein Glas in der Hand, langsam herüberkommt.

»Gefällt es Ihnen bei uns?« fragt er und nagt an seiner verdammten Unterlippe, ehe er sie in seinen Longdrink hängt.

»Ja sehr«, sagen die beiden aus einem Mund.

»Sie fahren einen schönen Wagen«, sagt der Hausherr zum Kater.

»Ich fahre meinen Jaguar nicht etwa, weil ich mir keinen teuren Wagen leisten könnte«, sagt der, »sondern um einen maßgeschneiderten zu haben. Er sitzt mir wie Ihnen Ihr Dietl.«

Der Hausherr lächelt, blickt nachdenklich und sieht mich an. »Was sagen Sie zu diesem Snob? Der hat 'ne Menge Geld bei mir gemacht und bringt das Kunststück fertig, mich deswegen zu verachten.«

»Aber Herr Lofer ...« sagt der Snob.

»Meinen Sie, ich würde das nicht genau merken? Allein die Art, wie Sie Herr Lofer sagen oder meinen Anzug mit Ihrem Scheißauto vergleichen.«

Er wendet sich ab und schnürt zur Theke zurück, wobei er murmelt: »Hundertfünfundsiebzigtausend hat er gemacht im letzten Jahr ...« Dann dreht er sich noch mal um und sagt zu mir: »Kommen Sie mit an die Theke. Wir kippen einen hinter die Binde. Wissen Sie, ich war in meiner Jugend mal Vertreter bei einem Riesenverlag und habe gewissermaßen von der Pike auf gelernt, wie man Bücher verkauft. Ich habe damals schon eine verdammte Menge Geld gemacht, und damit habe ich mir einen eigenen Verlag eingerichtet und eine Menge Bücher gedruckt und mir eine goldene Nase verdient. Mit Klassikern, die in Feldpostpaketen an die Front gingen. Nach dem Krieg wollte ich da fortfahren, wo ich kurz zuvor aufgehört hatte, aber ich fand schnell heraus, daß da etwas faul war mit dem Buchhandel. Alles alte Kacker, diese deutschen Buchhändler. Halten sich für 'ne Bildungselite. Genau wie zu Großvaters Zeiten. Quatschen schöngeistig mit ihren Kunden, anstatt Geschäfte zu machen. Jeder ein Philosoph, ein Ästhet, ein Intellektueller, ein Schöngeist. Jeder ein verhinderter Literat. Genau wie die Kritikerbande, die sich an der Literatur mästet, indem sie endlose Zeilen aus ihr schindet. Mit diesen Bildungsprotzen mußte Schluß sein. Das Monopol der Buchhändler mußte weg, die Stimmungsmache der Kritiker aufhören. Ich begann den Buchhandel fertigzumachen, indem ich Riesenauflagen druckte, keine unter hunderttausend, um sie in Warenhausketten und Selbstbedienungsläden zu verhökern. Ich wärmte alle alten Hüte auf, wenn sie nur tantiemenfrei waren. Ich verwandelte selbst die unverkäuflichsten Ladenhüter in Bestseller, indem ich ihnen neue Umschläge verpaßte. Ich hängte mich an internationale Kinderbuchringe und Buchgemeinschaften und machte Umsätze, von denen selbst die Großen der Branche nur träumten. Und dann machte ich meine Zeitung, um mein Gewissen zu beruhigen, und merkte plötzlich, daß man mit einer Zeitung etwas verbessern kann. Ich holte mir die besten Journalisten und legte die Richtung auf links fest. Ich, der Prototyp eines Kapitalistenschweins, machte wahrhaftig und aus voller Überzeugung auf Sozialismus. Auch hier ein voller Erfolg und eine weitere goldene Nase. Es ist zum Kotzen. Geld zieht Geld an. Eine Binsenweisheit, die stimmt.«

»Haben Sie Ihr Geld damals, ich meine vor dem Krieg, nur als Vertreter gemacht, oder kam da noch was anderes hinzu?« frage ich.

Er sieht mich neugierig an. »Worauf wollen Sie hinaus?«

»Ich will nicht wie die Katze um den heißen Brei schleichen«, sage ich, »aber ich habe etwas gehört, was mich stört. Nicht an Ihnen, beileibe nicht, sondern an der Methode. Fragen Sie mich gar nichts, sondern hören Sie einfach zu. Ich weiß zufällig, daß man etwas gegen Sie im Schilde führt. Man recherchiert über

Sie und will Ihnen eins überbraten, um Ihre Zeitung unglaubwürdig zu machen. Man will Ihnen anhängen, daß Sie vier- oder fünfunddreißig einen jüdischen Verlag für ein Spottgeld gekauft haben und daß damit Ihr ungehemmtes Wachstum gewissermaßen begann.«

»Und wer will das?« fragt er.

»Unwichtig«, sage ich, »was ich hier tue, kostet mich Kopp und Kragen, wenn es herauskommt. Internes, verstehen Sie, darf nicht aus dem Haus heraus.«

»Verstehe«, sagt er, »Fernsehen.«

»Ich habe nichts gesagt«, sage ich, »ich wollte nur eine Sauerei verhindern.«

»Wenn Sie mir alles sagen«, murmelt er, »stelle ich Sie hier sofort ein, für ein Bombengehalt. Nein, ich frage ja gar nichts mehr, vergessen Sie es.«

»Ist auch besser«, sage ich.

»Warten Sie einen Moment«, sagt er, verschwindet eine Weile und kommt mit einem dicken alten Herrn zurück.

Der setzt sich zu mir und sagt: »Ich bin Max Cohn, seit vierunddreißig Teilhaber von Lofers Verlag, der vorher der meine war. Er hat mir meinen Anteil jahrelang teils nach London überwiesen, teils alte Bücher davon gekauft. Ich bin ein leidenschaftlicher Bibliophiler.« Er lächelt, und dabei flitzt ein winziger sarkastischer Zug über sein Gesicht, und sagt: »Mit dieser reinen Handlung löschte er alle von ihm begangenen Untaten aus, falls es solche gegeben haben sollte. Nach fünfundvierzig haben wir in allem fifty-fifty gemacht. Er ist ein altes Koddermaul mit einem Herzen aus reinem Gold.«

Das Koddermaul, das sich für ein paar Minuten zurückgezogen hat, kommt wieder ins Bild und sagt: »Jetzt ist es an mir, Sie um Verschwiegenheit zu bitten. Niemand außer uns dreien, meiner Frau und den Anwälten kennt meine und Cohns wahre Geschichte. Wir werden sie als Salve abschießen, wenn die andern ihre abgefeuert haben. Und die Millionen, die uns unsere Klage einbringen wird, teilen wir durch drei.«

»Durch zwei«, sage ich, »ich habe damit nichts zu tun. Ich wollte nur eine Entscheidung treffen. Ich meine, das ist meine ureigenste Privatsache. Ich drehe hier nur noch ein paar Runden und haue ab.«

Lofer und Cohn betrachten mich mit Wärme. Wir tauschen ruhige Blicke wie die Senatoren vor Cäsars Ermordung und freuen uns darauf.

In diesem Augenblick kommt Maria und sagt: »Komm, kotzt mich alles an. Gehen wir in den Keller. Da gibt's Faßbier.«

Wir gehen runter und zapfen uns eins und setzen uns in die Ecke. »Woher kennst du den Lofer?« frage ich.

»Wir haben beide als Sekretärinnen bei ihm gearbeitet. Er war ein phantastischer Chef und bestand nur aus Widersprüchen, großzügig und kleinlich, empfindsam und hundsordinär, laut und leise. Er ist ein gefürchteter Mann in der Branche mit 'nem tollen Riecher. Seine Warenhausgeschichte war 'n echter Knüller. Diesen Riecher hatte er schon immer. Im letzten Krieg roch er beizeiten, daß alles schiefgehen würde, daß die Nazis mitsamt ihrer Scheißkunst bald verschwinden würden und daß es dann einen Riesennachholbedarf an wirklich moderner Kunst geben würde. Picasso und so. Also wollte er gleich nach Kriegsende solche Kunst in preiswerten Mappen und den bei ihm üblichen Auflagen zwischen die ausgehungerten Massen werfen. Da er den Finger am Drücker hatte, gelang es ihm, einen ganzen Zug mit Kunstdruckpapier auf ein Abstellgleis schieben zu lassen. Auf diesem Papier wollte der fette Göring seinen Luftwaffenkalender drucken lassen. Aber dann flog das Ganze auf, und Lofer landete im Zuchthaus und vor dem Volksgerichtshof, wo man ihn zum Tode verurteilte. Aber in der Nacht vor seiner Hinrichtung legten die Bomben der Amis nicht nur Lofers Richter um, sondern auch die Mauern des Zuchthauses, hinter denen Lofer saß. Er konnte abhauen und sich bis Kriegsende verstecken. Das waren immerhin noch sechs Monate, in denen er sein Verlagsprogramm aus der Kunstgeschichte von Einstein zusammenstellte. Und dabei hatte er von Kunst nicht die leiseste Ahnung, eben nur diesen gewaltigen Riecher. Während andere bis zuletzt Sieg Heil! brüllten, machte er in Zukunft und in moderner Kunst. Ist das nicht 'ne tolle Story? Die geht aber noch weiter. Nach dem Krieg machte er dann in irgendeinem deutschen Land, ich weiß nicht mehr, in welchem, einen Verlag auf. Mit einem Franzosen als Strohmann und einem ganz hohen Tier in der Politik. Ich glaube, es war ein richtiger Ministerpräsident. Er brachte die Bude schnell in Schwung, beschaffte auf dem Schwarzmarkt alles Nötige und druckte seine Picassos und Mirós und Chagalls und all die anderen, und es wurde ein Riesenerfolg. Der stach den anderen beiden in der Nase, und sie wollten gern allein abrahmen, und so polsterten sie seinen Wagen mit irgendeiner Währung, einer Riesensumme, und sagten ihm, wenn er das Geld heil über die Grenze bringe, seien sie alle gemachte Männer. Er fuhr also los, und sogleich hängten sich die anderen beiden ans Telefon und meldeten dem Zoll und der Sûreté, da käme einer, dessen Mühle mit Geld gepolstert sei. Also ging er hops. Vier Wochen später war er wieder auf freiem Fuß. Aber er durfte nie wieder in jenes deutsche Land zurück und konnte sich auch nie rehabilitieren. Er steckte in allzu vielem. Da fing er einfach hier neu an und war fünf Jahre später Millionär und zehn Jahre später Multimillionär und so fort.«

Wir gehen wieder nach oben. An einem Tisch haben sich ein paar Typen versammelt, die so aussehen, wie man sich Literaten vorstellt, Haare in die Stirn gekämmt. Manchesterjacken, Pfeife, und einer von ihnen sagt: »Ich habe mir vorhin im Radio das unsägliche Geschwätz dieses Heroen des Journalismus E. J. angehört, auf den der Alte so scharf ist.«

»Er verspricht sich ein Riesengeschäft mit ihm«, sagt die Rote, »er kennt ihn von früher und betet ihn an. Aus Anhänglichkeit tut er ja alles, wie ihr wißt.«

»Den Habe kriegen wir nicht«, sagt einer, der aussieht wie eine Schnee-Eule, »das ist endgültig. Mir kann's nur recht sein. Jemand, der die Literatur auf den Strich gehen läßt …«

»Aber das tust du doch auch«, sagt die Rote und lächelt ihn an.

»Das ist der Cheflektor«, sagt Maria leise, »der liest nie ein Buch. Läßt lesen.«

Die Rote spricht mit einem Mann in mittleren Jahren, der aussieht wie ein Geiger in einem französischen Sittenfilm, der um 1890 spielt.

»Der schreibt die Klappentexte«, sagt Maria.

»Kacke, Pisse, Scheiße!« ruft der Hausherr unvermittelt und verschluckt zum hundertsten Mal an diesem Abend seine Visage. »Hört um Gottes willen mit dem Geseire auf. Hört auf zu quatschen. Freßt und sauft und bumst, aber haltet die Schnauzen.«

»So langsam gewinnt er seine Hochform«, sagt die Rote und drückt meinen Arm, merkt meinen Widerstand und meint: »Brauchst keine Angst zu haben. Ich will dich nicht vernaschen.«

Und plötzlich erkenne ich unter der roten Perücke jemand, der einfach verrückt nach Liebe ist, der sein ganzes Leben lang von einer Katastrophe in die andere segelte, der alles versucht, da rauszukommen, und immer wieder hineinschlittert und der immer noch hofft.

»Sie ist ein ganz feiner Kerl«, sagt Maria, »sie hat ihn nie verlassen, auch als es um seinen Kopf und Kragen ging. Sie bestach die Wärter mit Zigaretten und Butter und schmuggelte ihm Essen ins Zuchthaus. Sie besorgte die besten Anwälte, auch wenn die nichts nützten. In der Bombennacht wartete sie mit dem Auto vor dem Zuchthaus und erwischte ihn wirklich. Das war 'n richtiges Wunder.«

Als ich mit den beiden Schwestern nach Hause fahre, sagt Magdalena plötzlich, mitten auf dieser leeren breiten Horrorstraße: »Wenn ich mal ein Kind haben sollte, dann müßte es wie Niki sein.«

»Welcher Niki?« frage ich entgeistert.

»Na, der Kinderstar, der so lieb singt. Der ist wirklich süß.«

Ich überschlage meine Möglichkeiten, einen Niki betreffend, und passe.

Trotzdem wird es eine schöne Nacht. Es gibt Dinge, die werden erst im Plural schön. Nonnen zum Beispiel. Oder Maria und Magdalena.

»Kronos ist doch der grausamste der Greise«, sagt meine Mutter und blickt mich ernst an. Sie hat eine Menge Schmerzen in den Hüften und braucht Zuspruch. Sie möchte sich operieren lassen.

»Kronos ist 'ne alte Krähe«, sage ich, »mit neuen Hüftgelenken geht man wie geschmiert. Ich bringe dich hinterher gleich nach Venedig.«

»Das wäre schön. Hoffentlich kriege ich da morgens keinen Orangensaft aus der Tüte. Obwohl die in Orangen ersaufen, soll man keinen frischen Saft kriegen, nur dieses Zeug.«

»Ich kaufe dir einen Zentner Orangen und einen Entsafter. Gleich am ersten Tag, wenn wir dort sind. Gebe dir auch mein Tonbandgerät mit. Dann kannst du an Ort und Stelle Vivaldi hören.«

»Das wäre schön.«

»Ich könnte dir stundenlang Geschichten aus Venedig erzählen. Bin ein alter Venedig-Fan.«

»Erzähl mir wenigstens eine, aber nicht so schludrig wie sonst. Erzähle wie ... na versuch's.«

»Ich habe mal auf den Stufen hinter der Scuola San Rocco gesessen und das Wasser in dem Kanal beobachtet, das langsam sank. Es war Ebbe. Das sinkende Wasser gab viele kleine Miesmuscheln frei, die an den Backsteinen der Ufermauern wuchsen. Sie glänzten blauschwarz auf den dunkelbraunroten Steinen. Plötzlich kam aus einer triefenden Röhre eine Ratte heraus, ein wunderschönes schlankes Tier mit grauem Fell und teerosenfarbenem Schnäuzchen und ähnlichen Füßen, und begann, geschickt wie ein Affe, an der senkrechten Muschelwand auf- und abzusteigen.

Sie gebrauchte ihre Pfoten wie Hände, rüttelte an den Muscheln, öffnete sie und löffelte sie mit allerfeinstem Anstand aus. Ich habe sie über eine Stunde lang – Muschel für Muschel – beobachtet. Endlich stieg sie zierlich wie die »Badende« von Falconet ins Wasser, schüttelte die Seidenohren und schwamm auf die Brücke zur Linken zu. Die Brücke spiegelte sich im stillen Wasser und bildete mit ihrem Spiegelbild ein Auge, das manchmal von einer Gondel wie von einem Rasiermesser zerschnitten wurde. Dann war alles wieder wie vorher. Die Ratte schwamm mitten in die Pupille dieses Auges hinein, wobei sie einen spitzen Vogelschrei ausstieß und verschwand, ein fein gefälteltes Dreieck im Wasser hinterlassend. Und plötzlich zählten alle Uhren von Venedig mit hysterischem Eifer die siebente Stunde aus, um mich, die Ratte und ihre feine Spur auf unsere Vergänglichkeit hinzuweisen. Aber wir hielten sie einfach für die Dauer einer unvergänglichen Sekunde an.«

»Das könnte eine schöne Geschichte sein, wenn es keine Ratte wäre. Muß es denn wirklich eine Ratte sein?«

»In Venedig gibt's keine Eichhörnchen. Warte mal, Biber, ja Biber. Goethe hat doch so was wie Biberrepublik gesagt. Oder?«

»Ach geh, die mit ihren gelben Zähnen. Was machst du denn in der nächsten Zeit?«

»Ich muß nächste Woche nach Marokko. Wir drehen einen Film über irgendeine Geschichte, die im algerischen Bürgerkrieg spielt.«

»Na, denn paß nur auf dich auf. Mit denen soll nicht gut Kirschen essen sein. Im ersten Weltkrieg griffen die nur mit einem Messer an, das sie zwischen den Zähnen hielten. Und immer nur nachts.«

»Das ist lange her.«

»Sag das nicht. Was macht dein Freund aus Oberschlesien, der Dichter und Päderast. Knüpft der noch immer seine Sonette so schillernd wie seine Krawatten?«

»Der trägt schon lange keine Krawatten mehr.«

»Das habe ich erwartet. Das mußte ja so kommen.«

Wir fahren in die Stadt, um im Ratskeller zu Mittag zu essen. Ich habe am Morgen irgendwelche vorbeugenden Tabletten genommen und fühle mich ein wenig blümerant. Ich bestelle mir Froschschenkel als Vorspeise. Meine Mutter verhehlt nicht ihre Mißbilligung. Trotzdem esse ich sie mit ungebremstem Appetit. Beim fünften Paar bekomme ich aus heiterem Himmel eine richtige Nierenkolik und winde mich ein paar Minuten lang wie ein Wurm. Meine Mutter betrachtet mich mit Anteilnahme und Schadenfreude. Sie sagt: »Das kommt davon, wenn man so etwas Scheußliches essen muß, nur um originell zu scheinen.«

»Nein, das kommt von diesen lausigen Tabletten. Die haben mir auf die Nieren geschlagen. Weiß der Himmel, warum.«

»Laß den Himmel aus dem Spiel«, sagt meine Mutter, die alte Voltairianerin.

ZWÖLF

Am Montag nehmen wir die Maschine nach Rabat. Über Süddeutschland liegt ein heller Dunst, und aus dem Dunst kommen die Pfoten des Bodensees wie die Pfoten der Sphinx. Die Alpentäler sind halbvoll Nebel gelaufen. Darüber steht das Gebirge schwarz und blau und weiß. Ich nenne Ede alle Gipfel zwischen Wetterhorn und Mont Blanc, und er schüttelt immer wieder den Kopf und sagt: »Daß du das alles behalten kannst. Na so was.« Von der Rhone bis zu den Pyrenäen ist ein feiner Nebel ausgebreitet, aus dem die Vulkane der Auvergne wie feine Pinselstriche kommen. Nach den Alpen sind die Pyrenäen platt und grün wie ein schlafendes Krokodil. Ich betrachte zwei Stunden lang die knochentrockene spanische Stierhaut, von der ich mir schon eine Menge Leder abgeschnitten habe, wahrscheinlich sogar die Ohren und den Schwanz. Denn dort unten haben wir viel gedreht.

Wir fliegen die Straße von Gibraltar an. Sie ist ein in vielerlei Blautönen gestreifter Achat, hell an den Rändern und dunkel in der Mitte. Der fein verästelte Baum, der am Rande des Achats steckt, ist der Guadalquivir. Er führt immer rote Erde mit sich. Ich blicke mich nach Ede um, der ebenfalls den Guadalquivir träumerisch betrachtet und mir mit schweren Lidern zunickt. Wir haben dort einmal stundenlang das Mündungsgebiet in einem kleinen Sportflugzeug abgeflogen. Wir suchten das letzte freilebende Kamel Europas. Früher gab es davon eine ganze Menge, aber die meisten wurden im Bürgerkrieg abgeschossen. Die letzten klaute ein Zirkus, als sie ihr Schutzgebiet verlassen hatten. Aber eines sollte es noch geben, und wir fanden es ziemlich schnell. Es stand am Rande eines Sumpfes und warf einen langen, bizarren Schatten. Am Tage darauf erwischten wir es, als wir mit dem Landrover durch die Sümpfe kurvten, und ich schob es mit meinen eigenen Händen vor Edes Kamera, der es so und nicht anders haben wollte, weil ihm der Hintergrund gefiel, der überall der gleiche war, aber ich schob es am Hintern, und das Kamel bespuckte uns von oben bis unten. Es war ein in weiches, wolliges, gemütliches, dichtes und lockiges Kamelhaar gehülltes Tier mit den längsten Wimpern, die ich je an einem lebenden Wesen gesehen habe. Es hatte Bernsteinaugen und gewaltige Pantoffeln an den Füßen, richtige Schlappen, mit denen es leicht und anmutig wie eine Ballerina nach Feierabend über die salzigen Sümpfe latschte.

Wir fliegen die sanfte Stirn des afrikanischen Nashorns entlang. Das Meer zur Rechten ist ein ausgepowerter Spiegel, über den der Schatten des Flugzeugs als Fliege kriecht. Sie kriecht bis Rabat.

Kaum haben wir die entnervenden Prozeduren der Zollabfertigung hinter uns, fahre ich zur Post, um nach einem Brief von Lila zu fragen. Aber es ist keiner da. In meinen Grundfesten erschüttert, verliere ich mich in der Kasba, zwischen Zwiebel- und Hammelgerüchen, zwischen zerlumpten Alten, die wir gern »malerisch« nennen, wandelnden Kleiderrollen, aus denen die dunklen Augen wer weiß wohin schauen, unzähligen Kindern, die auf die perfekteste Weise Mitleid zu erwecken verstehen, bedauerlichen Hunden und noch bedauerlicheren Eseln und frage mich immer wieder: Warum hat sie nicht geschrieben?

In einem kleinen Glaskasten an einer Hauswand liegt ein goldenes Gebiß wie eine Patisserie. Ein Storch landet in seinem Nest auf einer Moschee, und sogleich fallen unten einhundert Spatzen heraus, die dort ihre Nester haben, flattern einen Bogen und kehren in ihre Nester zurück. Jeder zweite Araber will mich zur Unzucht überreden, aber ich zeige Unlust, halte ihnen die leeren Handflächen entgegen, ein alter Trick. Ein kleiner Junge bettelt und stößt dabei den Rotz in ganzen Stangen aus der Nase.

Wir laufen drei Tage von Behörde zu Behörde, um die Genehmigungen zusammenzukratzen. Wir sind eine große Mannschaft, alles in allem über zwanzig Leute, und da sind die sehr penibel.

Ich gehe stundenlang durch die Kasba und fotografiere die Touristen, wie sie sich fotografieren.

Ich stehe hinter der Scheibe eines kleinen heruntergekommenen Cafés direkt an der Place Djemma el Fna, was etwa »Treffpunkt der Toten« bedeutet. Es ist der alte Hinrichtungsplatz von Marrakesch. Die Köpfe der Hingerichteten, an denen nie Mangel herrschte, wurden in eisernen Töpfen der Fäulnis übergeben, so wie es die Händler heute mit ihren vergammelten Apfelsinen tun. Auf dem Platz das sattsam bekannte Gewimmel, das allen Besuchern Marokkos als »der unvergängliche Märchenzauber des Orients« untergejubelt wird: verlauste Wasserträger, Feuerspucker, Märchenerzähler, Bettler, Zuhälter, Blinde, Kamelschlächter, Berber aus dem Atlas, Schlangenbeschwörer. Ein Zauber, den die Touristenschwärme unermüdlich wegfressen, der aber immer wieder aus den zehntausend Gassen der Altstadt nachquillt, und auch die Touristen quellen unerschöpflich aus den Bussen und Flugzeugen, quellen, strömen, fressen weg ...

Ich gucke in meinen unbeschreiblich miesen Café au lait, dann auf die Scheibe mit den eingeschliffenen Buchstaben »Café de Paris«.

Auf der Innenseite der Scheibe stoßen sich große blaue Brummer die Facettenaugen platt. Sie werden dabei von dem fetten französischen Wirt beobachtet, der hinter der Scheibe steht. Kommt einer der Brummer in den Bereich seiner fetten weißen Hände, zerdrückt er ihn mit dem Daumennagel auf der Scheibe.

»Schlimmes Volk«, sagt er mit dem rollenden »r« der Südfranzosen und zeigt nach draußen.

Ede kommt über den Platz. Er bleibt hier und da stehen, gibt ein paar zerlumpten Kindern, die hinter seinem Rücken alle möglichen Faxen machen, ein bißchen Geld und einem heruntergekommenen Hund einen freundlichen Blick, später einen Happen von so einem scheußlich süßen Kuchen, die in siedendem Öl gebacken werden.

Als er mich sieht, gestikuliert er mit heftig rudernden Armen, kommt herüber und sagt: »Da bist du ja schon. Harry kommt auch bald. Schön heiß, was?«

Er bestellt einen Cognac und beobachtet den brummerzerquetschenden Wirt, der sich nur ungern von seiner Scheibe löst.

»Sieh mal, wie der schwitzt«, sagt Ede und zeigt auf den Wirt.

»Kein Wunder«, sagt der Wirt mit dem rollenden »r« der Südfranzosen, und er sagt es im reinsten Hochdeutsch.

»Sie sprechen aber gut Deutsch«, sagt Ede.

»War Fremdenlegionär«, sagt der Wirt, »bin hier hängengeblieben. Bin aus Mönchengladbach.« Er zerknickt einen weiteren Brummer und singt leise vor sich hin. »Teure Schwalbe«, singt er, »teure Schwalbe, komm aus Frankreichs fernen Auen.«

»Auch das noch«, sagt Ede, »auch noch die teure Schwalbe. Immer wenn bei uns zu Hause im Parterre dieses Schwalbenlied gesungen wurde, wußten wir Kinder, jetzt geht's gleich los. Denn der Kumpel da unten war auch bei der Fremdenlegion gewesen. Er war ein guter Kerl, aber wehe, wenn er gesoffen hatte. Da flogen die Fetzen, sage ich euch. Er spielte samstags immer mit zwei Kumpeln Skat. Da soff er sich die Hucke voll. Wenn er nach Hause kam, sang er sein Schwalbenlied. Seine Frau, eine gutmütige ehemalige Nutte, wußte, daß es ihr und den Kindern bald an den Kragen gehen würde. Sie gingen in Deckung, aber er stöberte sie auf und begann sie systematisch zu verprügeln, erst die Kinder, dann seine Frau. Er hielt auf Ordnung. Einmal kam ich dazu, als der Kostgänger, den sie hatten, die Frau schützen wollte. Der Kostgänger war blind und schlug ein paarmal in die Luft, während der Legionär seine Hiebe gut plazieren konnte. Teure Schwalbe – schöne Scheiße das.«

Harry kommt. Der Schweiß läuft ihm unter den langen blonden Haaren hervor. Unter den Achselhöhlen ist sein Hemd quatschnaß.

»So eine feuchte Hitze ist das heute«, sagt er, »bring mir mal 'nen Tee, Chef.«

Harry ist Engländer, Sohn deutscher Emigranten, Jude, so um fünfunddreißig herum, lebt in Südfrankreich auf einer kleinen

Klitsche in der Nähe von Arles. Arbeitet nur, wenn er muß, das heißt, wenn er Geld braucht. Dann macht er für die BBC Spielfilme, realistische Dinger, die schon manchem hartgesottenen Zuschauer die Schuhe vor der Glotze ausgezogen haben, genaue Rekonstruktionen irgendwelcher historischer Details, etwa wie die Hunde Gottes, die Dominikaner, den Hexenhammer auslegten, wie die Südstaatler ihre Bluthunde auf Negerschweiß und Negerhoden dressierten oder wie die Tommys die indischen Aufständischen vor ihre Kanonen banden und in die Luft bliesen. Das alles zeigt er in einer Sendereihe mit dem Titel »Aus der Geschichte der menschlichen Möglichkeiten«, und er zeigt es mit haarsträubender Genauigkeit, einfach so, wie es war, wobei er immer die stumpfsinnige Motorik geschichtlicher Vorgänge im Auge hat, die neurotischen Züge ihrer Macher und die hoffnungslose Ausgeliefertheit des Fußvolks.

Harry sagt: »Mein Gott, ist dieser Tee beschissen. Ich möchte, daß unsere Story in einem imaginären Nordafrika spielt. Es soll nicht Marrakesch zu erkennen sein, sondern eine einfache Landschaft für eine einfache Geschichte, die überall passieren kann.«

»Okay«, sagt Ede.

»Wir machen das wie eine Dokumentation, tun so, als seien wir dabei. Wir sind einfach dabei. Gott, ist dieser Tee beschissen. Wir laufen jetzt erst mal ein paar Tage durch dieses verdammte Nest und gucken uns alles an.«

Also laufen wir ein paar Tage durch Marrakesch, dieses Knäuel aus Gassen und Sackgassen, unübersichtlichen Höfen und Plätzen, entdecken die phantastische Landschaft einer Färberei mit ein paar Dutzend knallbunter Bottiche und beschließen die Tage in kleinen versteckten Bordellen, wo sich die nackt tanzenden Mädchen unten Haschzigaretten hineinstecken, bis es nach angebranntem Haar riecht, was die berberischen und arabischen Hurensöhne ganz verrückt macht. Oder wir gehen in diese gekachelten Tee- und Musikhäuser, wo die blinden Musiker vor den Kacheln sitzen und wo ab und zu eine Bauchtänzerin ihren Bauch mit einer wilden Wut schüttelt, als wolle sie ihn loswerden.

Und jeden freien Augenblick renne ich zur Post, um nach einem Brief aus Paris zu fragen, der nie eintrifft. Ich bin verzweifelt und führe tausend Gründe an, um Lilas Enthaltsamkeit zu rechtfertigen, vertröste mich jeweils auf morgen, um diese gottverdammte Schweigerin stets aufs neue zu verfluchen. Ich bin nicht im geringsten tolerant und ertappe mich, wie ich sie einmal eine Hure nenne, ein Wort, das losrennt wie ein mexikanischer Nackthund und nicht mehr einzuholen ist, und man blickt ihm nach und erkennt erst jetzt die ganze Nacktheit dieses Köters und merkt, es ist zu spät, das Rennen ist gelaufen.

Ein paarmal gehen wir ins »Mamouna«, diesen feudalen Hotelschuppen aus der Franzosenzeit, und erleiden die Explosionen internationaler, vor allem amerikanischer und germanischer Lebensfreude. Einmal spricht uns ein kleiner Junge an und macht uns auf seine Schwestern aufmerksam, die sehr jung und sehr hübsch und sehr gefällig sein sollen. Wir gehen wieder einmal durch das Labyrinth der Altstadt und finden in einem buntgekachelten Hof die Schwestern, die sehr jung, sehr hübsch und sehr gefällig sind. Sie gießen aus langschnäbeligen Messingkannen kochendes Wasser über grünen Tee, Pfefferminztee und über einen Zuckerhut und servieren uns das Ganze kochend heiß. Es ist ein herrliches Gesöff, und die eine Kleine setzt sich auf Edes Schoß, während die andere mit ihren schönen blauen Lippen mein Ohr verzehrt. Ich sehe aus den Augenwinkeln, wie sich das Pärchen nebenan zu einer Einheit entwickelt. Ich hoffe für Ede, aber da fährt ihm auch schon wieder die Erbsünde in die Schwanzwurzel. Er winkt mir entmutigt zu und steckt seiner Kleinen einen Schein in den Ausschnitt. Der kleine Bruder taucht noch einmal auf und enthüllt lächelnd und langsam seine »Schamteile«, so wie ein reisender König sein Zepter aus einem Reisenecessaire packen würde. Mit frommem Gesichtsausdruck nimmt seine Schwester dieses Zepter in die kleine, hennarote Hand und drückt einen Kuß darauf, dreht den kleinen Bruder um und schiebt ihn hinaus.

»Ich war nie krank«, sagt sie, »war die Geliebte von einem Arzt. Aber jetzt muß ich für die Aussteuer verdienen. Möchte in einem Jahr heiraten.«

Wir trinken noch mehr Tee. Auf der Hofmauer kratzt sich ein Spatz so heftig hinter den Ohren, daß ihm der Kopf wegfliegt. Das gibt mir zu denken. Der Tee ist herb, in Richtung Gerbsäure, aber zugleich auch blumig. Die dritte Tasse läßt mich die legendäre Dimension meines Schwanzes ahnen. Die Kleine bewegt sich kaum. Sieht mich nur an. Ihre Augen sind die einer Harpyie, glänzend, mit tellergroßen Pupillen. Erst nach dem letzten Schluck, nach einer stundenlangen Vereinigung, läßt sie ihren Bauch kreisen, der mich einsaugt bis zum Gehtnichtmehr, und ich merke, wie sich mein ganzer physischer Besitz, Lungen und Nieren, Knochen, Gelenke und Sehnen, Muskeln, Leber und Gedärm und die phantastisch nach eßbaren Kastanien duftenden Hoden, wie sich das alles verflüssigt und in den Leisten zusammenzieht, um in einem Tausendundeinenachtorgasmus durch diesen verdammten ehernen Schwanz in sie hineinzurutschen, und zurück bleibt nichts als die leere Hülle, wie bei einer Libellenlarve, die an einem Schilfhalm aus dem Wasser kriecht, den Nacken platzen läßt und nichts zurückläßt als diese leere trockene Hülle ... Die Kleine lächelt vom Grund ihrer verhaschten Seele, steht vorsichtig auf, verbeugt sich, sagt »Hamdulla« und geht hinaus. Dann kommt sie mit neuem Tee zurück und sagt »Bismilla«, setzt sich auf mich, und ich habe das Gefühl, als schmückte ich mich mit all den kleinen Glocken, die so zahlreich an den pompejanischen Phalli hängen, um die Stunde der höchsten Weisheit einzuläuten. Dann kommt jener unsterbliche Augenblick der Wahrheit im Rausch – aus dem mich eines ungesegneten Tages der große Kater Tod herausholen wird wie eine Maus –, und »eingehüllt in gefälligem Wahnsinn, versinken wir und hören auf zu sein«.

Als ich am Morgen aufwache und auf meine Hände blicke, deren Finger gespreizt sind, sehe ich dahinter eine weiße Leere wie frisch gefallener Schnee oder ein unbeschriebenes Blatt Papier.

Aber es ist nur die weißgekalkte Wand des Zimmers. Ich lege alles Geld, das ich bei mir habe, auf den niedrigen runden Tisch, sehe mir noch einmal die Kleine an, die wie eine Katze schläft, und das Zimmer, in dem ich fliegen lernte. Ich merke mir weder Haus noch Straße. Die letzte Nacht wird sich nicht wiederholen lassen, da will ich es gar nicht erst versuchen.

Als ich Ede treffe, sieht er mich erstaunt an. Er hat mich wohl mit einem Messer im Kreuz oder wenigstens mit einem gebrochenen Nasenbein erwartet und ist enttäuscht. Der schöne Glanz in meinen Augen irritiert ihn. Dann sagt er wichtigtuerisch: »Paß bloß auf. Du kannst dir hier die Pfeife verbrennen, daß dir die Flammen aus dem Arsch schlagen.«

»Hamdulla«, sage ich nur.

Eine Woche später beginnen wir mit unseren Dreharbeiten. Harry will eine Story drehen, die er mal als Sonderkorrespondent der BBC in Nordafrika erlebt hat. Es ist seine Geschichte und die Geschichte von ein paar deutschen Nachrichtenhelferinnen, die 1944 in die Hände der Franzosen gefallen waren. Die hatten sie ein paar Jahre lang gevögelt und dann den arabischen Zuhältern verkauft. Harry hatte sie in der Bordellstadt von Rabat getroffen. Es ist eine schlimme Geschichte, die er mit seinen Erlebnissen aus dem algerischen Befreiungskrieg verbinden will, eine schlimme Geschichte, in der auch das nicht zu kurz kommt, was man Schuld und Sühne nennt.

Da Harry zugleich die Geschichte unserer Dreharbeiten dokumentieren will, hat Ede darauf bestanden, daß ich das machen soll. Ich rechne ihm das hoch an. Wir haben ohnehin eine zweite Kamera dabei und drei zusätzliche Assistenten. Zum ersten Mal kann ich wirklich und wahrhaftig einen ganzen Film selbst drehen. Ich habe das bis gestern nicht gewußt und bin sehr überrascht.

Wir haben drei Tage lang unser Material, unsere Busse und Wohnwagen auf guten Asphaltstraßen und elenden Wüstenpisten über den Atlas und durch die Sahara nach hier geschafft.

Wir sind 30 Mann. Stone, unser Hauptdarsteller, sieht aus, als habe er gerade ein »Camel«-Plakat verlassen, um sich mit seiner durchgelaufenen Brandsohle hinter das Steuer eines unserer VW-Busse zu setzen. Er fährt leidenschaftlich gern Auto. Nach Süden zu gibt es eine Menge toter Landschaften, die wie Tortenstücke hintereinander stehen. Dazwischen ein dünner grüner Streifen. Ein trockenes Flußbett mit Eukalyptusbäumen und Dattelpalmen und harten Sträuchern, in denen die Ziegen herumkrabbeln wie Vögel. Der Atlas ist eine in allen Farben schimmernde ausgeglühte Schutthalde mit einem weißen Kamm.

Unsere Kasba steht als kleiner hartgeschliffener Kristall auf einer Zunge aus Schutt, die dieser Atlas in die Wüste schiebt. Die Kasba hat ein halbes Dutzend Vierkanttürme, rot und hoch, die mit roten Lehmmauern miteinander verbunden sind. Ein einziges Tor führt hinein. Innen gibt es viele kleine unregelmäßige Höfe, um die viele kleine unregelmäßige Häuser stehen. Dazwischen sind überall Treppen und Leitern, auf denen Hühner sitzen, Hunde und winzige Berberkinder. Es wimmelt von Schafen, Ziegen, Eseln, Hunden und Frauen, die bis zu den Augen zugehangen sind. Von den Männern ist nichts zu sehen. Sie pennen bis zum Abend. Überall pulverisiert diese weiße Sonne die wahllos und dicht über den Hof und in alle Ecken verstreute Scheiße von Tieren und Menschen. Die Fliegen sitzen schwer und dicht auf den nassen Ausscheidungen, auf Augen, Nasen- und Mundlöchern der Kinder. Sie kommen von den nassen Ausscheidungen der Blinden und setzen sich in die nassen Ausscheidungen der Kinderaugen und schleppen den verdammten Bazillus irgendeiner verdammten Blindheit von dort nach hier. Es gibt eine französische Salbe, mit der man das Erblinden vermeiden kann. Man muß sie nur rechtzeitig anwenden. Die Franzosen haben sie damals angepriesen wie warme Semmeln und überall kostenlos verteilt. Aber da sie damit Allahs Willen durchkreuzten, predigen die Mullahs dagegen, und so ist noch immer jeder fünfte blind. Die meisten Blinden stehen um den Bus herum, in dem unser Maskenbildner arbeitet. Denn der hat immer seinen Kassettenrekorder mit Frankie Boy laufen, Tag und Nacht diesen banalen Mist, und mit diesem Mist verstopfen sich die Blinden die Ohren, und sie tun es mit angestrengter, nach oben gerichteter Aufmerksamkeit.

Harry läßt seine erste Einstellung auf dem höchsten Turm der Kasba vorbereiten. Es gibt da eine Plattform, auf der Stone unter alten Säcken und Stroh liegt. Manchmal hebt er die Säcke und blickt mit einem Fernglas ringsum. Ein bestochener Berber hat ihn hier versteckt. Stone spielt einen englischen Reporter, eben Harry, der während des Algerienkrieges scharf auf Greuel und Sensationen ist, ohne deswegen ein schlechter Kerl zu sein. Aber sein Chef, der seine Zeitung verkaufen will, koste es, was es wolle, ist geil auf so was, und so mimt Stone den »Reporter des Satans«, auch wenn er dabei den Arsch felsenfest zusammenkneifen muß. Er ist nämlich keineswegs ein Held.

Es ist stechend heiß. Ein Berber hält eine lange Stange, an der die aus Pappe geschnittene Silhouette eines Geiers baumelt. Er läßt diesen Pappkameraden so kreisen, daß sein Schatten dann und wann auf Stones Gesicht fällt. Der blickt nach oben, zuckt zusammen und zieht sich wieder unter seine vergammelten Säcke zurück. Ein Geier ist kein gutes Omen. Später wird Harry natürlich einen richtigen Geier hineinschneiden, wenn Stone nach oben blickt. Damit verbringen wir sechs Stunden.

Am nächsten Vormittag spricht Harry stundenlang mit den Berbern, die als Komparsen ihren großen Tag haben. Sie kommen richtig in Stimmung und üben freiwillig bis tief in die Nacht hinein. Am Tag darauf filmen wir, worauf Stone in seinem Kasbaturm wartet. Aus der Wüste steigt eine dünne Staubwolke. Als sie langsam näher kommt, sehen wir, daß ein Jeep sie hinter sich herzieht. Ab und zu hört man den Knall eines Gewehrschusses. Im kleinen Innenhof unter uns laufen die Männer zusammen. Einige besteigen die Türme. Ein Alter kommt auf unseren Turm, Ede vor ihm her, kniet sich mächtig ins Zeug, stürzt um Haaresbreite ab, geht ganz nahe an den weißen Bart des Alten, in seine wasserhellen Augen. Ich filme das alles mit, ich meine, wie Ede dem Alten auf den Pelz rückt. Dann filmt Ede Stone, wie er, als er den Alten hört, fluchend seine Säcke über sich zieht. Der Alte blickt sich unschlüssig um. Er stöbert mit dem Fuß im Stroh. Er steigt wieder hinab. Großaufnahme von Stones Gesicht, das ganz matt vor Angst und Spannung ist. Auf einem anderen Turm der Kasba steht ein Junge und sieht herüber. Ede filmt den Jungen.

Unten: Jeep näher. Auf dem Jeep hängt ein Dutzend Araber, mit Maschinenpistolen und Gewehren um den Hals. Im Wagen ein verschnürtes Etwas, so ein Ding wie ein in Tücher gepacktes, verschnürtes Denkmal. Ede dreht das über Stones Schulter hinweg.

»Halt«, sagt Harry, »wir machen jetzt unten weiter.«

Wenig später sind wir unten im Hof. Durch das offene Tor filmen wir – Ede nahe, ich zehn Meter hinter ihm –, wie der Jeep heranrollt. Die Araber schießen wie verrückt in die Luft. Die Männer der Kasba laufen auf den Jeep zu und begleiten ihn in die Mitte des Hofes.

»Das Zulaufen machen wir nachher noch mal von oben«, sagt Harry, »wie ein sakrales Ballett.«

Unten: Jeep groß. Die Kerle schießen immer noch. Wie bei 'ner Fantasia. So, als hätten sie einen Sieg in der Tasche. Dann beginnen sie die Stricke von dem Denkmal zu lösen. Die Tücher fallen herab. Darunter steht ein nackter, an einen Pfahl gefesselter Franzose. Wo die Augen waren, sind blutverkrustete Höhlen. Um den Leib eine Trikolore. Auf der Brust in verschmierten Buchstaben »Vive la France«. Ein Araber reißt die Trikolore herab. Sie haben ihn kastriert. Da unten ist ein abscheuliches blutverschmiertes Etwas. Harry ist schneeweiß.

»So war's«, flüstert er, »genau so.«

In meinem Sucher sehe ich, wie Ede in Zeitlupe umkippt.

»Halt«, ruft Harry, »Ede braucht einen Kaffee.«

Auch Stone ist ganz weiß. Wir trinken alle einen kleinen schwarzen süßen Kaffee, dann spricht Harry durchs Megaphon zu den Berbern, erklärt ihnen noch einmal alles, und die betrachten den nackten blutigen Franzosen am Pfahl, lachen und ballern in die Luft. Dann drehen wir weiter. Die Araber ziehen ihren Freudentanz rings um den Jeep, schießen ohne Ende und lachen, wie das brave russische Volk beim Eisenstein lacht, wenn es die weißrussischen Generale halbiert, ein ehrliches, breites, offenes Lachen mit breiten, offenen, ehrlichen, stets schadhaften Mündern. Ein paar Männer beginnen die Trommeln zu schlagen. Der Tanz steigert sich beträchtlich. Die ersten Schreie gellen, und der nackte, junge, kastrierte und geblendete Franzose öffnet den Mund, eine blutverschmierte, schwarze, zungenlose Höhle.

»Mein Gott, dieser Maskenbildner«, stöhnt Harry, »der ist ja beschissen genau.«

Der ganze wahnsinnige Realismus beginnt uns fertigzumachen. Stone ist von seinem Turm gestiegen und sieht zu. Als der Geschundene zum dritten Mal lautlos schreit, geht Stone beiseite und kotzt. Die Berber sind jetzt so bei der Sache, daß wir uns um unseren nackten Franzosen Gedanken machen. Sie beschimpfen ihn und beginnen Steine nach ihm zu werfen. Und Steine sind kein Spaß. Ede reißt seine Arri hoch und stürzt sich ins Gefummel. Ich drehe Ede und wie ein Stein unseren Franzosen trifft. Mitten auf den Mund. Der spuckt ein nasses rotes Etwas aus und schreit: »Wollt ihr wohl aufhören, ihr Hundesöhne. Ihr Mutterficker!« Da trifft ihn ein neuer Stein mitten auf die Brust, und er beginnt in einem wundervoll gespielten Martyrium über seinen nach hinten gebundenen marmeladenverschmierten Schwanz zusammenzubrechen. Ein paar Frauen laufen nach vorn und fassen nach diesem unsichtbaren Marmeladenschwanz, um den die Fliegen schwirren, und die Frauen lachen grell, und ein ganzer Schneesturm von Steinen fliegt heran, haarscharf an den roten Ohren des unermüdlich filmenden Ede vorbei, und das Volk schreit vor Begeisterung, und Harry starrt sekundenlang und fasziniert auf diesen Seiltanz zwischen Leben und Tod, dann reißt er das Megaphon an den Mund und beendet das Spektakel mit überirdischer Stimmengewalt.

Ede läßt die Kamera von den verzerrten, entarteten Höllenrachen unserer Berberfreunde sinken. Die schließen sich allmählich. Dann wischen sich die Berber die Spucke ab und fingern mit ihren nassen, hageren, schwarzbraunen Händen an den Storchenschnabelflinten herum, die sie ihrem modernen Tötungsarsenal aus Maschinenpistolen und Karabinern hinzugefügt haben, und wir sehen, wie sie aus diesen fossilen Flinten richtige scharfe Patronen nehmen. Ich drehe das alles, und Harry sagt: »Mensch, Jean ist ja richtig zusammengebrochen.«

Wir laufen zu dem Jeep und binden Jean los. Der kommt gleich wieder zu sich und sagt: »Das war aber haarscharf. Gottverdammich.«

»Das war's«, sagt Harry.

»Ich hab ja auch 'ne verflucht lange Zeit auf dieser Kiste gestanden«, sagt Jean, »mir war's 'ne Ewigkeit. Und wie ich Harry kenne, hätte der mir noch 'ne Handvoll Steine in die Fresse gewünscht, nur um seine verdammte Lebensechtheit noch echter hinzukriegen.«

»Hab ich«, sagt Harry, »aber für den Anfang war die ›Demütigung Frankreichs‹ schon ganz gut.«

»Du bist vielleicht ein Herzchen«, sagt Jean.

»Schluß für heute«, sagt Harry, »macht euch einen schönen Abend.«

Und so beenden wir den ersten denkwürdigen Drehtag.

»In einem normalen Spielfilm hätten wir dazu eine Woche gebraucht«, sagt Ede und setzt sich auf eine Treppenstufe. Dann streckt er die Arme wie ein Gekreuzigter nach hinten aus und legt sich nieder, fährt aber sogleich wieder hoch. »Verdammt«, sagt er, »da habe ich doch wahrhaftig in Scheiße gefaßt.« Und er betrachtet voller Ekel seine rechte Hand.

Ein alter Berber hockt sich neben uns und beginnt ein Gespräch.

»Wieviel Kinder hast du?« frage ich.

»Sechs und eine Tochter.«

»Das sind Kerle«, sagt Ede, »reif für die eukalyptischen Reiter.«

»Seit wann gibt's denn die als Bonbons?« frage ich boshaft.

Er guckt ganz leer.

Der Berber knackt ein paar Läuse in einer Burnusfalte.

Der Mond kommt aus den Felsen wie ein Ei aus einer Henne. Ein Esel stößt in eine Gießkanne. Die Palmen rascheln. Ein paar Lastwagen fahren vorbei. Auf jedem eine hundertköpfige Schafherde. Sie wechseln den Weideplatz. Auch die Nomaden mögen nicht mehr zu Fuß gehen. Ein kleiner Junge kommt zu dem Alten. Er ist kahlgeschoren, hat aber einen langen Zopf.

»Mein jüngster Sohn«, sagt der Alte, »Allah zieht ihn daran in den Himmel, wenn ihm was passiert.«

Eine alte Berberin schält sich mühsam aus drei Hosen und jeder Menge Unterkleider, hockt sich hin und pißt.

Ede war voreilig. Am nächsten Tag drehen wir wieder auf unserem Turm. Wieder liegt Stone unter seinen Säcken, wieder rollt der Jeep heran, wird Jean ausgepackt und bietet einen scheußlichen Anblick, an den wir uns nach und nach gewöhnen, und das alles wiederholt Harry drei Tage lang, bis kein Quentchen berberischer Ekstase ungefilmt geblieben ist.

Als wir einen freien Tag haben, fahre ich über den kahlen, kalten Atlas nach Marrakesch, um nach Post zu fragen. Nichts. Dann gehe ich auf den Markt. Sie verkaufen ihre Teppiche. Ich kaufe für Lila einen prachtvollen schwarzen, bunt bestickten Mantel aus Taznac, so einen mit einer riesigen roten Ellipse, die das Auge Gottes symbolisiert. Ich packe ihn ein und gebe ihn bei der Post auf, nicht ohne noch einmal nach einem Brief gefragt zu haben. Dann fahre ich zurück. In den Windschutzscheiben der Laster wedeln Hände aus Pappe hin und her, alle mit einem Auge im Handteller. In einem Dorf macht ein Mann Tee für zwei, und dieser zweite ist ein Affe, der aus einer Kiste kommt und den Tee sehr sorgfältig und behutsam trinkt. In einem anderen Dorf, oben im Atlas, kommt ein beinloser Krüppel auf einem Dreirad über ein paar Treppen heruntergefahren, verliert die Herrschaft und rast an mir vorbei talwärts, gegen eine Mauer. Wieder zurück in unserem Kaff, kotzt mich alles maßlos an.

Zum Abschluß drehen wir einen nächtlichen Berbertanz, bei dem die Frauen als malerische Gruppe in einer Ecke stehen und singen und dazu eine Art Tamburin schlagen. Ein paar Männer schlagen die Trommeln. Alle übrigen Männer haben ihren Kriegsschmuck angelegt, halten sich an den Händen und bilden einen Kreis um ein loderndes Feuer. Langsam beginnt der Kreis zu tanzen, sich rhythmisch zu wiegen, zwei Schritte links, drei rechts, dann immer schneller, links, rechts, mit trommelnden Füßen, deren wahnsinnig schnelle Bewegungen das Auge nicht mehr unterscheiden kann, eine rasende, zuckende, stöhnende weiße Schlange aus Burnussen, Augäpfeln, Kettenklirren, Schreien, Schafdunggeruch, Händeklatschen, Trommeln, Schweiß und Spucke. Ede dreht ganz nahe, die zahllosen, um den Hals gehängten Ketten, das von den Flammen rausgeholte Weiß der Augäpfel, die ineinander verschränkten Hände, die wilden und schönen Gesichter. Ein Assistent dreht die Totale, ich drehe, wie der Assistent die Totale dreht. Die Trommeln steigern einander bis zur rhythmischen Tollheit, wie man sie sonst nur in Schwarzafrika erleben kann. Aber in diesen Kerlen steckt ja viel Schwarzafrika. Sie haben sich jahrhundertelang ihre Negersklaven im Süden gefangen und durch die Sahara hiergeschleppt, wobei ihnen Zweidrittel elend krepierten, ganz so wie bei den Portugiesen, Franzosen, Spaniern, Holländern und Engländern, die die gleiche ungünstige Quote bei ihrem Elfenbeinhandel erzielten. Als der Tanz in einer Art mechanischer Raserei seinen Höhepunkt erreicht, schlägt er in Trance um. Die Männer stöhnen und schließen die Augen. Die Frauen schicken helle kleine Triller nach oben, und da beginnen sich die Tänzer, einer nach dem anderen, zusammenzukrampfen, der Schweiß preßt sich aus ihren Schläfen, die Augen öffnen sich und zeigen rollende Äpfel, und während ihnen die Orgasmen in die Burnusse spritzen, lösen sie die Hände auseinander und wanken in die dunklen Ecken der Kasba. Dann bildet sich ein neuer Kreis, und das geht die ganze Nacht so weiter.

Am anderen Tag packen wir stundenlang unser Zeug zusammen, putzen die Kameras und laden die Akkus auf. Am Abend gibt es in der Kasba ein großes Kuskus-Essen, wobei wir links und rechts vom Pascha sitzen, der die Hirsekugeln in seinen schwarzen Händen rollt und uns in den Mund schiebt. Dabei werden seine schwarzen Handteller mit jeder Kugel heller, bis sie endlich weiß sind. Wir trinken unbeschreiblich guten Tee und essen Unmengen kleingehackter Hühner und Hammel und wanken endlich in die Nacht hinaus, wo wir uns unter diesem Sternenhimmel besaufen, den es eigentlich in dieser durchscheinenden Klarheit gar nicht geben kann. Selbst die Skyline von New York ist nachts nicht schöner.

In den nächsten vier Wochen drehen wir, wie Stone durch die verschiedensten Städte und Dörfer geht. Verbotenes beobachtet und Verbotenes tut, wie er – ein richtiger Westentaschen-Lawrence – Araber und Berber und Franzosen gegeneinander ausspielt, besticht, belügt und Folterungen arrangiert, nur um sie zu fotografieren und seine Artikel darüber schreiben zu können. Aber ohne daß er es merkt, folgt ihm von der Kasba im Atlas her der Junge, der damals auf dem anderen Turm gestanden und ihn beobachtet hatte, eine schmutzige kleine Erinnye im Berberlook. Dann nehmen wir noch eine mehr ästhetische Arie im Hof einer Färberei auf, wo Stone zwischen den Bottichen herumläuft, und der entzückte Ede zieht seine Supershow ab: Stones »Camel«-Kopf vor allen Farben des Regenbogens, vor den in Bottichen explodierenden Sonnen, spektralen Blitzen, Gegenlichtkreisen wie Nordlichter und was es so alles an L'art-pour-l'art-Mätzchen gibt. Edes Repertoire ist da unerschöpflich.

Wir haben für vier Wochen einen Hinterhof in Marrakesch gemietet. Vier ebenerdige Häuser mit je einem Fenster und einer Tür sollen jenes Bordell darstellen, in dem Stone damals die entscheidende Begegnung seines Afrikatrips hatte. Harry war damals in der Bordellstadt von Rabat gewesen, einem Stadtviertel, das von himmelhohen Mauern umgeben ist, mit einem

Türschlitz darin, und neben dem Schlitz sitzen die Polizisten und lassen die Besucher rein, aber keine Hure heraus. Wer einmal drinnen ist, bleibt es auch, und wenn die Zuhälter die Polizisten schmieren, bleibt man es bis zum Ende. In dieser Bordellstadt nun fand Stone drei, wie es ihm schien, europäische Frauen. Er kam mit ihnen ins Gespräch, und sie erzählten ihm, daß sie deutsche Nachrichtenhelferinnen gewesen waren, die bei der Kapitulation des Deutschen Afrikakorps in französische Hände gefallen waren. Die Franzosen hatten mit ihnen gemacht, was man seit eh und je dort unten rings ums Mittelmeer mit gefangenen Frauen macht, die Griechen nicht anders als die Römer und davor die Phönizier und danach die Türken und die algerischen Piraten und die französischen Soldaten, die diese Piraten »ausräucherten«, und wie es heute die Araber mit den Touristinnen tun, wenn sie können: sie ficken sie. Die Franzosen fickten die drei deutschen Frauen zwei, drei Jahre lang. Dann verkauften sie sie dem Sultan von Marrakesch, dem Gloui, wenn auch nicht ihm persönlich, sondern einem seiner Sachberater in Bordellfragen, denn diesem Sultan gehörten alle Bordelle im Berberland, und überhaupt war er, wie uns Harry noch im nachhinein zorngeschüttelt erzählt, ein Despot von mittelalterlichen Ausmaßen. Er war das verhätschelte Lieblingskind der Franzosen, die ihn gegen den Sultan von Marokko ausspielten. Immer wenn die Franzosen Schwierigkeiten mit dem Sultan von Marokko hatten, mobilisierten sie den Gloui, der dann seine Berber aus dem Atlas holte, die ganz verrückt aufs Kriegspielen waren und mit Kußhand gegen Rabat marschierten. Der Gloui war einer der verruchtesten und reichsten Männer seiner Zeit, und die Großen dieser Welt von Churchill bis Kennedy rechneten es sich zur Ehre an, eine Weile lang in einem seiner »Märchenpaläste« sein zu dürfen, die voll von ganz jungen Mädchen waren, die die ergebenen Stämme dem Uralten zur Entjungferung geschickt hatten. Wenn es ein Beispiel für Unmoral in der Politik gibt, dann diese schwarze böse Mumie und das Spiel mit ihr. Jedenfalls landeten die drei deutschen Mädchen mit zwanzig in einem seiner Bordelle, und wer den Heißhunger der arabischen Hurensöhne auf weißes Fleisch kennt, weiß, wie es ihnen da erging.

»Sie waren ganz grau«, sagt Harry, »wie zugestaubt. Wie versteinert.«

Und da geht unser Film nun weiter, und Stone betritt den Hof dieses vermaledeiten Bordells, und ein alter Neger führt ihn und sagt: »Da drüben wohnen weiße Frauen.« Stone schiebt den üblichen Sack von der Tür und sieht die drei, grau, alt, wie versteinert. Er beginnt mit ihnen zu sprechen, und sie erzählen ihm ihre Geschichte. Stone wittert sogleich seine Geschichte. Er gibt ihnen Geld und kommt am nächsten Tag mit Zigaretten und einer Flasche Whisky wieder. Er schreibt alles auf. Er gibt ihnen mehr Geld. Er verspricht ihnen, sie hier herauszuholen, gleich morgen wird er den deutschen Botschafter mobilisieren, er wird dieses und jenes und alles versuchen, und während er das sagt, weiß er, daß er nichts von alledem tun wird. Er wird vielmehr das nächste Flugzeug nehmen, seine Geschichte schreiben, ausschmücken, das Bordell in ein anderes Land verlegen, um keine Schwierigkeiten mit dem Visum zu kriegen, wenn er das nächste Mal nach Marokko will, und er wird auf die Tränendrüsen drücken und die drei in seiner Story sterben lassen und was es alles so an Effektvollem gibt. Dann wird er zu einem anderen Ende der Welt aufbrechen, um neue Geschichten aufzugabeln.

Die drei Schauspielerinnen, die Harry für die drei Frauen mitgebracht hat, sind trostlos gut. Stone spielt den Reporter mit richtigen poetischen Augenblicken, nein, er ist kein Unmensch, nur ein Journalist, dem es um eine Geschichte geht. Wenn er den Mädchen sagt, er wolle sie herausholen, dann glaubt er das sogar. Aber kaum ist er weg, hat er nur noch seine Story im Kopf und wie er sie so schnell wie möglich verkaufen kann.

Als wir abgedreht haben, sagt Stone zu Harry: »Meinst du nicht, daß es noch besser würde, wenn ich mit einem der Mädchen schlafen würde, um mehr aus ihr herauszukriegen? Sie verliebt sich in mich. Glaubt nun ganz sicher, daß ich alles tun werde, um sie herauszuholen. Sie glaubt, weil sie liebt.«

Harry sagt: »Mein Gott, das wird ja 'ne Love Story.« Aber da wir alle Stones Einfall gut und böse finden, stimmt schließlich Harry zu, und wir drehen es, und es wird beklemmend gut. Nach dem letzten langen Abschied haben wir alle rote Augen und schieben es auf den Wind, der seit drei Tagen schon vom Osten weht.

Endlich ist es soweit, und wir drehen das Finale unserer Geschichte vor dem schmalen Torschlitz. Wir haben über 300 arabische Komparsen angeheuert, die bei bester Laune sind, in der Gegend herumsitzen und sich zum hundertsten Male von Harry erklären lassen, was sie zu tun haben, wenn sich Stone aus dem Torschlitz quetscht. Der Inhalt der Szene ist der: Stone hat bereits sein Flugticket gebucht. Er will seine Geschichte in der nächsten Nummer seiner Illustrierten bringen. Er hat sie auf drei Fortsetzungen angelegt, und die letzte Folge muß noch im November kommen, weil die Dezembernummer längst ausgebucht ist. Stone hat sich deswegen eingeredet, keine Zeit mehr zu haben, um noch etwas für die Frauen zu tun, zum Botschafter zu gehen und eine Menge Geld und Arbeit zu investieren. Außerdem, wer garantiere ihm denn, daß sich die Botschaft darum kümmere, daß sie es nicht ablehne, sich in innermarokkanische Angelegenheiten zu mischen? Und wer garantiere ihm denn, daß die Frauen wirklich einmal Nachrichtenhelferinnen gewesen seien und keine verkrachten Prostituierten?

Draußen aber ist der Berberjunge aus der Kasba, und bei ihm sind viele Männer, und alle haben den Schlitz im Auge, durch den sich Stone gerade mit Mühe hinausquetscht. Die Männer kommen auf Stone zu und drängen ihn gegen die Mauer. Er ahnt, daß es ihm an den Kragen geht, und zieht alle Register, um noch einmal davonzukommen. Er droht, bettelt und verspricht das Blaue vom Himmel herunter. Sie schlagen ihn nieder. Er kommt wieder hoch, aber sie schlagen ihn erneut nieder und beginnen, ihn mit Benzin zu übergießen. Dann stecken sie ihn an, und während er verbrennt, beginnen sie ihren verfluchten Tanz. Die Polizisten stürzen aus ihrem Mauerschlitz und schießen in die Menge. Stone ist tot. Das ist die Geschichte.

Der Wind macht uns alle ein bißchen verrückt. Wieder und wieder läßt Harry die große Schlußszene drehen. Stone ist glänzend, und die Araber spielen mit, als gebe es weder eine Kamera noch Harrys Megaphon, und ich drehe immer wieder, wie Ede mitten im Gewühl seine Arri wie eine Maschinenpistole benutzt, wie er keinen Zentimeter von Stones Gesicht weicht, als sie ihn übergießen. Mit Wasser natürlich. Das eigentliche Feuer wollen wir später mit einer Puppe und allen möglichen Tricks machen.

»Also, zum letzten Mal!« ruft Harry, und Stone stürzt aus dem Mauerschlitz. Die Kerle drängen ihn gegen die Mauer. Ede, rot wie ein Krebs, hält ihm die Fünfzehner vor die Nase. Die Assistenten drehen das Volk. Und dann kippen sie ihre Kanister auf den Gestürzten, und ich filme wie verrückt und denke, hoffentlich reicht mein Film, da sehe ich, wie aus Stone eine hohe Stichflamme schießt. Er schreit und will auf die Füße. Aber sie schlagen ihn wieder nieder und kippen weiter Benzin auf ihn. Auch ein paar Araber brennen. Ich komme gar nicht auf den Gedanken, daß das mit dem richtigen Benzin gar nicht vorgesehen ist, und halte das für einen Trick von Harry und sehe im Sucher ein arabisches Gesicht, über das ein paar Flammen gehen, und die Augenbrauen verbrennen, und die Kapuze vom Burnus fängt Feuer, und für einen Augenblick steht der ganze Kopf in Flammen, und ich ziehe mechanisch die Schärfe auf eine Menge laufender und stolpernder Araber und drehe und drehe und sehe, wie Ede einen Schlag mit einer Eisenstange ins Kreuz kriegt und noch einen Schlag und wie er zu Boden geht und dabei mit leeren, gar nichts verstehenden Augen nach mir sucht, und auch darauf lege ich die Schärfe, und noch immer komme ich nicht auf den Gedanken, meine Kamera fallen zu lassen und mich in das Ernst gewordene Spiel zu stürzen. Da höre ich die überschnappende Stimme Harrys, und statt unserer Polizeidarsteller stürzen die richtigen Polizisten heraus und werfen sich über den gekrümmten, qualmenden Stone und schießen in die Menge, und Ede kriecht wie blind auf seinen

Knien umher, und Stone rührt sich nicht mehr. Mein Film ist durch. Ich laufe hinüber zu Ede und versuche ihm aufzuhelfen. Aber er fällt mit schwerem Grunzen um. Irgend jemand wirft eine Decke über Stone. Die Sirenen der Unfallwagen kommen wie aus Watte. Ich gehe auf Harry zu, der kreidebleich auf den zugedeckten, unbeweglichen Stone hinabblickt. Ein Arzt wirft sich neben ihm nieder und faßt vorsichtig unter die Decke.

»Mein Gott«, flüstert Harry, »genau so war es damals gewesen.« Der Arzt erstarrt, dann reißt er die Decke weg. »Der Mann ist tot«, sagt er.

Der Platz ist leer. Alle Araber sind verschwunden. Ich habe noch gesehen, wie zwei düster qualmende Araber von den anderen mit Burnussen zugedeckt wurden, während sie in die Gassen liefen. Einer wurde von einem Schuß ins Bein getroffen, aber seine Nachbarn hatten ihn aufgefangen und mitgezogen. Die Ärzte und Sanitäter stehen um den toten Stone und den stöhnenden Ede. Dann legen sie beide vorsichtig auf die Bahren und schieben sie in die Wagen. Wir fahren hinterher.

Drei Tage später: Ich sage zu Ede, der bis zum Hals in einem Gipskorsett steckt: »Ich kann gar nicht verstehen, wieso ich nicht diese verdammte Kamera hingeschmissen habe und zu dir rübergelaufen bin. Ich muß das alles für eine Überraschung von Harry gehalten haben.«

»Ganz so weit würde ich nicht gehen«, sagt Harry, der am anderen Ende des Bettes steht.

»Aber als ich dann sah, wie sie Ede eins überplätteten und er zu Boden ging und irre guckte, da wußte ich doch Bescheid. Wieso habe ich trotzdem nicht geholfen?« frage ich.

»Das ist so eine Art Besessenheit«, sagt Ede, »so eine Art Kamerabesessenheit.«

»Das ist mehr«, sage ich, »ich hatte einfach den Verstand verloren. Ich konnte die Wirklichkeit nicht mehr von ihrer Darstellung unterscheiden, und das ist eine gefährliche Sache.«

»Aber warum haben die nur verrückt gespielt?« fragt Ede.

»Der Wind«, sagt Harry, »und vielleicht mein Megaphon und der ganze Zirkus.«

Ede versucht, sich in seinem Bett zu strecken. Er stöhnt. Vor dem Fenster steigt Fez von seinen Abhängen zum Fluß hinunter. Nur hier haben sie eine Spezialklinik für Verbrennungen. Da sie Stone hierherbrachten, haben sie Ede gleich mitgenommen. Er hat sehr gelitten während der Fahrt.

»Aber es war nicht nur mein Anheizen und der Wind«, sagt Harry, »sie hatten einfach das Zeitgefühl verloren. Sie sahen sich zwölf Jahre zurückversetzt. Sie sahen sich in diesem Scheißbürgerkrieg. In Algerien hätten wir das nie drehen können. Da hätten sie uns alle umgebracht. So ein Trauma sitzt für alle Ewigkeit fest. Dagegen war dies hier nur ein Betriebsunfall.«

»Schöner Betrieb«, sagt Ede.

»Mit dir war das noch was anderes«, sagt Harry, »da brannte bei denen eine zusätzliche Sicherung durch: Die hatten wieder mal die ewige alte Angst, du würdest ihnen mit ihrem Bild ihre Seele klauen.«

»Ich bin verdammt müde«, sagt Ede, »ich habe noch kein Bein bewegen können. Meinst du, ich schaffe es noch mal?«

Ich lache und sage: »Wer später stirbt, lebt länger. Ich fliege morgen zurück. In vier Wochen hole ich dich ab.«

»Ist gut«, sagt Ede.

Zum hundertsten Mal gehe ich zur Post. Nichts. Kein Wort. Kein Telegramm. Ich verfluche die arabischen Hundesöhne, alle französischen Postler und dieses Fünfzigkilomädchen, an dem ich wie Atlas an der Erde zu tragen habe. Am nächsten Tag fliege ich nach Paris.

Ich nehme ein Taxi und fahre nach Paris hinein. In sentimentaler Stimmung gehe ich um die Place St. Sulpice. Ich denke an den letzten Spaziergang mit Mar durch die nahe Rue du Dragon und an das handtuchbreite Hotel, in dem Gustav R. einmal wohnte. Im Café an der Ecke nehme ich einen Aperitif und beobachte mich dabei im Spiegel. Ich sehe anders aus als vor vier Monaten.

Dann gehe ich zur St. Sulpice hinüber, die innen aussieht wie der Mailänder Bahnhof. Ich betrachte den Delacroix gleich neben der Tür. »Jacob ringt mit dem Engel«. Na ja. Ich schaue in die Schaufenster der Geschäfte für religiöse Gebrauchsartikel, die sich auf der einen Seite des Platzes aneinanderreihen. In einer Scheibe beobachte ich, wie die Busse spiegelverkehrt durch ein riesiges Bild fahren, das Christus auf abendlich violetter Heide zeigt, wie er seine Schäfchen hütet. Im Fenster nebenan steht ein wohlondulierter Christus aus Gips, ein bunt angemalter, ovalgesichtiger Transvestit mit fein fallendem Frauenhaar und den großen Augen der Schwindsüchtigen. Und dieser Limonadengesalbte, den seine Unterhirten noch immer in dieser Form und Figur ihren Schafen entgegenhalten und dessen sich die kleinen schwarzweißen Nonnen noch immer in ihren Träumen bedienen, dieser absolut Unglaubwürdige kehrt in den Nachbarfenstern in Teakholz gedrechselt, in Kristall geschliffen und in erleuchtetem Kunststoff gepreßt wieder. Aber es gibt ihn auch als abstrakte Nuß, als kosmischen Doppelring, als Lichtfontäne, als Düsenklipper, als drahtgebogene Acht.

Ein Abbé aus der Provinz nähert sich mit seiner Haushälterin, und beide kleben ihre Blicke hingebungsvoll auf die diversen Möglichkeiten zeitgenössischer Christusdarstellung.

»Ich würde ja lieber so etwas Modernes kaufen«, sagt der Abbé, »dann könnten auch unsere jungen Leute sehen, daß wir mit der Zeit gehen.«

»Du hast recht, Hochwürden«, sagt die Haushälterin, »aber mir gefällt der besser und wird also auch gekauft«, und sie zeigt auf den Gipsernen aus dem zweiten Fenster.

Der Abbé seufzt und guckt sie ergeben an.

Ich gehe den Quai St. Michel entlang. Die Fassade von Notre Dame ist vom Abend geschwärzt. Der spitze gußeiserne Dachreiter zeigt wie die mit Widerhaken besetzte Harpune Quipegs zu einem riesigen weißen Pottwal, der über den geflammten Himmel fährt. Plötzlich stößt die Harpune vor und verwundet den Wal. Aus seinem Atemloch steigt ein rosiger schaumiger

Strahl, ein Todesstrahl, steigt und zerfasert wie der Guadalquivir, wenn er sein rotes Wasser ins blauschwarze Meer breitet.

Bei Ren ist es dunkel. Ich klingele bei der Wirtin. Der uralte Hund schlägt heiser an. Die Wirtin kommt. Sie erkennt mich und lächelt.

Ich frage: »Ist Ren nicht zu Hause?«

Und sie erwidert, ohne eine Sekunde ihr Lächeln aufzugeben: »Aber wissen Sie denn nicht, daß Ren tot ist?«

Ich sehe ihr Gesicht vor mir. Der Mund ist wie mit einem Stichel herausgeholt, die Nase mit blauen und roten Äderchen, die grauen Haare an den Schläfen voller Schuppen.

Und ich höre mich mit merkwürdiger Fistelstimme überdeutlich sagen: »Ren ist tot? Aber wieso denn?«

Und sie sagt: »Er wurde krank, kaum daß Sie weg waren. Er hatte irgend etwas im Leib. Hier auf der rechten Seite. Er hat immer die Hand draufgedrückt. Und sein Gesicht war ganz gelb geworden.« Die Wirtin drückt ihre Hand auf die Stelle und sieht leidend aus. »Er hat zuviel getrunken. Ich habe ihm immer gesagt, Ren, Sie trinken zuviel. Mein Vater ist am Roten hops gegangen. Mein Großvater auch. Es fängt immer in der Seite an und damit, daß man gelb im Gesicht wird. Hören Sie auf, habe ich ihm gesagt. Aber er hat nicht auf mich gehört. Trank immer weiter. Zuletzt fünf Flaschen am Tag. Da brach er eines Tages einfach zusammen. Der Arzt kam. Er konnte nicht helfen. Sie brachten ihn in eine Anstalt. Im Saargebiet, wo er ja zu Hause war. Es ging alles gut. Nach drei Monaten konnte er entlassen werden. Elsa holte ihn ab. Er war wieder ganz gut beisammen und machte Witze. Sie fuhren zum Haus seiner Eltern, wo sie ein Zimmer hatten. Sie holt den Schlüssel heraus und steckt ihn in das Schlüsselloch. Da fällt er um und ist tot!«

»Können Sie mir den Schlüssel von seinem Zimmer geben?« höre ich mich fragen. Sie holt ihn mir, und ich steige die Treppe hinauf, gehe in sein Zimmer und öffne das Fenster. Dann hebe ich die Bilder von der Wand ab. Auf der Tapete dahinter finde ich Rens Sätze. Er hat mich nicht angekohlt. Er hat da wirklich überall was hingeschrieben. Hinter einem schlechten Druck von Friedrichs »Der Husar im Walde« steht: »Im Frost schneit der Atem. Getragen von tizianroten Trompeten steigen platonische Nutten treppab. Wieviel Anmut liegt in der Gelenke Geschick. Oberon, der sich als Hauch auf dem Gitter des Kanals erhielt, erschrickt. Wann wieder werden die Sternbilder des Vogelzuges im Märzwind schaukeln?« Unter einem Liebespaar, das sich in den Tod stürzt, steht: »Deine Hand ist die Hand einer Horchenden. Abends, in der Stunde der Katzen, wenn der Nachtwind mir alle Worte vom Mund nimmt, abends, wenn sich die Sterne ihre Namen zurufen, wenn Du auf Deinen Wimpern den Glanz des Kinderschlafs trägst, wenn die kleine Kühle deines Atems auf- und niedersteigt, wenn deine Finger gekrümmt sind, als hielten sie einen Traum fest ...« Kleiner Wichser, denke ich, wolltest dich mit deiner lausigen Poesie selbst betrügen. Und im gleichen Augenblick finde ich mich unerträglich beschissen und sage mir: »Was bist du doch für ein verhemmter alter Kanake. Warum fällt es dir so schwer, einfach so zu sein, wie du jetzt und in diesem Augenblick sein möchtest, nämlich gerührt, sentimental, randvoll mit traurigen und erhabenen Empfindungen, ein Kerl, wie du ihn angeblich nicht ausstehen kannst? Warum dieser Schiß vor dir selbst? Warum dieses beschissene flaue Gefühl im Magen, nur weil du dich mal ertappt hast, wie du wirklich bist: ein sentimentaler, verkitschter, romantischer Hund, der am liebsten seinen mageren Hundehintern fest auf Rens Grabhügel pressen und den Mond anbellen würde.«

Es ist eigentlich komisch, denke ich, daß Rens Hand nie gezittert hat, wenn sie Rotwein einschenkte, obwohl sie sonst oft zitterte. Aber er liebte es, Wein zu verschütten. Das war seine Art der Verschwendung. »Der Rotwein«, hat er mir mal gesagt, »ist für mich die Tür nach drüben. Ich meine, jedes Glas ist eine Tür, die sich öffnet und mich näher an irgend etwas bringt. Ich könnte dir nicht sagen an was. Wenn ich blau bin und mich im Spiegel betrachte, bin ich plötzlich aus Glas, wie dieser Licenciado bei Cervantes, ganz und gar durchsichtig, und ich verstehe plötzlich, warum sich die Bäume so in Absaloms goldenes Haar verliebten, daß sie es sich um ihre Äste wickelten. Ich verstehe, daß sich tags die Nacht ausruht und warum auf der Fontäne gotischer Sehnsucht der Hut des alten Rabbiners tanzt. Warum die ermüdeten Brücken die Zeit von Ufer zu Ufer tragen.«

Es klopft, und die Wirtin erscheint in der Tür wie ein abgewracktes Phantom, beladen mit zwei Flaschen algerischem Roten.

»Das war seine Marke«, sagt sie, »lassen Sie uns ein Glas zusammen trinken. Zur Erinnerung an Ren.«

Wir trinken ein Glas.

»Kein Wunder, daß er daran zugrunde gegangen ist«, sage ich, »das verflüssigt einem doch die Eingeweide.«

»Daran ist er sicher nicht gestorben. Ich vermute eher, daß er aufgegeben hatte. Einfach so. Daß er nicht mehr wollte.«

Dann geht sie wieder und läßt mich mit den Flaschen zurück, und ich trinke das saure Zeug, das mich schüttelt. Es ist inzwischen Nacht geworden, und die Scheinwerfer spinnen Notre Dame wie eine schwarze Raupe in einen Kokon aus Licht. Ich habe einen ganz trockenen Mund.

Ich suche in Rens Platten und finde eine, die ich ihm vor Jahren einmal geschenkt hatte. Es ist das Requiem von Campra. Ich lege es auf. Auf die innere Plattenhülle hat Ren etwas geschrieben. Ich lese: »Ren 1970. Geschrieben nach dem einhundertsten Anhören dieses Requiems. Sie sagten: Schaufele dein Grab selbst, du Schwein. Die Asche des Morgens sank über seine grabenden Hände. Seine Augen erkannten das Grün der Vega nicht mehr. Seine Lider waren von ihm abgefallen. Sie lagen am Rande der Grube, die er immer tiefer höhlte. Die Felsen zerrissen nicht. Warum zerrissen sie nicht? Warum tränkte das Grün der Vega nicht diese gemarterten Augen? Wie konnte es sein, daß der Tag nicht zögerte, seine Szene zu betreten? Der Tag, an dem unter den Seufzern der Frühe García Lorca sein Grab schaufelte. Dies irae, dies illa. In den Schnäbeln die Reliquien vergangener Herrlichkeit, irren die Krähen hin und her. Der Brokat einer Bischofsmütze zerfällt wie der Schädel, der sie trug. Die Tage der seidenen Sonnen sind dahin. Die Sterne des Siebengestirns fliehen einander. Die Cypressen atmen nicht mehr den Gesang pathetischer Greise aus. Requiem aeternam dona eis. Domine, et lux perpetua luceat eis. Der Wind hat freundliche Finger, aber der Regen zerstörte dein Lächeln, kleine Theresa auf dem Goldgrund ersehnter Leiden. Er streichelt das Haar der Toten auf den Gräbern. Aber er lindert nicht die Not der Sterbenden in ihren Kammern. Christe eleison. Nirgendwo blutet der Fels roter als hier. Auf allen Stufen des Lichts knien die kopflosen Heiligen. In ihren Wunden baden die Tauben. Rubine auf deiner Stirn, Santa Maria la Bianca, Asche in deinem Mund. Agnus Dei, qui tollis peccata mundi, dona eis requiem. Drei Wespen im Luftraum über Bengalen bevölkern ihn dichter als Sterne das All.«

Mein Gott, Ren ist tot.

Welch ein abgeschmackter Popanz, der Tod. Ich traf ihn ein erstes Mal, als ich sechs Jahre alt war. Ich ging durch die Laubenkolonie, wo mein Großvater einen Schrebergarten hatte. An der Laube des Nachbarn hing kopfüber eine Ziege. Sie meckerte, obwohl ihr Hals bis zu den Wirbeln durchtrennt war. Ihre klaren und wundervollen Augen waren noch ganz und gar lebendig und schienen den Tod nicht zu bemerken, der sich in den langsam leerlaufenden Adern ausbreitete. Plötzlich überzogen sich die kristallenen Pupillen mit grauen Schleiern. Die Ziege hing still. Dann öffnete sie ein letztes Mal das verklebte Maul, versuchte ein letztes Meckern, hob den Schwanz und säuberte ihr Gedärm von den letzten Erinnerungen an Wiesen, Kräuter und Salz. Ich hatte die Ziege gut gekannt. Sie war verspielt und intelligent gewesen. Als meine Tante Carlotta starb, saß Pfarrer Franz neben der trostlosen Großmutter lange in der Küche. In der Grude summte das Wassertöpfchen, in dem sich Carlotta immer ihren Kaffee Hag gebrüht hatte. Pfarrer Franz machte sich, Choräle summend, Notizen. Er hatte einen weinroten Kahlkopf über drei bleichen Speckfalten. Er trug einen ölig schimmernden

Ulster. Er sammelte Daten und Ereignisse in sein Notizbuch. Er schrieb sich Carlottas Tugenden auf, die Tugenden einer dümmlichen, zuckerkranken Person, deren Herz im Gänseschmalz unmenschlicher Güte gezuckt hatte. Sie hatte ihr Leben außer mit guten Taten mit dem Besticken ihrer Aussteuer zugebracht. Hochzeitshemden, die nie emporgestreift, Mieder, die nie geöffnet, und Hosen, die nie heruntergelassen wurden. Am Tag von Carlottas Begräbnis regnete es. Der zähe Teig des Friedhofsbodens klebte an den Schuhen der Leidtragenden. Pfarrer Franz balancierte stockbesoffen auf den Brettern über dem offenen Grab. Er zeigte auf seinen gedunsenen Zügen das Lächeln eines Gasometers. Dann sprach er, und lange Zeit merkten die Leidtragenden nicht, daß seine Rede einer ganz anderen Toten galt, einer offensichtlich achtundsiebzigjährigen Matrone, der Gott sicher vergeben würde, denn sie hatte viel geliebt. Bei diesen Worten wachte meine Großmutter mit einem schrillen Schrei aus ihrer Versunkenheit auf. Carlotta hatte nie geliebt! Oma hatte es ihr immer wieder mit den Worten ausgeredet, was soll denn dann aus Opa und mir werden? Und so hatte Tante Lotte unseligerweise nur die Religion umarmt. Omas Schrei warf Pfarrer Franz von seinen Brettern am Sarg vorbei in die Grube. Langsam neigte sich der eichene Schragen, und die Bretter gaben nach, und alles rutschte ab und begrub zugleich Carlotta und Pfarrer Franz. Die erstarrten Leichenbestatter nahmen die Mütze ab. Der verwirrte Großvater warf die ersten drei Handvoll Erde, die Pfarrer Franz den Mund verstopften, den er gerade zu einem Hilfeschrei öffnen wollte. Stille. Jedermann hoffte, nun sei alles vorüber. Aber ein dumpfes Gepolter aus der Erde verriet, daß Pfarrer Franz noch keineswegs aufgegeben hatte. Man warf, dessen ungeachtet, die Erde schaufelweise herab, und erst als er da unten anfing, Gott und die Welt zu verfluchen, hörte man damit auf und zog ihn an seinen Maulwurfspfoten herauf.

Als ich nachts das Tor an der Place des Vosges öffne, brennt in einem der lilaschen Fenster eine kleine Birne und beleuchtet die

Mittagskanone. Ich betrachte sie ohne Geistesgegenwart und pfeife vor mich hin. Drinnen schlägt Betty an, erst vereinzelt, dann anhaltend heftig.

Ich schließe das Tor wieder, kippe in der Kneipe vis-à-vis einen Roten und werde trübsinnig.

Unter den Arkaden kommt mir eine alte Dame mit einem französischen Mops entgegen, der aussieht wie ein Negerliliputaner, der Bodybuilding macht. An der Ecke Rue des Ballets bleibe ich stehen und denke an die Prinzessin Lamballe, von der Ren einen schönen Farbstich hatte, ein schönes junges Mädchen mit einer Frisur bis zu den Wolken. Die Lamballe war eines der Opfer der Septembermorde. Gleich um die Ecke sind die Mauerreste des alten Gefängnisses de la Force. Dort war sie eingekerkert. An dieser Ecke hier tötete man sie auf viehische Weise. Die blutigen Erinnerungen machen mich noch schwermütiger, und ich fühle mich wie mit Blei gefüllt. Ich gehe noch einmal zur Place des Vosges zurück, aber die verdammte kleine Kanone steht noch immer im Fenster.

In der kleinen Eckkneipe gegenüber erwische ich einen Anis der Marke »del Monó« – eine Rarität. Picasso und bald darauf alle Kubisten haben die Flasche gemalt. Immer wieder. Die Kunst verdoppelte den Umsatz, und die geschmeichelte Firma schenkte jedem Kubisten zu Weihnachten eine Extrapulle.

Als ich wieder mal in Lilas Hof gucke, öffnet sich ihre Tür, und so ein flotter Ichweißschonwoderweglanggeht-Typ kommt mit knarrender Bügelfalte die Treppe runter. Für einen Augenblick glaube ich Lilas Gesicht hinter dem Vorhang zu erkennen, ziehe mich aber vorsorglich in den Halbschatten zurück und gehe pfeifend die Arkaden entlang. Nach zehn Minuten äuge ich noch einmal nach meiner verdammten Kanone. Ich habe mein kleines Fernglas bei mir, das ich meist dabei habe, als Motivsucher gewissermaßen, mit dem ich das Nahe weit und das Weite nah sehen kann. Damit suche ich die Gardinen ab. Ich finde nichts, und auch die verdammte Kanone steht noch immer wie vorhin. Ich weiß nicht, wie ich die nächsten vierundzwanzig

Stunden hinter mich bringe. Wenn ich alle meine Gedanken in einem Paket zusammenschnürte, wäre es nicht größer als eine Streichholzschachtel. Ich weiß nicht, wo ich lang gehe, was ich esse, mit wem ich spreche, welches Schaufenster ich zum x-ten Mal betrachte. Ich bin so schlapp, daß ich mich immer wieder auf irgendeiner Bank finde. Ich weiß, daß ich vor dem Invalidendom – ausgerechnet – einen dreibeinigen Hund streichele, daß ich das Hochhaus auf dem Montparnasse mit dem Pfahl vergleiche, der in Draculas Herz gerammt wurde, um ihm das Fliegen und Aussaugen abzugewöhnen. Aber sonst? Trauermarsch für eine Marionette.

Einmal rufe ich Lulu le Boeuf an, und er ist sehr verlegen und sagt: »Nein, ich weiß auch nichts. Nein, sie ist nicht launisch. Sie will wohl nur nicht, daß irgend jemand sie beherrscht oder ... auf ihr spielen kann ... nein, nicht ›mit ihr‹. Auf ihr. Sie möchte wie das Harmonium von Picasso sein, auf dem auch niemand spielen konnte, das aber Weihrauch von sich gab, wenn man seine Bälge trat. Was sagst du? Ich solle mir meine miese Poesie hinten rein ... Sie will einfach nicht abhängig werden. Das ist es. Und wenn sie vermutet, eine Leidenschaft könne zu stark werden ... aber du weißt doch selbst. Es ist immer das gleiche Lied. Wer bei ihr ist? Da haben schon viele Ratten das sinkende Schiff betreten. Es sind viele, die sie lieben möchten, und auch sie möchte von vielen geliebt werden. Pierre? Der will nur zu dir. Sie hat übrigens gewußt, daß du in jener Nacht im Hof warst. Betty hat's ihr verraten. Sie hat gleich hinterher den Typ, der bei ihr war, rausgeschmissen. Ich weiß nicht, ob sie noch einmal zu dir zurückkommt. Woher soll ich das auch wissen. Tut mir alles sehr leid. Aber ich kann da gar nichts machen. Auf mich hört sie am allerwenigsten. Weißt du doch. Und was gelaufen ist, ist gelaufen. Natürlich ist das banal. Ist eben alles banal. Das andere, ich meine, das, was nicht banal ist, dauert nur eine kurze Zeit.«

»Shut up«, sage ich und hänge ein.

Ich versuche über mich nachzudenken, aber da »nichts trostloser ist als eine gründliche Erkenntnis des eigenen Ich«, gebe ich diesen Versuch bald schon auf. Überm Grand Palais zieht die Hand Gottes einen Schaffellteppich über den Himmel. Sonnenfinsternis. Mein Vater hat mir mal lang und breit das Geheimnis einer Sonnenfinsternis erklärt, ich meine, das physikalische. Ich verstand nichts. Mein Vater erklärte es an drei Bällen. Ich begann zu verstehen. Fragte trotzdem meine Mutter. »Die Katze hat den Mond fortgetragen«, sagte meine Mutter.

Am Abend gehe ich noch einmal zur Place des Vosges. Das Vergnügen am Leiden treibt mich dahin. Der Mops von gestern sitzt in einem Torbogen. Er muß ein Geräusch gefressen haben, das er wieder von sich gibt, als ich vorübergehe.

In Lila Fontanas Hof ist es stockdunkel. Nur bei ihr brennt Licht hinter den Vorhängen. Im Vorhang zu ihrem Schlafzimmer klafft ein Spalt. Die Herren Nacht- und Grabdichter lassen bitten. Ich stelle mich in eine noch schwärzere Ecke, ziehe mein kleines Fernglas aus der Tasche und richte es auf den Spalt. Dahinter eine Stuhllehne, dahinter ihr intelligenter Popo, der sich rhythmisch auf und ab bewegt.

»Was machen Sie denn hier?« fragt zehn Zentimeter neben meinem Ohr die Concierge. »Ach so, Sie sind es, Herr Henri. Ja, da ist wohl nichts mehr zu machen. Tut mir leid für Sie. Ich glaube, es ist der Vater von Pierre.«

»Hier, zum Abschied«, sage ich und drücke ihr einen Hunderter in die Hand, »und sagen Sie ihr kein Wort.«

Sie legt die Hand auf den Mund und begleitet mich zum Tor.

Draußen auf dem Platz fühle ich, daß ich auslaufe wie eine Badewanne, aus der man gerade den Stöpsel gezogen hat. Henri, der flüssige Mensch. Das monotone Morsezeichen einer Grille. Stranger in the night. Ich sacke ab. Der Mops ist immer noch da. Kotzt plötzlich wie eine alte Schiffspumpe aus Kupfer und Leder, erst dreimal »schlurf« und dann »krach«. Eine Wolke schiebt sich wie eine Möwe über den Neumond. Ohnehin nur eine Ahnung von einem Ring. In der Rue St. Antoine drehen ein paar Männer in Südwesterhüten, Gummimänteln und Gummistiefeln an einem Hydranten. Sehen aus wie gestiefelte Pilze. Ein Schwuler in einem riesigen Wolfspelzmantel führt einen kleinen Asiaten an der Hand, wie man einen Ozelot spazierenführt.

Auf dem Pont Neuf raunt mir ein geblümtes Mädchen »Jesus liebt dich« zu.

»Leck mich am Arsch«, sage ich.

»Er liebt dich trotzdem«, sagt sie mit einer Stimme, als spinne sie Zucker. Pan sieht mich an, der ziegenohrige Halbbruder des Zeus. War Jagdgott bei den Arkadiern. Wenn sie nichts fingen, peitschten sie ihn. Waren nicht zimperlich, die Alten. Fällt mir schwer, meine Siebensachen zusammenzukratzen. »Die Welt ist eine Komödie für die, welche denken, und eine Tragödie für die, welche fühlen«, hat mal jemand gesagt. Bin halt kleiner als meine Träume.

Die Stadt ist leer. Wie ausgefegt. Der Flug wie üblich in den Wolken. Als ich zu Hause ankomme, schleiche ich auf Zehenspitzen direkt in die Arme von Fräulein Mai. »Ich hatte doch von Vater einen Kelim geerbt«, sagt sie, »ein wertvolles Stück. Ich hatte es zur Reinigung gegeben. Heute haben sie es zurückgebracht. Und wissen Sie, was immer noch dran ist? Scheiße. Scheiße vom Vater! Seien Sie doch so nett und gehen Sie da morgen mal vorbei und sagen Sie denen, die müßten es noch mal reinigen.«

»Das werde ich ganz gewiß nicht tun«, sage ich, und sie senkt ganz bestürzt über soviel Unhöflichkeit ihre Nase in den Kelim.

Oben finde ich einen Brief, in dem mir der Leiter irgendeines amerikanischen Kurzfilmfestivals mitteilt, meine »Hommage à Fabre« habe den ersten Preis gemacht, und ich sei Besitzer von zehntausend Dollar. Am Abend fahre ich zu Edes Fastwitwe und finde sie gefaßt. Danach stehe ich lange am Fenster und schaue in den Mond, dem man gerade wieder eine Rakete in die Fresse geschossen hat. Er verliert seinen Mythos wie eine alte Hose. Dann der gestirnte Himmel über mir. Ich könnte ihm den Arsch bis zum Morgenstern aufreißen.

»Du sagst ja gar nichts, du Pfeife«, fahre ich den Kater Terribile an, der darüber furchtbar erschrickt.

»Stille Kater sind tief«, sagt er und haut ab.

»Hab ich auch schon mal gehört!«

Am Abend fahre ich zu Mar, der zufällig im Lande ist. »Schöne Geschichte, das mit Ede«, sagt er und legt die Stirn in Falten. »Wenn ich nicht unbedingt übermorgen nach Japan müßte, würde ich zu ihm fliegen. Aber es geht wirklich nicht. Es läuft hier nicht mehr wie früher. Sie haben den Leiter von der ›Kultur‹ ausgewechselt und einen Politischen geholt. Der gefällt mir nicht sehr.«

»Warum haben sie dich denn nicht genommen?«

»Mich, ich glaube, du spinnst. Bin Spezialist für Fernsehfilme und nicht für Fernsehkarrieren.«

»Bist ja heute richtig bitter.«

Ich gucke mir Mar genauer an. Er sieht müde aus. Ich gucke ihn mir an und sehe, wie er, ein alter Hieronymus im Gehäuse, in der Bibliothek des Britischen Museums sitzt und monatelang alles über die Konquista liest, wie er sich in Sevilla durch die Archive wühlt, unzählige Abbildungen zu Collagen zerschnippelt, wie er tagelang mit den Kostümbildnern palavert, die Maskenbildner bekniet, in Estremadura die Bauern aussucht, die die Konquistadoren abgeben sollen, und in Cuzco die Indios, ihre Gegenspieler, wie er allen und jedem auf die Schliche zu kommen hofft, wie er die Marschsäulen der Konquistadoren vor die Mauern von Sacsahuaman führt, wo Hunderte von Indios auf den Entscheidungskampf warten, wie er wie der rossinische Kapaun in den Titicacasee fällt, und das ist gar nicht komisch, denn der See ist kalt wie eine Tiefkühltruhe, wie er sich wochenlang in den Urwäldern rumtreibt und auf den eisigen Anden – und wie dieser Mann, der über hundert Filme für dieses lausige, undankbare, gottverdammte, nichtsahnende Fernsehen ...

»Du brauchst dir meinen Kopf nicht zu zerbrechen«, sagt Mar, »ich arbeite gern ohne Netz. Aber manchmal geht's einem doch ganz schön an die Nerven.«

»Ich habe gar nicht an dich gedacht«, sage ich, »sondern an Rossini, der mal gesagt hat, er habe zweimal im Leben geweint, einmal bei Mozarts Requiem und einmal, als ein Kellner vor seinen Augen einen getrüffelten Kapaun in den Comersee fallen ließ.«

Er lacht und sagt: »Weißt du noch, wie Ede damals diesen Industrieboß schachmatt setzte, der uns zum Essen ins Ritz eingeladen hatte. ›Als zweiten Gang empfehle ich Ihnen Kapaun‹, hatte der gesagt, und Ede hatte erwidert: ›Nein danke, ich esse keinen Fisch.‹«

Wir widmen uns weiteren kleinen Schwächen Edes und versichern uns, daß wir sie für noch sympathischer halten als seine Stärken, aber Mar kriegt schon wieder sein Abwesendes, und ich mache den Fernseher an. Irgendein Kulturmagazin. Der Rainer Maria ist es nicht, der da kommentiert. Den haben sie abgesägt. Der Zungenschlag des Republikaners war ihnen dann doch zu laut, klang ja manchmal wie 'ne Ohrfeige. Und waren nur Tatsachen. Die Tatsachen waren die Ohrfeigen. Ursache und Wirkung verwechselt. Aber das tun die ja immer. Wer aber sind »die«? Dann der Rest des Abendprogramms. Wie immer. Kannste vergessen. Aber um Mitternacht, in der Stunde Babylons, in der alles und jeder längst am Pennen sind, da reißt mich doch der William Klein mit seiner »Little Richard Story« glatt vom Hocker. Da steckt ja alles drin, was in so 'ner Story nur stecken kann, crime and sex, drive and wit, Sodom und Gomorrha und ein Schnitt, na, ich sage euch. Schon deswegen lohnt's.

»Das war phantastisch«, sagt Mar, »schon deswegen lohnt's – ... na, du weißt ja. Aber so was kriegen wir hier ja nie hin.«

»Wart's ab«, sage ich.

Am Morgen kreuze ich in unserem Funkhaus auf, mache Männchen und gebe x-mal meine Fassung der Ede-Story zum besten.

Dann gehe ich zu meinem Chef, dem »Direktor Bild«.

»Du wirst rückwirkend zum Ersten Kameramann«, sagt der und grinst jovial. Und als ich nichts sage: »Freust du dich denn gar nicht?«

»Nein«, sage ich, »aber ich hätte es gern schriftlich. Ich kündige zum nächsten Ersten.«

»Aber Henri«, sagt er, »Mann, mach doch keine Geschichten. Du weißt doch, wieviel ich von dir halte.«

»Weiß ich«, sage ich, »ist auch mehr 'ne private Sache. Ich muß einfach mal was anderes machen. Fange an, alles durcheinanderzuwerfen. Muß mal raus aus alledem.«

»Tut mir leid«, sagt er, »du kannst immer wieder kommen.«

Ich rufe Mar an und sage ihm: »Nicht, daß du denkst, ich würde einfach abhauen. Ich will nur 'ne Möglichkeit finden, das zu tun und zu sagen, was ich sagen und tun möchte oder besser muß. Ich gebe nicht auf. Ich fange neu an. Nicht als so 'n verfurzter Angestellter, sondern als freier Mann. Wird schwer, ist mir klar. Aber du weißt ja, alles ist besser, als Schaden zu nehmen an seiner Seele. Holst du Ede ab?«

»Klar, sobald es geht. Laß von dir hören. Möchte den Cortés mit dir machen. Drücke dir alle vier Daumen.«

In den nächsten Tagen wickele ich mein dienstliches Leben ab. Ich hole meine Beförderung, löse mein Konto auf, bezahle die Miete ein Jahr im voraus, hole die Flugkarten, packe Kater Terribile in einen Taubenkorb und fliege am Wochenende westwärts. Einmal sehe ich im grauen Meer die eisernen Gurken mit dem Atomantrieb. Rege mich nicht weiter darüber auf. Ein Araber rollt einen handtuchgroßen Teppich im Gang aus und kniet in Richtung Mekka. »Hüter des königlichen Darmverschlusses« stand über einem Ärztegrab der vierten Dynastie. Es kommen mehr Leute nach Disneyland als nach Mekka. Warum kann ich eine untreue Geliebte nicht genauso lieben wie eine treue? Was ist das überhaupt für ein Quatsch, die Treue. Was hat denn Treue schon mit Liebe zu tun! Oder?

In Mexico City habe ich drei Stunden Aufenthalt, in denen ich den derangierten Kater Terribile auf Vordermann bringe. Dann kriechen wir in die kleine Maschine nach Oaxaca. Als wir nach zwei Stunden landen, sehe ich am Rand des Flugplatzes vier

Kinder und ein Mädchen. Aber das kann ja nicht sein. Als wir aus dem Flughafengebäude kommen, stehen sie da, alle fünf.

»Was macht ihr denn hier?« frage ich und wische eine geflügelte Termite aus dem Auge.

»Seitdem du weg bist, kommen wir zu jedem Flugzeug und gucken, ob du drin bist«, sagt das Mädchen und nimmt mir den Korb mit dem Kater ab. Ihr Atem riecht angenehm nach Popcorn.

Ich nehme die beiden Kleinsten auf den Arm. Wir gehen zum Taxi und steigen ein. Sie ist sehr schön geworden in diesem einen Jahr. Die schönste Indianerin, die ich je gesehen habe. Cejas de la montaña nennen die Indios diese Augenbrauen, nach den Sichelwäldern dort oben. Und die Kinder sind die schönsten Indiokinder überhaupt. Und das will was heißen. Scheint doch keine geflügelte Termite gewesen zu sein, muß eine Influenza erwischt haben. Ich blicke aus dem Wagenfenster und einem Bullen direkt in die Nasenlöcher. Er leckt sie sich, als hätte er Schnaps drin.

Das Mädchen legt seine kleine Hand in meine große Pfote. Aus einer Staubwolke kommen drei kleine Esel in Damenschuhen. Ich drücke dem Mädchen die Hand. Aber das ist eine andere Geschichte.

UNVERÖFFENTLICHTE PASSAGEN

S. 47

Eierschalen ... Natürlich kennt jede Seite die Ausnahme von der Regel. Sonst käme ja wohl nie etwas heraus, das Momos, diesen St. Just der Fernsehkritik veranlassen könnte, seine verzuckerten Geschosse aus dem Arsch der alten Tante ›Zeit‹ abzufeuern, einem Plätzchen, in dem es auch ein hagerer Republikaner warm hat.

Ach ja, und dann beschwert sich Donny über mich, aber das landet unbesehen im Papierkorb.

Ich klemme mich eine Woche lang hinter den Schneidetisch und montiere meine Starnbergerseegeschichte. Ich finde sie gut und ganz einfach zu lesen, selbst für verstockte Ignoranten. »Faites simple« hatte Escoffier gesagt, von dem man behauptet, er sei der raffinierteste Koch Frankreichs gewesen. Machen wir's ihm nach. Abends, wenn die Kumpel vom Trick verschwunden sind, lasse ich mich mit J.C. hinter der Trickkamera nieder und wir lassen gemeinsam die Traum- und Wunderschlösser des Heiligen Ludwig aus dem See auftauchen und kopieren alles Mögliche und Unmögliche hinein, das alles zermalmende Nilpferdgebiß eines der Oberförster in Neuschwanstein, die brechenden Augen Maria und Magdalenas in Schloß Linderhof. Das Ganze – ich meine meinen Zwölfminutenhit über die Unmöglichkeit des Schönen sich gegen das Unschöne durchzusetzen, ist eine Heidenarbeit, die mich außer sieben Tagen und Nächten auch noch zehn Kasten Bier für die Fritzen vom Trick gekostet, um sie bei Laune zu halten, wenn sie morgens meine Schnippelei wegräumen müssen. Ich lasse eine Kopie ziehen, sattle meinen Tiger und klappere ein paar Abteilungen ab.

»Das ist hübsch gemacht«, sagt der gelbhäutige Zuständige von der Unterhaltung, dessen Richard-Burton-Leber auf die Größe eines 50 Centsstück geschrumpft ist, »wirklich sehr hübsch. Aber für uns ist das doch viel zu anspruchsvoll.«

Ich betrachte gedankenverloren seine Tränensäcke und ziehe weiter.

»Für uns, Henri, ist das ein bißchen anspruchslos«, sagt der Zuständige fürs Nachtprogramm und kratzt in seiner Schnittlauchfrisur, die ihn zu einem Zwilling des Herzogs von Windsor macht, »das ist ja die reinste Unterhaltung. Blendend gemacht. Zugegeben. Aber eben nicht für uns. Die reinste Unterhaltung. Versuch's doch mal bei denen.«

»Wir machen Filme über Kunst, mein Lieber, und keine, die Kunst sein wollen«, sagt der Zuständige für Kultur- und Geisteswissenschaften, ein Kerl wie aus Stein gehauen: eine Büste, »und Kunst ist eine viel zu ernste Sache. Versuchen Sie's doch mal in der Politik. Für Fasching brauchen die immer so nette Parodien.«

»Aber Henri«, sagt der Zuständige von der Politik, »du weißt, wie gern ich dich mag und wieviel ich von deinen Sachen halte. Du bist schon 'ne originelle Nummer. Aber, Menschenskind, wenn das 'ne Parodie ist, fresse ich 'n Besen. Das ist doch hochbrisantes Zeug. Noch dazu mit Tiefgang. Eine Parodie für Fasching?! Daß ich nicht lache. Der spinnt doch, der Kulturfritze. Meinst du, von den Heinis da oben, verstünde auch nur ein einziger Spaß. Wenn sie sich wieder erkennen, hauen die mir den Stuhl unter'm Arsch weg. Wirklich. Ist ja auch mehr 'ne Musiksendung. Oder?«

»Das soll die erste Nummer einer Musikbox sein?« fragt der Zuständige von der Musik, »na dann bewahre mich Gott vor der nächsten Nummer.« Er hat so ein Tremolo in der Stimme, als hätte er einen Vibrator verschluckt und mit diesem Tremolo fährt er fort: »Wir sind doch kein Tummelplatz für Experimente. Was wir brauchen, ist sowas wie das Neujahrskonzert aus Wien. Den Karajan. Das Opernballett im Toutou. Den Kempff. Alles, was vom Gewohnten ...«

»Das ist doch Quatsch«, sage ich, »grade das Gewohnte hängt doch allen zum Hals heraus ...«

»... was vom Gewohnten und Bewährten, einmal als gut Erkannten abweicht, das stört doch nur, macht Unruhe. Unser Publikum will das nicht. Das stellt dann einfach ab.«

»Wir sind es, die das Programm machen«, sage ich hartnäckig, »wir, die Filmemacher und nicht das Publikum.«

»Na und dann die Kritik«, fährt er unbeirrt fort, »was glauben Sie wohl, was die dazu sagen wird?«

»Die Kritik«, sage ich, »wird doch von den letzten Heulern in den Redaktionen gemacht. So als Fingerübungen. Brauchen doch nur mal dranzuklopfen, um zu hören, daß es reines Blech ist. Gauguin, ein nicht unbedeutender Maler, wie Sie vielleicht wissen werden, schrieb mal an seine Frau: ›Die Presse behandelt mich, wie sie noch nie jemanden behandelt hat, nämlich anständig.‹ Daran hat sich nichts geändert. Und überhaupt: das sind doch alles verhinderte Bessermacher.«

»Finde ich gar nicht«, sagt jener, »mich behandelt die Presse nur anständig. Ich habe nur gute Kritiken und überhaupt ist mir ihr Film viel zu politisch!«

»Wieso denn politisch?« frage ich, »wieso denn das?«

»Na, das merkt doch ein Blinder: Freiheit statt Strauß. Mir machen Sie doch nichts vor.«

»An den habe ich überhaupt nicht gedacht«, sage ich.

»Ich denke da ja genau wie Sie«, fährt er fort, »aber das in der Musik!«

Also schnüre ich mein Starnbergerseebündel und ziehe mich in die Kantine zurück und hinter einen gepantschten Rheingauer, der mich meine Niederlage doppelt fühlen läßt. Ich habe keine Chance, meine Taube noch irgendwo aus dem Ärmel zu ziehen und hake meine Verluste endgültig ab.

»Was guckst du denn so belämmert?« fragt mich Schmidt vom Jugendmagazin und ich erzähle ihm, was mir grade »widerfuhr« und beschreibe ihm mein »Gruppenbild mit Arschloch« und er lacht und sagt: »Ist doch umgekehrt: Arschlöcher mit Einzelbild. Aber Mensch, Henri, du weißt doch, daß die Seelen mit Pinguinflügeln haben und 'nen Heidenschiß vor allem Politischen. Die behandeln doch sogar mein ›Jugendmagazin‹ wie eine feindliche

Agentengruppe. Wenn sie sie nicht zerschlagen können, versuchen sie sie umzudrehen.

Aber das hat doch alles Tradition. Wir haben mal eine Sendung mit dem großen alten Friedenthal gemacht, eine Sendung über die Zensur, und der erzählte, daß die erste Regierungsmaßnahme Karls V. (Konrads Liebling) diese war: niemand solle mehr dichten, schreiben, drucken, malen, kaufen, verkaufen, noch heimlich oder öffentlich behalten, was immer erdacht werden mag. Friedenthal sagte dazu, daß dies nicht nur das früheste, sondern auch das gründlichste Knebel- und Zensuredikt der anbrechenden Neuzeit gewesen sei. Und glaub mir, Henri, alle Anstrengungen der Herrschenden von diesem fünften Karl bis zum heutigen Tag gehen dahin, dieses Knebel- und Zensuredikt anzuwenden, so gut es eben grade geht. Und das in aller Welt. Aber daß man es auch bei uns schon wieder versucht, das stört mich sehr.Und daß es hier, bei uns, versucht wird, das wird mich bald schon zu einem Radikalen machen.«

»Um den Eseln zu schmeicheln, legt ›das‹ Fernsehen den Nichteseln Steine in den Weg«, sage ich mit second-hand-Pathos.

»Aber wer ist das? ›Das‹ Fernsehen. Und hier, genau hier liegt der Hase im Pfeffer. Aber zeig mir doch mal, was du gemacht hast.«

Wir hocken uns hinter einen Schneidetisch und Schmidt sagt: »Na also, das ist das Beste, was ich je gesehen habe. Du hast schon eine Menge Holz hinter dem Ofen. Nein wirklich. Und diese Fressen von den Förstern. Wenn die 'ne Fernsehscheibe aushält, dann gibt es keinen besseren Beweis für deutsche Wertarbeit. Nein wirklich.« Und er haut ab, und wenn es mich auch freut, was dieser Gerechte sagt, viel nützen tut es mir bei Gott auch nicht.

An diesem Abend, wo ich auf Messers Schneide balanciere, fällt mir jene Geschichte von Bukowski ins Bett, in der eine Frau ihren Liebhaber mit irgendeinem magischen Firlefanz auf das Format einer Mohrrübe verkleinert, um mit ihm zu masturbieren, wobei jener fast die Ohren verliert beim leidenschaftlichen Reinundraus. Diese Story, die »fünfzehn Zentimeter« heißt, erheitert mich so sehr, daß ich den ganzem Mist mit dem Starnberger vergesse und »selig lächelnd wie ein satter Säugling« einschlafe. Sollen mich doch alle kreuzweise.

Ich merke, wie sich hinter meinen papierdünnen Augenlidern die Pupillen in Bewegung setzen und irgendeine Nummer wählen, die von den Nervendrähten in die Traumzentrale geleitet werden, diesen eigenwilligen, winzigen Computer, der aber- und abermillionen Bilder gespeichert hat, die ich oder meine Altvorderen bis hin zum Pekingmenschen, zu Noah und dem Proconsul je gesehen oder gedacht haben, und so kommt es, daß ich in dieser Nacht träume, wie Strawinsky immer hinter seiner Nase herläuft, wie es Leda mit dem Schwan von Avon treibt und wie Moses mit dem Schrei des Pfaus von Sinai herunterkommt, die Gesetzestafeln unterm Arm. Mao lächelt mir zu, zeigt auf meinen blauen Maoanzug und sagt: »Blaue Kleidung, mein Kleiner, heißt ›Wandel im Dunkeln‹.« Ich lächele zurück und sage: »Vom grünen Berg kommt die Schildkröte und ist glücklich.« Ein Kauz kreischt und ist hinter den Elfen her. Ich trage schwer an dem Eselskopf Zettels und wache früh auf. Tautropfen in den Ohren des Pimmels.

Mitten in der Nacht geht das Telefon. Es ist Latten-Joe, der aus irgendeinem Kaff in Zeeland anruft: »Mensch, Henri, rate mal, was ich hier für dich gefunden habe? Ist riesengroß? Na? Na, 'ne Jahrmarktsorgel! Mit Mozart vorne dran, mit vier Engeln, mit viel Stuck und Gold und 'ner Menge Schnitzereien. Groß wie 'ne Lokomotive. Läuft mit so komischen gefalteten Papierstreifen. Und einen Klang hat's wie'n Hundertmannorchester. Für hundert am Tag kannst du damit machen, was du willst, sagt sein Besitzer. Nur nicht kaputt. Nur das nicht.«

»Danke Joe«, sage ich tremolierend, denn wenn ich mir was gewünscht habe, dann ist es [eine] solche Orgel, »ich komme übers Wochenende. Fein, daß du an mich gedacht hast. Hast du ein paar Rollen für mich übrig?«

»So'n halbes Dutzend.«

»Na, das reicht.«

»Das Ding hat auch zwei nackte Weiber an den Ecken und bunte Vögel und jede Menge Spiegel und Kristalleuchter und Vorhänge aus Stuck und Blumen aus Blech. Einfach 'ne Wucht. Das Kaff heißt Veere. Veere. Kapiert?«

»Kapiert, aber leg auf, sonst wird's zu teuer.«

»Aber wieso denn? Ist doch 'n Dienstgespräch.«

Latten-Joe ist hundert Kilo schwer und einsneunzig lang, ein Sack voller Lärm und Geräusche und romantischer Sprüche. Dazu ein treuer Freund, großmäulig, leicht gekränkt, ordinär und sentimental. Er ist wie 'ne Wolke und wenn er irgendwo in ein Zimmer tritt, füllt er es ganz aus. Er hat so viel Oberfläche, daß er die Temperatur verändert. Ist es draußen kalt, wird es auch im Zimmer kalt, wenn er hereinkommt, ist es warm – na, ist ja klar. Er hat eine Unmenge ewig verschwitzter Locken auf dem Kopf, Fingernägel wie Spatenbleche, einen Neandertalerwulst auf der flachen Stirn und kleine, tief liegende Augen mit leichtem Silberblick. Er ist ein großer Säufer und Kameramann mit einem Hang zu brutalen Sensationen und zarten Idyllen.

Die Jahrmarktorgel brauche ich als Vor- und Nachspann für meine »Music Box« und für Zwischentitel. Ich will jede Sendung mit einer explodierenden Jahrmarktorgel beginnen, natürlich kann ich nicht so ein teures Ding wie die in Zeeland hochgehen lassen, aber ich habe da schon was Passendes. Ich lasse das auch mal rückwärts laufen, so daß sie sich aus überall in der Luft herumfliegenden Orgelstücken wieder zusammensetzt. Dann fahre ich auf den taktschlagenden Mozart zu, und wenn er den Mund öffnet, um zu lächeln, steht auf seinen Zähnen der Titel. Und zwischen den einzelnen Nummern will ich die Orgel mal im Schnee, im Meer, im Sturm, im Gebirge, in den Dünen, im Urwald und was weiß ich wo überall zeigen. Auch Details, Rollen, Walzen, Engel, Teufel usw. und wie ich Papierstreifen einlege, eine Kurbel drehe, die Pfeifen putze.

Also fahre ich nach Zeeland. Von Brügge habe ich nichts, weil die Kanäle geradezu teuflisch nach Scheiße riechen. Muß wohl am Wetter liegen. Und in Antwerpen verbrenne ich mir den Arsch, als ich der »tollen Gret« auf den Schoß springe, einem meiner »Lieblingsbilder«. Zum Abendmuschelessen bin ich in Veere, wo Latten-Joe stockbesoffen in einem Kellerlokal sitzt und lauthals zur Begrüßung schreit:

»Mensch, Henri, keine Weiber weit und breit. Bin scharf wie 'n Rasiermesser. Könnte Schneewittchen und alle sieben Geißlein vögeln.« Die Leute im rappelvollen Keller betrachten uns mit angemessenem Abscheu. Aber das hat Latten-Joe noch nie gestört. Wir essen jeder eine doppelte Portion Muscheln, die Latten-Joe wieder auf die Beine stellt. Doch der darauf folgende dreistöckige Genever kippt ihn wieder um. Latten-Joe heißt deswegen so, weil er immer eine Latte in der Hose hat. Niemand hat ihn je ohne gesehen.

»Ich war richtig happy«, sagt er und läßt seine Augen überschwappen«, richtig happy, als ich das Ding in einem Hinterhof sah. Ist 'ne prachtvolle Orgel, sage ich dir. Mich kann man leicht happy machen. Für mich ist happy sein einfach prima. Aber kaum bin ich happy, kriege ich ein paar auf's Dach. Auf jedes Besäufnis folgt immer der Riesenkater. Scheiße. Ich weiß auch nicht, woran das liegt. Ich hab mal 'n alten Mann gekannt, der war wirklich happy. Muß oft an ihn denken. War in Paris. Rive Gauche. Bildhauer oder Steinmetz war er. Neben ihm saß ein kleines altes Mütterchen. Und der Mann sagte in die Kamera hinein: »Als sie jünger war und noch schöner als heute ...« und er zeigte auf das Mütterchen, »noch schöner« hatte er gesagt, denn er war ein besonderer Mann, »da habe ich mal ihr Gesicht abnehmen dürfen. Es war das schönste Gesicht in Paris und es war der schönste Augenblick meines Lebens, als ich es aus der Form nahm.« Und er zog ein Tuch von irgendetwas, das an der Wand hing. Und hinter dem Tuch war die »Unbekannte aus der Seine«. »Sie war so schön«, sagte der Alte, »daß alle Leute glaubten, so schön könne man nur im Tode sein. Und so erfanden sie die Legende von der ertrunkenen Unbekannten.« Das Mütterchen lächelte mit zehntausend Falten und plötzlich erkannte ich dahinter die Unbekannte. »Nicht wahr«, sagte sie als könne sie Gedanken lesen, »man erkennt mich noch ganz gut.«

»Das ist eine schöne Geschichte«, sage ich.

»Nicht wahr?« – sagt Latten-Joe und wischt sich den Genever und weiß Gott nicht nur den Genever aus den Augen, »nicht wahr. Und sie ist so wahr, wie ich hier sitze.«

Dann sagen wir lange nichts, kippen nur einen nach dem andern. Später bringe ich den jetzt ungeheuer besoffenen Latten-Joe ins Hotel. Auf allen Vieren erreicht er die Treppe, steigt sie empor, grunzt Fürchterliches über ihre Steilheit und verschwindet lallend und rülpsend in seinem Zimmer.

Ich bin noch leidlich nüchtern und gehe in den schönen Hafen zurück, der früher direkt am Meer lag. Was war das für ein Wunder gewesen, dieses alte Zeeland. Mit seinen vielen Buchten und Inseln, mit Ebbe und Flut, mit seiner regenbogenfarbenen Luft und seinen Nebeln, in denen die Bäume und Türme und die unsterblichen Windmühlen wie Visionen herumstanden. Das Weltmeer schlug an alle Treppen und Türen. Dürers Albrecht war hier gewesen und hatte zugesehen, wie die Flut die toten Wale ins Land trug und wie die Ebbe sie wieder mit raus nahm. Die Schiffe zogen mit den Schwänen vorüber. Es war ein wirkliches Wunder gewesen und hatte genau so ausgesehen, wie es die alten Holländer gemalt hatten. Bis dann die neuen Holländer nach der letzten Flutkatastrophe durchdrehten. Sie übersahen, daß man für Wunder auch was in Kauf nehmen muß, und schütteten riesige Deiche auf und schnürten das ganze Zeeland vom Meer ab und machten eine Menge toter Binnenseen daraus, die ohne Ebbe und Flut sind, und sie schütteten vieles zu und klauten dem Himmel die Wolken und den Bäumen, Türmen und unsterblichen Windmühlen klauten sie die Nebel und ihr visionäres Herumstehen darin. Und jetzt schlagen sie auch noch die alten Obstbäume ab, jeder eine erprobte, verknorzte Persönlichkeit, und ersetzen sie durch kleine EWG-Bäume, von denen einer wie der andere aussieht, die aber alle einheitliche Früchte tragen, so wie die Tomaten einheitlich sind, die Kartoffeln und die Nelken, die Anzüge, Wohnungen, Schrebergärten und Gräber. Sie bringen unsere alten Landschaften um. Sie bringen unser altes Europa einfach um. Sie bringen es auf Null. Wir haben vor ein paar Jahren einmal eine Tagung der Jungen Union gedreht. Ein paar hundert dieser früh vergreisten Politprofis hatten sich in Passau versammelt, um das Umschlagen aller bayrischen und außerbayrischen Alleebäume zu fordern. Ein paar Experten standen auf und belegten mit vielen Details die Harmlosigkeit dieser Bäume für den Verkehr, da nur ganz selten einmal ein Besoffener dagegen knalle und Schaden dabei nähme, und sie priesen die Alleen als Ornament und Seele der Landschaft, als Naturdenkmäler erster Ordnung, vergleichbar den Kathedralen, deren Türme ja ebenfalls die Landschaften prägten und so weiter. Aber die jungen Politidioten hatten den Blick fest auf die Stimmen der Autofahrer gerichtet, und das waren in jenen Kindertagen eines »Wohlstands für alle« diejenigen, die diesen Wohlstand bereits hatten und fleißig rechts wählten, und sie wichen keinen Daumen breit von ihren Forderungen ab, und so fielen wenig später dann in Nord und Süd die herrlichen, alten, schattenreichen, fein silhouettierten Alleen, und die deutsche Landschaft, von Lübkes Flurbereinigung ohnehin kolchostiert, von idiotischen Siedlungen und einem wahnwitzigen Straßenbau aufgefressen und von fürchterlichen Industriekombinaten zugestellt und vergiftet, verödete weiter. Es ist zum Kotzen und Verzweifeln. Aber niemand kotzt und verzweifelt.

Am andern Tag beginne ich die Orgel aufzunehmen. Sie ist wirklich ein Staatsstück, in den üblichen Bonbonfarben schillernd und voller Pfeifen wie das Maul von Millowitsch voller Zähne.

Als ich am Montag in unserm Laden aufkreuze – einen Sack mit Filmrollen dabei, die die Quintessenz aller Orgeln dieser Welt enthalten *–, sagt mir das Girl von der »Dispo«*

S. 81

Rom by Night.
Ich streiche über das Faunskostüm auf meinem angewinkelten Arm und plötzlich, mitten in diesem, vom Abraum zugestopften labyrinthischen Rattennest, tritt mir Minotaurus in den Weg. Er senkt den ungeheuerlichen mitternächtigen Schädel, versprüht Feuer aus seinen Stieraugen, rollt sie, bis die roten Mondsicheln neben den schwarzen Pupillen aufgehen und bietet sich als Kontrapunkt zu meinem Bomarzofaun an. Und ich sage: »Ich danke dir, mein Alter, daß du mich durch dein Erscheinen davor bewahrst, im Sacro Bosco in einer schlichten Ballettpantomime zu vergammeln.«

»Gern geschehen. Wieso entdeckst du mich immer so schnell. Kaum tauche ich auf, da quatschst du mich auch schon an.«

»Das, was unsichtbar ist, kann meinem Blick nicht verborgen bleiben«, sage ich altklug und »hoffentlich mache ich dir nicht zu viel Umstände in meinem Heiligen Wald«.

Er sabbert ein bißchen Schaum und sagt: »Ach iwo, wenn ich nur dabei sein kann. Ich spiele gern vor'm Publikum.«

Wir gehen über die mitternachtsschwarze Piazza di Rotonda, und die harten nackten Sohlen des Minotaurus hallen von dem erhabenen Gemäuer ringsum wieder.

»Kippen wir noch 'n Bordolino?« frage ich.

»Gern«, sagt er, »von dem geharzten Kreter habe ich erst mal die Schnauze voll.«

Und während wir an der Theke stehen und unseren Bordolino kippen und Minotaurus die eine mächtige Tatze in die Hüfte stemmt, mit der andern das Glas hält, die kolossalen Beine wie »Apollo, nach einer Eidechse zielend« kreuzt und das phantastische Glied in erhabener Ruhe pendeln läßt, sehe ich die Entwicklung meiner »Sacro Bosco«-Szene. Sie wird in einer Kneipe im Dorf Bomarzo beginnen, wo Minotaurus am Tresen steht, einen Roten kippt, nachdenklich mit dem leeren Glas die feinwollige Stirn kratzt, den kleinen Schwanz an der Wirbelsäule durch die andere Hand zieht und das alles mitten zwischen diesen verschlagenen, düsteren, zu jeder Hexerei fähigen etruskischen Bauern, die überhaupt keine Notiz von ihm nehmen, ihren Wein weiter saufen, in der Nase bohren, die Mütze in die Stirn schieben und den Schwanz in der Hose zurechtrücken. Aber auch hier in Rom, mitten in der Herzkammer Hadrians, neben dem von seinem Engelshaar umhängten Skelett Raffaels, das auf dem Skelett der Fornarina ruht wie auf einer Récamière, auch hier nimmt ja niemand Notiz von Minotaurus, der jetzt Stand- und Spielbein wechselt und mich fragend ansieht.

»Noch einen Roten, Dreimalgroßer?« frage ich.

Und er abwesend, das Land der Griechen mit der Seele suchend, sagt: »Du kennst natürlich nur die so genannte klassische Fassung meiner Theseusgeschichte, nach der sich Theseus am Roten Faden der Ariadne in mein Labyrinth zog, um mich zu töten. Das wäre ihm auch fast gelungen, hätte mich meine Unsterblichkeit nicht davor bewahrt. Was aber verschwiegen wird, ist dies: als mich dieser athenische Freibeuter im Nacken traf und ich zu Boden ging, riß ich noch einmal meine Hörner hoch und traf ihn in der Leiste, dort, wo alle Stierkämpfer sterblich sind. Ich zerriß ihm die Hauptschlagader grade in dem Augenblick, als er mich auszählte und bei sieben war, wenn ich mich nicht täusche. Er starb wenig später. Ein athenischer Schwindler – aber sie waren ja alle Schwindler, diese Athener –, der sich seines Namens bediente, entführte Ariadne und machte alles, was man dem Theseus später in die Flügelschuhe schob. Es wird dir, einem aufmerksamen Beobachter meiner Reinkarnationen, nicht entgangen sein, daß ich meine Technik des Tötens, ich meine den Stoß in die Leisten, auch später beibehielt. Als der in die Geschichte der Tauromachie eingegangene Stier Barbudo tötete ich Pepe Illo, die Zierde des Stierkampfes seiner Zeit, und ich tat es unter den schweren Blicken seiner Königin Maria Luisa, einer faszinierend häßlichen Messalina, und unter dem Griffel des göttlichen Goya. Ein Jahrhundert später zerriß ich Manolete die Ader. Diese mehr aktuellen Ereignisse verstellen mir aber keineswegs den Blick auf's Historische.«

Die Blicke des Minotaurus tauchen tief in sein Rotweinglas, dann hebt er sie und sagt: »Als Ahriman in Phrygischer Mütze und Batmanmantel dem Mithras einen Stier opferte, entstanden aus seinen diversen Gliedern fünfundfünfzig verschiedene Getreidesorten und zwölf gesundheitspendende Bäume. Ich frage mich oft, was wohl alles aus dem Blut der spanischen Stiere hätte entstehen können, die man in den Arenen opferte.«

Er sammelt seine Blicke zu einem runden Rembrandt'schen Elefantenblick und sagt: »Weißt du, daß Zeus zuletzt nur noch als Stier ausging und daß zu meinen unmittelbaren Vorfahren auch euer stierenthaltender Jehova gehört, ebenso wie Moloch oder Moses, die allerdings nur Stierköpfe hatten, ganz so wie ich. Übrigens und nebenbei gesagt: der Einzige, der mich wirklich gut getroffen hat, ist dieser Picasso.«

»Und Clerici?«

»Naja, eine gewisse Ähnlichkeit ist schon da. Wenn du aber genauer hinsiehst, wirst du bemerken, daß dieser tapirnasige Pseudorömer doch mehr einen Salonlöwen aus mir gemacht hat. Zu glatt, zu äußerlich. Ich weiß, daß er mich sehr schön mit einem Tribunal rundherum gemalt hat, wie ich meine Mutter anklage: ein Generationsproblem. Aber das Andere: meine Begierde zu zerstören, mein Wunsch in einem tiefen Schoß zu ruhen, meine Poesie der Mitternacht – das alles, hat nur Pablo gezeigt. Er allein weiß (und er weiß es, weil er mir so ähnlich ist), daß ich nicht nur der Bewohner des Urraums und der Schläfer in der Urnacht bin, sondern darüber hinaus auch das Nachdenken des Urgeists. Davon ahnte meine lustvolle Mutter nichts, als sie sich mit dem Poseidonbullen einließ. Du weißt, wie sehr sie in diesen schneehäutigen Bullen verliebt war und daß sie lange nach einem Weg suchte, um sich von ihm ficken zu lassen. Dädalus schnitzte ihr schließlich diese lebensgroße, recht lebendig aussehende Kuh, in die sie kriechen konnte und zwar so, daß ihre Schenkel in den Hinterbeinen, ihre Arme in den Vorderbeinen und ihr Bauch im Bauch der Kuh steckten. Ich brauche dir wohl nicht zu sagen, wo ihre Fotze steckte.«

»Ich habe davon gelesen«, sage ich, »aber es ist doch etwas ganz anderes, es von dir zu hören. Was macht die Familie?«

»So lala«, sagt er, »der eine Onkel, derjenige, der seine Hörner am heliopolischen Sonnengott wetzt, dem geht es ja noch ganz gut, aber dem andern, der ewig um den memphischen Mondgott schleicht, dem geht's beschissen. Jeder Schuß, den die Fritzen von der Nasa dem Mond in die Fresse knallen, trifft auch ihn, und zwar nicht etwa wie ein Klaps auf die Hinterhand, sondern wie ein Axtschlag zwischen die ehernen Hörner. Er trägt sich mit dem Gedanken, sich bald ganz dem Osiris zu widmen.«

»Dann geht er uns ja flöten«, sage ich, »und wo finde ich dich, mein alter Molochtyphon (womit ich wie zufällig meine klassische Bildung zur Schau stelle), wo finde ich dich, wenn ich dich in Bomarzo brauche?«

»Ich werde da sein«, sagt der Unsterbliche, »ich werde einfach aus dir heraustreten.«

Dann zieht er ein kleines japanisches Transistorradio aus dem Fell und preßt es an das große haarige Stierohr. Ich höre, daß er in Glucks »Alkeste« hineinlauscht. Er grinst mich an und sagt: »Hat natürlich nichts mit uns alten Antiken zu tun. Aber es ist groß.«

»Welch eine Finsternis«, sage ich.

Und er: »Die Finsternis ist ein Licht, das nur in der Nähe des himmlischen Lichts zur Finsternis wird«.

Und damit empfiehlt er sich, ohne mein bewunderndes und daher langezogenes »o, auch du ein Sohn Swedenborgs?« noch wahrzunehmen.

Als wir am nächsten Tag gegen vierzehn Uhr auf der Via Appia eintrudeln

S. 134

Wäre er in der Liebe doch nur nicht so ein Papiertiger.

Am nächsten Abend drehen wir eine sogenannte »Aktion« eines Mannes namens Flutsch. Sie findet in einem Keller statt, der vier Stockwerke tief unter einem barocken Palast steckt, der wiederum in einem gotischen Kloster steckt, in dem wiederum ein römisches Mithrasheiligtum steckt. In einer Kellerecke sehen wir den Mithras, wie er sich mit obszöner Geste auf den Stier schwingt, um ihn mit dem römischen Kurzschwert zur Ader zu lassen. Es sind so um die hundert Typen versammelt, exklusive Elegante, solche im Künstlerlook, Mädchen im Zigeunerlook, zwei Fiakerkutscher im Zylinder, Wohlbeleibte im Stresemann, Damen in Satin und Wildleder. Die Luft ist die gleiche wie in Schlachthäusern, warm, blutig, aufregend. Dann kommt der Aktionskünstler, ein mickriges Männchen, das einen weißen Schlachterkittel anhat. Im Hintergrund blöken Lämmer und muhen Kälber. Es ist wie beim Kuhreigen am Anfang vom »Tell«. Ede kniet sich in den Weißbekittelten, hat wieder mal seinen »Einfallsreichen«, aber der Weißbekittelte winkt ab und sagt, er sei lediglich der Schlachter.

Der wahre Künstler kommt. Er trägt außer einer Bischofsmütze nur eine Lederschürze, die einen kräftigen, behaarten Mönchsarsch frei gibt. Auch sonst ähnelt er einem verluderten Franziskaner. Aus der Tiefe des Raumes dringt sphärische Musik. Aus einem Waschzuber wabert Nebel. Der Schlachter wetzt sein Messer und schneidet zwei Lämmern und zwei Kälbern die Kehlen durch. Dann hängt er sie an Fleischerhaken, während ein junges und schönes Mädchen hervortritt, den Mantel abwirft und sich in ansehnlicher Nacktheit unter die bejammernswerten Hammel stellt. Sie tut, als brause sie unter den schnell versiegenden Blutbächen. Eine zweite Bemäntelte taucht aus dem Wabernden, entledigt sich des Mantels, deutet Pantomimisches an und umarmt nackt und zärtlich die beiden Kälber.

Jetzt tritt der Aktionskünstler in Aktion. Er schmeißt seine Lederschürze in die Ecke und zeigt eine mäßige Figur mit einem eher kümmerlichen Genitalapparat, den er aber sogleich in eine künstlerisch wertvolle Unterhose deponiert. Er schlitzt die Tiere auf, deren Eingeweide zu Boden purzeln. Dann macht er eine Menge komischer Bewegungen und steigt wie der Storch im Salat in den Eingeweiden und den Mädchen herum und tut überhaupt eine Menge, wovon man gelesen hat, daß er das tut, aber was man nicht glauben wollte, und er holt von irgendwoher eine Menge Watte und eine Menge Teerosen und beginnt, damit die Hammel und die Ochsen vollzustopfen. Das dauert verdammt lange, und die Mädchen wälzen sich hierhin und dorthin, aber meist hierhin in den Eingeweiden. Der Aktionskünstler turnt wieder über sie hinweg, versagt sich aber vorerst irgendwelche Exzesse seines Stoffwechsels, die im Programmheft angekündigt sind. Dafür schüttelt er die Kadaver wie wild, so daß Watte und Teerosen wieder herausfallen. Dann schüttet er Anilinfarben über das Ganze einschließlich der Mädchen, macht wieder rituelle Hopser, und die Mädchen erheben sich aus den Eingeweiden und machen ihrerseits Hopser, und der Aktionskünstler ergreift einen Kübel und gießt frisches Blut nach, das nach oben dampft. Er steigt zwischen Pansen, Lab- und Netzmagen umher, hebt hier eine violette Darmschlinge, läßt dort einen blasigroten Lappen fallen, zieht sich die Unterhose aus und scheißt mitten in all das Gekröse. Es ist ein Vorgang von unüberbietbarer Scheußlichkeit, vor allem weil seine Scheiße von unüberbietbarer Scheußlichkeit ist. Dann steigt er über die beiden unterm Gedärm halb versteckten Mädchen, und pißt ihnen in die geöffneten Münder. Dann wirft er sich mit seltsamen kleinen Kingkonglauten in das Ganze und beginnt sich darin zu verwickeln. Das Publikum beginnt eigenartige Knurrlaute auszustoßen und mit den Augen zu glimmen. Die beiden besudelten Mädchen klettern aus den Darmschlingen wie Laokoon und seine Sippe aus den Schlangen und beginnen nun ihrerseits den Aktionisten zu bepinkeln. Sie stellen sich über ihn und entlassen ihr sorgsam

Gespeichertes in kräftigen hellen Strahlen auf seine Physiognomie, und er tut, als bade er in reinem Nektar. Er schlägt den Kopf mal hier – mal dorthin in die wabernden Massen.

Das Publikum kann seine Erregung nicht länger zurückhalten. Die Herren entledigen sich ihrer Anzüge, die Damen ihrer Kleider. Sie eilen nach vorn und beginnen in den Eingeweiden zu wühlen, bewerfen sich damit, wickeln sich ein und aus, und plötzlich ist da jemand mit einer Axt und ein anderer hat ein langes Messer und vier Frauen packen den Aktionskünstler und breiten ihn sorgfältig nach allen Seiten aus und rutschen an seinem Schleim immer wieder ab und kichern und packen neu zu, und plötzlich reißt eine dem Mann das Messer aus der Hand und kniet vor dem Künstler nieder, der irre lacht und das alles nach seinem Herzen findet, und ehe er es sich versieht, packt sie seine Hoden und zieht sie lang und ehe der sich windende kichernde Idiot überhaupt kapiert, was hier gespielt wird, trennt sie ihm diese Hoden mit einem schnellen Schnitt vom sündigen Körper und hält sie als denkwürdigste Trophäe dieses denkwürdigen Abends in die Höhe. Der Aktionist sieht seine Eier in fremder Hand, erkennt die Zusammenhänge und beginnt wie ein Stier zu brüllen. Er will hoch, aber die vier Megären halten ihn eisern fest. Sie haben gelernt, wie man festhält. Die mit dem Messer trennt den Aktionskünstler mit einem einzigen Schnitt vom Brustbein bis zur Schwanzwurzel auf. Dann hängen sie ihn kopfüber neben seine Hammel und Ochsen, ziehen seine Schnittnaht auseinander und seine orchideenfarbenen Eingeweide kriechen zögernd wie Kraken aus ihren Höhlen. Die Schwerkraft beschleunigt sie. Sie kriechen über den Rand und flutschen (daher der Name) bodenwärts. Die beiden nackten Mädchen blicken verstört. Sie fürchten ein ähnliches Schicksal, aber man hat sie längst als Opfer eines skrupellosen Kunstbetriebes erkannt, und möchte sich ihrer Vorzüge auf angenehmere Weise bedienen. Deswegen streicheln sie die Männer überall und legen sie vorsichtig auf den glitschigen Untergrund und besteigen ihre glitschigen Bäuche. Dann tun sich die Megären an ihnen gütlich und gleichen, als sie sich von ihnen erheben, Kannibalinnen nach einer Frischfleischmahlzeit. Ede murmelt etwas von »Mistblüten des Kapitalismus« und macht noch ein paar Kilometer Großaufnahmen, wobei er sich vor allem den baumelnden Aktionskünstler vornimmt und die keuchenden, stöhnenden zuckenden, blubbernden Münder der neuen Aktionisten.

»Es ist das Größte, was je gedreht wurde«, sagt Gallrein, und Ede legt sich völlig fertig über vier Stühle und murmelt: »Wird aber nie gesendet. Geschichten aus dem Wiener Wald mit unerwartetem Ausgang. Das paßt nicht ins Konzept.«

Ich sage: »Vor hundert Jahren, als Oberammergau noch ein richtiges saftiges Popfestival war, da rissen die Teufel dem Judas die Eingeweide aus dem Leib und fraßen sie auf. Die Eingeweide waren Schmalzgebackenes. Das haben sie dann auch rausgeschmissen aus dem Spiel.«

Um Fünfuhrmorgens sind wir in unserem Hotel und brechen wie von der bereits zitierten Axt getroffen, über unseren Betten zusammen. Überall ist Disneyland und Wien bleibt Wien. Da beißt die Maus keinen Faden ab.

Wien, das gestern das schwärzeste Schwarz hatte, hat heute morgen das weißeste Weiß.

S. 193

Frédéric ist ganz weiß und sehr erschöpft. Er hat sich furchtbar aufgeregt.
»Ich habe mich oft gefragt, wie weit wir mitschuldig geworden sind, daß alles wieder so wurde, wie es mal war«, sagt Mar, »wir hatten doch etwas ganz anderes gewollt, nach 45. Nie wieder Kriege hatte Gustavs Generation nach 18 gerufen, nie wieder die Allmacht des Staates und die Unterdrückung der Freiheit, enteignet die Konzerne, enteignet den Großgrundbesitz, schmeißt den preußischen Ungeist heraus, jagt die Beamten zum Teufel, die Generäle und die Richter, diese ganze vom Staat gekaufte Bande. Und wir hatten nach 45 genau das Gleiche gerufen. Laut und unüberhörbar. Und nun? Statt die Antiquitäten für immer auf den Müll zu schmeißen, holten die beiden schrecklichen Greise sie wieder hervor und zimmerten daraus das »Neue Europa«. Und wir Narren hatten auf eine ganz neue Ordnung, auf einen ganz neuen Menschen gehofft.« »Das alles kann uns doch nicht davon abhalten, weiter an diesen neuen Menschen zu glauben«, sagte ich naiv, »und daß das ein sozialistischer Mensch sein wird, daran zweifelt doch wohl niemand.« »Ich schon«, sagt Willy, »einfach weil ich jedesmal wenn ich von da drüben zurück komme (und hier zeigt er mit dem Kopf in Richtung Osten), die Schnauze voller als voll von diesem sozialistischen Menschen habe.« »Du machst den alten Fehler«, sagt Frédéric, »der auch unserer war und ist, Gustavs Fehler vor allem, du beurteilst das Christentum nach seiner Kirche und ihren Dienern.

Ren starrt wie hypnotisiert in sein Rotweinglas, in dem sich die elektrische Birne spiegelt. Sie baumelt an einer dünnen Schnur von der Decke und ich muß daran denken, daß Ernst Jünger in seinen Tagebüchern einmal davon redet, wie er, der geschwätzige Kommissbildungssnob, ein Bombardement von Paris in seinem Rotweinglas beobachtet. Ich teile meine Gedanken mit und Frédéric sagt: »Das ist, als wenn Casanova erzählt, er habe eine Dame der besten Gesellschaft von hinten gevögelt, während sie sich grade aus einem Fenster an der Place de Grève lehnte, um der entsetzlichen Hinrichtung Damiens ihre Aufmerksamkeit zu schenken.«

Und auf diesen Jünger sind einmal alle reingefallen, die heute so zwischen fünfzig und sechzig sind«, sagt Mar, »alle die auch heute noch in Kultur machen, nicht nur jene lausigen zwölf Jahre, nein, für ein ganzes langes Leben.«

»Und immer noch murksen diese Alten in der Kultur rum«, sage ich, »kleben an allen Chefredakteurs- und Feuilletonsesseln, an allen Rundfunk- und Fernsehstühlen und rücken sie nicht raus. Verdammt noch mal, mit welchem Recht?«

»Nur wegen ihrem selbsthaftenden Sitzfleisch«, sagt Ede.

»Ich hatte immer gedacht, dieser Jünger sei längst vergessen«, sagt Frédéric, »ein Loch über dem Bundesverdienstkreuz mit Eichenlaub und Schwertern, ein Loch über dem er in seiner Glanzzeit seine Wortbouquets drückte, bei denen nicht nur die Blumen, sondern auch die Wanzen, die darauf saßen, synthetisch waren. Aber heute schlage ich eine französische Zeitung auf und lese dort ein Interview mit ihm. Darin sagt er, seine ›Marmorklippen‹ seien deswegen nicht gegen Hitler gerichtet gewesen, habe er 45 gesagt, weil er nicht wollte, daß ihm die Emigranten auf die Schulter klopften.«

»Ich glaube weder die Brüder Mann noch Brecht oder Willy Brandt wären dieser Versuchung erlegen«, sage ich.

»Es geht noch weiter«, sagt Frédéric, »noch heute, sagt Jünger, noch heute kann ich Hitler, wie auch Wilhelm II. nicht verzeihen, dieses prächtige Instrument, das unsere Armee war, vergeudet zu haben.« »Diese Pfeife«, sagt Ede, wie üblich zornrot und ein radikales Vokabular vorziehend, »diese Pfeife hat doch grade erst gesagt, die Vorstellung, er als Offizier dieser Armee, hätte die Niederlage Deutschlands herbeiwünschen können, sei die von Irrsinnigen. Der Filbinger hat gesagt, was damals rechtens war, könne heute nicht Unrecht sein, und rechtfertigte damit seine Todesurteile gegen Deserteure. Also: eine Armee, die einem Verbrecherregime dient, und eine Unrechtsjustiz, die einem Unrechtsstaat dient, werden von diesen Typen hingenommen, weil ihnen das größere Ziel der Sieg über die äußeren Feinde war. Daß dieser Sieg nicht nur die tausendjährige Zementierung dieses Unrechtsstaates bedeutet hätte, sondern auch seine Ausbreitung über ganz Europa, mit der Vernichtung ganzer Völker, das ist bei diesen Typen gar nicht drin, wird gar nicht ernst erwogen. Das nenne ich Moral!«

»Aber noch immer ist dieser Jünger das Flaggschiff der Konservativen, der deutschnationalen Kulturverwalter«, ruft Mar irgendwo aus dem Hintergrund.

»Auch dieses Flaggschiff gehört ins Mausmuseum«, sage ich.

Ren nimmt provokativ sein Rotweinglas, betrachtet es nachdenklich und sagt: »Ich kann das schon verstehen, daß ein Bombardement auch seine ästhetischen Reize hat. Immerhin verglich Edmond de Goncourt einmal die Steine einer Mauer, die während der Pariser Kommune angezündet worden war, um die dahinter steckenden Kommunisten auszuräuchern, mit farbenprächtigen Smaragden, Saphiren und Rubinen, die ihn mit ihrem Achatschimmer blendeten.«

»Ich finde das beschissen«, sage ich, »nicht nur die Tatsache, daß die Roten dahinter verschmorten, sondern diese ganze beschissene Poesie, die ja hinten und vorne nicht stimmt.«

Ren überhört voller Hochmut – dieser berühmte, pikierte, kamelnasige Hochmut der Schwulen – meinen Einwurf.

»Für mich war Jünger eben ein großer Dichter«, fährt er fort, »und ich kann ihn durchaus unter einen Hut mit Brecht oder Benn bringen. Das fällt mir gar nicht schwer, weil ich eben Literatur nicht mit Moral verwechsele.«

»Auch du gehörst in's Mausmuseum«, sage ich, aber er zuckt nur die Achseln. Es ist ein schöner Abend mit Käse und Rotwein und jeder Menge Gespräche über Gott und die Welt und Literatur und dem Mond über Delacroix Garten und ein paar Chopinplatten von Alexis Weißenberg und einem Brief der George Sand, den Frédéric in einem schönen Passepartout serviert: das alte Europa sitzt mitten zwischen uns und tut schön.

Als ich in meinem Hotelzimmer die Zeitung aufschlage, lese ich:

Verfahren gegen Mitglieder des Volksgerichtshofs eingestellt
Berlin, 30. Juli (Reuter). Die Staatsanwaltschaft beim West-Berliner Landgericht hat wieder ein Ermittlungsverfahren gegen die ehemaligen Mitglieder des Volksgerichtshofs eingestellt. Wie eine Justizsprecherin mitteilte, erging der Einstellungsbescheid im Juni, nachdem der ehemalige Chefkläger im Nürnberger Kriegsverbrecherprozeß, Kempner, im März Strafanzeige erstattet hatte.

Kempner stützte sich dabei auf den in den Kinos aufgeführten Dokumentarfilm »Geheime Reichssache« über die Verhandlungen des Volksgerichtshofs gegen die an dem gescheiterten Bombenattentat auf Adolf Hitler am 20. Juli 1944 beteiligten Personen. Etwa 200 Menschen waren damals hingerichtet worden, allein 96 nach Volksgerichtshofs-Verfahren in Berlin-Plötzensee. Der Volksgerichtshof fällte in den Jahren 1942 bis 1944 insgesamt 4951 Todesurteile gegen Widerstandskämpfer. Die Mitglieder des 1934 geschaffenen Sondergerichts unter Vorsitz des Anfang 1945 bei einem Bombenangriff ums Leben gekommenen Roland Freisler waren nach politischer Zuverlässigkeit ausgewählt und überwiegend Laienrichter. Wie viele ehemalige Mitglieder des Volksgerichtshofs heute noch leben, konnte die Sprecherin nicht sagen. Bei dem neuen Einstellungsbescheid verwies die Staatsanwaltschaft den Angaben zufolge auf ihren ersten Beschluß und argumentierte, daß der Film »Geheime Reichssache« keine neuen Hinweise ergeben habe. In den Aufnahmen seien bei Beisitzern, Verteidigern und Oberreichsanwalt »keine Regungen erkennbar«. Dann hieß es weiter: »Es sind weder Äußerungen von ihnen zu hören noch sind ihrem Gesichtsausdruck Beifalls- oder Mißfallensbekundungen zu entnehmen.«

Damit sei die innere Einstellung dieser Personen aus dem vorliegenden Filmmaterial nicht »nachprüf- und nachvollziehbar«.

Am nächsten Vormittag treffe ich Elsa

S. 200

Man müsse da schon zu unterscheiden wissen.
Mar kriegt seinen Nachdenklichen und blickt andächtig auf das Gerippe des Petermännchens, den er grade zerlegt. Ich sehe ihm an, daß er gern etwas erzählen möchte, daß ihn Vergangenes bewegt, und Mar erzählt: »Während der Invasion in der Normandie waren wir mal in einem schönen kleinen Chateau bei Bayeux, da, wo die Tommis später durchbrechen sollten. Abends lagen die Nebel auf den Wiesen, grade so hoch, daß die Kühe beinlos darin herumstanden. Viele Kühe hatten Löcher im Bauch von den Granatsplittern. Viele schrien tagelang, ehe sie krepierten. Denn die Bauern trauten sich nicht mehr zu ihnen hin, um sie zu melken. Die Tommis schossen auf alles, was sich bewegte, und die Kühe krepierten an Milchbrand. Es war scheußlich. Ab und zu zerplatzten im Park die Granaten der englischen Granatwerfer und machten dabei ›plups‹. Es klang gar nicht wie eine Granate, sondern wie eine Blase, die zerplatzte.

Und wo sie zerplatzten, da lag dann noch für eine Weile ein zusätzlicher Nebel herum und stank. Ab und zu fuhr eine Schiffsgranate wie eine Lokomotive über uns hinweg und schlug irgendwo im Hinterland ein. Wenn sie einschlug, zitterte unser Chateau wie ein nasser Hund. Das Chateau war eingerichtet wie alle Chateaus in Frankreich, irgendein ›Louis‹ mit Seidentapeten und Ahnenbildern, einer Bibliothek, von der ein paar Meter nur aus Buchrücken bestanden, die literarisches Interesse an den Klassikern vortäuschten und mit Kaminen in jedem Zimmer. Darin verbrannten wir ein Großteil der Möbel, die unsere Landser schon vorher kaputt geschlagen hatten. Und auch die Bilder hatten sie zerschlitzt. Das muß irgendwie drinstecken, dieses Bilderzerschlitzen. Es gab da einen Steinwayflügel und einen Hauptmann von den Pionieren, der auf diesem Flügel spielen konnte. Er war ein großer schwerer Mann, Ingenieur im Zivilen, der für die Musik lebte und starb. Er spielte meist Beethoven, und es war schon 'ne verrückte Sache, wenn er in der

Dämmerstunde, während die Granaten im Park zerplatzten und die Nebel in die Senken krochen, die ›Waldsteinsonate‹ spielte oder die ›Apassionata‹. Wir saßen, guckten abwechselnd in den Kamin, auf die Nebelwiesen und den Hauptmann, der seinen Beethoven spielte, und hatten metaphysische Zustände. Aber eines Tages griffen die Amerikaner und die Polen zugleich mit unseren Tommis an, und wir mußten das Schloß verlassen. Der Pionier spielte ein letztes Mal, Beethovens letzte Sonate, Opus hundertundelf mit dem zweiten Satz, der eine ganze Menge letzter Worte enthält. Naja. Dann stand der Pionier auf und holte seine Soldaten herein. Die hatten eine Menge Spezialminen bei sich und sie begannen mit großem Einfallsreichtum ihre Minen unterzubringen. Die erste, so eine Zugmine, deponierte der Pionierhauptmann mit viel Umsicht unter dem großen Dreiecksdeckel des Flügels, den er behutsam zuklappte. Mit dem gleichen Raffinement verminten sie die Bilder, die Möbel, die Teppiche und die Bücherwände. Sie versahen alle Türen mit Zugminen, alle Fußböden mit Tretminen und das Geschirr in der Küche mit kleinen Spezialdingern, die hoch gingen, wenn man den Deckel von einer Kaffeekanne hob. Dann zogen wir uns auf den flachen Hügel hinter dem Schloß zurück und warteten auf die Feinde, die bald schon im Gänsemarsch heranrückten, das Schloß und seinen Frieden mit Mißtrauen beäugten und vorsichtshalber ein paar Handgranaten durch die offenen Fenster warfen. Wir beobachteten das alles durch unsere Ferngläser und als der Erste vorsichtig die Türklinke auf und nieder bewegte und dann seinen Kameraden winkte und die Tür öffnete und alle in die Luft flogen, da fanden wir das schon sehr komisch.

Aber als dann die Andern im Innern verschwanden und nach einer Reihe kleinerer Detonationen das Klavier mit einem unbeschreiblichen Mißakkord explodierte, da kriegten wir einen Lachkrampf nach dem andern. Wir wären fast daran erstickt. Es war eine ganz abscheuliche Sache da unten und kostete eine Menge Menschenleben. Aber wir lachten. Könnt ihr das verstehen?«

Ich sage: »Ich habe auch nie verstehen können, warum ich bei Tom und Jerry immer so lachen mußte. Wir sind nicht ganz richtig im Kopf. Vor zwei Jahren waren wir wieder mal in Cuzco. Es war Abend. Wir gingen durch diese irre Theaterkulisse, die nur von ein paar Straßenlaternen erleuchtet wurde, und sahen plötzlich einen riesigen komischen Schatten unter den Arkaden, den wir uns nicht erklären konnten. Irgendso'n Doppelwesen, 'n Fabeltier. Dann kamen die Schattenwerfer ins Laternenlicht. Es waren zwei Bettler. Der erste war beinlos und rutschte auf den Stümpfen, die in Lederhülsen steckten. Er hatte eine Schnur um den Hals, und an dieser Schnur hing der zweite Bettler. Ein Kerl wie'n Berg. Er war blind. Er hatte eine Gitarre umgehängt. Der Beinlose führte den Blinden an der Schnur. Am Ende der Arkade sind ein paar Stufen. Der Beinlose rutschte da zügig hinunter, der Blinde vorsichtig hinterher. Der Beinlose durch ein paar abgestellte Autos. Der Blinde voll dagegen. Er schrie vor Wut und riß an der Schnur und der Beinlose fiel auf den Rücken wie ein Käfer. Der Blinde öffnete seinen Hosenstall, zog einen wahren Eselspimmel raus und pißte einen irren Eselspimmelstrahl direkt auf den Beinlosen. Der versuchte sich aufzurappeln, aber ein neuer Riß an der Leine schmiß ihn wieder um. Dann grunzte der Blinde irgendwas, der Beinlose stemmte sich quatschnaß wieder hoch, und beide machten sich erneut auf den Weg. Wir hatten das alles aus nächster Nähe beobachtet und die Haare standen vor Entsetzen richtig zu Berge. Aber als alles vorbei war und die beiden im Dunkeln verschwunden waren, da drehten wir durch vor Lachen. Die Tränen flossen wie bei Tränengas. Echte Schreikrämpfe und Stiche in den Seiten. Das kann doch nicht wahr sein, was wir da eben gesehen haben. Nein, wirklich. Dann rannten wir den beiden nach, fanden sie auch und gaben ihnen unser ganzes Kleingeld.«

Ede sagt: »Wir hatten in der Mietskaserne, in der wir hausten, bis 33 kein WC. Die Scheiße fiel durch ein dickes Rohr durch alle Etagen in eine Kiste im Keller. Wir wußten immer ganz genau wer, wann und wieviel er schiß. Am Morgen des 1. Februar 33 kam unser Hauswirt, klingelte und sagte: ›Heil Hitler! Ab fünfzehnten haben wir eine Wasserspülung im Lokus.‹ ›Heil Hitler!‹ sagte mein Vater. Mit den Nazis kam nicht nur die Scheiße, sondern auch die Wasserspülung. Später war ich Hilfsausbilder beim Reichsarbeitsdienst. Als Konstantin Hirl, der Führer des Reichsarbeitsdienstes, Geburtstag hatte, schenkte er die Hilfsausbilder dem Reichsführer der SS, Heinrich Himmler, der dieses Geschenk sogleich an die Front weiterreichte. So kam es, daß ich mit sechzehn als SS-Mann zu einem Bauchschuß kam.«

»Wie wär's mit Käse?« fragt die Wirtin

S. 236

Wer das Laster haßt, haßt die Menschen«, sagt Lila, und ein Wort wechselt die Farbe. Sie wirft einen lila Schatten, der sich bewegt wie der Schatten eines Eselreiters vor einer weißen marokkanischen Mauer. »Manchmal kamen zwei Zigeuner zu meinen Großeltern. Der eine spielte Geige, der andere sammelte das Geld ein. Dabei mußte er in einer Hand immer eine Fliege halten, um seinen Partner nicht betrügen zu können. Mein Vater hat mir gezeigt, wie der Zigeuner das machte.«

Sie zeigt es mir.

Ich tauche meine Nase in ihr Haar wie der Nasenbär Coati die seine in den Rasen. Am Horizont eine Hütte auf Hühnerfüßen. »Die erhabenen Grillen dieses Geschlechts von Künstlern sind schwer zu fassen«, sagt die Gräfin zu Nolten.

»Was denkst du?«, fragt Lila.

»Daß du mich immer lieben sollst.«

»Immer ist ein langes Wort. Wenn ich dich nun noch fünftausend Jahre und sieben Monate liebe, ist's genug? Es ist zwar viel weniger als immer, ist aber doch eine erkleckliche Zeit, und wir können uns Zeit nehmen, uns zu lieben.«

»Oder die Zeit kann uns die Liebe nehmen.«

»Übrigens: immer. Gehört das nicht zu den besitzergreifenden Fürwörtern?«

»Ich fürchte.«

»Dann sollten wir es streichen.«

Nach einer Stunde, ich: »Was liest du?«

Sie: »Thomas Mann, ›der Erwählte‹. Sätze, wie mit der Brennschere gelockt.

Jedenfalls in der Übersetzung.«

»Im Deutschen auch.«

»Ist aber schön.«

»Und wie.«

»Was hältst du von Brecht?«

»Viel. Norbert Jacques erzählt, daß Brecht 1925 bei Schwanecke eine Mütze trug, die so kunstvoll proletarisch war, daß sie nur von einem teuren Mützenmacher stammen konnte, der auf die differenziertesten Absichten seines Kunden einzugehen imstande war ...

Aber es ist unsere letzte Nacht und ich würde dir lieber Dinge im dolce stil nuovo sagen.«

»Ist mir auch lieber. Aber was hältst du von Benn.«

»Genausoviel, aber ich lese wenig, und wenn, dann nur, was mir gefällt, und von den Alten gefällt mir am meisten der Ringelnatz. Der hat unsere spröde, harte, gutturale, krächzende, zischende und konsonantenspuckende Sprache wehen und flöten lassen, piepen, singen, turnen, vögeln, pissen, lachen und stöhnen, er hat sie biegsam, schmiegsam wie ein Schwan gemacht.

Ein richtiger Lautmaler war das Tapeltü tapeltü tapeltü ...«

»Sagtest du dolce stil nuovo? Das ist er doch? Tapeltü tapeltü ...«

In solcher Nacht, Jessica, in solcher Nacht ...

Ich fahre durch die vom Morgentau beschmutzten Vorstädte. Als ich hinter der Gare de l'Est an einen Liliputaner denke, der auf einem Bernhardiner reitet, trabt ein Bernhardiner um die Ecke, auf dem ein Liliputaner reitet. Das Leben kann schon ganz schön verrückt sein.

Kurz vor Meaux kommt mir eine lustige Trauergesellschaft entgegen. Alle haben schwer einen im Tee. Alle wollen sich halbtot lachen und halten sich an den Gäulen fest, die den Leichenwagen ziehen. Die Gäule stecken in schwarzen ritterlichen Turnierhemden. Wenn sie schnauben, steigen Seifenblasen aus ihren Nüstern, in denen sich der ganze Trauerzug spiegelt. Die Sonne kommt durch die Wolken und bricht sich in den Glasperlen der Kränze.

Bis Chalons die erhabene Langeweile des platten Landes. Sieht aus wie Saskatchewan. Irgendwie fällt mir das ehrliche alte Echsengesicht Eddie Constantines ein. Galapagos. Altersheim für alle alten Echsen. Eine Erinnerung an eine Erinnerung. Baum pflanzen, Kind zeugen, Buch schreiben. Wenigstens das Letzte versuchen. Auch wenn es der blanke Quatsch ist. Aber was ist kein Quatsch? Wenn dieser Schmöker fertig ist, lege ich mich selbst auf die hohe Kante. Halte bei einem Bauernhof, um zu pinkeln. Aus dem Gebüsch guckt ein Colimahund. Er setzt sich eine Menschenmaske auf. Das ist's! Totem und Totemtier. Totenbegleiter. Die Huichols bohren ihren Hunden kleine Löcher durch die Ohren und ziehen bunte Fäden hindurch. Ein Bauer mit einem bonbonfarbenen Bart pfeift dem Colima. Auf Malta züchten die Küster Linsen in den weißen Haaren aus Flachs, die ihre Heiligenfiguren auf dem Kopf haben.

Malraux hörte das Gras wachsen, und Adenauer sah eine Granate fliegen, direkt auf sich zu, überall ist Disneyland. Nicht umsonst ist im alten Chiapas der Brüllaffe der Gott der Künstler und Schauspieler. Eine Elster wie eine tanzende Braut.

Die bizarre Wallfahrtskirche in L'Épine. Ein spätgotischer Oskar Matzerath, klein aber wohlgebildet. Eine Kathedrale zum Mitnehmen. Die bizarrsten Wasserspeier Frankreichs. Eine kleine Sau mit einem Dutzend praller Zitzen wie Artemis, spielt auf der Harfe von King David. Ein Vater mit Baskenmütze spielt auf der Mundharmonika. Madame und sechs Kinder tanzen dazu. »Zu lange im Auto gesessen!« ruft er mir zu und legt ein paar Charleston-Schritte ein. »Dann müßtet ihr alle Räder haben«, rufe ich zurück, fahre rechts ran und gehe beten. Der kleine Rochus ist weg. Er stand zwischen zwei Türen. »Geklaut«, sagt der Küster. Ich lade ihn zu einem Cognac ins Bistro vis à vis ein. Drüben sagt der Patron grade zu ein paar Bauern in Gummistiefeln: »Einfach so, einfach so habe ich ihn mit der Flinte von der Schwelle gebürstet«. Eine Runde ich, eine der Küster, eine ich. Draußen läuft ein Jogger über die Dorfstraße, knallt gegen einen Maschenzaun und fällt auf der anderen Seite, in abertausend kleine Geleewürfel zerkleinert, nieder. Aus dem Gebüsch tritt Freddy Oberhauser (wer immer das sein mag) und beginnt die Würfel zusammenzulegen. Er liebt Puzzles leidenschaftlich und wird den rekonstruierten Jogger in's Evangelische Krankenhaus von Saarbrücken bringen, wo sich Hans Dahlem grade den Unterarm schienen läßt, dessen zarte Kaninchenknochen gestern von einem Rocker mit Handkantenschlag roh zertrennt wurden. Für manche scheint der Suff nur Unheil zu bringen.

Linkerhand marschieren die Kümmerkiefern zur Mühle von Valmy. »Ich aber sage euch, von hier aus ...« Kisch wird dir dafür eins hinten reintreten, Olympier. Was ist Weltgeschichte? Das Weltgericht? Völlig albern. Die Summe aller menschlichen Dummheit. Neben mir die Fußspuren Goethes im weichen Lehm. Müßte sie mit Gips ausgießen. Warum? Für's Museum König in Bonn, wo sich die Saurier paaren.

In Ste. Ménehould winke ich dem Kriegerdenkmal mit Hund zu. Ist das einzige mit Hund, das ich kenne. Schreibe es in meinen kleinen Faltkalender. Argonnerwald, Argonnerwald, ein stiller Friedhof wirst du bald ... irgendwo gibt es da oben ein Gewehr, das in eine Eiche eingewachsen ist. Wären es nur alle Gewehre. Die Abzweigung nach Varennes. Haben dort den dikken König geschnappt. Der war so verfressen, daß er sogar auf dieser Flucht, wo es nun wirklich um Kopf und Kragen ging, noch einen Kapaun essen wollte. Bezahlte dafür mit seiner Besteigung des fatalen Gerüsts auf der Place de la Concorde. »Der zweite Glücksfall in der Geschichte der Menschen«, hatte Mar dazu gesagt, »der erste war der Sündenfall.«

Ganz schön geschichtsträchtig, die Gegend.

In Nancy stolpere ich ins Gallé Museum und tauche tief in seine Schilfhalme und Seerosen. Grüß dich, schwindsüchtiger Hamlet. Gallés Hand aus blauem Glas. Wunder aller Wunder. Ophelias zerbrechliche Locken. Place Royal und seine bleiernen Brunnen.

Immer wieder herumgefahren, bis ein Flic argwöhnisch wird und zur Trillerpfeife greift. Flucht an der Oper vorbei. In den Hügeln von Lothringen glucksen die Rebhühner. Eine Amsel fliegt hoch oben. Ein Bussard nähert sich von hinten und pflückt sie aus dem Himmel. Da, wo soeben zwei waren ist nun eins. Als die Tangerinröte der untergehenden Sonne den Aufgang des Popzeitalters verkündet, bin ich daheim. Ich bringe den Wagen bei Mar vorbei und will den Bus nach Hause nehmen. Aber Mar sagt, dazu hätte ich zu schwarze Pupillen und bringt mich heim. Als ich aus meinem Fenster gucke, ist immer noch 'ne Menge Glamour auf Fluß und Gebirge. Kann mir gar nicht gefallen.

In der Nacht rolle ich, auf ein Brett geschnallt, das unter einem Güterwagen befestigt ist, mit Kerouac von Castle Rock, Colorado, nach New Orleans, Louisiana. Ich sauge eine Stunde lang den Geruch nach Freiheit durch meine Paviannüstern, den Geruch nach Wüste und heißem Schmieröl. Dann meldet sich tief in meinen Eingeweiden der Schlaf und ich tauche weg in meinen kleinen privaten Tod. Um Mitternacht trifft mich das Telefon wie ein Blitz.

»Scheiße«, sage ich verschlagen, »was is'n los?« Werde aber sogleich hellwach bei dem ungewöhnlich transparenten Ton, den Ede am andern Ende der Strippe anschlägt.

»Wir müssen nach Bonn«, sagt er, »da ist 'ne ungeheure Schweinerei im Gange. Wir machen was mit Tigerberg. Ich hole nur noch 'n paar Sondergenehmigungen.«

»Bin schon fertig«, sage ich und mache den üblichen Kopfsprung in Pullover und Jeans. Als wir eine Stunde später nach Norden brausen und die Autobahn nehmen wollen, ist sie von amerikanischen Kolonnen blockiert. Fritz, die Tonmaus, hat die Hose voll. Dauernd nervt er uns mit »wenn das man nur gut geht«. Ein dreckiger Vater Rhein wälzt sich in seinem Lotterbett. Wir nehmen das rechte Ufer, aber auch da rollen Panzer und LKW's. Alle rollen nach Norden. Wir bekleben unsere Windschutzscheibe mit den üblichen dreisprachigen Schildern, damit jeder sieht, daß wir vom Fernsehen sind. In drei Stunden erreichen wir Bonn. Es ist 5 Uhr.

Überall stehen die Amis herum. Sie haben einen Ring um die Stadt gezogen. Manche heben Stellungen aus, andere ziehen Gräben, wieder andere tarnen Panzer und Kanonen. Über dem Siebengebirge ziehen Phantomjäger ihre Schleifen. Hubschrauber fliegen tief über dem Rhein. Wir müssen durch Dutzende von Sperren, halten diesen Burschen von der MP ebensooft unsere Sonderausweise unter die Nase, werden abgetastet, als hätten wir Pistolen unter die Schwänze geklemmt, und dürfen endlich in die Stadt einfahren. Kein Zivilist zeigt sich auf der Straße. Der Bundestag ist von den Amis umstellt. Vor dem Palais Schaumburg stehen eine Menge Panzer. Dazwischen Pak und Flak und der ganze übliche Unsinn. Unser Fernsehstudio steht in Flammen. Deswegen haben die uns hergeschickt. Über der Villa Hammerschmidt quirlt ein Hubschrauber in dem zähen Mief, den der alte Lübke hinterlassen hat.

Jetzt ruft aus einem der Panzer ein Ami, dem ein Megaphon ans Maul gewachsen ist, Unverständliches zum Bundestag hinüber. Ein Bulle in Zivil prüft noch einmal unsere Papiere, hält sie wie Hundertdollarscheine gegen das Licht und sagt: »okay«.

»Was ist okay«, fragen wir, »was soll denn der Quatsch?«

»Quatsch?« fragt der Bulle, »sagtest du Quatsch? Freund Brandt wollte irgendsoeinen lausigen Freundschafts- und Beistandspakt mit den Russen abschließen. Nicht nur 'n lausigen Nichtangriffspakt oder 'ne lausige Gewaltverzichtserklärung. Nein. 'N regelrechten Beistandspakt.

Na ich sage euch, der Dulles und der Hoover und der Acheson, die stehen Kopf in ihren Gräbern!«

»Was sind denn das für Typen, die der da aufzählt?« fragt die Tonmaus mit grauer Nase.

»Irgendso verflossene kalte Krieger«, sage ich.

»Dem Nixon hat's vielleicht 'n Schlag gegeben«, sagt der Bulle, »wollte doch der Brandt 'n richtigen Sozialismus machen und die freie Marktwirtschaft erledigen. Wir sind hier um mit dem ganzen Quatsch Schluß zu machen. Die ganze Bande verhaften und in die Staaten bringen. Da werden ihnen die Flausen schon vergehen. Da werden sie nicht mit Samthandschuhen angefaßt.«

»Natürlich nicht«, sagt Ede, »wir wissen, wie ihr Freunde anfaßt.«

»Euer Verteidigungsminister, dieser Querkopf, hat uns mit seinen Truppen gedroht, und seinen Verbündeten«, sagt der Bulle.

»Hätte ich nicht von ihm gedacht«, sagt die Tonmaus und kriegt wieder Farbe in die Nase.

»Wir auch nicht«, sagt der Bulle, »aber wir haben drei Divisionen zusammengetrommelt, hundert Flugzeuge und 'ne Menge Panzer. Auch die anderen NATO-Verbündeten haben Truppen geschickt. Nixon hat 'ne Doktrin erlassen, nach der eure Extratouren durch die brüderliche Hilfe eurer Verbündeten verhindert wird. Unsere Freunde von der CDU/CSU haben übrigens rechtzeitig um die brüderliche Hilfe ersucht, ich meine, nachdem wir schon da waren. Wir konnten ihnen das natürlich nicht abschlagen. Sie sind schon dabei, eine legale Regierung zu bilden. Das müßte doch eure Roten dort drüben eigentlich einschüchtern.« Und wieder zeigt er zum Bundeshaus, in dem diese Roten wohl in ihrem eigenen Saft schmoren.

Über dem Rhein stehen zahllose Hubschrauber und blicken mit ihren toten Libellenaugen ins Regierungsviertel. Es ist eine ganz unwirkliche Stimmung an diesem allzufrühen Morgen. Auf dem geronnenen stinkenden Fluß ziehen dünne Nebel hin und her. Wie auf einer heißen Teetasse. Im Osten ist der Himmel wasserblau, mit schmutzigroten Streifen durchzogen. Sieht aus wie 'ne Marmorplatte auf 'nem vergammelten Nachttisch in 'nem vergammelten Bonner Hotel. Wir alle fühlen, daß der Weltuntergang unmittelbar bevorsteht, daß unsere letzte Hoffnung auf Moral, Menschlichkeit, Freiheit und Würde, unsere letzte Hoffnung auf Demokratie jetzt und für immer umgebracht wird, oder einfacher, daß alles aus ist.

Plötzlich kommt von irgendwoher unser Redakteur, die grauen Haare schweißverklebt – wenn er sonst vor der Kamera sitzt, im Studio und von der Maske mit einem Bubikopf versehen, der einen Uralttwen aus ihm macht, ist er gepflegt wie eine Sektreklame – die Jacke zerrissen, den Spitzbauch beschmutzt und die Brille zerschlagen.

»Die haben mich ganz schön in die Walkmühle genommen«, sagt Tigerberg, »und das obwohl sie doch genau wissen, daß alle meine Kommentare gegen diese Regierung und ihre Politik gerichtet waren, vor allem gegen diesen Pakt mit den Kommunisten. Aber die haben ganz einfach gesagt, ein deutsches Schwein ist ein deutsches Schwein und bleibt es auch.«

»Das ist die Quittung dafür«, sagt Ede, »daß sie immer die falschen Leute fertig gemacht haben. Sie und ihresgleichen haben doch den Amis erst den Knüppel in die Hand gegeben, mit dem wir nun alle den Arsch poliert kriegen. Und glücklicherweise auch sie.«

»Halt die Schnauze«, sagt der Bulle, »hier ist doch kein Kaffeekränzchen.«

»Für Europa ist das wohl das Schlimmste«, sagt Tigerberg.

»Scheißeuropa«, sagt der Bulle.

»Ich dachte, wir seien Freunde«, sagt Tigerberg mit törichtem Lächeln.

»Dachtest du«, sagt der Bulle, »wir haben das nie gedacht.«

»Aber das ist doch inkonsequent, was Sie da sagen«, ruft Tigerberg erregt, woraufhin ihm der Bulle mit dem Handrücken über den Mund schlägt.

»Schöne Scheißer sind das«, sagt Ede.

»Scheißer? Sagtest du Scheißer?« fragt der Bulle, »hast du vergessen, daß wir alle im selben Kahn sitzen? Auch wenn wir uns gegenseitig nicht sehr gefallen. Wer da aussteigen will, den rücken wir zurecht.«

»Das hier«, sagt Tigerberg und wischt das Blut vom Mund, »das hier ist keine Kahnfahrt. Das ist ein Schlag gegen jedes Bündnis und auch gegen die Genfer Konvention.«

»Wenn ich das schon höre«, sage ich, »Genfer Konvention. Fragen Sie mal Barry Goldwater, der damals empfohlen hatte, den Djungel in Vietnam zu entlauben. Seitdem die da entlaubten, sieht die Gegend zwischen Saigon und dem Meer aus, als habe man ein Dutzend Atombomben nebeneinander gesetzt. Sechshunderttausend Leute haben da mal gelebt. Heute wächst da nichts, kein einziges Reiskorn mehr. Und wissen Sie, was diese chemischen Krieger hinterher sagten? Ihr chemischer Krieg hätte dem Vieh nicht geschadet! Als wenn nicht alles Vieh krepiert wär, weil es nichts mehr zu fressen fand. Und danach krepierten auch die Menschen, und die nicht krepierten, wurden infantil und gebaren völlig deformierte Kinder. In diesem Scheißsenat waren von hundert Senatoren nur zweiundzwanzig gegen die Entlaubung. Die andern sagten, man dürfe den braven Boys nicht die Hände auf den Rücken binden. Sie ermorden unsere Erde, diese law-and-order-Gangster, sie ermorden unsere Erde, die einmal unsere Mutter Erde gewesen war, nur um den braven Boys nicht die Hände zu binden. Und ich rede nur von der Betonierung Vietnams, weil ich sie zufällig kennenlernen mußte. Wir haben das ja alles mal gedreht, und es wurde nie gesendet, um die Verteidigungskraft des Westens nicht zu schwächen. Das ist eine schöne Verteidigungskraft, verdammt nochmal! Und wir, die dagegen protestierten, harmlos genug in unseren nichts bewirkenden Märschen, wir wurden fotografiert, und diese Fotos halten sie bereit, um sie uns eines Tages unter die Nase zu halten, wenn wir nicht nach ihrer Pfeife tanzen ...«

»Henri«, ruft Ede, »Henri ... jetzt wird der auch noch ohnmächtig.«

Und Tigerberg, der ja auch so ein law-and-order-Typ ist, ringt die Hände und ruft: »Wo bleibt denn da der Schutz der Zivilbevölkerung, wenn ihr die Männer vom Fernsehen einfach abknallt wie tolle Hunde?« Er zittert vor Erregung: »Den Stühlpunzel, unseren Studioleiter, den haben sie im Bett abgeknallt, nur weil er, wie immer vor dem Einschlafen, eine Panzerschlacht aufgebaut hatte. Das hat sie provoziert.«

»Das Ding mit den tollen Hunden ist doch nur folgerichtig«, sage ich zu Tigerberg, der mit den Tränen kämpft, »oder haben Sie die Worte eines gewissen Hauptanklägers vergessen, der glaube ich Agnew hieß. Der sagte: ›Ich fordere, daß diese toll gewordenen Hunde allesamt erschossen werden!‹, worunter er die Opposition im eigenen Lande verstand, vor allem die jungen

Leute, die gegen den Vietnamkrieg waren. Und da glauben Sie, die würden im fremden Lande weniger zimperlich sein?«

Tigerberg guckt voller Unruhe hin und her. Er ist ja auch so ein Lawandorder-Typ. Er sagt: »Sie gehen zu weit, junger Freund. Grade wir Deutschen mit unserem gerüttelt Maß an Schuld sollten im Fall Vietnam, der ja viel komplizierter ist als es scheint ...«

»Shut up«, sage ich, »den abgestandenen Mist habe ich doch schon mal gehört. Ich war vier, als ihr euren Scheißkrieg verloren hattet. Was habe ich mit eurer Scheißvergangenheit zu tun? Aber mit den Verbrechen dieser Burschen hier habe ich sehr wohl zu tun. Wir haben sie nämlich gedreht. Soll ich euch mit meinen Vietnambildern einheizen? Bilder, die nie gezeigt wurden, weil alle, die sie gesehen hätten, mit weißen Haaren aufgestanden wären, um die Glotze abzuschalten. Denn wer will schon weiße Haare haben?«

»Paß nur auf, daß ich kein Sieb aus dir mache«, sagt der Bullige, hinter dessen Rücken mir Tigerberg verzweifelt Zeichen macht, aber ich bin in Fahrt, und wenn ich in Fahrt bin, frage ich nie nach den Folgen.

Ich bin einfach nicht zu bremsen und sage: »Halt's Maul, Scheißer. Ihr seid doch krank, geisteskrank wie euer toller Hund Medina, den ihr aber keineswegs erschossen habt, ebensowenig wie all die anderen unzähligen Schlächter von unzähligen My Lais. Ihr habt unsere Nazis damals aufgehängt, was einer der wenigen glücklichen Einfälle war, die ihr jemals hattet. Aber, wenn man eure Strolche nach der gleichen Elle messen würde, dann reichten alle Bäume Vietnams nicht aus, um sie daran zu hängen.«

»Mitsamt jenem zynischen Hund«, sagt Ede, »der damals sagte, dieses verdammte Vietnam werde nur noch als Fußnote der Geschichte übrig bleiben, nach alledem, was er in China unternommen habe.«

Der Bulle weiß nicht, was er tun soll. Er tritt von einem Fuß auf den andern und täuscht mit angespannten Kaumuskeln Stärke vor. Plötzlich zeigt er wieder in Richtung Bundeshaus und sagt: »Die sind fast alle dadrüben drin, gottverdammich. Die haben gestern Abend noch Wind gekriegt und sich versammelt. Der Leber hat sie einfliegen lassen. Brandt, der gute Hirte, ist auch drin, mitten unter seinen Schafen. Gestern abend wollte er noch im Fernsehen quasseln. Aber das haben wir verhindern können. Wir haben ihnen einfach eingeheizt.«

»Immer erwischen sie den Falschen«, sagt Ede und zeigt zu jenem Abgeordnetensilo hinüber, den sie den »Langen Eugen« nennen, »wenn der wenigstens mit drin stecken würde, dieser verkniffene Pharisäer, seine miserable Flinte unterm Arm. Verhalf der Republik zu Frack und weißen Handschuhen für die Saaldiener und sich selbst zu ein paar Hunderttausendern, weil ihm die Nazis keine Professur angeboten haben. Mein Alter und dessen Alter gingen 33 ins KZ, waren alte Gewerkschafter, kriegten jede Menge Prügel und kein Schwein hat ihnen dafür je auch nur einen einzigen Pfennig angeboten. Eine verlorene Professur. Daß ich nicht lache!«

»Ein neuer Dante wird ihm dafür den vorletzten Platz in der Hölle anbieten«, sage ich.

»Glaubst du doch selbst nicht«, sagt Ede, »bei den Verbindungen, die der hat ...«

Wir blicken zum Bundeshaus. Fünf Minuten lang die tiefste aller tiefen Stillen. Das Wort zum Sonntag. Besinnung und Einkehr. Die Air aus der D-Dur Suite. Plötzlich spucken unter hallendem Donner, der vom Siebengebirge zurückrollt, ein paar hundert Geschütze und Werfer ihre Geschosse gegen das Bundeshaus. Es ist sogleich von schwefelgelben und weißen Detonationen wie von großen Papierblumen made in Hongkong besetzt. Die leeren Fensterhöhlen entlassen behaglich quellende Wolken, eine Idylle, unter der der Boden wie Aspik bibbert. Mauerstücke blähen sich und fallen hinunter. Ede dreht in Zeitlupe, ein Antonionieffekt. Pause. Denkpause nennt man das seit Erfurt. Dann kommen die MdB's heraus, die Hände im Nacken, wie sie es in unseren Vietnamfilmen gesehen haben, abends in der Tagesschau, wobei sie weder das Knochenschinkenbrot noch das kühle Dortmunder aus der Gurgel rülpsten, kommen heraus, und der Erste schwenkt eine weiße Fahne. Es ist der Verteidigungsminister, der Rechtsaußen im Kabinett, den seine Generäle oft und mit Freuden in den zivilen Arsch getreten haben, ohne daß er es merkte.

»Ich wußte ja, daß sie vernünftig sein werden«, sagt der Bulle.

»Mensch, das sind Bilder!« ruft Ede und fummelt an seiner Gummilinse herum.

Jetzt rückt eine Kompanie Ledernacken an, jene Roboter, gegen die King Kong ein freundlich lallendes Baby ist, und gehen, Gewehr in der Hüfte und ihre bewährten Schreie ausstoßend, durch die qualmenden Fensterhöhlen in das Bundeshaus. Und nach zehn Minuten kommen sie mit dem Rest der Regierung wieder zum Vorschein. Ich hab ja schon eine Menge gesehen, aber Willy Brandt in Handschellen, das macht mir die Knie weich. Wie immer scheint er gefaßt und wie immer ist er ganz tief getroffen, und Ede macht ihm das höchste Kompliment, das ein Kameramann überhaupt machen kann: Er starrt tränenüberströmt auf den Kanzler und hat völlig vergessen, daß er eine Kamera in der Hand hat. Tigerberg bringt kein Wort hervor.

»Herr Bundeskanzler«, sagt unser Tonfritze und Ede hält nun doch die Kamera auf das tiefgefurchte grundehrliche Gesicht Willy Brandts, »ein paar Worte.«

Und der Kanzler sagt heiser: »Das tun mir die an, mir. Ich habe mein ganzes Leben der Zusammenarbeit mit den Amerikanern gewidmet. Und ich wollte das nie ändern oder gar in Frage stellen. Ich wollte nicht die Gesellschaftsform, in der wir leben, antasten. Ich wollte nur die Entartungen des Kapitalismus beseitigen. Diese militärische Intervention wird keines der anstehenden Probleme lösen, sondern viel schwierigere herbeiführen. Das ist die größte denkbare Tragödie meines Lebens: meine unblutige gewaltlose Revolution wird von einem blutigen Angriff auf mein Land abgelöst. Aber das darf nicht sein. Das

Unverständnis der Amerikaner an unseren europäischen Problemen ...«

Aber hier hält der Bulle die Hand vors Mikrofon, und damit will ich es auch genug sein lassen.

»Leg dich zurück, Hinrich Kaspar Kohl, denn morgen erst ist Totensonntag.« Ich habe das Ganze ja auch nur mal durchgespielt, um Dampf abzulassen und um es ja nicht zu vergessen, wie es damals war in Prag und daß das da drüben keine Alternative sein kann zu unserer gottverdammten, beschissenen freien Welt. Der Teufel hol' sie beide.

Mar kam 45 aus dem KZ. Bei Schwerin stieß er auf die Amerikaner. Er fragte einen amerikanischen Unteroffizier, wo er sich als ehemaliger politischer Häftling, KZ und so, zu melden habe. Der Unteroffizier fragte ihn, ob er Deutscher sei. Der nichts ahnende Mar sagte »ja« und bekam daraufhin von diesem amerikanischen Unteroffizier eine Ohrfeige, die ihm fast das Leben gekostet hätte. Denn Mar hatte keine Kraft mehr in seinen Knochen. Man hatte ihn in einem Jahr von siebzig auf vierzig Kilo reduziert.

Ein anderer Amerikaner half ihm auf die Beine und sagte: »Mach dir nichts draus und nimm es ihm nicht übel. Er ist Jude.«

»Ich auch«, sagte Mar und dachte an den kleinen Moritz Cohn aus der Wasserstraße in Magdeburg. Das war 35 gewesen. Mar und Bodo, der Sohn eines SS-Mannes, waren zu Cohns Haus gezogen und hatten mit roter Farbe an die Gartenmauer geschrieben: »Wenn des Juden Blut vom Messer spritzt, dann gehts nochmal so gut.« Sie waren zwölf Jahre alt gewesen.

Am gleichen Abend steckten die Amis Mar mit einem Dutzend anderer Kz-ler in eine Villa am Schweriner See. Sie gaben ihnen reichlich zu essen und sagten ihnen, jeder, der sich außerhalb dieser Villa bewege, werde erschossen. Morgen bekämen sie ihre Papiere. Wenig später hatten sie Gelegenheit, durch die Fenster zuzusehen wie zwei GI's stundenlang eine Flüchtlingsfrau am Ufer des Sees vergewaltigten und dann ermordeten, während ihre beiden kleinen Kinder schreiend im Schilf auf- und abliefen. Dann ruderten die GI's mit der Toten in die Mitte des Sees und versenkten sie. Zwei Tage später zogen Mar und seine Freunde die angeschwemmte Tote an Land. Die Kinder waren immer noch da. Die gleichen Kinder hatte Mar zwei Jahre zuvor in Rußland gesehen. Da hatten sie neben einer russischen Mutter gestanden, die neben einer deutschen Gulaschkanone zusammengebrochen war. Sie hatte dort vergeblich um ein Kochgeschirr voll Essen gebettelt. Sie blutete stark aus einer Stirnwunde. Es war sehr kalt und ihre Bewegungen wurden immer schwacher. Neben ihr standen ihre kleinen Kinder in dicken gesteppten Handschuhen und weinten. Niemand, nicht ein einziger Soldat, half. Endlich lag die Frau ganz steif. Am andern Morgen war sie wie ein Brett. Die Kinder standen immer noch neben ihr.

Als ich zu meiner Mutter komme, sitzt sie hinter dem Fernseher und gibt mir Zeichen, sie nicht zu stören.

S. 256

Zum ersten Mal seit zehn Jahren werde ich gefahren.
»Ich hatte vor acht Wochen auch 'nen Unfall«, sagt der Fahrer, »stell dir vor, ich fahre auf der Hauptstraße von Frankfurt nach Darmstadt, so mit 80, 90. Mit meinem Privatwagen. Nem VW. Da kommt von rechts ein Mercedes 350. So'n Superschlitten mit som Supertyp am Steuer. Denkst'e, der beachtet die Vorfahrt. Der biegt ein. Ich versuche alles, um meine Kiste zum Stehen zu bringen. Schaffe es nicht und erwische ihn hinten links. Ziemlich böse für ihn, denke ich. Aber der Kerl steigt aus und beginnt eine wilde Schau abzuziehen. Na, ich rüber zur Telefonzelle, die zufällig mal am richtigen Platz stand, und rufe die Polente. Die kommt, und ob du's glaubst oder nicht: die Bullen scheißen mich zusammen und sind zu dem Mercedesfritzen so höflich, als wenn nicht er, sondern ich den ganzen Mist gebaut hätte. Und der gleiche Zirkus spielt sich dann nochmal vor 'ner Woche beim Gericht ab. Die behandelten den Schweinehund richtig höflich und mich wie den letzten Dreck, und das so lange, bis mir der Papierkragen platzte und ich in der Gegend herumschrie, wofür ich 20 Mark Ordnungsstrafe zahlen mußte. Es hätte bloß noch gefehlt, daß der Recht bekommen hätte. Dann wären wir aber auf die Barrikaden gegangen. Ein kleiner Mann, sage ich dir, ist 'n Scheißdreck wert in diesem Land. Und 'nem Reichen pissen sie nicht an den Wagen. Der Ton macht die Musik, sage ich dir. Und der Ton, den sie bei mir riskiert haben, nicht zu fassen, sage ich dir, nicht zu fassen. Und das trotz der Sozis in Bonn.«

»Mach dir nichts draus«, sage ich doof, »dauert lange so'ne Veränderung. Die müssen erst umlernen, die Reichen und die Superreichen.«

»Tun die doch nie«, sagt der Fahrer, »ihre Göhren sind doch genauso. Ich könnte dir da Sachen aus der Schule erzählen. Na, gute Nacht.«

Er überhäuft mich bis zu Hause mit seinen Anklagen, dann stolpere ich gegen 5 Uhr morgens in meine Bude, die ich diesmal ohne die Zusprüche von Hausmeisterin, Fräulein Mai und der Wirtin erreiche.

Draußen ist es noch dunkel. Der erste Hahn beginnt zu krähen. Die Kirchenturmuhr schlägt drei. Kater Terribile schlüpft aus dem großen schwarzen Ei der Nacht und unter meine Decke. Wird wohl unruhige Träume gehabt haben. Rati, die Göttin der sexuellen Leidenschaft, sucht ihn seit Tagen heim. Drücke die Taste. Habe noch ein Band auf dem Kofferradio, das am Kopfende steht. »O santo spiritus« aus Bachs H-Moll-Messe: ein fröhlicher Hochzeitsmarsch, auf dem sich die Nonnen hüpfend mit dem Heiligen Geist vereinen. Aber warum schwarz, ihr Pinguine? Weiße Kleider her! Weiße Kleider halten die Seelen nicht im Kreislauf des Irdischen fest. Habt ihr das nicht gewußt? Im dreizehnten Jahrhundert gab es bei den schlichten Zisterziensern in Clairvaux einen ehemaligen Gaukler, der vor der Madonna die allerschönsten Purzelbäume schlug, um ihr seine Ehrerbietung zu zeigen. Die Madonna stieg von ihrem Sockel herab und wischte ihm den Schweiß vom Gesicht. Denn merke: »Die Hauptfunktion der Kunst ist sittlich. Nicht ästhetisch, nicht dekorativ sondern sittlich.« Jetzt krähen viele Hähne. In meinem Vorort dürfen sie. Hier ist noch niemand zum Kadi gerannt, um den Hähnen das Krähen und den Hennen das Scharren in den Gärten zu verbieten. Auf den schmalen Wolken im Osten glänzt Gold. So hat Kolumbus Gold auf dem Rio de Oro glänzen gesehen. 1430 haben sie in Holland mal eine Sirene gefangen. Weil ihre Nacktheit Anstoß erregte, steckten sie sie in Kleider. Sie lernte spinnen und das Kreuz schlagen, aber nicht sprechen. Sie konnte nur röcheln. Die Flibustier, diese gottlosen Hunde, aßen sogar Sirenen und natürlich Malaparte ... Immerhin beglaubigte Seigneur de la Paire, Pierre Luce, in Gegenwart von vier Zeugen, am 31. Mai 1971 auf der Höhe der Diamanteninsel einen Triton gesehen zu haben. Als Hans Dahlem wie ein delphischer Pavian über dem Loch eines Scheißhauses im Jura saß, kam eine Ziege und fraß ihm die Zeitung aus der Hand. Wir alle sind schräg ins

Leben gestellt. Ratten mögen Mozart, und Monsieur Zich nahm sich auf Porquerolles das Leben, als er aus dem Michelin gestrichen wurde. Ein Hund schlägt an seine Glocke. Heiser. Muß wohl rostig sein. James Joyce hatte die grauen Eulenaugen der Pallas Athene und ungeheuren Schiß vor Kötern, deren fernstes Bellen ihn schon erzittern ließ.

Terribile, dieses brillante kleine Schaustück, kommt hervor. Ich gebe ihm einen Fingerhut voll Morgensahne. »Zugabe, Zugabe«, sagt er deutlich und ich schlage sie ihm nicht ab.

Später Nachmittag in der Kantine. Die Sonne spiegelt sich in den Frankfurter Würstchen, die hier wie die grauen Finger von Ertrunkenen aussehen. Dachs, eine mehr oder weniger verkommene Tonmaus, kommt an den Tisch, wo ich mit einem halben Dutzend Kameraassistenten sitze, haut seinen gelben Vorbiß in einen grauen Hamburger und sagt: »Na, macht ihr wieder 'ne Verschwörung.« Er setzt sich und zieht ein Päckchen Photos aus der Tasche. Er zieht eins heraus und zeigt es uns mit wortlosem Stolz. Er hat den ganzen Mist in Bangladesch mitgemacht, das Meiste davon natürlich im Hotel, denn da, wo es wirklich brennt, da läßt sich ja niemand sehen.

Auf dem Photo sieht man, wie Dachs mit runter gelassener Hose mit seinem Riesenpimmel in der Gegend rumfuchtelt und im Hintergrund liegt mit gespreizten Beinen so ein kleines mageres Bangladeschmädchen und hält seine kleine haarlose Fotze ins Blitzlicht.

»Es ist zum Heulen«, sage ich in das Dachsgesicht hinein, »man sollte dich Saustück einfach kastrieren.«

»Aber wieso denn«, sagt Dachs, »die haben doch gewollt. Wir haben sie doch gut behandelt.«

Ich spüre, wie mein Gesicht grau wird, grau wie diese verdammten Frankfurter Würstchen und dieser verdammte Hamburger. Meine Hände beginnen zu zittern. Verdammt noch mal. Ich habe nicht die geringste Lust zu irgendeinem Auftritt, zudem ist Dachs wie ein Gorilla, aber ich kann nicht anders: ich rolle mit der Rechten das Photo zusammen, ziehe mit der Linken ein halbvolles Bier heran und tauche das Foto langsam hinein. Immer wieder. Meeresstille und glückliche Fahrt.

»Bist du verrückt«, ruft Dachs und läuft dunkelrot an. Aber irgendetwas an mir macht ihn stutzig. Er streckt nicht mal die Hand aus, um sein gottverdammtes Photo aus dem Bierglas zu ziehen. Ich warte, bis ich die Gewißheit habe, daß es weich genug ist, reibe es mit den Fingern hin und her, stehe auf und verlasse die Szene als Sieger, einen Todfeind im Nacken und unfroh über die Feststellung wie ein ganz toller Kerl gehandelt zu haben. Denn sonst ist der Dachs gar nicht so übel.

»War 'ne ziemlich üble Show, die ich da abgezogen habe, nicht?« frage ich eine halbe Stunde später Josef, der mir grade über den Weg läuft.

»Keineswegs«, sagt Josef, »wir alle hätten ihm gern seinen Renommierschwanz abgeschnitten.«

Witkop vom Jugendmagazin kommt vorbei und fragt, ob ich nicht einen mit ihm trinken wolle. Nachdem wir alles und jeden durchgehechelt haben und auf dem besten Wege sind, in Trübsinn zu verfallen, fragen wir uns, was wir tun sollen.

»Die heiligen Kühe der Intendanten schlachten!«
»Und aller Programmdirektoren!«
»Ja, was denn sonst?«
»Kuli und Wim!«
»Rudi und Wum!«
»Und alle Mainzelmännchen!«
»Dietmar und Vivi!«
»Hans und Annette und Guido!«
»Und Curti, den Niemalsweisen!«
»Den man Kotzcurti nennt!«
»Au ja, vor allem den!«
»Peter und Anneliese!«
»Au ja, vor allem die!«
»Und Frankensteins Töchterchen, die Hildegard!«
»Die man Kotzhilde nennt!«

»Und Hexenjäger xy!«
»Heidi und Lilo und Willy mit den Zähnen!«
»Walter und Nadja!«
»Freddy und Karel und Roy!«
»Und alle, die wir vergessen haben!«
»Schminkt und poliert sie!«
»Bringt sie auf Hochglanz!«
»Und gießt sie in Plexiglas!«
»Und stellt sie hinein ins Mausmuseum!«
Und jetzt alles:
»Stellt sie hinein ins Mausmuseum!«
»Aber was sollen wir wirklich tun?«
»Das Maul aufreißen. Nichts gefallen lassen. Laut sagen, daß es eine Idiotie ist, diesen Monstren Honorare zwischen 25 000 und 50 000 Mark zu zahlen, das jede Million für so eine abgestandene, vermiefte Unterhaltungssendung eine verlorene Million ist.«

»Jawohl«, sagt Wulfen von der Innenpolitik, »das Maul aufreißen und den Alten sagen, daß sie ihre Ärsche entkrampfen und endlich die Stühle fahrenlassen sollen, an die sie sich so eisern klammern, ihnen klar machen, daß die Hälfte aller Fernsehgukker junge Leute sind, die scharf auf ein Programm für junge Leute sind, das von jungen Leuten gemacht wird ...«

Ich betrachte schwermütig die beiden Gerechten. Wenn sie Glück haben, sind sie die Männer von Morgen, nur daß dieses Morgen für sie in zehn oder zwanzig Jahren beginnen wird, wenn man sie abgeschliffen hat wie Flußkiesel. Auch sie werden dann rund und gefällig in der Hand liegen wie Yoricks Schädel in der Hand Hamlets.

»Was guckst du denn so melodramatisch?« fragt Wulfen.
»Ich habe mal einen Film gemacht«, sage ich, »der mich Kopf und Kragen kosten sollte. Ich hatte auf den ersten Satz von Mozarts ›Kleiner Nachtmusik‹ alle Killerszenen geschnitten, die in einem einzigen Fernsehmonat im deutschen Pantoffelkino zu sehen waren. Es waren über zweihundert. Ich wollte zu einer all-

zu beliebten Melodie einfach zeigen, was wir Abend für Abend so konsumieren, ohne weiter darüber nachzudenken. Ich führte meinen Kleinenachtmusikverschnitt vor. Vor der versammelten Mannschaft. Keiner sagte ein einziges Wort. Alle warteten auf ein Zeichen des Intendanten, dieses Ritters von der unbefleckten Empfängnis. Der spuckte mir mein scharfes Gericht ins Gesicht, hielt mich für einen Roten oder zumindest Zyniker, und er, der Intendant, könne sich weder den einen noch den andern leisten. Entweder ich füge mich in Zukunft oder ... naja, ich zog das ›oder‹ vor und wechselte freiwillig das Haus. Es war ein kleiner Sender mit einem kleinen Intendanten und ich hatte Großes vor.«

»Wußte doch Laotse, daß Verkanntwerden das Los alles Echten ist«, sagt Wulfen und grinst altchinesisch.

Dann nimmt mich Peter beiseite und sagt, »ich muß dir noch eine Geschichte erzählen. Ich weiß nicht, was ich machen soll. Vielleicht kannst du mir einen Rat geben. Wir waren mit Müller ...«

»Der, der wie 'n orthopädischer Schuh aussieht? Der sich damals in Bolivien rote Farbe aufs Hemd kleckerte, um wie ein Teilnehmer am Partisanenkrieg auszusehen und sein Statement im Studio mit den Worten begann: »Ich stehe hier im Kugelhagel ...«

»Genau der. Wir waren mit ihm in Spanien. Nach einer durchsoffenen Nacht fehlte ihm ein ›Tausender‹, und er schob die Schuld auf das Zimmermädchen. Das wurde in die Mangel genommen, sogar geohrfeigt und rausgeschmissen. Da fand Müller seinen ›Tausender‹ in einer anderen Hose. Aber er hat nichts gesagt.«

»Und du? Wenn du es doch weißt?«

»Ich frage ja dich.«

»Das mußt du doch selbst wissen.«

»Der gibt das doch nie zu.«

»Dann mußt du es irgendwo anders versuchen.«

»Aber was hättest du denn gemacht?«

»Ich hätte ihm auf den Kopf zugesagt.«

»Und wenn er's bestritten hätte?«
»Dann hätte ich ihn mir zur Brust genommen.«
»Ich muß mir das mal überlegen.«
Anschließend gammele ich noch hier und da herum und flirte mit ein paar Cutter-Assistentinnen, die zwar manchmal durchaus bereit sind, ein bißchen in der Gegend herumzuvögeln, deren Sinn aber eigentlich nach Anderem steht, das sie für Höheres halten, ich meine nach Ehe und Kinderkriegen und einem jungen gepflegten Mann mit Pensionsberechtigung, nach kleinem Häuschen mit Vorgarten, nach größerem Auto nebst kleinerem Zweitwagen, nach sauberer Wäsche und sauberem Sex und sauberem Familiensinn undsoweiter, und sie heiraten viel zu früh und kriegen viel zu früh Kinder und sind versaut für die freie Liebe, weil diese Kinder einen viel zu dicken Schädel bei der Geburt hatten, und überhaupt ist die Figur nicht mehr, was sie mal war, und sie trösten sich mit Auto und Häuschen und diesem ganzen Mist, und eines Tages sitzen da Plüschtiere auf dem Sofa, die eigentlich schon immer irgendwo gesessen haben. Die Girls vergammeln in ihrer kleinbürgerlichen Idylle und sehen mit fünfundzwanzig aus wie fünfunddreißig, und sie erzählen, daß sie vom Leben eigentlich mehr erwartet hätten und daß die Jugend viel zu schnell vorübergehe, die gleiche Jugend, die sie selbst einmal nicht schnell genug beenden konnten, und dann kommt der Tag Virginias ...

Ich erhalte soeben Bescheid, daß meine Starnbergerseegeschichte doch noch Liebhaber gefunden und irgendeinen Preis gemacht habe der mit 200 000 Dmark »dotiert« sei. Ich lege den »Türkischen Marsch« auf und überschlage, wieviel Meter Film das wohl gibt, wieviel gebrauchte Spots und ob ich mir davon wohl ein Pferdeskelett leisten kann. Dann telegrafiere ich meinem Zinnsoldatengießer in Berlin. Ich brauche tausend Soldaten in napoleonischen Uniformen. Ich werde Tschaikowskys »Ouvertüre 1812« drehen. Ich muß meine Wut über das loswerden, das man »Unsere Geschichte« nennt.

Ich werde folgendes machen: ich werde ein großes schmales Zimmer schwarz ausmalen. Dann das Pferdeskelett hineinstellen und mit einer fluorifizierenden Farbe anstreichen, so daß es im Dunkeln leuchtet. Ich werde es heftig anstrahlen, dann das Licht ausmachen und langsam auf das Skelett zufahren. Dabei erhellt sich allmählich der schwarze Raum. In das Skelett werde ich eine Glasscheibe einziehen, mitten durch den Brustkorb. Sie wird unsichtbar sein. Und auf der Glasscheibe werde ich die tausend Soldaten meines Zinngießers verteilen. Die Scheibe ist präpariert. Ich kann sie mit elektrischem Strom so weit erhitzen, daß die Zinnsoldaten ganz allmählich dahinschmelzen. Ich werde alle möglichen Nebel dazwischen blasen, Szenen aus russischen und amerikanischen Monsterfilmen, aber alles verfremdet, etwa im Negativ oder vielfach überblendet. Ich werde Napoleon in seinem Schlitten hindurchfahren lassen, warm in weiche schöne Felle verpackt. Es gibt da ein passendes Gemälde, mit dem ich viel vorhabe. Dann wird sich der Schlitten auflösen, im Schneegestöber. Mein Freund Karl Heinz Bauer in Bamberg, der Collagen-Bauer, wird mir das Hospital von Silna rekonstruieren, verfremdet natürlich, und er wird die 7500 Leichen über das ganze Hospital verteilen, in die Gänge stapeln, die Fenster mit ihnen gegen den eisigen Wind verstopfen. Und immer wieder werde ich einen der zynischsten Sätze der Weltgeschichte einblenden: »Die Gesundheit seiner Majestät war nie besser«. Ich werde es schneien lassen und durch diesen Schnee ein Dutzend napoleonischer Gardisten marschieren lassen. Und sie werden nach und nach zusammenbrechen, und der Schnee wird sie zudecken, bis sie nur noch Flecken in einem unendlichen Weiß sind. Ich werde den Schlitten des Kaisers wieder aus dem Schneegestöber kommen lassen, von Adlern begleitet. Ich werde Napoleons blasses Augustusköpfchen in einen Totenschädel verwandeln, diesen in die (bunt angemalte) Büste Alexanders, diese in den Gipskopf Cäsars, dann über alle möglichen Büsten und Konterfeis über Carolus magnus und den ollen Fritz und Radetzky, den Gußeisernen aus dem Sachsenwald und den großen Schweiger und Ludendorff und Hindenburg, über all die Schurken und Massenmörder bis hin zu Hitler, dessen gottverfluchte Rotzbremse ich an den Totenkopf kleben werde, der wieder aus dem Schneegestöber auftaucht, um wie ein Mond über den dahingeschmolzenen Soldaten aufzugehen, über dieser Totenlandschaft zwischen dem Pferdegerippe. Das ist vielleicht alles ein bißchen banal, aber kann es etwas Banaleres geben als diese Burschen, »die Geschichte machten«?

Die Geschichtsschreiber, diese Hurensöhne der jeweiligen Obrigkeit, versuchen uns ihre Helden und ihre Taten mit dem fadenscheinigen Spruch unterzujubeln, man könne sie doch nur aus ihrer Zeit heraus verstehen, und wenn ihre Massen- und Völkermorde so weit zurückliegen, daß sie nur noch als Statistiken erscheinen, dann treten ihre Sänger gar Arm in Arm mit ihnen in die Schranken. Selbst Heinrich Heine erscheint mit dem faden Lackhütchen Old Bonnys vor uns und läßt Gras über abermillionen Gräber wachsen. Aber während beide Grenadiere lauthals lamentieren, das »der Kaiser, der Kaiser gefangen« sei, übersehen diese Braven, wie die Grande Armée krepiert, mitsamt Frauen und Kindern. Und während sich Tschaikowsky einen abwürgt, um Rußlands Ruhm zu singen, werde ich im Schneegestöber diese Szene spielen lassen, die uns der Württembergische Leutnant Karl Kunz aufschrieb: »Die junge und schöne Witwe eines französischen Obersten«, liest ein Sprecher in der Uniform der alten Württemberger, und die schöne Witwe erscheint mit ihrem Kind auf dem Arm; »der einige Tage zuvor in den Gefechten bei Borissow getötet wurde, hielt sich in demselben Momente unweit der Brücke auf. Gleichgültig gegen alles, was um sie her tobte, hatte sie nur Aufmerksamkeit für ihre Tochter von ungefähr vier Jahren, welche sie vor sich auf dem Pferde in den Armen hielt. Alle Versuche, die Brücke zu erreichen, waren vergebens. Die Verzweiflung schien ihr ganzes Leben zu erfüllen. Sie weinte nicht, starr waren ihre Augen bald zum Himmel, bald zur Tochter gerichtet. Einmal sprach sie: ›O Gott, wie bin ich so grenzenlos elend, daß ich nicht einmal beten kann!« Gleich darauf stürzte ihr Pferd von einer Kugel getroffen. Eine andere Kugel zerschmetterte ihr das Bein über dem Knie. Mit der anscheinenden Ruhe stiller Verzweiflung nahm sie ihr weinendes Kind, küßte es öfters, löste das blutige Strumpfband vom zerschmetterten Bein und erdrosselte dasselbe. Hierauf schloß sie das gemordete Kind in die Arme, drückte es fest an sich, legte sich neben ihr gefallenes Pferd und erwartete so, ohne einen Laut hören zu lassen, den Tod. Nach wenigen Minuten war sie von den Hufen der andrängenden Pferde zertreten.« – Schneesturm, in dem der Satz über die Gesundheit seiner Majestät, die nie besser war, aufleuchtet und übergeht in eine wahnsinnige Montage aus Bildern der letzten großen und kleinen Kriege und in jene entsetzlichen Szenen, die wir damals in Vietnam drehten, aber nicht zeigen durften, weil sie unserem Publikum nicht zumutbar seien, wie der Intendant entschied. Sie zeigen hunderte von weinenden, verwundeten Kindern, die neben ihren toten oder verwundeten Müttern sitzen, neben einem beinlos geschossenen Großvater, der immer noch an seiner Opiumpfeife nuppelt, neben verbrannten, zerstückelten Soldaten, Rindern und Elefanten, und die letzte Einstellung sind jene tausend Kinder, die von Napalm blind gebrannt wurden und nun, die kleinen Hände auf den Schultern ihrer Vordermänner, in die Zukunft stapfen. Und das Schneegestöber wandelt sich von weiß in rot, während Tschaikowsky seine Apotheose des Sieges mit Glocken, Zimbeln und Kanonenschlägen und allen Trompeten in diesen fallenden roten Schnee dröhnen läßt.

Ich habe sieben freie Tage und rufe nur so auf Verdacht das Cola-Mädchen in Frankfurt an

S. 310

Ich mache Bohnen dazu.«

»Übermorgen fahren wir mit Mar in die Schwäbische Alp«, sagt Ede, als verkünde er das Evangelium, »der Gustav R. hat da mal einen Film über Grieshaber gemacht. Mit Mar. Nun will er den Grieshaber davon erzählen lassen.«
Also rollen wir zwei Tage später über die Autobahn.
Ich schalte das Radio ein. Ein Typ vom Südwestfunk sagt grade: »Die Harfe, die Berlioz in das Orchester einführte, macht auch optisch einen schönen Eindruck, vor allem dann, wenn zarte Frauenhände über ihre Saiten streichen, was meist der Fall ist …« Und der Typ meint es richtig ernst. Es ist ein höllischer Verkehr. Einmal wird es richtig brenzlich, als ich einen Laster überhole und im Spiegel zwei Typen sehe, die wie sich paarende Kunststofffrösche auf einer Honda siebenhundertfünfzig hokken, so einer richtigen heißen Eierpfanne, und mich im gleichen Augenblick ebenfalls überholen wollen. Sie haben höchstens einen Meter Platz und ich sehe, wie in ihren schwarzen Kunststoffhelmen die Leitplanken wie der Gottseibeiuns durchflitzen, und ich schlage das Kreuz, um sie davor zu retten, da kapiert der Lastwagenfahrer die Situation und zieht nach rechts, und die Honda braust mit einem Feuerschweif trällernd und furzend an uns vorbei. Aber ich bin quatschnaß und denke an Spanien. Ist 'ne Weile her. Wir hatten damals den Abend auf dem Jaizkibel verbracht und lange zehn Gewitter beobachtet, die wie zehn Witwen auf dem Meer umhergeirrt waren. War wie 'n Stück von Lorca. Der Jaizkibel ist ein ziemlich verrückter, steiler und langer Berg gleich hinter Irun. Man kann von ihm die ganze baskische Küste und eine Menge Biskaya sehen und eine Menge Pyrenäengipfel, vor denen ein Berg wie ein Sargdeckel und einer wie ein Napfkuchen liegen, die »Rhune« und die »Trois couronnes«. Wir hatten dort oben wie die himmlischen Heerscharen auf Wolken geschlafen und fuhren nun die schmale Straße nach Fuenterrabia

hinunter. Die Straße war krumm und schief und kurvenreich. Man konnte nicht mehr als dreißig fahren. Der Himmel war grau und schwarz. Als ich ganz rechts ran gedrückt, eine Rechtskurve nahm, tauchte keine zehn Meter vor mir und auf meiner Seite ein Motorrad mit zwei Polizisten auf. Ich bremste und auch der Fahrer des Motorrades versuchte zu bremsen und seine Mühle auf die richtige Seite zu bringen. Aber für eine richtige Reaktion war es einfach zu kurz, und so streifte ich mit unserer linken vorderen Kante das Motorrad. Es war so eine stumpfe, überflüssige Kante, in der der Blinker steckte, die Schnapsidee irgendeines Designers von Opel. Ich streifte also das Motorrad und sah, wie die beiden Polizisten in Zeitlupe durch die Luft segeln. Es sah sehr komisch aus, und ich sah im Rückspiegel, daß auch meine Kumpel das komisch fanden. Die Berührung war so sanft gewesen, daß gar nichts Ernstes passiert sein konnte. Wir stiegen aus und gingen zu den beiden Polizisten, die mitten auf der Straße saßen. Zehn Meter weiter lag das Motorrad auf der Seite und drehte seine Räder. Da sah ich, wie dem einen Polizisten das Blut aus der Hose läuft, ein richtiger Bach. Ich zog meinen Gürtel aus dem Hosenbund und lief hinüber. Ich faßte nach seinem Bein, das merkwürdig verdreht war und hatte es in der Hand. Es war von der linken Vorderkante unseres Wagens wie von einer Axt abgetrennt worden. Ich sah in das ganz und gar leere und weiße Gesicht des Polizisten und merkte, wie mir schwarz vor Augen wurde. Ede riß mir den Gürtel aus der Hand. Ich kam wieder zu mir und saß nun ebenfalls mitten auf der Straße. Ede band den Stummel ab. Fritz, der Tonmann, kniete neben dem zweiten Polizisten, der den Kopf wie ein Tanzbär wiegte. Neben ihm lag sein linker Fuß. Ich rutschte auf Händen und Füßen hinüber, und im gleichen Augenblick brach ein Wolkenbruch los, wie ich ihn noch nie erlebt hatte. Der Regen bildete einen Würfel aus einem Kubikkilometer reinen, schweren, warmen Wasser. Keine Bewegung der Luft. Kein Windhauch. Ein einzelner Tropfen. Nur ein Würfel aus Wasser, auf dessen Boden wir wie die Karpfen herumkrochen. Plötzlich schrie Ede »Vorsicht!« und

»Runter!«, und da fiel auch schon der erste Schuß. Der Polizist, der den Fuß verloren hatte, drehte durch und begann auf uns zu schießen. Wir warfen uns den Abhang neben der Straße hinunter. Der Polizist schoß sein ganzes Magazin leer. Ich kroch wieder rauf und sah den Schützen mit der Pistole herumfuchteln. Ich robbte ran und nahm ihm die Pistole ab. Dann banden wir ihm den Stummel ab und schoben den Fußlosen ins Auto. Ich fuhr wie der Teufel ins Krankenhaus nach Fuenterrabia. Dem Chefarzt war das alles sehr unangenehm. Er rief die Polizei an und jagte einen Krankenwagen in Richtung Jaizkibel. Ich hinterher. Ede sagte: »Mein Gott, die sperren uns ein bis wir schwarz werden.« Dann schoben sie den Beinlosen in den Krankenwagen wie man ein Brot in einen Ofen schiebt und rasten los. Die Polizisten maßen unseren Abstand zur rechten Straßenseite, dann zum Motorrad und zu einem kleinen Haufen Glassplitter, den der Regen gottseidank nicht weggewaschen hatte. Es war der Rest von unserem Blinker. Dann kam einer der Polizisten zu uns und sagte in Französisch: »Sie haben keine Schuld. Sie sind korrekt gefahren.« »Es gibt noch Wunder«, sagte Ede. Und das alles spielte sich immer noch in diesem verdammten einkubikmeter großen Würfel aus Wasser ab. Wir mußten dann noch zur Wache und alles zu Protokoll geben, und wir schickten Blumen, den beträchtlichen Rest einer Handkasse und 'ne Menge eigenes Geld ins Krankenhaus und fühlten uns ganz flau. Wir durften noch am gleichen Abend über die Grenze, hinter der wir so lange anhielten, bis wir nicht mehr zitterten. Mein Gott, war das ein trostloser Tag gewesen.

Ede röchelt sanft vor sich hin. Dieter läßt den Kopf schief hängen und seufzt im Traum. Wir hocken heute alle im gleichen Wagen. Ist richtig gemütlich.

Mar, der die ganze Zeit nachdenklich war, sagt: »Ist 'n interessanter Typ, der Grieshaber. Für die progressiven Konservativen das handgeschnitzte Wirtshausschild der deutschen Gegenwartskunst. Das ehrliche Holz steht gegen den verschlagenen Kunststoff, den so manche Neutöner quellen lassen. Immer, wenn es einen offiziellen Kunstpreis gibt, stellt man ihn in Grieshaber hinein wie ein Pokal in den Trophäenschrank einer erfolgreichen Bundesligamannschaft. Er ist nicht zu modern, aber modern genug, um von den Offiziellen verhätschelt zu werden, auch wenn die wirklich Progressiven noch so lauthals gegen ihn wettern. Doch wer sind schon, bei Lichte besehen, die wirklich Progressiven? Aber auch sonst entspricht er genau den Vorstellungen, die sich die Offiziellen von einem Künstler machen: er trägt Arbeiter- oder zumindest Maolook, sagt fein dosierte Grobheiten und lebt in einer Bruchbude, obwohl er sich ein Schloß leisten könnte. So sind die offiziellen Bauten der Deutschen voll von seinen Werken, aber auch die Kammern Gretchens zeigen seit langem statt ›Mutters Händen‹ oder ›Feldhasens Pfoten‹ Grieshabers bunte Blätter. Sie haben sogar so bewährtes Kulturgut wie die Manessekalenderblätter von den Wänden deutscher Kunst- und Gunstgewerblerinnen geschlagen, und das sage ich nicht als billiges Spiegelplagiat, sondern aus eigener Anschauung.«

Mar hat wieder mal seinen »Gepflegten« und redet wie geschrieben. Wir rasen nach Süden, weichen den Angriffen feindlicher Autofahrer aus und essen in Leonberg jeder einen halben Hasen mit Preiselbeeren.

»Macht euch auf alles gefaßt«, sagt Mar, »und wundert euch über nichts. Macht niemals den Versuch, ihn verstehen zu wollen. Er ist ganz unverständlich. Er spricht bis zum Komma einen gescheiten Satz, nach dem Komma das genaue Gegenteil davon. Eingeweihte deuten das als Hintergründigkeit eines chinesischen Weisen, als Tiefsinn eines deutschen Grüblers, als Durchtriebenheit eines schwäbischen Originals oder als knorrige Volksweise eines Landknechts. Aber was ist er wirklich? Ein schwäbelnder Zeus mit der Physiognomie Grogs? Der seine Blitze auf alle schleudert, die ihm die Elefantiasis seines Selbstbewußtseins ankreiden!«

»Dann ist er doch wohl eher ein teutonisches als ein griechisches Phänomen«, sage ich.

»Er ist ein domestizierter Expressionist«, sagt Ede, und wir schauen ihn an, wie Schiller das »Verschleierte Bild zu Sais« anschaute, und sagen uns, dieser verdammte Himmelhund, der Ede, woher hat der's nur manchmal?

»Sei er, wer er sei«, sagt Mar, »Gustav hielt große Stücke auf ihn und beutete ihn aus, in Artikeln, Essays und in jenem Fernsehfilm, und wir wollen nun versuchen, es ihm nachzutun. Wir nähern uns HAP auf Gustavs Sohlen. Mir geht es um das Ambiente, um den authentischen Schauplatz für einen guten Text.«

Wir fahren zur Ach- und Wehalm hinauf, halten vor einer Ansammlung schrebergärtnerischer Hütten, und da steht das teutonische Phänomen und schüttelt uns allen mit stockgezähnter Heiterkeit die Hände. Im Garten dahinter wimmelt es von Enten, Pfauen, Katzen, Affen, Gänsen und Hühnern, zu schweigen von einigen kohlschwarzen Hängebauchschweinen und einer Graugans, die ihre kleinen Grieshaberaugen auf die ferne Schwäbische Alb gerichtet hat.

»Ich habe mir vorgestellt«, sagt Grieshaber, »daß ich auf dem Liegestuhl liege, in meinem altschwäbischen Blockbuch lese und daraus aufblicke, wenn sie mich nach Gustav fragen. Was halten sie davon?«

»Nichts«, sagt Mar, und das Rennen ist gelaufen.

Dann erzählt Mar in die Kamera hinein: »Wir hatten damals grade mit dem Fernsehen angefangen und Gustav R. hatte mir von Grieshaber und seiner Ach- und Wehalm erzählt und davon, daß er gern einmal eine längere Sendung über ihn machen wolle. Wir beschlossen, gemeinsam einen Film zu drehen, und besprachen das alles hier in einer dieser kleinen Bruchbuden, und am Abend saßen wir vor dem Fernseher, und auf dem Fernseher saßen die Pfauen und verdeckten mit ihren Schwänzen das Bild. Dann betraten zwei englische Bulldoggen das Zimmer, diese unsäglichen Typen von der Titelseite des Simplizissimus, und ließen ununterbrochen fürchterliche Fürze fahren. Wir erkannten die Zusammenhänge nicht, und Gustav sah mich an, der unmerklich den Kopf schüttelte, und ich sah Gustav an, der das gleiche tat, und beide sahen wir Grieshaber an, der das Bild hinter den Pfauenschwänzen zu entschleiern suchte, und dann erklärte sich das Rätsel von selbst, als diese gräßlichen Tölen das Zimmer verließen.

Am anderen Morgen sagte Gustav seinen Text auf, den er auswendig gelernt hatte, und dafür, daß es sein erster Fernsehauftritt war, gelang es ihm glanzvoll. Er verglich Grieshaber mit den großen Pamphletisten der Geschichte, mit Aretino etwa, mit dem er alle verglich, die beredt waren und über den er ein Buch geschrieben hatte, mit Thomas Münzer, mit dem er alle verglich, die revolutionär waren und über den er ein Buch geschrieben hatte; er nannte Grieshabers Werk Bruchstücke einer großen Konfession und er rühmte sein Eintreten für alle, die schwach und entrechtet sind, für die Revolutionäre und die Fortschrittlichen, er pries seine Redlichkeit und seine Kraft. ›Hier hatten sich zwei gefunden, die für eine bessere Welt‹ ... na undsoweiter ...«

Grieshaber sinkt auf seinen Liegestuhl zurück, und aus dem Dickicht treten zwei Pfaue und setzen sich zu ihm. Mar winkt uns wie der Rothschild'sche Telegraf seine Geheimzeichen zu, und wir drehen mit zwei Kameras (welcher Teufel hat wohl Ede geritten, mir die zweite Kamera zu geben?) ein paar Dutzend Meter allerfeinste Poesie, erstklassige Ware, Pfauenkopf bildfüllend, Grieshabers Kopf dahinter, Schärfe von einem zum andern und zurück, Pfauenschwanz proklamiert persische Erinnerung, Grieshabers Augen zwischen den Pfauenaugen erkennen die Wahrheit Asiens, ziehen sich zusammen und lassen den leidenschaftlichen Agitator ahnen, Pfauenfüße, stark wie die Füße des Phönix, suchen die Stelle, wo Grieshaber seine promethische Leber versteckt hält. Und zu allem der O-Ton, Grieshabers Stimme wie ein Kastratensopran, der in Purcells Anthem »Let my eyes run down« singt – das alles ist phantastisch, und Mar schleicht auf Zehenspitzen an und zeigt uns in der Taubstummensprache, wie phantastisch das auch wirklich alles ist.

Hinterher ist Ede ganz fertig, und die Knie wanken ihm, und

er seufzt nach Kaffee, und da kommt auch schon Madame Grieshaber aus einer der Hütten und bringt den Kaffee, und Mar sagt mit ungewöhnlicher Herzlichkeit: »Das ist aber schön, daß Sie da sind. Ich fürchtete schon, Sie nicht zu sehen.«

»Ich wollte Sie nicht stören«, sagt sie.

Ein Totenkopfäffchen kommt aus dem Gebüsch und klettert an ihr hoch. Ein Keil Enten stößt vom Himmel herab und landet gegen den Wind in ihrer Schürze. Die beiden unsäglichen englischen Bulldoggen, Typ John Bull, kommen aus dem Haus und lächeln sie mit ihren nach außen gedrehten Eckzähnen an, die nicht wieder loslassen können, was sie einmal gefaßt haben. Sie furzen ununterbrochen. Eine Elster ruft »Riccarda!«, eine Meise versucht, ihr ins Ohr zu schlüpfen. Ihr mageres Gesicht nimmt für einen Augenblick die Züge des heiligen Franz an. Dann geht sie von allen Tieren gefolgt, ins Haus zurück, und wir trinken weiter unseren Kaffee. »Eine erstaunliche Frau«, sagt Mar, »und eine erstaunliche Erzählerin. Sie illustriert ihre Bücher selbst, und sie tut gut daran. Die Tiere und der Garten und alles, was ihr hier seht: das ist sie.«

Später fahren wir hinunter in das kleine Kaff im Tal und setzen uns in ein ganz einfaches Gasthaus und Mar sagt: »Damals, nach unserm ersten Auftritt bei Grieshaber, haben Gustav und ich hier Würstel und Kraut und Spätzle gegessen und ein paar Badenser dazu getrunken. Es war ein schöner Abend und Grieshaber hatte uns gefallen.

Die Bedienerin kam an unseren Tisch und fragte uns, ob sie Zither spielen solle. Sie sei aus Österreich und täte es gern. ›Können sie den Erzherzogjohannjodler?‹ fragte Gustav und verblüffte mich mit seiner Kenntnis der K.K. Folklore. Und als sie bejahte, bat er um diesen Jodler. Sie spielte und sang ihn und Gustav stützte seinen Kopf in die geschickte Hand und blickte nachdenklich wehmütig wie ein Bittsteller auf einer alten Votivtafel.«

In diesem Augenblick kommt die Bedienerin an unseren Tisch. »Ich habe Sie gleich wiedererkannt«, sagt sie, »Sie waren damals mit ihrem Freund hier, und ich spielte ihnen den Erzherzogjohannjodler.«

»Können Sie das noch einmal tun?« fragt Mar.

Sie nickt und lächelt und holt ihre Zither. Sie spielt ihn ganz leise und singt ihn ganz leise und Mar stützt den Kopf in die Hand. Es ist das merkwürdigste Requiem, das je einem Freund gegeben wurde.

»Und morgen drehen wir das Ganze«, sagt Mar, »und damit beende ich unseren Film, und Sie, vortreffliche Österreicherin, bekommen für Ihre künstlerische Darbietung fünfhundert.«

Die ins schwäbische Tiefland verschlagene Sennerin ist nun ihrerseits gerührt, das rührt wiederum Mar noch mehr, und endlich sind wir alle gerührt und lassen Würstel und Kraut und Spätzle kommen.

Am anderen Morgen drehen wir oben auf der Ach- und Wehalm, wie Grieshaber seine Bretter schneidet, daß die Späne fliegen – »ein Sargtischler könnte es nicht besser«, sagt Mar und denkt dabei an Tschuang Tse –, wie er ein Brett durch die Walze dreht und ihm dabei der Schweiß aus der arterienverkalkten Schläfe tritt, wie er den Holzschnitt vom Brett löst und geziert betrachtet, und alles was er tut, tut er ganz. Wir drehen das alles, als sei die Kamera das Auge Gustavs.

Dann sagen wir unserer Zitherspielerin, sie solle uns zur Probe den Erzherzogjohannjodler spielen, und wir drehen diese Probe und tun beim zweiten Mal nur so als ob, weil eben eine Probe immer viel natürlicher kommt, und auf diesen Jodler spricht Mar Gustavs letzte Worte: »Vielleicht hilft ihnen das Beispiel meines Lebens, die abscheuliche Natur derjenigen zu durchschauen, die von ihrem eigenen bösen Machtwillen getrieben, prahlerisch geschmückt mit den Verheißungen aller Paradiese, unzählige Menschen in Not und Elend und Tod stürzten. Sie können nicht genug durchschaut werden.«

Ich rufe Lila Fontana an.

NARREN SCHAUKEL

Heinz Dieckmann

Der Roman von einem, der täglich kopfüber in ein verrücktes Leben springt.

Ein Chronist und Phantast, Voyeur und Beichtvater, der an jedem Finger zehn Geschichten hat und sie hemmungslos und sensibel zugleich erzählt.

Scherz

NACHWORT

Leben und Werk des Autors
Heinz Dieckmann wurde am 18. Mai 1921 in Magdeburg geboren. Nach dem Abitur 1939 kam er zur Wehrmacht, wurde Offizier. Gegen Kriegsende 1945 wurde er wegen Wehrkraftzersetzung in Anklam (Vorpommern) inhaftiert. Die Haft schildert er – wahrscheinlich etwas stilisiert – in seiner Tagebuch-Erzählung *Ich höre Schritte* (Saarbrücken: Saar-Verlag, 1947), die Gedanken und Reflexionen eines in der Todeszelle wartenden Soldaten wiedergibt.

Die Kapitulation brachte Dieckmann die Freiheit und 1945 nahm er an der Martin-Luther-Universität in Halle/Saale ein Studium auf. Dort geriet er bald in Konflikt mit der in der Sowjetischen Besatzungszone zunehmenden politischen Einflussnahme auf die Studentenschaft. Um der drohenden Verhaftung zu entgehen, setzte er sich in den Westen ab. Der mit ihm bekannte Geschäftsführer des Saar-Verlags, Matthias Lackas, konnte bei Ministerpräsident Johannes Hoffmann eine Einreiseerlaubnis in das von Deutschland abgetrennte Saarland erwirken.

Am 1. November 1946 traf Dieckmann in Saarbrücken ein und arbeitete als Lektor für den CVP-nahen Saar-Verlag. Im Rahmen dieser Tätigkeit ist er auch als Autor und Herausgeber einiger Anthologien hervorgetreten. Vor allem feuilletonistische Texte wie z.B. ein *Kleines Literatur-Brevier für eine junge Dame* (Saarbrücken: Saar-Verlag, 1948) zeigen ihn als außerordentlich belesenen und zugleich geistreich-charmanten Plauderer. Im Einklang mit der damaligen Politik stand Dieckmanns ausgeprägte Affinität zur französischen Kultur. Seine Sammlung von Porträts französischer Autoren *Von Villon bis Eluard. Eine Literaturgeschichte in Skizzen* (Saarbrücken: Saar-Verlag, 1948) zeugt davon mit begeisterten, stellenweise schwärmerischen Ausführungen, die er jedoch mit leichtem Spott sublimiert: »[Lamartines] dunklen Augen entfließen die Tränen der Empfindsamkeit. In edler Pose schlägt er schwermutsvoll die Leier. [...] Während Hugo ein ganzes Orchester losläßt und Musset mozartische Schönheit besitzt, ist Lamartine ein Flötist für die Vorzimmer überaus anständiger Mädchenpensionate.« (Von Villon bis Eluard, S. 98)

Schon in diesen Frühwerken zeigt sich sein später den Roman *Narrenschaukel* auszeichnender Schreibstil, der ernste Inhalte pointiert mit einer Prise Ironie unterhaltsam zu vermitteln sucht.

Bereits ab 1948 wirkte er als freier Mitarbeiter bei Radio Saarbrücken mit, seit Jahresbeginn 1950 war er dort hauptberuflich tätig. 1952 wurde er Erster Programmgestalter mit besonderen Aufgaben. Dieckmann arbeitete in der Literarischen Abteilung vor allem mit Hans Bernhard Schiff, zu dem das Verhältnis später nicht spannungsfrei blieb, und Autoren wie Anton Betzner, Alfred Petto oder Werner Meiser, dem er als Ren in *Narrenschaukel* ein Denkmal setzen sollte. Kolleginnen und Kollegen von damals schildern ihn übereinstimmend als liebenswerten und gütigen Zeitgenossen, bisweilen mit einem leicht exaltierten Hang zu Schalk und Clownerie.

Dieckmann wirkte zeitweise im Saarländischen Autorenverband mit. Er gehörte mit Hans Bernhard Schiff und Werner Meiser zur Gruppe der jüngeren, modern ausgerichteten, politisch eher ›links‹ stehenden Schriftsteller, die im Gegensatz zu den Traditionalisten um Karl Christian Müller und Alfred Petto stand. Gelegentliche Konflikte blieben dabei nicht aus.

Das Ende der 1950er Jahre sich zunehmend etablierende Fernsehen übte auf den »Augenmensch Dieckmann« (König, S. 37) eine große Anziehungskraft aus. Das visuelle Medium war für ihn eine ideale Plattform, sein leidenschaftliches Interesse an Kunst in seine Arbeit einzubringen. Für den Saarländischen Rundfunk führte er Fernsehgespräche mit Autoren und Künstlern. Ein 1960 auf dem Balkon und an der Bar von Schloss Halberg aufgenommenes Interview mit Gustav Regler antizipiert den Stil seiner späteren Filme. Der anregende Plausch im stilvollen Ambiente bei einem Glas Whisky geht in seiner kunstvollen Inszenierung weit über das reine Gespräch hinaus.

1963 nahm das neugegründete *Zweite Deutsche Fernsehen* seinen

Sendebetrieb auf. Dieckmann erhielt bei dem jungen überregionalen Sender mit Sitz in Mainz die Möglichkeit, dauerhaft als Filmemacher zu arbeiten. Er verließ das Saarland und zog mit seiner Familie nach Wiesbaden, wo er bis zu seinem Tod am 2. Februar 2002 wohnte.

Er arbeitete zunächst als freier Mitarbeiter beim ZDF, 1970 wurde er als Redakteur mit besonderen Aufgaben fest angestellt. Für diesen Sender produzierte er weit über hundert Filme, darunter zahlreiche längere, vor allem Künstlerporträts, Kulturfilme, Reisebilder. Viele dieser Arbeiten finden sich in *Narrenschaukel* eingeflochten. Als Schriftsteller ist Dieckmann nicht in diesem Maße hervorgetreten. Neben weiteren literarischen Almanachen verfasste er einige Künstlermongraphien, dabei sticht besonders sein Text zu einem voluminösen Bildband des auch in *Narrenschaukel* gewürdigten Fritz Aigner hervor (Linz: Wimmer, 1989).

Erwähnung verdient weiter das Kinderbuch *Ebeker, der kleine Storch, der zu Fuß gehen mußte* (Berlin: Cecilie Dressler Verlag, 1961). Es schildert sehr einfühlsam die Abenteuer eines kleinen Storchs, der wegen eines gebrochenen Flügels den Weg nach Süden zu Fuß antreten muss, dabei die Welt und viele neue Freunde kennen lernt.

Narrenschaukel ist Dieckmanns literarisches Hauptwerk und einzige Veröffentlichung in der epischen Großform. In seinem Nachlass im *Literaturarchiv Saar-Lor-Lux-Elsass* befindet sich das (Arbeits-)Typskript eines weiteren Romans, der in Aufzeichnungen unter dem Titel *Bumsbomber* erwähnt wird. Im Zentrum dieses Texts steht der Sextourismus nach Thailand. Der Roman ist als lose Fortsetzung von *Narrenschaukel* konzipiert. Die Figur Mar erscheint dort wieder.

Im Nachlass finden sich weiter Materialien zu Dieckmanns Filmarbeiten, kleinere Texte verschiedener literarischer Gattungen, Übersetzungen, Entwürfe/Fassungen (erschienener Texte), Werk- und Verlagskorrespondenzen sowie einige Dokumente. Unter den unpublizierten kulturhistorischen Arbeiten sind besonders ein in zwei Typoskriptordnern erhaltenes Paris-Buch sowie ein aus Arbeitstyposkripten einzelner Kapitel rekonstruierbares Frankreich-Buch hervorzuheben.

Publikationsgeschichte
Narrenschaukel erschien erstmals 1984 im Scherz Verlag (Bern und München). Doch seine Entstehung geht bereits auf Anfang der 1970er Jahre zurück. Dieckmanns Bemühungen um eine Veröffentlichung sind durch Briefe in seinem Nachlass dokumentiert. Interessant ist dabei, dass die Korrespondenzen mit drei Verlagen überliefert sind, die ganz unterschiedliche Programmkonzeptionen repräsentieren.
Im Sommer 1973 hatte Dieckmann den Roman dem literarisch renommierten Hanser Verlag zugesandt, der sehr positiv reagierte und praktisch die Publikation zusagte. Man forderte einige Änderungen und Kürzungen, auf die Dieckmann auch im Wesentlichen einging. Der Roman hatte damals noch keinen Titel. Unter mehreren Vorschlägen entschied man sich für *Überall ist Disneyland*, ein Topos, der im Gegensatz zum späteren Buchtitel im Text, zumindest in den Vorfassungen, gelegentlich refrainartig auftaucht (S. 407, 418). Der geplante Veröffentlichungstermin Herbst 1974 wurde zu Dieckmanns Verärgerung verschoben und schließlich auf Frühjahr 1975 terminiert. Nachdem in einem Brief des Lektors vom 30.8.1974 noch konkret von der Ausfertigung des Vertrags und dem unmittelbar bevorstehenden Satz des Romans die Rede war, bekam Dieckmann Ende Oktober 1974 Bescheid, dass das Buch doch nicht vom Hanser Verlag veröffentlicht werde. Begründet wurde dies in einem Brief der Verlagsleitung vom 28.10.1974 ohne nähere Angabe damit, dass der Roman innerhalb des Programms ein Novum darstelle und in der nun vorliegenden Form nicht den Erfolg erzielen könne, den er verdiene. Dieckmann reagiert entsprechend wütend und verärgert: »Sie können sich denken, wie einem Autor zumute ist, der sich 18 Monate in dem Glauben wiegt, sein Buch erscheine bei einem unserer besten Verlage

und dann einen Tritt in den Hintern kriegt. Mir geht es allein um eine Entschädigung für den Verlust von viel Zeit, eben 18 Monaten. […] Ich glaube, dass 5000 DM eine zu geringe Summe sind, um darüber zu diskutieren, was ich andererseits aber mit Heftigkeit, Unhöflichkeit und bedeutendem Aufwand durchaus zu tun bereit wäre.« (Brief Heinz Dieckmann an Hanser Verlag, 15.12.1974). Darauf erhält Dieckmann einige beschwichtigende Zeilen und die Mitteilung, dass man vom Hanser Verlag aus versuche, das Buch in der »AutorenEdition« unterzubringen. Diese wurde von Bertelsmann als Forum für junge Autoren bzw. neue Literatur 1972 lanciert. Doch dort wurde es nicht angenommen.

1981 bot Dieckmann den mittlerweile neu bearbeiteten Roman dem zeitweise vom Buchversand Zweitausendeins vertriebenen März Verlag an: »Ich habe die ersten Seiten vor langer langer Zeit geschrieben, die letzten in den letzten Wochen. […] nachdem ich vorher über zehn Jahre Literatur am Saarländischen Rundfunk gemacht habe […] und von Literatur die Nase eigentlich so voll habe, das ich eine Art Anti-Literatur hervorbringen wollte, was mir wahrscheinlich nicht gelungen ist.« (Brief Heinz Dieckmann an Jörg Schröder (März Verlag), o.D. [April/Mai 1981]). Dieckmann wählt in seinem Anschreiben wohl bewusst diesen unkonventionellen Stil, denn der in der Folge der 68er Bewegung gegründete Verlag hatte eine politisch-alternative Ausrichtung und setzte einen Akzent auf Beat und Underground Literatur. Eigentlich schien der Roman in dieses Konzept zu passen, doch Dieckmann erhielt eine harsche Ablehnung, die das Buch mehr oder weniger als schlechte Bukowski-Nachahmung verspottete.

Im Sommer 1982 kommt es nach einem Besuch Dieckmanns in Bern zu einer weitgehenden Einigung mit dem Scherz Verlag. In einem Schreiben des Verlags vom 6.7.1982, das die Ergebnisse dieses Treffens zusammenfasst, fällt ein Punkt auf der Änderungsagenda besonders auf. Man bittet Dieckmann, um den Wünschen eines bestimmten Publikums nach Insider-Informationen und Klatsch nachzukommen, bestimmte Kapitel

»mit real names, dates and facts authentischer zu gestalten«. Der Verlag hatte einen Schwerpunkt seines Programms in der Memoirenliteratur und setzte im literarischen Bereich auf den typischen Bestseller. Die Bedeutung von Dieckmanns Text lag für Scherz mehr in seiner faktischen Basis als in seiner literarischen Gestaltungskraft. Diese Verlagsphilosophie hatte einen starken Einfluss auf die weitere Entwicklung des Romans. Daraus erklären sich in vielem die Unterschiede zwischen der ursprünglichen und der gedruckten Fassung.

Weiterhin forderte der Verlag die obligatorischen Kürzungen. Der weitere Prozess ist in einigen Briefen Dieckmanns an den Scherz-Lektor Jürgen Lütge dokumentiert. Nachdem man sich schließlich unter einigen Kompromissen geeinigt hatte, übergab Dieckmann das endgültige Manuskript. Doch bevor es in Satz ging, nahm der Verlag ohne Rücksprache mit dem Autor noch einige Bearbeitungen vor, über die Dieckmann sich heftig beklagte:

> Zu den Kürzungen ist noch anzumerken, dass wir uns vor einem Jahr geeinigt hatten, ganze Kapitel herauszunehmen (von mir zähneknirschend), aber keine Striche innerhalb der erhaltenen Kapitel vorzunehmen. Daran hat sich der Verlag nicht gehalten. Als ich für ein halbes Jahr in Ostasien war, wurde das Buch nicht nur weit über das von mir Gebilligte hinaus zusammengestrichen, sondern auch Sätze entfernt, auf die ich den allergrössten Wert gelegt haben würde – zudem wurde das Ganze gesetzt und gedruckt, so dass ich nach meiner Rückkehr keine Möglichkeiten von Korrekturen hatte, ja nicht einmal Korrektur lesen konnte.
>
> Da andererseits die Lektoren sich so begeistert für mein Buch eingesetzt hatten (und womöglich auch noch glauben, was sie in ihrem Klappentext verzapft haben und dass IHRE Striche dem Ganzen zum Heil gereichen würden) war ich in einem Dilemma. Ich konnte einen noch zudem von genau kalkulierten Wirtschaftsfaktoren abhängigen Herstellungs-

prozess nicht mehr stoppen. So nahm ich auch in Kauf, dass in der hier vorliegenden Fassung Fehler enthalten sind, die bei rechtzeitiger Einsicht (die vorher schriftlich versprochen, aber nicht möglich war) hätten vermieden werden können. (Brief an Scherz Verlag, o.D. [1984])

Der Roman erschien im Frühjahr 1984. Der Titel *Narrenschaukel* ist ein Kunstwort, gebildet in Anlehnung an Sebastian Brants spätmittelalterlichen Klassiker *Das Narrenschiff* und die in den 1970er Jahren sehr populäre ZDF-Reihe *VIP-Schaukel*, in der Margret Dünser Prominente in ihrer privaten Umgebung interviewte. Das erschienene Buch entsprach in essentiellen Punkten nicht mehr den Vorstellungen des Autors. Daher lohnt sich ein Blick auf die überlieferten Entwürfe und Fassungen. Im textkritischen Vergleich lässt sich ein Bild davon vermitteln, was den Buchtext vom Wunschtext des Autors unterscheidet.

Fassungen
Im Nachlass Heinz Dieckmanns finden sich fünf Gesamttyposkripte von *Narrenschaukel*, wobei zwei praktisch identisch sind. Daneben gibt es noch eine große Anzahl (zwei Archivkästen mit den Maßen 34x27x10 cm) verstreuter Konvolute maschinenschriftlicher Fassungen, die in der Regel geschlossene Episoden beinhalten. Zu einem großen Teil handelt es sich dabei um (z.T. überarbeitete) Durchschläge aus den vorhandenen Gesamttyposkripten. Handschriftliche Urfassungen und Entwürfe sind bis auf einige wenige Notizen sowie Korrekturen und kleinere Zusätze auf den Typoskripten nicht vorhanden. Für Dieckmanns Arbeitsweise typisch ist das Überkleben von Passagen mit Ausschnitten aus anderen Typoskripten. Die Gesamttyposkripte lassen sich in ihrer Genealogie chronologisch ordnen, sind aber bis auf das letzte nicht datierbar. Die erste Komplettfassung (NaSch 1) besteht aus zwei Ordnern im Format DIN A5 (NaSch 1 (1), orange; NaSch 1 (2), blau mit ZDF-Logo und -Schriftzug). Es handelt sich um ein unpagi-

niertes Arbeitstyposkript und enthält handschriftliche Streichungen und Korrekturen. Größere Änderungen und Zusätze sind an Überklebungen oder eingefügten bzw. herausgenommenen Blättern erkennbar. Ebenso ein Arbeitstyposkript ist die zweite Fassung (NaSch 2), ein DIN A4-Ordner »ELBA«. NaSch 2 hat Dieckmann mit einer Gliederung versehen, indem er ins Typoskript an den entsprechenden Seiten Notizzettel eingeklebt hat und auf den oben aus dem Ordner herausschauenden Teilen handschriftlich Episodentitel vermerkt hat. Auf dem Ordnerrücken steht »Programmdienst vom 27. Dez. 70 bis 20. März 71«. Diese Zeitangabe lässt zwar keine definitiven Schlüsse zu, doch indiziert sie, dass es sich um eine Anfang der 1970er Jahre entstandene Fassung handelt. Bei der dritten (NaSch 3) handelt es sich um eine paginierte Reinschrift (468 S.), die höchstwahrscheinlich Anfang der 1980er Jahre erstellt wurde. Sie liegt in zwei Typoskriptdurchschlägen vor, die bis auf einige wenige Überarbeitungen bei dem einen textgleich sind. Bei NaSch 3 a handelt es sich um einen reinen Durchschlag ohne jede Korrektur, es ist jedoch unvollständig. NaSch 3 b hingegen ist komplett, es ist eine leichte Überarbeitung von NaSch 3 a, ersichtlich aus einigen wenigen Änderungen durch Überklebungen, Herausschnitte und marginale handschriftliche Korrekturen bzw. Streichungen. Die vierte Fassung (NaSch 4) ist das Typoskript, aus dem der Verlag die Druckvorlage erstellte. Es handelt sich um das Dokument, auf das Dieckmann im oben zitierten Brief Bezug nimmt. Dies belegt der Abgleich mit einigen von ihm in Briefen konkret bemängelten Stellen. Im Kern besteht es aus dem Originaltyposkript, von dem die entsprechenden Durchschläge von NaSch 3 stammen. Doch enthält es zahlreiche Überklebungen, neu eingelegte Blätter und handschriftliche Überarbeitungen. Seine letzte Stufe entspricht praktisch der Buchausgabe. Es ist mit zahlreichen zweifelsfrei nicht von Dieckmann stammenden Korrekturen sowie satz- und drucktechnischen Notizen versehen. Auf der Titelseite findet sich ein Rückgabevermerk des Scherz Verlags vom 20.3.1984.

Der quantitative Unterschied zwischen NaSch 3 und der Erstausgabe lässt sich relativ präzise beziffern, da die Textmenge pro Seite bei Typoskript und Buchausgabe fast identisch ist. Bei einem Verhältnis von 480 zu 320 Seiten kann man, wie Dieckmann auch in einem Brief schreibt, von einem Drittel an Kürzungen sprechen. NaSch 1 und NaSch 2 lassen sich nur schwer quantifizieren. Sie sind wohl noch ein wenig umfangreicher, doch kann man auch von einem Drittel als Annäherungswert sprechen, doppelt so umfangreich wie das Buch sind sie nicht.

NaSch 3 lässt sich als ›Wunschausgabe des Autors letzter Hand‹ charakterisieren. Dort finden sich noch die in den Briefen angesprochenen strittigen Episoden. An zahlreichen Stellen lassen sich im Vergleich mit dem Buch die von Dieckmann monierten »Striche innerhalb der erhaltenen Kapitel« nachweisen.

Editionsprinzipien

Aus der verwickelten Entstehungs- und Fassungsgeschichte ergaben sich Schwierigkeiten bei der Entwicklung der Editionsprinzipien zu dieser Ausgabe. Da die Bände von *Sammlung Bücherturm* als Leseausgaben konzipiert sind, kam eine historisch-kritische Edition unabhängig von Aufwand und Wert nicht in Frage. Eine erwägbare Alternative wäre der Versuch, aus NaSch 4 eine Fassung durch Rücknahme der gestrichenen Stellen und Änderungen zu rekonstruieren. Doch lässt sich ungeachtet des enormen Aufwands nicht mehr ermitteln, welche Streichungen noch von Dieckmann selbst und welche vom Verlag post festum vorgenommen wurden. Man hätte auch eine Edition von NaSch 3 b diskutieren können. Doch bedürfte diese Fassung einer redaktionellen Durchsicht, teilweise waren Kürzungen und Lektoratsarbeiten auch sinnvoll. Eine Lesefassung, die sowohl den Wünschen des Autors entspricht als auch mit den notwendigen Überarbeitungen versehen ist, lässt sich nicht mehr herstellen. Daher haben wir uns für die 1984 publizierte Ausgabe als Romantext entschieden, die der Autor ja letztlich mit ›Zähneknirschen‹ akzeptiert hat. Allerdings haben wir einige von Dieckmann in Briefen aufgelisteten offensichtlichen Fehler der Verlagsredaktion korrigiert. Er hatte diese noch vor Erscheinen moniert, der Verlag hatte seine Anweisungen allerdings nicht mehr berücksichtigt. Von Herausgeberseite wurden eindeutige orthographische Fehler stillschweigend berichtigt.

Im Sinne unseres Anliegens, Lesefreundlichkeit und Wissenschaft miteinander zu verbinden, haben wir in einem Anhang einige der gestrichenen längeren Passagen gesammelt, jeweils mit Verweis auf ihre ursprüngliche Position im Text. Bei der Auswahl haben wir besonders zwei Aspekte berücksichtigt. Zum einen sollen dem Leser exemplarisch Passagen vorgestellt werden, die (wie aus der Verlagskorrespondenz hervorgeht) besonders umstritten waren. Zum anderen orientierten wir uns an Äußerungen Dieckmanns, in denen er die Wichtigkeit bestimmter Stellen hervorhebt. Zwischen diesen beiden Gruppen gibt es eine sehr große Schnittmenge: »Nicht versäumen möchte ich hier noch einmal darauf hinzuweisen, dass ich für die (für mich) entscheidendsten weil unverwechselbar persönlichen Kapitel meines Buches, die extravaganten halte, die Liebesgeschichte bis zum Orgasmus mit dem toten Freund in einem russischen Granattrichter, die Bonnstory, das Ende der Nitschgeschichte (die ja nur [durch] das Schlachten der Künstler einen Sinn macht).« (Brief Heinz Dieckmann an Jürgen Lütge (Scherz Verlag), o.D. [Anf. 1984]). An den ausgewählten Textbeispielen lassen sich die wesentlichen inhaltlichen Tendenzen der Textgenese veranschaulichen.

Fassungsunterschiede
Im Zuge der Entstehungsgeschichte ist zumeist von Streichungen des Verlags die Rede, doch finden sich in den Fassungen auch Überarbeitungen von Dieckmann selbst. Dabei zeigt sich, dass er ein sehr genauer Autor war. Die Leichtigkeit, Schnoddrigkeit, ja ›Coolness‹ des Romans mögen manchmal darüber hinwegtäuschen, wie präzise und akribisch Dieckmann die Episoden komponiert oder die Romanstränge arrangiert hat. Vieles dieser ausgeklügelten Grundkonzeption und seiner Gewichtung

ist durch die Kürzungen verloren gegangen. Manche Unklarheit im Buchtext lässt sich unter Hinzuziehung gestrichener Passagen auflösen. So wird erst durch die Geschichte mit der Zeeland-Orgel (S. 391) der Hintergrund des »Streifen über Orgeln« (S. 48) richtig deutlich. Die Orgel steht – wie das Eichhörnchenorchester – mit dem im Ersten Kapitel angedeuteten Motiv der »music-box« (S. 10) in Zusammenhang, das in der Buchfassung nicht mehr stringent als Leitmotiv erscheint. Dabei wurde es von Dieckmann sogar ursprünglich als Buchtitel erwogen: »Zu den Titeln. Sinnvoll nach wie vor ›Die Musicbox‹ mit dem Untertitel vielleicht ›Roman eines TV Machers‹ oder ›Fritzen‹ oder was auch immer. Sinnvoll auch ›Das Eichhörnchenorchester‹.« (Brief Heinz Dieckmann an Fritz Arnold (Hanser Verlag), o.D. [1974]) Man erkennt an den ausgewählten Passagen, dass durch die Streichungen der Text an (für den Leser erkennbarer) Konsistenz verloren hat. Größtes Manko der Buchausgabe ist, dass die Starnbergersee-Episode des Ersten Kapitels völlig isoliert im Gesamttext steht, da die späteren Erwähnungen herausgestrichen wurden. Auch hier sind im Anhang die entsprechenden Teile eingefügt (S. 391, 436).

Dieckmann sah das Buch als eine Mischung aus Realität und Phantasie mit fließenden Grenzen. In den Streichungen ist eine in der Tendenz dem Profil des Scherz Verlags entsprechende Rücknahme des Phantastischen auszumachen. Neben einzelnen Episoden (Bonn-Passage) betrifft dies vor allem ein zentrales Leitmotiv der Originalfassung, die »langen Gespräche mit dem Minotaurus (der aber einfach das zweite Ich des Helden ist)« (Brief von Heinz Dieckmann, Fragment, vermutlich an Jürgen Lütge, 1983). Die Bedeutung des mythologischen Stiermenschen als Doppelgängerfigur ist in der Buchausgabe nicht mehr erkennbar: »Der Minotaurus kommt nur noch gut einmal vor und ist deswegen sinnlos geworden. Er ist eine ironisch gemeinte Symbolfigur, die ein roter Ariadnefaden ist. Jetzt ist sie ein einsamer, sinnlos gewordener Knoten.« (Brief von Heinz Dieckmann an Jürgen Lütge, 5.12.1984). Einen Eindruck von der ursprünglichen Rolle vermittelt die in den Anhang aufgenommene Passage (S. 400).

Dennoch sollte man gerade an dieser Stelle einräumen, dass Kürzungen grundsätzlich nötig waren. Der Roman hat selbst in der publizierten Fassung noch einige Längen. Die fehlenden Anpassungen und Überleitungen wirken sich kaum störend auf die Lektüre aus. Dies liegt daran, dass die Qualitäten des Romans weniger vom ›roten Faden‹ abhängen. Sie entfalten sich nicht erst in einer systematisierten Gesamtform, an die Handlung und Metaphorik organisch angebunden sind. Vielmehr ist der Roman als Summe seiner einzelnen Episoden lesenswert. Dieckmanns Stärke liegt in der prägnanten Schilderung von (Zeit-)Typen und seinem Sinn für exemplarische Anekdoten. Dies kompensiert einige aufgesetzte sexuelle Bezüge und manches (politische) Klischee. Betrachtet man die Vorfassungen unter diesem Aspekt, zeigen sich in der Tendenz der Streichungen Entsprechungen zu dieser Einschätzung.

Im Ganzen ist der Roman in der ungekürzten Fassung politischer, polemischer und pornographischer. »Politisch pflegte Dieckmann klare Feindbilder.« (König, S. 13). Allen voran ist dabei Franz-Josef Strauß zu nennen (vgl. S. 123, 144, 243f, 320, 333, 393). In den unveröffentlichten Passagen politisiert Dieckmann stärker als in der Buchausgabe. Die Episode über den Bonn-Putsch (S. 420) ist dafür ein prägnantes Beispiel: »Zum Amimord nach der Bonnstory ist zu sagen, dass mir dieses Anhängsel vor allem deswegen wichtig war, weil ich ja mit genauem Wortlaut die Prag-Geschichte erzähle (also Brandt ist Dubcek), die uns damals ja allen den Rest gegeben hat. Und um nun zu sagen, dass ich zwar die Russen meine, wenn ich von den Amis in Bonn erzähle, hänge ich mein ureigenstes Erlebnis aus Schwerin hinten dran, womit ich sagen will, dass die Amis auch keinen Deut besser sind als die Russen.« (Brief Heinz Dieckmann an Fritz Arnold, 7.9.1974)

Sehr aufschlussreich zur literaturhistorischen Verortung des Autors Dieckmann sind die Passagen über Ernst Jünger (S. 408), repräsentiert der Diskurs über diesen umstrittenen Autor doch zentral die kulturell-politischen Positionen im Deutschland der Nachkriegszeit. Auch wenn Dieckmann ihm über Rens Einwand »Für mich war Jünger eben ein großer Dichter, [...] weil ich eben Literatur nicht mit Moral verwechsele.« (S. 410) literarische Qualität konzediert, bezieht er politisch-moralisch eine sehr rigide polarisierte Position gegen den Autor der *Marmorklippen*, die er mit entsprechend zugeschnittenen Beispielen unterstreicht.

Die bisweilen veristische, drastische Darstellungsweise ist in den unveröffentlichten Passagen noch stärker verbreitet, dies zeigt sich passim in allen hier abgedruckten Episoden. Markante Beispiele sind die (vom Scherz Verlag besonders beanstandete) Satire auf eine Aktionskunst-Performance (S. 404) oder die Episode um Mars Kriegserlebnis in der Normandie (S. 412).

Dieckmanns Selbstdeutung des Romans
Im bisherigen Diskurs über die Einordnung von Dieckmanns Roman fallen häufig die Stichworte ›Schelmenroman‹ und ›Medienroman‹. Daneben wird der autobiographische Hintergrund erwähnt. Als Ausgangspunkt einer Deutung ist Dieckmanns eigene Charakterisierung hilfreich. In einem Brief an den Scherz Verlag (o.D., [1984]) stellt er zusammenfassend seine Grundkonzeption dar. Er unterteilt den Roman in drei »rote Fäden«. Der erste ist

> die Geschichte eines Kameraassistenten, der, um in seinem Job nicht durchzudrehen, seine eigenen kleinen Filme dreht. Der zweite erzählt an drei Beispielen von der Pflicht zum Widerstand gegen das Unrecht oder das, was jeder dafür hält:
> 1) Gustav R., Jahrgang 1900, der in dem Augenblick vom Kommunismus abspringt, als er dessen ›wahres Wesen‹, d.h. seine Abweichung vom ›Ideal‹ erkennt –
> 2) Mar, Jahrgang 1920, der Widerstand gegen die Nazis riskiert, als er das ›Dritte Reich‹ als Mordmaschine durchschaut –

3) Henri, Jahrgang 1940, der Kameraassistent und Ich-Erzähler, der gegen die ungeschriebenen Gesetze des Journalismus verstösst und einen Verleger warnt, dem ›das‹ TV an den Kragen will, weil er politisch missliebig ist.

Schließlich charakterisiert Dieckmann *Narrenschaukel* als Buch über das Produzieren von Filmen an sich: »Der dritte rote Faden zieht sich durch das filmische Handwerk, das Filmemachen.« An anderer Stelle ergänzt er seine Selbstdeutung noch um eine Komponente: »Da ein Kamerateam viel in der deutschen - und Weltgeschichte herumkommt, schildert das Buch – das eigentlich eine realistische Satire und kein Roman ist – in vielen kleinen und größeren Episoden auch einen Teil der Welt, in der wir leben.« (Brief Heinz Dieckmann an Scherz Verlag,. o.D. [1983]) Im selben Brief verweist er darauf, die Kameraassistentengeschichte sei »aber nur der Aufhänger, um drei exemplarische deutsche Schicksale in unserem Jahrhundert zu schildern«. Auch wenn Dieckmann die autobiographischen Quellen nicht leugnet, lehnt er jede Zuordnung als Referenz- bzw. Gebrauchstext ab und will seinen Roman als literarischen Text verstanden wissen.

Autobiographie und Schlüsselroman?
Der Klappentext der Erstausgabe insinuiert hingegen – entsprechend der Ausrichtung des Scherz Verlags – den memoirenhaften, sprich dokumentarischen Charakter von *Narrenschaukel*: »Seit nahezu 20 Jahren zieht der Filmemacher Heinz Dieckmann als eine Art Kerouac über die Abenteuerstrassen der Welt. [...] Die Meilensteine seiner Odyssee, von denen er hinreissend zu erzählen weiss, sind seine Begegnungen mit aussergewöhnlichen Menschen, seien es Künstler, Literaten, Politiker oder verrückte Aussenseiter.« Diesen Text lehnte Dieckmann ausdrücklich ab. Er betonte den fiktionalen Grundcharakter des Buchs, unabhängig von einigen Bezügen. Dieckmann formulierte es so: »Das Buch ist keine Autobiographie, sondern ein Roman, auch wenn es kein Roman ist.« (handschriftliche Bemerkung auf

Durchschlag Brief an Jürgen Lütge, o.D. [Anf. 1984]) Dieser Satz bringt den Dualismus auf den Punkt.

Das Personal des Romans füllt ein breites Spektrum aus von mit ihren wirklichen Namen Genannten, über verschlüsselte Personen bis hin zu zahlreichen synthetischen Figuren, die meist zu bestimmten Typen destilliert sind.

Schon die drei Protagonisten Henri, Mar und Gustav R. zeigen die Unterschiede in der Referentialität der Figuren. Der Ich-Erzähler Henri Waldeck ist eine fiktive Gestalt, in die Dieckmann eigene Ansichten und Erfahrungen mit dem Medienbetrieb hineinprojiziert und mit dessen jugendlichem Idealismus konterkariert. Der Filmemacher Mar ist eine Verschlüsselung des Autors Dieckmann. Dieckmann weist in Briefen auf die Parallelität hin. Mars Biographie ist »in etwa meine Biografie« (Brief an Fritz Arnold, o.D. [1974]). Die meisten der erzählten Filmarbeiten Henris mit Mar entsprechen tatsächlichen Filmen Dieckmanns, z.B. über Varlin, Lalanne, Grieshaber: »Ich habe diese Filme alle selber gemacht und verbinde hier authentisches Material mit erfundener Handlung, die aber wiederum nicht nur erfunden ist.« (Brief an Scherz-Verlag, o.D. [1983]) In den Passagen über diese Filme lässt Dieckmann die Künstler mit Klarnamen auftreten und integriert sie in die Handlung. Andererseits finden sich auch fiktive Figuren, die Assoziationen an Zeitgenossen des Autors wecken, z.B.: Thusnelda trägt Züge der Jet-Set-Reporterin und ZDF-Redakteurin Margret Dünser, es finden sich hier Analogien zu ihrem Film *Rom aktuell* (1970); Tigerberg spielt auf Gerhard Löwenthal an, den moderierenden Leiter des konservativen, Brandts Ostpolitik gegenüber kritischen *ZDF-Magazin*; Rainer Maria H. verweist auf Reinhart Hoffmeister, Chefredakteur und Moderator des ZDF-Kulturmagazins *aspekte*. Dieckmann spricht hier die von *aspekte* ins Leben gerufene erfolgreiche Kampagne »Bürger, rettet Eure Städte!« an (S. 31).

Unter »jenem rätselhaften R. hinter dem einfachen Gustav« (S. 122) verbirgt sich relativ leicht erkennbar der saarländische Schriftsteller Gustav Regler (1898-1963). Von einer Verschlüsselung kann man insofern sprechen, als der volle Nachname nie genannt wird. Auch werden Personen aus Reglers Umfeld verklausuliert. So heißt seine Witwe Peggy im Roman Dolly oder hinter dem Freund Frédéric C. steht vermutlich der Pariser Literat und Buchhändler Fritz Picard. Andere Figuren aus Reglers Vita, vor allem die zahllosen Prominenten, denen er begegnet ist, werden im Roman explizit genannt, besonders in einer umfangreichen Nacherzählung von seiner stark fiktionalisierten Autobiographie, deren Titel *Das Ohr des Malchus* aber nicht genannt wird (S. 152-161). Dieckmann verfährt mit Fakten relativ frei, so lässt er Gustav R. politische Ereignisse erleben und kommentieren, die erst nach Reglers Tod stattgefunden haben (z.B. S. 190f, die Anspielung bezieht sich auf Ereignisse um den Hamburger Theologen Helmut Thielicke vom 13.1.1968). Einige kurz auftretende Freunde von Gustav wie Jan stellen Collagen oder Kunstfiguren dar. Sie werden auch nicht als Personen charakterisiert, sondern treten nur in ihrer Funktion als Quelle über Gustav Regler auf. In manchen dieser Zeugen projiziert der Autor eigene Erinnerungen an Regler, wie aus Entwürfen des Romans hervorgeht.

Im Grunde verkörpert die Teilverklausulierung Dieckmanns Verfahren einer partiellen Verschlüsselung. Einerseits möchte er durch die offene Integration von prominenten Künstlern wie Max Ernst oder Willy Varlin dem Text eine Authentizität und einen gewissen Glanz verleihen, auf der anderen Seite beansprucht er einen von faktischen Zwängen freien Gestaltungsspielraum, was seinem Stilmittel der Überzeichnung dient. In der mit halbem Klarnamen versehenen Zentralfigur Gustav R. verschmelzen diese beiden Ebenen.

Eine weitere, stärker verschlüsselte Romangestalt ist der Dichter Ren, hinter dem sich der saarländische Lyriker Werner Meiser (1923-1963) verbirgt. Meiser und Dieckmann hatten in Saarbrücken zusammengearbeitet, seit Mitte der 1950er Jahre lebte Meiser in Paris und hatte einen Flohmarktstand. Infolge seiner Alkoholabhängigkeit stark gesundheitlich angegriffen, starb er an einem Herzschlag. Ren verkörpert den Typus des genialen, aber hypersensiblen Künstlers, sein Tod steht sinnbildlich im Schlusskapitel des Buchs. Die Passagen über Ren sind aber auch eine versteckte persönliche Hommage Dieckmanns an den früh verstorbenen Freund. »Ich wollte ja mit seinem Tod nichts anderes sagen, als dass es aus ist mit der Poesie alten Stils – eine Tatsache, die der Held des Buches ja immer widerlegt.« (Brief an Fritz Arnold, 7.9.1974) Ursprünglich sollte ganz am Schluss des Buchs ein wohl von Henri verfasstes »Requiem für Ren« stehen. Dessen Tod kann als Allegorie auf die zunehmende Verflachung und Schnelllebigkeit der Medien- und Kulturwelt interpretiert werden. Zugleich spiegelt er die zunehmende Chancenlosigkeit von Autorentypen wie Ren in der Literaturszene.

Das Verhältnis zu Gustav Regler
Die Bedeutung Gustav Reglers in *Narrenschaukel* geht weit über die Beschreibung der Person oder faktische Referenzen hinaus. In der oben zitierten Vorstellung seiner Hauptfiguren analogisiert Dieckmann Regler mit seinen Roman-Alter Egos Mar und Henri. Damit deutet er eine Rolle der Figur auf der autobiographischen Ebene des Romans an. Dieckmann war ein enger Freund Reglers, gehörte selbst wie der Jan des Romans zu den »wenigen«, »denen er Einblick in sein Intimleben erlaubte.« (S. 195) Dies bekunden die Ausführungen des Romans über Gustavs Privatleben, die zwar teilweise überhöht und verzerrt sind, aber im psychologischen Kern mit dem Bild übereinstimmen, das aus Quellen in Reglers Nachlass wie Deutungen seiner Texte gewonnen wurde.

Auch wenn Gustav R. im Roman mit viel Spott als eitel und zu übertriebener Selbstinszenierung neigend geschildert wird, erscheint er unter dem Strich als eine vorbildliche Figur. Reglers Biographie steht in vielem für die verunsicherte, neue Werte suchende Generation der ersten Hälfte des 20. Jahrhunderts: Einsatz im Ersten Weltkrieg, Eintritt in die KPD, Exil, Spanischer Bürgerkrieg, Anfang der 1940er Jahre in Mexiko Bruch mit dem

Kommunismus. Er wird zu einem Mann, der sich unter Entbehrungen für seine Ideale eingesetzt hat. Dieckmann lernte Regler in seiner Funktion beim Saar-Verlag kennen, wo dieser 1947 mit *Amimitl* und *Vulkanisches Land* seine ersten Bücher nach dem Krieg veröffentlichte. Am Funk arbeitete Dieckmann häufig mit ihm und gehörte zu den jungen, kosmopolitisch ausgerichteten saarländischen Autoren, für die Gustav Regler in Leben und Werk ein Vorbild war.

Die ambivalente Rolle des Gustav R. im Roman spiegelt zugleich Dieckmanns persönliches Verhältnis zu einer Vaterfigur. Regler strebte nach 1945 in Deutschland eine Art Präzeptor-Rolle bei der von Krieg und NS-Herrschaft desillusionierten jüngeren Generation an, für die Dieckmann durch seine Biographie ein besonderer Repräsentant war. Man erkennt in der Beschreibung Reglers in *Narrenschaukel* ein typisches psychologisches Muster. Dieckmann merkte später, dass das schwärmerisch verehrte Idol auch seine allzu menschlichen Schwächen hat. Die ›Dekonstruktion‹ Gustav Reglers ist gleichzeitig eine ironische Hinterfragung der eigenen jugendlichen Idealisierungen. »Dieckmann holt ihn vom Podest (auf dem er gern stand) und setzt ihn zu sich auf die Narrenschaukel.« (Schmidt-Henkel). In eine Aussage von Frédéric projiziert Dieckmann prägnant seine reflektierte Einstellung zu Regler:

> »Er wollte genauso sein, wie er sich beschrieb, und da er sich auch wirklich so sah, entzog er sich jeder Verantwortung. Sein Leben war ein Triumph des Stils über die Wahrheit, und wie bei allen ausschweifenden Stilisten wurde sein Stil hier und da so dünn, daß er die darunterliegende Schäbigkeit nicht immer verbergen konnte. Aber ich versichere Ihnen: Alles in allem war dieser ständige Kampf zwischen Sein und Einbildung ein grandioses Spektakel. Und alle diese Verstellungen und Vorstellungen konnten nie ausreichen, mir Gustav fragwürdig oder gar unsympathisch zu machen.« (S. 169)

Vorbilder und Einflüsse
Auch wenn Dieckmann die Verlagstexte heftig kritisierte, in einem Punkt fanden sie seine Zustimmung: »Ich finde es natürlich sehr gut, wie der Verlag auf die Pauke haut und sogar meine Halbgötter Fellini und Kerouac ins Gespräch bringt [...]« (Brief an Jürgen Lütge, o.D. [1984]) In der Tat lassen sich im Roman zahlreiche stilbildende Einflüsse der beiden Genannten nachweisen.

Narrenschaukel ist in mehrfacher Weise von Autoren der beat generation wie Charles Bukowski, William S. Burroughs und vor allem Jack Kerouac inspiriert. Gelegentlich finden sich im Text Verweise auf die drei Genannten. Das Motiv des Unterwegs-Seins ist in Kerouacs Hauptwerk *On the road* (dt. Titel *Unterwegs*) zentrales Moment der Handlungsführung. Auch Dieckmanns Ich-Erzähler ist ständig auf Achse und erfährt dadurch die Welt. Henri Waldeck ist wie der Held Kerouacs ein kantiger Außenseiter und Eigenbrötler. Ähnlich wie in *On the road* wird aus den Reisen des Helden die episodenhafte Struktur des Romans entwickelt, der ihn an immer neue Orte bringt und zu Begegnungen mit originellen Typen führt. Dieckmanns temporeicher Stil verleiht dem Unterwegs-Sein Klang und ist mit der knappen, fasslichen Sprache Kerouacs verwandt. Dazu zählen etwa die lakonische Ausdrucksweise, die pointierten Dialoge, die veristische Sprache und die trockene Ironie.

Eine noch stärkere Affinität findet sich zu Federico Fellini. Während Fellini in der publizierten Fassung nur einmal kurz erwähnt wird (S. 77), finden sich in NaSch 1 und NaSch 2 noch zahlreiche Verweise auf den italienischen Regisseur, die den großen Einfluss auf Dieckmann unterstreichen:

> Ich mag Fellini sehr. Er ist so eine Art Balzac in bewegten Bildern. Nie ist mir etwas so unter die Haut gegangen wie die Wallfahrt in Dolce Vita, wo ein gutgläubiger Krüppel seine Krücken im Angesicht der wunderbaren Erscheinung wegschmeisst und furchtbar auf die Schnauze fällt. La Strada

war ein bisschen sentimental, Trompetensolo und das Verkrümmen des Unrasierten am Meer. Aber einige Dinge, das Grauingrau, wenn er sie oben im kalten Appenien verlässt, ihr Clownsgesicht, weissseiden beim ersten Auftritt, das alles hatte schon was. Na und dann natürlich 8 einhalb, dieses Scheitern an der Realität, dieser verdammte Unterschied zwischen dem, was einer will und dem, was er fertig bringt. Vielleicht sind die Leute, die Filme machen, darin den Künstlern ähnlich, dass alle ihre Arbeiten und Anstrengungen letztlich nur die Aneinanderreihung von Niederlagen sind. Alle ihre Filme führen ihnen ihr ununterbrochenes Scheitern vor. Das gilt natürlich nicht für die kleinen Krauter mit den grossen Namen. Die haben ihre Masche und keine Probleme und diese Burschen von der Filmkritik in unseren Provinzzeitungen, geben ihnen jede Absolution. Mir geht immer der Hut hoch, wenn ich diesen Schwachsinn lese, der aber schieres Gold ist, wenn man ihn gegen das Blech der Fernsehkritik klopft. (NaSch 1, o.P.)

Narrenschaukel ist ein Roman über das Filmemachen an sich. Hierin zeigt sich die Verwandtschaft des Texts zu Dieckmanns erklärtem Vorbild Fellini und dessen autobiographisch fundiertem Metafilm *8 ½*. Auch dort gerät ein Regisseur in eine Sinnkrise angesichts seiner Ansprüche und der Möglichkeit, sie zu realisieren. Die Arbeit an dem Film über Gustav Regler, den Dieckmann selbst nicht gemacht hat, soll exemplarisch verdeutlichen, dass es nahezu unmöglich ist, mit einem Film das Leben eines Verstorbenen objektiv wiederzugeben. Dies drückt sich auch darin aus, dass von einer Fertigstellung des Films keine Rede ist.

Auch im episodischen, reigenhaften Aufbau des Romans zeigen sich Ähnlichkeiten mit Fellinis Filmen. Besonders zu *La Dolce Vita* weist *Narrenschaukel* in seiner Thematisierung der Medien Parallelen auf. Fellinis Film schildert Episoden aus dem Leben eines Klatschreporters. Ähnlich wie Dieckmann nimmt er Auswüchse und negative Entwicklungen der Branche aufs

Korn. In der grotesken Übertreibung, dem Hang zum Phantastisch-Surrealen und dem Sinn für skurrile Typen zeigen sich weitere Parallelen.

Schelm und poeta doctus
Einen großen Teil seiner Wirkung bezieht *Narrenschaukel* aus seiner kontrastiven Struktur. Diese lässt sich auf allen Ebenen des Romans erkennen. Dieckmann stellt Gegensätze her, die pointieren und zugleich komische Effekte erzielen. So entwickelt der Roman eine subtile Dialektik aus Vulgärjargon und gehobenem Stil, Slapstick und Typenkomödie, Klamauk und hintergründiger Satire, Underground und Bildungsroman. Vielleicht könnte der Roman ohne die »eingestreuten Banalitäten« (Schmidt-Henkel) gar nicht seinen Reichtum an Geist und Witz entfalten. Auffallend ist in dieser Hinsicht Dieckmanns geschicktes Changieren zwischen Schelmen- und Gelehrtenroman.

Die Hauptfigur steht als Kameraassistent am unteren Ende der Hierarchie des Medienbetriebs. Seine Perspektive ähnelt der des klassischen Schelmenromans. Doch geht Henris Bildung weit über die ›Bauernschläue‹ des typischen pikarischen Helden hinaus. Zahlreiche Verweise auf klassisches Bildungsgut aus Literatur, Philosophie oder Kunst signalisieren das außergewöhnliche Wissen des Protagonisten (wie seines Schöpfers) und suggerieren unterschwellig eine Überlegenheit gegenüber den ›Großkopferten‹. Die Masse der Anspielungen erweckt Assoziationen an Wimmelbilder, so dass man *Narrenschaukel* als ›Wimmelroman‹ charakterisieren kann. Bisweilen erscheint dieses Prinzip aus naivem Schelm und poeta doctus etwas überstrapaziert, der Eindruck einer Koketterie des Autors stellt sich ein. Dies hat Dieckmann selber bemerkt, denn oft gelingt es ihm, diese Wirkung durch Selbstironie an der passenden Stelle zu relativieren. Am offensten zeigt sich dies in einer der unveröffentlichten Passagen an einer entsprechenden Textstelle in Parenthese: »womit ich wie zufällig meine klassische Bildung zur Schau stelle« (S. 403).

Zur literarischen Bedeutung als Medienroman
Es finden sich zu *Narrenschaukel* etwa zwanzig Rezensionen, von den führenden überregionalen Feuilletons wurde der Roman dabei weitgehend übergangen. Die eingehendsten Besprechungen sind die der Saarbrücker Germanisten Gerhard Schmidt-Henkel (Saarbrücker Zeitung 18.4.1984) und Ralph Schock (Saarländischer Rundfunk, Studiowelle Saar, Bücher-Lese, 12.8.1984). Für die beiden als Gustav-Regler-Forscher besaß das Buch eine zusätzliche Bedeutung. Es hängt sicher auch mit der Publikation und Präsentation im Scherz Verlag zusammen, dass der literarische Wert des Romans insgesamt wenig beachtet wurde.

Die Bedeutung von *Narrenschaukel* wird vor allem als Medienroman hervorgehoben. Während heute Medienromane Legion sind – »fast jeder Roman ist heute ein Medienroman«, meint der Journalist Alexander Gorkow (Interview mit Helmut Ziegler. In: tageszeitung 17.5.2003) – war dies 1984 noch anders. König nennt Dieckmann den »Pionier des modernen deutschen Medienromans […] Vor ihm war eigentlich nur Böll mit der ›verlorenen Ehre der Katharina Blum‹, […]« (König, S. 63) Man sollte m.E. noch den Schlüsselroman *Union der festen Hand* (1931) von Erik Reger anführen, da dieser schon in den Anfängen des Medienzeitalters mit Anspielung auf den Hugenberg-Konzern paradigmatisch Mechanismen der Verflechtung von Politik, Industrie und Presse dargestellt hat. Es gibt sicher auch noch den ein oder anderen (unbekannt gebliebenen) Text, doch fällt insgesamt auf, dass das Thema ›Medien‹ seinerzeit im Film bereits signifikant häufiger und von der Öffentlichkeit beachteter verarbeitet wurde. Neben den erwähnten Fellini-Filmen wären etwa Sidney Lumets *Network* (1976) oder Wolfgang Menges *Das Millionenspiel* (1970) zu nennen.

Im Rückblick sehe ich Dieckmanns literarische Leistung ähnlich wie die Bedeutung der beiden letztgenannten Filme vor allem darin, dass er bestimmte Entwicklungen des Medienbetriebs erfasst und ihre Konsequenzen antizipiert hat, Stichwort ›Reality TV‹: »Henri, ein besessener Kameraassistent, kann in dem entscheidenden Kapitel des Buches – den Aufnahmen eines Araberaufstands gegen die Franzosen während eines Spielfilms – nicht mehr zwischen Spiel und Wirklichkeit unterscheiden und will das auch gar nicht und filmt, wie sein Kameramann von durchdrehenden Arabern zum Krüppel geschlagen wird, anstatt ihm zu helfen.« (Brief an Scherz Verlag, o.D. [1983]). Ähnliches wurde mit mehreren Toten im Gladbecker Geiseldrama 1988 zur traurigen Wirklichkeit, als Journalisten im Tatauto mitfuhren, die Kidnapper interviewten und dabei massiv die Polizei behinderten. Henris nachträgliche Einsicht ist daher als Warnung und Quintessenz des Romans aktueller denn je: »Ich konnte die Wirklichkeit nicht mehr von ihrer Darstellung unterscheiden, und das ist eine sehr gefährliche Sache.« (S. 375)

Hermann Gätje, September 2010

Literaturverzeichnis:
Armin König: Fernsehhelden auf der Narrenschaukel – Materialien zum saarländischen Autor und Filmemacher Heinz Dieckmann, dem Protagonisten des modernen Medienromans. München/Ravensburg: GRIN, 2007.
Gerhard Schmidt-Henkel: Mit Regler auf der Narrenschaukel. In: Saarbrücker Zeitung 18.4.1984.
Alle zitierten Nachlassdokumente befinden sich im Nachlass Heinz Dieckmann im Literaturarchiv Saar-Lor-Lux-Elsass. Bei den Briefen von Heinz Dieckmann handelt es sich um Durchschläge. Ein von Marc Nauhauser erstelltes Findbuch zu Dieckmanns Nachlass ist im WWW frei zugänglich (http://www.uni-saarland.de/z-einr/ub/archiv/Dieckbibl.pdf).

DANK

Bei der Texterfassung sowie den Korrektur- und Redaktionsarbeiten wurden die Herausgeber von Annette Johänntgen-Gätje, Marc Nauhauser, Gerhard Schmidt-Henkel, Nadine Schneider und Ilona Scholdt tatkräftig unterstützt.

Unser besonderer Dank gilt Vera Dieckmann, der Witwe des Autors, für die honorarfreie Gestattung der Abdruckrechte. Frau Dieckmann hat dem Literaturarchiv bereits 2002 den literarischen Nachlass ihres Mannes übergeben. Georg Cadora danken wir für das auf S. 6 abgebildete Dieckmann-Porträt.

Allen, die zum Zustandekommen des Bandes beigetragen haben, sei herzlich gedankt.

Sammlung Bücherturm
Herausgegeben von Günter Scholdt und Hermann Gätje

Heinrich Kraus
Poetische Haltestellen
Eine Auswahl der Lyrik aus vier Jahrzehnten

Sammlung Bücherturm Band 1
417 Seiten, ISBN 3-86110-306-0   24,– EUR

ausgezeichnet mit dem Dr. Wilhelm-Dautermann-Preis für eine hervorragende mundartliche Neuerscheinung

Palatina-Buch des Monats

Die Textauswahl ermöglicht eine nuancierte Begegnung mit dem Lyriker Heinrich Kraus und seinem in Jahrzehnten gewachsenen bedeutsamen Werk in Hochsprache und Mundart. »Der Band lässt einmal mehr erkennen, dass der Autor der einheimischen Dichtung neue Formen und Inhalte erschlossen hat.« (Die Rheinpfalz, 29.6.2002). Seine formale und thematische Vielfalt sichert Kraus eine Spitzenstellung innerhalb der saarländisch-pfälzischen Dialektliteratur.

Alfred Petto
Die Mädchen auf der Piazza
Roman und Auszüge aus dem
italienischen Kriegstagebuch von 1944

Sammlung Bücherturm Band 2
413 Seiten, ISBN 3-86110-321-4   24,– EUR

Der autobiografisch getönte Italien-Roman erzählt die irritierende (Liebes-)Geschichte eines deutschen Soldaten während des Zweiten Weltkriegs. Die seelisch belastende Verletzung der bürgerlichen Norm ist ein Hauptthema des in seiner saarländischen Heimat verwurzelten Autors. »Pettos Stil, mit reportageartigen Passagen und Tagebucheintragungen«, schrieb die Saarbrücker Zeitung (5.12.2002), »zieht ins Geschehen«.

Röhrig Universitätsverlag
Postfach 1806 · D-66368 St. Ingbert · www.roehrig-verlag.de

Sammlung Bücherturm
Herausgegeben von Günter Scholdt und Hermann Gätje

Anton Betzner
Basalt

Sammlung Bücherturm Band 3
395 Seiten, ISBN 3-86110-344-3   24,– EUR

»*Mir knirscht Basaltstaub zwischen den Zähnen, und die Augen tun weh nach all den Sätzen, die scharfkantig sind wie gebrochenes Hartgestein. Was Anton Betzner da geschrieben hat, ist einmalig, und verdient es, im Förderkorb des Bücherturms zutage gebracht zu werden.*«

Heinrich Kraus in einem Brief an Günter Scholdt

Alfred Gulden
Dreimal Amerika

Sammlung Bücherturm Band 4
378 S., ca. 60 Abb., ISBN 3-86110-353-2   24,– EUR

Alfred Gulden lebt wechselweise im Saarland und in München. Die Polarität zwischen heimatlichem Interesse und Weltläufigkeit kennzeichnet sein Werk ebenso wie die Bereitschaft zu erregenden Sprachexperimenten. 1982 erschien »Greyhound«, seine literarische Auseinandersetzung mit dem American Dream, und machte den Autor schlagartig bekannt. Der Roman verarbeitet Erlebnisse und Irritationen einer USA-Reise, die im jungen Mann des Jahres 1967 fast einen Kulturschock auslösten. 23 Jahre später bot ein Amerika-Stipendium Gelegenheit zu erneuter Bestandsaufnahme. Daraus entstanden die Filmerzählung »A Coney Island of my heart« (1991) und »Silvertowers. Geschichten aus New York« (1993). »Dreimal Amerika« enthält alle Texte sowie mehr als 50 Filmbilder.

Röhrig Universitätsverlag
Postfach 1806 · D-66368 St. Ingbert · www.roehrig-verlag.de

Sammlung Bücherturm
Herausgegeben von Günter Scholdt und Hermann Gätje

André Weckmann
Wie die Würfel fallen
Roman und Werkauswahl

Sammlung Bücherturm Band 5
446 Seiten, 20 Abb., ISBN 3-86110-382-6   24,– EUR

Hauptthema des 1924 geborenen Schriftstellers André Weckmann ist die schwierige Identitätssuche seiner elsässischen Heimat. Das Elsass begreift er dabei als Modell eines europäischen Brückenschlags.
Aus Anlass seines 80. Geburtstags erschien diese repräsentative Werkauswahl. Den Schwerpunkt bilden der große Elsass-Roman »Wie die Würfel fallen« (1981) und »Sechs Briefe aus Berlin« (1969). Weitere Lyrik-, Erzähl-, Dramen- oder Filmtexte, mal satirisch, mal elegisch oder reflexiv, zeigen den Autor in seiner ganzen literarischen Vielfalt. Der Band wurde durch zahlreiche Zeichnungen von Tomi Ungerer reizvoll illustriert.

Liesbet Dill
Virago
Roman aus dem Saargebiet

Sammlung Bücherturm Band 6
449 Seiten, 35 Abb., ISBN 3-86110-392-3   24,– EUR

»Virago« (1913) erzählt das Schicksal einer als männerhaft verschrienen saarländischen Industriellentochter, deren Wunsch nach eigenverantwortlicher unternehmerischer Tätigkeit an zeitgenössischen Rollenerwartungen zerbricht. Anschaulich erleben wir die Gesellschaft um 1900, besonders das Verhältnis von Mann und Frau, Bürger und Offizier, Kapital und Arbeit. Zugleich enthält der Roman als regionale Rarität ein Stück Industriegeschichte des Neunkircher Raums mit Schwerpunkt auf der großen Streikbewegung der Jahre 1889-1893.

Röhrig Universitätsverlag
Postfach 1806 · D-66368 St. Ingbert · www.roehrig-verlag.de

Sammlung Bücherturm
Herausgegeben von Günter Scholdt und Hermann Gätje

Roland Stigulinszky
»Scherz, Satire, Ironie und tiefere Bedeutung«
Werkauswahl aus 60 Jahren

Mit einem Nachwort von Günter Scholdt
Sammlung Bücherturm Band 7
463 S., zahlr. Abb., ISBN 978-3-86110-408-7   24,– EUR

Seit knapp sechs Jahrzehnten zieht der Saarbrücker Roland Stigulinszky mit Feder und Zeichenstift auf Pointenjagd. So entstanden (zunächst als Beiträge in »Der Tintenfisch«, »Saarbrücker Zeitung«, »Kieler Nachrichten«, »Süddeutsche Zeitung«, »Neue Illustrierte«, »Pardon« oder »Twen«) Hunderte von amüsanten Stellungnahmen zur Zeit: Satiren, Kurzgeschichten, Appelle, Reisebilder, (Nonsense-) Gedichte, Aphorismen, Cartoons, Karikaturen und Werbegrafik. Eine vergnügliche Bildungsreise durch ein gutes halbes Jahrhundert, eine kritisch-satirische wie humorvolle Musterung von Kultur, Geschichte, Politik, Gesellschaft und allzu menschlichen Schwächen auf dem täglichen Jahrmarkt der Eitelkeiten.

Morand Claden / Eduard Reinacher / Oskar Wöhrle
Das Drei-Elsässer-Buch
Mit einem Nachwort von Günter Scholdt

Sammlung Bücherturm Band 8
450 S., 14 Abb. ISBN 978-3-86110-434-6   24.– EUR

Der Erzählband vereinigt bedeutsame Texte dreier elsässischer Autoren aus der (damals deutschsprachigen) Generations- und Schicksalsgemeinschaft der sog. Reichslandzeit, die allesamt nach dem Ersten Weltkrieg erschienen: »Désiré Dannacker« (1930) von Morand Claden, »Robinson« (1920) von Eduard Reinacher und »Querschläger« (1925) von Oskar Wöhrle.

Röhrig Universitätsverlag
Postfach 1806 · D-66368 St. Ingbert · www.roehrig-verlag.de

Sammlung Bücherturm
Herausgegeben von Günter Scholdt und Hermann Gätje

Adrienne Thomas
Die Katrin wird Soldat
und Anderes aus Lothringen

Mit einem Nachwort von Günter Scholdt
Sammlung Bücherturm Band 9
480 S., ISBN 978-3-86110-455-1   24,– EUR

Die in St. Avold geborene Schriftstellerin Adrienne Thomas (1897-1980) wurde 1930 durch ihren Bestseller »Die Katrin wird Soldat« weltweit bekannt. Er behandelt die tragische Liebe einer jungen Rot-Kreuz-Schwester, die im Ersten Weltkrieg am Metzer Bahnhof verwundete Soldaten betreut. Neben dem Text dieses Klassikers der Antikriegsliteratur enthält der Band wichtige Rezeptionsdokumente sowie Passagen des Tagebuchs der Autorin, das dem Roman zugrunde liegt. Hinzu kommen auf Metz und St. Avold bezogene Kapitel aus dem 1950 erschienenen Reisebuch »Da und dort«.

Germaine Goetzinger / Gast Mannes (Hrsg.)
Zwischenland! Ausguckland!
Literarische Kurzprosa aus Luxemburg

Sammlung Bücherturm Band 10
376 Seiten. ISBN 978-3-86110-470-4   24.– EUR

Germaine Goetzinger, Leiterin des Lëtzebuerger Literaturarchivs / CNL, und Gast Mannes, Leiter der Großherzoglichen Hofbibliothek, haben als ausgewiesene Kenner der literarischen Szenerie ihres Landes aus den letzten knapp 100 Jahren Belletristik in Luxemburg eine facettenreiche Auswahl getroffen. Anhand von 56 meist kürzeren Prosatexten ergibt sich eine repräsentative Bilanz des erzählerischen Schaffens im Großherzogtum.

Röhrig Universitätsverlag
Postfach 1806 · D-66368 St. Ingbert · www.roehrig-verlag.de